U0486104

他们始终待在那堵城墙之后，不曾见过那足以杀人的风雪。

① 戏中人

我不是戏神

三九音域 著

贵州出版集团
贵州人民出版社

观众期待值:43%
当前期待值：31%

请不要让观众的期待值低于20%
否则剧院不保证现场所有人身安全

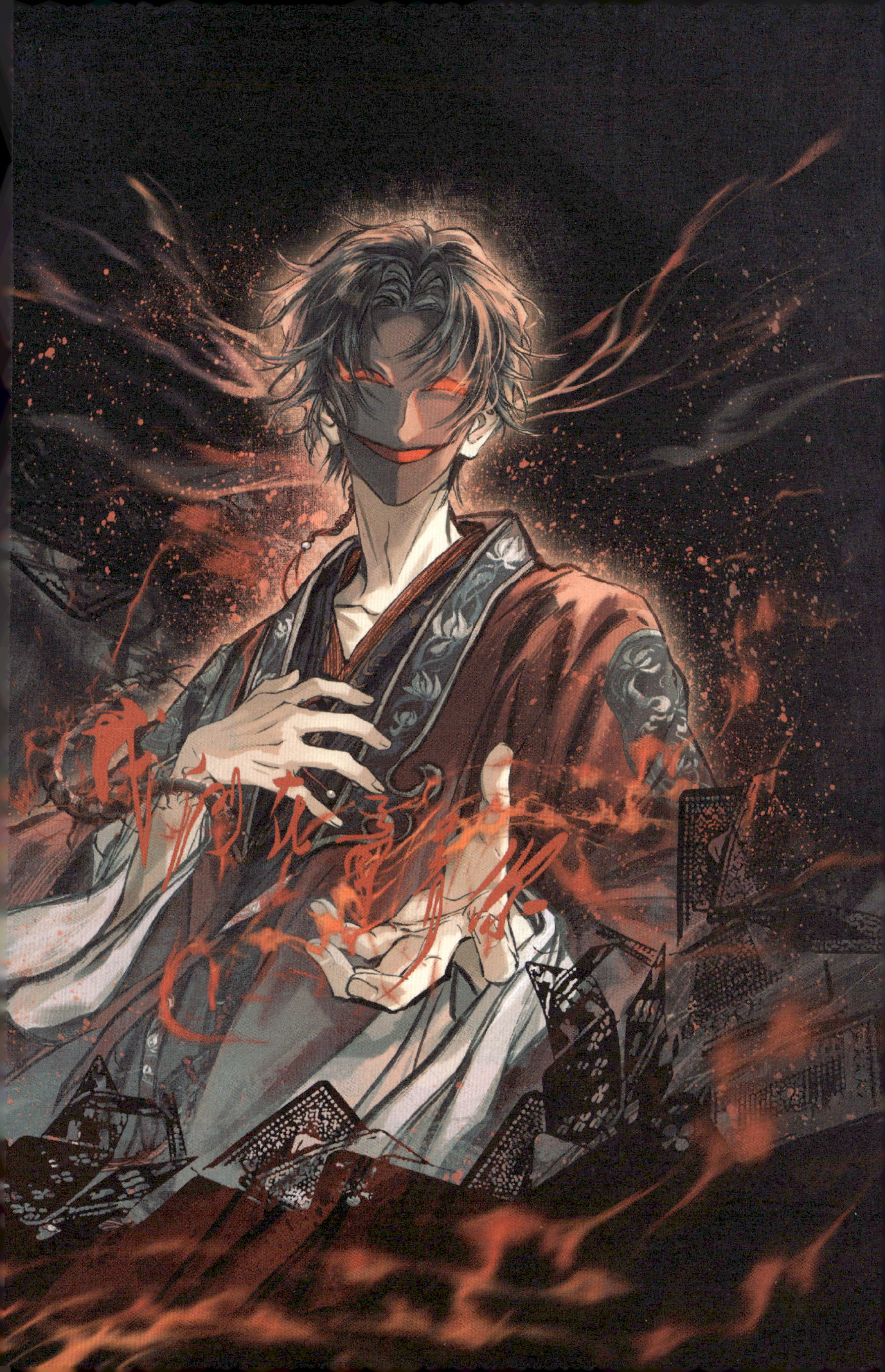

第一卷 戏中人

第五篇章	第四篇章	第三篇章	第二篇章	第一篇章
○	○	○	○	○
风雷列本	灰界交汇	兵道古藏	神道退避	它仍存在
313	213	147	053	001

第一卷·戏中人

第一篇章

它们存在

001·戏鬼回家

"我……是谁？"

"轰隆——"苍白的雷光闪过如墨云层，雨流狂落，神怒般的雷雨浇在泥泞的大地上，涟漪层叠的水洼倒影中，一道大红色的人影支离破碎。那是个穿着大红戏袍的少年。他好似醉酒般踉踉跄跄过满地泥泞，宽大的袖摆在狂风中飘舞，戏袍表面的泥沙被雨水冲落，那抹似血的鲜红在黑夜中触目惊心。

"别吵了……别吵了！

"都给我住嘴！

"我马上就要想起来了……马上……就要想起来了……

"我有一个名字……一个属于我自己的名字！"

少年湿漉漉的黑发垂至眉梢，那双涣散的眼瞳中满是迷茫，他一边艰难地向前挪动，一边双手抱着脑袋，好像在挣扎着回忆什么。他的怒吼声在无人的街道上回响，并未传播太远，便淹没在无尽的雨幕之中。"扑通——"昏暗中，他的身子被凸起的石块绊倒，重重摔倒在地！一缕猩红的鲜血自少年额角滚落，他呆呆地趴倒在地，突然间像是想起了什么，浑浊的眼睛中亮起一抹微光。"陈伶……"一个名字突然闪过他的脑海。在他念出这两个字的瞬间，一些记忆碎片从几乎撑破他脑袋的无尽呢喃中飘出，与这具虚弱的身躯融合在一起。"这是什么……平行时空吗？"陈伶眉头紧锁，他不断消化着这具身体的记忆，大脑就像刀割般疼痛。

他叫陈伶，二十八岁，是京城一家剧院的编导。那天剧院演出完毕之后，他独自在舞台上设计编排演员的走位。随后一场剧烈的地震来袭，他只觉得头顶一痛，就彻底失去了意识。现在仔细想想，他大概率是被掉下来的射灯砸死了……而此时，陈伶也在一点点地消化这具身体的记忆。令他诧异的是，这具身体的主人也叫陈伶，不过两者对世界的基本认知截然不同，破碎的记忆彼此厮杀，陈伶觉得大脑快要炸开。他不断做着深呼吸，挣扎着从地上爬起，戏袍表面黑一块红一块，狼狈至极。不知为何，他的身体沉重无比，就像连续四五天熬夜编写剧目之后，浑身都被掏空般的那种累。"先回家吧……"疲惫的身体与割裂的思绪让他几乎无法思考，只能依靠这具身体的本能，向"家"的方向走去。虽然不知道自己是怎么到这儿的，但是这具身体原主人的记忆中有这个地方，原主人每天在诊所照顾完弟弟后回家都会走这条路。从这里到家，平时也就两三分钟的路程，但对于此刻的他来说，前所未有地漫长。

雨水带着刺骨的寒冷淌遍陈伶的身体，他浑身都控制不住地打战，强忍着寒冷与疲惫在雨中行走了十分钟后，终于来到了记忆中的那扇家门前。陈伶在兜里摸索了一会儿，发现身上没钥匙，于是，他熟练地从门边的报刊箱底下摸出一把备用钥匙，打开了家门。

"嘎吱——"温暖的灯光从屋内倾洒出来，照亮了漆黑雨夜的一角，也照亮了陈伶苍白的面庞。看到这灯光的瞬间，陈伶紧绷的神经自然放松下来，身上的寒冷与疲惫似乎都被这一盏灯火驱散些许。他迈步走入屋中，只见两道身影正坐在餐桌的两侧，眼圈通红，像是刚刚哭过一场。听到开门声传来，两人先是一愣，随后同时转头。"爸……妈……我回来了。"陈伶顶着昏沉的脑袋，下意识地准备在门口换鞋，却发现自己一开始就赤着脚，此刻脚底板与脚趾缝满是泥泞，已经将地板踩出两个大黑脚印。

此刻坐在餐桌旁的两道身影，看到推门而入的红衣陈伶，瞳孔剧烈收缩！"你……你……"男人的喉结滚动，张大嘴巴，一副见鬼的表情。

"妈……家里有水吗？我好渴。"回家之后，陈伶精神彻底放松，已经在昏迷的边缘，一边喃喃地说着，一边跌跌撞撞地走进厨房，抱起饮水机上的水桶痛饮起来——"咕噜、咕噜、咕噜……"

厨房中，那红衣身影好似野兽，贪婪地吞咽着水，嘴角渗出的水滴滴答答地落在地面上，聚成水洼，倒映出客厅里两张惊恐苍白的面容。

"阿……阿伶？"女人强行鼓起勇气，哆嗦着开口，"你……你是怎么回来的？"

陈伶抱着水桶疯狂吞咽，浑然听不到女人的话语，随后似乎觉得这么喝太慢，直接将拳头粗细的水桶头塞入嘴里，一口将其咬碎！合成塑料被用力咀嚼，狂涌的水流灌入他的嘴中，畅快淋漓！

"走回来的啊。"一个声音从陈伶背后传出——是的……背后。此刻的陈伶，依然在沉浸式地吞水，他的声音却清晰地落入两人的耳中，就好像在他背后看不见的虚无中，还站着一个红衣陈伶，摊开双手，理所当然地回答着。

"雨有点大，我好像迷路了。

"好像在路上摔了几跤，鞋也不见了……

"妈，我把地弄脏了，不急的话就等我明天起来收拾吧……现在我太困了。"

看着眼前这令人毛骨悚然的画面，客厅里的男女只觉得后背一阵发凉，玻璃盏中的煤油灯火不断摇晃着，好像有一只无形的手掌，在戏谑地玩弄灯芯。他们脸色煞白，却只僵硬地站在原地，一动不敢动。

终于，水桶被喝干了。陈伶一边抹着嘴巴，一边将水桶放下，随后转过身，一步一个黑脚印踏在地板上，跌跌撞撞地向自己的卧室走去。"爸，妈……你们也早点睡吧，晚安。"他含混不清地说了一句，反手关上房门，随后就是一声重物落在床上的闷响。

客厅陷入死寂。不知过了多久，那两个好似雕塑的身影，才僵硬地转过头，对视着彼此。摇晃的灯芯恢复稳定，诡谲的煤油灯火勉强照亮昏暗的客厅，他们颤抖着坐在椅子上，脸上看不见丝毫血色。

"他……回来了。"男人声音沙哑地开口，"这怎么可能……

"如果他真的是阿伶……

"那我们昨晚杀的……又是谁？"

002·我们在看着你

"是……鬼吗？"

狂躁的雨水敲打着窗户，两人的心就如同灯中火苗，摇曳不定。

"我……我不知道。"女人咽了口唾沫，"要不要通知执法者？"

"你疯了！"听到"执法者"三个字，吓傻的男人终于恢复些许理智，"一旦执法者介入，我们做的事情也一定会暴露……绝对不行！"

"那……他怎么办？"女人停顿片刻，"你说……不会是有'灾厄'附上阿伶的尸体了吧？"

两人同时望向那扇紧闭的卧室门，再度沉默。许久之后，男人像是下定了决心，从门口取下一件黑色雨衣，推门而出。

"你要去哪儿？"

"去我们埋尸的地方！"

"现在？去干吗？"

"验证。"雨水顺着男人苍白的面孔滑落，他声音沙哑地开口，"不管现在在房里的是什么东西……他绝不可能是阿伶！我要亲眼看到他的尸体。"

"我跟你一起去！"没有人愿意在这种雷雨天出门，但跟卧室里那个沉睡的不知道是什么的东西独处相比，女人宁可选择前者。

大雨中，两道身穿雨衣的身影匆匆离开。

卧室——

已然陷入沉睡的陈伶,睫毛突然轻轻颤抖起来,像是在做噩梦。睡梦中,他的意识不断下沉,仿佛坠入无底洞窟,不知过了多久,像是落到某处坚硬的地面,终于稳住身形。

"噔——噔——噔——噔——"沉闷的机栝声响起,紧接着,光束如剑般刺破黑暗,聚拢在一道红衣身影上,陈伶下意识地用手遮住眼睛。"这里是……哪儿?"陈伶混沌的意识逐渐恢复清醒,等到适应这强光后,茫然地环顾四周。在光束的范围内,他只能看到自己身上的大红戏袍、脚下老旧的木地板,以及身后同样被光束照亮一角的黑色帘幕……光束之外是无尽的未知与黑暗。

看到这个场景,陈伶突然一愣。他像是想到了什么,眯起眼睛看向头顶,那照亮他的光束,正是来自一盏盏被固定在钢架上的聚光灯。"舞台?"作为一名剧院编导,陈伶对舞台再熟悉不过了。在原世界,直到被灯砸死前,他都在舞台上琢磨站位。他对舞台的认知与理解,甚至超过那些演员。所以此刻他的第一反应,就是自己回来了。不对……自己所在的剧院舞台灯光效果比这要好,帘幕不是黑色,地面也不是这种陈旧的木地板。那自己是在做梦?陈伶试探性地迈出一步,老旧的地板发出刺耳的"嘎吱"声,随着他的身形即将走出光圈,又有一束光紧随着他的脚步,追入黑暗之中。"追光?"陈伶心头一跳,下意识地喊道,"是谁在那儿?!"

这些灯光能追着他走,大概率是人为操控,除非这里也采用了全自动追光系统,不过从这个舞台的老旧程度来看,这种可能性几乎为零。

"是谁在那儿……

"谁在那儿……

"在那儿……"

陈伶的声音在黑暗中回响,越发诡异阴森,与此同时,舞台边缘一面电子屏突然亮起。在舞台设计中,这个位置一般是设置提词器的,防止演员或者主持人中途忘词。此刻的屏幕上,却是一串红色的字——

观众期待值:29%

在屏幕的左下角,还有几个小字——

请不要让观众的期待值低于20%,否则剧院不保证演员的人身安全。

看到这块屏幕,陈伶有些茫然。观众?哪儿来的观众?"噔——噔——噔——"熟悉的开灯声再度响起,舞台前的黑暗如同潮水般退去,成百上千的木椅呈阶梯状向远处蔓延,它们围在舞台前方,密密麻麻。"观众席"——这三个字出现在陈伶的脑海。有舞台的地方出现观众席,合情合理,但真正让陈伶头皮发麻的并不是这一点,而是不知何时……这些观众席上,已经坐满了"观众"。那是一个个笼罩在阴影中的类人形生物,即便灯光已经足够,可陈伶依然看不清它们的模样,它们仿佛是深渊的化身。唯一例外的是,它们的眼睛。无数猩红的瞳孔在昏暗中睁开,它们坐在各自的木椅上,注视着舞台上的陈伶,好似将老鼠逼至墙角的猫群,目光戏谑而贪婪。被它们凝视的陈伶只觉得后背发凉,不知道这些"观众"究竟是什么东西,总之,绝不可能是人类!陈伶控制自己不再去看那些瘆人的眼睛,掉头就往舞台的另一端狂奔。按理来说,舞台的出口都在两边,只要离开舞台,他应该就能暂时摆脱那些鬼东西。追光灯锁定那奔跑的红衣身影,他笔直冲到舞台的边缘,迎接他的却是一堵光秃秃的墙壁,陈伶愣住了。他不信邪地又跑到舞台另一边,依然如此。这个舞台……根本没有出口。

昏暗的观众席上,密密麻麻的猩红瞳孔随着他的逃窜,不断移动,像是一群沉浸在精彩演出中的"观众",专注无比。而这场演出的主角,正是台上的红衣陈伶。与此同时,舞台中央的显示屏字符跳动……观众期待值由原本的29%,跳到了30%。自己做的这是什么垃圾噩梦!

陈伶用力掐了自己一把,试图从梦里醒过来,但除了感受到一股熟悉的痛感之外,并没有丝毫要苏醒的迹象。

  中场休息结束,请继续表演。

又是一行字在屏幕上跳出,紧接着,清脆的铃声突然从舞台上方响起——"丁零零——"还没等陈伶反应过来,他眼前的画面便寸寸崩碎,意识迅速模糊。在他失去意识前,恍惚间看到自己后方那庞大而神秘的黑色帷幕正在缓缓拉开!

陈伶猛地从床上坐起,被单已经被冷汗浸湿,胸膛剧烈起伏,眸中满是惊恐。他咽了口唾沫,目光一点点环顾四周,确认这是在自己的房间,而不是那该死的舞台后,终于放松下来。"是梦吗……这梦也太邪乎了。"

他平复一下心情,起床走到客厅。此时外面的雨基本停了,但天色依然昏暗。陈伶喊了几声爸妈,却无人应答,整个屋里静悄悄的。"这么早就出去上班了?"陈伶喃喃自语。陈伶摸了摸干瘪的肚子,昨晚的噩梦似乎让他消耗了太多体力,整个人走路都是飘的,无奈之下,只能先走进厨房找点东西吃。刚走进门,他就被什么东西绊了一脚,低头一看,那是一个像被野兽啃食过的水桶的残骸。这水桶怎么回事?天冷冻裂了?

陈伶压根就记不起昨晚发生了什么,狐疑地在心中念叨一句,然后将水桶扶起丢到角落,转头就找来一块抹布,准备擦掉洒在地上的水渍。他刚蹲下身,便愣在原地，只见地上的水渍竟然开始自动滑动，就像是在他的对面，蹲了一个看不见的身影，用指尖蘸着水，在地上书写着什么。下一刻，透明的水渍肉眼可见地化作血红，一段扭曲而诡异的文字勾勒在陈伶身前——

我们在看着你。

003·"灾厄"

陈伶的瞳孔骤然收缩，然而他眨了下眼睛后，地上的血色文字瞬间消失，仿佛从未存在过一般。幻觉？陈伶呆呆地站在原地，那几个字就像是钻入他的脑海，无法忘却——"我们在看着你"。陈伶猛地转过头，空无一人的客厅中，似乎有一双双看不见的猩红瞳孔在观察他，这种被凝视的感觉与噩梦中的如出一辙。他如同雕塑般在原地僵硬许久，随后开始强迫自己深呼吸。

"也许是前几天熬夜准备执法者考试太累了，精神过于紧绷……但这是这具身体的原主人干的事，跟我没什么关系才对……难道是两个灵魂融合的时候出了问题，损伤到神经了？听说严重的精神分裂症，确实会出现难以辨别的幻觉……"陈伶暂时止住自己内心的恐惧，试着用科学的方式解释这一切。强烈的饥饿感涌来，他随手从菜板上拿起一根烤肠，三两口吞入腹中，这才略微缓过神来。"也许，我需要一位精神科医生。"

吓了一跳的陈伶连脸都没兴致洗，匆匆披上一件黑色棉大衣，推门而出。即便如此，门后涌入的寒气还是让陈伶打了个哆嗦。这是陈伶来到这个世界后，第一次正式接触这个世界，他深吸一口气，做好了面对一切未知与困难的准备。然而当他无意间抬头看向天空，一句脏话还是忍不住爆了出来。初晨的光辉自东方散落，一条条如梦似幻的蓝色缎带，飘浮在小城的上空，仿佛近在咫尺，但又遥不可及——极光，白天的极光。陈伶站在家门口，怔怔地看了漫天极光许久，喃喃自语："这个世界……究竟是什么鬼？"

"这路怎么这么难走？"
"天气太冷，昨晚又刚下完大雨，山路都被冻起来了，小心一点。"
"磨蹭一路，天都亮了。"男人擦了擦额角的汗水，"我们还有多远？"
"那个乱葬岗就在前面……应该要到了。"

两道蹒跚的身影攀过山峰，终于看到不远处林立的土包。这些土包有新有旧，绝大多数没有碑文，只是随便在土包面前插了个木牌，或者放着被葬者生前的物品。但经过了昨晚那场大雨，这里的土包被冲毁不少，木棍与其他物品更是乱七八糟地散落四周，现场一片狼藉。令两人没想到的是，此刻的乱葬岗已经被一条条黄色的警戒线封锁，十几个身影穿行在封锁区域内，脸色都有些凝重。

"执法者？"看到那些人醒目的黑红服饰，男人瞪大眼睛，"他们怎么会在这儿！"

"他们已经发现了？"女人脸色煞白，"是……是阿伶？难道是他去找了执法者？他真的没死？"

他们自以为杀了陈伶，结果第二天陈伶就自己回来了，再加上突然出现在埋尸地的执法者……这几乎没有别的解释。

"不对……"男人死死盯着那些人影，"三区的执法者，即便是处理刑事案件，最多也只会出动三个人！像这种一口气出动十几个人的，只可能是……"

"'灾厄'……出现了？"女人想到了什么，冷汗瞬间浸湿后背！"难道卧室里的那个怪物就是……"

"快走！"男人一把抓住女人的手腕，掉头就要远离这里。

就在这时，一个冰冷的声音从不远处传来。"站住。"

两人的身影瞬间僵硬，一位执法者从警戒线下钻过，缓缓走到两人身边，双眸微眯。"你们是什么人？来这里做什么？"

"我……我……"女人结结巴巴的，说不出话来。

"我们来看儿子。"男人尽量镇定地开口，"他被埋在这里，今天是他的忌日。"

"那你们跑什么？"

"……因为害怕。"

"害怕？"

"一口气出动这么多执法者，是灰界在这里交汇了，对吗？"男人咽了口唾沫，"说不定，还有'灾厄'从里面爬出来了……我们怕被误伤。"

"哦？你倒是懂得不少。"执法者诧异地挑眉。

男人挤出一丝苍白的笑容。

"执法者大人。"女人小心翼翼地问道，"真的有'灾厄'从灰界跑出来了吗？"

"这是机密。"执法者淡淡回答，"儿子你们今天是探望不成了，都回去吧……在这里看到的东西，不允许外传，规矩应该都懂？"

"懂，懂。"

"走吧。"听到这两个字，男人心中终于松了口气，当即转身离开。"等等。"两人心脏顿时漏了一拍。"姓名和住址留一下。"执法者掏出笔和纸，"保密条例的要求，请谅解。"

"陈坛，李秀春，三区寒霜街128号。"

记录完毕，执法者便放两人离开，自己穿过黄色警戒线，来到一个披着黑色大衣的男人面前，将文件递了过去。"蒙哥，问清楚了，是来看儿子的。"

韩蒙叼着粗卷烟，深深吸了一口，刺鼻的烟气混杂着哈气，飘散在冷风之中。他随意瞥了眼那份文件，平静地开口："派几个人暗中跟着，他们有问题。"

"啊？"

"寒霜街距离这里少说也有十几公里的路程，他们这个点到，最晚也是凌晨四点出发……那个时候，雨可还没停。谁会天还没亮，就冒着暴雨来山上祭拜？还有，这里是乱葬岗，是埋那些举目无亲或者客死他乡的人的地方，他们身为父母，怎么会把孩子埋在这儿？"

那位执法者愣住了，顿时一拍脑袋："对啊，我怎么没想到？"

"……小勤啊，你当时是怎么通过执法者考试的？"

被称为小勤的执法者干笑两声，直接转移话题："对了蒙哥，昨晚究竟有没有'灾厄'从灰界爬出来？"

韩蒙没有回答，而是从大衣内侧的口袋中摸出一个巴掌大小的仪器，仪器中央是个酷似罗盘的指针装置，不同的颜色标注刻度的不同区域，清晰明了。

"这就是'灾厄'指针吗？"江勤好奇地打量着仪器，伸手想摸一下，手背却被狠狠抽了一记。

"这玩意儿珍贵得很，等你晋升为执法官，自然有摸它的那一天。"

江勤苦涩地揉着手背："这东西究竟怎么用？"

"这个是探测'灾厄'危险等级的装置，一会儿打开之后，指针指到哪个区域，就说明附近出现过哪个量级的'灾厄'波动，如果只是单纯的灰界交汇，没有'灾厄'爬入现实世界，那它就不会有反应。'灾厄'的等级越高，指针晃动得也会越厉害。"

江勤点点头，有些担忧地开口："蒙哥……应该不会有'灾厄'爬出来吧？"

"大概率没有，毕竟如果昨天真的有'灾厄'通过这里降临，那二区和三区早就乱成一团了。"

"那就好。"

"为了保险起见，我们还是得完成检测。"韩蒙一边说着，一边打开"灾厄"指针，其余几位执法者见此，纷纷好奇地望了过来。一秒、两秒、三秒……"灾厄"指针毫无反应。就在韩蒙松了口气之时，罗盘上的指针突然猛地抖动起来，在不同颜色的区域疯狂横扫，刺耳的"嘎吱"声从仪器内部传出。韩蒙瞳孔骤然收缩，下意识地松开"灾厄"指针。"砰——"无数零件崩碎在半空，锋利的指针断口擦过韩蒙的脸颊，顿时留下一道猩红的血迹。"灾厄"指针——炸了。

004·它们存在

"阿嚏！"寒风中，陈伶猛地打了个喷嚏。在原世界中，作为一个北方人，陈伶都有些招架不住这里的天气——寒冷、湿润，虽然天上顶着个大太阳，但根本感受不到丝毫的温度。"让一让，让一让！"懒洋洋的声音从前方传来，陈伶回过神，下意识地贴到路边，只见道路尽头，一辆三轮车正缓慢地向这里驶来，一个少年骑着车，另一个少年坐在后面的椅子上，身旁是两大桶盐。他用勺子舀起盐，撒在结霜的道路上，随着盐粒的撒落，地面的冰霜逐渐融化。

"哟，陈伶？"撒盐的那人看到站在路边的陈伶，眉梢一挑，"想不到能在这儿看到大学霸啊，你不是去参加执法者考试了吗？被刷了？"

陈伶看到那张脸，一段记忆便涌上心头。他叫赵乙，自小就和陈伶在一条街上长大，不过天生善妒。高中时陈伶成绩好，赵乙母亲没少拿陈伶来跟他比较，使得他怎么看陈伶都不顺眼。

"文试过了，还有武试。"陈伶站在路边，随口回了一句。

"嘿嘿，那祝你考运昌隆啊！"赵乙嘴上这么说着，却舀起一大勺盐，用力向旁边的道路撒去，恰好波及站在路边的陈伶。飞扬的盐粒沾满陈伶的头发与棉袍，他压根没想到赵乙还会弄这么一手，迅速用手将盐粒拨下来，然后回头瞪着赵乙。此时，赵乙已经坐着三轮车，晃晃悠悠地远去……他一只脚搭在盐桶上，吐舌对陈伶做了个鬼脸。陈伶的内心作为一个二十八岁，经历过社会毒打的成年人，面对如此拙劣的恶作剧，心里还是有些生气，又觉得有些好笑。不过，陈伶并没有追上去狠揍一顿那小子的打算，只是暗自将这事记在心里，因为此刻还有更重要的事情要做。

陈伶正准备迈步继续前行，余光瞥到脚下的地面，微微一愣。接触到盐粒的冰霜逐渐融化，少许白色残留在地面，在那一瞬间，陈伶看到一行文字交织成形——

观众期待值：27%

还没等陈伶反应过来，盐粒便彻底融尽，刚才的那一幕，仿佛只是一闪而过的幻觉。陈伶用力揉了一下眼睛，喃喃自语："不会吧……"紧迫感再度升起，陈伶不由得加快了脚步，径直向诊所冲去。几分钟后，陈伶推开了诊所的大门。说是诊所，其实也就是寒霜街上的一户民房，两层楼高，外形方正，土灰色，一眼就让陈伶想起了自己农村老家的房屋。但就是这样的一间粗糙屋子，已经是寒霜街上比较不错的，至少它有两层，还能挡风。

"是你啊。"木桌后，一个穿着白大褂的男人微微侧身，"又来给你弟弟拿药？他不是转去二区的医院了吗？"

"这次不是阿宴，是我自己。"陈伶的弟弟之前在这里住院，陈伶跟这位林医生混得很熟，他走到桌前坐下，神情有些紧张。

"哦？你哪里不舒服吗？"

"我……脑子不太舒服。"

"是物理意义上的头疼，还是……"

"我最近，似乎出现了幻觉。"

"精神科？"林医生眉梢一挑，认真推了下鼻梁上的黑框眼镜，"这我擅长……说说你的病情吧。"

"我昨晚做了个梦，梦到我站在一个舞台上，台下有很多观众……我看不清它们的脸，但它们不像是人类，我在台上拼命地跑，却总是找不到出口……"

"解梦不在我的业务范围内。"

"我知道。"陈伶深吸一口气，"但是我醒了之后，总感觉……它们还在看着我。"

听到这儿，林医生终于来了兴趣："幻想自己被窥视了？"

"不像是幻想……它们好像就在我的脑子里，坐在观众席上，观察着我的一举一动，而我就像是一个被迫表演的戏子，只是取悦它们的工具。"

"你是说，你的人生就是舞台，而你是舞台上唯一的主角？"

"意思对了……但没你说的那么正能量。"

"那观众呢？它们除了窥视你，还会干别的吗？"

陈伶沉默片刻："不知道是不是我的错觉……它们，好像能影响我周围的东西。"

"能影响现实？那听起来有些玄幻了。"林医生一边说着，一边拿起茶缸喝了一口，正欲说些什么，脸色突然一变。"噗——"林医生喷出了一口猩红的鲜血，洒落地面。

"林医生？"陈伶吓了一跳，"您这是生了什么病吗？"

"不对。"林医生抹了把嘴角的血迹，那些血不是他的，皱眉思索片刻，目光落在桌角的茶缸上……不知何时，茶缸中已经盛满黏稠的血液。林医生脸色有些难看，他清楚地记得自己一分钟前在里面泡了包普洱。在这期间，诊所中只有他与陈伶两个人，陈伶始终在他的注视下，根本不可能也没动机调包茶水，那满满的一缸鲜血就像是变戏法般，诡异地出现在其中。

陈伶也像是想到了什么，脸色越发苍白。"正如我所说的。"他声音沙哑地开口，"它们……也许真的存在。"

林医生注视了那杯血液许久，才缓缓看向他："这种情况，持续多久了？"

"一天。"陈伶停顿片刻，"从我意识清楚开始，只有一天。"

"那在意识清楚之前呢？你在做什么？"

"我……"陈伶脑海中，突然浮现出昨晚他在暴雨中跟跟跄跄行走的画面，"我不知道，记不清了。"

"所以，你并不确定这个症状是从昨晚开始的，而且没有昨晚之前的记忆？"

"……对。"

"你被'灾厄'附身过吗？"林医生推了下眼镜，"或者我换个问法，昨晚……你遇见过灰界交汇吗？"

005·灰界

"灰界交汇？"陈伶记忆中确实有这个词语存在，原主应该在哪里看见过。

"别告诉我你连灰界都忘了。"林医生站起身，将茶缸中的鲜血倒入下水道，缓缓开口，"在大灾变前，有人曾提出过一个假说，在这个宇宙中，有无数个时空平行存在。这些时空是由最早的宇宙诞生形成的，像是烛火点燃后释放的光线，向四面八方扩散。但因为光线是无穷的，所以它们向所有可能性无限延伸，且永不相交。但从赤色流星划过之后，一切就乱了。各个时空都被搅出波动，一个未知而诡异的灰色世界，开始与现实世界发生重叠。"

林医生洗完茶缸，并没有倒掉其中的水，而是将其摆在桌面上，由于过程中用了些力，缸内的水面波浪起伏。

林医生撕下一张纸，贴在水浪上方，波纹涌动的水流开始浸湿纸片，从一个个分布不均匀的小水渍，逐渐渗透整个纸面。"起初，交汇的只是一小部分，但随着时间的流逝，交汇的区域越来越多。那个世界的物质与生物开始出现在我们的世界，甚至目前绝大部分原属于人类的栖居地，已经被那个世界占领，只剩下九个'域'庇护人类，延续火种。由于那个世界天空是灰色的，我们将其称为'灰界'。当灰界与现实发生交汇，会产生一系列超乎认知的诡异事件，甚至会有属于灰界的怪物降临，也就是我们所说的'灾厄'。一般而言，在遇见灰界交汇，或者被'灾厄'袭击的幸存者中，有八成的人会出现精神失常的状况，而且大部分终身无法痊愈。我怀疑，你现在的情况，就跟灰界有关。你好好想想，自己究竟有没有遇见过灰界交汇，并被卷入其中？"

面对林医生的询问，陈伶努力地搜索原主的记忆，最终却毫无所得……任他如何回想，都没法记起昨晚的其他记忆。"我不知道。"他苦涩地开口。

林医生思索片刻，从抽屉里取出一张信纸，迅速书写起来。"你的情况已经不是精神疾病这么简单了……我只是个普通人，没法治好你。不过，我认识一个人，在治疗灰界污染后遗症这方面，也许能帮上忙。毕竟，他是一位真正的'医生'。"

听到这儿，陈伶眼前亮起微光："我该去哪儿找他？"

"他住在极光城，不过平时喜欢云游义诊，听说哪里有疑难杂症他就往哪里去，这是他们的成神之路。总之，你把这封信交给极光城门口的执法者，留下姓名和住址，他们会替你转交。最多三天，那位'医生'就会主动上门来找你。"

"多谢！"陈伶接过信封，由衷地感谢道。

事实上，在路上看到盐粒融化的时候，陈伶已经感觉有些不对，发生在他身上的事情似乎没法再用疾病来解释。他来到这家小诊所，一是因为路都已经走了一半；二是实在不知道除了这里，还有哪里有可能帮上他。听林医生的意思，这位"医生"似乎有特别之处,还提到了成神之路……莫非,这个世界也有独特的人类修炼体系?否则按照林医生的说法,全人类应该都在所谓的大灾变与灰界交汇之时死绝了才对。陈伶甚至觉得,这个世界畸变的科学水平,可能也和大灾变有关。

"不用谢,替我向你弟弟问好。"林医生微微一笑。

"他还在二区住院……下次我去探望的时候,会帮您带到的。"

陈伶起身与林医生道别,推门离开。

随着那道身影逐渐消失在极光流淌的天空之下,林医生的双眸微微眯起。

"戏子吗……"

第一次在梦里看见屏幕,观众期待值是29%。我试图逃命的时候,跳到了30%。在来这里的路上,又倒退回27%。就在刚刚,林医生被恶作剧整蛊,又涨到29%。假设"观众"真的在我脑海中,并且这些数字不是幻觉,那影响期待值涨跌的,究竟是什么?寒风萧瑟,陈伶裹着厚棉袍,一边往家的方向走,一边认真思索着。舞台、"观众"、期待值……每一次期待值增长,似乎都伴随着一个事件的发生。那这些事件,是不是可以看作舞台上的"情节"?自己身边发生的事件越有意思,"情节"对观众的吸引力就越大,从而提高期待值?屏幕上说,当观众期待值低于20%,将不保证演员的人身安全……具体是什么危险,陈伶不知道,但从"观众"可以在一定程度上干涉现实来看,搞不好自己会沦为它们的泄愤工具,被戏法恶搞致死!陈伶觉得自己的思路没错,但想要证明是否正确,还需要付出实际行动。"也许,我该试着主动设计'情节'。"陈伶喃喃自语。

"阿伶啊,吃早饭没?"陈伶转头望去,只见街边的早餐铺子中,一个头上缠着毛巾的大叔正扇着灶台,热情地对他喊道。看到他的瞬间,一个想法突然闪过陈伶的脑海。"没呢赵叔。"陈伶嘴角微微上扬,顺势向铺子走去。

"来来来,给你弄点豆浆和油条,昨晚下暴雨,湿气重,不吃点早饭暖身子可不行。"赵叔盛了一碗热气腾腾的豆浆向他走来。

"谢了赵叔。"陈伶掏了掏口袋,摸出三枚铜币递给赵叔,却被后者推了回去。

"叔请你吃顿早饭,还能让你掏钱?"

"别啊赵叔,虽然咱是十几年的邻居,但该算的还得算。"

"你这孩子,叔不要你的钱,有空的时候多帮我们家小乙补习下功课,叔天天给你送早饭吃。"赵叔咧嘴笑道,露出一口大黄牙。

"他不是已经毕业了吗,还要补课?"

"就他那点分,工作都分配不上,我打算让他复读,总不能天天给人打零工吧?"

"哦……"

"还是阿伶好啊,聪明又孝顺,要是哪天小乙能跟你一样考上执法者,我做梦都得笑醒了。"赵叔长叹一口气,"可惜,这小子不争气啊。"

陈伶拿筷子的手微微一顿,犹豫片刻后,还是开口道:"赵叔……你知道赵乙为什么学习这么差吗?"

"啊?为什么?"

陈伶本想说些什么,沉默许久后,还是摇了摇头:"算了赵叔,当我没提过吧……我答应过他要保密的。"

"别啊!"赵叔心跳都加快了,顺手给陈伶加了个卤蛋,急得直挠头,"阿伶啊,我知道你是小乙的好朋友,但有些事情……我,我这个当爹的也得知道一点吧?我一个人把小乙拉扯大,每天起早贪黑地挣钱供他上学,就是为了让他以后能过得好一点……你要是知道些什么,一定得告诉我啊!我们也都是为了他好……"

见赵叔如此急迫地询问,陈伶微微动容,纠结片刻,像是下定了决心:"赵叔你说得对,作为朋友,我也实在不忍心看赵乙这么堕落下去了……"

"堕、堕落?他究竟怎么了?"

"他谈恋爱了。"

"啊?"赵叔一愣,"这小子还有这魅力?"

陈伶面不改色地啃了口油条,淡淡吐出三个字:"跟男的。"

006·《陈氏编导法则》

《陈氏编导法则》第九条——创造并发展一个情节,核心在于设置矛盾冲突,如果故事本身的矛盾感不强或者不够抓人,那就制造"误会"来推动情节发展。陈伶脑海中闪过自己前世当编导时,偷偷归纳总结的几条法则,眸中闪过一抹笑意。

  观众期待值 +3%
  当前期待值:32%

看到豆浆中闪现这两行字的瞬间,陈伶就知道自己猜对了。赵叔的表情肉眼可见地僵硬,他错愕地看着陈伶,整个人先是茫然,然后震惊,最后陷入死一般的沉默。"赵叔,我答应小乙帮他保密的……但叔你就小乙这一个儿子,肯定想着他能给您传承香火……而且他老是跟另一个男生混在一起,真的会影响学业。"陈伶叹了口气,"今天我还看到,他坐在那男生的车后座上,笑得不知道有多开心……"

赵叔的身体微微颤抖起来,双手忍不住攥拳,呼吸越发粗重。"好……叔知道了。"赵叔脸上努力挤出一丝笑容,看起来有些瘆人,"谢谢啊,阿伶。"

"对了叔,这事我答应小乙要保密,所以你千万不能跟他说是我告诉你的……"

"放心,叔知道。"

陈伶喝完最后一口豆浆，便跟赵叔告别，离开铺子。赵叔却像是没听见般闷着头在屋里找着什么，几分钟后从角落找出一根拳头粗的棍子，然后缓缓坐在店门口的板凳上。一阵寒风袭过街道，吹起赵叔为数不多的头发与额顶那条沾满汗水的毛巾。他就安静地坐在那儿，单手用棍子拄地，满是血丝的眼眸死死盯着街道尽头，像极了杀气腾腾的大将军！

陈伶看似离开街道，实则偷偷从巷道绕了回来，站在角落的树荫下，正好能看到店铺的全貌。几分钟后，一辆三轮车晃晃悠悠地从道路尽头驶过来。赵乙跷着二郎腿坐在车后的椅子上，身后两桶盐都已经撒得干干净净。他把玩着手中刚赚来的几枚铜币，笑得嘴角都快咧到耳根。"嘿，赚钱也没那么难嘛。"

"乙哥，你当然不难啊，骑一整天车的人是我！"前面的少年站起身，用力蹬着三轮车，气喘吁吁地说道。

"都是自家兄弟，分什么你我。"赵乙从掌间拿出两枚铜币，塞到少年口袋里，"喏，给你的。"

不远处，看到赵乙主动摸少年腰肢的赵叔，眼皮忍不住一跳。

"乙哥，我给你骑了一天的车，就给两块啊？"少年瞪大了眼睛，"你不是从路管局那儿领了二十吗？！"

"骑车是体力活儿，撒盐是技术活儿，我当然得分多点。"赵乙懒洋洋地回了句，然后纵身从三轮车上跃下，眯眼笑着冲少年挥了挥手，"明天我在老地方等你……要是敢不来，老子见你一次打你一次，明白吗？"说完，他将剩余十八枚铜币全攥手里，昂首挺胸地朝自家店铺走去。骑车的少年愤怒地看向他，可随着赵乙凶恶地一眼瞪回去，顿时怂了，只能垂头丧气地继续蹬脚踏板，独自回家。寒霜街的少年恶霸赵乙，在年轻一辈中几乎没人敢惹，骑车少年被人白嫖一天，也只能咬碎了牙往肚子里咽。

"老爹，我回来了！"赵乙迈着大步，手握十八枚铜币，他回家从来没这么自信过。但不知为何，他刚走到店门口，就感受到一股寒意扑面而来。手握木棍的身影缓缓站起身，气氛骤然降至冰点，赵叔那双怒眸锁定赵乙，像是手握长枪的将军，气势汹汹地向他走来。"老……老爹？"赵乙看到那根棍子，下意识地向后退了一步。

"就是他，是吗？"赵叔一只手指着吭哧吭哧骑车远去的少年，气得手都在哆嗦，"小王八蛋！学习不好好学，就给我偷偷摸摸搞这些？！你说你要是正儿八经跟女娃娃谈个恋爱就算了，你找个男的？男的能给你生孩子吗？！能给我们老赵家传宗接代吗？你是想绝了你老爹的后啊！！"赵叔一边破口大骂，一边拎着棍子疯狂"追杀"赵乙，后者被打得嗷嗷直叫。

听到赵叔的怒骂声，半条街上的邻居耳朵都竖起来了。他们好奇地围在附近，开始对被追打的赵乙指指点点，不知彼此说了些什么，脸上同时浮现出震惊之色。

观众期待值 +1%……+1%……+1%……

随着赵乙被打得嗷嗷直叫，陈伶眼前的数字开始不停跳动。如果他能再次进入脑海中的剧院，就能看到那密密麻麻的黑影"观众"，正饶有兴致地看着这一幕，嘴角带着微妙的笑意。"矛盾对了……但出场人物还不够。"陈伶的目光落在远处的三轮车上，"小六。"

听到陈伶的呼唤，正在茫然"吃瓜"的骑车少年转过头来。"阿伶哥，你也在这儿啊？"

"你们今天去融雪，小乙给了你多少钱？"

"两块……"提到这个，少年脸上就浮现出怨愤，"他出尔反尔，本来说让我骑车，赚了钱分我大头，结果就给了这么点，还威胁我明天继续给他当苦力……"

"你想报复他吗？"陈伶注视着他的眼睛，"或者说，你想让他以后再也不敢欺负你，甚至见了你都绕着走吗？"

"想！"

"那我教你……"

就在两人窃窃私语之际，赵乙已经被追得疲惫不堪。"老爹，老爹别打了！我真没干嘛！"赵乙总算反应过来，拼命解释着，"我发誓，我赵乙一直只喜欢女人，尤其是丰满、有韵味的那种……"围观众人的嘴巴微微张大，若有所思。赵叔一愣，脚步顿时慢了下来："那你跟骑车那男娃娃，是什么关系？"

"我们就是普通朋友啊！"

"你说真的？"

"当然是真……"

"小乙哥！"一个少年拨开人群，疯了般冲到赵乙身边，张开双臂抱住他的身体，用后背替他挡下木棍。赵乙愣住了，赵叔也愣住了。"你……"赵乙只觉得大脑一片空白。不等赵乙开口，那少年便瞪着通红的眼睛，对赵叔大声开口："要打就打我吧！不许打我的小乙哥！！！"

气氛骤然死寂！

观众期待值 +2%……+2%……+2%……+2%……

007·全区封锁

那天下午，寒霜街上的惨叫声几乎没有停过。而这一切的始作俑者——陈伶，安静地撑着脑袋坐在树下，与围观的群众一起"吃瓜"，同时注意着"观众期待值"的变化。刚开始赵叔打赵乙屁股，观众期待值都会少量增长，但打了几次之

- 015

后，增长就停滞了，最终定格在48%。陈伶又在旁边看了许久，期待值却反而掉了1%，变成47%……看来"观众"也觉得有些腻了。我脑子里的那些"观众"，不会全都是乐子人吧？陈伶忍不住心想。

通过这次的实验，陈伶已经可以确定，观众的期待值是根据他自身的行动而变化的。如果他正在经历的事件足够精彩，期待值就会上升，而一旦长时间没有什么乐子，期待值就会随着时间流逝下跌……那岂不是说，如果他想将期待值维持在20%以上，就得持续不断地制造"精彩情节"？今天是赵乙挑衅他在先，再加上对方是寒霜街恶霸，稍微教训一下无可厚非……但这种事情也不能天天搞吧？照这个形势发展下去，他岂不是注定要成为为祸人间的大魔头？想到这儿，陈伶有些心累……现在陈伶唯一的救命稻草，只有林医生说的那位极光城的"医生"，也许他能祛除自己体内的什么"灾厄"污染，把自己从这"被动乐子人"的人生轨迹中救出来。

就在陈伶沉思之际，一阵低沉的钟声自远处传来！"当——当——当——"三声钟响仿佛能穿透空间，回荡在天地的每一个角落。听到这钟声的瞬间，周围人群的脸色一变，就连正在追打赵乙的赵叔都停下手，错愕地看向远方。

"三声灾钟？！"一个老者脸色难看无比，"这怎么可能？"

"灾钟鸣动，是执法者给的预警信号，说明他们查到在大区内出现灰界交汇的痕迹，有'灾厄'入侵了……"

"不是说极光界域有极光守护，几乎不会与灰界交汇吗？过去十年里，'灾厄'出现的次数也不超过三次……"

"那只'灾厄'现在在哪儿？"

"不知道……反正赶紧回家！没事不要出来！"

听到三声灾钟响起，众人的脸都清一色地煞白，刚被抽得嗷嗷直叫的赵乙，更是两腿一软，直接跪倒在地上。

脚下的大地微微颤动，陈伶转头望去，只见十余匹快马正从远处飞驰而来。每一匹快马的身上，都骑着一个穿着黑红制服的身影，腰间斜挎着手枪套，脸色同样凝重无比。

"疑似高危'灾厄'出现！三区全境封锁！任何人不得进出！"

"留意身边的一切可疑迹象，例如凭空出现的道路或建筑、长相怪异的神秘生物，乃至行为举止不正常的人类！"

"如发现异样，立刻向执法者报告！"

"所有人请配合调查！"

执法者们的声音回响在寒霜街，乃至三区的每一个角落，伴随着空中的灾钟残响，一股莫名的紧张感笼罩世间。此刻再也没人有"吃瓜"的兴致，所有人都急匆匆地往家赶，就连赵乙在吃了个大嘴巴之后，也被他爹骂骂咧咧地拖进屋中。

陈伶独自站在树下，也准备往家走，就在这时，两行字在落叶堆中闪现——

观众期待值 +18%

当前期待值：65%

看到观众期待值暴涨，陈伶一愣，下一刻，一个令他毛骨悚然的想法猛地跃入脑海——"他们……不会是冲我来的吧？！"

三区，执法者总部——

昏暗的日光透过半球形的琉璃穹顶，折射下斑斓的微光照亮室内，一面数十米长的旗帜被绳索高高悬挂在正中央，漆黑底色之上，两只青色六角星彼此重叠，好似北极夜空的闪耀星辰。此刻在旗帜下方，十几位穿着黑红制服的执法者神情严肃，他们笔挺地站成一排，面对总部大门的方向，像是在等待着什么。随着大门打开，五位穿着黑色风衣的执法官并肩走来。五人中，韩蒙走在正中，风衣衣摆绣着四道银色纹路，其余四人都只有三道纹路。随着他们的到来，在场的所有执法者同时立正。

"情况怎么样了？"韩蒙沉声问道。

"灾钟已经敲响了，三区目前全面封锁，不过还没有那只'灾厄'的踪迹……"一位执法者犹豫片刻，还是忍不住问道，"蒙哥，'灾厄'指针自毁……意味着什么？"

"'灾厄'指针自毁，只有两种情况。"韩蒙平静地开口，"第一种，周围有特殊'灾厄'降临，这种特殊'灾厄'的能力，正好会让'灾厄'指针失效……不过这种解释只存在于理论之中，到目前为止，没有发现过任何一只这样的'灾厄'。第二种，周围有九级……也就是统称的'灭世'级'灾厄'入侵，其残余的能量波动超出指针承受极限，自动爆开。"

"'灭'……'灭世'级？"众人脸色煞白。

"不用这么紧张……你们不会真以为会有'灭世'降临吧？"韩蒙身旁的执法官轻笑，"'灭世'级'灾厄'，可是能够灭绝一整个人类界域的存在，整个灰界就那么几只……要是真有'灭世'降临，别说三区，估计就连极光城都已经在它降临的瞬间，灰飞烟灭了。"

听到这儿，众人终于松了口气……

"所以，应该只是个特殊的'灾厄'？"

"目前只有这种解释。"

"可是'灾厄'指针坏了，我们该怎么去对它评级呢？"

"无法评级。"韩蒙摇头，"除非它再次现身，然后我们与它交手……现在最重要的，就是动用全部人手地毯式搜索，在它主动伤人之前，把它找出来。"

"地毯式搜索吗……可是我们的人手不一定够啊。"

"那就先临时调用预备席的执法者，前几天不是文试结束了吗？把合格的那群人聚集起来，告诉他们这就是武试。"

"是！"

008·杀局

寒霜街——

两道狼狈的身影站在家门口，脸上满是犹豫。这座曾属于他们的房子，如今已经被一个死而复生的人，或者说"东西"所占领，乱葬岗昨晚就被灰界污染，所以屋里那个大概率……是一只伪装成陈伶的"灾厄"。

"现在该怎么办……"李秀春咽了口唾沫。

"能怎么办？"陈坛深吸一口气，"进去，迅速拿上所有家当，然后跑！跑到五区或者六区，总之离这里越远越好！"

"但它还在里面，万一把它吵醒怎么办？"

"它已经离开了。"陈坛看着家门口的泥脚印，笃定地说道。

听到这句话，女人终于松了口气，她用钥匙打开房门，两人飞速地冲进去。

"只拿钱币和贵重物件！太笨重的统统不要！"

"我去卧室，你去客厅！"

"快快快！抓紧时间！我们还不知道它什么时候会回来！"

两人慌张地掏出两个麻袋，开始各自装东西。男人打开抽屉将钱全部塞进口袋，正准备离开，看到床头那把用来防身的斧子，短暂犹豫后，将它也一起塞入麻袋。他们家并不富裕，值钱的东西很少，但也正是因为这两点，两人舍不得放弃这仅有的、他们亲手挣来的家当。李秀春将三件棉麻衣服一股脑塞进口袋，确认没有再落下东西后，匆匆来到客厅。

两人将麻袋扛在肩上，正准备离开，李秀春突然开口："我们走了，阿宴回来怎么办？"

"那我们就先去二区！把他接出来之后，再带着他一起跑！"陈坛果断回答。

"他一定会找哥哥的……"

"他的哥哥已经死了。"陈坛一边说着，一边准备去开门，就在这时，钥匙插入锁孔的窸窣声传来，两人的身形猛地定格在原地！家门被缓缓打开，一个青年走了进来。陈伶看到扛着麻袋的两人，微微一愣，疑惑问道："爸、妈，你们这是要去哪儿？"

陈坛与李秀春就像见鬼一般，脸色煞白。与此同时，窗外一匹快马疾驰而过，执法者的呼喊回荡在街道上空——

"疑似高危'灾厄'出现！三区全境封锁！任何人不得进出！

"留意身边的一切可疑迹象，例如凭空出现的道路或建筑、长相怪异的神秘生物，乃至行为举止不正常的人类！

"如发现异样，立刻向执法者报告……"

执法者的声音逐渐远去，狭窄的房屋中，气氛陷入一片诡异的死寂。"我们……"听到外面的声音，两人腿都哆嗦起来，他们惊恐地看着眼前的少年，恍惚中变成了来自地狱的獠牙恶鬼！陈伶目光落在那两个大麻袋上，又联想到刚才执法者喊的话，开口安慰道："你们别太担心，那个什么'灾厄'好像不在这附近，街上不是还好好的吗？"

陈坛："……"

李秀春："……"

陈伶也很无奈。本来听到什么"灭世"级"灾厄"入侵的消息，他还没多想，但看到观众期待值暴涨，顿时觉得事情不妙了。赵乙挨打挨了一下午，也就勉强涨了十几点期待值；执法者只是喊了一声，期待值就暴涨到六十几。根据陈伶目前的了解，这说明它们找到了某个非常刺激的乐子，很不巧，这个乐子……可能就是他自己。之前林医生也提到过灰界交汇与"灾厄"，而偏偏自己就是昨晚来到这个世界的，原主当晚的记忆又消失了……种种线索联合起来，这个什么"灾厄"，不是他还能是谁？陈伶猜想，这些执法者想找的东西，很可能就是自己脑子里的"观众"。陈伶也想过要不要直接找执法者自首，让他们想办法解决自己脑子里的"观众"，但从他们对"灾厄"的态度来看，连带着把自己一起干掉的可能性更大一些。总而言之，先试着躲过这阵风头，观察一下情况再说。见两人还是浑身紧绷，看起来紧张得不行，陈伶叹了口气，主动伸手帮李秀春把麻袋接了过来。"妈，这个时候你还能跑到哪儿去？二区和三区都被封锁了，根本出不去，难道要在外面露宿街头吗？"

听到第一句话的时候，李秀春都吓傻了，听完后面的话，才勉强回过神来，干笑道："对……你说得对。"

"爸，你也放下吧，别太紧张……我们要是逃了，阿宴怎么办？"陈坛咽了口唾沫，双眸死死盯着陈伶，想从后者的脸上找出哪怕一丝的异样与杀意……但失败了。陈伶的一举一动，都不像是个"灾厄"，眼前这个人与他脑海中的陈伶没有任何区别。但陈坛心中很清楚……他不是陈伶，陈伶已经死了。"你们先坐会儿吧，我去厨房给你们倒杯水喝。"陈伶见两人脸色依然苍白，将桌旁的座椅拉开，然后转身走入厨房。

李秀春和陈坛对视一眼，最终还是老老实实地坐下。

陈伶一边在厨房倒水，一边想着如何缓解气氛，随口说道："对了妈，今早你给我留的那个烤肠很香啊,怎么做的?"

"烤……烤肠?"李秀春有些茫然。

昨晚她就跟陈坛两人去了乱葬岗,哪里留了什么烤肠?

"就是菜板上那根啊。"陈伶回答。

李秀春眼中的茫然越发浓郁,她努力地回想着,最后想到了什么,脸色惨白如纸!

"你什么时候给他留烤肠了?"陈坛压低了声音问。

"我……我没有留。"李秀春同样压低声音,哆哆嗦嗦地回答,"那块菜板上……本来放的是一把剔骨刀。但刚刚我收东西的时候发现……刀没了。"陈坛的脸色同样骤变!

与此同时,背对着两人站在厨房的陈伶,缓缓地继续说道:"那根烤肠的味道很香,但是好像有点硬了……妈,明天记得给我烤软一点。"

客厅死一般地沉寂。陈坛倒好水,递到两人面前,却发现他们的脸色好像更白了。"你们没事吧?身体不舒服吗?"陈伶不解地坐在他们对面。

"……没事。"

陈坛深吸一口气,用脚将地上的麻袋悄然拉到脚下,声音镇定些许:"阿伶。"

"嗯?"

"昨天发生的事情……你还记得吗?"

"昨天?"陈伶又努力回想了一会儿,摇了摇头,"记不清了……怎么了?"

"没事。"陈坛轻轻抿了口水,像是下定了决心,直视陈伶的眼睛,"你觉得……我们对你怎么样?"

"很好啊。"陈伶理所当然地开口,"当年要不是你们收留我,估计我早就冻死在路边了。我的亲生父母不要我,是你们把我养育成人,还起早贪黑地工作供我上学,我的一切都是你们给的。"

"我的一切都是你们给的"——听到这句话,陈坛的眼眸中闪过一抹释然。"那如果有一天,阿宴病了……只有你的心能救他……你愿意救吗?"

陈伶愣住了。这一刹那,他觉得这句话有些熟悉。支离破碎的记忆从原主的脑海中涌现,陈伶的头又疼起来……他忽然想起,昨晚的原主似乎也听过类似的话语。"我……我……"陈伶抱着脑袋,神情浮现出痛苦。

"阿宴是我们的亲生骨肉,为了怀上他,你妈吃药把身体都吃垮了……我们努力了十年,才终于有了唯一的孩子。一个真正属于我们的孩子!现在他病了,我们不能眼睁睁看着他去死。二区的那个神巫说了,只要我们再拿到一颗二十岁左右的年轻心脏,就可以取代阿宴那颗即将衰竭的心脏。阿宴叫了你那么多年的哥哥,你在我们家当了那么多年的儿子,爸妈从来没求过你什么,但只有这一次……我们求你救救阿宴。告诉我……你是愿意的,对吗?"陈坛的身体微微颤抖,他看向陈伶的眼眸中,满是恳求与期待。他就像是一个做错事的孩子,在等待一个迟来的原谅。

这一刻,被埋葬在昨晚暴雨中的残缺记忆,终于被陈伶逐渐想起,他一边强忍着头疼的痛苦,一边深吸一口气,声音沙哑地开口:"原来……是你们杀了他……"

"他?"

"阿宴知道吗?"

"他不知道,他如果知道自己即将接受的心脏是你的……宁死也不会答应的。"陈坛从内心深处的挣扎与愧疚中回过神来,将手伸进脚下的麻袋中,缓缓掏出一把锋利的斧子。"阿伶,你已经死了,你不该在这里。"陈坛的双眸通红,紧攥着斧子,声音沙哑地开口,"不管占据你身体的是什么东西……我会让你解脱的。"

低沉的雷鸣闪过昏暗天穹。一柄利斧被高高举起……用力挥落!"砰——"一股温热溅洒在陈坛的面庞上,陈伶的身躯直挺挺地倒在地上,发出一声闷响。斧头嵌入他的脖子,几乎将整个头颅割下,他双瞳涣散地凝视着虚无,脸上还残余着痛苦与不解……他死了,没有心跳,没有呼吸,身体逐渐冰冷,像是倒在鲜红花丛中的殉道者。

陈坛的胸膛剧烈起伏,他死死地盯着那具死透的身体,汗水浸湿衣衫……

"死,死了……?"李秀春瘫坐在椅子上,哆嗦开口。

"……死了。"

"'灾厄'呢?"

陈坛停顿了一下:"不知道……"

李秀春呆呆地看着那具尸体,突然来了一句:"你说……有没有可能他不是'灾厄'……而是上帝又给了我们一次赎罪的机会?"

"如果是的话……"陈坛惨笑一声,"那我们真该下地狱了。"

009·爸,我饿

"也有可能是那只'灾厄'太弱……一斧头就彻底砍死了。"李秀春又提出一种可能。陈坛没有回答,他望着那血泊中的身影许久,转身从厨房拿出一把菜刀。

"你要干吗?"

"剖开他的胸膛,看看心还在不在。"陈坛声音沙哑地开口,"至少我要知道……我究竟是杀了一只怪物,还是杀了上帝给的救赎。"他半跪在陈伶的尸体旁,用刀锋艰难地划开那具尸体的胸膛,一旁的李秀春脸色发白,扭头冲入厨房,剧烈呕吐起来。几分钟后,陈坛缓缓站起身。

"怎么样?"李秀春问道。

"空的。"陈坛看着那空无一物的胸膛内壁,像是松了口气,"他没有心脏。"

"没有心脏？那他是怎么……"

"不知道。"陈坛顿了顿，"无论他是什么……现在都已经死了。"

"尸体怎么办？"

"藏到地窖里吧……现在外面都是执法者，我们送不出去。"陈坛拖开客厅的桌子，将地面的厚重木板打开，里面是一片阴暗狭窄的地下空间。在这个没有电冰箱的年代，依靠地窖天然的保温效果储藏食物是最佳选择，他正准备将陈伶丢进去，看到陈伶脖子上那狰狞可怖的伤口，还是停下了身形。"去把阿宴的那件戏服拿来吧。"陈坛说道，"不管他是什么，这都是阿伶的皮囊……没有棺椁下葬，至少给他穿件体面的衣服。"

提到那件戏服，李秀春微微一颤："可是昨晚……他就是穿着那件衣服回来的……"

"一件衣服而已。"陈坛本想反驳，但想到昨晚陈伶回家时的惊悚场景，还是没再坚持，"算了，那就这样吧。"陈坛将陈伶的尸体丢入地窖，将木板盖好，又把桌子压到上面，这才彻底结束。

接下来，李秀春开始清扫屋内的血迹，虽然这些东西让她止不住地犯恶心，但还是捏着鼻子继续。

"咚咚咚——"急促的敲门声突然响起。正在清扫房间的李秀春心跳都漏了一拍，猛地回头看向陈坛。"有人来了？"

"先不管他，假装家里没人。"

李秀春点了点头，两人在客厅屏住呼吸，只剩下沉闷的敲门声在不断回响。但那敲门声丝毫没有停下的意思，反而越发用力，紧接着，一个低沉的声音从门口传来："执法者问话！立刻开门！"

听到"执法者"三个字，两人脸色顿时一白，陈坛犹豫片刻后，给李秀春一个眼神，迅速换了身上的衣服，扣子没扣齐就向门口走去。

"嘎吱——"房门打开一角，陈坛侧身走到门外，反手将门关起："执法者大人，有什么事吗？"

淅淅沥沥的小雨从阴沉的天空坠落，两个穿着黑红制服的身影站在门外，脸色有些阴沉。

"敲这么久的门，为什么不开？"

"刚才在睡觉，穿衣服费了点时间。"他讪讪一笑。

两位执法者看了眼他没扣好的衣服，神情放松些许："是陈伶家吗？"

"是……"

"他人呢？"

"他早上就出门了，还没回来。"

"等他回来，把这份通知转交给他。"一位执法者从怀中掏出一份文件，"现在二区、三区全境封锁，临时招募所有通过文试的预备执法者集合，他也在应召名单内。明天上午七点，准时到三区执法者总部集合，不去就视为自动放弃名额。"

陈坛心头一跳，但还是面不改色地接过通知，点了点头："好，我一定转交。"

两位执法者转身离开，陈坛在心中松了口气。他推门走入屋中。"刺啦——刺啦——"刚一进屋，一阵刺耳的金属摩擦声便传入他耳中，像是有人用锋利的指甲划过黑板，令陈坛瞬间毛骨悚然。此时，李秀春整个人都缩在墙角，浑身抖个不停。她看到陈坛回到屋中，近乎崩溃的眼眸终于抬起，缓缓伸出一只手，指向厨房……只见厨房中，一道大红的身影正背对二人，低垂着头，像是在咀嚼着什么。

看到那个背影，陈坛的大脑瞬间空白！那是个脖子几乎被斩断的少年，猩红的血肉正在以肉眼可见的速度愈合，他左手拿着一把菜刀，右手拿着一把染血的斧子，同时往嘴巴里塞。似乎察觉到陈坛开门回家，厨房中，那个穿着大红戏袍的身影，缓缓转过身。那是陈伶，失去心脏，几乎被斩首的陈伶。他的腮帮子微微鼓起，用力地咀嚼着金属与木头的残渣，涣散的双瞳好似兽目，诡异而阴森。"爸。"一个声音从他背后响起，"我饿……"

陈伶做了个梦。那是个乌云笼罩的下午，与往常一样，他去郊区的练武场锻炼完身体，满头大汗地推开家门。那天不是他的生日，家里的餐桌上却摆上了一盒奶油蛋糕……橘色的烛火在昏暗的客厅摇晃，两道身影坐在桌边，眼圈有些发红。一个奶油蛋糕，价值二百铜币，是他们这个家庭平日里绝对不可能承担得起的。他很疑惑，问今天是什么日子，他的父母告诉他，今天是弟弟阿宴即将做手术的日子。他听完很高兴，弟弟的先天性心脏病是困扰他们家的梦魇，为了治好弟弟，父母和他一起到处奔波求人，但各个诊所都束手无策。前几天父母说，他们找到了一个二区的医院，将弟弟送了过去，有把握能治好。听到这则喜讯，他高兴地吃完了蛋糕，但很快意识就开始昏沉，整个人趴在了桌上。他最后看到的画面是，母亲李秀春捂着嘴巴，痛哭流涕的样子。"对不起……真的对不起。"他听到父亲的低语，"阿宴的病需要一颗心脏……你愿意的，对吗？"他张了张嘴，似乎想回答些什么，最终还是陷入昏迷。然后，他感觉自己被塞入一个袋子里，雨水噼里啪啦地落在袋子表面，过了很久，终于被抬上某个桌面。他感觉自己的胸膛被人剖开，从中取走了一件东西。再然后，他被人套上一件衣服，在大雨中转移到了某个地方，厚重的土壤逐渐淹没身体，周围的一切陷入黑暗与死寂……

黑暗中，陈伶的双眸突然睁开。聚光灯在头顶接连亮起，照亮那躺在舞台中央的红衣身影。片刻的恍惚之后，陈伶双手撑着地面，摇摇晃晃地站起身。"该死……怎么又回来了？"陈伶脸色有些发白，目光下意识地落在舞台中央的屏幕上，瞳孔骤然收缩。

-023

观众期待值 +1%

观众期待值 +1%

当前期待值：67%

监测到失去演员连接，演出中断。

观众期待值 −50%

当前期待值：17%

警告！警告！

"观众"开始介入演出！

010·"观众"

"咕噜"。陈坛忍不住咽了口唾沫。"这……这怎么可能？"他声音沙哑地开口，"没有心脏，头也被砍了，竟然还能动？他身上的戏服是哪儿来的？我们不是没给他穿上吗？！"

"我不知道啊！"李秀春已经彻底被恐惧侵占，语无伦次地回答，"他，他从地底下爬出来的时候，就穿着这件戏服了……是我们昨晚埋他的时候给他穿的那件戏服！他是鬼……他真的是鬼！！来向我们讨命的鬼！"

"放屁！这个世界上没有鬼！"眼前的一幕实在太过诡异，陈坛吓得双腿也有些发软，但最终还是鼓起勇气，捡起地上的一把餐刀，刺向陈伶的面门！他杀了陈伶两次，那就可以再杀第三次！管他体内的是个什么东西，除了看起来吓人，似乎没有外面传的那些"灾厄"那么恐怖，这给了陈坛相当大一部分勇气。锋利的餐刀划破空气，就在即将触碰到陈伶的瞬间，骤然停顿在半空，陈坛一愣，握刀的手拼命用力，却无法再前进分毫，就像有一只无形的大手扼住餐刀刀身，将其死死卡在半空一样。"嘻嘻。"诡异的轻笑声从陈伶背后响起。下一刻，陈坛手中的餐刀凭空消失，取而代之的，是一张细长的红色纸片。双瞳涣散的陈伶，将嘴中的斧子与菜刀全部咀嚼吞咽，直勾勾地看着陈坛，缓步向前，声音机械而沙哑地重复同一句话："爸，我饿。"

简单的三个字，却让陈坛的头皮一阵发麻！他丝毫不怀疑，下一刻陈伶就会抓住他的脑袋，将其硬生生塞入嘴中，咀嚼咬碎……他的骨头，不会比斧子与菜刀更硬！"跑！出去找执法者！"陈坛掉头就往大门的方向狂奔！陈坛知道，眼前的情况已经不是他们所能处理的了……眼下唯一的活路，只有找执法者求救，那些神通广大的执法官，一定有解决"灾厄"的办法！至于之后执法者会怎么审判他们的蓄意杀人，以及盗窃器官的罪行，那都是后事。再怎么说，坐牢总比丢了性命要好。

蹲在一旁浑身发抖的李秀春，也被这一嗓子喊回神来，连滚带爬地冲向那扇紧闭的大门。趁着陈伶的注意力都在陈坛身上，她成功来到那扇门前，一把抓向门把手……却抓了空。李秀春茫然地低下头，才发现门把手已经消失了……不，不光是门把手，整扇大门都变成了红纸上的画像，从三维变成了二维。她没法打开一扇画在纸上的门。"嘻嘻嘻嘻……"密密麻麻的声音从四面八方传来，堆叠在一起，仿佛此刻的屋子里，已经站满了无数个看不见的身影……他们注视着两人，猩红眼眸中满是戏谑。红色纸片在李秀春的周围飞舞，她恍惚中看到一张张诡异的面孔，害怕得不断地尖叫、后退，眼眸中只剩下最纯粹的恐惧。终于，她双眸一翻，整个人瘫软在地，失去知觉……

  观众期待值 -1%
  当前期待值：16%

  与此同时，陈坛只觉得脚下一空，整个人重重摔倒在地。他错愕地回过头，却发现整个地面都化作红色，像是波浪般涌动。他呆呆地看着逐步走过来的红衣陈伶，像是想到了什么，惊恐大喊："是真的……执法者们说的是真的！你是'灾厄'！你是夺走了阿伶身体的'灾厄'！"

  听到这句话，红衣陈伶停下了脚步。他猩红的嘴角微微上扬，一根苍白的手指抵到唇前，做了个"噤声"的手势："嘘——"

  就在无尽的红纸即将淹没陈坛的瞬间，两声玻璃破碎的爆鸣声，从一旁传来！"寒霜街128号发现'灾厄'踪迹！！破坏力评估为四级！立刻请求执法官支援！"两道穿着黑红制服的身影破窗而入，其中一人目光扫过屋内，迅速开口。

  "收到，支援已经出动，请尽量拖住对方！"严肃的声音从其中一位执法者腰间的对讲机中传出。

  一位执法者苦笑一声："四级的'灾厄'，我们怎么可能拖得住？"

  看到两位执法者突然闯入，虚无中的"观众"们轻"咦"一声，像是发现了更有意思的玩具。红衣陈伶随手一弹，倒地的陈坛便应声昏厥，血痕从七窍流出，逐渐浸染脚下大地……

  "拉开距离！保住性命要紧！"

  一位执法者迅速后退，从腰间拔出枪，接连扣动扳机！

  "砰砰砰——"黄铜的子弹划破虚无，但还未抵达红衣陈伶面前，就化作细小的红色纸片，消散在半空之中。红衣陈伶轻轻抬手，无数纸片便从戏袍的宽袖中钻出，好似游蛇般捆绑住两位执法者的身体。包裹两人的纸片骤然扭曲，像是拧成了麻花，随后重重地落在地面之上。

  观众期待值 -1%
  当前期待值：15%

红衣陈伶的身形逐渐膨胀，戏服被强行撑开，仿佛有一张张人脸，即将从肌肤之下破出，混乱的低语充满了这片空间。短短几秒内，它就成了一个浑身飘舞着红纸触手的怪物，一双双猩红瞳孔自纸片上睁开，再也看不出丝毫陈伶的模样。它猛地撞破纸片门，冲入无人的街道，蒙蒙雨水打在它的身上，没有发出丝毫声响。它随便选择了一个方向，化作猩红残影飞掠而出！几乎同时，一道黑衣身影划破乌云，疾速紧随其后。

"发现目标'灾厄'。"韩蒙平静开口。

"……是'灭世'级吗？"担忧的声音从对讲机中传出。

"从气息上看，最多只有五级，看来昨晚确实有'灾厄'降临，不过指针误判了对方的能量强度。"

"五级也相当危险了！蒙哥小心！"

韩蒙没有说话，紧随着那抹红色残影，来到三区边缘的荒野，随后整个人像是炮弹般骤然砸落！"咚——"黑色的流星在荒野撞出无形的气浪！崩碎的飞沙向四面八方溅射，那抹红影被迫逼停，密密麻麻的红纸触手在风中轻摆，所有的眼瞳同时望向那尘埃飞扬之地。一个身影低头点燃粗烟，缓步走出，黑色的风衣下摆上，四道银色的纹路微微亮起，轻风般的领域无形张开，将那红纸怪物笼罩其中。"我是极光界域三区执法官总长，韩蒙。"他一只手夹着烟，另一只手从腰间掏出一支漆黑的手枪，拇指拉下保险。该领域的沙石微微震颤起来，冥冥中一缕杀机骤然锁定红纸怪物！他双唇轻启，话语中仿佛带着某种法则的韵律："我秉持人类文明之正义……审判你死亡。"

011·"审判"

这句话落下的瞬间，韩蒙扣动扳机。"咔嗒——"机栝碰撞，却并没有射出子弹，但与此同时，韩蒙身前的大地瞬间崩解，土壤与碎石泯灭成虚无，仿佛有一枚无形的子弹，将物质从分子层级彻底打碎！而这枚"解构"的子弹，在千分之一秒内，便闪至红纸怪物面前！在这无形的解构之力下，飘散在半空中的红纸触手被强行崩开一道缺口，紧接着，一道半径达一米的圆形伤口，彻底贯穿怪物的身躯！透过那巨大的圆形伤口，韩蒙甚至能看到远处的三区街道，这一枪直接将它的身体消灭了三分之二。就在韩蒙准备收枪的时候，异变突生，只见中心被开了个大口的红纸怪物，并未就此死亡，而是像没事人一样继续不断延伸出红纸，它疯狂地向周围扩散，短短两秒之内，不仅修补好了中心的空洞，体形还比刚才暴涨三倍不止！如今的它，像是一轮纸扎的巨型红日，无数纸片在周围扭曲，悬挂于荒野上空。

观众期待值 -1%

当前期待值：14%

韩蒙的瞳孔微微收缩，他立刻抬起枪口对准上方，接连扣动三次扳机，解构的力量将那轮红日破出三个大口。细雨从三道洞口飘摇坠落，拍在韩蒙凝重的脸庞上，冰寒彻骨。"嘶——"密密麻麻的纸片接连刺下，好似红雨倾天，刹那间将整个荒野扎成马蜂窝。韩蒙疯狂开枪，却只能在这场红雨中勉强撕开一道缺口，保住性命。"糟了……"韩蒙的后背已然被汗水浸湿。他能感觉到，自己不是这只"灾厄"的对手！不知为何，对方的气息似乎又暴涨了一截，从原本的初入五级，一跃至五级顶尖，只差分毫便能踏入六级的恐怖境界！

就在这时，一只穿着戏袍的手掌从纸片怪物中探出，轻盈而精准地按在韩蒙的头顶！"嘻嘻。"轻笑声回荡在韩蒙耳畔，下一刻，他整个人都被一掌摁倒，头颅重重砸在地面！"轰——"大地龟裂，受力点中央的韩蒙猛地喷出一口鲜血，宛如烂泥般再也不动了。

战火已熄，漫天的红纸回到怪物本体，蒙蒙细雨洒向疮痍大地，红纸怪物正欲离开，那条从中探出的戏袍手臂，却猛地反扣住红纸本体，用力撕扯着，仿佛有什么东西正要从中钻出……

五分钟前——

"'观众'开始介入演出？"陈伶看到最后一行字，心头一凉，猛地抬头看向舞台前方。无数猩红的瞳孔依然在黑暗中注视着他，但在观众席的角落，有一批木椅上已经空空荡荡……一部分"观众"，消失了。"咚——咚——咚——"观众席上的黑影们，不断用脚掌践踏剧院地面，发出整齐而沉闷的声响。这声音在狭小的空间内，宛若雷鸣接连不断，它们猩红的瞳孔锁定陈伶，眸中满是愤怒与质问！"咚——咚——咚——"在它们整齐的跺脚声下，陈伶甚至感觉舞台都在晃动，头顶的聚光灯微微颤抖，似乎也坚持不了多久了。陈伶基本明白了。因为现实中自己被一把斧子砍死，导致舞台上的"表演"戛然而止。演出中断，"观众"愤怒无比，却没法直接跟陈伶交流，只能用这种形式来表达心中的不满与威胁！"所以……其实我没有死？"陈伶怔怔地看着自己的双手，"可如果我的意识在这里……那现在操控我身体的，又是谁？"

陈伶像是想到了什么，回头望去，只见一大片黑色幕布遮住舞台后半截，他用力将其拉开一角，接连的画面顷刻间涌入脑海！他看到自己把餐刀变成纸片，把李秀春和陈坛吓晕，跟两位执法者战斗……这种感觉很奇妙，就像是他坐在大屏幕前，通过第三视角来观看自己的行动……当然，这时候的"主角"已经不再是他，而是夺取了他身体的"观众"！"观众"，正在介入演出。

观众期待值 -1%

陈伶的余光看到屏幕上的字符跳动,下一刻,观众席上又有一批身影消失无踪。"期待值越是降低,介入演出的'观众'就会越多……"陈伶一边说着,一边抬起自己的双手,他看到自己的身体正在逐渐透明,"与此同时……我的存在也会被逐渐抹去?"也是,如果"观众"彻底成为"主角",那还要他干什么?陈伶的心顿时坠入谷底,他知道自己必须做些什么。陈伶站在大幕前,深吸一口气,试探性地伸出手掌,向其后闪烁的"画面"伸去……要么,夺回自己的身体,重新成为"主角";要么,死。陈伶的指尖穿过大幕,像是触碰到一层屏障,被迫减慢下来。这层屏障并非坚硬无比,反而更像是某种"膜",柔软,带有极强的韧性。陈伶尝试几下,终于勉强通过一根手指。"有机会!"陈伶的眼眸微微亮起。他用尽全身的力气,将手掌穿过屏障,然后是小臂、肘关节……就在这时,屏幕上的字符再度跳动——

观众期待值 -1%

随着期待值掉到14%,又一批"观众"消失,陈伶觉得那道屏障越发坚硬,看到自己又透明些许的身体,一个念头闪过脑海。并不是屏障变得坚固……而是他的身体变虚弱了。陈伶紧咬牙关,却也只能一点点地将手臂探过幕布,速度比之前慢了数倍,他的心中焦急无比。以现在的阻力,他预估要是期待值掉到10%左右,自己就再也没法穿过这层幕布了。终于,在他的不懈努力之下,一条手臂完整地通过了幕布。他看到画面中的韩蒙在红雨下苦苦支撑,犹豫片刻后,顺手一巴掌按在韩蒙的脑门上,借助红纸怪物的力量,把韩蒙拍晕在地面。如此一来,就不会有人目睹他穿过幕布,回归现实的场景。他用手臂从现实世界那边扣住幕布,随后用力一扯,撕开一道狭窄的缺口。第二只手从缺口伸出,硬生生将其掰开,直到能够容纳他的身体通过。陈伶深吸一口气,将身子扎了进去!

012·陈宴

"刺啦——"一道穿着戏袍的身影,从红纸怪物内挤出上半身,倒挂在半空。察觉到陈伶即将回归,红纸怪物疯狂挣扎起来,躯体开始不断透明,像是被雨水打湿的纸面,越来越薄。陈伶被它挂着,贴地飞行不断摇摆,晃得头晕目眩。被撕开的纸面缺口不断蠕动,似乎想将陈伶重新吞回去。而陈伶则死死撑着上半身,强忍着眩晕与之角力!

就在这时,一个浑身湿漉漉的少年奔跑在满目疮痍的大地上,径直向这里靠近!"哥!"一只手抓住陈伶的手臂,将其用力向下一拽!陈伶感受到一股力量加持,下半身直接脱离纸片,整个人穿过剧院与现实的间隙,重重摔落在地!在陈伶脱离的瞬间,空中的纸片怪物彻底消失,仿佛从未出现过一般。穿着大红戏袍的陈伶,仰面躺在泥泞的大地上,粗重地呼吸着。天空中的雨云阴沉压抑,零碎的水珠顺着他的发梢滑落,天旋地转中,陈伶看到一个熟悉的面庞出现在眼前,焦急地摇晃着他的身体。"哥!哥!!你没事吧?"

眩晕的感觉逐渐消退,陈伶定睛望去,微微一愣。"阿宴?你怎么在这儿?"眼前的少年不是别人,正是他的弟弟——陈宴。在原主的记忆中,陈伶这一生引以为傲的只有两件事:第一,就是凭自己的努力考上执法者;第二,就是有陈宴这么一个弟弟。这并非说陈宴有多么聪明,或者多么有天赋,恰恰相反,陈宴并不聪明,在班里的成绩不仅倒数,跟别人说话也磕磕绊绊,属于在学校里最容易被欺负的孩子。从陈宴还穿开裆裤的时候起,每天就只跟着他跑,他让陈宴做什么,陈宴就做什么,哪怕小时候他调皮将陈宴埋到沙子里差点憋死,抢救过来之后陈宴的第一反应都不是哭,而是对着他傻乐。自那之后,他去哪儿都带着陈宴,而无论他做什么,陈宴都无条件地信任他。陈伶是平凡的,但从陈宴的眼中,他看到了不一样的自己……一个被憧憬的自己。

"我,我……"浑身湿透的少年有些语无伦次,"我手术完醒了之后,就一直在医院里等你们来接我……然后,然后我听到外面说有'灭世'级'灾厄'入侵,我就很担心你们。我趁着医院那些人不注意,偷偷溜了出来,正准备回家找你们,然后就看到你被吊在一个怪物身上……"

"二区和三区不是被封锁了吗?你是怎么过来的?"

"执法者的人手好像不够,只是把二区、三区外面封锁了,但是两区之间驻守的人不多,我就偷偷跑过来了。"

陈伶晃了晃脑袋,终于勉强坐起身,看着那张满脸担忧的面孔,心情复杂无比。李秀春与陈坛,设局谋杀自己,就是为了将自己的心脏给陈宴……救他的性命。从某种意义上来看,是陈宴害死了陈伶。但仔细一想,其实陈宴并不知道这一切,他只是个十五岁的少年,只知道父母说有办法能治好自己,然后就乖乖躺到了手术台上……就算被治愈了他也不会知道,自己胸腔中跳动的心脏来自哥哥。想到这儿,陈伶看向他的眸中,反而闪过一抹淡淡的悲哀。

"哥……你杀人了?"

陈宴的目光看向浑身是血的韩蒙,稚嫩的面庞苍白如纸。"我没杀他。"陈伶下意识地回答,"那不是我,是……"但话音未落,他就愣住了。他不知道该怎么跟陈宴解释这一切。陈宴亲眼看到自己从红纸怪物体内出来的场景,而且现在自己的脖颈上还有一道狰狞的伤口,浑身是血,怎么看怎么不像一个正常人类……告诉他其实有一群"观众"在自己的脑海里?其实自己刚才被夺舍了?陈伶的脑子很乱，他继承了原主的记忆，也继承了原主对弟弟的感情，在他的内心深处，甚至有些害怕……他怕陈宴和父母一样，也觉得自己是怪物。而陈宴只是静静地看着他，栗色的眼瞳中没有丝毫恐惧。陈宴认真地思考了一会儿，走到韩蒙身边，用尽全身的力气将其背起，然后摇摇晃晃地，向更深处的荒野中走去。"你要干什么？"陈伶愣住了。少年单薄的身形，扛着几乎比他重一倍的韩蒙，每一步都在湿润的荒野上留下深刻的印痕。即便如此，他还是咬着牙，踉跄前行。

"哥，他是执法官。"

"我知道。"

"杀死执法官，是重罪。一旦被他们发现，不管是不是哥哥杀了他……他们都会来杀你。"

"……我知道，我……"

"哥。"陈宴轻声道，"我去帮你埋了他。"

看到陈宴那坚定而认真的眼神，陈伶心头微微一颤。他愣了半晌，终于开口说完下半句："不是……阿宴，我的意思是……他还没死啊！"

陈宴："？"

茫然的陈宴回过头，正好看到背后的韩蒙眼皮颤动，发出轻微的呻吟，似乎很快就要苏醒。他惊呼一声，失去重心跌向一旁，连带着背后昏迷的韩蒙也"扑通"一声滚落在地。迷迷糊糊中，韩蒙双眸逐渐睁开一道缝隙……一道红色身影猛地冲到他身边，高高抡起拳头，砸在他的后脑！"砰——"刚要苏醒的韩蒙只觉得后脑勺一疼，再次两眼一翻昏死过去。陈伶甩了甩生疼的手掌，长舒一口气。差点就让这家伙反杀了！刚才陈伶通过舞台大幕，看到了韩蒙与红纸怪物交手的全过程，虽然不知道这男人用的那种特殊能力是什么，但没了红纸怪物，自己必然不是他的对手。

"快走。"

打晕韩蒙后，陈伶看了眼越下越大的雨，当即拉着陈宴离开这里。三区内并非只有韩蒙一位执法官，韩蒙出现在这里，可能只是因为他的速度最快……再拖下去，其他执法官抵达之后，他们就没法再逃了。韩蒙直挺挺地躺在坑中不省人事，两个少年的身形逐渐远去。大雨冲刷满目疮痍的荒野，泥泞流淌，将一切足迹全部抹去。几分钟后，一群穿着黑红制服的身影匆匆赶来……

013·第二只？

"'审判'的气息消失了。"

"'灾厄'的气息也消失了。"

"不出意外的话，蒙哥应该是得手了。"

"韩蒙速度太快,我们就算想蹭功都蹭不上啊……"

雨夜之下,四道穿着黑色风衣的身影向荒野战场疾驰,正是三区的其余几位执法官。他们目光扫过满目疮痍的荒野,暗自心惊。究竟是多么激烈的战斗,才能把这里轰成这副模样?

"这次的'灾厄',看起来有点东西啊……"

他们一边说着,一边看向战场的另一边,只见一个浑身是血的身影,正仰面躺倒在地,宛若尸体般一动不动。

"蒙哥?!"一位执法官立刻冲上前,抱起地上的韩蒙,紧张得开始探他的气息。其余三位执法官站在原地,互相对视一眼,眼底闪烁着异样的微光……

"死了吗?"三人中,一位执法官问。

他是三区执法官的第二席,马忠。

"没死!还活着!"

三人的脸上微不可察地闪过一抹失落,其中两人看向马忠,后者犹豫片刻,对他们摇了摇头。

"'灾厄'呢?怎么没看到尸体?"

"跑了?!"

"没看到尸体,应该是跑了……"

众人立刻搜索周围,在雨水的冲刷下,根本没留下什么线索,那只不久前还在这里跟韩蒙厮杀的"灾厄"就像人间蒸发般,彻底消失。

"马哥!马哥!!"

与此同时,一位穿着黑红制服的执法者,匆匆从远处跑来。

"怎么了?这么急急忙忙。"马忠挑眉问道。

"刚才我们收到二区传来的情报……昨晚,二区也发生了'灾厄'袭击事件,半条街道都被血洗,共计死亡三十六人。"

"什么?"马忠诧异开口,"是同一只吗?"

"据说袭击二区的是只三级'灾厄',应该不是同一只。"

"在同一处灰界交汇中,一口气爬出了两只'灾厄'?这情况倒是不常见……"马忠若有所思,"击杀了吗?"

"没有,他们说那只'灾厄'杀完人之后,就往后山去了……不排除有穿过后山,进入三区的可能。然后二区那边希望我们能派点人手……他们的伤亡太多,执法者忙不过来。"

"知道了,这事交给我来处理。"

众执法者抬着不省人事的韩蒙,迅速向医院转移。马忠的目光落在这片战斗后的废墟,以及不远处隐没在夜色下的后山轮廓上,若有所思。

"同一个灰界交汇点,两只'灾厄'……有点意思。"

"哥，我们不跑吗？"

夜色渐浓，两个少年沿着无人小路，径直向寒霜街前进。

"为什么要跑？"陈伶反问。陈宴一愣，挠头想了半天，欲言又止。"再说了，就算跑，我们能跑到哪儿去？"陈伶无奈说道，"极光界域就这么大，一城七区，一般人肯定进不去极光城，其他七大区之间，二区和三区又被封死了……"

"那要不我们就找个山沟沟躲着？"

"躲着也没用，他们迟早会找来的，不能一味退缩。"陈伶含混地反驳了一下。其实陈伶也是想找个地方躲着，但他做不到啊！虽然他现在重新夺回了"舞台"，但观众期待值还卡在 20%，要是再不做点什么提高一下观众的期待值，那会再次被夺取身体，变成怪物。陈宴隐约觉得逻辑上有点不对劲……但也没多想，既然哥哥说不能躲着，一定有他的道理。

"阿宴。"

"嗯？"

"你不怕我吗？"黑暗中，陈伶回头看向他，"你应该看到，我刚才……变成了怪物。"

陈宴低着头，沉默许久："哥，变成怪物也没什么的，只要……你还是你。"

"你怎么知道我还是我？"

"就是感觉……"

陈伶深深地看了他一眼，黑暗中，少年的神情模糊不清。"话说，你的身体怎么样了？"陈伶问，"一般做完心脏移植手术，不都得休养很长一段时间吗？你就这么在外面跑没问题吗？"

"那个医生好像很厉害，我恢复得很快。"

"哦……"陈伶突然想到，这个世界似乎是有超凡力量的，否则这个世界连电都没有，根本做不了心脏移植这种手术……也许也有快速恢复的方法？陈伶的目光落在他平滑的脖颈上，想起了什么："对了，我送你的平安符呢？就是你平时挂脖子上的那个。"

陈宴一愣，伸手摸了下胸口，发现那里空荡荡的。

"不知道……可能是回来的时候跑掉了。"

"……没事，回去我再给你做一个。"

"嗯。"陈宴再度开口，"哥……你真的不洗一下吗？你这样子走到大街上，会把别人吓坏的。"

陈伶一愣，下意识地摸了把脖子，滑滑腻腻，已经沾了一手血。说来也奇怪，从红纸怪物体内出来后，自己脖子上的伤口恢复得异常快，短短半个小时，血肉就已经连上了大半，不过看起来还是猩红一片，整个人像是从地狱中走出的恶魔。无奈之下，陈伶只能找了条附近的溪流，随手脱下大红戏袍，开始清洗身上的血迹。

"哥，有件事情我刚才就想问了……"陈宴疑惑开口。

"你为什么穿着我的戏袍？"

"我……不知道。"

陈伶茫然地看着这件袍子……他记得自己被斧子砍死的时候，身上并没有穿它。仔细想来，自己那晚回家的时候，身上也穿着这件大红戏袍，从陈坛和李秀春的言语来看，这似乎是他们当时谋杀自己之后，随手用来裹尸体的衣服。可为什么这次他们没给他穿，戏袍又回到他身上了？陈伶想不明白，索性不再去想，自来到这个世界之后，怪事越来越多……他本想将这件不吉利的戏袍烧了，但看到一旁陈宴可怜巴巴的目光，还是叹了口气，默默地把戏袍一起洗了。

014 · 你也是个"灾厄"

这件戏袍，确实是陈宴的。自从八年前，一个很小很破的戏班子来到三区，在野外搭了个小戏台唱了两出戏之后，年仅七岁的陈宴就迷上了戏剧。在这个世界，戏剧文化并不流行，当年戏班子辛辛苦苦花两天搭起了戏台，观众却只来了五个人——在野外玩耍被临时吸引过来的陈伶和陈宴、一个路过被拉来凑观众人头的挑夫、一个跑来向戏班子讨饭的乞丐，还有一个，是真的喜欢戏剧文化，慕名而来的二区老师。五个人中，认真听完全部戏剧的只有陈宴和老师，陈伶听到一半就睡着了，挑夫开场就匆忙离开。至于乞丐，中场休息的时候直接冲到台上去讨饭，然后被一个唱武生的戏子一脚踹了下去，骂骂咧咧走了。但是陈伶看到，弟弟看向舞台的眼神中，充满了光。那天之后，陈宴开始自学戏剧，不知从哪里淘来两本书，每天早起在屋里咿咿呀呀学着唱腔，抄录剧目，甚至自己学了针线，缝制戏服。陈伶身上的这件，就是陈宴亲手缝的，在衣角的地方有他缝制时留下的一朵很小很小的蓝花。"喏，还给你。"陈伶洗完戏袍，顺手将其递给陈宴。看向水流中自己的倒影，伤口与血迹基本消失了。

两人顺着小路，小心翼翼地走到寒霜街街口，向家的方向看去，只见大门破碎的房屋周围，已经被警戒线彻底封锁，几位穿着黑红制服的执法者穿行其中，门口的两副担架上，分别躺着两具盖着白布的尸体。

"情况怎么样？"

"没救了。"一位执法者惋惜地看了眼白布，"他们两个是之前蒙哥下令，来跟踪这户的夫妻的，应该是中途发现屋内有异闯进去，在跟'灾厄'搏斗的过程中牺牲了。"

"那对夫妻呢？也死了吗？"

"没有……"

执法者看向门口，此刻一男一女正被其他执法者扶着走出屋子，双瞳涣散，脸色煞白，整个人都在不停颤抖着，像是失了魂魄般。

"他们活下来了。"

"他们不是最先被'灾厄'袭击的吗？为什么活下来了？"

"我们猜测，他们虽然最先受到袭击，但是并没有反抗，那两位执法者拔枪射击惹怒了'灾厄'，所以才被击杀……"

"你是说，那只'灾厄'当时在玩弄他们？"

"是这个意思。"

"有其他线索吗？"

"几乎没有……那只'灾厄'的能力十分古怪，把大半个屋子都撕碎了，根本没留下什么有价值的信息，我们甚至都没法判断它是从哪个方位闯进去的。"

"寒霜街这么大，它却恰好闯进这户人家，是巧合吗？"

"不好说，寒霜街本来就在三区最外围，街后面就是后山，再往后就是当时灰界交汇处的那片乱葬岗，然后就是二区……从路径上来说，如果那只'灾厄'从灰界爬出来之后，先去了二区大杀一番，然后逃进后山，再转而冲到寒霜街的这一段，也是合情合理。"

"二区命案发生的地点，也在后山附近？"

"对，这几个地点离得不远，而且都在一条线上。"执法者微微点头。

两人还欲说些什么，一个尖锐的嘶吼声便从不远处传来。"'灾厄'！'灾厄'！"只见李秀春猛地挣开身旁的执法者，像是见到了什么极为恐怖的事物，一边死死瞪着他们，一边连滚带爬地后退，"你们休想害我！！休想害我！！！"她接连后退之下，猛地撞到后面正扶着陈坛的人，这一撞直接让陈坛的瞳孔骤然收缩。他立刻缩成一团，双手抱着脑袋，嘴里嘀嘀咕咕念着些没有意义的文字，眸中同样满是恐惧。一旁的众多执法者对视一眼，脸上闪过一丝无奈……他们对此并没有太过惊讶，而是熟练地用绳子将他们绑起来，再往他们嘴里塞上白布防止扰民，随后径直向三区总部走去。

看到这一幕，陈伶心中松了口气。林医生说过，在遭遇灰界交汇或者"灾厄"袭击的幸存者中，会有八成的人出现精神失常的状况，而且大部分终身无法治愈，现在看来，这个症状也出现在了李秀春和陈坛的身上。对陈伶而言，这是幸运的，因为亲眼见到他变成"灾厄"的人只有四个，两位执法者已经被"观众"击杀，一旦李秀春和陈坛将一切说出来，那自己立刻就会被通缉。好在如今李秀春和陈坛都疯了，那自己的身份就不会暴露，他依然可以以陈伶的身份，光明正大地行走在街上。当然，这是在执法者没有查到他的前提下。还是不保险……最好想个办法，可以彻底中断他们的调查……陈伶不喜欢冒险，更不喜欢自己的命运攥在别人手里，他大脑飞速运转着，试图找到最稳妥的方法。

就在这时，一个身影从他身边冲出！"爸！妈！"陈宴惊呼一声，向着那两个被带走的身影狂奔，憔悴的小脸上满是焦急。陈宴不知道究竟发生了什么，他只是个十五岁的少年，如今看到父母从废墟中被带出来，跟天塌了没什么区别。陈伶目光微凝，下意识地想拉住陈宴，但犹豫片刻后，还是迈步迅速紧跟在陈宴的身后，同样呼唤着爸妈。

听到他们的呼喊，众执法者同时回头，只见两个少年正匆匆跑来，随后便开始低头翻阅资料。

"这对夫妻有两个孩子，一个十八岁，一个十五岁。"

"刚才没在屋里找到尸体，我正准备让人去找，没想到自己出现了……"

"唉，可怜的孩子。"

"……"

几位执法者窃窃私语。陈宴冲到李秀春面前，正准备说些什么，只见李秀春的瞳孔剧烈收缩，她不知怎么吐掉了白布，瞪着前方大吼："'灾厄'！你也是个'灾厄'！你也想杀我？！"陈宴瞬间呆在原地。

015・是你！

与此同时——陈伶缓步走到陈宴身后，目光穿过众多执法者，与李秀春的目光交会在一起。看到陈伶的瞬间，李秀春瞳孔再度收缩："你……是你！"李秀春疯了般想挣脱绳子，却被其他执法者死死按在原地，"你应该死了！你早就该死了！'灾厄'！你是'灾厄'！！！"李秀春的咆哮声回荡在夜色之下，陈伶就这么安静地站在原地，看向她的眼眸中满是复杂。"阿宴……阿宴。"他轻声喊着身旁的陈宴，"你先去那边等着……这里我来解决。"

陈宴呆呆地看着发狂的李秀春，听到陈伶的声音才回过来神，沉默许久后，还是点了点头……他独自走到无人的墙角黑暗中，双手抱膝缩成一团，身体都忍不住颤抖起来。

"怎么回事，连嘴都塞不严？"一位执法者瞪了眼同事，立刻弯腰把白布捡起来，塞回李秀春的嘴里。随后他长叹一口气，安慰道："孩子，别太往心里去……你妈妈已经疯了，自己都不知道在说什么。为了公众安全，我们会将他们送到精神病院，接受稳定治疗，他们还是有希望恢复理智。当然，在此期间，你随时可以去探望。"他给了其他执法者一个眼神，众人顿时会意，加快速度将两人带离此处。

陈伶平静地看着这一幕，心中说不出来是什么感觉。这两个人抚养原主长大，又夺走他的性命，从原主的角度来说，他们的恩怨早就结清了。陈伶继承了原主的记忆，也继承了他的情感，能隐约感知到，原主对此其实并没有太多的怨恨，在很大程度上，是因为真的很喜欢陈宴这个弟弟。如果李秀春二人好好跟原主讲清这一切，原主其实也愿意用自己的命，把弟弟换回来。只可惜，原主相信他们，而他们并不相信原主……只因他是被捡来的孩子。

"你就是陈伶吧？"一个身影向陈伶走来，"你刚才去哪儿了？"

陈伶回过头，像是失神般怔了一会儿，才声音沙哑地开口："大人……这里出什么事了？"

"现在是我在问你。"他眉头微皱，但想到这少年现在正在遭遇的事情，犹豫片刻后，还是补充了一句，"一只'灾厄'闯进你们家，把你父母吓到了……好在他们没有反抗，放心吧，暂时没有生命危险。"

"哦哦。"

陈伶如梦初醒："今天我带弟弟去练习了。"

"练什么？"

"传统戏剧。"陈伶抬起手，一件折叠得整整齐齐的戏袍正被他抱在怀中。

见到这一幕，执法者眼中的警惕放松些许，毕竟一般人出门确实不会带着戏服，所以陈伶说去练习，他就信了大半，但还是按流程问道："去哪儿练的？有人看见吗？"

"就是寒霜街东面尽头的那块荒地……没人看见啊，我弟弟就是脸皮薄，不敢在人多的地方唱，要不然就直接在家门口练了。"

执法者点点头："最近外面不安全，不要乱跑，如果发现什么可疑的东西，记得找我……我叫江勤，每天都在这附近的街区巡逻。"

"好。"

"对了，你弟弟呢？"

"他……他刚刚被妈妈吓到了，躲在那里。"陈伶伸手指向黑暗的墙角，一个幼小的身影蜷缩成一团，像是在哭泣。

江勤往那儿看了一眼，微微点头。就在这时，他像是想到了什么："对了，你们家一共有几个孩子？"

"两个啊。"

江勤眼睛一眯："两个？"

听到江勤细微的语气变化，陈伶心中一沉，接触表演多年的他对这种台词的细微语气差异十分敏感，当即稳下心神，貌似天真地反问道："怎么了？"

"资料上写着，你们家有两个孩子，你也这么说。"江勤缓缓开口，"但昨晚我们在乱葬岗碰到了你的父母，他们说是来祭拜儿子的。如果你们两个都活着，那他们要祭拜的人，又是谁？"

气氛骤然凝固。

"原来您说的是这个。"陈伶思绪如电，脸上浮现出了然的表情，"很多年前，爸妈生了阿宴之后，还怀上过一胎……不过当时妈妈身体不太好，胎儿生下来没几天就病死了,爸妈只能把他埋到后山,后来每年他生日的那一天,他们都会去祭拜一次。当时发生这件事的时候,阿宴也才两岁多,什么也不懂,我也只记得个大概。"最后一句话,是陈伶为了防止江勤把他和陈宴分开各自审讯留下的后手,如此一来就算江勤对他们起了疑心,想再审问一下陈宴,也能合理地自圆其说。当然,他也能以"自己当时太小"为由,避免执法者的深入询问。

"早夭儿嘛……怪不得资料上也没记录。"

事实证明,是陈伶想多了,这位名为江勤的执法者根本没有这么强的警惕性。他点了点头,随手记录一笔,便转身离开,陈伶在心中长舒一口气。他没想到自己回来的那一晚李秀春二人也去了乱葬岗,还被执法者撞个正着……差点就穿帮了。

"哦对了!"江勤再度回头。

陈伶:"……"

有完没完啊!

就在陈伶心又提到嗓子眼的时候,江勤从怀中掏出一封信,递到他手中。"这是我们在陈坛的身上发现的,是执法者对你的召集信,明早来总部报到,别迟到了。"说完之后,江勤走了,这次是真的走了。

随着众执法者的离开,寒霜街再度陷入冷清,陈伶走到黑暗的街角,心情复杂。"阿宴……"陈伶望向头颅低垂的陈宴,不知该说些什么。事情到了这个地步,陈宴就算再傻,也知道袭击家里的"灾厄"就是陈伶。虽然自己当时被"观众"夺取了身体,但他不知该怎么向陈宴解释。一向最擅长编"台词"的陈伶,罕见地语塞。

"哥。"陈宴轻声开口,"我累了……"

陈伶一愣,万万没想到,陈宴最终只说了这三个字,没有愤怒,没有质问,没有不解……陈宴栗色的眼瞳看着陈伶,像往常一样清澈、安静。陈伶怔了许久,发现看不穿这个少年在想什么。陈伶轻轻弯下腰,用手摸了摸他的头发:"累了,就睡吧……哥在旁边守着你。"

原本温馨的家,已经被开出两个大洞,客厅更是破败不堪,若是有小偷和盗贼路过,不顺手拿点什么真是对不起自己的职业。陈宴回到那张熟悉的床上,默默地在被子中蜷缩成一团。陈伶走到他的身边,后背倚靠着残垣断壁,缓缓坐下。透过破碎的屋顶,他能看到无尽的蓝色极光在黑夜中飘舞,好似轻柔的缎带覆盖天穹,这是陈伶第一次安静地观赏这个世界的极光,好像看到它们的一瞬间,心中所有的杂念都消失了,只剩下永恒的平静。

"哥,你冷吗?"陈宴的声音从被子里传来。

"不冷。"

"哦……"

陈宴不再说话，许久之后，只剩下均匀的呼吸声萦绕在陈伶耳边。

不知过了多久，陈伶的双眸也逐渐闭起……他睡着了。

016·"杀戮舞曲"

再度睁开双眸，一抹熟悉的光亮充盈视野。"又回来了吗……"陈伶适应了聚光灯的亮度，目光缓缓扫过四周。老旧的舞台、黑色的大幕、座无虚席的观众席，他又回到了这个噩梦中。"看来，只要是睡着，或者死亡，都会回到这里。"陈伶通过几次经验，总结出这个结论。自从他夺回身体的控制权后，那些出走的"观众"又回到剧院，虽然目光看起来有些不悦，但至少没有再次出手的意思。陈伶目光自然地滑向舞台中央的屏幕——

观众期待值：24%

从历史记录来看，他夺回身体的瞬间，期待值自动回涨到20%；经历跟执法者们斗智斗勇之后，期待值再度增加，最终稳定在24%。上次死亡直接扣除了50%的期待值，如果下次我死的时候，期待值低于50%……会发生什么？陈伶不知道答案，但猜测如果期待值变成负数，自己多半会彻底死亡，并且被"观众"占据身体，永世不得翻身。陈伶正欲移开目光，突然发现屏幕的右下角不知何时出现了一个抖动的小宝箱。他清楚地记得，自己第一次进入剧院的时候还没有这东西。

陈伶犹豫片刻，试探性地伸出手，点了一下宝箱。"噔噔噔噔——"当陈伶指尖触碰到宝箱的瞬间，一阵激昂的音乐从舞台两侧的音箱中传出。突如其来的音乐将陈伶吓了一跳，下一刻，几束聚光灯移动到他的身后，他转头望去，发现舞台中央凭空出现了一张桌子。那是一张平平无奇的木桌，外表似乎有些老旧，跟舞台上的木地板搭配起来毫不违和，聚光灯的光束照在桌上，一张纸片反射着苍白的光晕。陈伶径直向木桌走去，两束聚光灯相互靠近，最终融为一体。纸片的最上方，写着几行小字——

检测到观众期待值首次突破60%，解锁成就——"多半好评"！

你获得一次额外抽奖权。

使用后，将从本次剧目的所有出场角色中，随机抽取并学会一项角色技能。

陈伶目光扫过这些文字，还未等他反应过来，那张白纸骤然消失，取而代之的是一张张摆放在桌面上的纸牌。这些纸牌的颜色各不相同，绝大多数是白色与灰色，偶尔出现几张蓝色，表面的纹路也从简至繁，颜色越鲜艳，纹路就越高级，看起来也越珍贵。下一刻，这些纸牌同时扣下，露出清一色的牌背，然后以惊人的速度重叠在一起，最终既分散又整齐地摆放在桌面上。陈伶也试图去跟随过那几张蓝牌的踪迹，但这种诡异的洗牌方式，根本没法用肉眼来跟踪牌面。

"竟然还能抽奖……看来这剧院里，也不全是坏事。"

陈伶深吸一口气，随机挑选了一张在自己面前的纸牌，轻轻翻转扣在桌面上。那是张蓝牌。陈伶选择完毕后，其余所有的纸牌同时消失，与此同时，几行文字浮现在蓝牌之上——

  技能："杀戮舞曲"
  归属："兵神道"，"审判"路径，第三阶
  人物：韩蒙

看到"韩蒙"两个字，陈伶脑海中自动浮现出昨晚跟红纸怪物打得有来有回的风衣身影……此刻，他心中只剩下一个念头——这波赚了！自从陈伶来到这里之后，见过的所有人中，韩蒙无疑是战斗力最高的。陈伶虽然看不懂那个"兵神道""'审判'路径""第三阶"究竟是什么意思，但毫无疑问，已经抽到了目前所能抽到的最好选项。蓝色的纸牌幻化成虚无，陈伶觉得自己体内多了什么，玄妙无比。"感谢馈赠。"陈伶现在怪不好意思的。自己从韩蒙身上偷……不，学来了这个技能，从某种意义上来看，韩蒙就是他的贵人。但就在几个小时前，他刚暴打了"贵人"一顿……应该不至于把贵人打死吧？他有些心虚。

朱红的"灾厄"在头顶狂舞，恐怖的威压让人心神战栗；一只从"灾厄"体内探出的纤长手掌，按到他的头顶……仿佛从天穹坠落的神明之手，主宰世间。病床上，韩蒙猛地睁开双眼，整个人差点直接蹦起来。"咝——"后脑的剧痛让他直咧嘴，眼前的世界一晃，他再度一头栽倒在床上。

"蒙哥！"正在他身旁打盹的一位执法者，吓了一大跳，立刻扶住他，"蒙哥！你这是干吗啊？快别乱动，别把线给绷开了……"

韩蒙躺在床上，好不容易缓过神来，茫然开口："这是哪儿？"

"医院啊！"

"那只长手的……不对，那只红色的'灾厄'呢？"

"它……"执法者顿了一下，"它应该是逃了，我们到现场的时候，只看到蒙哥你躺在那儿……"

破碎的记忆涌上韩蒙的脑海，他忍不住摸了下自己的后脑勺，疼得直咧嘴。

这"灾厄"……还喜欢偷袭后脑勺？

"情况怎么样了？还有别的伤亡吗？"

"暂时没有，跟你打完之后，那只'灾厄'就再也没出现过，估计是蒙哥你把它伤得太重了。"

"我……"韩蒙正想说其实自己压根就没伤到它，犹豫了一会儿，还是把这句话咽了回去。在属下面前，他还是需要维护一下自己的形象的。"几点了？"

"六点五十。"

"扶我起来……"

"蒙哥，医生说你要静养……"

"养个啥！"韩蒙咬牙站起身，"那只'灾厄'很阴险，再这么放任下去，迟早会惹出大事！"

"阴险？蒙哥你是不是想说危险……"这位执法者也算是见多识广，但第一次听到有人用"阴险"两个字来形容"灾厄"。

"危险，但更阴险！"韩蒙下意识摸了下后脑勺，"而且，我怀疑它可能真的与某个人类融合了……"

"融合？"听到这两个字，执法者脸色大变，"要不要立刻通知极光城？"

听到后半句话，韩蒙逐渐冷静下来：" 不，先不用，我还要调查一下……现在这也只是我的猜测，没有任何理论依据。"

"那我们现在……"

"先去总部，那群新来的预备席应该快到位了，具体情况我们路上说。"

"好。"

017・方针

初晨的阳光洒在陈伶脸上，他睫毛轻颤，缓缓睁开眼眸。"回来了……"他揉了揉眼角，长舒一口气。他抽完奖后，又在舞台上转了很久，依然没有找到任何出口，最后还是舞台铃声响起，大幕拉开，才自动回归。"当前期待值23%……又逼近生死线了。"陈伶回忆着离开前的屏幕字符，喃喃自语，"得赶紧做点什么才行……"

"哥……"被褥拉开，陈宴揉着通红的眼睛，从床上坐起，"早。"

"早。"陈伶看了眼墙上的时钟，从兜里掏出最后几枚铜币，递给陈宴，"我要出门一趟，具体几点回来还不知道，你今天先自己吃点东西……"

"哥，你要去哪儿啊？"

"去抓我自己。"

"？"

陈伶穿上一件棉大衣，将昨天执法者给的信封揣入怀里，转身揉了揉陈宴的脑袋："具体的你别多问，老实在家等我回来就好，明白吗？"

"明白了。"陈宴乖乖点头。

目送陈伶离开后，陈宴翻身下床，看着家门口的两个大洞，眉头顿时皱起来。"这该怎么修啊……"他看了眼手里仅剩的几枚铜币，默默地将它们揣好，自己从屋里掏出笨重的锤子与木板，开始比对尺寸。就在这时，一个身影出现在大洞之后，将陈宴吓了一跳。那是个穿着毛呢大衣的男人，领口绕着深蓝色围巾，鼻梁上架着一副银丝眼镜，看起来文艺而睿智。但此刻，他看着眼前就剩两个大洞的"房门"，睿智的眼眸中也浮现出茫然。他想开口说什么，又觉得这很不礼貌，于是试图敲门，但他绕着房子找了一圈，也没找到门在哪里。他又回到洞后，目光看向里面。

"你有事吗？"陈宴歪头。

"请问陈伶先生在吗？"

听到哥哥的名字，陈宴眸中闪过一抹警惕，他打量了男人几眼，再度问道："你有事吗？"

男人摘下白色手套，从大衣口袋中取出一封信，将信摊开握在手中，对着屋内平静开口："我听说，陈先生需要一位'医生'。所以，我来了。"

瑟瑟寒风从领口灌入，让陈伶忍不住打了个哆嗦。"小哥儿，去哪儿啊，我载你一程？"一个精瘦黢黑的汉子拖着黄包车，匆匆跟到陈伶身旁，咧嘴露出一排黄牙。陈伶看了他一眼："执法者总部。"

"那我熟啊，刚送过去两个，你们都是去当预备席的吧？这样，我看你也是有缘，我收他们十块，收你七块，走不走？"

"……算了。"

"六块，六块吧，不能再少了。"

"我身上没钱。"

"没钱？"汉子眉头一皱，瞥了他几眼，拉着黄包车嘀嘀咕咕就走了，"没钱当什么执法者……晦气。"

陈伶："？"

陈伶心想，这个世界的人素质真差，搓了搓被冻红的双手，不由得加快脚步，向三区的中央走去。昨晚，陈伶一直在思考，如何才能避免执法者发现端倪，再度查到自己身上……现在，他已经有答案了，那就是成为执法者，参与一切调查"灾厄"的行动，然后干扰他们，让他们始终没法锁定自己。"我成为，我参与，我捣乱，我跑路。"这就是陈伶目前的计划。

陈伶穿过数条街道，来到一座有着好似琉璃穹顶的巨型建筑前，终于停下脚步。"真气派啊……"陈伶仰望着这座穹顶,忍不住感慨一声,"这得多少经费才能建起来?"

在这个到处都是两层小土房的街区,出现这样一座独树一帜的建筑,就跟原世界的农村里突然搞了座艺术馆一样显眼与突兀。此时也有几个年轻人拿着信,匆匆往总部内走去,他们彼此对视一眼,礼貌地微笑点头。整个三区通过文试的人,有七十多个,一般而言武试的淘汰率也有百分之五十,所以每年只有约三十个人能成为执法者。虽然今年的武试换成这种形式,但最终的淘汰率不会变。总而言之,现在走进这座建筑的每一个人,其实都是潜在的竞争对手。

陈伶走入总部大门,琉璃穹顶之下,已经整齐地站了几排人。这些人和陈伶一样,穿的都是普通民众的服装,此刻十个一排,个个昂首挺胸,浑身上下每一块肌肉都紧紧绷起,看起来像是时刻等待召唤的战士。陈伶来得已经算晚了,只能站到最后一排的边缘。等他站定之后,一位执法者扫了眼名单,微微点头。

"人都到齐了。"另一位执法者拿起预先准备好的发言稿,正欲开口,总部的大门突然被用力推开,两道身影缓步走来。韩蒙将燃尽的烟头丢至脚下踩碎,黑色风衣上的四道银纹闪闪发光,他目光平静地扫过所有预备席,一股莫名的压迫感瞬间笼罩在所有人心头……除了陈伶。陈伶诧异地挑眉,目光下意识地落在韩蒙的后脑勺……昨天自己敲得这么狠,今天就痊愈了?这家伙头这么硬的吗?

"是韩蒙!"

"居然真的是他……他也来了?"

"韩蒙是谁?"

"我们三区的执法官总长,也是三区唯一一位四纹执法官。"

"据说他是个超级天才,二十四岁就晋升四纹,曾经甚至把极光城内的同期执法官全部碾轧……是咱们七大区之光啊!"

"碾轧极光城的同期执法官?真的假的?既然他这么厉害,为什么没被吸纳进入极光城?"

"不知道……据说是跟极光城里的某个大人物有过节。"

"听说很能打,我妈特别喜欢他。"

"……你妈今年多大了?"

"快五十吧。"

"……"

随着韩蒙的出现,预备席的众人顿时窃窃私语起来,就连一旁的众多执法者,都下意识地挺直腰板,神情严肃认真。韩蒙在穹顶下站定,突然觉得后脑勺一凉,仿佛有什么人正在审视着自己。他下意识地回头望去,发现一群预备席都在悄悄看着他。与韩蒙的目光对视后,所有预备席都低下头,不敢再议论,整个总部安静无比。"我叫韩蒙,是三区目前的最高长官。"韩蒙调整了一下心态,缓缓开口,

"接下来的三天，就是对你们的武试考核，你们这七十二个人中，最终只有三十人能留下来……"三十人……比预计的通过率还低啊。陈伶若有所思。这个比率同样让其他预备席感到诧异，忍不住又交流起来，眼眸中满是不解。"但是，这三十个人中，将会有三个人，提前获得进入'兵道古藏'的资格……"

韩蒙这一句话说出，整个总部都陷入哗然，就连一旁站着的执法者都瞪大了眼睛。陈伶没听懂，在场的众多预备席中，也有一大半没听懂。见此，韩蒙不紧不慢地开口解释："你们知道，执法者与执法官的区别在哪儿吗？"

018·神道

众人摇头。

"执法者与执法官，一字之差，却是天差地别……这并非官位上的差距，而是力量上的差距。执法者只是拥有了执法权的普通人，而执法官……则拥有一条属于自己的通神道路。传闻大灾变之前，世间共有十八通神大道，道道不同，但随着时代变迁，文明凋零，如今十八通神大道仅剩十四。这十四大道分别为——书医兵黄青巧弈，戏偶巫力卜盗娼。传闻每一条通神大道，都通往一个'神位'，若是将其全部走完，即可超脱凡尘，登临成神……而我们极光界域的执法者，所执掌的便是十四通神大道中的……'兵神道'。按照极光城执法者规定，每一位执法者转正三年后，就能拥有一次进入'兵道古藏'的资格，若是通过'古藏'中的试炼，便有机会被'兵神道'选中，正式踏上这条通神道路。一旦踏上通神道路，极光城便会变更你的身份，从执法者晋升为执法官。"

听完韩蒙的解释，众人的眼眸中都亮起光芒……走完大道，即可登神！这对一群刚刚成年的孩子来说，有着莫大的吸引力！

陈伶脑海中，也自动浮现出昨晚红纸怪物与韩蒙对战的画面……韩蒙似乎张开了某种神秘领域，然后就异常生猛，原来那就是"兵神道"的力量？

"请问，只有进入'古藏'，才能踏上通神道路吗？"人群中，有人小心翼翼地问道。

"理论上来说，不是。"韩蒙摇了摇头，"踏上通神道路的关键，在于获得神道的认可。你若是在某条神道上拥有极强的天赋，或者神道认为你天生就该走这条路，那它自然会引领你……这种人，我们称之为'神眷者'。我见过一个从南海界域来的少年，三岁习画，无师自通，五岁用白粥随手在地上画出一幅《百舸争流图》，获得'青神道'眷顾，成为历史上最年轻的神道拥有者。"全场哗然。"但能被神道选中的人，凤毛麟角，绝大部分人想走上神道，只能靠进入'古藏'……当然，并非所有'古藏'都在人类界域范围内，有几座'古藏'，处在灰界与现实的交汇处，寻常人类极难抵达。这也就导致，很少有人能进入其中通过试炼，因

·043

为想踏上这些神道,只有获得'神眷'这一条路,所以这些神道人数极其稀少。比如'黄神道''戏神道''盗神道''娼神道'。总而言之,这十四神道是唯一被人类界域认可的超凡道路,而在极光界域,绝大多数人的选择,只有'兵神道'。"

"唯一被人类界域认可?"陈伶开口问道,"所以说,还有不被认可的道路?"

韩蒙看了他一眼,沉默片刻,还是回答:"有……而且不少,比如试图舍弃人类身份,主动与'灾厄'融合的'融合派';信奉天灾赤星的邪教徒,'绛天教'……不过这些道路,你们绝不能碰。一旦有人走上这些道路,那下场只有一个:被所有人类界域通缉,然后……赶尽杀绝。"

听到"赶尽杀绝"四个字,陈伶心头一跳。如果他没猜错的话,他体内的"观众",应该就是一只"灾厄",那他这算不算与"灾厄"融合了?陈伶不知道,也不敢问,忽然觉得自己之前没选择找执法者帮忙,是非常正确的决定……如果自己真的算融合者,那执法者知道这件事后的第一反应,多半是把自己连着体内的"灾厄"一起干掉。看看不远处肃穆凛然的一大批执法者,陈伶的掌心开始渗出汗水……

观众期待值+10%

当前期待值:33%

两行字在陈伶眼前的虚无中闪过,他不由得在心中暗骂"观众"的变态,它们的快乐,完全是建立在自己生死危机之上的。不过紧张归紧张,陈伶倒是没那么怕。毕竟估计连韩蒙都不会想到,竟然能有融合者不仅见了执法者不跑,反而主动凑上来,试图混入执法者的行列。

"那像'融合派'与'绛天教'这种,有可能掌握通神道路吗?"有人再度提问。

"几乎不可能。"韩蒙淡淡道,"没有哪条通神道路,会将'神眷'赐予拥抱邪恶力量的怪物们……"陈伶的眼眸中,闪过一抹失望。他当然希望拥有超出凡世的力量,说实话,刚才说到通神道路的时候,他也心动了……不过如果他真的是融合者,那这条路,他走不通。"接下来,会有人给你们每个人分配任务,三天后,能不能留下……就看你们自己了。"韩蒙淡淡说完最后一句,便转身离开。

众人再度议论起来。

接下来,几位执法者走上前,开始公布每个人接下来的任务:"江立鹏,聂一宁,负责辅助巡查三区寒云街道;邓飞亮,龚恒,负责辅助巡查三区寒雪街道……"在场的都是预备席,根本就不具备独自巡查的能力,所以只能去帮正式执法者解决一些琐事,最开始念到的那些人还好,越到后面,负责的街道就越偏,到最后甚至出现跨区前往二区支援的人员。"……吴友东,陈伶,负责辅助巡查二区冰泉街道……"听到自己的名字出现在二区，陈伶微微一愣，分明记得三区寒霜街还没人去巡查，而他自己就是寒霜街的人，为什么偏偏要把他调去二区？虽然三区和二区离得不远，但每天通勤，少说也要四个小时……如此一来，他自己的时间不都被挤没了？

"考核从今天就开始，每个人现在有三个小时的回家准备时间，三个小时后，必须到岗。"

等到执法者宣读完名单，便将众人解散，陈伶隐约觉得有哪里不对，但又说不上来。

"兄弟，你是陈伶吗？"一个身材瘦小的少年，小心翼翼地凑到陈伶身边。

"你是……"

"我是吴友东，跟你一起去二区支援的。"

"哦，你好。"

吴友东环顾周围，压低了声音问道："你给他们塞钱了吗？"

"塞钱？"陈伶一愣。

"就是刚才读名单的那个，叫马忠的执法官……他是管人事调动的，咱们去哪儿、去干什么，都是他说了算。"吴友东看到陈伶的反应，无奈叹了口气，"看你的样子，你也没塞……怪不得我俩最惨。"

听到这儿，陈伶总算明白了。他突然想起刚才来的路上，那个拉黄包车的汉子说的话……"没钱当什么执法者？"看来，执法者也不是什么好东西。陈伶在心中冷笑。连路边拉车的车夫，都知道执法者是什么德行，足以说明这个组织内部的问题究竟有多严重。

"你住哪儿啊？"

"寒霜街，128号。"

"巧了，我也在寒霜街，不过在另一头。"

"兄弟，咱俩也是难兄难弟了，到时候去了二区，互相帮帮忙。"吴友东跟陈伶说了几句，便匆匆回家收拾东西。

陈伶最后走出总部，刚一出门，一个冷漠的声音便从门边响起。"站住。"陈伶身形一顿，缓缓转过头，只见韩蒙正倚靠在墙边，嘴里叼着一根烟卷，双眸好似毒蛇般盯着他。"你就是陈伶？"

019·试探

"韩蒙长官……"被韩蒙叫住的一瞬间，陈伶眼中闪过一抹心虚，但很快便恢复如常，"您找我有什么事吗？"

"一个融合者，竟然敢混入执法者队伍……你胆子真不小啊。"韩蒙缓缓开口，

"说吧，你的目的是什么？"这句话落在陈伶耳中，宛若雷霆轰鸣！他发现了？！陈伶心想，不……不可能……昨晚跟他交手的是红纸怪物，自始至终他都没看到我的脸！他怎么可能一眼就认出我？"啊？"陈伶眼眸中满是茫然，"韩蒙长官……您在说什么？"

"我的意思，你还不明白吗？"

"……不明白。"

"昨晚你在哪儿？"

"在家睡觉。"

"在那之前呢？"

"跟弟弟在野外练唱戏。"

"你弟弟练唱戏，你去干吗？"

"他胆子小，要我陪着他。"

"练的什么曲目？"

"《霸王别姬》。"

"最后一句台词是什么？"

"……哎呀！"

"倒数第二句呢？"

"……待孤看来！"

韩蒙提问的速度奇快无比，根本没留给陈伶反应的时间。陈伶回答着，后背冒着冷汗，到最后三个问题的时候，差点忍不住掉头就跑。陈伶没接触过这个世界的戏剧，不知道都有哪些剧目，只能硬着头皮说个自己以前最熟悉的……他只能赌，赌韩蒙根本就不懂戏剧！至于台词，这确实难不倒陈伶，剧院里经常会有京剧演出，《霸王别姬》他听了不下二十次，最后项羽转头发现虞姬自刎的那一幕，还是记得很清楚的。

事实证明，陈伶赌对了。问完最后一个问题，韩蒙便直勾勾地盯着陈伶，那双眼眸好似要看破他的内心……数秒的沉寂之后，韩蒙才缓缓开口："哦，那可能是我搞错了。"

这家伙，果然是在诈我！看来昨晚打轻了！陈伶深吸一口气："韩蒙长官，如果没别的事，我就先回去了。"

"等等。"韩蒙叫住陈伶，"你被调去的，是哪条街道？"

"……二区，冰泉街。"

"你先别回家了……直接过去吧。"

"啊？不是说我们有三个小时的准备……"

"这是命令。"

韩蒙简单的四个字，就堵死了陈伶所有的话语。陈伶与韩蒙在寒风中对视，棉袍与风衣各自飞舞，世界都陷入一片死寂。不知过了多久，陈伶才缓缓开口："我知道了……"

"从这里去二区冰泉街，最多要两个小时，两小时后，我会向那边确认你是不是到了……明白吗？"

陈伶咬牙开口："我腿走累了，时间会久一点。"

"我给你叫黄包车。"

韩蒙简直把"雷厉风行"四个字诠释到了极致，当街拦下一个拉黄包车的车夫，正是来时跟陈伶搭过话的那个，然后直接告诉车夫，要准时把陈伶送到冰泉街，路上的费用他给报销。于是，陈伶在韩蒙的注视下，无奈地上了黄包车，径直向二区驶去。

目送陈伶离开，韩蒙将燃尽的烟头踩在脚底，冷哼一声。

"蒙哥，你为啥要针对他啊？"江勤疑惑地问道。

"你不觉得奇怪吗？"韩蒙平静回答，"灰界交汇的当晚，李秀春和陈坛冒雨去了乱葬岗，说要祭拜儿子……第二天，'灾厄'就恰好闯进他们家，杀了两位跟踪的执法者，却唯独放过了他们两个……而在这个过程中，陈家的两兄弟又正好不在家，同时没有不在场证明。"

"可，祭拜儿子已经解释过了啊，很多年前他们夫妻有过一个早夭儿……"

"你弄错重点了。"

"啊？"

"重点不是去祭拜儿子，而是在天还没亮的时候，冒着极光界域十年罕见的大暴雨，去祭拜……你觉得，一个与他们没什么感情的早夭儿，值得他们这么做吗？"

"这……"江勤哑口无言。

"早夭儿，还有练唱戏，都是陈伶的单方面说辞，没有任何证据。"韩蒙拍了拍江勤的肩膀，"作为执法者，我们要用自己的眼睛去看，而不是用耳朵去听。"

"我明白了……蒙哥。"

"明白了，就跟我去趟寒霜街128号。"

"去做什么？"

"陈伶已经被我支开……剩下的，就是审问陈宴了。"韩蒙的双眸微微眯起。

"咚——咚——咚……"铁锤有节奏地敲击，将钉子一点点砸入墙体。随着木板整齐铺在墙上，原本的大洞被逐渐修补好。陈宴抹了把脸上的汗水，将最后一块木板固定到位，然后气喘吁吁地坐到椅子上。他回头看向客厅，只见那戴着银丝眼镜的男人，正好奇地打量着自己刚铺好的木板，不知在想些什么。"都不知道来帮一下……"陈宴嘀咕道。陈宴其实并不想放这个男人进家门，奈何对方手上拿着哥哥的亲笔信，是正儿八经的客人。不过，他怎么从来没听哥哥提起过，哥哥在极光城还有朋友？

就在陈宴完工之后，男人缓步站起身，走到被钉得严丝合缝的木板前，诧异地开口："这是怎么做到的？"

"修屋子又不难，小时候哥哥还带我造过木屋呢……虽然是给小鸟住的。"陈宴骄傲抬头，"听说你们极光城里的人，都娇贵得很，修房子应该没这么好的手艺吧？"

男人正欲说些什么，一阵急促的敲门声传来。

"执法者问话，立刻开门！！"

听到这几个字，陈宴的脸色瞬间煞白。他不知道为什么执法者突然找上门，但直觉告诉他，他们在这个时间点突然来问话，绝对没什么好事。陈宴脑筋一转，对男人说道："一会儿你来开门，就说家里没人。"话音落下，他立刻躲到卧室，隐藏起身形。

"执法者吗……"男人眉头微皱，犹豫片刻后，还是上前打开大门。门后，站着韩蒙与江勤。看到是个陌生男人开门，江勤一愣，又看了眼门牌后，疑惑开口："奇怪了……没走错啊？"

韩蒙看到男人，眼眸微微收缩："你怎么在这儿？"

"我还以为是谁……原来是你。"男人嘴角上扬，推了下银丝眼镜，不紧不慢地开口，"我早该想到的，三区是你的地盘。"

见两人直接聊上，一旁的江勤凑到韩蒙耳边，小声问道："蒙哥，他是谁？"

"极光城，神医楚牧云。"

020·融合者

他应该回去找阿宴了。黄包车在碎石道路上前行，陈伶坐在车上，脸色凝重无比。他不知道是哪个环节出了问题，让韩蒙如此迅速地怀疑上他，甚至不惜自掏腰包把自己支走，也要单独问讯陈宴。但问题是，他现在所有的路都被堵死了。就算他回头去找陈宴，先不说自己能不能比执法者更快抵达家里，一旦自己离开黄包车，韩蒙那里很快就会知道，到时候自己的嫌疑便再难洗脱。接下来，就只能看陈宴那边如何应对了……不过陈伶心中已经做好了打算，一旦自己身份暴露，就直接从二区出逃，毕竟韩蒙想从三区赶过来还需要时间。至于陈宴，他是个普通人，也不知道自己融合者的身份，甚至连什么是融合者都不知道……就算自己出事了，他也不会受到牵连。

"兄弟，你还说你没钱。"吭哧吭哧拉车的汉子回头道，"连韩蒙执法官都给你报销路费，你这身份不简单啊。"

"呵呵，确实不简单。"陈伶脑海中浮现出韩蒙的模样，只觉得有口恶气堵在胸口，随即问道，"还有多久到？"

"快了，还有十几分钟。"

"不用这么快，绕着这条街再跑几圈。"

"……啊？"

"让你跑你就跑，反正是按跑的公里数给他算钱。"陈伶冷笑一声，"他不是钱多吗？我好好替他消费一下……"

"那，那我可真跑了啊？"

"往人多的地方跑，让人看见你，这样他赖不了账。"

"得嘞！"

汉子就这么拉着陈伶，在二区人最多的街道连跑了十多圈，看得出来汉子也非常兴奋，毕竟光是这多跑的距离，都够他连拉两三天的客了。陈伶下车的时候，汉子嘴角都咧到耳根，恨不得当场给这位财神爷磕一个。由于就他一个被"强制出发"，吴友东还得过几个小时才能到，陈伶只能独自前往冰泉街，跟在那里巡查的二区执法者会合。

刚走到冰泉街，陈伶的眉头就皱了起来。黄色的警戒线几乎封死整条街道，空气中还残余着血腥味，两侧的矮破小楼空空荡荡，没有人影，唯有几道猩红的血痕溅射在白墙表面，触目惊心。陈伶弯腰穿过警戒线，脚下都是破碎的石块，仿佛曾经有一只凶残的野兽出现在此，屠戮整条街道。"这是……"陈伶眼中浮现出不解。

远处的废墟中，几个穿着黑红制服的身影走动着，他们看到迈入警戒线的陈伶，便径直上前。"是三区来的预备席？怎么来这么早？"

陈伶递上自己的调令，把锅都推给韩蒙，说是他让自己尽快出发的。

执法者点点头："早来了也好，正好我们缺人手……我叫钱凡，是目前负责冰泉街的执法者，你这两天就跟着我干。"

"好的。"陈伶顿了顿，"凡哥，这里究竟发生了什么？"

"你们没听说吗？"钱凡诧异开口，"前天晚上……也就是灰界交汇的那一天，有只'灾厄'跑到了二区，杀了整整半条街道的人。"

陈伶一愣："前天晚上？"

"对。"钱凡点点头，"你们三区的执法官马忠没告诉你们吗？这次灰界交汇，很可能跑出了两只'灾厄'……一只五级，一只三级。在你们三区出现的那只是五级的，不过似乎破坏性不强，造成的伤亡很小。我们二区这儿只是三级的，虽然等级不高，但杀性是真的重啊……"

听到这儿，陈伶的大脑已经转不过来了，他始终以为，自己脑海中的，就是那唯一从灰界中跑出来的"灾厄"……但现在又出现一只？"那只三级的呢？抓到了吗？"

"要是抓到了，还要我们这么多人在这儿干吗？"钱凡叹了口气，"杀完人之后，那只'灾厄'就失踪了……不过有执法者目击到了它离去的方向，应该是往后山去了。"后山……陈伶记得，后山就处在二区和三区之间。"你说这两只'灾厄'也是怪，一般的'灾厄'降临闹出大动静之后，很快就会被抓住，一方面是体形大，另一方面是它们会控制不住地继续杀人……但偏偏这次的两只'灾厄'同时消失了，就跟人间蒸发了一样！"

陈伶心头一动，装作随意地问道："我听说，有类人叫什么……融合者？"

"融合者……"钱凡摇摇头，"你以为'灾厄'与人类的融合很容易吗？想要融合'灾厄'，并且活下来，就必须具备三个条件……首先，你得保证那只'灾厄'不杀你，光是这一条，就足以刷掉99%的'灾厄'，毕竟绝大部分'灾厄'，是没有自制力的。你要说先人为把它打到濒死，也可以，但下一个问题就是，你得保证自己的体质与它契合……这东西根本说不准的。一个人类，一个'灾厄'，根本不是一个物种。两者想要契合，就跟你随手捡起一块石头，发现石头上的自然纹路正好是你的名字一样概率渺茫。就算你运气真的好，前面两个条件都满足了，也得保证自己跟'灾厄'融合之后不会被对方的意志折磨到发疯……据我所知，大部分的融合者是疯子，而且活不过几年。"

陈伶反问："照你这么说，融合者出现的概率接近于零？"

"没错。"钱凡点头，"不过我听说，'融合派'中已经有人在研究提高融合成功率的方法……具体走到哪一步，我也不知道。"

原先陈伶一直觉得自己是融合者，但听完钱凡的描述，又觉得不太对。他与"观众"的联系，完全是建立在剧院之上的，似乎并没有他说的融合的过程。虽然这些"观众"确实偶尔会让他发疯。与此同时，一个念头闪过陈伶脑海。既然自己不算是融合者……那有没有可能，他也能掌握一条属于自己的……通神道路？

021・平安符

"总之，你这两天的任务，就是搜索这条街道，看有没有遗落在废墟下面的'灾厄'毛发，或者其他不寻常的东西……"

"不寻常的东西？"

"'灾厄'的力量会影响到周围的现实环境，具体如何影响，则因'灾厄'而异……有的'灾厄'只是站在那儿，就会将附近的所有东西扭曲，有的'灾厄'则会起火，据说更诡异的，还能操控人类……我们将这种影响称为'灾厄领域'。一只'灾厄'的等级越高，'灾厄领域'的破坏性就会越强，而范围也会越大。总体而言，我们将目前的所有'灾厄'划分为一到九级，不过每个级别会有一些别名，以此来直观地表现它们的破坏力。就比如九级'灾厄'……我们通常将其称为，'灭世'。"

"'灭世'……"陈伶愣住了，"所以九级'灾厄'，真能做到毁灭世界吗？"

"虽然带有夸张的成分，但距离真正的灭世也差不多了。据说，一只'灭世'级，具备彻底灭绝一个人类界域的力量。"钱凡像是想到了什么，压低声音开口，"你不知道吗？"

"什么？"

"其实前天晚上，你们三区跑出来的那只……就是个'灭世'。"陈伶脸色顿时一白。"哈哈，我跟你开玩笑的。"看到陈伶的反应，钱凡笑着拍了拍他的肩膀，"我听说了，你们三区的'灾厄'指针确实爆了，一般只有'灭世'降临才会出现这种情况……不过，怎么想都不可能吧？已经有近百年没有过'灭世'降临，而且要真是'灭世'，估计三区在第一时间就被灭绝了，哪还能安安稳稳地到现在？所以啊，估计是有个领域正好能影响到'灾厄'指针的'灾厄'降临。你们韩蒙执法官昨天不是跟它交手了吗？确认了是只'五级灾厄'，不是什么'灭世'……所以，放宽心啦。"钱凡双手叉腰，脸上满是笑容。

陈伶却笑不出来。作为暴打韩蒙的"罪魁祸首"，钱凡口中的"五级灾厄"，他心里最明白这究竟是怎么回事。韩蒙遇到的"五级"，并非真的是"五级"……那只是单纯因为，当时"观众期待值"正好卡在14%~15%，夺取舞台的"观众"相对的便是"五级灾厄"的战斗力。而陈伶清楚地记得，当时跑出去的"观众"数量，还不到整体观众席的1%……那如果"观众"集体出逃呢，是不是意味着……一只完整的"灭世"，将会降临？想到这儿，陈伶的后背惊出一身冷汗。他想过"观众席"上的"灾厄"会很强，但没想到这么强……那可是具备"灭世"能力的超级"灾厄"！一颗足以毁灭人类界域的不定时炸弹！

"行了，你赶紧去工作吧。"钱凡心满意足地开口。

"……好。"随着钱凡的离开，街道的废墟上，只剩下陈伶独自一人。他深吸一口气，暂时将心中的恐惧压下，低头开始在碎石中搜索起来。无论"观众"是什么等级，似乎都得遵守剧院的规则，只要陈伶始终将观众期待值维持在20%以上，就不会出事。

观众期待值 -1%
当前期待值：32%

两行字在碎石中勾勒，又刹那间消失。自从卧底进入执法者内部后，观众期待值便一口气增长了10%，不过时间长了，依然在以稳定的频率下跌。照目前的速度，如果他什么都不做，最多36个小时，就会掉回20%。

-051

接下来的时间，陈伶都在废墟中仔细搜寻。不过，几个小时过去了，依然没找到什么毛发，或者"灾厄领域"留下的痕迹。说实话，陈伶也很好奇，这只跟自己的"观众"一起跑出来的"灾厄"，究竟是个什么东西。

"陈伶！"一个声音从不远处传来，正在认真搜寻线索的陈伶抬起头，发现是难兄难弟吴友东正迎面走来。"我听他们说你一大早就来了？"吴友东满头大汗，不出意外的话，应该是纯靠徒步从三区过来的，"你怎么这么快？没回家吗？"

"没回，出了点事情。"

"跟你弟弟有关？"

听到这句话，陈伶猛地抬起头："你说什么？"

"哦，我刚才来的时候，路过你家门口……看到韩蒙长官正好在那儿，说要找你弟弟。"吴友东擦了把汗，忍不住感慨，"不过兄弟，你的条件比我家还差啊……屋子都是破洞的？"

陈伶直接无视了吴友东的调侃，再度问道："韩蒙找我弟弟问话了吗？"

"没有啊，有个高高的、戴着银丝眼镜的男人站在屋里跟他说话，具体说了什么我没听清，不过没说两句，韩蒙长官就走了……没进屋。"

高高的、戴着银丝眼镜的男人？陈伶愣了半响，一个念头猛地闪过脑海……自己竟然忘了这茬！之前自己给极光城里捎了信，本想让那位"医生"来治好自己，没想到这几天发生的事情太多，完全给抛到脑后……现在看来，应该是那位"医生"如约而至，给自己看病来了。不过，三区不是被封锁了吗？他是怎么进来的？一个个疑问闪过陈伶脑海，他迫切地想要回家，看看究竟发生了什么。

"我先不跟你说了，我的任务是去安置幸存的冰泉街居民，还有一堆事要做呢。"吴友东看了眼时间，跟陈伶告别后匆匆离开。

既然韩蒙被支走，那就应该没机会审讯陈宴，家里依然是安全的……陈伶一边想着，一边迅速向钱凡等人走去。那个"医生"对陈伶而言，完全是未知的存在，他不敢让陈宴和对方单独待太久。他要回家，立刻就回。"嘎吱——"陈伶一脚迈出，踩碎了废墟中的一块砖瓦，低头望去，一抹隐约的红色被压在碎片之下。陈伶微微皱眉，低头拂去碎片残渣，那抹红色的轮廓逐渐清晰……看清那东西的全貌，他的瞳孔剧烈收缩。那是一个残破的平安符。平安符的一角，绣着两个细小的字——"陈宴"。

第一卷・戏中人

第二篇章

神道退避

022・楚牧云

"已经这个点了吗……"楚牧云坐在门口,低头看了眼怀表,长叹一口气。

"哥怎么还不回来?"陈宴托着腮帮子,坐在楚牧云旁边,同样看着门口的街道望眼欲穿。昏黄的夕阳逐渐沉入地平线,天穹中蓝色的极光越发清晰……两人就这么坐成一排,寒风透过木板缝隙,将桌上的煤油灯吹得摇晃不定。终于,极光涌动的街道尽头,一个身影逐渐清晰。"回来了!"陈宴"噌"地站起来,对远处的人影挥手,"哥!!"

陈伶拖着疲惫的身体,一点点向家走去,看到门口坐的两个人,双眸微眯,但还是第一时间挥手回应陈宴。

楚牧云一愣,双手撑着膝盖从地上站起,礼貌地微笑挥手。

"你是……"

"您应该就是陈伶先生了吧?"楚牧云推了下鼻梁上的银丝眼镜,"我叫楚牧云,是从极光城来的'医生'。"

"哦……你好。"陈伶与他握手,"等我很久了吗?"

"还好,不算很久。"

"很久啦。"陈宴当即开口,"哥你今早刚走,他就到了,然后就在客厅一直坐到现在……"

"今早就来了?你没给人家倒水吗?"

"倒了啊……不过他自己不喝。"

陈伶的目光从陈宴身上挪开,有些抱歉地看向楚牧云:"楚医生,实在抱歉让您走一趟,还在这儿等我这么久……其实,我的病已经好了,要不今晚我请您吃个饭,明天送您回去?"一开始是陈伶被"观众"吓到,所以去找医生求助,不过现在他已不觉得自己这是病，也不认为有人能治好他。一只"灭世"级的"灾厄"，是随便来个医生就能解决的吗？更别说还有个能压制"灭世"的神秘剧院。楚牧云留在这儿，不仅没法治好自己，时间久了，搞不好还会发现自己脑海中的"灾厄"。

楚牧云愣住了。他看了陈伶半响，犹豫着开口："嗯……陈先生，其实很多时候，人的身体是不会意识到自己生病的，可能你现在觉得好了，但其实并没有。也许，你需要我给你做个详细的检查。"

"不，我不需要。"陈伶这次拒绝得很强硬。要知道，他现在连心脏都没有……让楚牧云检查？那不是等于自己暴露身份吗？！

楚牧云："……"

"楚医生，您大老远从极光城赶过来，我非常感激……但我现在真的不需要检查或者治疗。"陈伶察觉到自己的态度有些问题，立刻诚恳地加了一句。

"好吧……"楚牧云叹了口气，"不过，我现在可能回不去了。"

"为什么？"

"三区被全面封锁，任何人不得进出，你不知道吗？"

"那你是怎么进来的？"

"我在执法者里有个朋友，请他通融进来的。"楚牧云无奈笑道，"不过你知道，通融进来简单……但想出去，可就没那么容易了。"执法者封锁三区，本意就是想防止"灾厄"逃离，毕竟有些"灾厄"体形很小，可以藏在人类的背包甚至身体里出去，或者与人类融合……总之，进来和出去的难度，完全不是一个量级。这一点，已经加入执法者预备席的陈伶非常了解。

"这……"陈伶有些为难。楚牧云是专门从极光城过来给他治病的，而且没要任何费用，说是做慈善也不为过。现在人家来了，家又回不去，自己总不能脸一翻就把人家赶出家门，让他在大街上流浪吧？

"哥，我感觉他不是坏人。"陈宴适时开口，"今天那个韩蒙执法官来了，还很凶，是他帮我把人赶走的。"

听到这儿，陈伶眼眸微微一亮。"我能问个问题吗？"

"你问。"楚牧云点头。

"今天韩蒙来了，你是怎么把他支走的？"

"哦，我就跟他说家里没人，而且未经主人允许随意闯入他人住宅，是很不礼貌的行为。"

"可他是执法官啊，执法官有搜查民房的权力。"陈伶不相信那个硬茬子能这么简单就离开。

"我说话，他比较听。"楚牧云淡淡回答，"几年前，我救过他的命……还是两次。"

"我明白了……"

陈伶点头："那在三区解封之前，你就先在这儿住下吧，不过我有个条件。"

"什么条件？"

"没有我的允许，不可以给我做任何形式的检查……我弟弟也是。"

"好。"楚牧云轻推银丝眼镜，果断应了下来。

陈伶回到家中，这才发现原本的洞口都被木板补齐了，虽然偶尔还有点风漏进来，但比昨晚的四面透风好多了。他回头望去，只见陈宴将双手背在身后，微低着头，似乎在等待他的夸奖。"多亏有你。"陈伶摸了摸他的头，"不然，今晚我们又只能露天睡了。"

"其实还有些缝隙没有填好……明天我去后山弄点黏土糊上就可以了。"陈宴有些不好意思地说道。

楚牧云走进门，看到这一幕，微笑道："你们兄弟关系真不错。"

"那当然。"陈宴噘嘴道。

"你们长得也挺像的。"

"像吗？"陈伶看了眼陈宴，"其实还好，毕竟我们不是亲生兄弟……不过在一起生活久了，确实会越来越像的。"

"我觉得挺像的啊。"陈宴认真回答。

"对了，那边是你的房间，环境有些简陋，不要介意。"陈伶将原本属于陈坛夫妇的房间收拾出来，对楚牧云说道。

"没关系，我不挑。"

陈宴在客厅看着这一幕，眼眸中闪过一抹复杂。

接下来，陈伶便亲自下厨，开始准备三人的晚餐。经过一天的劳碌奔波，他也饿得不行，幸好在原世界当社畜[①]的时候练得一手好厨艺，在异世界也能养活自己。半个小时后，热菜出锅，香气让坐在桌边的陈宴、楚牧云二人直咽口水。

"陈先生的厨艺真不错。"楚牧云吃了口土豆片，忍不住感慨，"比极光城大部分饭馆好多了。"

"叫我陈伶就好。"陈伶一边吃饭，一边暗自打量着楚牧云。从穿着与神态来说，这是个标准的知识分子，不管是说话还是吃饭，都是斯斯文文的，让人有种清风拂过的舒适感。这种气质，陈伶从来没在三区或者二区见过……果然，极光城里来的人，就是不一样。突然间，陈伶像是想起了什么："楚医生。"

"嗯？"

"关于通神道路，你了解多少？"

---

① 网络用语，指上班族。

023·"神眷"

听到这句话，楚牧云的眼中闪过一抹诧异。"怎么，你也对通神道路感兴趣？"

"有点感兴趣，而且我接下来打算成为执法者，所以……"

"执法者。"楚牧云点点头，"所以，你是打算走'兵神道'？"

"应该是吧……执法者，不是只能走'兵神道'吗？"

"谁说的？"楚牧云轻笑道，"执法者，不，应该说是执法官中，绝大部分是走'兵神道'，因为这是极光界域掌握的唯一的通神道路。不过在极光城的执法官中，也不乏其他神道的'神眷者'。"

"我没什么特别的天赋，也许根本没机会成为'神眷者'。"陈伶叹了口气，"大概率，只能等成为执法者三年后，去'兵道古藏'碰碰运气了……"

"哥，谁说你没有天赋！"陈宴顿时放下筷子，认真道，"你那么厉害，一定会有很多那个什么……神道，抢着要的！"

陈伶苦涩地笑了笑。陈伶说的是实话……从前他就是滴淹没在平凡浪潮中不起眼的水珠。小时候父母确实逼他学过一些琴棋书画，但没有一项精通，长大之后全忘光了，学习成绩也一般，身体素质又差，属于可能啥都懂一点点，但真要拎出来，就啥也不是的普通人。这个世界的陈伶，同样如此。两个世界的平凡叠加在一起，陈伶不认为自己有被神道选中的潜质。

"天赋这种事，确实说不准的。"楚牧云斟酌着说道，"有些人可能具备某种天赋，但一直没有表露出来，也许等到合适的时机，就会展现。"

"那如果是'兵神道'的话，怎样才能知道自己有没有天赋？"

"简单啊。"楚牧云嘴角的微笑逐渐收敛，以一种极为淡漠的语气说道，"你去杀人就知道了……杀一个不够，就杀十个，杀一百个……若是杀完一千个，'兵神道'还未眷顾你，那就可以确定你没有这项天赋。"陈伶手中的筷子一顿，客厅陷入死寂。"开个玩笑。"楚牧云笑了，好似冰雪消融，和煦的暖风再度拂过餐桌，"不杀人的话，那就只能进入'古藏'……三年虽然久，但你也年轻，等得起。"

杀人……陈伶看着碗中的米饭，回想起那晚红纸怪物杀死两位执法者的情形，突然有些反胃。陈伶是个普通人，就算在原世界，在游戏里杀人无数，看过的血腥电影也不少，但真到了要提刀杀人的时候，还是不敢……他跨不过心中那道底线，那道由理性与仁慈建立起的底线。"那'路径'又是什么？"陈伶想起自己从韩蒙身上抽到的"杀戮舞曲"，就是来自'兵神道'的"审判"路径。但路径究竟是什么，他不清楚。

"你还知道'路径'？"楚牧云诧异地看了他一眼，"这么说吧，如果把成神比作一条登山路，那山上除了有大路，也会有小径，神道就是大路，而'路径'，就是根据每个人的性格与天赋不同，延伸出的小径。比方说韩蒙，为人比较固执，有正义感，他就是'审判'路径……相应地，他在登临不同阶位时获得的能力，可能也与其他路径不一样，更加具备个人特征。"

陈伶若有所思："那一条神道，会有几条路径呢？"

"这个说不准，有的神道本身走的人就多，被探索延伸出的路径自然也会多，比如'兵神道'，据我所知就有七种不同的路径。但一些比较冷门的神道，可能就没几条路径。"

"楚医生，你也是通神道路的拥有者吗？"陈伶想到林医生对他的评价，疑惑问道。

"是啊。"楚牧云大大方方地承认，"我走的是'医神道'。"

"'医神道'？'医道古藏'也在极光界域吗？"问出这个问题的瞬间，陈伶就反应过来，错愕地开口，"你……是'神眷者'？"楚牧云笑而不语。虽然陈伶早就猜到楚牧云走的是"医神道"，但没想到对方是个"神眷者"……不是说这东西很罕见吗，怎么自己随随便便就遇到了？"成为'神眷者'的时候，是什么感觉？"陈伶忍不住问道。

楚牧云若有所思。"嗯……这个不太好描述，大概就是，突然感觉自己在一瞬间超脱了，冥冥中有一道目光看向你。然后，周围的环境会改变，一条通往虚无的神道会自动出现在你的面前……"

"神道？是真实存在的道路？不是虚幻的？"

"是真的，至少在那一刻是真的，不过在你走上去之前，它会在天上飘浮，不断晃动，就像是……像是……"楚牧云一时之间想不出合适的形容词。

"像是缎带？"埋头吃饭的陈宴，突然开口。

"缎带？"陈伶诧异地看向他。

"对，缎带。"楚牧云眼前一亮，继续说道，"然后当你踏上去的一瞬间，它就凝成了实体，然后消失……虽然你看不到它，但是它会始终存在于你的体内。"

陈伶疑惑地看着陈宴，后者缩了下脖子，小声道："我就是听他的描述……随口一说。"

"……好吧。"陈伶叹了口气，"希望，我也有踏上神道的那一天。"

吃完饭菜，陈宴自觉撸起袖子洗碗。楚牧云不知从哪儿掏出一本书，坐在煤油灯下借着微光阅读，时而皱眉，时而困惑，不知在想些什么。

夜色渐深，三人便各自回房休息。陈伶最后一个离开，吹灭桌上的灯烛，火光一晃，客厅立刻陷入黑暗。他看向陈宴的房间，缓步走到房门口，从怀中掏出一个破碎的平安符，正欲敲门，指节却停滞在半空中。

"我、我……我手术完醒了之后，就一直在医院里等你们来接我……然后，然后我听到外面说有'灭世'级'灾厄'入侵，我就很担心你们。

"我趁着医院那些人不注意，偷偷溜了出来，正准备回家找你们，然后就看到你被吊在一个怪物身上……"

"执法者的人手好像不够，只是把二区、三区外面封锁了，但是两区之间驻守的人不多，我就偷偷跑过来了。"

"哥，我们不跑吗？"

"哥，变成怪物也没什么的，只要……你还是你。"

"那个医生好像很厉害，我恢复得很快。"

"不知道……可能是回来的时候跑掉了。"

陈宴的话语不断在他的脑海中闪动，陈伶的指节越攥越紧……他看着手中的平安符，眼中满是不解与迷茫。自从在冰泉街的废墟中找到这个平安符，陈伶的心就一直提着，哪怕徒步走了两个小时回来，心里也都在不断想着这一件事情。仔细想来，从陈宴出现到现在，有很多事情根本无法解释。他出现的时机、出现的地点，实在太巧了……一个刚经历过心脏移植手术的少年，真的能穿过执法者封锁，徒步两个多小时走到后山吗？还是说……他也不是人类了？

024·扑克

等等，自己为什么要用"也"？陈宴就是陈宴，不是披着他皮的别的什么东西，这一点陈伶可以肯定。既然同一次灰界降临，既然"观众"可以与自己融为一体……那为什么另一只降临的"灾厄"，不能与人类融为一体？但这一切都是陈伶的猜测……事实究竟如何，也许只有亲自问他才知道。就在陈伶犹豫着要不要敲门的时候，门从里面打开了。

"哥。"陈宴揉了揉眼睛，"你在干吗呢？"

"……我有点事情想问你。"

陈宴正欲说些什么，看了眼对面楚牧云的房间，随即将陈伶拉入房内，关上房门。

"阿宴，我就直接问了。"陈伶认真地看着他的眼睛，"血洗冰泉街的……是不是你？"

陈宴的身体一震，看到陈伶手上拿着的平安符碎片，默默低下头去："……嗯。"

见陈宴如此干脆地承认，正准备继续说服他的陈伶，都愣了一下。"真的是你？"陈伶再问，"所以，你也跟'灾厄'融合了？"

"……我不知道，我醒来的时候，就已经站在那儿了。"

"你也失去了一段记忆？"

"嗯。"

陈伶的眉头微微皱起。他相信陈宴不会骗他，而且就连他自己，都是这种情况……莫名其妙地来到另一个世界，莫名其妙地多了脑海中的"观众"，等苏醒的时候，就已经回到家中了。"但是灰界交汇的地点，不是在后山吗？你当时应该还在手术……为什么会被波及？"

"我不知道。"陈宴再度摇头，"我就记得医生给我打了麻药，醒来的时候，就在冰泉街了……我很害怕，就躲进后山，再出来的时候，就看到哥哥从那只怪物体内爬出来……"

听到这儿，陈伶算是将前因后果串起来了。不过陈宴究竟为什么会被灰界交汇波及，还是个问题……难道是当时那只"灾厄"闯入二区之后，恰好遇到了手术台上的陈宴？然后融合了？陈伶不太懂这个"融合"的过程，再想也想不出什么。"明白了。"陈伶点点头，"这几天你就在家里，哪儿都不要去，明白吗？别的事情我来处理。"

陈宴欲言又止。

"怎么了？"

"我……我本来想去看一眼爸妈的……"

陈伶一怔，沉默许久之后，轻声开口："等哥先替你洗脱嫌疑，风平浪静之后，再带你去看他们，好吗？"

"好。"陈宴乖巧点头。

"这几天离那个楚牧云远一点，不要让他碰你，少跟他说话。"

"好。"

"如果韩蒙再来找你，问你一些问题，你就这么回答……"

"好。"

陈伶叮嘱完之后，便转身离开。

陈宴轻轻锁上房门，回到坚硬的板床上躺下。他侧头看向窗外，栗色的双瞳中，是漫天蓝色极光的倒影。突然间，极光天空的尽头，一点红芒微微亮起，像是一颗朱砂般的星辰。"又来了。"陈宴喃喃自语。随着那朱砂般的星辰越发璀璨，一条如梦如幻的道路，从虚无中延伸，一直连接到陈宴的床头。那条道路在星辰与他之间飘浮晃动，好似一条轻柔的缎带。陈宴躺在床上，平静地注视着这条通神之路，那是一位神明向他抛出的橄榄枝。片刻后，他缓缓抬起手，抓住了那条飘忽不定的缎带，然后，用力捏碎！"砰——"一个微乎其微的轻响，萦绕在陈宴耳畔，那条通神道路被他单手捏碎，化作漫天碎尘，消失在虚无之中。与此同时，天边那颗朱砂般的星辰也迅速暗淡。他拒绝"神眷"。陈宴摊开手掌，一块拇指盖大小的神路碎片，正静静地躺在他的掌间，好似朱砂琉璃。他随手打开床头的抽屉，将这块朱砂琉璃丢进去，然后将其关起，锁死。黑暗的抽屉中，三十多块一模一样的朱砂琉璃，微微闪烁。

清晨，陈伶早早起床洗漱。今天没有"好心人"给他报销车费，只能徒步走去冰泉街，光是来回就要四个多小时，所以不得不比其他预备席执法者早起晚归。出乎他意料的是，楚牧云似乎比他起得更早。陈伶刚走进客厅，便看到楚牧云穿着休闲的衬衫与针织马甲侧坐在桌边，手中捧着一本古医书，像是在认真研读什么，时不时推一下眼镜，仿佛此刻不是坐在一个漏风的破客厅里，而是极光城某个高雅的咖啡厅里。见陈伶起床，他微笑着放下书本。"早上好。"

"早。"陈伶随口应了一声，便匆匆出门，去对面的赵氏早餐店吃了顿早饭。自从上次他给赵叔"通风报信"之后，心中有些过意不去，所以每天早上都会去光顾他们家，算是多给赵叔送点生意……至于赵乙，他被赵叔禁足一星期，至今还没出过门。

陈伶远去之后，楚牧云缓缓放下书本。他站起身，径直向陈伶的房间走去，脚掌踩在老旧的地板上，却没发出丝毫声音……像只幽灵。楚牧云走到陈伶的床边，镜片后的双眸微微眯起。他戴上白手套，从怀中取出一个镊子，将散落在枕头上的几根头发与微小的碎皮屑全部收集起来，放入一个棕色空瓶里。做完这一切，他悄然退出房间，手掌轻挥，一缕微风拂过地板，彻底抹去他留下的脚印。他没有回到自己的房间，而是径直走出屋子，接连穿过几条街道，来到一家破旧的小卖部门口。

"丁零——"随着他推开店门，清脆的铃声响起。"要买什么？"一个坐在柜台后的女人，慵懒地打了个哈欠，随意地问道。

"买一线希望。"听到这个回答，女人的目光瞬间凝固。原本的慵懒随意彻底消失，取而代之的是一双冰冷而锐利的眼眸，她注视着眼前的楚牧云，缓缓开口："出示你的身份。"楚牧云指尖轻抬，一张白色扑克牌变戏法般出现在掌间，被他扣在桌面上。女人翻开牌面——黑桃7。"口令。"她再度开口。

楚牧云淡淡道："人类文明……永不将熄。"

025・低头

"黑桃7，你有什么诉求？"

"我需要一间静室。"

"原因？"

"发现一位疑似融合者，进行'灾厄'等级判定实验。"

"融合者？"女人诧异地挑眉，"有可能将他吸纳吗？"

"目标可以排除'融合派'成员的可能性，不过对于执法者有加入倾向，具不具备吸纳价值，得看我判定的结果。"

"明白。"女人从柜子底部掏出一把钥匙，"静室在地下二层。"

楚牧云接过钥匙，打开地下室暗门，身形一晃便消失无踪。女人走出柜台，站在门口隐晦地观察四周，随后将门口的"营业中"门牌翻转，闭门休业。黑暗中，楚牧云点燃一盏煤油灯，顺着狭窄的阶梯逐步向下。昏黄的灯火逐步下沉，阶梯底端，是一个十平方米左右的空间，楚牧云弯腰将煤油灯放在正中央的地面，随后取出棕色小瓶，将里面的东西倾倒而出。楚牧云摘下眼镜，蔚蓝的光辉从眼底泛起，强横的威压化作旋风，在空间内搅动。"诊断……开始。"

冰泉街——

陈伶穿梭在破败的废墟中，仔细翻找着。他现在十分庆幸自己被分配到这个地方，而且担任寻找线索的工作……如果陈宴在这里留下过线索，他将会是第一个知道的，也会是第一个掐断线索的。如果昨天的那个平安符没有被他捡到，而是落入了其他执法者手里，后果将不堪设想。但事实证明，陈宴并没有留下其他东西。陈伶花了一上午，将冰泉街的废墟翻了个底朝天，除了各种血肉残肢之外，再也没有别的东西，就连钱凡口中的"灾厄领域"的痕迹都没看到。陈伶不由得在心中猜测，陈宴体内的那只"灾厄"……究竟是什么能力？就在他思索之际，一个身影从远处走来。"吴友东？"陈伶看清来人，微微一愣。

吴友东也在冰泉街，这并不出人意料，但问题是，如今的吴友东肩膀下架着金属拐杖，一条腿已经被打上石膏，浑身都是伤口与绷带，左眼乌青一片，脏得像是刚从战壕里爬出来的。听到陈伶的声音，正低垂着头的吴友东，眸中终于浮现出一抹微光。"陈伶。"吴友东苦涩地笑了笑，"我还以为没法活着见到你了……"

"你这是……"

"我不打算当执法者了。"吴友东抬起头，看着远处的极光，乌青的眼眸中闪过一抹悲哀与落寞。

"发生了什么？"陈伶清楚地记得，昨天自己走的时候对方还满怀期待地去完成任务，怎么今天就变成这副样子了？

"执法者也好……冰泉街也罢，没一个好东西。陈伶，你知道这条街上住的都是什么人吗？是讨债者！邪教徒！通缉犯！这里到处都是非法枪支交易、毒品交易、器官交易……我昨天去找这条街上的幸存者收集资料，结果被他们一通嘲笑辱骂！他们把我踢到厕所！让我帮他们洗马桶！我不同意，他们就打断了我的腿！"吴友东的声音越来越颤抖，他像是想起了什么痛苦的回忆，一根根青筋在脖颈上暴起。"他们就是故意的！二区的执法者知道这条街是什么地方，都不愿意来，就向三区求派人手！我不知道他们跟马忠达成了什么交易，马忠就从三区的预备席中调人过来！他知道我们是新人，家里又穷又没势力！不调我们调谁？说好听点，我们是来支援的；说难听点，我们就是执法者高层给的供品！我用我的生命保证！执法者高层肯定和冰泉街的地下交易有联系！凭什么啊？！我爸妈砸锅卖铁供我上学！我凭本事考上的执法者！他们凭什么这样侮辱我？！"吴友东愤怒地低吼着，一双眼睛通红，但即便到了这个地步，依然不敢说得太大声……因为二区的执法者，就在不远处。在雄狮的注视下，蝼蚁即便再暴怒，也只能压抑且无声。吴友东的胸膛剧烈起伏，仿佛下一刻就要找冰泉街或者执法者单挑，但随着一个声音的响起，他的身体再度一震。

"吴友东，陈伶？你们在说什么？"穿着黑红制服的钱凡，双手抱胸，从远处走来，好奇地问道。吴友东脸色顿时煞白。"吴友东，你不是说不当执法者了吗？"钱凡再度开口，"自愿退出执法者考试，可是没有反悔的机会的……这对你们这类人来说，应该是改变命运的机会，你真的想好了吗？或者……你要是觉得执法者目前有哪里做得不到位，可以提出来，我们再商量商量嘛……"

吴友东的脸色接连变化，好几次欲言又止，但在钱凡的注视下，最终只是摇了摇头。"没，没有……我自愿退出。"

"真是可惜啊。"

陈伶看着眼前的吴友东，心情顿时有些复杂。吴友东敢对陈伶滔滔不绝地控诉执法者的罪行，但在执法者面前，却不敢多说半个字。但他也不能说吴友东懦弱，因为就算吴友东不当执法者，以后也得生活在三区，或者极光界域的其他几个大区，而不管在哪里，都会有执法者。对在极光界域生活的所有人来说，执法者，就是天。

吴友东深深地看了陈伶一眼，再度低下头。他艰难地拄着那双廉价拐杖，咬着牙，一瘸一拐地向三区走去。他的身影随着远去慢慢变小，直到变成一粒细碎的轻沙，被吹散在道路的尽头。陈伶知道，从今往后……吴友东也许永远都不会再抬起头了。

"唉，其实我感觉他挺不错的，吃苦耐劳，潜力也不错。"钱凡看着吴友东离去的背影，长叹一口气，"对了，吴友东走了，他的工作就没人做了……从今天起，你就接替他吧。"陈伶一怔，回头看向钱凡，钱凡微笑着与他对视，阳光下，他笑起来宛若恶魔。

026·准备好回答我的提问了吗？

钱凡说完这句话就走了。陈伶站在原地，脑海中不自觉地回想起刚才吴友东低垂的头，双拳微微攥紧。吴友东低头了，那他呢？如果是在原世界，陈伶也许与吴友东并没有什么不同，只有低头，才能在社会上谋得一条生路，但这一次……陈伶缓缓转头，看向冰泉街幸存的那半段街道，目光冰冷彻骨。想让我低头？呵呵……

三区，地下室——

一阵冰寒的狂风从虚无中卷起，呼啸着拍在楚牧云身上。地上的煤油灯剧烈摇晃，刹那间熄灭，随着整个地下室陷入死寂黑暗，楚牧云闷哼一声，重重地摔倒在地。他错愕地抬起头，眼眸中满是震惊与难以置信！刚才，在发动"溯源之眼"的一刹那，他仿佛看到了一双双鲜红的眼瞳，自无尽远处的虚无向这里瞥了一眼……只是这一眼，竟然让他的通神道路都颤抖起来！"这，这是……"楚牧云在原地愣了许久，才猛地回过神，他立刻从地上爬起，疯狂地冲上台阶，回到小卖部。

"你怎么了，黑桃7？"见楚牧云出现得如此突然且慌乱，女人微微皱眉。

"……我看到了。"

"什么？"

"'灭世'。"女人一愣，一时之间没明白这是什么意思。

"那家伙是只'灭世'级'灾厄'！"楚牧云笃定地开口。

"这不可能。"女人当即摇头，"没有人能与'灭世'融合，就算是如今'融合派'的领袖也不可能……你看错了。"

"我绝对没看错！它的目光甚至让我的神道感到恐惧！"

"这……"

"必须马上通知红王与灰王。"楚牧云走到柜台边，抽出纸和笔，迅速书写起来。

"如果这是真的……那恐怕要出大乱子了。"女人立刻意识到事情的严重性，"就算是红王与灰王齐至，我们也未必能解决得了他，除非极光君也跟我们联手……"听到这儿，楚牧云指尖一顿。"怎么了？"女人问。

"'灭世'级'灾厄'，具备灭绝一个人类界域的力量。"楚牧云缓缓转头看向她，眸中闪烁着疯狂，"那如果，我们杀了他，解放出'灭世'……是不是就不用执行那个计划了？"

女人愣住了。"那可是一只'灭世'！你是疯了吗？！"女人话说到一半，自己摇了摇头，"差点忘了，你们这些正式成员，本来就都是疯子……"

"我只是随口一说。"楚牧云推了下眼镜，心情平复下来，淡定开口，"还是先请示灰王与红王吧……"

楚牧云写完信，就交给女人，女人看了他一眼。

"对了，你不是要对他进行吸纳评估吗？还进行吗？"

"……进行。"

"那你作为引荐者，对他的评级是……？"

"S+，"楚牧云神情前所未有地严肃，"极端危险。"

"咚咚咚——"清脆的敲门声传来，正在悠闲喝茶的众多二区执法者一愣，疑惑地转头望去。"谁会在这时候来？"

-063

"不知道啊……"钱凡一边说着,一边打开了茶馆的门。

陈伶正安静地站在门外,见房门打开,微笑着对屋内的几位执法者挥了挥手。这些都是二区原本该负责冰泉街的执法者,现在却都缩在这里喝茶,把一切事务丢给陈伶与吴友东,这本身就说明了一些问题……现在看来,吴友东说的是真的。这群执法者,都和冰泉街的那些人有勾结,现在不去搜查,而只派两个新人去,纯粹是做点面子工程。这么一来,万一极光城总部那边追问下来,他们也可以说是人手不够,冰泉街的事情都是陈伶二人处理的,从而把锅甩出去,同时又能跟冰泉街那边维系好关系,绝对是一石二鸟。

见来的是陈伶,众执法者顿时兴致缺缺地低头喝茶,根本没有跟他攀谈的意思。

"是你?你怎么来了?"钱凡看到陈伶,诧异开口。

"关于我的工作,还有一些事情需要各位大人解惑。"

"什么事情?"

"我的任务,是询问那些冰泉街幸存者有关'灾厄'的情报是吗?"

"对。"

"那如果他们不配合怎么办?"

听到这个提问,钱凡心中冷笑一声,表面上依然耐心地回答:"不配合,你就想办法让他们配合啊……我们是执法者,拥有执法权的。"

"所以,我可以动武吗?"

"当然。"

陈伶听到屋内的其他执法者忍不住笑出声。"那我明白了。"陈伶点点头,"如果他们不配合,我就把他们拖过来,让各位大人发落。"

"明白就好,快去吧,你们的考核明天就要结束了,今天必须完成任务。"

陈伶离开后,钱凡反手关上房门,随后几个毫不遮掩的笑声接连响起。

"这小子,真是头铁啊……"

"比那个吴友东还愣头青。"

"你们听到了吗?他还要动武……他是不是真没打听过冰泉街是什么地方?"

"唉,人家是穷地方出身,哪有那么多的信息渠道?别笑话人家了……喝茶喝茶。"

隐约的笑声穿过门缝,落入陈伶的耳中,他却浑不在意。

此刻他的注意力,都在眼前闪过的提示上——

观众期待值 +1%……+1%……+1%

《陈氏编导法则》第十三条:在已有矛盾清晰的情况下,可以通过人物关系适当增加情绪爆点,拉扯观众的情绪,增强原矛盾爆发时的爽感,甚至加设后置位的矛盾爽点。陈伶当然可以直接去冰泉街大闹一场，但这么一来，矛盾较为单一，且观众期待值也不会增长很多……所以，他选择拉执法者入局。

陈伶穿过沦为废墟的前半条冰泉街，来到目前幸存者最多的地方——黑斧酒馆。这里平日就是冰泉街居民最常去的活动场所，如今半条街沦为废墟，这里更是一部分人的临时居所，昨天的吴友东，就是在这里受到的侮辱。但陈伶不是他……陈伶一只手拿着调查表格，另一只手推开酒馆大门，随着刺耳的"嘎吱"声响起，整个酒馆陷入一片死寂。无数道凶恶冰冷的目光扫至门口，汇聚在陈伶的身上。"你们好，我是执法者陈伶……准备好回答我的提问了吗？"

027·回答

短暂的沉寂之后，酒馆中众人哄堂大笑。

"刚走一个小吴子，又来一个，马长官真是有诚意啊！"

"你还说？要不是你昨天太疯了，那个小吴子能被吓跑？那小子老实巴交的，留下来多玩几天多好……"

"但这个看着比昨天那个更好啊，长得挺不错。"

"今天都留点手，老钱说了，这个再弄跑了，就没人了……"

"跑？这次别想跑了。"一个瘦削的男人缓缓站起身，深凹的眼眶让他好似僵尸一般，他盯着陈伶，"不错，挺年轻，气色也好，身上的零件应该能卖个好价钱。"

"骨刀，玩太大了，之后不好收场吧……"

"哼，冰泉街被'灾厄'屠了，本来就是这群执法者的失职，怎么，还不允许我们要点补偿吗？"被称为骨刀的瘦削男人冷笑道。

酒馆内的众人，纷纷打量着门口的陈伶，仿佛一群贪婪饥饿的野兽在审视送上门的猎物。陈伶就这么站在那儿，对他们的话语恍若未闻，从怀中掏出一支笔，在表格上敲了敲。"骨刀是吧？"陈伶写下这个名字，"就从你开始吧……冰泉街被屠当晚，你在哪里？"

见这少年还敢开口问话，众人诧异地对视一眼，要知道，昨天吴友东见到这个场面，当场吓得连话都说不出来了……这小子是真莽，还是真蠢？

骨刀双眸微眯，站起身，缓步走到陈伶面前。"我在哪里？"骨刀吹了吹自己黑色的指甲，随后苍白的指节宛若鹰爪般抓向陈伶的脖颈！"我在你妈的床上！！"电光石火间，陈伶眼中闪过一缕寒芒，握笔的右手猛地反刺，笔尖瞬间洞穿骨刀的掌心！锥心的疼痛下，骨刀惨叫一声，还未来得及反应，一只手掌在他的视野中急速放大，然后摁住他的头颅，将其重重砸落在地——

"兵神道"，"审判"路径，第三阶——"杀戮舞曲"！

"砰——"木屑飞溅，猩红流淌。众人只觉得眼前一花，骨刀便被少年单手砸入地板，少年厚重的棉大衣微微扬起，整个酒馆陷入一片死寂。"袭击执法者，重罪。"陈伶淡淡说了一句。他缓慢地直起腰，拍了拍那双沾染血迹的手掌，目光扫过众人。

观众期待值 +2%
观众期待值 +2%
观众期待值……

短暂的死寂之后，酒馆内众人终于回过神来，眼中的错愕与震惊被暴怒杀意掩盖，其中三人更是当场拔出枪，对准陈伶！"硬茬子？！"

陈伶早就知道他们有枪，在他们拔枪的瞬间，便将手边的酒桌掀翻！大大的桌子在半空中翻转，一群人顿时向两侧退开，正面陷入混乱。与此同时，陈伶半弯着腰从桌底闪出，抡起酒瓶就砸向最近一位持枪者的面门！"啪！"酒瓶爆碎，锋利的玻璃碴划过那人的脸颊，留下几道猩红的血痕。陈伶反手一个肘击，直接将其砸晕在地。刹那间，两道火光接连在远处迸溅，呼啸的子弹径直向陈伶飞射！昏暗中，陈伶的身形灵活得好似鬼魅，厚重的棉大衣飞转，被两枚子弹洞穿，却没有一枚能落在陈伶的身体上。这是陈伶第一次使用"杀戮舞曲"，最明显的感受就是，自己的身体像是幽灵般没有重量。在如此狭小混乱的酒馆，他却能如鱼得水地在其中游走，只要能提前观测到敌人的抬枪动作，就有把握避开子弹……当然，前提是持枪者的数量不多。

而随着他解决第一位持枪者，另外两位立刻有种被野兽锁定的危机感。他们的目光试图追踪陈伶的位置，但在陈伶接连掀翻桌椅遮蔽视野的情况下，这几乎是一件不可能的事情，只听一声呼啸从耳畔传来，下一刻头部便遭到重击，失去意识。陈伶再度解决一个持枪者，反手夺枪，对着几个握刀冲来的大汉接连扣动扳机。"砰砰砰——"几朵血花在腿部绽放，他们当即惨叫一声，接连摔倒在地。哀号声、叫骂声、枪鸣声、桌椅坠地声此起彼伏，从陈伶进屋，不过三十秒，整个酒馆就陷入一片狼藉，原本在酒馆的十四个人，硬生生被干翻了十三个！陈伶随手将弹匣打尽的手枪丢在一旁，踩在一个被踢断四根肋骨的大汉身体上，随着大汉发出惨叫，陈伶不紧不慢地走到屋内唯一一把完好的椅子边坐下。"老板，一杯威士忌。"陈伶又踹了大汉一脚，惨叫声再度响起，"记他头上。"

全程站在柜台后的独眼老板，这才回过神来，看向陈伶的眸中满是恐惧。能够在冰泉街开酒馆，而且成为大部分居民的活动地点，这位独眼老板自然不是一般人。他行走七大区，见过很多人，但像陈伶这样，出手如此果决狠辣的年轻人，还是第一次见。这是预备席？！你要说这家伙是个执法官他都信！独眼老板识相地把偷偷攥在手里的左轮手枪收起，低头掏出一只酒杯，开始准备威士忌。

"姓名。"陈伶跷起二郎腿，将表格放在腿上，淡淡道。沉寂的酒馆内，无人回答。"问你呢！"他一脚踹在大汉断裂的肋骨上。

"啊啊啊啊……李莽！李莽！"大汉当即服软。

"'灾厄'入侵当晚，你在哪儿？"

"我、我就在这家酒馆里。"

"看到那只'灾厄'的样貌了吗？"

"好像看到了……我当时正好出来解手，看到它在街上一晃而过……它应该是个人形。"大汉哆哆嗦嗦地将实话说出。陈伶没有再说话，起身从柜台上接过威士忌，轻晃两下，剔透的冰块敲击着杯壁发出叮当声响。然后，他提起酒杯，对着大汉鲜血淋漓的伤口，一点点倾倒而下……"啊啊啊啊啊！"撕心裂肺的惨叫声响彻街道，"我说的是真的！都是真的！！"

"你知道吗，在没有确切证据的情况下，光凭'好像'和'应该'这种词，向执法者汇报情况……都算造谣。"陈伶的双眸微微眯起，"我再问你一遍……你看到它了吗？"

"我、我……我真的……"陈伶手中的酒杯逐渐倾斜，越来越多的酒浇在伤口上，疼得大汉全身颤抖起来！"……没！没看见！！我什么都没看见！！"

028·他下班了

听到这句话，陈伶终于将酒杯放回地上，在表格的一栏中写上一行字："未目击。"紧接着，他又要了一杯威士忌，走到下一个冰泉街居民的身边。

"姓名。"

"……"

"姓名！"

"孙老六。"

"你看到'灾厄'了吗？"

"我……我……"孙老六想到刚才那大汉的遭遇，咽了口唾沫，"没看到。"

陈伶点点头，继续走到下一个人面前。

看着陈伶一人打趴所有人，然后淡定地问话，孙老六等人脑海中一个想法同时涌现出来……姓马的坑我？！不是说派过来的都是预备席的雏鸟吗？看他刚才那鬼魅般的闪避能力，跟执法官也相差不远了吧，还是说……他本来就是执法官？难道是冰泉街的事情败露，姓马的打算趁这个机会把他们全解决了，然后自己洗白上岸？

众人越是琢磨，脸色就越难看，齐刷刷地盯着陈伶，生怕这家伙问完话之后，就掏出枪把他们一个个都毙了。陈伶不紧不慢地将所有人的口供记录完毕，按手印画押。那些已经被打晕的，他也直接写了个"未目击"，然后强行让他们按了个

-067-

指印。紧接着，他去找老板要了根粗绳，把所有人的手绑死连在一起，然后推开酒馆大门。"多谢配合……明天再见。"这个穿着破洞棉大衣的少年站在门口，对酒馆内众人微微一笑，转身离开。

一片狼藉的酒馆，陷入死寂。

他们没死？

不知过了多久，孙老六从那目光中惊醒，后背已然被冷汗浸湿。他转头看向老板："……愣着干吗？快来帮我们解开啊！！"

"你们刚才有没有听到枪声？"茶馆内，一位执法者犹豫着开口。

"没有啊……你是不是听岔了。"钱凡一边搓着麻将，一边随意回答，"放心，冰泉街那群人还是有分寸的，玩起来最多就动动刀子，掏枪把事情闹大，谁都不好做。"

"也是。"

"那个叫陈伶的小子，今天还出得来吗？"

"不好说……他的卖相比吴友东好，要是那群人狠一点……啧。"

"万一弄出人命，三区那边会不会不好交代？"

"有什么不好交代的？一个寒霜街的穷小子，听说爸妈还让'灾厄'吓傻了，就算他死在这儿，随便找个地方一埋，有谁能知道？有谁能来闹？"

"放心吧，三区是马哥的地盘，他能处理好的……三筒。"

"碰！"

"砰砰砰——"敲门声再度响起。

"啧，又是谁？"钱凡有些不悦地站起身，"一天天的，哪来那么多事。"

"估计是那个小子发现事情不对，跑出来跟我们告状了哈哈。"

"他这去了也没多久啊，不会到门口看了圈就回来了吧？"

在众人的议论声中，钱凡打开门，见门口站着的正是陈伶，眉头顿时紧皱。"怎么又是你？我还没跟你说清楚吗？"

"这是我的工作报告。"陈伶从怀里掏出表格，正准备递给钱凡，突然看到表格角落沾了点血渍与碎皮，就随手用指头弹飞，擦干净之后，微笑着递到他的手上。

钱凡愣住了，正在里面打麻将的其他执法者也愣住了。钱凡接过表格，狐疑地看了一会儿，然后笑道："小陈啊……我知道这个工作对你来说有点挑战，但也不能自己按个手印糊弄人吧……"

"我没糊弄人啊。"陈伶正色道，"他们就在酒馆里，不信的话，你可以去找他们问问。"

钱凡眉头皱得更紧了，看着陈伶，一时之间不知道他是在开玩笑，还是认真的……不，那群人怎么可能这么老实地配合他做调查？这小子，该不会是出卖了美色……可这时间也太快了吧？""我去看看。"钱凡当即起身，正准备走出门，突然想到了什么，回头道，"你应该知道，谎报任务结果是会被取消考试资格的，对吧？"

"知道。"

钱凡往嘴里叼了根烟，不信邪地走向酒馆。其余几位执法者对视一眼，也好奇地跟上前去。

见众多执法者离开，陈伶低头看向麻将桌，一行字一闪而过——

观众期待值 +1%……+1%……+1%……

黑斧酒馆——

"你动作能不能快点？"一片狼藉的酒馆中，哀号声此起彼伏，孙老六算是其中伤得比较轻的，此刻看着正磨磨蹭蹭割绳子的老板，忍不住骂道。

老板冷冷地看了他一眼："再多嘴，我宰了你。"

"……你刚才怎么不这么硬气？"

"那小子是执法官，我们硬气有用吗？"

"他真是执法官？？"孙老六瞪大眼睛，"你确定？"

"很多年前，我在三区贩毒的时候，被一个执法官追踪过……他的身手和那个年轻人一模一样，要不是当时我命大，根本逃不到二区。"老板停顿片刻，"你知道那个执法官是谁吗？"

"谁？"

"三区执法官总长，韩蒙。"

孙老六呆在原地。

"嘎吱——"酒馆的大门被打开。钱凡站在门口，看到满地狼藉的酒馆，以及浑身是血、奄奄一息的众多冰泉街居民，眼眸中浮现出难以置信之色！"这……"钱凡宛若雕塑般站在门口，"这是那小子干的？"随后赶来的众多执法者，也都大惊失色。钱凡走入酒馆，小心翼翼地从死尸般的骨刀，以及哀号不止的大汉身上跨过，但凡还清醒的，都瞪着眼睛死死盯着他们几个执法者，眼底有怒火熊熊燃烧。

"钱凡！！"孙老六咬牙坐起身，"你个狗东西！老子弄死你！！"

钱凡眉头一皱："你骂什么？""咔嗒——"子弹上膛的声音响起，老板不知何时已经走上前，枪口对准钱凡的脑门。其余几位执法者心中一惊，同时拔枪，纷纷对准老板以及挣扎着准备爬起来的酒馆众人。满是血腥气的酒馆，气氛骤然凝固。"你们想干什么？"钱凡额角渗出冷汗，压低声音开口，"别忘了，我们是合作关系。"

"合作？你们派那家伙来砸场子，还跟我谈合作？？"孙老六咬牙开口道。

"我不知道这是怎么回事，陈伶只是个预备席……"

-069

"狗屁的预备席！！"孙老六指着满地哀号的众人，"你再跟我说一遍，这是预备席？！"

"我……"钱凡哑口无言。

"……陈伶人呢？？"钱凡转头问另一位执法者。

"他好像走了。"

"走了？"

"对……他说，他下班了。"

029·旦角

"唉……亏大了。"陈伶走在回家的山路上，低头看向自己被打出两个窟窿的棉大衣，眸中满是心疼。考试时期的预备席没有工资，衣服破了自然也没有补贴。这么一算，自己在打工期间平白无故损失了一件衣服……这让本就没有收入来源的家庭，雪上加霜。当然，今天他还是有收获的——

当前期待值：40%

自从被钱凡指使，接替吴友东去做调查之后，观众期待值就一直稳步增长，在去茶馆找执法者期间涨了5%，杀穿酒馆一口气涨了10%，原本陈伶以为执法者去酒馆也能收获期待值，事实上并没有，看来只有在他亲自到场的情况下，才能增长观众期待值。陈伶觉得，自己已经隐约摸索到快速获取期待值的途径了。

他沿着山路走了两个多小时，终于回到寒霜街，尚未走进门，就听到一声通透悠扬的戏腔从屋中传出。"小尼姑年方二八，正青春被师父削去了头发。每日里，在佛殿上烧香换水，见几个子弟游戏在山门下。他把眼儿瞧着咱，咱把眼儿觑着他。他与咱，咱共他，两下里多牵挂……"

听到这段戏曲，陈伶的眉梢微微上扬。这段《思凡》，是戏曲中的经典桥段，在原世界因大名鼎鼎的电影《霸王别姬》为世人所知，陈伶也没少听过，但他没想到的是，这个世界的戏曲剧目，竟然与他原世界是一样的。更让陈伶吃惊的是，陈宴的声音竟然如此好听，唱功也极其扎实，就连原世界在剧院中表演的那些名角跟他相比，都逊色不少。按理说，没有名师教导，基本不可能走到这一步才对……陈伶一边想着，一边走进家门，只见楚牧云还是那个姿势坐在客厅，认真地捧着一本书研读。

"你不会一天都在这儿没动吧？"陈伶忍不住问道。

"动了啊，上午出去走了走，透个气。"

陈伶点点头："阿宴没有吵到你吧？"

"没有啊。"

"那就好。"陈伶在桌边坐下，目光看向卧室中一边对着镜子练习勾眉一边张口练嗓的陈宴，神情复杂地开口，"阿宴从小对戏曲就有兴趣，可惜，三区太小了，没有人能教他……我们家也请不起老师。"

"戏曲……这年头确实没什么人懂了。"楚牧云往卧室看了一眼，"据我所知，极光城里都没几个人懂。"

陈宴的唱声逐渐变小，他似乎听到陈伶回来，立刻"噔噔噔"跑到客厅，激动地问道："哥，我化得好看吗？"陈宴眨了眨眼睛，红杏般的眼影向两侧晕开，淡雅柔和，眼睛在粗黑线笔的勾勒下上扬吊起，显得格外有神。

陈伶认出了这是"旦角"的妆容，不过可能因为陈宴是纯自学，与原世界的相比，还是有不小差异。但即便如此，这依然是一张绝对挑不出毛病的、完美的美少年面孔。"好看。"陈伶由衷回答，"不过有点细节好像不太对……有时间，我给你再改改。"

"哥，你也懂戏曲妆容吗？"

"一点点吧。"

陈宴看向他的眼眸中满是崇拜。

"哥，你说我回学校之后，能在新年晚会上演出吗？"

"当然可以，整个三区只有我们家阿宴会唱戏，到时候你穿上戏服，化好妆，往那儿一站，一开嗓，同学们肯定都会震惊的。"陈伶轻笑道。

"他还要上学吗？"楚牧云诧异地开口。

"对啊。"陈伶点点头，"他才刚上高一……不过入学没几天就生了病。现在他的病好了，应该能跟下一届的新生一起入学。"

"哥，那我到时候唱什么比较好？"

"只有你一个人唱的话，《思凡》就挺好……"

"那我再去练练！"陈宴眼底放光，当即披着那件敞开的大红戏袍，"噔噔噔"跑回卧室，就要再开始练习。说到底，陈宴只是个十五岁的孩子，这个年纪正是渴望朋友、渴望被关注的时候。当年陈伶上学的时候，也无数次幻想过自己拿个吉他走上舞台，在无数师生前露一手。可惜……他压根不会。但对陈宴来说，能将自己的兴趣与表演结合起来，是件非常激动人心的事情。"先不急。"陈伶无奈笑道，"收拾一下，一会儿准备吃饭。"

陈宴见此，乖乖过来帮陈伶洗菜，就在这时，余光瞥到棉大衣上的两个大窟窿，眼眸微微收缩。"哥，你衣服怎么了？"他的语气突然严肃起来。

"没事，就是挂到了。"正在看书的楚牧云闻声看来，镜片后的眼睛顿时眯起。"你中弹了？"陈宴猛地抬起头。"没有，没打中我。"陈伶感受到陈宴的目光，当即解释，"他们开枪太慢，被我躲过去了……我没受伤。"

-071

楚牧云打量了他一眼，微微点头："确实没受伤。"

"哥，什么人开枪打你？"陈宴冷声问。

"是……"陈伶正想说冰泉街，但看到陈宴那双闪烁着彻骨寒意的眼眸，犹豫片刻，还是开口，"就是两个小混混……已经被执法者抓走了。"他知道陈宴是融合者，也知道那天晚上，陈宴就是在冰泉街大开杀戒的。如果再说出"冰泉街"三个字，他担心今晚陈宴再去把那条街屠光。要知道，现在那条街大概率已经被执法者占领，一旦陈宴再去，很可能会遇见审判官。听到这儿，陈宴的神情才缓和下来，他默默地将破洞的棉大衣抱起："……我去给你缝上。"陈宴的戏袍都是他自己做的，缝补一件衣服对他而言不算什么难事。

"他们拿着枪……你是怎么打赢的？"楚牧云注视着陈伶的眼睛，似乎要看透他的内心。

"他们拿着枪，但不会用，连打几枪都打在衣服上了……你问这个做什么？"陈伶自然不可能说自己拥有"杀戮舞曲"，那涉及剧院与"观众"的存在。

"……没什么。"楚牧云收回目光，凝视着书本封面，不知在想些什么。

三人吃完晚饭，便各自回屋。夜色笼罩整片天穹，唯有蔚蓝的极光无声浮沉。

陷入睡梦的陈伶，意识早已飘入剧院中。死寂昏暗的房间内，一个身影缓缓走来，是楚牧云。镜片在极光下反射着苍白的微光，那双清冷的眸子注视着熟睡的陈伶，眼底浮现出一抹杀意。他捏着冷月般短刀的右手，缓慢抬起……

030·晚安

然而，他的手刚举到半空，就顿住了。他看到一缕月光穿过云层，恰到好处地透过窗户，倾洒在他脚下的木地板上……光影舞动，两个字缓缓显现——"回去"。这两个字的下方，映射着一张扑克牌。那是一张灰色的JOKER，即一张灰色的"王"。看到这张牌的瞬间，楚牧云瞳孔收缩，立刻放下手臂，短刀好似游蛇般钻入袖中，消失不见。一朵灰黑的云层随风而来，遮住朦胧的月光，地板上的那两个字随之消失，仿佛从未出现一般。楚牧云深深地看了眼熟睡的陈伶，转身离开。

随着他轻轻将房门关起，房间陷入一片死寂。数秒之后，角落的阴影中，穿着睡衣的陈宴，缓步走出。少年猩红的眸子死死盯着楚牧云卧室的方向，手中不知何时多了一把染血的剔骨刀。随着楚牧云的卧室门彻底关起，少年的眼帘低垂闭起，再度睁眼之时，强烈的杀意已然被掩藏在眼底深处。缥缈的极光在窗外涌动，陈宴微微转头，看向床上熟睡的陈伶。"哥……晚安。"他喃喃自语。话音落下，他的身形悄然穿过墙壁，回到自己的房间中。

与此同时，三区，执法者总部，办公室——

"马哥，冰泉街那边来消息了。"一位三纹执法官匆匆走来。

马忠眉梢一挑："怎么说？"

"呃……"那位执法官犹豫片刻，"他们骂得很难听。"

马忠："？"

"为什么？因为封锁还没开放吗？"

"不是，说是您不讲道义，不仅自己没有遵守约定，还派人过去侮辱他们。"执法官加了一句，"就是您分配去冰泉街支援的那个预备席……据说，黑斧酒馆那群人被他给揍了，骨刀已经要气炸了。"

"预备席？"马忠不解地反问，"是谁来着？"

"一个叫吴友东，一个叫陈伶。吴友东已经被那群人吓怕了，自愿退出执法者考试，打人的就是那个陈伶。"

"我好像有印象……是那个父母都被'灾厄'吓傻的寒霜街的孩子吗？"

"对，是他。"

"他能把黑斧酒馆里那群人揍了？"

"我也不信，但事实就是这样。"执法官停顿片刻，小心翼翼地问道，"马哥，你说……他该不会得到'神眷'了吧？"

马忠没有回答，皱眉自己叼上一根烟，那位执法官立刻上前掏出打火机点燃。"难道这三区……又要多出一个执法官？"马忠吐出一口烟气。

"现在三区五位执法官，有三位都是我们的人……可要是再出现一位，那就麻烦了。"执法官喃喃念叨，"他打了冰泉街的人，肯定知道一些事情，估计很难加入我们这边啊……与其让他成长起来，成为韩蒙的助力，不如我们提前下手把他……"执法官眼眸微眯，用手掌在脖颈处一抹。

马忠嗤笑一声："常林啊常林……你啊，还需要好好历练一下。"

被称为常林的执法官一愣："我说得不对吗？"

"对，但格局小了。"马忠弹了弹烟灰，淡淡道，"就算这小子得到了'神眷'，现在也只是一阶，想对我们产生威胁，还需要很长一段时间。与其对他出手，不如换个目标……从根本上解决问题。"

"您是说……韩蒙？"

"韩蒙来之前，三区可是咱的天下，当年我们的产业算是七大区规模最大的，就连现在的冰泉街，也只有我们的一半规模……可自从这小子空降成三区总长之后，就肃清三区，直接断了我们的财路，逼得我们不得已去冰泉街重新打点关系。"马忠的眼眸逐渐冰冷，他将烟头塞入烟灰缸中，"他是三区执法官总长，平日里我们没机会动手，现在就不一样了……"

"为什么不一样？"

"一个四纹执法官，在什么情况下，会死在三区？"

常林沉思片刻，像是想到了什么，眼眸突然亮起："'灾厄'？"

"每个区的执法官总长，都是重要职位，一旦出事，极光城必然会有人来调查。平日里我们动不了他，但现在有一个现成的'凶手'……一个恰好降临在三区，曾经正面打败过韩蒙，然后藏匿无踪的'凶手'！"马忠冷笑着开口，"杀了韩蒙，伪造成'灾厄'袭击同归于尽的结果，不仅解决了头顶这个心腹大患，也能名正言顺地解封三区，第一时间恢复与二区的贸易流通……这么一来，冰泉街那边的怒火也将随之平息。"

"不过，万一事情结束之后，那只'灾厄'又跑出来怎么办？"

"谁能证明，后面跑出来的那只，是现在的这只？"

常林怔了一下，忍不住感慨："还得是马哥啊！"

"现在韩蒙被'灾厄'打伤，实力不如从前，只要我们布置得当，他必死无疑。"马忠眸中闪过几缕杀意，"把老涛也叫过来，我们好好商量一下……"

"好……对了，那个陈伶怎么办？"

"他……"马忠眸中闪过一抹寒芒，"别让他再跟冰泉街那群人接触了，省得再惹恼他们……就先找个由头，让他加入执法者，等解决了韩蒙，我们就是他的顶头上司。到时候，不是想怎么搞就怎么搞？"

"明白。"

"早啊，哥。"

陈伶推开房门，便看见陈宴坐在客厅，笑着回头和他打招呼。"起这么早？"陈伶诧异开口。

"昨晚睡不着，就早点起来背背词。"陈宴举起手中的一本手抄剧目，认真说道。陈伶点点头，洗漱后正欲出门，楚牧云也推门而出。

"今天轮到你起晚了。"

"……嗯。"楚牧云随意地应了一声，眼圈有些发黑，看起来昨晚也是一夜没睡。

"你的考试是今天结束吗？"楚牧云想起了什么。

"对，今天最后一天。"

"加油！哥！"陈宴做了个打气的动作，"你一定可以当上执法者的！"

"希望吧。"陈伶微笑道。

经历了昨天的事情，陈伶对考上执法者已经不抱期望了……对他和吴友东这种普通人来说，想凭借自己的努力当上执法者，难如登天。更何况，他昨天还揍了黑斧酒馆的那群人，算是彻底跟三区的马忠执法官结仇，对方肯定也不会让他晋升。不过就算当不了执法者……去冰泉街收割一番期待值也不错啊？陈伶摸着下巴，如是想道。

031 · 熄

陈伶一边想着，一边走出门外，几片雪白从他的眼前划过。他微微一怔，抬头看向天空。"……下雪了？"蔚蓝的极光下，雪花如同飘絮从空中散落，陈伶伸手接住一片，八角的晶莹雪花缓缓消融在温暖之中。

"极光界域与其他界域不同，没有四季，只有寒冬。"楚牧云缓步走出房屋，同样伸手接住一片雪花，有些疑惑地开口，"不过，这场雪来得是不是有些突然了？"

"很突然吗？"陈伶问。

"前几天刚下过一场十年不遇的暴雨，今天又突然开始飘雪……总感觉这极光界域的天象越来越乱了。"楚牧云思索着，眉头越皱越紧。

"哥，这雪下得好快啊。"陈宴披着戏袍，迅速冲上街道。他站在逐渐密集的雪花之中，栗色的双瞳中满是惊喜和期待，"照这个架势，明天就够堆雪人啦！"

看着那在伸手捕捉雪花的红衣少年，陈伶的眸中浮现出温和，笑道："每年都堆，还没堆够吗？"

"这次不一样。"陈宴认真道，"这次的雪很大，说不定我能一口气堆出十几个……我们再垒起一个高高的台子，我就可以在台上练戏，让雪人给我当观众了。"

"我给你当观众不够吗？"

"哥，哪有人唱戏每次只有一个观众的……"陈宴撇嘴，"一直没观众，我去学校表演的时候怯场怎么办？"

"……也是。"陈伶笑了笑，缓缓抬头看向天空，"那这场雪，要能一直下才好。"

"一直下，那得变成雪灾了。"楚牧云推了下眼镜，犹豫片刻后，从屋里取出毛呢大衣披上，"我要出去一趟。"

陈伶与陈宴对视一眼："那你回来吃饭吗？"

"回。"

楚牧云的身影逐渐消失在街道尽头。陈伶看了眼时间："我也该走了，下雪天的山路不好走……"

"等等！"陈宴想到了什么，快步跑回屋里，将昨晚连夜缝补好的棉大衣塞到陈伶手中，"哥，我给你补好了……今天上山小心点，别再跟人打架了。"陈宴语气罕见地严肃。

陈伶仔细看了下大衣，发现几乎没有任何破损的痕迹，完美如初，忍不住开口夸赞："还是我们家阿宴手巧啊……"

陈宴嘻嘻一笑。

"走了。"陈伶摆了摆手，径直向二区走去。

雪正如陈宴所期望的那样，越下越大，陈伶走到半路，积雪就已经淹没鞋底，冰冰凉凉的雪水浸入脚底，让人由内而外地冷。他一边搓着双手，一边顶着雪花往前走，嘴里喃喃道："该不会真的变成雪灾吧？"

他走了许久，街上的行人越发稀少，但急速穿行而过的执法者越来越多。他们穿着黑红制服，策马匆匆向某个方向赶去，看都不看走过的陈伶一眼。被气流搅乱的雪花拍在陈伶脸上，他抹了把脸，疑惑地看着他们离去的方向……出什么事了？陈伶不知道，也没兴趣跟上去调查，只要这些人去的方向不是寒霜街，管他们去哪儿呢。走了大约三个小时，陈伶又回到熟悉的冰泉街，废墟已经被清扫得差不多了，荒凉的半条街道在白雪的覆盖下更显死寂。正当他打算去找钱凡等人要今天的任务的时候，几道身影快步走来，热情向他招手。"陈伶老弟！"来的不是别人，正是钱凡等人。

"钱大人。"陈伶依旧礼貌地加上"大人"这个后缀，毕竟他和钱凡等人之间，并没有完全撕破脸，表面的客气还是要装一下的。"今天的任务是什么？"

"任务？不用任务了。"钱凡大手一挥，"鉴于你昨天的……呃，优秀表现，上面已经决定让你锁定一个执法者名额，你今天可以直接回家，明天就去三区的总部报到。"陈伶愣住了。他在路上想了一万种可能，比如来了之后一群冰泉街的人埋伏着准备报复自己，或者钱凡等人与他彻底撕破脸，百般刁难，或者被告知已被直接踢出预备席名单，让他滚回家……但他怎么也没想到，自己竟然被录取了？不可能啊……难道马忠真看中了自己的实力，想招揽自己？陈伶只见过马忠一面，对这个人不是很了解，一时之间也摸不透对方究竟是怎么个想法……"以后，我们就是同事了。"钱凡笑着拍了拍陈伶的肩膀，仿佛两人是多年的至交好友，"之前我们之间可能有些误会，陈伶老弟别介意啊。"

"是啊陈伶老弟，以后有空常来二区跟我们打牌，我们随时欢迎啊。"

"差点忘了，还有这个……这次的考试和前几年不同，你们虽然是预备席，但确实是帮我们正式执法者干了三天的活儿，所以上面还是决定发给你们补贴，虽然数额不大，但以后路还长嘛……执法者的薪资，还是很丰厚的。"

钱凡往陈伶手里塞了一小管油纸，后者诧异地接过，扒开一角往里瞥了一眼，十枚银币。陈伶心中一惊。在这个世界，一枚银币的购买力相当于二百五十枚铜币，而铜币的购买力又和原世界的人民币相当，这小小的一管油纸中，换算下来就是两千五百元……虽然不是什么大数目，但要知道陈伶也就干了两天啊！而赵乙帮道路局融霜，辛辛苦苦一天，两个人也才拿到二十枚铜币……光是预备席两天的补贴就这么高，那正式执法者的薪资，该高到什么地步？陈伶深深地看了他们一眼，不由得感慨，有些时候尊敬和礼貌，真的是留给强者的。昨天，他们才逼走了吴友东，如果不是自己拥有"杀戮舞曲"，估计也免不了同样的命运……而现在，他们只能对自己满面堆笑，因为现在的自己，有了跟他们平起平坐的资格。陈伶自认为不是什么爽文男主，做不到仅凭一腔"你惹我，我就要把你干到死"

的热血，将眼前这几个虚伪小人就地格杀……这么做无异于在向整个极光界域的执法系统宣战。他的家还在寒霜街，他还有个即将回归校园的弟弟，他追寻"兵神道"还需要一个执法者的身份……无论从哪个角度想，都该顺水推舟，让这件事到此为止。"那就多谢诸位了。"陈伶头也不抬，淡淡道。

"陈伶老弟，大雪路滑，回去慢走啊。"钱凡笑容不减，"今天中午，转正的预备席名单应该就公示了，你回去的路上可以留意一下，咱们有缘再见。"

陈伶不冷不热地回了两句，转身便往家走去。

随着陈伶的远去，钱凡等人脸上热情的笑容也逐渐退去，取而代之的是冰冷与不屑。

"这个陈伶，真是给脸不要脸。"一位执法者冷笑一声。

"等马哥那边结束，三区就该变天了……到时候，看他还能蹦跶到哪儿去！"

"话说马哥那边有消息了吗？"

"不知道啊……"

"算算时间，应该快了。"

就在几人说话之际，一个身影急匆匆地从远处跑来，在大雪中滑了一个跟跄，差点栽倒在地。

"死了！"

"什么死了？"

"三区的执法官总长韩蒙死了！！"他站起身，大声说道，"三区那边传来消息，说他一人独战两只'灾厄'，最终同归于尽！"

"执法官马忠暂代总长一职，已经下令，三区立刻解封，二区马上也要解了！"

听到这个消息，众人的眼睛顿时亮了起来！

"成了！！"

"确认了吗？那个韩蒙真的死了？"钱凡又问了一遍。

"三区那边传来的消息是这么说的，是马哥的心腹亲自传的消息。"

钱凡顿时如释重负，喜笑颜开。

"韩蒙这座大山一倒，我们的日子就好过了。冰泉街的生意，也终于可以运作……去，把骨刀他们那群人聚起来，再多找点舞女、娼妓什么的，好酒好肉，办个庆功宴！也好让他们知道，以后跟着谁有肉吃。"

"好的凡哥！"

陈伶揣着十枚银币，缓步翻过后山，飞雪将他的黑发缀出霜白。他刚花了两个小时从三区走过来，待了不过五分钟，又要原路返回……等回到寒霜街，估计又是中午。但不管怎么说，他也得到了一个好消息，还拿了十枚银币。这些钱够他给自己和陈宴添置几件新衣，还可以找人把屋里的漏缝填上，省得大雪天在家里挨冻。"期待值还有不少,能安稳地过几天。"陈伶扫了眼雪地中闪过的文字,喃喃自语。不过说起来,他跟刚来到这里的时候比,似乎真的好了很多。自从那次把身体从"观众"手里夺回来之后,"观众"已经很久没有干涉过他周围的事情,一切都在向更好的方向发展。

他在雪中走了很久,直到积雪超过脚腕,终于回到寒霜街。他正准备直接回家,但余光瞥到一旁正打算收摊的点心店,心头一动,缓缓停下脚步。"老板,这蛋糕怎么卖?"陈伶指着橱窗里一个造型精致的蛋糕问道。

"二百铜币。"老板抬头看了一眼,发现是陈伶,眉梢微微上扬,"是阿伶啊?怎么突然要买蛋糕了?"都是寒霜街的邻居,这家店的老板也认得陈伶,不过以陈伶他们家的条件,还从来没到店里买过东西……说实话,整条寒霜街,都没几户人能买得起二百一个的蛋糕,哪怕是五十一个的小蛋糕杯都很少有人买。

"武试过了。"陈伶笑了笑,"买个蛋糕回去庆祝一下,我弟弟从小到大都没吃过蛋糕。"

"转正成执法者了?"老板惊讶开口,"那确实该好好庆祝一下……这样,就给你算一百五吧。"

"谢谢老板。"

"不用谢,以后寒霜街还得靠你多多关照。"

老板将蛋糕包装好,系上喜庆的红色缎带,双手捧着给陈伶递过去。

陈伶接过蛋糕,付完钱,便径直向家走去,没走几步,就听到几位执法者从一旁疾驰而过——

"'灾厄'已除!三区解封!"

"'灾厄'已除!三区解封!!"

…………

随着执法者的声音逐渐远去,寒霜街上的一些居民开始走出屋子,都有种如释重负的感觉。自从灾钟响起,三区已经封锁五天,到处都人心惶惶,如今"灾厄"已死,大家的生活也能走上正轨……这么想着,他们突然觉得漫天大雪都顺眼起来。而陈伶听到这个消息,心中猛地一惊。"灾厄"已除?他还在这儿呢……难道是阿宴?!陈伶下意识地加快脚步,急匆匆向家走去,但走到家门口,就知道自己的担心多余了,只见那熟悉的红衣身影正蹲在家门口认真地搓着雪球,小心地将雪球彼此叠起,做出雪人的轮廓,但手掌一滑,两只雪球顿时撞成碎块。陈宴叹了口气,余光看到陈伶从远处走来,紧皱的眉头瞬间舒展,惊喜地开口:"哥,你怎么回来得这么早?"

"提前通过考核,就回得早了点。"陈伶松了口气,如释重负地笑道。他不知道执法者那边发生了什么,除的又是哪只"灾厄"……既然他和陈宴都平平安安,那别的都无所谓了。

"通过了？"陈宴张大嘴巴，"哥，你以后真是执法者了？"

"对啊。"陈伶走入屋中，将蛋糕摆在桌上，对他招了招手，"机会难得，我买了蛋糕，我们一起庆祝一下。"

听到"蛋糕"两个字，陈宴的眼睛顿时亮起，他飞快地跑进屋里，飞扬的戏袍卷入大片雪花，整个人"嗖"的一下坐在桌边，好奇地看着陈伶拆包装盒。"哥，这蛋糕很贵吧？"

"不贵。"陈伶笑了笑，掏出怀里的一把银币，摊在桌面上，"哥现在有钱……以后，咱家会更有钱。"

"这么多钱。"陈宴震惊得瞪大眼睛，"咱能用好久了啊……"

"正好你也要上学，这下学费的问题也解决了。"

陈伶拆开包装，一个硕大的奶油蛋糕出现在桌面上，对陈伶来说，这个蛋糕的做工和用料和原世界都没法比，但对陈宴而言，这是他无数次在橱窗前望而不得的东西。陈宴忍不住咽了口唾沫。"哥……咱用等楚医生吗？"

"不等他了，他还不知道什么时候回来，给他留一块就行。"陈伶取出几根附赠的蜡烛，插在蛋糕上，接连点燃。橘色的烛火在屋内摇晃，映照着两个少年的面庞与屋外飞扬的雪花。"阿宴，你来吹吧。"

"不是生日也能吹蜡烛吗？"陈宴问。

"当然可以……吹之前记得许愿。"

"好！"陈宴当即双手合十，在烛光下严肃地低下头，像一位虔诚的祷告者。

陈伶不知道陈宴许下了什么愿望，只看到陈宴睁开眼睛后，对着他笑，栗色的双瞳澄澈如水。"许了什么愿望？"陈伶问。

"不能说，说了就不灵啦……"

"也是……"

"请问，陈伶在家吗？"

两人正说着，一个身影小心翼翼地走到门口，站在大雪下望向屋内。

"吴友东？"陈伶认出了那个拄着拐杖的身影，诧异地挑眉，"你怎么来了，进来说话。"

吴友东不好意思地笑了笑，缓步走入屋内，看了眼桌上的蛋糕与蜡烛，眸中满是羡慕。"我刚在街上看到名单公示了，你转正了啊？"

"对啊。"

"……恭喜啊。"吴友东笑中带着苦涩，"我以为，你会和我一样被逼走的，没想到……你竟然真的成功了。"说这句话的时候，陈伶听出了他言语深处的酸涩与无奈。

"哥，他是谁？"陈宴好奇地打量吴友东。

"他叫吴友东，是这两天跟我一起去冰泉街的朋友。"

吴友东愣住了。

"是朋友？"陈宴若有所思，"那也给他分一块蛋糕吧？"

"嗯，当然要分一块。"

"你来切还是我来切？"

"不急，蜡烛还没吹完呢。"陈伶一边说着，一边对旁边茫然的吴友东招了招手，"友东，别站着了，坐下来一起吃一块吧。"

"啊？哦……好。"吴友东缓缓在桌边坐下，表情古怪地看着陈伶，又看了看自己的身旁。"陈伶……"

"嗯？"

"我能问个问题吗？"

"什么？"

"从刚才开始……你就在和谁说话？"

陈伶愣住了。一阵彻骨冷风乍临屋内，燃烧的烛火骤然熄灭。

032·暴徒

观众期待值 +20%

雪人残骸在死寂中消融，蜡烛熄灭，残留阵阵青烟，青烟后，陈伶的脸色苍白如纸。"我……"陈伶支支吾吾地开口，"我在和我弟弟说话……"

"你弟弟在哪儿？"吴友东看向一旁空荡的座椅，"屋子里，不就我们两个人吗？"

陈伶看向对面的座位，不知何时，那里已然空空荡荡……恍惚之间，一个少年笑容的残影淡化在记忆中。豆大的汗水自陈伶额角滑落，他的后背衣衫已被浸湿，那双迷茫而空洞的眼睛不停颤抖着，他像是个刚刚从噩梦中苏醒的沉睡者。"不，不可能……"陈伶猛地站起身，桌脚摩擦地面发出刺耳的"嘎吱"声。"怎么会只有我们两个人呢？"陈伶的声音骤然拔高，"我弟弟刚才就在这里……之前，他在门口堆雪人，今早的时候他还在门口送我，我的棉大衣就是他补的！"他猛地脱下身上的棉大衣，指着那块完美的缝补点，"你看！这就是阿宴补的！我根本就不会缝衣服！还有，墙上这些木板，全都是他钉的！我们家还住着一个从极光城来的医生，他也见过阿宴的，不信你可以问他！"

"我……我知道了。"吴友东似乎被陈伶吓到了，手足无措地说道，"我就是……问一下……因为我看你刚才一直对着空气自言自语……挺吓人的。"

"我没有对着空气自言自语！"陈伶指着对面的虚无，布满血丝的双眸盯着吴友东。"刚才我弟弟就坐在那儿，你进来的时候应该看到了，对吗？"

"我……我真没看到啊。"吴友东很委屈，看着眼前行为古怪的陈伶，纠结许久，试探性地问了一句，"陈伶……你最近，是不是撞上'灾厄'了？"

陈伶愣在原地。

"所以，你也跟'灾厄'融合了？"

"……我不知道，我醒来的时候，就已经站在那儿了。"

"你也失去了一段记忆？"

"嗯。"

"但是灰界交汇的地点，不是在后山吗？你当时应该还在手术……为什么会被波及？"

"我不知道……我就记得医生给我打了麻药，醒来的时候，就……"

熟悉的对话萦绕在陈伶耳畔，他隐约捕捉到了什么，眼瞳微微收缩。"不对……"陈伶喃喃自语，"不对……都不对……"

"陈伶，你没事吧？"

"……后山？！"陈伶猛地抬头看向某个方位，疯了般冲出屋子，连刚脱下的棉大衣都没拿，就这么穿着一件单薄上衣，一头撞入鹅毛大雪中。他的身形刚消失在街道尽头，穿着毛呢大衣的楚牧云，便走到家门口。他诧异地看了眼陈伶离去的方向，正欲进屋，看到孤零零站在客厅的吴友东，眉头顿时皱了起来。"你是谁？"

"我，我是陈伶的朋友。"

银丝眼镜下，那双眼眸立刻眯起，流露出危险的气息……

"你刚才，跟他说了什么？"

"我没说什么……我就，我就看他一个人自言自语很奇怪，就问他在跟谁说话……然后就……"

楚牧云的脸色剧变！他又看了眼陈伶离去的方向："你知道……自己都做了什么吗？"楚牧云的声音仿佛来自幽冥。

"我……"与楚牧云目光对视的刹那，吴友东心头一颤，他从来没见过如此冰冷疯狂的眼神，害怕极了，哆嗦着向后退了半步，被椅子绊倒，"扑通"一声摔倒在地。

楚牧云深吸一口气，迈步走入屋中，双手轻轻将大门关起。漏风的门户遮住屋外的光与雪，客厅被昏暗笼罩，这个穿着毛呢大衣的身影，缓缓向吴友东走来，他推了推眼镜，斯文的外表下，一股阴狠毫不掩饰地流露而出，好像一只被人类躯壳禁锢的凶兽，褪下伪装，张开血腥狰狞的獠牙。"你知不知道，这样一个在疯狂与正常之间维持微妙平衡的融合者，是多么罕见的研究素材？你知不知道，我为了不让他察觉自己的异常，费了多大的心思陪他演戏？你知不知道……你有可能释放出一只怎样的怪物？"

吴友东吓傻了，本就被打断腿的他，想逃却根本逃不掉，只能一点点地拖着身体向后挪动。"我不知道，我真的不知道啊。"他用近乎祈求的语气开口。

"我在这里守了三天，没让人靠近过陈伶与这间屋子……而你，偏偏要自己撞进来。"

"……为什么？"楚牧云猛地拎起椅子一角，呼啸着砸在吴友东头上！"砰——"一声闷响回荡在屋中，吴友东当场昏厥，他的额头被砸开一道大口子，流出的血液很快便汇聚成血泊。楚牧云丝毫没有停手的意思，死死盯着地上宛若尸体的吴友东，抡起椅子砸在他身上。"为什么？！为什么？！为什么？！"鲜血溅满毛呢大衣，一抹猩红攀上银丝眼镜的镜片。楚牧云再也没有之前文质彬彬的气质，而是像个暴徒，在无人注意的黑暗中疯狂发泄愤怒。随着椅子砸在那具烂泥般的身体上，吴友东的呼吸逐渐消失。"砰——"随着最后一下砸落，椅子终于碎裂破开。楚牧云擦着汗水，胸膛剧烈起伏着，染血的指尖轻推眼镜，那双深蓝的眼眸注视着脚下的血泊。不知过了多久，他眸中的疯狂逐渐退去，一把锋利的手术刀落在掌间……

与此同时，一个身影跌跌撞撞地踏过积雪，来到后山。单薄的衣衫已经被汗水浸湿，火热与寒冷在陈伶的身上交叠。他翻过无人看守的黄色警戒线，穿过一座座插着木牌的雪堆，像是在寻找着什么。这里是一切的起点……也是埋葬着真相的地方——乱葬岗。

033·记忆

陈伶没有来过这里，除了在他继承的记忆中，被陈坛二人拖过来掩埋的时候。但不知为何，当他亲自踏上乱葬岗这片土地，心中就浮现出一股异样的熟悉感……这种熟悉感并非一道，而是两道。他看着眼前一座座被大雪掩埋的坟头，破碎的记忆片段涌上脑海，仿佛有两个截然不同的记忆在这里交汇。一个，是陈伶的……另一个，是陈宴的。他凭着直觉在坟头中穿梭，像是在寻找着什么，终于，他在一块没有木牌，也没有任何标志物的土堆前，停下脚步。他呆呆地看着这座土堆许久，跪倒在厚厚的积雪上，白茫茫的雪地在他的视野中摇晃，恍惚中，那段属于陈宴的记忆，越发清晰……

"姓名。"
"陈宴。"
"年龄。"
"15。"
"编号。"

"39180。"

冰冷的手术台上，陈宴小心翼翼地回答着。一抹强光从头顶照落，让他根本睁不开眼睛，只看到一个个模糊的身影在手术台边走动。

"人对上了，没错。"

"小小年纪，就得了这种病……啧。"

"手术什么时候开始？"

"再等等，那边的心脏还没到位，万一没得手，这边就糊弄不过去了。"

"现在黑市上心脏价格那么高，那对父母真搞到我们要求的心脏了？"

"搞到个什么，就是一家子穷鬼，把他们房子卖了都买不起。"

"那哪来的心脏？"

"嘿嘿……你不知道吗？"

"什么？"

"他们要拿他们大儿子的心脏，来救这个小儿子……"

"真的假的？没必要吧？"

"那对夫妻早年确诊，说生不出孩子，就去街上捡了一个养着，准备以后给自己养老……可谁知道几年后不知怎的，又怀上了，生下了一个小儿子，本来都准备认命的夫妻俩高兴坏了，立刻把小儿子当成掌心宝供着……

"你说要是你，一个从街上捡来的野孩子，和一个被上天垂怜好不容易生出来的亲儿子，选哪个？"

"啧……"

听到这段对话，躺在手术台上的陈宴，猛地睁开眼睛！他挣扎着坐起身，看向那说话的两人，苍白的小脸上满是错愕与难以置信。"你们说……那颗心脏是谁的？"

"你哥的啊。"穿着无菌服的骨刀随意吹了吹指甲，"怎么，你爸妈没告诉你吗？否则你以为，凭你们家的这点钱，怎么可能给你找到合适的心脏？"

"哥……"陈宴在手术台上呆了许久，直到身旁的两个医生开始推他躺下，才回过神，疯了般开始挣扎！"我不要……我不做了！我不做手术了！！"陈宴的声音带着一丝哭腔，"我不要我哥的心脏！你们放开我！我不要他的心脏！！"

"心脏已经在来的路上了，要不要，可由不得你。"

"我求求你们，你们跟我爸妈说一声，跟他们说我不要心了……我不要回去上学了，我不要上台唱戏……我什么都不要了，让他们放过我哥……我求求你们……"

"躺好……躺好！！"

也不知陈宴究竟是哪来的力气，竟然硬生生挣脱两个成年人的手劲，猛地翻下手术台，跌跌撞撞地向手术室大门的方向冲去！

就在这时，手术室大门自动打开，一个身影走进来，手中提着一只神秘的金属箱。陈宴一头撞在他的身上，摔倒在地。"心脏到手了。"那人说。

"可以啊，那对夫妻看着都是厌货，没想到效率还挺高。"骨刀诧异地接过金属箱，嘴角勾起一抹笑意。

陈宴呆呆地坐在地上，涣散的瞳孔中倒映着金属箱的影子，他的嘴唇与脸色全部煞白，身体都在忍不住地颤抖。"不要……我不要……"一支针管轻轻刺入他的体内。骨刀在陈宴的身后，缓缓蹲下，狭长的眼睛眯起……宛若蛇蝎。

"你不要？呵呵呵……"随着针筒中的液体被逐渐注射进去，陈宴只觉得脑袋越发昏沉，意识像是潮水般退去……在彻底昏迷之前，他隐约感觉到有人凑到自己耳边，宛若恶魔般低语："你不会真的以为……我们会把心脏移植给你吧？"

陈伶骤然惊醒！寒风裹挟着雪花，在乱葬岗内飞旋，呜呜作响。他的眉毛与头发都被雪花染白，刺骨的寒意透过衣衫，凉入骨髓……即便如此，他的身上还是止不住地在冒冷汗。

  观众期待值 +5%

"阿宴……"他怔怔地看着身下被大雪掩埋的土堆，颤抖着抬起手，开始向下挖掘。他的双手刨开一层层冰雪，冻得通红，下方是被冻得坚硬无比的土壤。他此刻几乎停止了思考，脑海中只剩下这个孤零零的土堆，与陈宴挣扎的面庞。随着刨开的土壤越来越多，第二段记忆不受控制地涌入脑海……

"该死，这雨怎么这么大。"
"都小心些，山上泥泞，别滑倒了。"
"我们为什么非要到这儿来抛尸，随便在冰泉街附近找个地方埋了不好吗？"
"蠢货，在街附近埋早晚会被路过的野狗闻到，一旦被人发现，执法者就不得不把他挖出来，挖出来之后，就不得不展开调查……钱凡说了，这里的乱葬岗到处都是尸体，来这里抛尸不会被发现。"
"咱做这一单，是不是还得给钱凡那群人分钱？"
"冰泉街的生意，执法者那边都得分走三成……不然你以为，他们凭什么帮我们？"
"三成？真是狮子大开口啊……这小子身上的油水都榨干净了吗？"
"肾脏、肝脏、眼角膜、骨髓、血液……能摘的东西，骨刀都摘干净了，现在这小子就是个空壳……你是没看到，下手术台的时候这小子已经成烂泥了，有多恶心……"
"可惜不知道那对夫妻把他哥埋哪儿了，要不然挖出来，还能再摘一波……"

两道披着雨衣的身影，抬着一只黑布袋，艰难地穿过暴雨中的山路，来到乱葬岗前。他们寻了块空地，将黑布袋放下，一人取出一把铲子，开始熟练地挖土……直到深度合适，便随手将黑布袋如垃圾般丢入其中。

034·小丑

"完事，收工。"两人拍了拍身上的泥水，确认土坑已经被填埋完毕之后，转身离开。

瓢泼大雨落在无数荒冢之上，暗红色的血迹混着泥水滚落山崖，几十秒后，又有两道披着雨披的身影，从山下艰难走来。"就在这儿吧……"两人提着玻璃煤油灯，目光扫过四周，并没有注意到黑暗中流淌的暗红泥水，径直走向刚才被挖开的土坑。他们将手中的布袋放在地上，拿出铲子，在暗红的土坑旁一点点挖掘起来。"……阿宴会好起来的，对吧。"雨水打在两人的雨披上，发出滴滴答答的声响，女人袖中苍白的双手攥起，声音有些沙哑。"一定会的。"正在铲土的男人沉声道，"心脏已经送过去了，手术应该已经开始……明天，明天我们就能去二区看他！"

听到这句话，女人的神情缓和些许，她看了眼脚边的黑布袋，眸中满是愧疚："就是苦了阿伶……"

"这件事，我们必须烂在肚子里。"

"那阿宴回来之后，要是问起他哥哥怎么办？"

"那我们就说他已经考上执法者，被调到七区去了……回不来。"

"他能信吗？"

"…………"

男人没有说话，只是默默地将铁铲插入地底，用力掀开大片土壤。"就这样埋进去吧。"他说。两人合力将黑布袋丢入其中，一点点将其埋好。女人犹豫片刻，从一旁捡来一块木牌，似乎想写些什么，却被男人制止。"你要做什么？"

"怎么说也是母子一场……给阿伶立个碑吧。"

"不行，在这里立碑，万一被执法者或者别人看见怎么办？"

"那……"

"我说了，从今往后，把这件事烂在肚子里。"

女人沉默许久，还是将木牌丢到一边，男人见到这一幕，轻声安慰道："没事……等明天醒来，一切就过去了。"

两人最后看了眼这块土地，转身消失在雨幕之中。大雨冲刷着暗红的土壤，似要洗掉他们的仇与怨，两座孤坟隔着一层薄薄的沙土，彼此相连。就在一切都将沉寂于暴雨之际，一抹诡异的灰色，从虚无中蔓延开来——灰界，交汇。

"阿宴……阿宴！"泪水止不住地从陈伶眼眶滚落，他双手疯了般刨着泥土，直到指尖都血肉模糊。他不知道灰界交汇后究竟发生了什么，为什么只有他活了过来……不，陈伶也没有活，他只是变成了自己。但这一刻，他是谁已经不重要了。这个世界跟陈伶开了一个玩笑，让他死于养育他的陈坛夫妇之手……但与此同时，世界却跟陈坛夫妇开了一个更大的玩笑。陈伶的视野被泪水模糊，他脑海中疯狂闪过这两天的情景。灰界交汇，一个身影挣扎着从乱葬岗中爬起，胸口的伤口逐渐恢复，无数双猩红的眼瞳在身后睁开，地面的雨水交汇成一行字……

观众期待值：17%

插在他指间的碎树枝之上，一枚破碎的平安符，随风轻晃；袭击冰泉街的第二只"灾厄"，也许根本就不存在，从一开始，那就是陈伶自己。或者说，是刚复活期待值掉到 20% 之下后，失去理智的自己。他被"观众"操控着身体，屠杀半条冰泉街，直到"观众"心满意足，不紧不慢地向三区走去……

"不，不会是这样的……"陈伶喃喃自语，"不可能自始至终……都只有我一个人？"

后山之上，自己在溪水边将戏袍冲干净，转手递给陈宴……可等他被江勤问话的时候，戏袍又诡异地出现在他怀里；被执法者架走的陈坛夫妻，目光穿过陈宴的身体，死死盯着自己，怒吼谩骂；寒霜街上，执法者江勤顺着自己的手指，看向街道角落的黑暗，却只看到一团模糊的影子；楚牧云拿着信站在满是破洞的家门口，对着空无一人的屋子说"我听说，陈先生需要一位'医生'，所以，我来了"；无人的房间被修理；破洞的棉大衣被补全；但自始至终，都没有一个人，与陈宴对话过。这一切似乎都表示陈宴存在过……像是自己身边的幽灵，或者说，只是自己的诡异妄想。陈伶不断挖掘着，下方的土壤逐渐渗出血色，就在他要继续挖的时候，一只手突然抓住了他的手腕……紧接着，一件大红的戏袍轻轻披到他的身上，遮住漫天风雪。陈伶愣住了。他抬头望去，只见那熟悉的少年正蹲在他的面前，泪水滑过脸颊。

"哥，别挖了……我求求你，别挖下去了好不好？"

"……阿宴。"陈伶怔怔地看着他，那双满是鲜血与泥的手掌抬起，似乎想要触碰陈宴的脸颊……他碰到了。"阿宴……你活着吗？"陈伶的声音有些颤抖，"你是活着的，对吗？"

"我……"陈宴看了眼血色的土壤，低垂着头，不敢看陈伶的眼睛，"我已经死了，哥……"

"但你明明就在这里！"

"我在这里，是因为你的力量。"

陈伶愣了一下："我？我哪有这种力量，我……"

话音未落，猛烈的暴雪模糊陈伶的视线，下一刻，陈宴的身形再度消失，仿佛从未出现过一般。

观众期待值 +5%

当前期待值：63%

陈伶的目光不受控制地看向雪地上出现的两行字，像是想到了什么，瞳孔微微收缩。"观众"，具备影响现实的力量。自己来到这个世界之后，它们不止一次影响自己周围的事物——厨房的水渍、被整蛊的林医生、被啃食的剔骨刀……但自从陈宴出现，它们似乎再也没插手过自己的生活。所以，自己眼中陈宴的出现，也是"观众"的杰作？

"……是你们。"陈伶沾满鲜血的双手用力攥紧，他怒视着眼前的虚无，脖颈上的青筋一根根暴起，"是你们让我看见他……是你们让我习惯他……从一开始，你们就只是把他当作道具，用来欺骗我的感情，然后再亲手毁掉……你们，等这一刻很久了，是吗？"

观众期待值 +5%

又一行小字的出现，彻底点燃陈伶压抑在心中的怒火，他猛地从雪地中爬起，一袭红衣在暴风中嘶吼，像是头暴怒的狮子！

"那你们现在满意了？！"

"这场戏，你们看够了吗？！看得爽吗？！"

"你们看我演得好吗？！"

陈伶似乎已经想象到，在那昏暗的大剧院中，无数双猩红的眸子透过大幕，看着自己这几天一直与陈宴对话，看着自己答应他去学校观看跨年晚会演出，看着楚牧云独自在一旁若有所思。它们设计一切，它们知道一切，它们看着自己在舞台上倾尽情感地表演，黑暗中的嘴角控制不住地上扬……他觉得自己像个小丑，一个独自陶醉在虚假的演出中，供人消遣的小丑。他的胸膛剧烈起伏，愤怒的火焰仿佛要燃尽大雪，他疯狂地在雪地中寻找着，试图找到能够了结这荒诞人生的一把刀，或者一支枪，他不愿意当小丑，更不愿意当被"观众"们玩弄的工具。

就在这时，他的脚下突然一滑，几枚东西从他的口袋中滑落，坠落在洁白的雪地之上，反射着银色微光……九枚银币。是今天上午，钱凡带着微笑，亲手交给他的"酬劳"。看到这些银币的瞬间，陈伶瞳孔收缩，他停下脚步，愤怒的眼眸中浮现出一抹清明，随后转为更加强烈的仇恨。他在原地沉默许久，弯腰将那几枚银币一一捡起。"……好啊。"陈伶的声音沙哑无比，他缓缓抬起头，看向二区的方向，眼眸中闪烁着前所未有的杀意与疯狂！"你们不是想看好戏吗？那我就……再给你们演一场。"陈伶笑了，他的笑在漫天冰雪中，衬得他好似妖魔。

035·丢了

二区，冰泉街。

在街道的尽头，一座占地数百平方米的宅院喧闹热烈，众多火炬错落在宅院的各处，热浪席卷之下，飞扬的大雪尚未触及地面，便无声化开。这里平日无人居住，仿佛是间遗落的荒宅，但只有极少数人知道，这座价值足以买下半条三区寒霜街的大宅，背后的主人名为马忠。而此刻，这座宅院一改原本的荒芜颓废，动人的乐曲连绵不绝，女人的娇嗔与男人的大笑混杂在一起，仿佛极乐天堂。

"马哥这座宅院真是不错啊……荒废这么久，真是可惜了。"钱凡穿着执法者的黑红制服，坐在第一排，一边眯眼看着台上的众女子轻舞，一边忍不住感慨。

"有什么可惜的？马哥在三区的宅子，比这还大。"另一位执法者坐在他身边，举起酒杯与钱凡一碰，将佳酿一饮而尽。

"真羡慕啊……我什么时候也能买一套这样的宅子。"

"韩蒙一死，就没人能打乱我们的生意，再过几年，咱哥儿几个就一人一套了。"

"哈哈哈哈，来，再干一杯！"

"对了，马哥还没到吗？"

"他已经在路上了，说是让我们先玩。"

钱凡点了点头，正欲再说些什么，骨刀便一手搂着一个舞女，笑吟吟地走到钱凡身边。

"来来来，敬一下我们的钱老板！之前咱们多有误会，以后生意上的事情，还请多多关照啊……"

"骨老板说笑了，这次可是马哥做东，我也只是来蹭一蹭。"钱凡笑道，"不过生意上的事情，肯定是精诚合作，互惠共赢嘛……"

"说得好啊，互惠共赢！"

在场的十九位冰泉街居民，纷纷起身跟钱凡碰杯，他们中有的是做枪械生意的，有的是做毒品生意的，有的是做皮肉生意的……但这一刻他们笑得都如此温和无害，若是有人误入，多半会以为这是什么商界大鳄的联谊会。

"钱老板，前几天那批货怎么样？"骨刀想起了什么，压低声音笑道，"那颗心脏，还有那些器官，质量都不错吧？"

"不错。"钱凡微微点头，"买家很满意。"

"能有这么大手笔，一口气买走所有器官的买家可不常见啊……那批货，是进了极光城吧？"

听到"极光城"三个字，钱凡眼睛一眯，悠悠开口道："骨老板，做这一行，不该打听的事少打听……小心惹祸上身。"

"哈哈哈，是我冒昧了，我自罚一杯！"骨刀一口将杯中酒饮尽，目光看向舞台上妩媚丰腴的舞女。

"话说回来，每次来来回回就这几个节目……就没点别的吗？"

"你还想看什么？"

"我听说极光城里的演出，还有唱歌、小品、魔术、唱戏什么的。到咱这儿，怎么只有跳舞？"

"你也说了，那是在极光城……三区这种地方，哪有那么多花样？能给你找来这么多舞女，还有伴奏就不错了。"

"……真是无趣。"

骨刀的脸颊泛起酒后红晕，他一把推开怀中的两个美女，径直走到舞台中央，正在表演的舞女阵形被打乱，茫然错愕地看着彼此。一旁舞台下方，正打着节奏鼓点、吹奏丝竹的几人也戛然而止。"别停啊，继续跳……"骨刀的身体轻轻贴到其中一个舞女的身后，双手如蛇般在其身上游走，最终抓住对方的手腕，像是摆弄提线木偶般操控着她的舞步，在台上怪异而别扭地蠕动起来。那个舞女吓得脸色煞白，但又不敢反抗，只能任凭骨刀摆弄自己的身体，其余舞女看了眼台下的钱凡，佯装无事发生，继续整齐地舞动起来……

鼓点继续，丝竹悠扬。

"哈哈哈哈，骨刀，你这跳得太丑了吧！"

"还不如让我来！"

"别啊，我看他跳得挺好啊，继续跳，继续跳！哈哈哈哈……"

"想不到你还有跳舞的天赋啊？给大伙来个钢管舞呗！"

"……"

台下的冰泉街众人见此，纷纷大笑，像是找到了什么不错的乐子，将火热喧闹的氛围推向一个高潮。

就在这时，一个身影推开大雪中的宅院大门，缓步走来。

"怎么，马哥终于到了？"

众人回头望去，目光落在前庭，却同时愣在原地。来的并非马忠，而是一个穿着大红戏袍的少年身影，他无声踏过前庭的石路，漫天碎雪将他的鬓发染上斑白，在苍白的世界中，那抹大红是如此刺眼，且灼热。看清那人的面庞，屋内的绝大多数人脸色一变，像是回忆起了什么，眸中浮现出怨毒与阴狠。

与此同时，钱凡微微一怔，与身旁的执法者对视一眼，从座位上起身。"陈伶老弟，你怎么来了？"他的脸上浮现出热情的笑容，"你看多不巧，你一走，这边

-089

二区、三区就解封了，我们就想办个庆典高兴一下，刚才我还说，应该上午就把你留下来一起的……来来来，既然来了，一起坐下来喝点。"

陈伶没有回答，平静地从风雪庭院中穿过，满是烂泥的鞋底踏入屋内，留下一个个深深的泥痕。"不必了。"他淡淡道，"我来，是想取一些东西……"

"取东西？你有什么东西落下了？"

在众人的目光中，陈伶穿过酒席，一步步踏上舞台……他的目光，自始至终都锁定在骨刀的身上。

"哟，我还以为是谁，原来是陈大执法者啊……"醉醺醺的骨刀冷笑一声，松开手中的舞女，将其推到一旁，"怎么，穿成这副模样，是要给哥儿几个表演节目？"

如今韩蒙已死，马忠重新在三区一手遮天，骨刀等人不信陈伶这小子还敢作死……现在，二区和三区，都是他们的天下！

"哈哈哈哈！来，让他表演一个！"

"他穿成这样，是要唱戏吧？唱哪一出啊？"

"……"

众人此刻正是天不怕地不怕的时候，端着酒杯，看向红衣陈伶的目光满是嘲讽。钱凡眉头越皱越紧，隐约觉得事情有些不对。"陈伶，你丢了什么东西，跟我说就行……我去给你找。"

"我丢了一颗心。"陈伶直勾勾地盯着骨刀的脸，"还有，我弟弟的命。"下一刻，一只手掌瞬间穿透骨刀的胸膛！！

036·你们……谁能惩戒我？

猩红的鲜血喷溅在舞台后的屏风之上，舞台两侧的鼓点与丝竹声瞬间停止！所有人都愣了一下，瞳孔骤然收缩，浓烈的血腥味将他们体内的酒精压制，他们猛地站起身，脸上写满了难以置信！

"你……"骨刀的目光缓缓从自己的胸膛上抬起，看向陈伶的面庞，他像是想到了什么，"你是……那小子……的……哥哥？"大量的鲜血从他的喉咙中涌出，让他的话语变得含混不清，他的神情惊恐无比。

"你喜欢给别人掏心掏肺？"陈伶的脸颊满是血红，那双眼眸中，浮现出浓烈的仇恨与疯狂，"今天……我也要把你，挖个干干净净！"

"把刀给我！"陈伶向身后的虚无抬起手。

台下一个正呆在原地的冰泉街居民腰间，一把锋利的匕首突然剧烈颤动起来！仿佛有一只无形的手掌，抓住匕首的握把，猛地将其从鞘中拔出，将它呼啸着向舞台中央的陈伶扔去——"观众"，在配合他的演出。

陈伶握住匕首，闪电般将其刺入骨刀的胸口，顺着自己用手打开的血洞一路向下！骨刀控制不住地张大嘴巴，极端的疼痛让其忍不住号叫，但喉中不断涌出的鲜血堵塞了气管，只能听到他痛苦的呜呜声。他双手疯狂般地想要将那些东西塞回去，但没扒拉两下，动作便缓缓停止……他死了。他的瞳孔中，倒映着血色的舞台，与他自己的一切……更多的，是惊恐与无助。

陈伶看着跪死在自己身前的骨刀，神情并没有太大改变。这是他第一次杀人，但或许是在仇恨与肾上腺素飙升的情况下，他竟然没有太多的感觉……除了一点点微微的恶心。他没有注意到，在这一刻，大雪纷飞的天穹之上，一颗黑色的星辰微微亮起。

"陈伶？！你疯了吗？！"

"身为执法者，毫无理由，肆意杀人！！你是要遭受惩戒的！！"

钱凡看到这一幕，瞳孔不自觉放大，当即大吼。血色的舞台之上，那袭红衣缓缓转身……少年的脸颊还带着滚烫的鲜血，他握着匕首，俯瞰台下惊恐的众人，眸中满是杀意与疯狂！这一刻，他背后的舞台屏风之上，密密麻麻的血液微微亮起，好似黑暗中睁开的无数猩红之眼，正坐在虚无的观众席上，注视着一切——

　　观众期待值 +5%

"啪——"只听一声轻响，宅院内所有的火炬，同时熄灭。

"惩戒我？"陈伶轻笑一声，缓缓抬起指尖，蘸上脸颊滚烫的鲜血，在自己的眼角勾起一抹血色……曾经勾勒着红妆的陈宴，与陈伶的面孔在恍惚中重叠，整个人的气息顿时妖异而血腥！他是亡魂陈伶，也是亡魂陈宴，是在"灭世"级"灾厄"的注视下，孤独表演的戏中人。"你们，凭什么惩戒我？你们……谁能惩戒我？"下一刻，那抹红衣身影在舞台上瞬间消失。一把匕首同时割破虚无，快到在场没有一个人反应过来，紧接着一声闷哼响起，最靠近舞台的一个冰泉街居民脖颈溅起一抹鲜血，应声倒地。李莽、孙老六等人大惊失色，他们都是跟陈伶交过手的，知道对方的恐怖之处。最关键的是，今天他们都是来庆典享乐的，几乎没人带枪，最多就在身上藏了两件冷兵器……可就连在酒馆拿枪的时候，都没解决掉陈伶，更何况是现在？红色的鬼魅在席间穿梭，疯狂地收割这些人的生命。随着杀的人越来越多，陈伶已经彻底克服了些许的恶心阴影，反而莫名地熟练起来。茫茫大雪之间，一场血腥而诡异的屠杀，在宅院中进行。

与此同时，距离宅院数百米外。

"竟然引动了'兵神道'的注视？"楚牧云站在满是积雪的树下，目光注视着远处的宅院，"想不到他真是个天才……在杀人这方面。"

"不只是'兵神道'。"虚无中，一个浑身笼罩在黑影里的男人身形，缓缓勾勒而出。"你没发现吗？'巫神道'的星辰也有反应了……"

"'巫神道'？"楚牧云一怔，"他跟'巫神道'有什么关系？为什么会引动'巫神道'？"

"不知道。"

"但你不觉得奇怪吗？"

"什么？"

"融合者，怎么会引发神道注视？而且，他还是个身背'灭世'级的融合者……"

"这没什么奇怪的，他只是引起了注视，就像是他自身的天赋被神道注意到，但并没有真正获得'神眷'……通神道路，是不会留给怪物的。"

"原来如此。"

"不过这小子确实够疯，够狠，你的眼光不错。"

楚牧云微微一笑，没有说话。

"但他接下来就要有难了。"

"为什么？"

"我嗅到了。"阴影男人停顿片刻，"那个叫钱凡的执法者身上，有'祭器'的气息。"

宅院——

随着陈伶手起刀落，七八个冰泉街居民接连殒命。在没有热武器的情况下，这些冰泉街居民，几乎清一色地选择逃亡，但他们的速度远不及拥有"杀戮舞曲"的陈伶，刚跑到前庭，便被接连捕杀！

"凡哥！怎么办？！"一位执法者急忙开口。

"他应该已经获得'神眷'，踏入神道了……"钱凡脑海中，回忆起刚才陈伶凭空取走匕首的场景，脸色难看无比，"该死，他走上的究竟是哪条神道？"

"那他岂不是算执法官了？"另一位执法者脸色煞白，"我们怎么可能打得过他？"

"马哥怎么还没来？！"

"来不及了……再这样下去，不光是冰泉街那些人要被彻底消灭，我们也未必能保住性命。"

钱凡的眼眸中，闪过一道狠色，他伸手在怀中一掏，一个用黑布包裹的东西，出现在掌间。随着他将黑布逐渐解开，一根断裂的指骨，暴露在空气之中……

037·"神眷"降临

"祭器？！"身旁的两位执法者见到这一幕，震惊地瞪大眼睛。随着这根指骨暴露在空气中，一股莫名的燥热在屋内外蔓延，飞扬的大雪被隔绝在庭院之外，像是张开了一个无形领域。钱凡手握指骨，看着远处大开杀戒的红衣身影，眸中杀意闪烁。这个祭器，是他两年前在五区的黑市花了大半身家买下的，据说来自一具被灰界交汇污染的执法官尸体，这么多年来，这东西一直是他保命的底牌，从未动用。但这一次，他别无选择。"给我抓住他！！"钱凡低吼一声，将指骨刺入自己手掌。随着鲜血流淌在指骨之上，它就像是活过来般，疯狂地吞噬钱凡的血肉，与此同时，一抹阴影闪过指骨表面。

庭院中，被积雪掩埋的大地突然震颤起来！陈伶只觉得眼前一花，脚下的积雪骤然爆开，一根宛若巨人肋骨的苍白倒刺从地底激射，闪电般洞穿他的肩膀！即便陈伶已经隐约看清了那根肋骨的轨迹，但它的出现实在太突然，根本来不及反应，情急之下，陈伶下意识地侧开身体，避开自己的要害。血肉被洞穿的剧痛从肩膀传来，陈伶的动作一滞，紧接着第二根、第三根肋骨接连从地底爆出！陈伶的身躯已经被第一根肋骨洞穿，几乎没什么闪避空间，只能勉强挪动身体，擦着肋骨避开些许，但如此一来，他的活动空间就越来越小。随着第五根肋骨出现，陈伶已经被彻底锁死在原地，像是被关押在骸骨牢笼里的囚犯，动弹不得。"这是什么东西……"陈伶望向钱凡手中的指骨，脸色阴沉无比。

随着血肉不断被指骨吞噬，钱凡的身形已经缩水半圈，像是营养不良的拾荒者，但不再有新的肋骨出现后，他的身形也停止继续消瘦。钱凡见此，当即将骨节拔出体内，颤颤巍巍地重新塞入油纸中，苍白的嘴角浮现出笑意。从效果来看，这钱花得很值……这已经是相当于神道第二阶的破坏力了。见钱凡如此轻易就制服了陈伶，另外两位执法者暗自心惊，在他们崇拜而畏惧的目光下，钱凡缓慢挪动身体，走到庭院之中。"怎么样？"钱凡冷笑起来，"刚才杀得爽吗？"横七竖八的尸体倒在庭院的积雪之中，流淌的鲜血将地面染成暗红……

陈伶被囚禁在骸骨牢笼，冷冷地看着眼前的钱凡，妖异而血腥的脸上看不出丝毫情绪波动。

"获得'神眷'很了不起吗？就算你是准执法官，最后不还是落在我的手里？小子，我不管你跟冰泉街有什么过节，你都死定了……你知不知道，你损害了多少人的利益？"钱凡缓缓掏出枪，用漆黑的枪口对准陈伶的额头，瘦削的脸上满是怨毒。

"糟了，不能让他杀了陈伶。"看到这一幕，在宅院外观望的阴影男人脸色一沉，当即便要出手。

"等等。"楚牧云突然开口，镜片下，那双眼眸闪烁着异样的微光，"情况不太对劲……"

阴影男人愣了一下："什么意思？"

宅院内——

被枪口指着脑袋，陈伶依旧不为所动，那双眸子平静得宛若深渊。就在钱凡即将扣动扳机的刹那，天穹中的两道星辰骤然璀璨，恢宏浩大的神光宛若天降巨柱撞破雪幕，将骸骨牢笼中的陈伶笼罩其中！"咚——"激荡的神道气息在虚无中扫出涟漪，硬生生把钱凡逼退数步，踉跄跌倒在地。他错愕地看着从天而降的两道神柱，眼眸中满是难以置信！

"'神眷'？！这怎么可能？？他不是已经接受过'神眷'了吗？！"

"黑色的那道是'兵神道'，紫色的那道是……'巫神道'？"另外两位执法者也震惊无比。

"同时被两大神道抛出橄榄枝，这小子究竟是什么怪物？"

在三人错愕的目光中，浑身是血的陈伶微微抬头，看向头顶那两颗延伸出缎带般神辉的星辰，眸中也闪过诧异。他刚才已经做好了再死一次的准备，毕竟现在他的期待值已经足够，就算死亡，大概率也能直接复活……可万万没想到，自己竟然引动了"神眷"，而且，还是两道。说起来，自己刚才击杀骨刀的时候，确实有种莫名的感觉，那不是喜悦或者厌恶，而是感觉……似乎自己生来就该做这种事情。按照之前楚牧云所说，这是他第一次杀人，就引动"兵神道"眷顾，算是"兵神道"的绝世天才。可陈伶不明白，那第二颗紫色的星辰是什么？就在陈伶疑惑之际，天穹中，第三颗星辰缓缓亮起！那是一颗朱红色的星辰，点缀在天空，仿佛琉璃般剔透闪烁，缎带般的神辉穿过虚无，与其他两道神道的神辉一起，将陈伶笼罩其中。陈伶愣住了。

"还有一条神道？？"

"三大神道同时降临眷顾，这怎么可能？！"

"等等，这颗星辰代表的是哪条神道？怎么感觉从来没见过……"

钱凡三人已经彻底蒙了。

与此同时，宅院外的两人，同样错愕。

"色如朱砂，形似琉璃……不会错的，这是'戏神道'。"阴影男人若有所思。

"'戏神道'？那可是相当罕见了。"楚牧云微微皱眉，"可是，他和'戏神道'有什么关系？"

"他很擅长演戏，或者唱戏吗？"

"据我所知，不会……不过，他幻想出来的弟弟会。"

"三大神道同时降临眷顾，若是放在平时，他绝对是个顶级天才，可惜……"阴影男人摇了摇头，"可惜他是个融合者，注定无法走上神道。"

"三大神道同时显现，极光城那边肯定有人注意到了，必定会派人过来。"

"不用等极光城了……"阴影男人缓缓转头，看向风雪中的某个方向，"有个执法官，一直在向这里靠近，已经快到了。"

"不能让他打断这一切，我去拦住他。"楚牧云转头向那边走去。

"不用。"

"为什么？"

"……已经有人去拦了。"

038·神道退避

茫茫风雪中，一个穿黑色风衣的人缓步前行。黑色长靴在雪中踩出一个又一个脚印，鲜血顺着衣角，滴在雪地之上，像是留下一条细密绵长的红线。"啪——啪——啪——"火石摩擦的火花点燃烟头，他深深吸了一口粗烟的浓雾，缓缓吐出……"肃清得差不多了，还剩最后一点残党……这次，一口气解决了吧。"他喃喃自语。满是血污的风衣衣摆，四道银色纹路微芒闪动。就在这时，灰白的天穹中，两颗星辰同时亮起，缥缈神辉降临在远处的宅院之中。看到这一幕，他的眉梢微微上扬："'神眷'？看这方向，应该是马忠的宅子……那群残党中，竟然出了个'神眷者'？"就在他喃喃自语之时，又一颗星辰亮起，第三道"神眷"倾泻而下……"三大神道眷顾？"他的诧异终于转变为震惊，"这是个什么妖孽……"他不自觉地加快脚步。飞雪飘摇，冰寒刺骨，那坐落在远处的宅院轮廓若隐若现——一分钟、两分钟、三分钟……他的眉头越皱越紧。不管他怎么走，那座宅院却始终朦胧不清，丝毫没有靠近的迹象……像是大雪中的海市蜃楼。终于，他似乎察觉到了什么，看向身后，不知何时，来时的脚印已经全部消失不见。寒风呜咽着在他耳畔回响，白茫茫的世界中，仿佛只剩下他一人存在。

"谁？"他冷声开口。他的声音消失在纷飞的雪花中，像是被某种怪物吞噬，诡异的死寂萦绕在周围。"……装神弄鬼。"他的眼眸中闪过一抹杀意，右手握住腰间枪柄，一道无形领域骤然散开！他双眸闭起，嘴角的烟卷无声燃烧，整个人像是在认真感知着什么。突然间，他闪电般抬起枪，对准身侧的某个方位，毫不犹豫地扣动扳机！"砰——"解构的力量撕开虚无，将路径上所有的雪花崩碎，与此同时，他周围的一切都像是纸卷般被点燃，大地、天空、雪花、远处的宅院轮廓……他就像被包在巨茧中，随着这一声枪鸣，巨茧应声破碎！周围的虚构感如潮水般消退，远处的宅院再度清晰起来。

"咦？"一个轻"咦"声从弹道旁传来。他转头望去，只见一个脸上盖着白纸的男孩，正半蹲在雪地中，一只手拿着树枝，双眸通过白纸表面抠出的蹩脚孔洞，诡异地看着他。男孩身前的雪地上，有着一个用树枝勾勒而出的大圆，如今男人的身形，就被困在这大圆中央。只不过在刚才他开枪的方位，大圆被打开了一个缺口。"我还以为，你得再走几分钟才能发现。"男孩耸了耸肩，"看来，是我太小看你了……不愧是传说中的天才执法官。"

"你是谁？"韩蒙皱眉盯着他，能感到这个男孩身上的气息甚至比他更强，应该已经迈入第五阶！可他如今已经二十五了……眼前的男孩，最多也就十五六岁的样子！十五六岁的第五阶？他从来没听说过极光界域有这种天才。

"我都把脸给挡住了，还能告诉你我是谁吗？"男孩指了指自己脸上盖的白纸，随后似乎觉得这么有点喘不过气，随手在鼻子的位置又抠出一个洞，继续幽幽说道，"一把年纪了，脑子怎么不灵光呢？"

韩蒙的脸色顿时铁青。"你知道阻拦一位执法官执行任务，要被审判为什么罪名吗？"

"执法官？很厉害吗？"男孩轻笑一声，拿着树枝的手在雪地上随手一画，一道方形的纹路瞬间出现在韩蒙脚底，将其框入其中。"等你从里面走出来，我就承认你有点厉害……大概，有我十分之一那么厉害。"男孩白纸下的脸上浮现出笑容。

韩蒙低头望去，不知何时，他脚下的雪地中，已经多了一张巨大的扑克牌——梅花8。看到扑克牌牌面的瞬间，韩蒙想到了什么，瞳孔骤然收缩。"……黄昏社？！"

宅院——

陈伶怔怔地看着亮起的第三颗星辰，有些不解。他不认识这颗星辰，也不知道自己为什么能吸引它……如果说杀人引发了"兵神道"的注视，那其余两条神道，又是因何而来？陈伶想不通，索性不再去想，对他而言，选择踏上哪一条神道，才是他如今必须面对的问题。只要踏上神道，他就能掌握超凡的力量……也许有一天，他就能靠自己的力量，摆脱"观众"！一个人，不可能同时踏上多条神道，就像人不能被劈开去走两条路一样，陈伶看着这三条神道，几乎没怎么犹豫，就做好了决定……毕竟三条神道中，他只认识"兵神道"。而且韩蒙的"杀戮舞曲"给他带来的印象太深了，他甚至觉得，"兵神道"可能是所有神道中，最擅长战斗的神道。就在他准备选择"兵神道"之际，异变突生！他身后的虚无中，一双双猩红的眼眸突然睁开，像是一片蠕动的阴影之海——"观众"，开始干预表演！

"咚——咚——咚——咚——"剧院中，无数正在观看表演的"观众"，同时开始践踏地板，沉闷的轰鸣好似雷声连绵不绝！无数的目光从剧院中投出，看向天穹之上的三颗星辰，这一刻，"灭世"级别的力量随着猩红眼瞳而逸散，仿佛一只无形无质的超级巨兽，在对三颗星辰无声咆哮！！它们在拒绝神道，它们在恐吓神道！下一刻，天穹中的三颗星辰剧烈颤抖起来！笼罩在陈伶身上的神辉寸寸崩碎，像是一条通天神路，开始从底部坍塌……神道怕了。它们看到了陈伶身后的怪物，原本对陈伶青睐有加的它们，开始畏惧陈伶的存在，都不愿让那个怪物踏上属于它们的道路……就像没有人会主动邀请猛虎来自己家中做客。所以，它们自断神道，退避锋芒。

三道笼罩在陈伶身上的神辉崩碎，通神道路迅速远去，这一刻，无论是陈伶还是在场的钱凡等人，全都愣住了……

039·绝望

"这……这是什么情况？"一位执法者傻眼了，"'神眷'……还能撤回？"如果说三大神道同时降临"神眷"，还在他们的理解范围之内，那眼前的情况，就彻底超出了他们的认知……他们活了这么多年，从来没听说过谁得到"神眷"，然后又被断了神道的。

"果然不出所料。"宅院外，阴影男人微微点头。

"绝境下好不容易得到了'神眷'，却只能眼睁睁地看着它们退走……真是可惜。"楚牧云在陈伶家待了这么久，自然知道陈伶对神道十分向往，心中不由得生出怜悯。

"可惜？"阴影男人古怪地看了他一眼，"世上拥有神道的人有千千万万个，但融合了一只'灭世'级'灾厄'，而且还能维持理智的，可就他一个……他已经是这世间独一无二的存在，有什么可惜的？"

楚牧云摇了摇头，没有说话。

宅院中——

陈伶看着那三条急速退去的神道，怔在了原地……他被神道放弃了。那可能是这个世界上，唯一一让他脱离"观众"掌控的希望。他不知道发生了什么，只从神道上感受到忌惮，回头看向自己身后，隐约间，能看到那一双双逐渐消失在虚无中的眼睛。"……又是你们。"陈伶惨笑，"也是，我早该想到的……我一旦走上神道，就意味着有脱离你们掌控的可能，你们怎么可能放任不管？你们巴不得我永远留在舞台上，成为供你们消遣玩乐的提线木偶……"陈伶的笑容逐渐阴森，那双勾勒着鲜血的眼瞳中，浮现出深深的绝望……就连神道都在"观众"的威慑下退走，他一个普通人，根本想不到该如何摆脱它们。与其当一辈子的提线木偶，陈伶宁可选择死亡。

神明的眷顾如潮水般退去；一袭红衣的陈伶独自被架在骸骨之上，笑得绝望而疯狂。"来啊，姓钱的！"陈伶张狂笑道，"你不是想杀我吗？动手啊！！对着我的脑袋打！记住，想彻底杀了我，要打两枪！"

钱凡茫然片刻，终于回过神来，看着眼前疑似疯癫的陈伶，眸中闪过一抹杀意。"虽然不知道这是怎么回事……既然你没了'神眷'，那就等死吧！"他再度抬起枪口，对准陈伶的脑袋，扣动扳机！"砰——"这一次，没有奇迹发生，子弹穿透陈伶的头颅，瞬间夺走他的生命。

宅院陷入一片死寂。

钱凡等人看着倒地的陈伶，悬着的心终于放了下来……不是他们胆小，实在是陈伶身上的一切都太过诡异，诡异到让他们怀疑，这家伙究竟是不是人，会不会死。但现在，不管他是什么，都已经死了。"这小子……太邪乎了。"钱凡收起枪，往地上啐了一口，转身向屋中走去。他刚转过身，便看到站在屋檐下的另外两位执法者，惊恐地瞪大眼睛……

"你们干什么？"

"凡、凡哥……"其中一位执法者哆哆嗦嗦地抬起手，"他他他他他他……"

钱凡眉头一皱，顺着那位执法者的指向回头望去，瞳孔骤然收缩，只见那具被架在骸骨上的尸体，竟然诡异地挺正身躯，耷拉的半边脑袋缓缓抬起，满是血色的眼球死死瞪着钱凡！

"姓钱的！！

"我不是告诉你要打两枪吗？！

"一枪杀不死我！！杀不死我！！！"

断裂的声带疯狂摩擦，发出令人牙酸的声响，这一刻即便是见多识广的钱凡三人，都被吓傻了，差点双腿一软直接瘫倒在地！

"怪物……怪物！！"一位执法者惊恐吼道，"他不是人啊！是个怪物！！"

"开枪！！快开枪啊！"陈伶疯狂咆哮，"冲着我另外半边脑袋打！来啊！！！"

这诡异的一幕落在三人的眼中，钱凡的手都开始抖了……"我知道了……是你！"钱凡想到了什么，"你就是那晚降临的'灾厄'！！"

听到这句话，另外两位执法者也如梦初醒，脸色越发苍白。他们真的怕了。要知道，从灰界中爬出来的那两只"灾厄"，一个是三阶，一个是五阶，无论哪个都不是他们能对付的……钱凡一咬牙，又从腰间拔出枪，颤颤巍巍地对准被囚禁在骸骨中的红衣怪物。事已至此，他除了开枪，别无选择。然而，就在他扣动扳机的瞬间，手枪像是被什么东西攥住，枪管硬生生地扭曲成团！钱凡只觉得一股巨力撞在胸口，整个人如断线的风筝倒飞而出，撞破宅屋的大门，重重砸落在地。其余两位执法者瞪大了眼睛，死死地盯着前方的那片虚无，却看不到任何袭击者的身影！那里什么也没有。

但在陈伶的眼中，并非如此。一个熟悉的红衣少年，站在飞扬的大雪之中，缓缓转身看着他……他的眸中饱含热泪。"哥……"他说，"哥，你不能就这么死了，你不能就这么认命！"陈伶的头颅正在缓慢修复，那只猩红眼珠怔怔望着陈宴，疯狂终于消退些许，声音沙哑地开口："不认命？那我还能怎么办……继续给它们当乐子吗？那有什么意义？"

"但你现在死了，就什么都没了。"

"不死，我也什么都没有。"陈伶喃喃道，"就算我活下去，它们也会不断地干涉我的生活，它们能制造出一个你，就能制造出第二个、第三个……总有一天，我会被它们逼疯的。"

"哥！只要你还活着，总会有希望的……不是吗？"

"……希望？"陈伶看着陈宴那双通红的眼眸，沉默许久，突然笑了。"我懂了。"陈伶回头看向自己身后，满是血丝的眼眸似乎在盯着什么东西，"你们怕了！你们知道我再死一次，就会彻底死亡！你们怕我死了，就再也没人能给你们表演，所以幻化出他的样子，想哄骗我活下去，对不对？！"

"哥……"

"给我虚无缥缈的希望，看我拼了命去追逐，等到即将抵达的时候，再让所谓的希望幻灭……这就是你们想要的！"

"哥！"

"你们想操控我的人生，想玩弄我的精神，你们妄想！！！"

"哥！！！"一声怒吼打断了陈伶的狰狞咆哮，他回头望去，只见陈宴正满面泪痕地站在那儿，看向他的目光中满是祈求。"哥……我是真的，你相信我……我说的都是真的。"

"我……"陈伶呆了许久，脸上浮现出挣扎与痛苦，"阿宴，我知道，我只是……"

陈宴深吸一口气，抹掉眼角的泪痕，眼眸中浮现出前所未有的坚定。"哥，你并不是没有希望……"他的手掌伸入怀中，取出一只布袋，随着布袋的口子被解开，一颗颗朱砂般的琉璃从中掉落。"它们斩断的路……我，来替你续上。"

040·扭曲的"戏神道"

一颗颗朱砂琉璃坠落在雪地，神辉流转，好似散落在人间的璀璨星辰。

"这是……"陈伶愣住了。

"哥，你知道吗……那颗红色星辰，代表的是'戏'。"陈宴抬起头，看着天穹中那条逐渐倒退的神道，缓缓开口，"从我开始自学戏剧的那天起，偶尔就会感应到它的存在……它想带我离开，但我不想走。每次它远去的时候，我都会留下一块它的碎片，我想着等攒够了，也许就能带着你，带着爸妈一起去它所指引的地方，看看'戏'的尽头是什么……只可惜，最终我也只攒下了三十六块。现在……我去不了了。"陈宴无奈地笑了笑，缓缓将所有朱砂琉璃抓起，用力向天穹中倒退的神道挥去！下一刻，无数神辉从这些神道碎片中绽放，在半空中急速交织，重新汇聚成一条缎带般缥缈的神道，向倒退的神道追去！"哥，你要活下去……'戏道'的尽头究竟是什么，你替我去看好不好？"

两截神道在半空中碰撞，璀璨的神芒点亮天穹——"戏神道"重连；天空中的朱砂星辰，根本没想到自己的神道竟然能被强行留下，神辉在半空颤动，似乎在试着将其拽回……在神道的另一端，少年陈宴安静地站在那儿，虽然他的身躯看起来瘦弱而单薄，但在"戏道"的天赋上，是如此强大、超然、稳如泰山。他硬是将"戏神道"的起点，钉死在陈伶的面前！神道背弃了陈伶，但陈宴没有。

"发生了什么？"宅院外，阴影男人与楚牧云同时错愕地看向天空，朱砂的星辰之下，一条破碎的道路正在飞速地被修复完全！

"'戏神道'为什么被定住了？？"

"它选择了陈伶？这怎么可能？！"

即便是一向淡定睿智的楚牧云，也忍不住瞪大了眼睛。二人仔细地扫过宅院中央的陈伶周围，却没发现任何异样……在他们的视野里，什么都看不到。

"等等……不太对劲！"

"哪里不对劲？"

"那条'戏神道'不对劲，它被扭曲了……我从未见过哪条神道是这样的。"

"被扭曲的神道，走上去会怎样？"

"如果一条路被篡改了标志，那谁知道，它最后的终点是哪里？天堂？或者是……地狱？"

"你的意思是……"

"快去阻止他！绝不能让他走上那条扭曲的神道！！！"

两道身影急速向宅院冲来，陈伶呆呆地看着站在"戏神道"上的陈宴，不知是不是错觉，他的身形似乎在一点点变淡。"阿宴……阿宴！"陈伶瞳孔微缩，不知是哪里来的力气，硬是将肩膀一点点从骸骨囚笼中抽出来，锋利的骨尖撕开血肉，猩红的鲜血顺着手臂滴落在地，很快便汇聚成一汪血泊。他死死咬着牙关，还是忍不住号叫出声，数十秒之后才完全挣脱囚笼，跌跌撞撞地向陈宴奔去！"阿宴！"他一只手抓向陈宴，却只能轻飘飘地从虚无中穿过……之前，他都是可以碰到陈宴的。

"哥，这次我真的要走了。"陈宴的脸上浮现出少年独有的、纯粹而温柔的笑容，"这条路与其他的'戏神道'不太一样……它会让你的人生变得曲折和坎坷，但它也许能让你摆脱那些东西。"

"你要去哪儿？"陈伶的脸色因大量失血而煞白。

"回到我该去的地方……同时，也会变成你神道的基石。"陈宴向后退了一步，将神道彻底展现在陈伶的眼前，他的身形几乎淡化消失，只留下一个声音，萦绕在陈伶的耳畔。"走上这条路，世界将属于哥哥。"

"陈伶！快停下！那条路不能走！"楚牧云的声音急速传来，陈伶却恍若未闻。他穿着一袭大红戏袍，站在神道的起点，缓慢地抬起右脚，然后……踏了上去。"咚——"随着他脚掌落地的瞬间，如缎带般虚无的神道瞬间凝实，像是一条血红色的、登往天穹的阶梯。下一刻，这条登天阶梯向陈伶脚下急速缩小，最终幻化为虚无。那条扭曲的神道，似乎消失了，或者……它已经在陈伶脚下。

楚牧云二人赶到现场，只留下陈伶独自一人低垂着头，站在原地。"陈伶，我刚才喊你你没听见吗？"楚牧云皱眉走上前，正欲再说些什么，却突然停下脚步。

"怎么了？"阴影男人问。

楚牧云的声音再度响起。阴影男人愣了一下，他转头看向楚牧云，却发现后者根本没有开口说话……"怎么了？"紧接着，他自己的声音也从前方响起。两人同时向前看去，一阵刺骨的寒风掠过雪地，那穿着大红戏袍的少年，背对二人，脖颈诡异地向后扭动……

"陈伶，我刚才喊你你没听见吗？"

"怎么了？"

"陈伶，我刚才喊你你没听见吗？"

"怎么了？"

"陈伶，我刚才喊你……"

楚牧云与阴影男人的声音，交错着从陈伶喉中传出，与此同时，他的脸庞不断地在两人之间切换……是的，切换。陈伶的脸上，像是多了一张日历般可以随意撕扯的面具，每说一句话，他就会变成对应的人的模样，等到下一句，就会自动撕开一张，变成另一个人的模样，眼睛、胡楂、黑痣、声音，每一个细节都被完美还原。两人看着陈伶脸上不断切换的属于各自的脸，都感到一阵毛骨悚然！

"他……他这是怎么了？"阴影男人茫然开口。

"一般而言，踏上神道就意味着登临'第一阶'，而每登上一阶，都会自动掌握一门相应的路径技能……他的样子，应该就是'戏神道'的第一阶技能导致的。"

"戏神道第一阶技能，是换脸？"

"方块7跟我说过，大部分'戏神道'第一阶觉醒的技能是'千面'，是戏子最基础的易容能力的延伸……听描述，跟现在陈伶的情况很像。"

"那他为什么看起来不太清醒？"

"他的神道是被扭曲的，所觉醒的技能应该也是扭曲的……不出意外的话，他是被自己的技能反噬了。"

"原来如此……怪不得他刚才一直学我们说话。"

"但他现在不学了……"楚牧云看着突然陷入沉默的陈伶，皱眉开口，"我突然有种不好的预感……"

阴影男人正欲开口问是什么预感，陈伶再度抬头——一张脸皮从他的脸上撕开。陈伶的脖颈之上，一支漆黑硕大的手枪枪管，锁定二人。

041·脸皮之下

亲眼看着陈伶的脑袋变成枪管，楚牧云和阴影男人同时傻了。"砰——"陈伶的声带模拟枪响。一道刺目的火光从枪口迸发，站在正前方的两道身影从错愕中回过神,迅速闪身避开!他们以惊人的速度在雪地掠过数十米,这才停下脚步,他们回头望去,却发现压根没有子弹从枪管中打出,只有不断的火花自枪口迸发,似乎在模拟开枪的姿态。

"这……"阴影男人茫然问道,"方块7有没有说过,'千面'……是可以变枪管的?"

"不能。"楚牧云摇头,"'千面'是易容的能力,只能变换样貌,但他……他似乎连物品都可以变。"

"那也太变态了,这就是那条扭曲神道的威力吗……"

"但强大的力量,通常意味着要付出更大的代价。"楚牧云平静地望着雪地中,那袭幻想自己是枪管的红衣身影,神情有些复杂。

"砰——砰——砰!"陈伶化身的枪管,对着虚无不断开火,像是一具没有灵魂的行尸走肉。直到他的枪口"看到"吓傻在宅院中的钱凡三人,突然停下动作……他像是在思考。

"他还残存有理智?"阴影男人诧异开口。

"应该说,本能。"楚牧云淡淡道,"复仇的本能。"

与此同时,被枪口盯上的钱凡三人,脸色再度煞白。他们刚才亲眼见证了陈伶重续神道,撕裂身体,然后像疯子般"砰砰砰"的画面……接连的认知冲击,已经让他们的大脑几乎停止运转。"他……你为什么不死啊?你为什么还不死?!"钱凡怒吼一声,再度举起手枪,对着红衣怪物接连扣动扳机!子弹撞入陈伶的身躯,迸溅出一缕缕鲜血,即便他的模样变成枪支,但他的肉身硬度并没有太大的增强,就像只是换了层皮……下一刻,一张脸皮再度从陈伶脸上掀开。原本硕大诡异的枪管消失不见,取而代之的,是一个红妆似杏、眉尾似钩的"旦角"模样,从眉眼来看,与死亡的陈宴有八九分相像!他穿着大红的戏袍缓步踏过积雪,好似苍白世界的唯一大红,"旦角"直勾勾地盯着钱凡三人,双唇轻启,紧接着,陈宴那悠扬而极具穿透力的唱腔,回荡在宅院上空!"小尼姑年方二八,正青春被师父削去了头发。每日里,在佛殿上烧香换水,见几个子弟游戏在山门下……"戏腔连绵,红衣拖出残影,瞬间消失在原地……

钱凡只觉得眼前一花,一只手腕便被匕首割开,惨叫一声,枪脱手坠入雪地,他另一只手当即想要伸入怀中,再度掏出祭器,可寒芒一闪,另一只手也轻飘飘地飞出手臂……

"他把眼儿瞧着咱,咱把眼儿觑着他……"红杏般的眼妆之下,一双空洞的瞳孔,直勾勾地盯着钱凡,几乎贴到他的脸上。

"陈伶……陈伶!我知道错了!!"钱凡的五官因剧痛疯狂挣扎,但恐惧更是占据他的内心,"你放过我……我把我的钱都给你!我以后再也……""噗——"一抹锋锐贯穿钱凡的下巴,他的祈求声戛然而止。

"他与咱，咱共他，两下里多牵挂……"

钱凡的身形直挺挺地倒在雪地上，"旦角"缓缓拔出那把匕首，目光看向宅院中仅剩的两位执法者。两人惊呼一声，根本生不起丝毫反抗的心思，掉头就往宅院大门跑去，与此同时，"旦角"双脚轻盈闪过地面，宽大袖袍宛若蝶翼蹁跹，匕首的寒芒在雪地中划出优雅的圆弧，两抹鲜血随之溅射而出。他缓缓停下脚步。随着最后两个身躯倒地，整座宅院都被鲜血浸染，那袭红衣站在满地尸骸中间，宛若自地狱中走来的恶魔。不知过了多久，那张陈宴的脸皮随之消散，陈伶恢复自己原本的模样，他孤独地站在血海中，匕首轻轻滑落在地，随着一缕寒风袭过，整个人像是枯草般，仰面栽倒在地。

"终于闹完了……"楚牧云二人从远处走来，看着不省人事的陈伶，长叹一口气。

"'灭世'级'灾厄'的融合者，踏上了一条扭曲的神道……从今往后，他注定是个另类。"阴影男人缓缓道。

"另类，不是最好吗？"楚牧云嘴角上扬，"黄昏社，收的就是另类。"

"你真确定要把他纳入黄昏社了？"

"不是我……"楚牧云从大衣的口袋中取出一封信，夹在指尖，信封的封皮之上，印着一张红色的"JOKER"牌。

"是红王。"

"轰——"嗡鸣巨响自虚无中传来，漫天飞雪刹那间崩碎。距离宅院数公里外的荒野中，正拿着树枝百无聊赖的男孩，突然诧异地抬头，看向身前。雪地的"梅花8"中央，一道狰狞裂缝疯狂蔓延，韩蒙的双手从裂缝中探出，抓住其边缘，用力一扯！"梅花8"应声爆碎，韩蒙的身体彻底穿过虚无，黑色的风衣上满是尘埃与血块，整个人狼狈至极。"竟然真的闯出来了？"男孩惊讶地捂住嘴巴……或者说，是白纸上代表"嘴巴"的那个大洞。韩蒙的胸膛剧烈起伏，似乎刚才的举动让他消耗不少，他死死地盯着坐在原地的小男孩，毫不犹豫地举起手枪！"别这么激动，我承认刚才有点小看你了，想不到极光界域中居然真的有天才。"男孩饶有兴致地托着下巴，"你叫韩蒙对吧，要不要加入我们黄昏社？"

"没兴趣。"韩蒙的声音冰冷彻骨，"疯子和刽子手组成的肮脏组织，什么时候也敢光明正大地出现在人类界域了？"

"啧，看来你对我们的偏见很深啊。"

"这是事实。"无形领域在韩蒙周围张开，"《人类公约》第139条，无论任何界域，但凡发现黄昏社成员，立即列入界域最高级捕杀名单，优先级甚至在'融合派'与'篡火者'之上。你们与人类界域，可是死敌。"

"别这么说，我们可没干过什么丧尽天良的事情。"男孩不悦地开口。

"是吗？"韩蒙冷笑一声，"包括……灭绝一整个人类界域？"

042 · "秘瞳"

男孩眉梢一挑，正欲说些什么，一道弧光从身后的宅院中飞射向天空。"所以说，世人对我们的偏见很大嘛……"男孩随意地摆了摆手，"不跟你说了，总有一天你会懂的。"

韩蒙眼睛一眯，立刻扣动扳机！嗡鸣的枪声响起，狂风掀起他的风衣衣摆，泯灭一切的解构子弹穿透男孩的身体，留下一个头颅大小的空洞！然而子弹穿过他的身体，却没有打出丝毫血迹，男孩的身影逐渐苍白，就像是褪色的画纸："韩蒙是吧，我记住你了……有缘再见。"男孩的身体越来越扁平，短短数秒内，就变成一张没有厚度的简笔肖像画，随着寒风扑到韩蒙的脸上。

韩蒙眉头紧皱，将肖像画取下，看到画中戴着白纸面具的男孩正盘腿而坐，同时伸手对自己比了个中指……他当场将肖像画撕成碎片。"黄昏社出现在极光界域……这下麻烦了。"韩蒙深吸一口气，看了眼宅院的方向，径直向前走去。无人阻拦，韩蒙很快便来到宅院门口，用力推开大门，在一阵刺耳的"嘎吱"声中，满地的尸骸映入他的眼帘，血色的大地上，散落着九枚银币……冰泉街庆典共计二十二人，无一生还。

陈伶缓缓睁开双眸。他看到头顶的聚光灯，用手遮住眼睛，却并没有立刻站起来……他躺在舞台的地板上，安静得像具尸体。短短的几个小时内，他经历了太多。陈宴的消失，残忍的真相，暴怒的复仇，自以为能拥有的救赎，接着绝望，然后又找到一线希望……这一切让陈伶麻木而绝望。他多么希望这些是一场梦，苏醒之后，母亲会喊他起来吃早饭，然后匆匆穿上衣服，戴上工牌，去剧院里继续当社畜，可惜……等待他的，依然是那座死寂而诡异的剧院。许久之后，陈伶终于缓缓坐起身，看着舞台前密密麻麻的猩红眼瞳，心情复杂无比。就算自己踏上了"戏神道"……有朝一日真能脱离这群"观众"吗，还是说，自己在它们的眼里，只是变得更有意思了？陈伶没有答案。但至少，他现在勉强多了一个活下去的理由。

他从地板上站起身，走到舞台中央的大屏幕前，一连串的字映入眼帘。

  观众期待值 +1%
  观众期待值 +1%
  …………

  当前期待值：77%

检测到失去演员连接，演出中断。

观众期待值 -50%

当前期待值：27%

  这些是在宅院中发生的期待值变化，而在钱凡开枪射杀自己一次之后，他就已经失去一次连接，被扣除 50% 的期待值。但也许是因为扣除后期待值依然在 20% 以上，所以并没有任何一个"观众"出逃。"只要控制好期待值总数，就算死亡，也不会出现上次那样被夺取身体的状况……算是一次死而复生的机会。但是，想把期待值拉到 70% 以上，可不容易……"陈伶的目光落在屏幕角落，在那里，跳动的宝箱标志再度出现。他指尖轻点，激昂的音乐接连响起，配合着舞台灯光，当陈伶转头望去的时候，舞台中央又多了一张桌子——

检测到观众期待值首次突破 70%，解锁成就——"特别好评"！

你获得一次额外抽奖权。

使用后，将从本次剧目的所有出场角色中，随机抽取并学会一项角色技能。

  陈伶走到桌子前，一张张颜色、花纹各异的纸牌凭空出现在桌面上，与上次一样，多半都是白色与灰色，但蓝色的数量与上次相比，有所增加……应该是有新的角色出现，连带着技能牌随之增加。随着陈伶手指轻挥，众多卡牌同时扣下，清一色的牌背以惊人的速度闪烁，片刻之后，便整齐地定格在原地。上一次，陈伶在这里抽到了韩蒙的"杀戮舞曲"，一举改变了他的命运……这一次，幸运之神是否依然会眷顾他，让他抽取一张足以颠覆战局的技能牌？陈伶犹豫片刻，抬起指尖，点在其中一张纸牌之上。纸牌翻转。一抹蓝色出现在陈伶眼前——

技能："秘瞳"

归属：医神道，"血屠"路径，第一阶

人物：楚牧云

  看到这张纸牌信息的瞬间，陈伶的眼眸微微眯起……抽到楚牧云的技能牌，倒也在陈伶的意料之中，但那硕大的"血屠"二字，却让他忍不住心生疑惑。这条路径，确定是属于"医神道"吗？随着陈伶吸收纸牌，"秘瞳"的使用方法出现在他的脑海。跟"兵神道"的"杀戮舞曲"不同，"秘瞳"更倾向于辅助类技能，作用在于帮助使用者更好地捕捉、分析、辨别细节……一个好的医生，可以通过病患的行为举止，来判断病情的严重程度，而心理医生甚至能通过一个人的微表情,来确认他的思想,乃至预判他未来的行动。"秘瞳"就是将这种能力提升到极致。

随着陈伶抽完能力,桌面上的纸牌同时消失,但桌子依然摆放在那里。"……什么意思?"陈伶走上前,发现桌面之上,又多了一张新的纸张。纸张上,同样写着几行小字——

恭喜你完成剧目,初始之章——《无心》。
本剧目观众最高期待值:78%
你获得一次指定抽奖权。
使用后,你可以从本次剧目的所有出场角色中指定某个角色,随机抽取对方的能力,抽取珍稀技能的概率与本剧目的综合观众期待值有关。

阅读完所有文字,聚光灯下的桌面,突然凭空涌现出一张张纸页,无数文字显现其上。

"我……是谁?"
"轰隆——"
苍白的雷光闪过如墨云层,雨流狂落,神怒般的雷雨击打在泥泞大地上……

043·第一剧目

目光扫过开头的几行字,随着纸页的翻转,他看到很多熟悉的场景与语句,仿佛他这几天经历的一切,都被编纂成剧目,记录其上——

"是你啊。"木桌后,一个穿着白大褂的男人微微侧身,"又来给你弟弟拿药?他不是转去二区的医院了吗?"
…………
"阿伶,你已经死了,你不该在这里。"陈坛的双眸通红,紧攥着斧子,声音沙哑地开口,"不管占据你身体的是什么东西……我会让你解脱。"
低沉的雷鸣闪过昏暗的天穹……
…………
"别怕,哥。"陈宴轻声道,"我帮你埋了他。"
…………
"你们好,我是执法者陈伶……准备好回答我的提问了吗?"

……………
　　与其当一辈子的提线木偶，陈伶宁可选择死亡。
　　……………
　　"怪物……怪物！！"一位执法者惊恐吼道，"他不是人啊！是个怪物！"
　　……………

　　而最后一行，是一行描述性的文字：

　　他孤独地站在血海中，匕首轻轻滑落在地，随着一缕寒风袭过，整个人像是枯草般，仰面栽倒在地。

　　看到这儿，陈伶只觉得头皮一阵发麻。虽然他早就有"自己是在被窥视"的觉悟，但直到此时，才真正感受到其中的诡异。最关键的是，陈伶所能看到的，只有他自己的戏份，所有他不在场时发生的事情，都被一根根黑色粗线屏蔽了……就连他这位"主角"，都没有这剧本的全部审阅权。"根据我的亲身经历，撰写成剧目吗……"陈伶喃喃自语。随着最后一行字完结，这些纸张自动在虚无中装订成册，落在陈伶掌间，封面上几行文字尤为显眼。

　　第一剧目
　　初始之章——《无心》
　　主演：陈伶
　　其他出演：陈宴、韩蒙、楚牧云、陈坛等

　　与此同时，在舞台的角落，一个木质书柜凭空出现。陈伶深深地看着手中的剧目，许久之后，迈步向书柜走去……他将这剧本放在第一格的最左侧，书脊处的"无心"二字正对外侧，一眼就能看见。陈伶正欲转身去进行第二次指定抽奖，一个熟悉的声音便在耳边响起——

　　中场休息结束，请继续表演。

　　黑色的大幕缓缓拉开，陈伶的意识脱离剧院，向虚无飘去……

　　"你醒了？"随着陈伶双眸睁开，楚牧云的声音从一旁悠悠传来。暖气在屋内运转，楚牧云早已脱下那件毛呢大衣，穿着衬衫和马甲，安静地坐在窗边的椅子

-107

上，手中捧着一本医书翻阅着。还未等他说出下一句话，一把短刀已经闪电般抵住他的咽喉，杀意顷刻间扫灭灯烛！昏暗的房屋中，楚牧云眼皮一跳，看着眼前的红衣身影缓缓开口："看来那条神道确实对你的性格造成了影响……杀心这么重的吗？"

"你明知道阿宴是假的，还假装没事住了那么多天……你的目的是什么？"陈伶眸中凶光闪烁。

"我是个医生，我来三区，当然是为了给你治病。"楚牧云合起书本，"如果我对你有恶意，你已经死了无数次。"

陈伶盯着楚牧云："你……知道多少？"

"很不巧，全都知道。"

"全部是多少？"

"你觉得呢？"楚牧云嘴角勾起一个弧度，向陈伶微微侧身，"我很好奇……你是怎么在融合一只'灭世'级'灾厄'的情况下，还能保持理智的？或者说……你们是怎么平衡的？"

听到这句话，陈伶的瞳孔骤然收缩。自从他们第一次见面，楚牧云想方设法留下来的时候，对方应该就已经察觉到不对了。之后的那几天，他就一直观察着自己，甚至主动开口，旁敲侧击陈宴的特征……这个戴着银丝眼镜，看起来斯斯文文的男人，才是城府最深的那个。但陈伶没想到，对方竟然一开口，就点破了自己融合者的身份，甚至还有"观众"的等级。

"所以……你打算做什么？"陈伶反问，"把我的脑子劈开看一眼？转交给执法官？还是以此来要挟我帮你做什么事情？"

"说实话，第一件事我很感兴趣。"楚牧云无奈地摊手，"可惜，我的上级不让……至于第二点，那更不可能，如果我和你一起去执法者总部，第一个被抓的肯定是我……"

"你的上级？"陈伶敏锐地抓住重点，"你不是极光城的神医吗？你的上级是谁？院长？"

"神医只是我为了混入极光城，编的身份而已。"

"那你的真实身份，是什么？"

"你听说过黄昏社吗？"陈伶摇头。"黄昏社，是建立在人类九大……不，现在应该是八大界域之外的秘密结社，所有成员以扑克牌的牌面编号，暗中混入各大人类界域进行隐秘活动。"

"听起来不是什么正义组织。"

"不，我们就是正义组织。"楚牧云推了推眼镜，微笑道，"只不过在世人的眼中，我们的正义，代表着绝对的邪恶……"

"抱歉，我对加入邪教没有兴趣。"陈伶在原世界就听过无数这种邪教或者传销组织的洗脑手段，无非是灌输一些扭曲的理念，来控制人的思想。来到这个世界，就算他背负着"灾厄"，也没有自甘堕落的打算。

"所以说，我们不是邪教……只是理念与这个时代有冲突。"楚牧云耐心地解释，"而且，我们的薪资很高，大概是成为执法官的十倍。"

"十倍？"陈伶诧异地看了他一眼，随后摇头，"但是钱对我来说，没有太大的意义……就算有钱，也得有命花才行。"如果是原世界，听到十倍薪资，陈伶必然会心动，但如今不一样，陈伶的最大目标就是摆脱"观众"们的控制，其他一切对他而言都是浮云。

"我们的资源渠道也不少，你在攀登神道的过程中遇到门槛，可以向其他成员求助。"

"你们的成员很多吗？"

"目前还活着的，有二十多个。"

"……"

"我们还是来谈谈我们的正义吧……"

044・质问

"……不用了。"陈伶收起短刀，深吸一口气，"我先考虑一下吧。"

楚牧云缓缓靠回椅背，似乎对这个结果并不意外，也没有挽留，只是平静开口："没问题，等你想好了，随时来小芳杂货店找我……今天一整天，我都会在这里等你。"

陈伶起身正欲离开，楚牧云从怀中掏出一枚银色小方块，递到他面前。

"这是什么？"

"我上级给你的礼物。"楚牧云淡淡道，"通过它，你也许能更了解我们一点……"

陈伶接过小方块，在手里端详片刻，微微点头。"好，谢谢。"

"还有，注意自己的精神状态，不要被扭曲的神道影响了……你的那条路，很邪乎。"

陈伶没有回答，他也注意到自从踏上那条路之后，自己的情绪变得有些奇怪。他要好好冷静一下，想一想。

离开房间，陈伶沿着楼梯一路向上，最终来到一家小卖部。柜台后一个趴着睡觉的女人抬头看了他一眼，又睡了过去。这家小芳杂货店，陈伶有点印象，虽然距离寒霜街很远，但里面卖的东西很便宜。以前过年的时候他偶尔会带着陈宴来买点东西……想不到，这里居然是楚牧云他们组织的据点。陈伶也没有跟女人攀谈的意思，推门而出。

大雪并没有随着第一剧目的落幕而停息，依旧纷纷扬扬地散落人间，如今积雪已经超过脚踝，行走越发不便。陈伶辨别了一下方向，径直向寒霜街走去……他也不知道自己为什么要回去，那里已经什么都没有了。但除了寒霜街，他又能去哪儿呢？陈伶不知道，寒霜街上的那间小房子，是他在这个世界唯一的庇护所，哪怕这间庇护所根本没给他留下什么美好回忆……

"陈伶！"陈伶刚走到家附近，一个声音便从不远处响起，只见吴友东健步如飞，轻盈地穿过积雪，来到他的面前，"陈伶，你之前去哪儿了啊？身体好点了吗？"

"你怎么在这儿？"陈伶诧异地看着吴友东。几个小时前还拄着拐杖，半死不活的他，如今已经行动自如，神采焕发。

"我来感谢神医啊！"吴友东激动地开口，"就是那个住在你家的男人，他太神奇了！我就记得我当时跟他说着话，突然眼前一黑，等再醒来的时候，腿就好了！诊所的医生说，我得静养大半年，还有很大的可能落下病根……可他居然一下就给我治好了！之前我干重活儿的时候受过伤，一到阴天下雨就膝盖痛、关节痛，可现在一点都感觉不到，而且最关键的是……我感觉我又长高了！"

陈伶打量着吴友东，明显感觉到他确实高了……之前他的头顶只到自己下巴，现在已经接近鼻子。楚牧云，这么厉害？"他已经走了。"陈伶停顿片刻，补充一句，"而且大概率，以后都不会回来。"

吴友东怔了一下，脸上浮现出难掩的失望……"好吧，那我先回去了。"

目送吴友东远去，陈伶回到家门口，正欲推门，悬在半空的手掌突然停下。他看着老旧的门槛，双眸眯起，眼瞳中闪过一抹微光。"秘瞳"给他带来的极致的细节观察能力，使他瞬间锁定门槛上细碎的雪渍。不对……有人在自己离开的时候进过屋子，而且大概率没有出来。陈伶警惕地收回手臂，在积雪中无声后退两步。就在这时，一个声音从屋内缓缓响起。

"观察力不错，进来吧。"那是韩蒙的声音，一如既往地低沉，"你不会以为，自己能一辈子不回家吧？"

陈伶见自己的行踪暴露，眉头紧锁，犹豫片刻后，还是用力推开大门。"你在我家做什么？"他看着坐在餐桌边的韩蒙，沉声道。

"调查。"

"你这和闯空门的窃贼有什么区别？"

"执法者拥有执法权和调查权，这还用我来向你解释吗？"韩蒙指节轻叩桌面，"别说我只是进来调查，就算我一把火把房子烧了，你又能怎么样？"陈伶的目光越发冰冷。"不过我确实没想到，你居然认识楚牧云……你们是怎么认识的？"

"跟你有关系吗？"

"我现在是以三区执法官总长的身份在向你问话，陈伶，注意你的态度。"韩蒙目光微凝，一股莫名的压迫感骤然笼罩客厅！

陈伶与他对视许久，缓缓开口："街角诊所里的林医生介绍的。"

"为什么去找医生？"

"当时我身体不太舒服。"

"身体不舒服，需要请楚牧云？你究竟是身体不舒服，还是……精神遭到了灰界污染？"韩蒙的目光一下子锐利起来，像是一只洞悉人心的鹰。

"我……"陈伶心神一震，在韩蒙的面前，他突然有种无处可藏的感觉。

"'灾厄'出现的那晚，你曾跟江勤搭话，说你弟弟就在街角蹲着，但是我今天正好在调查二区冰泉街，发现你弟弟陈宴在几天前就被摘走所有器官，死于非命，所以你那晚说的弟弟，又是谁？"

"……"

"我搜查了整间屋子，只有两个人的生活痕迹，一个是你，一个是楚牧云，但为什么洗碗槽里放着三只饭碗？那只碗是给谁的？"

"……"

"来之前，我找过吴友东，他说你一个人在屋里点蜡烛，然后……"

"够了！"陈伶猛地站起身，一双眼睛满是血丝，"是！是我疯了行了吗？！我脑子出了毛病！我能看到阿宴！我觉得他就在我身边！就在不久前，他还在门口堆雪人！在屋子里跟我吹蜡烛！他说他想回去上学，想在跨年晚会上唱戏！在我这里，他就是一个活生生的人！他就是个普通的孩子！他生了病！他想自己好起来，想有一天能光明正大地站在台上演出！他有什么错？！韩蒙，你现在在这里咄咄逼人地质问我，那冰泉街那群人杀我弟弟的时候，你在哪儿？！他们勾结执法者，逼死一个又一个普通人的时候，你又在哪儿？！你的调查权呢？！你的执法权呢？！"

韩蒙身体猛地一震。陈伶的胸膛剧烈起伏，死死地盯着韩蒙的眼睛……韩蒙原本平静的眼眸，微微收缩，不自觉地避开了陈伶的目光。他就这么安静地坐在那儿，低垂着头，宛若雕塑。

045·U盘

不知过了多久，陈伶终于平复下来，冷冷开口："韩蒙长官，如果你的问话结束了……请离开我家。"

韩蒙没有再开口，沉默地站起身，向门外走去。他推开大门，飞舞的碎雪飘入屋内，那件四纹的黑色风衣微微拂动……他驻足片刻，回头看向陈伶。"不管你信不信我，我一直在履行自己的职责……如果你真的觉得这个世界缺乏正义，不如自己来成为它。你以预备席第一名的身份通过武试，现在已经是一位正式执法者，明天就可以去总部报到。还有……'兵道古藏'的进入资格，也是你的。"说完这些，他迈步走入大雪中，黑色的风衣逐渐消失在街道尽头。

陈伶的目光扫过空无一人的房间，神情有些复杂……等到韩蒙走远，他同样离开屋子，向后山走去。

乱葬岗——

陈伶提着那盒还没切的蛋糕，缓缓坐在积雪之中。

"阿宴，我来了。"他看着眼前被自己刨得坑坑洼洼的土坑，轻声开口。碎雪粘在少年的鬓角，好似白头。他将蛋糕上的蜡烛一根根摘下，插在雪地之中。"之前你已经许过愿了，蜡烛就不点了……我给你把蛋糕切开。"陈伶从包装盒中掏出塑料刀，一点点将蛋糕切成两份，其中一份工工整整地摆在土坑之前。他再将自己那份从盒中拿起，冰雪随风盖在蛋糕表面，一口咬下去，不知是奶油还是冰碴。他一边咀嚼着，一边含混不清地开口："阿宴，你知道吗？这个世界，真是糟透了……这蛋糕做得这么难吃，居然还要二百铜币，在我原来的世界，二百元买的蛋糕比这个要大，而且好吃得多。要是有机会，真想把你带回去，虽然你哥我也是个社畜，但挣的钱也够你吃喝不愁。不过话说回来，你要是跟我回去，肯定过得比我好……你长得又好看，唱戏还好听，随便当个短视频博主，那都是成百上千万的粉丝，妥妥的国风传承人。"陈伶的脸在寒风中冻得通红，他狠狠咬了几口蛋糕，目光看向天空。"不过这里也有好的地方……这里的极光很好看，无论是白天还是晚上。但好看又有什么用呢？我光是活下去，就已经要竭尽全力了……你给我的那条路，好像很厉害，但好像也会影响我的心智……这就是你说的坎坷吗？韩蒙让我加入执法者，但我身上的'灭世'级'灾厄'就是颗定时炸弹，一旦爆炸，我就会成为众矢之的……这么看来，我加入那个什么社，算不算是一步到位了？与其让他们发现我，抓捕我，不如一开始就走到他们的对立面？阿宴……你说接下来的路，我该怎么走？"陈伶对着土坑，喃喃自语。

"啪嗒——"就在这时，一个东西滑出口袋，落在雪地之中。陈伶将那东西捡起，正是之前楚牧云给他的银色小方块，在瑟瑟寒风下，入手冰凉彻骨。陈伶记得楚牧云说过，通过这东西，也许能更了解他们一些……可这东西该怎么用？他把银色小方块在手中摆弄了半天，指尖轻轻一推，一个银色滑盖就与本体脱离，露出一截银色的，带有一些方形孔洞的金属，怎么看都像是个标准的……U盘？！陈伶错愕地看着手中的U盘，心中满是茫然。自从来到这个世界，陈伶一直以为它的科技水平大概停留在上个世界的旧社会，煤油灯、黄包车、撒盐融雪、老式手枪……但看到这个U盘，陈伶突然蒙了。这东西……是该出现在这个世界的吗？这个世界哪来的电脑？没有电脑，这U盘插哪儿？一个又一个疑问闪过陈伶的脑海，他鬼使神差地拿起U盘，插入身下的雪地之中……下一刻，一串深绿色的编码，自动浮现在雪地之上！

编号 129439

读取中……

读取完成

陈伶两眼一翻，当场昏迷。

"哗——"湍急的水流声在耳畔响起，陈伶猛地睁开双眸，像是刚从噩梦中苏醒，冷汗浸湿后背。不知何时，他已经离开了乱葬岗，来到一个狭小方正的空间，马桶冲洗的声音逐渐消失，取而代之的是一阵紧凑的敲门声。"兄弟，你好了没啊？我憋不住了啊……"陈伶回过神，目光迅速扫过四周。"……厕所？"陈伶错愕地瞪大眼睛。不是寒霜街家中破旧的厕所，而是一间干净、明亮的现代化厕所，无论是头顶的感应灯，还是身后的"TOTO"马桶，都让陈伶有种强烈的熟悉感。"我……回来了？"陈伶的眼中满是茫然。

"兄弟，你裤子要穿就赶紧穿，再不穿我真憋不住了啊……"门口男人的声音满是焦急。

陈伶当即推开厕所门，门口一个穿着 Polo 衫的男人顿时大喜，侧身钻入隔间中，"砰"的一声关起门，紧接着就是一阵舒适的呻吟。陈伶环顾四周，下意识地加快脚步，走出厕所，第一个映入眼帘的是奶茶店，在它的旁边，还有快餐店、鸭脖店、早餐店……看着这些熟悉的店铺，以及商场中走来走去的行人，陈伶的瞳孔微微收缩……像是想到什么，他疯了般迈开脚步，穿过人群，在无数诧异的目光中冲到商场之外！亲眼看到高楼大厦的瞬间，陈伶的脑海中只剩下一个念头……他真的回来了。

"我……我是做了场梦吗？"陈伶双手抱着头，喃喃自语，"不对，如果是梦的话……为什么醒来会在厕所？刚才我在乱葬岗，跟阿宴说话……然后把 U 盘插进了雪地里，然后……是那个 U 盘？"

就在陈伶自言自语之际，对面大厦的大屏突然闪动："下面插播一条紧急新闻。今天上午九点，一颗赤色的流星与地球擦肩而过，与此同时，全国各地发生极小区域的地震。短短三分钟内，上百座建筑分裂坍塌，其中包括美尚大饭店、江口足球场、京城大剧院……据不完全统计，目前死亡人数超过两千人……"

046 · 黄昏社的秘密

"京城大剧院……"那不就是自己当时工作的剧院吗？陈伶想起自己被吊灯砸死的那天，就是疑似遭遇地震……所以自己真的又回来了？

与此同时，也有一群行人停下脚步，对着屏幕指指点点。

"赤色流星？"

"说起来，我上午好像也看到了……'嗖'的一下就过去了。"

"唉，怎么没撞上地球？世界赶紧毁灭吧，我真不想上班了……"

"话说这个极小区域地震是什么鬼？上午完全没有震感啊？不会真的只盯着那几座建筑震吧？"

"新闻上说是什么磁极变化导致的……算了，反正没震到我。"

"……"

随着新闻插播结束，大厦屏幕再度跳回广告，众人只是略微停留，便转身离开。唯有陈伶站在原地，若有所思。赤色流星……所以自己穿梭在两个世界，有没有可能也与这颗流星有关？

一辆公交车从陈伶身前驶过，这才将他从纷乱的思绪中拉回，他看着公交车上面红色的"33路"标志，像是想起了什么，当即向车上冲去。一道残影呼啸着掠过人行道，他赶在公交车门关闭之前，匆匆上了车。

"小伙子身手可以啊。"上了年纪的司机揉了揉眼睛，"我都没看清你怎么过来的……练短跑的吧？"

陈伶这才反应过来，低头看向自己的双手，眉头越皱越紧。"杀戮舞曲"被自己带回来了？

"小伙子，扫个码啊。"司机一边发动公交车，一边用下巴指了指扫码付款的机器，"两块钱。"

"我……"陈伶双手在兜里掏了个遍，"我身上没钱。"

"扫码支付，要什么钱。"

"……也没有手机。"说出这句话的时候，陈伶觉得自己是个从原始社会走来的野人……

"哎呀，为难人家孩子干吗？正好我刚才买菜破了两块钱，我帮他交了。"最前排的座椅上，一个满头卷发的大妈从兜里掏出两枚硬币，"咣当"一声塞进箱子。

"……谢谢阿姨。"陈伶礼貌道谢。

"小伙子，你是唱戏的吧？阿姨我平时也喜欢看戏，欸，你是唱的哪个角儿啊？"

听阿姨这么一说，陈伶才反应过来，他如今还穿着那件大红戏袍，在公交车内尤为扎眼。"我，我随便唱唱。"陈伶尴尬地回答。

公交车的座位已经坐满，他就抓住把手，随着车身前行轻微摇晃，同时跟阿姨有一搭没一搭地聊着。随着一座座站台驶过窗外，陈伶的心也逐渐悬了起来。他看了眼下一站的站名，缓缓向公交车后门挪动，等车一停稳，便迅速冲了下去。站台对面是个小区。陈伶脱下扎眼的戏袍，径直向小区走去。他轻车熟路地穿过小径，来到一栋小高层前。见这栋楼房安然无恙，陈伶终于松了口气……这里是他的家。他最担心的就是地震波及这里，爸妈也落得跟自己一样的下场……还好，一切都是平安的。陈伶走入单元门,却发现里面挂满了白绫,他心中"咯噔"一下,当即坐上电梯,前往九层。随着电梯门打开,一阵哭声便传入他耳畔。

"彩云啊……你别哭了,再这么哭下去,身体可怎么办啊……"

"是啊,阿伶要是还活着,看到你这样,该多心疼?"

"阿伶是个好孩子,但命是真的……唉。"

陈伶呆呆地站在电梯中,目光穿过半掩的大门,看到众多身影正围在一个中年妇女身边,惋惜劝慰。陈伶认识他们,他们是自家京城的亲戚,七大姑八大姨都在这里,而被围在中间的妇女,正是他的母亲。中年妇女的怀中抱着一张黑白相片,早已哭成泪人。相片上的身影……正是陈伶。两个亲戚站在角落,悄声交谈。

"陈伶他爸呢?"

"还在医院,跟那边谈阿伶的后事……说是让彩云先回来收拾遗物。"

"看到阿伶的……尸体了吗?"

"看到了。"那亲戚点点头,"可怜的孩子……脑袋被砸出一个大洞,据说是被吊灯砸的。"

"当时在医院,彩云拉着阿伶的手哭了一个多小时,后来还是被他爸给拉走的……"

"唉……老天不长眼啊。"

"走吧,劝劝彩云,不管怎么说,先把阿伶的后事安排好……"

"是啊……"

陈伶站在电梯中,如同雕塑般看着这一切,他想迈步走出电梯,但又不知见到亲戚和母亲之后,该如何解释……他的脑子很乱。就在这时,电梯门自动关闭。随着金属的电梯门逐渐闭合,陈伶家的大门被人推开,众亲戚扶着彩云,向外走来。"咚——"电梯门关闭,也许是楼下有人按动按钮,轿厢开始缓缓下沉……"……妈。"直到这时,双唇苍白的陈伶,才声音沙哑地喊出这个字。他看着金属电梯门上自己的倒影,脑海中再度浮现出刚才母亲跪地哭泣的样子,只觉得心如刀绞般疼痛……他深吸一口气,像是下定了决心,疯狂地按着九层的按钮。他想见母亲一面,然而,电梯依然在不断下沉。

与此同时,熟悉的深绿色字体,在虚无中显现——

编号 129439 时限已到
读取中断

"轰——"电梯轿厢急速向下坠落!

"妈!!!"漫天大雪中,陈伶猛地从地上坐起。他粗重地喘息着,瞳孔不自觉地放大,环顾四周,发现自己还在乱葬岗。"该死……这到底是怎么回事?"陈伶回过神，忍不住骂道。刚才，他差一点就以为自己真的回去了……结果一眨眼，还是在这个破地方！陈伶的目光落在雪地中的 U 盘上——

通过它，你也许能更了解我们一点……

楚牧云所在的组织，究竟是什么？他们为什么有 U 盘，甚至能将自己送回原世界？陈伶支撑着身体的双手忍不住攥紧，深吸一口气，一把将那个 U 盘攥入手中，掉头就往山下跑去……

小芳杂货铺——

柜台旁，女人懒洋洋地伸了个懒腰，看着屋外逐渐暗淡的黄昏，说道："他可能不会来了。"

"不，他会的。"楚牧云坐在椅子上，一边认真翻书，一边笃定地回答。

"为什么这么肯定？这么多年，拒绝黄昏社邀请的人不少吧？"

"红王说他会来，他就一定会来。"楚牧云话音刚落，杂货铺的大门便被人用力推开！陈伶站在门外的大雪中，胸膛剧烈起伏，像是一路从哪里狂奔过来。"我们需要好好聊一聊。"他举起 U 盘，一字一顿地开口。

047·逆转时代

对于陈伶的到来，楚牧云毫不意外。他微微一笑，从小卖部里拖出一把椅子，示意陈伶坐下。"看来，你终于有耐心听我说完我们的'正义'了。"

"洗耳恭听。"陈伶虽然迫切地想知道关于 U 盘的一切，但相信楚牧云既然把它给了自己，就一定会做出解释，所以耐心地等待楚牧云从头讲起。

"对于大灾变，你了解多少？"

陈伶回忆了一下之前林医生说的内容："说是有一颗赤色的流星划过天际，灰色的世界与这个世界产生交汇，对这个世界产生影响……还有'灾厄'会爬出来，没了。"说到这儿，陈伶突然想到，自己在 U 盘中也看到了新闻上的赤色流星……他像是想到了什么，震惊得瞪大眼睛。"等等……U 盘的那个，就是大灾变前的世界？！"

"没错。"楚牧云诧异地看了他一眼，似乎没想到陈伶一下就猜出来了，"你刚才说的那些，是九大界域中大部分人所知道的'大灾变'，但实际上的'大灾变'，远不止于此……"

"什么意思？"

"据传闻，大灾变前的世界繁荣而昌盛，人能借助科学的力量，做到很多事情……比如飞上天穹，起死回生，城市彻夜亮如白昼，在现实之中构建虚拟世界，甚至离开这颗星球，探索更加神秘的未知'宇宙'……"楚牧云一边说着，一边观察陈伶的神色，发现后者根本没有表情波动，忍不住问道，"你不惊讶吗？"

"啊？"

"我说的那些，不够让你惊讶吗？"

楚牧云与这个世界……不，这个时代的其他人一样，从小在这里长大，自然没见过大灾变前的科技水平，对他们而言，传说中所描绘的一切都是虚无的，就和现代人听神话一样。

"……哦，挺神奇的。"陈伶面无表情地点点头。不就是飞机、医疗、电灯、游戏，还有宇宙飞船嘛……这些对本就生活在现代都市的陈伶来说，早已司空见惯。不过如果他所谓的"原世界"，其实就是大灾变前的世界的话，那岂不是意味着，他根本就没有穿梭世界……而是在穿梭时间？

"总之，三百七十九年前，一颗赤色的流星划过天际，自那之后，人类的物质文明开始倒退。"楚牧云熟练得像是在背诵某段既定的台词，"人类最引以为傲的科技结晶最先坍塌，光刻机、宇宙飞船，还有能够灭绝世界的超级武器……"

"你是说……人类文明在倒退？"

"没错，大灾变前的人们发现，他们再也无法制造出新的这些东西，就仿佛它们内部的最基础的科学原理，全部失效，哪怕它们一个个零件完美地拼凑在一起，与之前没有差别，但它就是没法运转。随着时间的流逝，越来越多的东西失去作用，手机、电脑、高铁，以及大规模发电站……恐慌在人类社会蔓延，他们不知道物质文明将倒退到哪一步……在这种恐惧中，他们开始自相残杀。"

"等等。"陈伶打断楚牧云，"物质文明倒退，应该是整个人类面临的困境，为什么他们没有团结协作去攻克难关，而是在自相残杀？"

"他们团结了，但是并没有用。"楚牧云停顿片刻，"而且我也说了，他们拥有某种能够灭绝世界的超级武器，但这种武器不是每个国家都有的……一旦这些武器全部失效，大家的科技文明都倒退到同一水平，那原本的强弱平衡就将被打破……强国不再强，弱国也不再弱。强国为了守护住自己的地位、资源与财富，它们就会选择……"

"发射所有超级武器，灭掉不具备这些武器的弱国？"陈伶像是想到了什么，"世界大战？！"陈伶当然知道核武器对于强国的重要性，如果强国率先知道所有国家的科技水平都将倒退到同一起跑线，那必然会先发动战争，因为失去武器，就意味着失去威慑力，其他国家必然会盯上它们的石油、财富等东西……

"你说得基本没错，但强国并不只攻击弱国……它们也彼此攻击，因为如果科技水平真的倒退严重，那人力资源才是真正决定国家生死的东西。它们想平衡每一个国家的实力，就要尽可能减少与自己立场不同的国家的人口。人类数百年文明积累的结晶,在倒退的浪潮下,最终只沦为纯粹的杀戮机器……"

陈伶沉默许久后,缓缓说道:"灰界的交汇,不是导致大灾变的根本原因……人类的自相残杀才是。"

"那一场大灾变后,世界满目疮痍,幸存下来的人们自以为世界拥有了新的秩序,没想到过了没几天,灰界就开始与现实交汇……来自未知世界的污染侵蚀大地,凶残的'灾厄'屠戮生灵,本就接近油尽灯枯的人类社会,遭到毁灭性打击。在那之后,世界再无国家之分,幸存者们聚集在一起,建立了九个基地,后来他们掌握了能够抵抗灰界交汇的方法,九大基地逐渐扩张,变成如今的九大界域。"

"原来如此。"陈伶长叹一口气。等等……如果楚牧云所说的是真的,那岂不是说,自己的父母也会葬身在大灾变之中?不光父母,他认识的所有亲戚、朋友、同事,都将会被卷入这场浩劫……而能从中活下来的,能有多少?当时站在大街上看新闻的那些人,根本不会想到,不久之后,世界将迎来巨变。陈伶的眼眸微微颤动,他如今知道了那个时代发生的一切,知道自己在意的所有人几乎都将葬身,却无能为力……那个时代,距今已经近四百年,他知道了,又能做什么?

"……你告诉我这些,然后呢?"

"然后,就是我们黄昏社的唯一宗旨,也是我们所信奉的'正义'。"楚牧云指了指门外,"你觉得,极光界域怎么样?"

陈伶的脑海中,顿时浮现出吴友东一瘸一拐的身影、拉黄包车的汉子对执法者的不屑,还有阴狠张狂的冰泉街众人,以及与他们勾结在一起从中牟利的执法者……"……很乱。"最终,他只憋出了这两个字。

"那如果我告诉你,其实和其他界域相比,极光界域已经很好了呢?"陈伶怔住了。"黄昏社,聚集的是一批为社会所不容的可怜虫,我们在世人的眼中也许是疯子,是失败者,是刽子手……我们唯一的共同点,就是对这个时代彻底绝望……"

"所以,我们聚在一起。"

"聚在一起,然后呢?"陈伶问。

昏黄的夕阳逐渐沉入大地,楚牧云的半张面孔沉入阴影,他深吸一口气,一字一顿地开口:"逆转时代,重启世界。"

048·"无相"

"逆转时代……重启世界?"这八个字,陈伶每一个都听得懂,但凑到一起,不明白他的意思。

"就是字面的意思。"楚牧云缓缓说道,"将大灾变至今的一切逆转,让人类文明,重新回到赤星降临的那一天……"

"你是说,回溯时间?"

"不是回溯，是重启……两者之间还是有很大差别的。"

陈伶难以置信地看着楚牧云："这……可能做到吗？"

"你不是已经看见了吗？"楚牧云指了指陈伶手中的U盘，"我们的尝试结果。"

陈伶脑海中，顿时浮现出自己将U盘插入雪地后回到"原世界"的场景……毫无疑问，那就是他曾存在的世界，也是赤星刚刚降临的时代。而黄昏社，完美地还原了它，并将其封存在这个U盘中。

"这……你们是怎么做到的？"重启世界这种事，对陈伶来说实在是天方夜谭，可偏偏他是一位亲身经历者。

"这个过程相当复杂……我们努力至今，也只完成了这两小时的'存档'，不过我们已经找到了方法，总有一天，我们会让这份存档替代历史，重启世界。"

"可如果世界真的能重启，那你们本身就该代表'正义'，为什么会被九大人类界域通缉？为什么不与它们联手？"陈伶反问。

楚牧云笑了。他推了一下眼镜，平静开口："以后，你会明白的。"陈伶沉默片刻，微微点头。"黄昏社最基础的理念，我已经跟你说完了。"楚牧云的双眸凝视着陈伶，"现在……你该做出决定。是加入我们，成为九大界域最高级别的通缉犯，终身颠沛流离，被世人唾弃、恐惧……还是离开？"

陈伶眸中目光闪烁，短暂地停顿后，他缓缓抬起头，坚定地开口："我加入。"

逆转时代，重启世界——对其他人而言，大灾变只是存在于历史中的一句描述，但对陈伶来说，它意味着属于他的一切都覆灭。他不喜欢这个世界，不喜欢这个时代，他想回到自己该在的地方，孝敬父母，安稳生活……他更想扭转既定的历史，让父母、亲戚、朋友都能好好地活下去。他想回家。

听到这三个字，楚牧云微微一笑，从怀中取出三张扑克牌，依次摆在桌面上——黑桃6，红心6，梅花6。

"这是什么？"

"加入黄昏社，对很多我们的成员来说，意味着彻底割舍自己的过去，包括名字、家庭、身份……他们用扑克牌的牌面来代表自己，你也可以选择一张。"

"……为什么都是6？"

"数字代表资历，加入得越早，数字就越大……轮到你这一批，就是6字开头。"楚牧云耸了耸肩，"其实6也不错了，我比你早几年加入，也只是7而已。"

"那为什么只有三张花色？方块呢？"

"两个月前，也有一位新人加入，方块被他选走了。"

"好吧……"陈伶目光扫过三张扑克牌，下意识地摸了下自己的胸膛……皮肉之下，空空荡荡。"我选红心，红心6。"

楚牧云眉梢一挑，点点头，将那张扑克牌推到陈伶面前。"那么，正式欢迎你加入黄昏社……红心6。"

一旁始终默默坐在角落的女人,很适时地开始鼓掌。陈伶表情古怪地看了她一眼,女人又打了个哈欠,扭过头去。"……她也是黄昏社的人吗?什么牌?"

"她没有通神道路,也没有其他的能力,就是个普通人,所以只是外围成员……一般负责消息的传递,基本上每个界域、每个城市都有。"

"那你是什么牌?"

"黑桃7。"

陈伶点点头。他看着手中的"红心6",突然有种不真实感。自己只是在小卖部里随手抽了一张扑克牌,便成了九大界域通缉的黄昏社成员……就在几个小时前,他还笃定这是个邪教。

"那份存档,整个黄昏社只有三份,红王与灰王各一份,这份暂且放在你这里保管,不过一个月只能开启一次,否则会损伤里面的内容。"

"那我接下来该做什么?"陈伶问,"需要去哪里报到、办手续,然后住在什么宿舍里吗?"

楚牧云无语摇头:"黄昏社是社团,对于成员的个人行为管理十分松散,你自己想干什么都行……只要在有任务的时候,尽快去完成它,然后做好伪装,保证自己不被人类界域发现。说起伪装……你应该是最擅长的。"

"我?"

"你不是踏上了'戏神道'吗?伪装成不同的角色,应该是你们的特长。"楚牧云理所当然地开口,"而且,你的技能似乎比正常的'戏神道'更加变态。"

"'戏神道'……技能……"陈伶像是想起了什么,指尖探到下巴的位置,心念一动,下一刻便将整个脸皮撕开。在女人错愕的目光中,两个一模一样的楚牧云,正相对而坐。

"没错,就是这个。"左边的楚牧云点头,"踏上神道后,每前进一阶,就会自动掌握一门相应的技能,技能会因个人选择的路径不同而变化……你走上的是一条扭曲神道,技能应该也是独一无二的。"

"原来如此……"右边的楚牧云低头看向自己的身体,甚至连着装和说话声音都变了。若非女人提前知道两人的座位,此刻她也没法分辨出,哪个才是真正的黑桃7。

"据我所知,寻常'戏神道'的第一阶技能,名为'千面',能够自由变脸和变换声音,但是变不成物品……你却可以做到。"楚牧云顿了顿,"你是唯一走上这条路径的,不给这个技能取个名字吗?"

"'千面'……"陈伶想了想,"既然如此,我的技能便叫'无相'吧。"

无形无相,相由心生。

"你的神道很邪乎,虽然能力很强,但副作用也很明显,不出意外的话,你以后每次晋升都会引发短期的精神错乱,这一点要尤为注意。"

"精神错乱？我晋升的时候有吗？"

陈伶压根不记得自己变成枪管和陈宴后大杀四方的事情。楚牧云简单跟他描述一遍，随后看了眼外面昏沉的夜色，缓缓站起身。"时间差不多了，我该走了。"

"去哪儿？"

"回极光城，我在那里还有任务。"楚牧云一边说着，一边从怀中掏出一封信，递给陈伶。

"这是什么？"

"这是你的任务。"楚牧云认真回答，"红王亲自给你下达的任务……整个黄昏社，也许只有你才能完成。"

049·前进的代价

陈伶从小芳杂货店出来的时候，天已经黑了。楚牧云冲他摆摆手，径直往极光城的方向走去，陈伶则站在店门口，目送他离开后，向另一个方向走去。大雪已经停止，但随之而来的是冰雪融化的酷寒。陈伶走在无人的积雪小道，哈出的气在黑暗中缥缈，他右手在怀中摩挲着那个U盘，眼瞳中闪烁着前所未有的明亮。"重启……"陈伶深吸一口气，坚定地向黑暗中走去。有了明确的目标，"观众"给他带来的阴影似乎都被冲淡不少，当舞台上的戏子又怎样？被干涉生活又怎样？除非你们杀死我，否则我一定要回去……哪怕是死，也得死在回家的路上。而在此之前，他必须尽快成长，同时掩盖好自己黄昏社成员的身份……成为执法官似乎就是个不错的选择。黄昏社并不抗拒成员加入别的组织，甚至很鼓励，因为这意味着成员能更好地隐藏自己，甚至通过职位之便，给予其他成员帮助。"我成为，我参与，我捣乱，我跑路……这个方针定得还真没错。"陈伶自嘲地笑了笑。

他回到家中，点亮桌上的煤油灯，橘色的烛火照亮空无一人的屋子，寒风透过墙壁木板的间隙，发出呜呜嗡鸣。陈伶在桌旁坐下，取出楚牧云给的信，借助灯火的光芒仔细阅读。"混入'兵道古藏'，盗取'兵神道'道基碎片？"陈伶诧异地挑眉。这封信中，详细地描绘了"兵道古藏"的一部分区域地图，并在一个角落标红，不出意外的话，那就是红王想要他盗取的东西的所在地。陈伶终于知道为什么楚牧云说，这个任务，整个黄昏社只有他能完成。因为只有陈伶是执法者，而且还是刚刚以第一名的身份通过考核，具备进入"兵道古藏"资格的执法者……与此同时，他还拥有"无相"这个技能。除了陈伶，其他人根本不可能有机会进入"兵道古藏"。可黄昏社，为什么要"兵神道"的道基碎片？

陈伶继续向下阅读。红王在信中并没有解释这点，只是告诉他，到时候会有一位黄昏社的成员接应他，配合他的行动并断后。阅读完所有内容，陈伶思索片刻后，便将信纸递入烛火。信纸蜷曲，明亮的火光映照着陈伶的面孔，在黑暗中无声跳动……

　　这一天晚上，陈伶睡着后，没有进入剧院。他做了一个梦。他梦到自己又回到大灾变前的时代，回到熟悉的家门口，站在电梯中，看着母亲抱着自己的遗照，泣不成声。陈伶觉得自己的心在绞痛，即便，他的胸膛中空空荡荡。"妈……我没有死。"陈伶喃喃走出电梯，想要拥抱那个自己最牵挂的家人，"妈，我还活着，我想要你们都活着……"就在他的脚掌即将迈出电梯门的瞬间，电梯轿厢轰然下坠！强烈的失重感笼罩着陈伶，他手足无措地在轿厢内挣扎，只见电梯井似乎变得无限长，在永无止境的下坠中，只能看到那个属于他的家在疯狂远去……

　　"咚——"陈伶摔倒在地。

　　这是一片无尽的漆黑，属于"家"的灯火仿佛已经化作星辰，点缀在遥不可及的天穹之上，陈伶站在黑暗中，像是一只被贬落深渊的蝼蚁，痴痴地伸出手，妄图触及星空。就在他心生绝望之际，一条血色的神道从他的脚下延伸，一直延伸到他遥不可及的星辰之上……那是他回家的路，一条扭曲、诡异、猩红的道路……在道路的两侧，无数双猩红的眼睛正注视着他，眸中满是戏谑。陈伶此刻正站在第一级阶梯上，想尽快登上更高的地方。可就当他打算迈出下一步的时候，却发现脚掌无论如何也踏不上下一级阶梯。陈伶愣住了……他低头看向脚下，发现这一块石阶之上，居然歪歪扭扭地写着一行小字——

　　　　完成一场至少五十人参与的演出，并确保演出结束后，无人生还。

　　看到这行字的瞬间，陈伶心中的疑惑越发浓郁。他看向身后，突然发现自己已经走过的台阶之上，也有一行小字——

　　　　失去一个最爱你的人，并成为他。

　　这行小字的表面，划过一条线，像是已经完成的清单上的条目，被他踩在脚下。陈伶似乎明白了什么，重新看向这条通往天穹的扭曲道路，眼眸中浮现出惊恐……这是一条活着的道路，这是一条怪物般的道路！下一刻，他周围的一切支离破碎。午夜，陈伶从睡梦中惊醒，他脸色煞白地在床上呆了片刻，疯了般冲下床来到书桌前，拿起纸和笔，像是生怕自己遗忘般，飞快地记下下一级石阶上的话语："完成一场至少五十人参与的演出，并确保演出结束后，无人生还。"

　　"这是在扭曲神道上前进的代价？或是……条件？"陈伶喃喃自语。陈伶知道，刚才的一切绝不是梦那么简单。他今天睡着后没有进入剧院，这本身就是一种异常……也许，这个梦是自身神道给他的暗示，或者……是阿宴？"这条路和其他神道不太一样……它会让你的人生变得曲折和坎坷……"陈伶回想起自己踏上扭曲神道前陈宴说的话，陷入沉思……别人的神道，应该没有这种类似于代价的东西，否则今天楚牧云应该会提醒他。所以，这些石阶上的小字，是他的扭曲神道独有的？这就是陈宴口中的"曲折和坎坷"？

　　陈伶看着自己写在纸上的这行字，神情有些复杂……但如今他已经走上这条路，而且这条路，将是他摆脱"观众"的唯一途径，也是他回家的唯一选择。可就算如此，自己该怎么完成这场至少五十人参与的"恐怖演出"？陈伶坐在桌前，思索许久，像是想到了什么，缓缓用笔在这句话的后面，写下四个字——兵道古藏。随后，他写下一个"？"。笔尖定格在问号的最后一点，漆黑的墨水在纸页上晕开，陈伶如同雕塑般坐在那儿，一动不动。极光在窗外的天空中涌动，陈伶没有注意到，此刻在脑海的大剧院中，那无数端坐于观众席上的黑影，嘴角微微上扬……像是在笑。

050·殷勤

　　三区，执法者总部——

　　"陈伶是吧？"一位执法者仔细核对陈伶身份后，将两套黑红制服与一张执法者证件递给他。陈伶换好衣服，在总部吃了顿午饭，下午便在总部的广场进行入职宣誓，然后是领导讲话，这一套流程，让陈伶越发有种回到现代社会的感觉。即便是大灾变后近四百年，人类的有些习惯还是被延续下来，从中可以窥探到灾变前文明的影子。唯一让陈伶感到意外的是，讲话的"领导"不是韩蒙，而是另一位没怎么见过的二纹执法官。

　　"韩蒙长官呢？怎么不是他讲话？"旁边也有执法者发出疑问。

　　"你不知道吗？听说三区的执法官前两天造反了……就是那个马忠，带着另外两位执法官暗算韩蒙长官，结果被硬生生反杀。"

　　"啊？真的假的？"

　　"当然是真的，据说当晚韩蒙长官暴怒，在极光城没有批下正式文件之前，当场处死了马忠三人，连带着杀了五十多个跟他们有利益纠葛的执法者……你没发现，今天到场的执法者少了一大批吗？"

　　"我去，一口气杀这么多人，这不是自断三区执法者的臂膀吗？韩蒙长官这么狠？"

　　"现在整个三区，就剩两个执法官了……一个韩蒙长官，一个就是台上这位席仁杰。这个席仁杰是韩蒙长官一手提拔起来的，虽然只是二纹，但是底子很干净。"

　　"不过我听说，因为韩蒙长官没有及时上报，私自动手杀人，极光城那边很生气，可能这段时间要处置他。"

"所以他才没能露面吗……"

"唉，可惜啊。"

……………

听到一旁的对话，陈伶的眉梢微微上扬。他忽然想起昨天下午韩蒙在他家中，沉默许久后说出的那句："不管你信不信我，我一直在履行自己的职责……如果你真的觉得这个世界缺乏正义，不如自己来成为它。"之前楚牧云对韩蒙的评价，也是说他有正义感……这么看来，韩蒙似乎真有点东西。

执法官席仁杰讲话完毕后，便开始给新人们分配任务，以及从今往后各自负责巡查的街道。陈伶身为今年唯一从寒霜街出来的执法者，很自然地被分配到寒霜街。韩蒙肃清三区执法者后，执法者内部确实干净了很多……陈伶一边这么想着，一边走出总部，径直向寒霜街走去。身为执法者，第一天上岗，需要去巡视各自的街道，让街上的居民熟悉自己，也算是另一种形式的"宣布主权"，这是执法者内部的规定。自从他穿上这套衣服，走出执法者总部，路上过往的行人看到他都绕着走，甚至连跟他对视都不敢。

"长官……吃个桃子吗？"一个苍老的声音从旁边传来。

陈伶转头望去，只见一个白发苍苍的老太，正推着一辆满是桃子的木车。"不用了，谢谢。"陈伶摆手拒绝。

"长官，您试试吧……这是我今早从四区推过来的，那里的桃子又好又便宜……"她拽住陈伶的衣领，浑浊的眼睛中，满是祈求。陈伶顺着她的身形望去，只见装满桃子的水果车上，还躺着一个裹在褴褛中的婴儿，瑟瑟寒风袭过大地，他似乎在抖。"您吃一口，不好吃不要钱。"她从车上挑出一个最大的桃子，用衣摆仔细擦拭片刻，递到陈伶手中。陈伶没有吃，因为不确认桃子内有没有别的东西，比如……毒。当他脑海中出现这个念头的时候，自己都吓了一跳……因为曾经的他，不是这样的。如果是大灾变前的他……不，哪怕是昨天的他，也一定会出手相助，虽然帮不上太大的忙，至少能买几个桃子，算是发发善心。这是他的仁慈与坚守。而现在，这些东西似乎一点点淡了。

陈伶与老婆婆对视片刻，还是开口："这桃子怎么卖？"

"一铜币一斤。"

"给我拿两斤。"陈伶面无表情地从怀中掏出两枚铜币，递给她。老婆婆见此，当即双手接过铜币，接连给陈伶鞠了几个躬，念叨着谢谢，然后从板车上挑了几个最大的桃子，放进袋子里。与此同时，陈伶突然开口："那孩子发烧了，带他去开点药吧。"

拥有"秘瞳"的陈伶，一眼就看出板车上婴儿的状态不对，出言提醒。老婆婆身形一顿，看向婴儿的眼睛中浮现出挣扎与愧疚，但还是没说什么，只是默默地又给陈伶多挑了两个桃子。她没有称，但陈伶即便是用肉眼，也能知道这两袋桃子绝不止两斤。"谢谢长官，谢谢长官……"她跟陈伶接连道谢之后，便推着板车继续向前。直到遇见下一个行人，她又匆匆跑上前去，满是祈求地开口："大人，要桃子吗？从四区推来的桃子……"

寒风将她与婴儿的脸吹得通红，却并没有吹倒那苍老而虚弱的身体。陈伶摸了摸口袋，无奈摇头。他只买两斤，纯粹是因为他兜里只剩两枚铜币……他从钱凡那儿得来的银币，早就丢在了宅院的血泊之中。他刚走上寒霜街，便发现不少人都偷偷站在各自家门口，往这个方向看……他们见陈伶穿着制服走来，纷纷窃窃私语。

"哎哟，陈伶长官！"街头的第一家店铺，便是陈伶光顾过的蛋糕店。老板见陈伶走来，立刻露出讨好的笑容："陈伶长官，您穿上这身衣服，可真俊啊！"

"李老板。"陈伶顺势走到店门口，看向站在各自家门口的寒霜街居民，问道，"这是什么情况？"

"哎哟，大家伙都是来看您的啊！"

"看我？"

"对啊，原本负责巡查我们寒霜街的那位执法者，听说被韩蒙长官杀了……今天又是新执法者上任的日子，大家就都想看看，以后这条街是谁说了算……那天街上发布通过考核的执法者名单，大家就猜到可能是您，毕竟您是我们寒霜街的人嘛……这不，您果然来了！"

051·桃子

听到这儿，陈伶总算是明白了前因后果，微微点头。

"陈伶长官。"李老板左右看了一眼，从柜子里掏出一小袋油纸，递到陈伶手中，"这个是小店的一点心意……您收着，以后要是想吃蛋糕，知会一声，我亲自给您送家去。"

陈伶双眸微眯，将油纸打开，两枚还沾着奶油味的银币落入掌间。他的眉头顿时皱了起来。

见陈伶皱眉，察言观色的李老板心中"咯噔"一下，当即开口："陈伶长官，这个月又是暴雨，又是大雪，又是'灾厄'入侵的，我这店实在没挣到多少钱……下个月，下个月肯定会多一点。"

看着手里的两枚银币，陈伶似乎知道，刚才寒霜街的居民都在窃窃私语些什么了。陈伶正欲开口，又有几道身影从周围店铺走出。

"陈伶长官，我是对面裁缝铺的，叫我小徐就好……"

"陈伶长官，您还记得我吗？之前给你们家修过水管来着，我那五金店就在隔壁，这是我的一点心意……"

"陈伶长官长得真俊啊……有空来我们店里坐坐？我们店里漂亮姑娘可不少呢……"

似乎看到蛋糕店的李老板率先出手，其他店铺老板也纷纷跟上，他们无一不笑容满面，手中攥着油纸，直往陈伶手里递……从重量上看，这些老板应该在自己来之前，就已经商量好了，每家店铺给的都是两枚银币。除了那个说要陈伶去他们店里坐坐的中年妇女，一口气塞了五枚，然后给了他一个"懂的都懂"的眼神。短短十几秒，陈伶手中的银币，就已经有近二十枚……若是换算到大灾变前，已经是五千人民币入账，而且这才是刚走到街头。这一刻陈伶突然明白，为什么马忠那样的执法官可以在二区买下那样奢华的宅子，如果一个普通的执法者都能利用自己的职位如此光明正大地得到这种收益，那马忠作为三区只手遮天的执法官，收益该有多恐怖？更何况，他的产业还涉及冰泉街这种黑色地带。从寒霜街居民的反应来看，这种事情在极光界域，似乎再寻常不过……

"抱歉，我不收。"陈伶摇了摇头。

听到这五个字，众人脸色一白，彼此对视一眼后，小心翼翼地开口："那，那您的意思是……"

"没什么意思，就是不收。"陈伶直接将众人的钱放在蛋糕柜台，抽身走出，继续向寒霜街另一端走去。众多老板脸色越发难看，一咬牙又从怀里多掏出几枚银币，塞进各自的油纸，然后急忙追了上去。

"陈伶长官，我们这个月营收确实不好，您就发发慈悲，放过我们一个月吧……"

"是啊陈伶长官，咱们都是一条街上的邻居，您，您通融一下！"

"这钱您不收，我们不踏实啊……要是有别的执法者过来，我们，我们这也没人罩着……"

几人说话的声音越来越小，陈伶的心却越来越明。他们给的不光是供钱，还是另一种形式的保护费……他们想在三区继续做下去，没有人罩着是不行的，而如果自己不收他们的钱，他们心中更是没底。他们觉得陈伶拒绝，纯粹是因为给的钱太少了。收也不是，不收也不是……陈伶双眸微眯，一个念头突然涌现在脑海。"你们，就拿这个考验干部？"他冷声开口。

这句话一出，其他老板顿时傻了。

"我，我们……那，那您要多少，您先说个数嘛……"

"我陈伶对钱，从来没有兴趣。"

"那您喜欢什么，您说一声，我们立马去准备！"

陈伶缓缓从袋子里掏出一个桃子，递到李老板手里："我要这种，一模一样的桃子……先来一车。"话音落下，陈伶便直接转身离开。

如果这些老板聪明，应该会去打听这桃子是从哪儿买的，不难找到隔壁街道正在卖桃子的老婆婆。如此一来，他们既在老婆婆那里付了钱，又给自己送了桃子,得到心安……嗯,这个计划很完美。陈伶如是想着。

随着他的身影逐渐远去,众老板的目光落在李老板的手中……其中两人双腿一软,"扑通"一声跪倒在地。

"他……他他他……他说,让我们给他送这种'桃子'?"五金店老板,一米八的硬汉,此刻都吓得嘴唇发紫,"他……管这叫桃子?!"

此刻,李老板的手中。一颗鲜红的人心,缓缓停止跳动……

观众期待值 +2%

看到这行字出现在雪地的瞬间,陈伶一愣。怎么好端端的,观众期待值又涨了?陈伶眉头微皱,把刚刚自己做的所有事情都复盘一遍,还是没找到提升期待值的点在哪里……难道是"观众"又自己搞事情了?陈伶一边狐疑地想着,一边继续向寒霜街深入,越来越多的店铺老板走上前想打点好关系,陈伶反手就把袋子里的桃子送出去,告诉他们只收这个,然后掉头就走。送桃子的效果,似乎比陈伶想象的要好,每次送出去之后,那群老板就不再追上来,应该都去找地方买桃子了。

观众期待值 +2%
观众期待值 +2%
观众期待值……

看着越来越多的期待值刷出,陈伶的眉头越皱越紧,似乎察觉到了什么,低头看向自己手中的袋子。仅剩的一个桃子在其中,光滑水嫩,清香四溢。陈伶将这个桃子拿起,放在手中打量了好一会儿,也没找到什么问题,于是小心翼翼地,自己啃上一口。嗯,甜的。

与此同时,街对面正在透过窗户偷看陈伶的一户人家中,女主人两眼一翻,吓得当场昏厥。陈伶三两口吃完桃子,此时寒霜街也走得差不多了,看时间不早,就径直向自家的巷道走去。回到家门口,他发现斜对面的赵氏早餐店已经拉下了金属卷帘,微微诧异了一下,按理说这个点就算赵叔不营业,应该也会开着门准备明天的食材……陈伶也没多想,直接回家,换下身上的黑红制服,坐在家门口的门槛下。不知过了多久,他看着空无一人的街道,陷入沉思……怎么还没人来送桃子?

052·妖魔执法者？

此时，寒霜街的某一间店铺内——

几十个老板凑在一起，个个眉头紧锁，仿佛世界马上就要毁灭。

"他……真说要一模一样的'桃子'？"一个老板试探性地开口。

"没错。"

"跟我也说了。"

"他把那颗心塞过来的时候，还在滴血……我当时都要吓晕了，你们知道吗？"

"可……可我们上哪去给他搞人心啊？！"

"他总不会想让我们搞活祭什么的吧？"

"……真是邪门了，上一个执法者虽然霸道蛮横，但至少塞钱就能解决，可，可这陈伶……他要人心干吗啊？"

"今天隔壁的邻居跟我说，他们亲眼看到陈伶走在路上，三两口啃完了一颗心脏……"

听到这句话，所有人都瞪大了眼睛，脑海中浮现出陈伶一边狞笑一边撕扯心脏的情景……房间的温度骤然下降。"咕咚"，不知是谁咽了口唾沫。胆小一些的老板，更是整个人都抖了起来。

"他……喜欢吃人心？那不是话本里面的妖魔才干的事吗？"

"他不喜欢吃，弄那么一大袋人心走路上干吗？"

"所以……他的人心都是从哪儿来的？"

"……等等，你们越说越怪了。"

一直默默坐在角落的赵叔，忍不住开口："阿伶我熟啊，我从小看着他长大，是个好孩子……哪有你们说的那么邪乎？你们是不是看错了？"

"不可能，我们那么多人都看到了！"

"你们说……我们要不要上报执法者？"

"你疯了吗？上报执法者？陈伶他自己就是执法者啊！你也想被他挖出心脏当街吃掉吗？"

提出建议的老板一哆嗦，顿时不出声了。

"那我们接下来该怎么办……总不能真的给他弄人心吧？"

"……"

众人你一言我一语地说着，恐慌与迷茫的氛围越发浓郁，到最后，竟然没有人再出声，众人纷纷低头不语，似乎在考虑要不要搬走。可就算搬走，他们能去哪儿呢？别的街道的房子他们买得起吗？

"这样吧。"一个年纪最长的老板缓缓开口，"上贡人心，肯定是不可能的……

肖老板，你不是干屠宰的吗？先弄几颗猪心、鸡心给他送过去，看看他的反应……"

"猪心、鸡心，能行吗？"

"不行能怎么办？他要的那种'桃子'，我们也弄不到啊……"

"先看看情况吧，总之大家千万千万不要惹到他，我有预感，他比以前我们见过的任何一位执法者都要凶残……"

"明白。"

陈伶等到天黑，也没等到桃子。"究竟是哪个环节出了问题……买几个桃子，需要那么久吗？"陈伶百思不得其解。就在他准备起身关门，回屋休息的时候，一个身影走到他家门口。看到那人的样貌，陈伶的眼眸微微眯起……"韩蒙长官？您怎么又来了？"

韩蒙今天没有穿那身印着四纹的黑色风衣，而是一身便服，也许是这个原因，陈伶这次没从他身上感到压迫感，仿佛眼前站的就是个普普通通的青年。"我来给你送文件……你去'兵道古藏'的名额，已经批下来了。"韩蒙指尖夹着一张纸，平静开口，"怎么，不请我进去坐坐吗？"

陈伶犹豫片刻，还是起身让开一条道路。若是之前，陈伶是不会让韩蒙进屋的，但自从今天在总部听到那些事情，让他对韩蒙的印象有所改观。

韩蒙很自然地在桌边坐下，看了眼一旁整整齐齐叠着的执法者制服，随意地问道："第一天当执法者，感觉怎么样？"

"执法者的权力，比我想象的还要大。"陈伶淡淡道，"我不习惯。"

"很正常，很多人刚当上执法者之后会被突如其来的权势与利益冲昏头脑，自甘堕落……而你没有，这一点我没看走眼。"

"你怎么知道我没有？"

韩蒙看了眼依旧到处漏风的屋子，没有说话。"当然，太过软弱也不是一件好事，这会让民众觉得你好欺负，你一定要适当地树立威严……"韩蒙话说到一半，一个身影骑着车，正好经过陈伶家门口，也许是因为门口太滑，"扑通"一声摔倒在地。他骂了一声，正准备骑车走人，可看到眼前这座屋子与屋子里的陈伶，脸色顿时一变！"对不起！陈伶长官！惊扰了您休息……实在对不起！"他二话不说跪倒在地，"砰砰砰"，连磕三个响头，然后连滚带爬地从雪地中站起，像是逃命般，头也不回地逃出巷子，留下一辆自行车在陈伶家门口空转……

韩蒙："……？"

韩蒙沉默了许久："你这威严……立得不错。"

陈伶认出来了，刚才仓皇逃跑的那男人是下午跟他有过一面之缘的店老板，自己还给他送了个桃子……但他想不明白，为什么对方看见自己，就跟见鬼一样？

-129

"先说正事。"韩蒙将文件递给陈伶，"明天中午，在三区总部跟其他几个执法者集合，准备起程前往'兵道古藏'。"

"这么快吗？"距离武试结束，才过了两三天的时间，自己甚至刚穿上执法者制服，就已经安排好他去"兵道古藏"了？

"本来每年'兵道古藏'开放的时间是在三个月之后，不过今年有些例外。"韩蒙停顿片刻，"昨天五区、六区遭遇大规模灰界交汇，爬出一只五阶'灾厄'，两个区的执法官几乎全部丧命……"

"又有灰界交汇了？"陈伶错愕开口，"不是说灰界交汇在人类界域内很少见吗？"

"以往是这样，但最近……极光界域有些不正常。"

陈伶想起楚牧云之前也说过这种话，不久前那场十年难遇的暴雨，造成了乱葬岗灰界交汇，而这几天接连的大雪，又引发五区、六区的大规模交汇……似乎每一次混乱的天象，都会引发交汇。

"与天象有关？"陈伶试探性问道。

"也许吧。"韩蒙像是想到了什么，双眸微眯，"而且……黄昏社也现身了。"

听到"黄昏社"三个字，陈伶心神一动，状似不经意地问道："黄昏社？那是什么？"

053·审判庭

"一个崇尚毁灭的狂热邪恶组织，只要他们出现，就一定会带来灾难与不祥。"

"这么严重？"

"你没有见过他们，黄昏社的成员虽然极少，但个个都是疯子。"韩蒙回想起自己被梅花8玩弄于股掌之中的情形，眸中寒芒越甚。

"这次三区还有五区、六区的事件，也是他们做的？"陈伶开始旁敲侧击。

"……那应该不是。"韩蒙摇头，"他们做不到主动召唤灰界降临，那是'绛天教'的手段……"

"那他们给极光界域，带来哪些灾难与不祥了？"陈伶尽量让自己的语气显得傻……不至于让韩蒙觉得自己是在试探地打听更多黄昏社的信息，但韩蒙到底是聪明，还是捕捉到了那一丝异样。他注视陈伶许久，没有回答他的问题，而是严肃说道："陈伶，你最好不要对这个组织产生任何好奇，更不要跟他们有任何形式的接触……他们非常危险，而且擅长洗脑，你只需要知道，一旦遇到黄昏社的成员，离他们越远越好，明白吗？"可惜，一位黄昏社的新晋成员，就坐在你的面前。见韩蒙已经说到这个地步，陈伶也不好再追问，平静地点点头。"总之，五区与六区损失极其惨重，据不完全统计，已经有三千多人在这场灾难中丧命，再加上执法官团灭，这两个大区算是废了……就算极光城紧急调动执法官去填补空缺，但人手依旧不够。"

"所以他们提前了'兵道古藏'开放时间，想要快速回血？"

"没错。"

执法者在转正三年后，有一次进入"兵道古藏"的机会，有概率被神道选中成为执法官……提前开启"古藏"，就意味着能在短时间内，获得一批新的执法官，虽然只有一阶。

"这次七大区派出的执法者，加上极光城内派出的，一共有七十人……你们需要坐船穿过冻海，抵达极光界域最边缘，'兵道古藏'就在那里。同时，会有三位极光城的执法官带队，负责保护你们的安全。"

"'兵道古藏'里，是什么样的？"

"'兵道古藏'很大，但给你们的试炼区域只占一小部分，具体的你到那儿就知道了。"

韩蒙看了眼时间，淡淡道："时间不早了，早点休息，多存一些体力……还有，如果在'古藏'里遇到一些……事情，不用太畏首畏尾，你是我们三区的执法者，就算捅出了什么娄子，也有我给你顶着。别给我们三区丢脸。"

听到这儿，陈伶怔了一下，还没等他问些什么，韩蒙便转身离开。陈伶仔细回味刚才韩蒙的最后一句话，似乎在暗示什么？也许……这才是他今天特地过来的目的？陈伶思索片刻，还是摇了摇头，转身躺在床上，意识逐渐沉入梦中。

"该死……就不能让我好好做个梦吗？"陈伶睁开眼，看到头顶的聚光灯，在心中叹了口气。经过昨晚的那个梦，陈伶差点以为自己以后也许不用每天晚上到剧院里"报到"，可以安稳睡个觉……没想到，自己还是回来了。陈伶从舞台上爬起，径直走到屏幕前，点下角落的宝箱按钮。上次完成第一剧目后，还有一个指定角色抽奖机会没有使用，如今他马上就要动身去"兵道古藏"，多一个技能防身总是好的。随着激昂的音乐响起，陈伶转头走到桌前，无数纸牌飞舞，最终整齐地扣在桌面上——

请在纸上写下你想要抽取技能的角色姓名。

一行小字在纸上浮现。

陈伶将白纸拿在手中，犹豫片刻后，最终还是写下两个字——韩蒙。

既然是指定角色，陈伶自然要选上限最高的那位，而他身边只有楚牧云与韩蒙两个神道拥有者，与"医神道"相比，"兵神道"肯定更擅长战斗……至少他是这么觉得的。更何况，如今陈伶已经有一个"杀戮舞曲"，再来一个"兵神道"技

- 131

能，两者配合应该更加合适……如果可以的话，陈伶甚至想复刻一整条"审判"路径。如此一来，他也算是"戏神道"与"兵神道"同修？

随着"韩蒙"二字出现在纸上，桌面上的诸多纸牌全部消失，只留下十二张纸牌一字排开，这些就是韩蒙拥有的全部技能，而且其中有一张卡牌是灰色的，无法选择。据陈伶所知，韩蒙是四纹执法者，也就对应"兵神道"四阶……这十二张纸牌中，只有四张是蓝色的神道技能卡牌，其他的应该都是"厨艺""追踪"之类的普通技能。至于无法选择的那张，应该就是陈伶已经有的"杀戮舞曲"。十一分之三的概率吗……不对，屏幕上说，根据上一剧目的观众期待值总量，会有所加持。陈伶搓了搓手，犹豫片刻后，最终选择了其中一张卡牌。

技能："审判庭"
归属："兵神道"，"审判"路径，第四阶
人物：韩蒙

来了！看到这个技能，陈伶脑海中顿时浮现出那天韩蒙对战红纸怪物时，三枪打崩它身体的画面。不出意外的话，这个就是"审判"路径的核心技能之一。随着陈伶吸收卡牌，他脑海中顿时浮现出有关这个技能的全部信息。与"杀戮舞曲"不同的是，这是个领域类技能，释放时会消耗使用者的精神力。说起来，无论是"无相"还是"秘瞳"，陈伶使用的时候都没有任何负担。但"杀戮舞曲"只是动用十几秒，整个人就会十分疲惫。

"一到三阶的技能，都是基于身体素质释放，而四阶以上就要消耗精神力吗……"陈伶若有所思。也不知道以他如今第一阶的精神力，能否支撑他使用一次"审判庭"？

054·K18

陈伶苏醒后看了眼时间，和预计的差不多。他徒步走到三区执法者总部，刚一进门，就看到一个熟悉的身影走了过来。"陈伶？你终于到了。"江勤清点了一下名单，"这下子我们人就齐了……"

对于江勤这位执法者，陈伶还是有印象的。屋子被红纸怪物毁掉的那一晚，就是江勤问他的话，还说以后有什么事情随时可以找他，他属于为数不多的几个让陈伶有好印象的执法者之一。陈伶目光扫过一旁，除了自己和江勤之外，只有两个人，都是一起进行武试的那批预备席，算是面熟。"江勤长官，这次就我们几个去吗？"陈伶和其他两个预备席，就是这一届执法者考试的前三名，按照和韩蒙的约定，自然有资格去"兵道古藏"，但按理说除了他们，还会有其他的轮到三年期的老执法者去才对……

"对啊，就我们几个。"江勤耸了耸肩，"本来还有五六个我的同期一起，结果前两天，他们勾结马忠的事情败露，都被蒙哥宰了……"

陈伶："……"

"我们三区的情况已经不错了……你看五区和六区的执法者，要么死要么残，能去的加起来都凑不到五个人。"江勤相当乐观，收起人员表，便带着陈伶三人径直向外走去。

"江勤长官，我们该怎么去'兵道古藏'？"一位与陈伶同期的执法者问道，陈伶记得他的名字，似乎叫钟耀光。

"'兵道古藏'，在极光界域北侧边境的冻海之中，想过去，只能从港口坐船。"

"凛冬港吗？那距离好远啊……"

"坐火车过去其实还好。"

"火车？"陈伶一怔，本以为这个时代没有火车这种东西，但仔细一想，如果是蒸汽式火车的话，确实不需要太高的科学技术……只不过他原本在寒霜街，从来没听说周围有人坐过。

"对啊，陈伶你没坐过吗？"钟耀光眼前一亮，"第一次见的话，你会大吃一惊的……那东西可厉害了！"

"我也没坐过……这东西票价可不便宜。"一直沉默的另一位同期开口。

"放心，这次的票钱，蒙哥给报销。"

江勤微微一笑。

三人跟着江勤，一路走到三区边境，一条笔直的铁轨从远处的雪地延伸过来，在众人的前方，一座站台矮小而破旧。说是站台，其实就是在地上搭个大棚子，摆上几块石阶，旁边一个小小的售票亭矗立着，上面写着一个硕大的"3"字。

对于绝大部分极光界域的居民，尤其是七大区的居民，根本没有乘坐火车的需求。他们的一生都在街区中度过，也没有去其他几个大区"旅游"的概念。七大区的发展轨迹，基本是一个模子里刻出来的，在哪儿都一样。

火车铁轨的铺设，更多的只是为了方便极光城内部与七大区之间的物资输送，所以站台之类设置简陋一些，也是理所当然。

江勤走到售票亭前，过了一会儿，便拿着四张票走过来。

"先等等吧，再有十几分钟，车就来了。"

"咱们赶的时间差不多正好，这辆车一天就一班，错过的话就完了。"

四人走到站台上，空旷的荒野除了售票亭，就只有他们四人在寒风中挨冻。积雪初消，再加上站台四面漏风，众人默默地将脖子缩起，眼巴巴地看着铁轨的尽头，等待一辆拯救他们的火车来临。

"怎么样陈伶，冷吗？"江勤关切的声音从一旁响起，"我看你穿得很少。"

"不冷。"陈伶摇头。

"要是冷的话，我可以从箱子里给你拿件衣服，晚点还得进'兵道古藏'历练，路上可别感冒了。"不等陈伶回答，江勤便蹲下身，就地将硬皮行李箱打开，翻找起来。

"真不用。"陈伶连忙摆手，"我体质好，抗冻……"

不等他拒绝，江勤便掏出一件深棕色的大衣，二话不说，就裹在陈伶身上。"这次我是三区的带队队长，听我的。"江勤拍了拍他的肩膀，"不过就算路上感冒也没事，出门前我带了四份感冒药，应该够了。"

"……谢谢。"陈伶裹着厚厚的防风大衣，一时之间不知该说些什么。

"不用谢。"江勤站在他身边，犹豫片刻，还是开口，"陈伶……有些事情，其实不是你想的那样……蒙哥人很好的，他就是嘴硬，然后工作的时候很没有人情味，有什么误会也懒得跟别人解释。马忠和其他三区执法官干的那些事，我跟蒙哥早就察觉到了，但没有证据……更何况马忠在极光城里有后台，在没有证据的前提下，蒙哥根本动不了他。你弟弟的事……我们真的真的很抱歉。"江勤诚恳地看着他，眼眸中没有丝毫杂质，陈伶没想到他会突然说这些，在寒风中陷入了沉默。"……我猜到了。"马忠要是没有后台，也没法在二区和三区如此肆无忌惮地发展黑色产业，而韩蒙只是一个被极光城排挤的执法官，想扳倒势力庞大的马忠一党，根本没有那么容易。

"这次是马忠主动找死，试图暗杀蒙哥，我们这才抓住由头把他们连根拔起……但就算是这样，蒙哥也遭到了极光城的处分。"江勤长叹一口气，"你知道吗，要不是五区、六区遭遇大规模灰界交汇，蒙哥早就该坐牢了……是现在极光城人手极度不足，这才暂时没处理他，不过就算这样，他也被停职了。"

"坐牢？"陈伶眉头一皱，"他不是被害者吗？"

"极光城里看蒙哥不爽的人很多……这个时代，太正直、太较真儿的人，很难有好下场。"江勤话音刚落，一阵轰鸣便从远处传来。

"车来了！"钟耀光当即开口。

"……这么快？"江勤回过头，看向站台中央的时钟，"提前了十分钟？"

随着雷鸣般的轰隆声逐渐靠近，雪地的铁轨之上，一头通体黑色的钢铁巨兽，喷吐着大量蒸汽，向站台缓缓驶来。

一旁的钟耀光用手肘拱了拱陈伶，挤眉弄眼道："怎么样？壮观吧？"

陈伶挑了挑眉，没有说话。

"K18……没错，就是这辆。"江勤对着车票，看了眼列车前方的编号，微微点头，"看来确实来早了。"

随着火车逐渐停稳，乘务员开门走出，在石阶与车门间垫起一块路板："去凛冬港的，上车。"

乘务员这一喊，众人再也没有犹豫，依次上车。随着汽笛的嗡鸣声再度响起，列车沿着铁轨缓缓启动，在一阵"哐当"声中，逐渐消失在雪白的地平线尽头……

几分钟后，一个身影走出售票亭。他看了眼空无一人的站台，嘴角微微上扬，随后从亭子柜台底部拖出一只染血的黑布袋，向远处走去。"哐——哐——哐——"一辆黑色的钢铁列车，穿过雪地，缓缓停靠在站台。一位乘务员从车中探出头，左右看了一圈，随后说道："这站没人，走吧。"

蒸汽火车的嗡鸣声再度响起，列车逐渐消失在铁轨尽头，漆黑的火车头顶部，红漆喷涂的三个大字清晰可见——"K18"。

055 · 盗脸

陈伶四人走入车厢。这辆火车一共六节车厢，五节都是货运专用，只有一节可以坐人。陈伶等人刚上车，就看到四个同样穿着执法者服饰的身影坐在一起。不出意外的话，他们应该是同一批前往"兵道古藏"的执法者。

"A-3……在这儿。"钟耀光顺着标志找到座位，率先坐在窗边。

"可惜了，早知道应该带点水果、点心，路上也不会那么无聊。"

"你要是想吃，我这儿就有。"另一位同期从包里掏出一袋瓜子。

"谢谢啊。"

陈伶没有嗑瓜子的兴趣，因为自从他上车之后，就看到窗户上的雾气凝结成两行字——

观众期待值 +7%

当前期待值：36%

不对劲……每一次看到观众期待值莫名上涨，陈伶都会浑身紧绷，因为这往往意味着，有什么事情要发生了。

"陈伶，你不吃点吗？"钟耀光主动将瓜子递到陈伶面前。陈伶双眸微眯，这次没有拒绝，而是将瓜子接过，在手中捏碎，然后看着它一点点飘散在地……没毒。陈伶若有所思。

钟耀光眼皮微跳："陈伶……你就算不愿意吃，也不用这样吧？你直接说不就好了。"

自从见面开始，陈伶的态度就一直冷漠无比，似乎根本不愿跟他们接近。说实话，钟耀光并不抗拒这种性格，毕竟每个人生长环境不一样，但眼下陈伶的举动确实让他觉得有些过分。"别吵，安静一会儿。"陈伶此刻正皱眉仔细寻找不对劲的地方，根本没兴致跟他扯皮。期待值是在他们上车后突然涨的，所以这辆车

-135

一定有问题！

"陈伶，你……"

"好了好了，别吵了。"江勤适时地开口劝解，"大家都是三区的同事，这么点小事，有什么好吵的……陈伶累了，让他休息一会儿。钟耀光，你不是无聊吗？我们仨打会儿牌怎么样？"

见江勤开口，钟耀光虽然不悦，但也没多说什么，既然陈伶不愿意合群，那就别管他。"好。"

江勤似乎早有准备，从包里掏出一副扑克牌，跟钟耀光二人玩了起来。陈伶目光扫过半个车厢，即便是在"秘瞳"的加成下，也没发现什么问题……再加上他对这个时代的火车了解不多，很难获得什么有用的情报。于是，陈伶的目光落在隔壁桌的四位执法者身上。

"他们是哪个区的执法者？"陈伶突然开口。

"五区和六区的。"

江勤看了眼他们制服的编号："果然只来了四个人……跟名单上一样。"

似乎察觉到陈伶的目光，那四位执法者也转头看向他，对视一眼后，便移开目光，平静地望向窗外。陈伶记得自从上车之后，就没听到他们四人说过一句话……哪怕是彼此间的聊天都没有。陈伶眉头微皱，隐约觉得有哪里不对，又说不上来。"凛冬港在几区？"

"一区和二区的边界……怎么了？"

"凛冬港距离其他几个大区，应该更远，他们除了坐火车没有别的途径能过来。"陈伶大脑飞速运转，"可为什么……这辆火车上只有我们，和五区、六区的人？"

江勤一怔："可能是七区离得太远，昨天就坐车过去了？"

"那四区呢？五区、六区都选择今天出发，四区没道理不坐这辆车……他们人呢？"

钟耀光幽幽开口："我们坐上车不就行了，管四区的人有没有坐上干吗？"

陈伶直接无视他的话语，因为觉得自己已经把握到了什么。"江勤长官，四区这次来了多少人？"

"十个吧？"

两人对话之际，等牌等得不耐烦的钟耀光，一只手撑着头，往窗外看了一眼。"咦？"

"怎么了？"他身旁的同期问。

"是我眼睛花了吗？"钟耀光揉了揉眼睛，瞪大眼睛看向窗外，"……铁轨呢？"

这句话一出，所有人都愣了一下，陈伶迅速望向窗外，碎雪被蒸汽列车带起的风卷得漫天飞舞，外面的一切都是白茫茫的，而不知何时，列车行驶的铁轨已经消失不见。

"各位先生请坐好,不要擅自走动。"一个女乘务员提着黑篮子走上前,篮中装满了用来售卖的零食与水果。她一只手伸入篮内,微笑着问道:"请问要来点什么吗?"

钟耀光三人都愣了一下,正欲开口说些什么,陈伶的声音骤然响起!"小心!""砰——"轰鸣的枪声在车厢内响起,一枚子弹穿透篮子,瞬间打到距离最近的钟耀光头上。下一刻,钟耀光的头颅炸开,红白之物溅洒在他旁边的另一位同期身上,整个人变成血色!这突如其来的变故,直接把他和江勤吓傻了,紧接着,乘务员再度扣动扳机!但几乎同时,一记鞭腿猛地踢到篮子底部,将其整个掀翻!"砰——"第二声枪响,子弹嵌入火车铁皮,擦出刺耳的尖鸣。江勤到底是老执法者,反应极快,当即闪身到女乘务员面前,一记右勾拳砸在对方太阳穴上,恐怖的力道直接将其震飞,砸在一旁的座位上!他闪电般从腰间拔出枪,枪口对准女乘务员的瞬间,又是一枚子弹从远处射来!这一次,开枪的是坐在窗边的四位五区和六区的执法者。他们淡定地坐在原地,眯着双眼,看向陈伶几人的目光中满是戏谑。子弹穿透江勤的手掌,他惨叫一声,手枪应声落地。

与此同时,车厢的两侧入口,各有一道身影出现,一个是穿着列车长服装的中年男人,一个是男性乘务员,两人死死盯着陈伶等人,冷笑道:"反应不错……可惜,你们走不掉。"

"17号,你再不动手,一会儿那小子血就凉了。"

被江勤一拳打倒的女乘务员,缓缓站起身,怨毒地看了眼江勤,随后走到被一枪打崩脑袋的钟耀光身前,将手掌盖在对方的脸上。一道灰色的微光闪过,钟耀光的脸皮与五官凭空消失,只剩下一张光秃秃的血面,空洞地仰视着天花板。下一刻,女乘务员的面孔剧烈扭曲,逐渐变化成钟耀光的模样……她盗走了钟耀光的脸。看到这一幕,江勤难以置信地瞪大眼睛!"'盗神道'……你们是篡火者?!"

056·盗神道

"猜对了。"列车长眉梢一挑,"可惜没奖励。"

"你们竟然敢劫持列车?"江勤一边说着,一边用余光扫过四周,"你们知道这趟列车要去哪儿?!"

"凛冬港,'兵道古藏'嘛。"

列车长走到变身为钟耀光的女乘务员身边,将那双白手套随手丢于血泊上,轻笑道:"不然,我们要盗走你们的脸做什么?"

"原来你们的目标是'兵道古藏'……"江勤心神一震,随后猛地捡起手枪,对着列车长接连扣动扳机!"破窗分头跑!!"

"砰砰砰——"枪声响起的刹那,陈伶便从衣袖中掏出一柄短刀,用刀柄重重敲碎身旁的窗户，玻璃碴连带着呼啸寒风，疯狂卷入车内。他毫不犹豫地翻越而出！在江勤拖延时间之时，陈伶就已经猜到了他的打算，如今对方人多势众，车厢两头又被堵死，除了破窗再无出路。江勤的速度同样极快，一枪崩了身旁的玻璃，身形蹿出，与陈伶完全是两个相反的方向。至于另一位同期，脑子就没那么灵光，等陈伶和江勤都翻出去了，才猛地反应过来，紧跟着就往窗外钻去。就是这短暂的停顿，一枚子弹精准地洞穿他的头颅，他身形一晃栽倒在地。

列车长看着两侧破开的车窗，脸色有些难看，与男乘务员对视一眼，平静地开口："我去追那个资深执法者，你去追新人。"

"好。"

两人身形同时消失在车厢内。

另一个乘务员走上前，同样将手覆盖在死亡的执法者脸上，逐渐变化成他的模样。

"三区的执法者，有点意思。"坐在窗边的四位"执法者"悠然开口，"不像五区、六区的那四个蠢货，一下就没了，一点体验感都没有。"

"是那个新人发现了端倪。"坐在他对面的"执法者"回答，"他看起来也不简单……13号不会失手吧？"

"失手？你在开什么玩笑。13号已经是'盗神道'第二阶，那个新人连神道都没有，怎么可能失手？"

"……也是。"

"别废话了，快来帮我收拾尸体，这血溅得到处都是，恶心死了。"

…………

漫天碎雪中，陈伶俯身在列车上面，看着那一头冲入雪地如无头苍蝇般乱窜的身影，双眸微微眯起。是的，他压根就没逃跑……虽然不知道是什么原因，但这辆火车既然能无须轨道在雪地上前进，那贸然下去，在一马平川的地形上肯定是跑不过火车的，更别说还是在被追击的情况下。所以，他选择假装破窗逃离，实际上用手搭住了窗户下方的火车边缘，悄然爬回车顶。最危险的地方，就是最安全的地方。陈伶沿着火车顶，俯身一路向火车尾部前进。这辆火车一共六节，最后一节是绝对的视线死角，只要等火车远离追击者，他就能从那里无声无息地下车，然后离开。"篡火者……他们的目标，也是'兵道古藏'？"陈伶一边走，一边嘀咕着回想刚才的一切，"该不会，他们也是冲'兵神道'道基去的？"

对于篡火者，陈伶并不太了解，不过看刚才江勤的反应，这个组织似乎全员都是"盗神道"拥有者。他们盗取新人执法者的身份，想以此混入"兵道古藏"，其实和自己的计划差不多。"五区、六区的执法者，应该全军覆没了，算上乘务员和列车长，一共正好八个人……怪不得他们只让三、五、六三个区的执法者上车，这是算好了人数。也不知道江勤那边，能不能逃走？"

陈伶一路穿过货厢，此时距离客厢已经很远，再加上风雪交加，应该已经处在视野盲区，就当他准备跳下车厢之际，一个身影气喘吁吁地从车厢末端爬了上来。"我说怎么死活找不到你……挺会躲啊？"男乘务员满头大汗，死死地盯着陈伶，目光阴狠无比。

陈伶："……"

观众期待值 +3%

糟糕，看来这个反派有点聪明。陈伶毫不犹豫地拔枪，对准乘务员，扣动扳机！"砰——"枪声淹没在列车的轰鸣声与风雪声中。

与此同时，乘务员冷笑一声，根本没有闪避的意思，就这么缓步穿过最后一节车厢，向他走来。子弹已经出膛，一抹灰色闪过虚无，他并没有受伤。陈伶的眉头顿时皱起。通过"秘瞳"，他看到子弹在即将触碰到对方的瞬间，消失了……紧接着，一个清脆的"叮当"声坠落在车厢顶端。那枚消失的子弹，不知何时从乘务员掌心落下，撞在钢铁列车表面，滚落无踪。陈伶看着那逐渐靠近的身影，再度扣动扳机！"砰砰砰——"接连的枪声响起，在如此近的距离下，却没有任何一枚子弹能触碰到乘务员的身体，就像是戏法般凭空消失……

"你以为，枪能伤到我？"乘务员嗤笑一声，"小子，神道的力量，可不是普通人能抗衡的。"他随意地抬起手掌，几枚子弹连从中掉出，无力地坠落在雪地中。陈伶正欲有所行动，乘务员立刻抬起手，对着虚无一抓，陈伶手中的枪瞬间消失！下一刻，那支枪已经到了乘务员手中，黑洞洞的枪口对准陈伶眉心。陈伶眼眸中浮现出惊讶。这还是陈伶第一次见到"兵神道"之外的神道技能，对方就像是能隔空盗走自己周围的任何东西，包括高速行驶的子弹，以及被自己握在手中的枪……这就是"盗神道"的力量吗？

"长见识了吗？"乘务员似乎很享受陈伶脸上的这种震惊，微微一笑，"那就该上路了……"

"砰——"橘色的火光自枪口闪烁，一枚子弹瞬间出膛。几乎同时，一道残影闪过，深棕色的大衣在风雪间划过一道弧线，一晃便跃过半节车厢，短刀的寒芒直逼乘务员眼前！"长见识了。"风中，陈伶淡淡开口，"你也确实该上路了。"

057·血手印

乘务员的瞳孔骤然收缩，就在陈伶的短刀即将割开他咽喉的瞬间，一抹灰色闪过，陈伶的手中顿时空无一物。陈伶的掌风擦着乘务员的脖颈划过，将后者惊出一身冷汗,他猛地后退半步,反手将短刀向陈伶刺去!忘了他能盗取武器……双手空空的陈伶,只能无奈闪避,这短暂的空隙,让乘务员与他拉开身位,在车顶勉强站稳身形。

"这个速度……怎么可能?"乘务员错愕地看着陈伶,"你也掌握了神道?"他像是想到了什么,脸色接连变化,"不对,你不是普通的执法者新人……你是谁?绛天教徒?还是黄昏社员?"

见自己的身份被点破,陈伶也不装了,必须尽快干掉这个家伙……对方知道得太多了。失去武器,陈伶依然可以凭借自身的速度徒手作战,从韩蒙那儿学来的杀人技巧,可不是闹着玩的。陈伶步伐变换,以极快的速度向乘务员靠近,而后者吃过一次亏,似乎有些忌惮与陈伶近身,不断用手枪与短刀跟他拉开差距。随着陈伶的逐步逼近,乘务员只能不断后退,很快便来到了列车最后一节的末端,几乎退无可退。深棕色的大衣在列车顶端飞舞,蒸汽混杂着风雪,逐渐淹没两人的身形。与此同时,在列车前进的方向,一条狭窄的隧道急速逼近!此隧道极窄,与列车的高度相差不到一个头,正在殊死搏杀的两人用余光看到急速撞来的墙体,心中同时一惊!在他们即将撞上隧道的瞬间,陈伶伸手摸向自己的下巴,用力一撕!一张脸皮飞入半空。"嗡——"火车如炮弹般穿过隧道,被挤压的空气发出低沉的轰鸣,错乱的光影模糊闪过,数十秒后,光明再度笼罩车顶,凹陷的货运车厢上,乘务员狼狈地爬起……"该死,差点中招了。"

在他差点撞到隧道之际,他动用技能"盗取"货运车厢内载满的泥沙,导致下方的篷布骤然塌陷,他自己躲藏其中才逃过一劫。他勉强站稳身体,便看到一只血色的猎豹,正匍匐在数步之外,一双猩红的眼眸死死地盯着他。猎豹??看到这东西的瞬间,他瞳孔骤然收缩。他来不及反应为什么这列车上会凭空出现一只猎豹,便要举枪射击。就在这时,那猩红的残影闪电般掠过车顶!利爪割开他的手腕,枪连带着手掌滚落车底。紧接着,那只猎豹便疯了般撕扯他的脖颈与脸庞,凄厉的惨叫声回响在风雪间,很快便被列车的轰鸣声掩盖无踪。"哐当——哐当——哐当——"不知过了多久,那只猎豹终于缓缓停下……它站起身,变为人类轮廓。他抬起手,轻轻擦拭自己脸颊上滚烫的鲜血,猩红之下,是陈伶那平静而压抑着疯狂的面容。鲜血顺着他的嘴角淌下,他随手抓起一捧车顶的积雪塞入嘴中,漱洗片刻,一口吐出。"这个技能……出乎意料地好用。"他喃喃自语。

这是他第一次面对拥有神道技能的对手,虽然最后赢了,但对方诡异的能力还是给他留下很深刻的印象……不过他推测,眼前这个男人最多也只有二阶的实力。第一阶的技能是盗取物品,第二阶的技能是盗取面孔……但严格算来,这两个技能都没有什么攻击性。盗贼就是盗贼,论正面战斗力,还是不如"兵"。

陈伶看着那具面目全非的尸体,犹豫片刻后,弯腰将其衣服全部扒光,一脚将光溜溜的尸体踹入车底,尸体很快便被钢铁车轮碾轧成碎渣。紧接着,乘务员服装被他揉成团，丢入一旁的山崖之中，消失不见。"抱歉，'兵神道'的道基……可不能就这么让给你们。"篡火者与他的目标，都是"兵道古藏"，虽然他只是一阶，且孤身一人，但陈伶并不打算就这么放弃……他打算铤而走险一次。篡火者是敌人，但只要利用好，也许能成为自己的武器。

陈伶看了眼客厢的位置，一个计划涌现在脑海中，眼眸中再度闪烁起疯狂！这一刻，陈伶能清晰感受到扭曲的神道在雀跃，空荡的胸膛在跳动，浑身上下的每一个细胞，都在等待着他在生死间起舞。他知道，这是扭曲的神道又在改变他的性格……但这种感觉，真的不赖！

观众期待值 +12%
当前期待值：61%

"你们说，13号和8号哪个先回来？"客厢内，"钟耀光"与另一位"同期学员"，并肩坐在原位，一边嗑着瓜子一边开口。

"应该是13号，毕竟三区带队的那个执法者，一看就很能跑。"

"我刚才好像听到有枪声，就在车尾那边，应该有人结束了……"

"我感觉是8号，毕竟8号可是三阶，学会了那个技能，杀人对他来说不是难事。"

"有道理……"

就在众人说话之际，一个披着深棕色大衣的身影轻飘飘地落在车厢门边，带着碎雪踏入车厢。

"居然是13号先回。""钟耀光"笑道，"你怎么拖了这么久？"

"那小子表面上逃出去，其实偷偷躲到了车顶，害得我跑了一圈才发现，累死了。"陈伶一边骂着，一边随意地走到自己的位置坐下。

"还挺聪明……"

"看得出来，毕竟他是最先发现我们的人。"另一位"执法者"回答。

"来，吃点瓜子。"

陈伶拿起两颗瓜子，一边嗑着，一边看向车厢内。"另一个还没抓回来？"他漫不经心地问道。江勤是跟他同一时间跑的，如果选择的路径得当，其实有希望逃离……其他人死了陈伶不管，但他希望江勤能活着。陈伶看着自己身上厚实的深棕色大衣，心中有些担忧。

"没呢，不知道什么情况。"

"……算了，我过去看看。"陈伶眼中闪过一抹微光，起身往车厢门走去。

"不用了。"

就在这时，一个身影走入车厢，面对着他，缓步走来。看到那人的瞬间，陈伶的瞳孔微微收缩，只见浑身是血的"江勤"，拖着一具尸体走过车厢，在陈伶面前停下脚步……他手中的尸体，是另一个江勤。"江勤"抬起一只满是血迹的手掌，拍了拍陈伶的肩膀："全员盗取成功，干得不错。"说完，他便与陈伶擦肩而过。陈伶怔了许久，微微低头，深棕色的大衣上，一只猩红的血手印，触目惊心。

058·盗圣

黑色的钢铁猛兽在飞雪中奔袭，唯一的客厢内，八位"执法者"坐在各自的位置上，完美还原众人刚上车的情形。

"我们快到凛冬港了。"江勤看了眼窗外，平静开口，"计划的第一阶段圆满完成，接下来，就是最关键的一环……"替代江勤的这位篡火者8号，似乎是八人中的首领，他一开口，正在嗑瓜子闲聊的众人顿时安静下来。始终假装在打盹的陈伶，也缓缓睁开眼眸。"在凛冬港，我们会和其他大区的执法者新人，与极光城来的三位护送执法官会合，根据情报，这三位执法官中有一位五纹，两位四纹。我们与他们的实力差距太大，绝对不能硬碰，要隐藏好身份，来之前我已经给你们所有人下发各自所替代的角色性格与经历的简介，一定要按照那个伪装好自己，不要惹事，明白吗？"

"那如果其他执法者主动来招惹我们呢？"陈伶突然开口。

"……那也得忍着。"江勤停顿片刻，"这次的任务至关重要，不能出差错。"

听到这儿，其他几位篡火者明显有些不爽，但最终还是点了点头。

"8号，我们需要这么小心吗？""钟耀光"不解地开口，"不是说，这次会来一位盗圣，给我们保驾护航吗？"

"盗圣可是第七阶的超级强者，整个篡火者中只有五位……有他在，那几个执法官算什么东西？"陈伶心中一沉。盗圣？第七阶？陈伶虽然不懂"盗圣"的名号代表着什么，但"第七阶"三个字，还是懂的……世人都说通神道路，十阶登神，那这所谓的"盗圣"，离神位也就三步之遥？到目前为止陈伶见过最强的神道拥有者，也就是韩蒙，只有四阶而已。

"盗圣？真的吗？！"另一位篡火者眼前一亮，"赤黄蓝白黑，来的是哪一位？"

"白。"8号淡定回答，"盗圣，白也。"

陈伶明显感觉到，众人的呼吸粗重了，他们听到这个名字，眼眸中都开始放光！陈伶不懂，但立刻跟上，眼眸中浮现出憧憬之色。

"有那位在！我们还怕个啥啊！直接大闹'兵道古藏'不就好了？"众人中有人开口。

"大闹'兵道古藏'？你把'兵神道'当成什么了？""江勤"瞥了他一眼，"世间十四神道中，极致杀伐所代表的神道'古藏'，你以为靠一个盗圣就能闯得进去？"众人陷入沉默。"世上没有人能强闯'兵道古藏'，想要'兵神道'的道基碎片，只能去钻神道试炼的空子……否则，要我们做什么？一旦在进入'兵道古藏'前出了岔子，比如三位带队执法官出事，那极光城就会立刻关闭'兵道古藏'，我们谁都进不去！所以，在进入'古藏'前，都给我夹着尾巴做人。"

"……明白。"

"篡天道，夺乾坤，以终焉盗神'白银之王'的名义……希望此行一切顺利。""江勤"站在车厢中央，右手指尖点在眉心，虔诚开口。

这一刻，所有人的神情都严肃起来，像是在举行某种信仰的仪式，同样将右手点在眉心。

"以终焉盗神'白银之王'的名义……希望此行一切顺利。"

终焉盗神，白银之王？陈伶一边模仿着众人，一边在心中记下这个名号。这个听起来像是"盗神道"所指向的神明，也像是篡火者们的信仰。陈伶坐在位子上，目光看向窗外逐渐靠近的港口，陷入沉思……又是极光城执法官，又是篡火者盗圣，也不知道，黄昏社这边派出来接应他的社员，靠不靠得住？

列车在距离凛冬港十多公里外的荒野，缓缓停靠。这辆列车没有被记录在案，肯定不能在车站停，8号找了个废弃的工厂仓库将其藏起，然后他们徒步走过去。随着众人不断靠近凛冬港，周围的商铺与行人越来越多，路上总算是有了些烟火气。

"热油条，茶叶蛋，烤红薯……"

"豆腐脑，新鲜的豆腐脑！"

"号外号外，《极光日报》最新消息，五区、六区灾后损伤惨重，有可能两区合并，极光七大区将变六大区？还有头号绯闻！极光城群星商会三少爷迎娶名妓，睡后发现对方竟是自己失散多年的大姨！"

"小兄弟，三少爷睡大姨那个报纸，给我来一份。"

"好嘞！"

…………

男孩清亮的嗓音在街边回荡，顿时吸引了一大批路人来买报纸，陈伶看到其他篡火者的耳朵也竖了起来，似乎也忍不住想去买一份。

"别节外生枝。"8号瞥了他们一眼。

众人兴致缺缺地耸了耸肩。

"报纸、杂志、玩具、扑克，了解一下？"一个懒洋洋的声音从旁边传来。陈伶转头望去，只见一个破破烂烂的杂货亭中，一个女人正懒洋洋地坐在其中，一边喊着，一边随手把玩一盒扑克牌。在盒子的封面，一张红心6清晰可见。陈伶心头一动，随后看了眼抱团往港口走的众人，并未停下脚步，而是轻飘飘地移开目光，跟着众人继续向前。八人穿过街道，径直来到港口，众多穿着执法者服饰的身影已经聚在一起，围着中央三个穿着风衣的执法官。正如8号所说，在他们的风衣衣摆处，一个五纹，两个四纹，清晰可见。

"您好，我是三区的带队执法者江勤。"8号走上前，恭恭敬敬地对着三位执法官开口，同时递上几份文件，"三区、五区、六区此次参与'兵道古藏'试炼的执法者，共计八人，全部到齐。"

一位四纹执法官目光扫过众人，拿起文件，一个个仔细核对起来。在加入执法者的时候，他们都在总部留过影像，此刻执法官正对照着照片，一个个询问比对过去，锐利的目光好似刀子般在众人脸上划过。最终，他微微点头，在名单上勾掉众人的名字。"对了，你们是怎么来的？四区的人坐火车还没到，你们怎么先到了？"那名执法官突然开口。

"我们是坐昨天的车来的。"8号微微一笑，"他们说没来过凛冬港这边，我们就提前一天过来看看，没想到在路上还碰到了五区、六区的朋友。"

"对，很巧。"另一位五区的"执法者"点头。

"行，那你们先在周围简单地活动一下，等四区的人到齐就能上船……别离太远，就在这周围二百米。"

"好的。"

听到这儿，其余几位篡火者对视一眼，小心翼翼地问道："江勤长官，我们……能去买报纸了吗？"

"……去吧。"

几人掉头就走。

陈伶双手插兜，默默地跟在他们身后。

059·接头

陈伶走出四五十米的位置，突然转身，拐进了一旁的公共厕所。他自然看到了杂货亭给出的接头信息，但凛冬港就这么大，在三位执法官与8号的眼皮底下，不可能直接上去与杂货亭的老板攀谈。想跟那位神秘的黄昏社员接头，他必须换一种更隐秘的手段。陈伶尾随一个"幸运"男孩，在他准备走进隔间蹲厕的瞬间，一记手刀将其敲晕，然后拖着男孩迅速关上门……等门再度打开的时候，他已经变成那个男孩的模样。陈伶整理一下略显凌乱的领口，迈着脚步走出厕所，径直向杂货亭走去。

"报纸、杂志、玩具、扑克……有没有要的？没有我下班了。"

"你好，我想给我妈妈写封信……"正当女人打哈欠的时候，一个稚嫩的声音突然响起。她低头望去，只见一双满是纯真的大眼睛，正可怜巴巴地盯着自己。

"小朋友，我们这里……"

"我妈妈心脏生病了，我想给她一点希望。"不等女人开口，男孩便继续说道，

"我身上只剩六块钱了，可以寄吗？"

听到这句话，女人的双眸微不可察地闪过一抹诧异，当即一边微笑，一边将纸笔推给他："当然可以，你就在这里写吧。"

"谢谢。"男孩拿起笔，飞速在纸上书写起来——

篡火者混入队伍，盗圣白也藏在暗处，望支援！

写完最后一个字，他立刻将纸张折起，递给女人。与此同时，几位执法者匆匆经过他的身旁，往港口集合的方向赶去。四区的执法者到了。男孩见此，深深地看了女人一眼，立刻向厕所走去。这个女人并不是黄昏社员，而是与三区小芳杂货铺的女人一样，只起到传递信息的作用。虽然他没能亲眼见到那位前来接应的社员，但知道女人一定会将自己的消息传过去。如此一来，黄昏社那边也能有所准备，不说加派个能压制盗圣白也的社员过来，至少也能保证自己全身而退吧？想到这儿，陈伶的心顿时安定不少。他回到厕所，换回自己的容貌，然后不慌不忙地往集合点走去……

与此同时——

杂货亭的女人目光警惕地扫过四周，小心翼翼地将纸张拿到桌下，将其缓缓展开……然后愣在原地。偌大的纸张上，只有两个血色的大字——"去死"。

女人："？"

观众期待值 +5%

看到这几个字的瞬间，陈伶心中"咯噔"一下。观众期待值无故暴涨，准没好事……这是陈伶这久以来积累的经验。陈伶试图在周围寻找一些蛛丝马迹，却并没有收获，没有刺客，没有危险，甚至绕着船走了一会儿，生怕船底偷偷被人开个大洞。随着四区执法者抵达，三位执法官便召集众人集合，以大区为单位，逐次登船。

"极光城来的人真多……占了快一半了。""钟耀光"看到一大批聚集在一起的执法者，忍不住开口。

"正常。"另一位篡火者淡淡回答，"极光城，才是极光界域的核心，一座城垄断了界域80%的资源，最开始的设计中，七大区就是用来服务极光城的外围工厂的。倒不如说，他们愿意给七大区这么多名额，已经不错了……"

陈伶顺着他们的目光看去，只见一大群执法者正等候在船边，准备登船，一眼望去有三十多人。他们彼此交流着，看都不看周围的七大区执法者一眼，而相反，其他大区的执法者，都向他们投以羡慕憧憬的目光。其实光是从气质上看，就能看出极光城执法者与其他执法者的区别，他们举手投足之间，都有种自信的气息。跟他们相比，其他大区的执法者都像是碰巧撞衫的土包子。

而此刻在众多极光城执法者中，有三个尤其显眼的存在。之所以显眼，是他们三人都没有穿执法者的黑红制服：一人黑衣黑裤；一人珠光宝气；一人在寒风中拿着折扇，悠悠扇动。他们三个站在最前面，没有人敢超越他们周围半步，就连三位来自极光城的执法官，都有意地不让自己的站位超过他们。

"那三个是谁？"一位篡火者好奇地问道。

"黑衣黑裤的那个，应该是卢玄明，他爸是极光城五大七纹执法官之一，位高权重；拿扇子的那个是蒲文，据说他们家是从其他界域搬过来的'书神道'世家……"

"'书神道'世家？那进'兵道古藏'干吗？"

"不知道……"

"那个浑身珠宝的呢？"

"他……""钟耀光"犹豫片刻，像是发现了什么，拿起手中刚买的报纸，瞪大眼睛，"我说怎么这么眼熟，他就是群星商会的三少爷，阎喜才。"

众人惊讶地张大嘴巴。陈伶眼眸一眯，刻意拔高声音，佯装震惊地开口："他就是睡大姨？"

"安静点。"带队的8号眉头一皱，"别惹事。"

与此同时，站在队列最前方的黑衣卢玄明，向三区众人瞥了一眼，悠悠开口："阎喜才，你的光辉事迹，已经传到极光城外了……论知名度，我们确实不如你啊。"

阎喜才脸色难看无比，狠狠地向三区众人瞪了一眼。"回去我就把《极光日报》搞破产，这群落井下石的狗东西！"

"那你最好先真的踏上'兵神道'，否则你就算回去了，也会被逐出家门。"

"怕什么？这次有蒲老弟在，我就不信还走不上神道……"

"行了，快上船吧。"

随着极光城执法者率先上船，其他人也陆续跟上。跟其他大区的人数相比，三、五、六三个大区加起来的这八个人，未免有些寒酸。

确认人数无误，一位执法官微微点头，示意开船。在一阵轰鸣的汽笛声中，船只缓缓向冻海的中央驶去。陈伶刚走上船，便听到一个不容拒绝的声音从甲板的中央传来。"喂，你！"陈伶转头望去，看到阎喜才正脸色阴沉地站在那儿，对他招了招手，"对，就说你……过来。"

见陈伶被阎喜才喊住，最紧张的不是陈伶，而是一旁的众多篡火者，他们心中一惊，突然有种不妙的预感……看到这一幕，陈伶的眼眸中微不可察地闪过一抹笑意——鱼儿咬钩了。

第一卷·戏中人

第三篇章

『兵道古藏』

060·陈伶的计划

彻骨的寒风自冻海海面刮来，让众多篆火者心都凉了半截。自从上船之后，众执法者便自动分成小团体，散落在甲板各处，8号原本还想着避开极光城那群人，防止出现变数，没想到对方还是盯上了他们。与此同时，一旁的卢玄明与蒲文，也转头看向这里，众目睽睽下，陈伶终于迈开脚步，缓慢地向被众多极光城执法者簇拥的阎喜才走去。"有事吗？"他淡淡开口。

"你叫什么名字？"

"三区执法者，陈伶。"

阎喜才上下打量了他一眼："你这大衣不错，脱下来给我。"

"凭什么？"陈伶反问。

这句话一出，一股浓浓的火药味在空气中蔓延，任谁都能听出这位三少爷生气了，想在陈伶身上找回自己的场子……而陈伶，明显不是个软茬子。

"把衣服给他，把衣服给他，别惹事……马上就要进'古藏'了，千万别惹事……"众多篆火者心都提到嗓子眼，在心中暗自祈祷。

阎喜才向一旁随意地伸出手，身后的一位执法者立刻掏出一大堆银币递到他手上，他随手一甩，"叮当——"数十枚银币被他撒出，尽数落在陈伶身上，然后垃圾般掉落在地。"够吗？"阎喜才轻吹指甲，悠然开口，"不够的话，再加上你的一条腿，怎么……"最后一个"样"字还没说出口，一个冰冷的枪口就抵住他的脑门。阎喜才愣住了。

"不够。"陈伶单手握枪，双眸眯成一个危险的弧度，只听"咔嗒"一声，子弹上膛。"再加上你的命，怎么样？"

篆火者众人："？"

观众期待值 +5%

当前期待值：71%

一阵彻骨寒风袭过甲板，下一刻，围观的众人终于从震惊中惊醒！！站在阎喜才身后的十余位执法者，大惊失色，同时拔枪！无数枪口对准陈伶，只要他敢开枪，必然会被射成马蜂窝。与此同时，站在远处的卢玄明与蒲文，眸中也浮现出惊讶。他们不是没想过陈伶会反抗，毕竟不是所有人都是软柿子，但万万没想到，阎喜才只是说了两句话，对方就毫不犹豫地拔枪了！在这么多极光城执法者的包围下，拔枪威胁群星商会三少爷的命？他是个疯子吗？！

这一刻，8号觉得自己的心脏差点骤停，毫不犹豫地冲上前将陈伶手中的枪压下，狠狠地瞪了他一眼。陈伶面无表情。

"你，你你你……"阎喜才脸色煞白，他长这么大，第一次被人如此干脆狠辣地威胁，"你知不知道我是谁？！你敢拿枪指着我？"

8号深吸一口气，放低姿态，抱歉地对阎喜才开口："实在不好意思，陈伶他刚晋升执法者，太年轻，可能不知道您的身份……"

"陈伶！这位是极光城群星商会的三少爷，群星商会你应该了解，掌握了七大区九成的资源渠道，极光城内60%的店铺都是他们家的。除此之外，他们还是极光界域执法者总部的最大赞助商，是给执法者乃至执法官发工资的人……你明白我的意思吧？"8号瞪着陈伶，几乎是咬牙说出的这句话，尤其是后面半句。群星商会是所有执法官的钱袋子，包括那三位护送众人的极光城执法官，可是有随时中断行程的权力……要是敢在这儿伤阎喜才半根汗毛，三区所有人都将失去进入"古藏"的资格！

听到8号的吹捧，阎喜才的表情终于缓和些许……三区到底是乡下地方，小执法者不懂自己身份的含金量也很正常，越是无知，越是鲁莽粗鄙。阎喜才正欲开口说些什么，那枪口又抬了起来。"阎喜才是吧。"陈伶平静开口，"刚才冲我丢钱的，是这只手吗？"在所有人惊骇的目光中，陈伶毫不犹豫地扣动扳机。"啪——"与上次不同，这次陈伶动手太快了，而且压根没有任何预兆，所有人都以为他在知道阎喜才的身份后会大惊失色，然后放弃抵抗……可谁承想，他居然还敢开枪？？

"啊！！"阎喜才眼睁睁地看着枪口对准自己的眼珠，紧接着就是扳机扣动的声音，他惊恐地大叫一声，整个人失去平衡，仰面摔倒在地！一阵彻骨寒风吹过甲板，阎喜才魂都被吓掉了……他呆呆地看着那毫无动静的枪口，足足傻了几秒，才回过神来。枪膛中，压根就没有子弹。深棕色的大衣在风中轻摆，陈伶缓缓放下枪，看向狼狈倒地的阎喜才的目光中，浮现出一抹戏谑。

"陈伶！你在做什么？！"8号难以置信地看着陈伶。

"极光城的这群人，不过是命好，都是一群投了好胎的酒囊饭袋……"陈伶悠悠开口，"江勤长官，这不是你跟我说的？"

8号愣住了。他死死地盯着陈伶那张面孔，不知过了多久，才声音沙哑地开口："你这是要造反？不对，你根本就不是……"后半句话，8号并没有说出来。但所有隐藏在暗中的篡火者，都像是意识到了什么，看向陈伶的目光闪烁着迟疑与震惊。

"江勤长官，你是要责罚我吗？"陈伶坦然地与8号对视，双眸眯成一个微妙的弧度，"在这艘船上？"

8号一怔。在外人看来，这段对话无疑是三区执法者之间产生的矛盾。只有篡火者，能从中看出不一样的东西……要么，是13号想造反，不过这种可能性微乎其微；要么，眼前的那个男人，根本就不是13号……而是陈伶本人。在那辆列车上，所有人都以为13号必然能杀了陈伶，毕竟他们一个是"盗神道"二阶的强者，另一个只是刚刚成为执法者的普通人。一个普通人，能反杀13号，而且还敢顶着对方的"名字"，陪他们玩了一路的双重身份？这怎么想都不可能！但偏偏……这个情况发生了。

陈伶淡定地看着眼前的8号，嘴角微微上扬……他当然知道自己在篡火者面前身份已经暴露，不过并不在意。这里是前往"兵道古藏"的船只，船上有无数个执法者，以及三位执法官，就算篡火者等人知道他的身份，也断然不敢出手，更不可能说破。始终隐藏好身份，躲在篡火者队伍里，安稳进入"兵道古藏"，伪装到最后一刻将所有人反杀……这固然是个不错的选择，但对陈伶而言，没那么有吸引力。既然这是一场"演出"，他就要尽可能地提高观众期待值，设计更有趣的矛盾点。陈伶，有一个更加疯狂的计划！

061·"兵道古藏"

观众期待值 +3%

"你……敢耍我？！"阎喜才的后背已经被冷汗浸湿，他回过神，整个人都要气炸了！他以为自己在死亡边缘走了一圈，然后发现，这不过是陈伶跟他开的一个玩笑……在这一瞬间，他的生死被陈伶玩弄了。"你居然敢耍老子！你怎么敢……"阎喜才踉跄着爬起身，眸中满是血丝，他暴怒开口，"给老子弄死他们！""喇——"下一刻，围在阎喜才周围的众多执法者，同时拔枪，十多支枪的枪口对准了中央的陈伶与8号。"一群乡下的土狗！还敢戏弄老子？"阎喜才一把夺过身旁一位执法者的枪，猛地把枪口抵在陈伶额头，"你拿什么跟我斗？老子一声令下，半条船的人都得来杀你！还有你！"他猛地掉转枪口，对准一旁的8号，"对，老

-149

子就是投胎投得好！老子一句话就能让你们这群三区的土狗去投胎！不服吗？"

8号："？"

8号完全是被陈伶牵扯进来的，心里已经开始骂街了。他辛辛苦苦带着几个篡火者，盗走三个大区的执法者的身份，一路隐藏身份到这里，就是为了不惹事地混入"兵道古藏"……可一个陈伶的出现，直接让他们站在风口浪尖。事情闹成这样，是8号打死也没想到的。

"才少爷，真的要开枪吗？"见阎喜才几乎疯魔，一位尚且保持冷静的极光城执法者小心翼翼开口。

"怕什么？本少爷杀两个土狗，还摆不平吗？都给我开……"

"慢着！"

就在阎喜才即将下令之时，三道穿着黑色风衣的身影，匆匆赶来。三位执法官原本在船舱内开会，商讨接下来的航线，结果听到外面一片喧闹，出门一看，这才知道已经闹翻了天。

"都把枪放下！你们都不想进'古藏'了吗？"五纹执法官冷声开口。

众人对视一眼，都默默地放下枪。

"李长官，你这是什么意思？"阎喜才眉头紧锁，"是他们先惹我的，我只是正当防卫。"阎喜才着重强调了"正当防卫"四个字。

"阎少爷，请不要让我们难做……如果这条船在进入'兵道古藏'前出了人命，按规定必须返航，接受来自极光城执法者总局的调查。"

听到这句话，阎喜才眼中的怒意才按捺些许。这确实是由执法者总局下达的命令，若是在别的地方，他杀人也就杀了，但这艘开往"兵道古藏"的船，对极光界域而言有非同寻常的意义。但即便如此，阎喜才心中依然不甘，他死死地盯着陈伶二人，眼眸中寒芒闪烁。

一位四纹执法官见此，凑到他耳边，悄声开口："阎少爷，您先忍一忍，等到了'古藏'里面再动手也不迟啊？每年在'兵道古藏'折损一二人，都是常事，在这条船上弄出人命，我们所有人都担不起啊……"

阎喜才看了他一眼，气顿时顺了不少，瞥了眼陈伶二人："也好，等进了'古藏'再收拾他们。"

见阎喜才没有继续发难，众篡火者终于松了口气，不过能预感到，进入"兵道古藏"之后，计划也许不会那么顺利了。8号深深地看了陈伶一眼，后者嘴角上扬，对他露出人畜无害的笑容。但不知为何，看到这个笑容，8号心中有些发毛……

随着轮船逐渐划开蔚蓝的海面，一块块硕大的冰层开始出现在周围，刺骨的寒冷仿佛渗入骨髓，哪怕众人已经穿着厚重的衣服，也难以抵挡这种酷寒。与此同时，在地平线的尽头，一片黑色的天穹逐渐浮现。即便此时还是下午，冻海之上的阳光已经开始暗淡，昏暗的海水裹挟着厚重的冰层，在船边流淌而过……这片天地，正在以肉眼可见的速度，坠入黑暗。众人站在甲板上，仰望天穹，他们中的绝大多数人没见过这等场景，陈伶也同样如此。冻海上，有一片黑色的天空？

这是陈伶来到这个时代之后，第二次看到大规模的超自然现象……第一次是极光。然而，即便是在极光界域内无处不在的极光，此刻也没能延伸进这片黑色天空，仿佛这片天地中有一道无形的屏障，将所有极光隔绝在外。

"这是……"年轻的执法者们面面相觑。

"'兵神道'的领域。"四纹执法官缓缓开口，"人类诞生至今，已经有数万年的历史，从我们开始群居的那一刻起，人类文明便随之诞生……从最开始的砍柴、生火、捕猎，到文明繁荣之后的诸多细化分工，'职业'的概念贯穿整个人类文明。书医兵黄青巧弈，戏偶巫力卜盗娼……十四条通神道路，便是人类文明的长河中，一部分职业'神性'的体现，而'神道古藏'是相应神道在人间'神性'的具象化，它蕴含了过往数万年中，人类在某一条道路上的所有积累……'兵道古藏'，便是自人类出现以来，所有杀伐与战争的载体。你们看到那柄剑了吗？"众人顺着他的手指看去，只见在黑色天穹的中央区域，一柄贯穿天地的黑色巨剑，宛若山峰般巍然屹立。那柄剑好似从天穹而来，贯穿人间，直指地心……即便众人站在甲板上仰望，都只能看到那柄剑的半截剑身，另一半剑柄已经没入漆黑的天空上方，肉眼无法看见。"那柄剑的下方，便是'兵道古藏'。我们……要去那柄剑的下面？"

"没错，不过只是最外围的区域……'兵道古藏'的范围极大，能够向你们开放的，只有很小的一片地方。"执法官停顿片刻，"'兵神道'，以杀伐证道，在极光界域内你们没机会杀人，但在'兵道古藏'显化的古老战场，可以肆意厮杀……当你们从血与火中寻到共鸣，在屠戮中汇聚足够的杀气，便有机会引来'兵神道'的道基，赐予踏上神道的资格。"

众人怔怔地看着那柄逐渐靠近的天穹巨剑，一时之间心神震撼无比……轮船嗡鸣，寒风呼啸，甲板上众人的衣摆被狂风卷起，猎猎作响。

062 · 以"白银之王"的名义……

"寻找共鸣，汇聚杀气……这就是引来'兵神道'道基的关键吗？"陈伶将这八个字记在心中。他突然想起，自己在宅院中获得"兵神道"注视时，似乎就是处于这种状态……强烈的仇恨占据他内心，他站在骨刀的面前，从来没有杀过人的他，用一柄匕首剖开了对方的身体。当时他内心蕴含的杀气，足足屠戮了整座宅院，才勉强平息。不过区别在于，当时他是被天穹中代表"兵神道"的星辰直接赐予神道，而这次进入"兵道古藏"的众人，是从"古藏"的道基中获取神道，单论效果来说，后者应该是不如前者的。

"进入'古藏'之前，有两个规矩，你们一定要记住。第一，'兵道古藏'显化的所有生物，你们都可以随意杀戮，因为他们都只是古老杀气的投影……但你们彼此之间，不能自相残杀，显化的生物死了，还可以再生，但你们死了……就是真的死了。"说到这儿，他看了眼阎喜才，又补充一句，"当然，如果是在厮杀过程中死在被显化的生物手中，就算是意外……无论如何，你们都要以自身性命为重。第二，你们进入之后'古藏'会自动关闭，直到二十四小时后才会再度打开，在这期间无法临时退出，还是那句话，如果遇到了突发情况，以自身性命为重。每年都会有执法者被送入'兵道古藏'，但能够踏上'兵神道'的，只有不到十分之一……踏不上'兵神道'不要紧，但要是人死在这里，就什么都没了。"执法官的每一句话，都在提醒众人不要太激进，尽可能减少"古藏"内的无谓死伤。

与此同时，陈伶也感受到一道目光落在自己身上。他回过头，发现阎喜才在众多执法者的簇拥下，正对自己冷笑……而其余七位篡火者，同样皱眉看着他，眸中目光闪烁。陈伶直接无视这两拨人的目光，深棕色的大衣随风轻摆，站在船头看着逐渐靠近的"兵道古藏"，不知在盘算着什么。

没多久，轮船便来到那柄天穹巨剑的下面，停靠在一扇庞大的大门前。没有墙体，没有路径，那扇黑色的大门就这么孤零零地矗立在冻海海面，它的背后，便是无尽的虚无……

"到了。"四纹执法者看了眼时间，"穿过那扇门，便算正式进入'兵道古藏'内部……二十四小时后，船会在这里等你们。"

众人对视一眼，纷纷来到那一侧的甲板边缘。他们看着那扇矗立在虚无前的黑色大门，一时之间不知该如何进入……就在这时，始终一言不发的卢玄明突然走出，一步踏上栏杆，身形高高跃起，然后坠入黑色大门内，彻底消失不见。卢玄明的干脆与果决，让其他人心中一惊。很快便有越来越多的人效仿，他们深吸一口气后，从船上一步跃入门内。

"陈伶是吧？"阎喜才一只脚踩在栏杆上，对着陈伶冷笑，"我在'古藏'里等着你……"说完，他的身形也一跃而下，消失无踪。七位篡火者紧随其后。

等到众人几乎走完，甲板上只剩陈伶孤零零一人，黑色的天穹巨剑之下，他的身形宛若蝼蚁般渺小。三位穿着风衣的执法官站在他的身后。"进去吧。"五纹执法官缓缓开口，"就算你现在选择退出，等上岸之后，阎喜才一样会想办法杀了你……他的势力，远比你想象的要强大。"他们见陈伶迟迟不进去，都以为是陈伶怕了，毕竟只要他不傻，都知道进了"古藏"之后，阎喜才一定会发动所有力量来追杀他，进入这座"古藏"对他而言，几乎是十死无生。

沉默许久之后，陈伶缓慢转过头，对着三位执法官微微一笑。"谁说我要退出？"他身体后倚在栏杆之上，轻轻向后一仰，便轻盈地坠落船下，消失在黑色大门之中。

观众期待值 +3%

当前期待值：77%

陈伶的眼前陷入一片黑暗，等到他再度睁开双眸之际，双脚已经站在一座悬崖之上。刚刚比他提前进入"古藏"的众多执法者，此刻正站在他的前方，围成弧形，似乎在等他……他们看着陈伶，目光中有唏嘘，有惋惜，有幸灾乐祸，有同情怜悯。但凡在船上看见他与阎喜才产生摩擦的人，都知道……陈伶死定了。这是他惹恼了阎喜才的必然后果，归根结底，他也只是个三区刚晋升上来的小执法者，如何敌得过手握权势的阎喜才？他们中，也有来自其他大区的执法者，对陈伶大都是同情，毕竟就算把陈伶换成他们，今天的下场也不会好到哪里去……但他们同样不可能站出来替陈伶说话，现在他们唯一庆幸的，就是阎喜才盯上的是陈伶，而不是自己。

在众人围堵之下，陈伶的脸色没有丝毫改变，他转移目光，看向站在最边缘的8号等人。几位篡火者目光闪烁，似乎并不打算插手陈伶的事情，不知在想些什么。

"你竟然真的敢进来……该说你是自大呢，还是勇敢？"阎喜才在众多执法者的簇拥下，悠悠开口，看向陈伶的目光阴森凛冽。随着他右手轻抬，身后的十余位极光城执法者，同时拔枪！十多个漆黑的枪口对准陈伶，没有给他留下任何闪避死角……阎喜才这是铁了心，要在这里杀死陈伶。子弹在膛中蓄势待发，陈伶的前面是密集的火网，后面是无尽的深渊，他已退无可退。陈伶的手向腰间伸去。他掏出枪的那一刻，所有人的神经都骤然绷紧，阎喜才下意识抓住口袋中的祭器，蒲文一步护到他的身边，"书神道"的气息悄然散发，与此同时，所有持枪执法者都下意识地准备扣动扳机！

但在众人紧张的氛围中，陈伶却缓缓将枪口塞进了自己的嘴里。陈伶笑了，嘴角控制不住地咧开，眼眸中浮现出疯狂！"你们以为，我死了……一切就结束了吗？"他在众目睽睽下，抬起右手指尖，轻轻点在自己的眉心……像是一位虔诚无比的信徒，对着虚无开口，"篡天道，夺乾坤。以终焉盗神'白银之王'的名义……你们，都将死在这里。"

"砰——"陈伶扣动扳机，在子弹穿透他咽喉的瞬间，他的脸部一晃，化作那位被他反杀的13号篡火者模样，然后无力地向身后的深渊坠去……

篡火者："？"

063·混乱序幕

随着陈伶在众目睽睽下吞枪自杀，世界都陷入死寂。所有人都错愕地看着那空荡的悬崖边角，一时之间，思维都停滞了。

"自杀了？"阎喜才怔了许久，"我还以为他的骨头有多硬……结果就这么自杀了？？"

"好像不太对劲……你们刚才看到了吗？他的脸在中弹的一瞬间，变成了另外一个人。"

"看到了，那是怎么回事？"

"我本来就觉得奇怪，一个三区来的小执法者，怎么敢这么肆无忌惮地跟阎少爷对着干……所以，他根本就不是陈伶？"

"他是篡火者。"就在众人议论纷纷之际，蒲文突然开口。他的脸色凝重无比！"篡天道，夺乾坤。以终焉盗神'白银之王'……这是篡火者的信仰。"

"篡火者？！"听到这三个字，在场的所有人脸色大变！

"就是那个被所有人类界域通缉的邪恶组织？他们也来极光界域了？"

"我听说过，篡火者的每一个成员，都是'盗神道'的拥有者，他们可以轻易盗走任何人的脸，然后混在人群之中……"

"他们以盗取他人的一切为乐，身份、金钱、记忆、情感、家庭……据说还可以盗走别人的神道？！"

"所以刚才死的根本不是陈伶，而是混入我们之中的篡火者？"

"他们混到'兵道古藏'里来了？！"

众人你一言我一语，恐怖惊悚的氛围在封闭的"古藏"中急速蔓延！

与此同时，一旁的篡火者也蒙了。他们本以为是陈伶反杀了13号，然后假装成篡火者混入他们内部……可刚才陈伶中弹后，分明又变成了13号的模样！所以，13号并没有失手，刚才做那一切的，都是13号本人？他背叛了？可……可他图什么呢？所有篡火者都觉得自己脑筋转不过来了，面面相觑，只能在对方的眼中看到迷茫。

"他刚才说，我们所有人都会死。"一直沉默不语的卢玄明突然开口。

如果是陈伶说出这句话，众人只会觉得可笑，毕竟他只是一个无权无势的三区小执法者……可如果说出这句话的，是一个伪装成陈伶的篡火者，那性质就不一样了！此刻众人再回味刚才陈伶自杀前的言语、表情、笑容……只觉得后颈一阵发凉。

"可他现在都死了……还能杀了我们吗？"执法者中，有人声音沙哑地开口。

"你凭什么肯定，我们中只混入了一个篡火者？"

这句话一出，所有人汗毛都竖了起来，篡火者的心更是坠入谷底！

"篡火者混入'兵道古藏'，图谋必然不小……你觉得他们会只派出一个人吗？"卢玄明低沉的声音在众人耳边回荡，"换个角度，如果只有他一个人，那他为什么要主动挑衅阎喜才，让我们群起而攻之？这不是主动暴露身份找死吗？"

"你的意思是，他其实是在主动吸引我们的注意力，替他的同伙隐藏？"

"这也说不通啊……他一死，我们也知道有篡火者混进来了，这不是更加容易暴露队友吗？"

"会不会是他们篡火者内讧了？"

"不排除这个可能……但我还是觉得不对。"

陈伶挑起了极光城执法者的杀意，将篡火者戏耍得一脸蒙，然后这个站在风口浪尖的神秘年轻人，居然就这么干脆地自杀了……只给他们留下无尽的谜团。

阎喜才脸色难看无比，本以为进了"古藏"，自己就能宰了那个陈伶出气，可万万没想到，自己反而更难受了。"所以，我们中间真的混入了篡火者？"他咬牙开口，"是谁？！"

众人面面相觑，看向彼此的目光中多了一丝戒备与迟疑。按照刚才卢玄明的说法，他们周围的任何一个人，都有可能被篡火者给调包了。

"如果我没记错的话，那个陈伶应该是和三区、五区、六区的执法者坐同一班车来的。"蒲文像是想到了什么，"他们加起来也就八个人，如果要在路上调包的话，应该是最合适的人选？"

"唰——"所有人猛地转头看向8号等人。

"而且他们还早一天到了。"一位四区的执法者紧接着说道，"他们距离凛冬港很近，尤其是三区，仔细想想，根本没必要提前一天到……就算是来玩的，路上刚好碰到同样来玩的五区、六区执法者也太巧了！"

"说起来，在船上的时候，那个陈伶和他们三区队长的对话也很奇怪啊……"

七位篡火者的心随着众人的对话，越发紧张，明显感觉到其他人看向自己的目光浮现出惊惧与猜疑，然后飞快地远离他们，其中有一些人甚至表露出杀意。这叫什么事啊？！七位篡火者现在欲哭无泪。他们老老实实地伪装在执法者队伍里，什么也没干，结果身份突然就要暴露了……而且陈伶一死，所有的线索都断了。眼看着自己身份就要暴露，几位篡火者目光开始交流，神情浮现出阴狠。既然快暴露了，还不如就直接把他们都杀了？反正进了"古藏"，不管他们怎么大开杀戒，外面的人都不会知道……虽然人数整整差了十倍，但对方绝大多数是普通人，杀起来并不难。

"三区执法者江勤。"卢玄明双手抱在胸前，缓缓开口，"我们需要核验你们面孔的真实性，你们同意吗？"

猜疑已经产生，如果不确认三区这群人的身份，谁还能安心地在"古藏"中历练？

"如何核验？"8号反问。

"我听说篡火者盗取面孔，只是将对方的血肉铺在自己脸皮之上，你让我割开你的脸，看看底下还有没有脸，自然就能核验。"所有枪口瞬间掉转方向，对准七位篡火者。

8号见此，神情接连变换，他沉默许久，深吸一口气，恶狠狠地开口："动手！"事已至此，就算他们拒绝核验也毫无意义，与其如此，不如直接出手，杀了这群碍事的执法者！这两个字一出，七位篡火者同时变脸，恢复了原本的容貌！目睹这一幕的众人，心中大惊，他们差一点就让这几个篡火者骗过去了……与此同时，他们毫不犹豫地扣动扳机！但下一刻，他们手中的枪凭空消失，转而出现在七位篡火者手中。

"一群毛都没长齐的小子……老子忍你们很久了！"

8号啐了一口，枪弹的火光瞬间照亮悬崖边缘！

一场厮杀，拉开序幕。

064·演出，开始

这一手武器盗取，直接让大部分执法者蒙了。他们大部分是没触过神道的新人，对"盗神道"这种来自极光界域之外的神道更是不了解，被盗走武器的瞬间，同时愣在原地。"砰砰砰砰——"枪声接连响起，站在最前面的那批执法者，如风吹稻草般应声倒地。第一拨开火，执法者这一边就损失十余人，阎喜才大惊失色，一把拉过一位执法者挡在身前当盾牌，同时右手的戒指侧面弹出银针，随手刺入被射成马蜂窝的执法者体内。随着那位执法者的血肉被疯狂吞噬，戒指表面的红色珠宝亮起，一股神秘力量自阎喜才掌间荡开。"揉！"阎喜才随意将被吸干的执法者丢在一旁，右手对着枪林弹雨凌空一握，下一刻，七位篡火者盗取的枪，就像是被无形大手疯狂蹂躏，笔直的枪管蜷缩成团，子弹炸开枪膛，反将他们的手掌震伤！

"祭器？"8号见此，眸中闪过一缕微光，右手抬起便向阎喜才抓去。就在他即将盗取阎喜才祭器的瞬间，蒲文向前一步，从袖中夹出一张宣纸，对着七人凌空一点。宣纸的表面，一个漆黑的字体苍劲有力——"定"。随着这个"定"字淡化在纸面，七位篡火者的身形同时一滞，仿佛身体被化作石雕，短暂地僵硬在原地。"书神道"，第一阶——"封字"。

见到这一幕，8号心中一沉，没想到这个蒲文竟然真的已经掌握"书神道"……那他是怎么得到这个进入"兵道古藏"的名额的？阎喜才身边带着他，不就是明目张胆地作弊吗？电光石火间，一束刀芒从昏暗中斩出，月牙般划过一位被定身的篡火者脖颈！黑衣卢玄明停下身形，笔直的刀身已经被鲜血浸染……七位篡火者，再减其一。

"快走！"卢玄明斩杀一人，却并未继续出手，而是干脆利落地向"古藏"深处冲去，"我们不是他们的对手！分头跑！！"这一句话也惊醒了其他执法者，他们毫不犹豫地掉转方向，四下散开。虽然他们有七十多个人，但只是一个照面，就被几位篡火者屠杀十余人，虽然凭借阎喜才的祭器、蒲文的"书神道"，以及冷不丁出手的卢玄明，勉强杀死了一个篡火者，但等其他篡火者挣脱"定"字，依然能轻易地将他们所有人反杀！一秒之后，8号率先挣脱"定"字，目光阴森地看着往不同方向逃入"古藏"的众人，犹豫许久后，并未选择追击。

"该死！14号被斩首了！"其余篡火者恢复行动，看到一旁身首分离的同伴尸体，脸色难看无比。

"是我们太轻敌了。"8号缓缓开口，"阎喜才，卢玄明，蒲文，这三个人都是极光城内极有权势的年青一代……进入'兵道古藏'，怎么可能没有防身手段？"

"主要还是那个蒲文。"17号咬牙说道，"要不是他的'书神道'，我们瞬间就能盗走阎喜才的祭器，还有卢玄明的刀……下一次见面，一定要弄死他们！"

"8号，我们不追吗？"

"别忘了我们的目的，一切以盗取'兵神道'道基为重。"8号看向众人逃走的方向，冷笑起来，"至于他们……就算让他们拖过二十四小时，'古藏'重新打开，那又怎样？在门外等他们的，不会是那三个极光城来的执法官……而是一位盗圣。"

其余篡火者想象到那个画面，嘴角纷纷扬起，心中顿时大定……有一位盗圣在外面给他们撑场子，他们还怕什么？

"也是，那就让他们再蹦跶一会儿。"

"就是这个13号，实在是让人搞不懂……他究竟是谁？"

"管他做什么，一个死人，还能掀起什么浪花？"

"我就是感觉，这一切都怪怪的……"

"行了，别多想，现在一切以盗取'兵神道'道基为重。"

六位篡火者转身离开悬崖，径直走向"兵道古藏"深处，很快便消失在地平线的尽头。

不知过了多久，一只血色的手掌，缓缓扒上悬崖边缘。呜咽的寒风在悬崖底部好似鬼哭，一个穿着大红戏袍的身影，从深渊中爬起。陈伶从嘴中吐出一枚弹壳，被洞穿的头颅正在以肉眼可见的速度修复，目光扫过满地的血色尸骸，似乎在清点着什么。"一、二、三……十二、十三，死了十三个，还剩下六十四人……厮杀得还不够激烈啊。"

完成一场至少五十人参与的演出，并确保演出结束后，无人生还——这是扭曲神道给陈伶留下的——演出目标。也就是说，他必须确保二十四小时之内，所有人都死在这里。如果仅凭他一人，想杀死其余七十七人，无疑困难无比。因为其中，包含了七位抱团的篡火者，手握祭器、被众多执法者簇拥的阎喜才，拥有"书神道"的蒲文，以及战斗力未知的卢玄明。好消息是，神道只要求"无人生还"，没有要求陈伶亲手杀死所有人……于是陈伶亲手编导了这个"剧本"。以自

- 157 -

身的死亡为饵，引火至其他篡火者身上，在双方厮杀之际，他不仅能兵不血刃地引发伤亡，也能借此遁出所有人的视野，在暗中操控这一切……

观众期待值 +8%
当前期待值：35%

昏暗的悬崖边，鲜血将大地染成猩红。穿着大红戏袍的陈伶缓缓蹲下身，指尖在唇间一点，然后按在血色大地之上……像是一位即将开始演出的演员，在亲吻舞台。他的嘴角抑制不住地上扬，仿佛在完成某种仪式，喃喃自语："演出……开始。"

065・是那秦军走狗！

"怎么样？他们追过来了吗？"阎喜才远离悬崖，一口气往外冲了数公里，才气喘吁吁地停下脚步。此刻他的身边，除了始终跟随的蒲文之外，就只剩下八位极光城执法者，刚才仓皇之中，大家几乎都跑散了。

"没有。"一位执法者往后看了一眼，"这里应该安全了。"

"该死……极光城的执法官都是干什么吃的？！居然让篡火者混了进来。"阎喜才骂骂咧咧地开口，"问责！这事一定要问责！我要他们给我一个交代！"

就在几人说话之际，一个身影匆匆往这里跑来。

"是篡火者吗？"看到他过来，阎喜才顿时神经紧绷。

"不是，是小简。"看到那人的面孔，一位执法者当即开口，"他腿不太好，跑得有点慢。"

"他一直跟在队伍后面……不会被篡火者调包吧？"人群中，不知是谁小声说了一句。这句话一出，众人的脸色立刻变了，他们警惕地看着满头大汗的小简，像是在忌惮什么。

"阎少爷，你们等等我……"小简瘸着腿，踉踉跄跄地从远处跑来，脸色都有些发白。然而还未等他靠近众人，阎喜才便冷冷开口："站住！"小简猛地愣在原地。"你是谁？"

"我……我是小简啊。"小简被吓蒙了，语无伦次地回答，"我爸是简长林，是您家里的园艺师……我今天上午还给您倒过茶，您不记得我了？"

阎喜才双眸一眯，给了身边的执法者一个眼神，后者顿时会意。他从腰间拔出一把短刀，缓步向小简走去。

"阎少，您这是……"

"核验一下你的身份。"阎喜才淡淡道，"你走得太慢了，不排除被篡火者调包的可能。"

"我没有啊！阎少！我真没有！"小简顿时急了，"我跑得慢是因为腿瘸了，我真的没有被调包啊……"

"有没有被调包，割开你的脸就知道了。"

那位执法者走到小简面前，短刀的寒芒映照在他的脸上，小简双腿一软，直接"扑通"一声跪倒在地。"阎少，你别割我的脸……我求你了，我已经是个瘸腿了，您要是再割了我的脸，我以后还怎么混……"

拿刀的执法者见此，有些犹豫，回头看向阎喜才，后者却厌烦地挥了挥手："看我干吗？割。"

"……抱歉了，兄弟。"执法者一把拽住小简的衣领，锋利的刀尖刺入他的脸颊，然后用力一点点往下划。凄厉的惨叫声从小简喉中传出，他的面孔痛苦地扭曲着，一道狰狞的刀口划过大半脸颊，露出下面的血肉……血肉之下，没有另一张面孔。执法者收起短刀，站起身对着阎喜才等人微微点头："是他本人。"众人终于松了口气。

"行了，危机解除。"蒲文看了眼悬崖的方向，"那群篡火者没追过来，应该是有别的目的……"

"只要不来惹我们，他们想干吗都无所谓。"阎喜才沉声道，"只要二十四小时一过，他们必死无疑……在那之前，我们还有更重要的事情要做。这次为了把你带进'古藏'，我算是把所有人脉和人情都用遍了。要是还不能让我踏上'兵神道'，我这辈子都别想执掌群星商会。"

"事先说好，我只能用'书神道'帮你掠夺杀气，你自己能不能踏上'兵神道'，与我无关。"蒲文看了他一眼。

"不用你提醒。"阎喜才眼眸中闪烁着狠辣，大手一挥，"走，抓紧时间。"

众人纷纷跟在阎喜才身后，径直往"古藏"深处进发，偌大的荒野之中，只留下一个满脸鲜血的身影，尸体般躺在原地。小简挣扎着爬起身，一道触目惊心的刀痕贯穿脸颊，他呆呆看向远去的众人，眼眸中满是灰暗。片刻之后，他终于回过神来，咬着牙一步步跟上他们的脚步。

"这里就是'兵道古藏'的内部吗……"灰暗的天空之下，一袭大红戏袍的陈伶独自站在荒芜之地，喃喃自语。陈伶没有去追杀任何一方的势力，距离"兵道古藏"再度开启，还有足够的时间……这段时间内，不如让矛盾自己发酵，他相信这场混乱的厮杀远远没有结束，只是暂时停歇。换句话说，让子弹再飞一会儿。而陈伶也需要一点时间，来寻找盗取道基的方法。他清楚地记得进入"古藏"前，带队的执法官说过，当从血与火中寻到共鸣，在屠戮中汇聚足够的杀气，便有机会引来"兵神道"的道基……这具体该怎么做呢？

陈伶一边思索着，一边翻过一座小山丘，只见距离山丘不远处，一道狭长的沟壑嵌入大地，沟壑中有十个穿着甲胄的身影，拿着兵器站在一起，像是在交谈。看他们的服饰与武器，都不像是这个时代的人……这就是执法官所说的古老杀气投影？陈伶犹豫片刻，径直走下山丘，向那道沟壑走去。他刚踏入沟壑的范围，那十个甲胄身影便像是察觉到了什么，猛地回头，他们死死盯着红衣陈伶，仿佛那是他们的杀父仇人，大吼一声："是那秦军走狗！杀！！"下一刻，十人提着长矛，杀气腾腾地便向陈伶冲来。陈伶愣了一下，下意识地后退一步，踏入沟壑的脚掌离开原地，紧接着，那十个甲胄身影突然停下身，像是失去了目标，转身重新向后走去。他们放下兵器，聚集在一起，像是在讨论什么。

陈伶："？"

他若有所思地将右脚又踏入沟壑，那十人顿时目眦尽裂，提着兵器就向陈伶杀来！

"是那秦军走狗！杀！！"

陈伶脚掌收回，他们再度闭嘴回头……陈伶又迈出一脚。

"是那秦军走狗！杀！！"

"……"

"是那秦军走狗！杀！！"

"……"

接连重复数次，陈伶看向沟壑十人的表情古怪无比……这不就是NPC[①]吗？！

066 · 存储器

陈伶似乎明白这座"兵道古藏"是怎么回事了。船上的执法官说过，"神道古藏"是对应的神道在人间"神性"的具象化，蕴含了过往数万年中，人类在某一条道路上的所有积累。一开始陈伶还没什么概念，可眼下这一幕，让他顿时回想起了上个时代的某个名词——存储器。"兵道古藏"像是个超级存储器，将人类有史以来的所有"战争"与"杀伐"汇聚在这里，并以某种逻辑显现刷新，而他们所在的试炼部分，应该就是这个存储器的边缘区域。眼前的这个十人沟，似乎留存了一段战争历史，一旦有人进入这片范围就会触发，而只要离开，里面的杀气投影就会自动复位。怪不得执法官说让他们量力而行，在这种模式下，只要参与的执法者不自己作死，一旦感觉打不过立刻就跑，就能确保自身安全，用来给他们这群菜鸟历练再适合不过。陈伶又是一步踏入沟壑，这一次他并未退出，而是笔直地向那十人走去。

[①] non-player character 的缩写，意思是非玩家角色。

"是那秦军走狗！杀！！"十个士兵大喝一声，提着长矛急速向陈伶冲来，在这狭窄的地形下，除了正面应敌，没有别的选择。血迹斑驳的矛尖破开空气，却并未触碰到陈伶的身体，那抹大红轻盈地避开长矛轨迹，眨眼间跨过数步，一把闪烁着寒芒的匕首便划过第一位士兵的咽喉。紧接着，三支长矛呼啸着刺来！这些士兵和冰泉街的那些杂碎可不一样，明显是受过训练的，无论是彼此间的配合，还是出手的角度，都极为刁钻。陈伶握着匕首，在沟壑中接连后退，避开疯狂扎刺的矛尖，与此同时脚掌在一旁的墙面用力一蹬！他的身形腾跃半空，直接越过这长矛之墙，鬼魅般落在几人的中央。戏袍的衣摆卷起一道圆弧，雪白的寒芒瞬间夺走三人的生命。在这种贴身情况下，匕首的灵活性远超长矛，几位士兵压根反应不过来，便接连倒下。短短一个照面的工夫，陈伶便杀了四人。他回头望着几具倒在血泊中的尸体，心中有种说不上来的感觉……他不知道自己是怎么做到的，刚才借助墙壁飞跃半空然后斩杀众人的那一招，对他而言完全是战斗本能，在那一刻他根本没有思考，就仿佛……他天生就知道该如何最高效地杀人。接连斩杀四位士兵，陈伶亲眼看着他们的尸体化作黑气，涌入自己的体内，与此同时，一股莫名的渴望涌现在脑海。这种感觉很难描述，就像是刚看完一部黑帮电影走出影院，腰杆不自觉地挺得笔直，目光桀骜，看谁都像是看小瘪三的那种莫名自信。在杀气的洗礼下，他的灵魂在渴望更激烈的战斗，渴望更多的血与火。

　　陈伶眼眸中凶光闪烁，他毫不犹豫地再度出手，向剩下的六位士兵杀去！一抹红衣在人群中飞舞，因为陈伶的灵活性，长兵器的优势荡然无存，六位士兵在沟壑中且战且退，根本无法抵挡那匕首的刁钻进攻角度。终于，在陈伶的凶猛攻势下，他们的配合出现破绽，随着第一个身影被陈伶击杀，越来越多的身影接连倒下。鲜血浸满大地，杀气充满整道沟壑，然后被那抹红衣身影尽数吸入体内。

　　"走狗……不得好死……"陈伶的匕首刺入最后一位士兵的胸膛，后者血红的双眸死盯着他，鲜血自喉中涌现，直到说完这句话，才倒在血泊之中。最后一道杀气钻入陈伶体内，他低头看了眼满地尸骸，若有所思地开口："秦军走狗……也不知道这是哪段战争的投影。"

　　陈伶对历史不太了解，也没兴趣了解，对他而言，尽快盗取"兵神道"道基才是要事。就在他准备离开这条沟壑之时，脚下的大地突然震颤起来！"兵道古藏"的天空中，云层涌动，那柄洞穿天地的黑色巨剑终于在云雾中一点点露出真容，遥不可及的天穹之上，一点微光自剑柄的末端亮起，在那里，一块暗红的宝石好似星辰！这一刻，陈伶觉得自己体内的杀气开始沸腾，冥冥中仿佛有什么东西锁定了自己。等等……这感觉怎么这么熟悉？就在陈伶茫然之际，一条黑色的缎带自剑柄的宝石中延伸出来，好似游蛇般穿过云层，笔直地向他飞来！

　　与此同时，"兵道古藏"的其他区域——

"废物！这么多人，连三个杀气投影都解决不了吗？！"

一条小型沟壑之中，七位执法者生疏地手握刀剑，面对三位甲胄士兵的攻击，节节败退。阎喜才与蒲文站在沟壑之外，看着这场吃力的战斗，忍不住张口骂道："七个打三个都打不过？这几年的执法者，你们都是怎么当的？？"

正在沟壑内的七位执法者欲哭无泪。他们确实在极光城当了三年的执法者，但现在都什么年代了，执法者都是配枪出行，练枪法比练近身战不知道有用多少倍，有几个人还修习近战冷兵器的？可偏偏……他们的配枪都被篡火者盗走了。没了枪，他们只能捡周围的冷兵器战斗，可论近身战，连刀剑都没怎么握过的他们，拿什么跟人类历史中久经沙场的士兵们搏杀？于是，哪怕他们找到了一条只有三个杀气投影的沟壑，全力围攻之下，依然被压着打……让一旁的阎喜才气得直跳脚。

"蒲老弟，赶紧出手吧……再看下去，我怕我忍不住把这群废物全干掉。"阎喜才压抑着怒火，对身旁的蒲文说道。蒲文点点头，伸手在袖中一掏，一张宣纸再度出现在掌间。"定。"他对着三位士兵轻语。随着宣纸上的"定"字消失，三位甲胄士兵同时定格在原地，其余执法者终于松了口气，提着刀剑闷头就往他们身上砍去。

067・令牌

混乱中，有三位执法者正好砍到要害，将士兵消失后化作的杀气吸收。他们的双眸顿时明亮起来，心中仿佛有什么东西在生长，原本的疲惫消失无踪，连腰杆都不自觉地挺直，眉宇间多了一股英气。"还愣着干吗？出来啊！"阎喜才再度开口。众人立刻乖乖走出。

"这么半天的工夫，才吸了三个杀气……照这个速度，什么时候才能引来'兵神道'注视？"阎喜才不悦地开口。

"神道注视这种东西，是因人而异的。"蒲文在一旁适时解释道，"有的人天生适合'兵神道'，哪怕只杀一个人，都能引来神道；有的人不适合'兵神道'，就算聚集几十道杀气，也未必能引来神道……"

"我知道我知道。"阎喜才摆手，"所以我才请你过来嘛……几十道不够，那就吸一百道、二百道！我就不信了，我阎喜才跟'兵神道'就这么无缘？"说完，他指了指那三个吸取了杀气的执法者。"快用你的技能，把他们三个的杀气转移给我。"

蒲文摇了摇头："'吞'字的数量不多，尽量等他们杀气积累多了再用，否则效率太低了。"

"……行吧，那就先去找个杀气投影更多的地方，然后慢慢……"

"咚——"阎喜才话音未落，脚下的大地便突然震动！所有人都一愣，只见云层消散，一条黑色游蛇自巨剑剑柄处延伸，笔直地向不远处坠去……看到这一幕，阎喜才震惊地瞪大眼睛。"'兵神道'？这才进来多久，就已经有人要踏上'兵神道'了？！"

"不应该啊……这次的执法者中，竟然有这种天才？"蒲文若有所思，"难道是卢玄明？"

"走，过去看看。"阎喜才当即开口，"卢玄明我们惹不起，要是别人……那就不一样了。"

众人匆匆动身，向那条神道降落的地方赶去。

"8号，已经有人引来神道了。"一位篡火者看到远处的景象，当即开口。

"我看到了。"8号的目光沿着那条黑色缎带一路向上，最终落在剑柄的暗红宝石表面，"那就是'兵神道'的道基吗……"

"道基在剑柄上？那我们该怎么盗取？爬上去吗？"

"做不到。"8号摇头，"我们所在的地方，只不过是'兵道古藏'里最外围最小的区域，正是因为它简单无害，才会被选为极光界域的试炼场所……但越靠近那柄剑，里面的区域就越危险。据说，在'兵道古藏'的深处，还有数位极为古老而强大的存在……别说是我们，就算是盗圣来了，都不可能闯到那柄剑的周围。"

"那我们怎么盗取道基？"

"我们没法触碰到道基，但可以等道基主动来触碰我们。"8号抬起手，指着那条从道基中延伸出的黑色缎带，"那个，就是我们触碰它的媒介，也是唯一盗取道基的机会……"

"想盗取道基，首先得引动'兵神道'过来吗……所以我们也得像那些执法者一样，聚集杀气，引起道基的注视？"

"这是最稳妥的方法。"

众人一边说着，一边来到一个较大的沟壑之前。

沟壑的中央，五十多位甲胄士兵聚集在一起，列阵面朝前方，杀气腾腾。

七位篡火者在沟壑前站定，彼此对视一眼，微微点头。

下一刻，他们同时向沟壑内冲去！

十人沟——

黑色的缎带笔直地延伸到陈伶上空，一股肃杀威严的气息骤然降临。"……'兵神道'？"陈伶想起来了，自己当时在宅院中引来"兵神道"注视的时候，似乎也出现过这样的东西。不过区别在于，当时的缎带更粗，更凝实，像是从天穹中延伸而下的台阶……可眼前的这条，却是从那柄黑色巨剑的剑柄宝石处延伸出来的。

"这就引来'兵神道'了？"陈伶错愕地开口，"就这么简单？"不是说，即便进入"兵道古藏"，获得"兵神道"的认可也极难吗？不是说，每一届能踏上"兵神道"的，只有不到十分之一吗？陈伶有点蒙，毕竟只是随手挑了个十人沟，一会儿就全部杀穿……他万万没想到，这么轻易就引来了"兵神道"。从他进入"古藏"到现在，也就过了不到一个小时啊。这"兵神道"……这么不矜持吗？怎么每次自己随便"挑逗"一下，就吭哧吭哧过来了？"所以，那就是'兵神道'的道基？"陈伶的目光落在黑色缎带的源头，那镶嵌在剑柄的宝石之上，他试着伸出手，想要通过"兵神道"本身，去触碰那块宝石。可还未等他的指尖碰到黑色缎带，后者便猛地一震！随后，它像是看到了什么恐怖的东西，飞速地向后退去……陈伶一只手伸出，却只掏了个空。

陈伶："……"

他回头看了眼自己身后的虚无，一双双猩红的眼眸逐渐淡化，"观众"的威压直接吓退了"兵神道"，根本不给自己触碰的机会。果然，就算是进了"兵道古藏"，结局还是一样的。"神道看见我就跑……这就麻烦了。"陈伶眉头紧锁。自己连神道都碰不到，还怎么盗取道基？这么一来，也许只能去抢那群篡火者了……要他一个人去单杀六位篡火者不太现实，还是得借刀杀人，可现在执法者跟篡火者井水不犯河水，怎么才能加快进度，让他们重新打起来？

就在陈伶思索之际，一道黑影突然从退却的"兵神道"中掉落，划过昏暗长空，精准落在陈伶身前。"砰——"陈伶被沉闷的声响吸引，只见一枚染血的令牌，正安静地躺在地面上。他疑惑地看了眼退回道基的神道，迈步走上前，将那块令牌捡起，放在手中端详起来。这是块非常有年代感的令牌，入手冰凉，像是某种金属材质，透过暗黑色的厚重血污，勉强能看清下面的两个文字……那不是陈伶所熟知的简体字，反倒像是小篆。陈伶看不懂小篆，但第一个字从轮廓来看，很像是"白"字。白？陈伶立刻想到在列车上时，8号提到的盗圣白也……但第二个字怎么看也不像是"也"，再说这枚令牌相当有历史感，肯定不是近代的产物。陈伶仔细盯着那神秘的第二个字，在地上写画许久，然后有些犹豫地勾出另一个与之极像的简体字……灰白的大地上，两个字拼凑在一起，组成了一个让陈伶心头一颤的名字——白起。

068·它选中了我？

杀神白起？白起的大名，陈伶自然听过，这位的名号即便是放眼整个人类战争历史，也是响当当的存在。可为什么这枚刻着"白起"二字的令牌，会从"兵神道"中掉落？而且无论是掉落的时机，还是掉落的位置，都简直像是……有人在刻意把它送到自己手中一样。看着那柄贯穿天地的黑色巨剑，陈伶的脑海中突然闪过一个想法……既然"兵道古藏"是人类战争的"存储器",其中,是否还存有某些名将的数据?比如,白起?

陈伶仔细翻看着令牌,想在上面再找出一些线索,就在这时,一个声音从远处遥遥传来。

"奇怪,'兵神道'怎么又消失了?"

"被人掌控了,当然就消失了……不过看位置,那人应该还没走远。"

"这里有条沟壑!里面有十个杀气投影,刚才那人应该就是在这里聚集了杀气,引来'兵神道'的。"

陈伶在其中听到了阎喜才的声音。他手握白起令牌,双眸一眯,一个念头迅速浮现在脑海。他毫不犹豫地将令牌揣入怀中,右手在脸颊上一撕,一张脸皮飞出,他当场变成了个一模一样的白起令牌,静静地躺在沟壑深处。自陈伶杀穿这条十人沟后,那十道杀气投影似乎被刷新,牢牢占据沟壑入口,而阎喜才等人则被拦在外面,踮着脚尖试着看里面究竟是什么情况。

"里面有人吗?"阎喜才问。

"不知道,这几个杀气投影挡住了,看不清。"

"那就先杀光再说。"

"……阎少,这可是十个杀气投影啊!我们……我们打不过……"

"废物!有蒲老弟在这儿,你们还怕什么?都给我上!!"阎喜才大怒,一脚踹在一位执法者身上,将其直接踢入十人沟中。

"是那秦军走狗!杀!"

十位甲胄士兵二话不说,提着长矛就气势汹汹地冲来。蒲文见此,不得已再度拿出一张"定"字,短暂地定住十位士兵,其他执法者拿着刀剑如法炮制,一拥而上,一顿劈砍便杀了六个。数秒过后,剩余四位士兵挣脱"定"字,正面与几位执法者展开厮杀!面对活着且能动的四位士兵,众人一下乱了方寸,他们在沟壑中接连后退,突然陷入僵局。"别看我……'定'字短期内对同一目标,只能起效一次。现在我也帮不了你们。"蒲文感受到阎喜才的目光,耸了耸肩说道。

"一群废物!"阎喜才骂道,"今天谁积累的杀气最多,回去之后,极光界域执法者总部的几个大队,想进哪个随便挑!但谁要是积累得最少,老子革了他的职!"这句话一出,所有执法者都像是打了鸡血,疯狂地朝四位甲胄士兵冲去,锋利的长矛划过执法者们的身躯,留下几道狰狞的伤口。但在这不怕死的攻势加人数压制下,四位甲胄士兵还是被冲破阵形,最终毙命于几个冲得最猛的执法者手下。

十道杀气分别被众人吸收,他们的目光越发明亮。即便是那位名为小简的瘸腿执法者,趁乱砍死一位甲胄士兵后,气场也明显有所改善,眸中的灰暗逐渐消失,取而代之的是一种从未有过的自信与力量感……这就是杀气吗?

小简好奇地看着自己的双手，有点喜欢这种感觉。

见到这一幕，阎喜才的神情终于缓和下来，他匆匆走入沟壑中，往深处望去。

"怎么样？有人吗？"

"……好像没有。"一位执法者往前走了几步，并未看到任何身影。

"那个最先得到'兵神道'的家伙，应该已经走了……"

"啪嗒——"一块血色的令牌，"恰好"从石块上滑落，掉在阎喜才身前。"咦，这是什么？"阎喜才发现了那块染血的令牌，弯腰将其捡起，眼眸中满是疑惑。一旁的蒲文走上前，看到令牌上的小篆，脸色一惊！"白起？！"

"白起？谁？"

"是传说中的一位古代将领。"蒲文双眸死死盯着那块令牌，眸中满是震惊，"有关他的记载，大部分随着大灾变被销毁了……但据说，他曾被冠以'杀神'的称号。"

"杀神？"听到这两个字，即便是不懂历史的阎喜才也惊了，连忙问道，"莫非，他还活着？"

"……不可能。"蒲文摇了摇头，"'兵道古藏'，确实是迄今为止所有战争与杀伐的载体，但历史人物毕竟是历史人物……就算白起真的出现，最多也只能是'兵道古藏'中某段杀伐的投影，从历史中复活这种事，是不可能的。"

阎喜才顿时有些失去兴致。"所以，这东西是假的？"

"不，这块令牌上有浓郁的'兵神道'气息……应该不是假的。"蒲文有些不确定地开口，"就算是杀伐投影，以白起的地位，应该也是这座'古藏'中顶级的存在……他的令牌出现在这里，也许是'兵神道'在向你传递某种信息？"

"'兵神道'，向我传递信息？"阎喜才手握令牌，愣了半晌，"你是说……它选中了我？"说到最后几个字的时候，阎喜才的声音都有些颤抖，他的眼眸中浮现出前所未有的激动！这一刻，阎喜才心中所有的不悦都一扫而空，要知道，每年有那么多人进入"兵道古藏"，踏上"兵神道"，但又有几个人被"兵神道"选中，赐予某件东西？要是这东西真如蒲文所说，这一块白起令的含金量，足以秒杀其他任何踏入试炼的执法者，那他这次就算没踏上"兵神道"，回家之后，只凭这一块令牌，也能震惊家中所有长辈！"被'兵神道'选中的人"，这几个字，甚至足以秒杀其他所有群星商会继承人的竞争者！

听到阎喜才的最后一句话，蒲文一愣。他觉得阎喜才可能对自己的意思有些误解。可看到对方那惊喜到发狂的神情，蒲文犹豫片刻后，还是没多说什么。

"我就知道！我阎喜才倒霉了这么久，一定有翻身的那天！那个篡火者还说我是投胎运气好的酒囊饭袋？！他懂个屁！"阎喜才哈哈大笑道，"白起令！白起令！！有了这东西！极光城还有谁敢看不起我？"

069·"天狼"

"咚——"就在阎喜才狂喜之际，众人脚下的大地再度一震。昏暗的云层被拨开，巨剑剑柄处的"兵神道"道基光芒亮起，一级级缥缈的石阶宛若缎带般垂落云霄，向某个方向延伸而去。

"又有人踏上'兵神道'了？"蒲文诧异地开口，"这一批执法者中，天赋高的人不少啊……"

阎喜才眼看着第二位"兵神道"拥有者诞生，心中的喜悦还是被冲散大半。他一咬牙，接着开口："继续！我们就等在这个十人沟外面，杀气投影汇聚一次，我们就杀一次！我就不信了……我们这么多人，还攒不出一条'兵神道'？"阎喜才带着众人回到沟壑之外，等待片刻后，那十个甲胄士兵再度刷新。"给我上！"阎喜才大手一挥，其余执法者立刻冲出，在蒲文"定"字的配合下，熟悉的战斗场景顿时重演。不是阎喜才不想换个杀气投影更多的沟壑，而是他们这几个人，应付十个杀气投影已经是极限了，若是再换到二十人沟，这群人估计都得被捅成马蜂窝，到时候他就成光杆司令了。阎喜才宝贝般捧着那枚白起令，看着几位执法者一遍又一遍地杀穿十人沟，在这期间，陆续又有两道"兵神道"从道基中延伸……

"'兵神道'，'天狼'路径吗……"黑衣卢玄明站在一条被清空的十五人沟中，随着"兵神道"逐渐远去，他的眼眸中闪过一抹微光。

"恭喜卢少踏上'兵神道'！"他身后的三位执法者当即祝贺。

"一条'天狼'路径而已……有什么好祝贺的。"卢玄明摇了摇头，"'天狼'路径虽然各方面都没有弱点，但也没有明显优势，放在所有'兵神道'路径中，也只能排中上。当年我拒绝了'天狼'路径的'神眷'，本就是想换一条更强大的路径，比如'修罗''审判'……没想到，就算进了'古藏'，还是同样的结果。"

"卢少，您就别谦虚了……'神眷'那是多少人求而不得的东西，您不光得到了'神眷'，还拒绝了它一次，这要是让那个阎喜才知道，不得嫉妒得发疯？"

"是啊卢少，'天狼'路径也很不错，您觉得它不够强，只是因为这条路径至今没有一个绝对的强者出现……既然如此，您自己成为那位强者不就行了。"

"我要是能像您一样踏上'兵神道'，不管是哪条路径，都算是祖坟冒青烟了。"

几位执法者跟在卢玄明身后，眼眸中都是羡慕。

"行了，别跟着我了，现在离试炼结束还有很长时间，你们赶紧自己找地方聚集杀气吧……若是能踏上'兵神道'，晋升执法官，就来我麾下做事。"

"多谢卢少！"

"您不继续积累杀气了吗？我感觉这东西还挺有效的……"

"我也感觉，吸收这些杀气之后，感觉人都自信不少，浑身充满力量。"

卢玄明摇摇头："聚集杀气，只是为了引起'兵神道'注意罢了，这东西本质上是古老战场遗留的气息，吸收过多，会影响人的心智……也只有阎喜才那种蠢货，才会觉得吸收得越多越好。"

"原来如此……那您要去哪儿？"

"去找那几个篡火者，试试我的'天狼'。"卢玄明双眸微眯，眼眸中一缕杀意跳动。

"篡火者？"众人心中一惊，"可他们至少都有两个技能，都是第二阶，而您只是刚晋升……"

"四阶之下，除了掌握的技能数量，其他没有太大区别，而在这'古藏'内，不可能出现四阶及以上的强者，更何况他们只是一群盗贼，无论是'盗物'，还是'盗脸'，对我都没什么威胁……

"只要找到落单的篡火者，我就有把握击杀。"

卢玄明背着一柄黑刀，向远处走去，身形逐渐消失在众人的视野中。

"是那秦军走狗！杀！"陈伶已经不知道听到这句话多少次了，耳朵都快起茧子了……虽然他现在压根没有耳朵，变成了令牌，但陈伶依然能感知到周围的一切，看得出来阎喜才对它非常珍惜，就差找地方供起来了。距离阎喜才让人反复刷这条十人沟，已经过了五六个小时，这让陈伶想到上一时代玩网游时，不断刷副本掉道具的场景……如今这些执法者在片刻不停的奋斗下，已经刷了九遍，共计收集了九十道杀气。其中身上杀气最多的那个执法者，有十七八道，最少的也有六七道，看起来刷得很多，其实平均下来跟陈伶自己几分钟刷完的结果是一样的。

"不行了……真的不行了。"一位遍体鳞伤的执法者，踉跄着走出沟壑，一屁股坐倒在地。其余执法者身上多少也带着伤，而且连续五六个小时的战斗，几乎掏空了他们的身体，即便有杀气给他们带来的振奋效果，体力也支撑不住，纷纷累倒在地。

看着四仰八叉躺在地上的众人，阎喜才眼皮直跳，犹豫片刻后，看向身旁的蒲文："蒲老弟，现在应该差不多了吧？"

"差不多。"蒲文微微点头，"要是再拖下去，万一他们中有人天赋异禀，引来了'兵神道'，那身上吸收的杀气就废了……"

"好！"

"还有，要确保他们每个人都主观愿意献出杀气，否则'吞'字是无效的。"

"这个你放心，我早就打点好了。"

阎喜才终于等到了这一刻，先是将白起令郑重地放在一旁，然后对众执法者开口："都站起来！"

众人见此，只能又拖着疲惫的身体，从地上站起身，一字排开站在阎喜才身前。

蒲文右手伸入袖中，一口气拿出了八张宣纸，递给阎喜才，宣纸之上是同样的黑色字体——"吞"。

"把纸贴在掌心，我让你动的时候，就把手掌贴到他们的胸口。"

"明白。"

蒲文单手在身前捏出一个印诀，下一刻，阎喜才掌间的"吞"字骤然扭曲，化作一道无形的旋涡，在虚无中流转。

"去。"蒲文开口。

阎喜才二话不说，直接将手掌放在其中一位执法者胸口，黑色的杀气肉眼可见地通过旋涡被吸入阎喜才体内。十余秒后，那位执法者便脸色煞白，像是被抽走了脊梁，身体虚弱无比，双腿一软便瘫倒在地。

070·引战

陈伶在一旁，亲眼看见阎喜才在夺走那位执法者身上的杀气后，目光如火炬般一点点亮起。还能这样？陈伶心中诧异无比。他是第一次看到"书神道"的技能，仅凭一个字，就能定住人体，还能掠夺杀气……虽然不知道这个"吞"字能不能夺走别的东西，但光从目前展现的效果来看，变态程度已经不亚于"无相"了。也不知道，这个蒲文究竟是几阶？陈伶一边看戏，一边趁所有人都在关注阎喜才之时，悄然变成一只蜘蛛，向沟壑外爬去……一口气抽干一位执法者身上的杀气，阎喜才明显感觉自己的状态提升了，那是种从未有过的舒爽感与自信感，他当即走到第二位执法者身前，再度开始吸收——十道杀气、二十二道杀气、三十五道杀气……

随着一个又一个执法者失去杀气，无力地瘫倒在地，阎喜才的双眸肉眼可见地变红，一股难以言喻的凶悍气息，从他体内倾泻而出！他体内聚集的杀气越来越多，但"兵神道"依然没有任何反应，一股强烈的暴躁感涌上他的心头。"不够，还是不够！"阎喜才又吸走十六道杀气，一把将刚被吸干的执法者重重推倒在地，然后猛地抓住下一位执法者的肩膀。"你身上还剩几道？"

"十……十五道。"那位执法者明显被阎喜才吓到，结结巴巴地开口。

阎喜才二话不说，一掌按在他的胸口，杀气通过掌间的旋涡，疯狂涌入体内。脸颊被刀口割开的小简，身上的杀气最少，也排在众人的最末，他亲眼看着阎喜才逐渐靠近，心提到了嗓子眼。

"还是不够！只剩最后一个……最后一个！"阎喜才吞完第七个执法者的杀气，"兵神道"依然没有反应，他低垂着头，双眸猩红地冲到小简面前。"你身上有几道？！"

"七……七道。"

"就七道？！你就七道？"阎喜才狰狞的面孔几乎贴到小简的脸上，"废物！"他一脚踹出，直接将小简踢翻在地，后者只觉得一只手掌猛地按在自己胸膛，一股吸力自掌间传来！

"吸不到。"蒲文的声音突然响起，"他没有放开心神，同意'吞'字。"

阎喜才瞳孔微微收缩，重重一脚踩在小简胸膛上，咆哮道："你在干什么？！给老子把杀气吐出来！！"小简被阎喜才的这几脚踩得七荤八素，一时间大脑一片空白。"你是不是真不想当执法者了？你信不信老子一句话，就能让你死全家？"阎喜才的咆哮再度传来，像是一头野兽在小简耳畔嘶吼。这句话一出，小简瞳孔骤缩。他的脸上闪过一抹挣扎，最终还是放松身躯，任凭"吞"字吸走自己体内的杀气。随着杀气迅速流失，他的自信与尊严也随之消散，一股前所未有的空虚感涌上脑海，他连一根手指都不想动，软绵绵地瘫倒在地。阎喜才吸完最后的杀气，双眸猩红似血，此刻的他就像一位刚从血腥肉海中走出的屠夫，一个眼神便能吓得婴孩止啼。他对着死尸般的小简狠狠啐了一口，眸中满是暴戾与怨毒。

一口气使用这么多次"吞"字，蒲文肉眼可见地憔悴，他看着眼前气质大变的阎喜才，眉头紧紧皱起……都吸收这么多杀气了，竟然还没引来"兵神道"？通过这种掠夺的方法，阎喜才身上的杀气必然是整个"兵道古藏"中最多的，即便是放眼历届执法者，估计也没几个能在二十四小时内积累近百杀气……可即便如此，"兵神道"道基依然毫无反应。它高高悬挂在云层之上，像是一位高傲且挑剔的杀伐果决的帝王，而阎喜才，从未入过它的眼。

"阎喜才，你感觉还好吗？"蒲文问道。

"我？我感觉很好！"阎喜才双眸血红，深吸一口气，目光看向那枚云层之上的暗红宝石，"但我已经积累了近百道杀气，为什么还没有引动'兵神道'？！"

"或许……是杀气数量还不够。"蒲文停顿片刻，"或许，是你确实不适合'兵神道'这条路。"

"你放屁！！"阎喜才瞪大眼睛，"我是被'兵神道'选中的人！怎么可能不适合？？一定是'兵神道'对我的要求太高了！所以还没有降下……"他的声音戛然而止。他呆呆地看着空无一物的地面，足足愣了数秒，才回过神来。"等等，我的白起令呢？！"阎喜才清楚地记得，自己在开始吸收杀气之前，小心翼翼地把那枚令牌放在地上了……怎么一转眼就没了？

"那里有人！"不知是谁喊了一声，所有人抬头望去，只见不远处的山丘上，一个熟悉的身影正手握白起令，回头看了眼阎喜才，嘴角勾起一抹轻蔑的微笑……篡火者，8号。下一刻，他的身形就消失在原地。没有人注意到，在他身后的虚无中，一张几乎没有厚度的脸皮，无声飘至地面……

观众期待值 +5%

阎喜才的呼吸顿时粗重起来！

"篡火者？！"他咬牙怒吼，"你们找死！"

阎喜才吞了近百杀气，依然没有获得"兵神道"的注视，本就极为不爽，但好在他还有一枚白起令，就算这次没法踏上"兵神道"，也能靠"被'兵神道'选中的人"这个身份，回极光城夺回本应属于他的一切……可现在，他逆风翻盘的唯一机会，就在他的眼前被篡火者给盗走了。这跟直接偷走他的命有什么区别？！

"糟了，他们是什么时候盯上我们的？"蒲文若有所思，"难道他们的目标就是白起令？"

"去他的篡火者！！"阎喜才就像个被彻底点燃的火药桶，暴跳如雷，"真以为老子怕他们？给老子追！"

"你冷静一点，我们不是他们的对手。"

"之前不是，现在未必了。这'古藏'里多了那么多踏上'兵神道'的执法者，老子还使唤不了他们？！"阎喜才恶狠狠地开口，"有钱能使鬼推磨……篡火者敢打老子白起令的主意，老子就要他们的命！"

071·执法者聚集

"别装死了！都给老子起来！"阎喜才一脚一个，把虚弱无比的执法者全都踹了起来。他们正欲离开，一双手猛地抱住阎喜才的大腿。他回头望去，正是浑身是血的小简。

"阎少，对不起，我刚才真的不是故意的……您不会真的革掉我执法者身份的，对吗？"

"执法者？"阎喜才冷笑一声，一脚扯开小简的双手，"老子一开始就说了，谁攒的杀气最少，就革谁的职……你觉得，自己凭什么能继续当执法者？跑又跑得慢，杀人又杀不了！你跟你那个废物爹一样，都是一辈子给人当狗的贱命！"阎喜才看都懒得看他一眼，掉头便往山丘走去。

其余执法者跟跄起身，同情地看了眼小简，然后跟着阎喜才一路离开……他们都是极光城中被阎喜才一手提拔起来的执法者，没有阎喜才，就没有他们的今天。而只要在"古藏"中帮阎喜才踏上"兵神道"，即便他们自己当不上执法官，阎喜才也能凭自己的权势，给他们一个大好的未来。而小简，明显已经被阎喜才踢出局了。小简带血的手掌不自觉地攥紧，他看着阎喜才离去的背影，眼眸中闪过绝望……他自小便瘸腿，若不是靠父亲在阎家当牛做马这么多年，根本没法当上这个执法者，可现在来一趟"古藏"，不仅毁了容，还被革去执法者身份……就算回去了，也只能当个废人。"阎喜才……"他喃喃念着这个名字，眼眸中的绝望，逐渐变为浓浓的怨恨。他微微低下头，血泊中那张狰狞可怖的疤脸，宛若恶魔。

"阎少,那个小简又跟上来了。"一位执法者看到身后跟跄走来的背影,对阎喜才说道。

"不用管他。"阎喜才目光扫过四周,远处的荒野中,恰好有八九位执法者聚在一起,往这里走来。"去,把他们喊过来。"阎喜才手一指,便有人走上前,跟那几人说了几句,匆匆向这里赶来。

"我是一区执法者的带队队长,王涛。"为首的执法者恭恭敬敬地伸手,"不知阎少有何吩咐?"

阎喜才根本没有跟他握手的意思,冷声开口:"你们一区的执法者里,有人踏上'兵神道'了吗?"

"有,有一位。"

一区执法者中,有一人举手。

"你想不想进极光城?"阎喜才开门见山。

"极光城?"那位踏上"兵神道"的执法者一愣,当即大喜,"想啊,想!阎少有什么吩咐?"

"篡火者是人类九大界域之公敌,今天你跟我去把他们剿了,我保你进极光城,成为极光城的执法官。"阎喜才大手一挥,一个对七大区所有执法者而言都难以拒绝的诱惑,便当场抛出。一区其他几位没有获得神道的执法者眼睛都直了。要知道,极光城对所有七大区的人来说都是梦幻般的存在,九成九的七大区居民到死都没法看到极光城内的模样,只能从别人那儿听到一些口口相传的描述,而极光城的执法官,与七大区的执法官更是有着天壤之别。

那位执法者听到要去杀篡火者,心中有些纠结……毕竟他对自己的实力还是有些不自信,但一想到有机会进极光城,还是咬了咬牙:"好,我跟你去!"

"其他没踏上神道的,可以一起来,虽然你们进不了极光城,但我会给你们足够丰厚的资源……"

在阎喜才的利诱之下,在场的所有执法者都选择跟随阎喜才,毕竟没有神道,不需要跟那群篡火者正面交手,在外围划划水就能获取这天降横财,还能获得群星商会的青睐,无疑十分划算。

迅速收拢一批人手,阎喜才继续问道:"你们还见到其他执法者了吗?"

"我看见了四区的执法者,他们刚从那边过去。"

"走!"

"七人及以上的执法者团体无所谓,但人数不足七人的,记得要核验身份。"蒲文适时提醒道。

此刻距离众人进入"兵道古藏",已经过了大半的时间,能获取"兵神道"的,基本都已经获取了,其他的那些都是没什么天赋的执法者,在阎喜才的招揽下,几乎所有人都选择加入讨伐队伍。当然,也有不想冒险的执法者,但他们看到阎喜才身后聚集的人越来越多，犹豫片刻后，还是选择了加入……人类本就是容易从众的生物，当所有人都在干同一件事，而他们不干，就会成为所有人眼中的另类。万一阎喜才他们清剿篡火者成功，出去之后列出名单，他们这些没加入的，以后的路也别想好走。又过了几个小时，阎喜才已经组织起一支五十多人的"大军"，其中有五人踏上"兵神道"，已经成为第一阶。

有这么多人做打手，阎喜才腰杆子顿时笔直，转头问蒲文："距离'古藏'开启，还有多少时间？"

"不到三个小时。"

"应该够了。"阎喜才咬牙，"派人出去给我搜，翻遍整个试炼场地也要把那群篡火者找出来！"

随着几位执法者前去搜索，蒲文眼眸中微光闪烁，对着众人开口："对方的盗物能力很棘手，一会儿不能胡乱进攻，都听我说，我们……"

"阿嚏！"8号突然打了个喷嚏。

"怎么了？"

"没什么……就是突然有点后颈发凉。"8号转头看向尸横遍野的五十人沟，眉头不自觉地皱起，"不应该啊……我们都积累了这么多杀气，还是没引动'兵神道'的注视？"

"会不会是因为我们身上有'盗神道'的关系？"

"不，引发注视和有没有神道无关，只有等神道靠近我们之后，才能感受到我们身上'盗神道'的气息……没引发注视，可能只是因为我们太菜了。"一位篡火者解释道。

"……那怎么办？马上'古藏'的时间要到了吧？"

8号正欲说些什么，眉头突然一皱，转头看向一旁的山崖，发现有个执法者往这里看了一眼，然后掉头就跑。

"我们被发现了？"一位篡火者心中一惊。

"被发现又怎么样，他们看到我们，跑都来不及……"

"也是。"

"等等。"8号的双眸微微眯起，"事情好像不太对劲……"

072·混战开启

"我找到他们了！"一位执法者匆匆跑过荒野，对着聚集在一起的阎喜才等人喊道。

听到这句话，阎喜才眼前一亮，当即问道："在哪儿？"

"在西南方向，一条五十人沟前面。"

"一共几个人？"

"六个人，都在一起！"

"走！"

阎喜才二话不说，带领五十多位执法者，径直向那个方向冲去。五位已经踏上"兵神道"的执法者，像是将军，冲在阎喜才的周围，眼眸中闪烁着前所未有的战意，他们刚刚踏上"兵神道"，获取了自己的技能，正希望能有个敌人来练练手……而篡火者，就是最好的目标。大量的烟尘在地面飞舞，众人远去之后，刚刚通风报信的那位执法者站在原地，嘴角微微上扬。他右手在下巴上一撕，一张脸皮随风扬起。"杀吧……"红衣陈伶站在飞扬的尘埃间，喃喃自语，"这场演出，也到了该落幕的时候了。"

观众期待值 +3%

与此同时，六位篡火者看到众多穿着黑红制服的身影在附近的山丘上出现，脸色肉眼可见地难看起来。"他们竟然真的来了？"

"一、二、三、四、五……多了五个踏上'兵神道'的执法者，怪不得有了底气。"

"一开始逃跑，只是为了让更多人踏上'兵神道'，然后一起来围剿我们？不应该啊……这群执法者，什么时候这么团结了？"

"现在怎么办？"

"怕什么？都杀了就是！你别看他们人多，绝大部分都是又没神道又没枪的活靶子，你真以为他们能伤到我们？"一位篡火者冷笑，"至于那几个踏上'兵神道'的，不过是第一阶而已，能成什么气候？"

"不要轻敌。"8号沉声开口，"'盗神道'在四阶之前，战斗力都是弱项，尤其要注意别被'兵神道'近身，尽量用远程武器消耗他们。"

对面的山丘之上，阎喜才在五位"兵神道"一阶的簇拥下，缓缓走上前，那双血红的眸子死死盯着8号，恨不得把他碎尸万段！"一群偷鸡摸狗的东西……赶紧把老子的令牌交出来！！"

"令牌？什么令牌？"一位篡火者愣住了，小声问其他人："你们谁偷他东西了？"

"没有啊……"

"少给老子装蒜！"阎喜才勃然大怒，指着8号骂道，"整个'兵道古藏'，能隔空偷东西的除了你们还有谁？！而且老子都亲眼看见了……你们不肯交，那老子就亲自来拿！都给我上！"阎喜才一声令下，五位"兵神道"一阶顿时如箭般飞掠而出，沿着山坡一路向下俯冲，竟然带起了几阵呼啸的破空声。其余执法者对视一眼,也紧跟在他们身后,远远望去,一道黑红色的浪潮急速涌来!

"不太对劲……"8号看着满脸怒意的阎喜才,眉头顿时紧锁。

"什么不对劲?"一位篡火者问。

"都不对劲。我总感觉,有人在针对我们。"

自从进入"兵道古藏"以来,他们六人一直在聚集杀气,准备盗取"兵神道"道基,根本没和任何执法者有过接触……可阎喜才又说自己偷了他的东西,还亲眼看到了?自从进入"古藏"……不,自从他们盗取三区、五区、六区执法者的身份开始,似乎都在被牵着鼻子走,发生的一切都超出他们的掌控。他总感觉冥冥中有一双手,在操控他们所有人的行动……

"都到这一步了,还管他哪里不对劲。"一位篡火者的脸上浮现出阴狠,"把他们都宰了,一切就正常了。"

8号虽然想不通,但事已至此,再思考这些确实没有意义,双眸越发冰冷,下令道:"那就杀!"

六位篡火者同时抬手,每人手中都握着枪,黑洞洞的枪口对准冲来的黑红浪潮,接连开火!"砰砰砰砰——"刚进入"古藏"时,他们就盗取了所有执法者的枪支武器,几乎拥有用不完的弹药,而反观另一侧,执法者们双手空空,只能硬着头皮穿过枪林弹雨,一路往前冲。好在篡火者只有六人,每人两支枪,一共也才十二支,冲在最前面的五位"兵神道"一阶大喝一声,肌肤表面浮现出一抹黑色,如同贴附在身上的甲胄,密密麻麻的子弹落在他们身上,却只能留下几个浅浅的弹孔。

"什么鬼东西!"一位篡火者诧异开口。

"是'铁衣'。"8号沉声道,"大部分'兵神道'路径的第一阶技能是'铁衣',能大幅提高自身防御与力量,但弱点在于晋升四阶前,'铁衣'都无法完全覆盖身体。"

在篡火者的火力倾泻下,除了最前方的五位"兵神道"一阶,其他冲在前面的执法者接连中弹倒下。猩红鲜血染红大地,躲在人群后面的执法者见此,脸色大变,扭头就往后方跑,可还没跑出几步,阎喜才那张暴戾而狰狞的面孔就堵在他们身前!他一拳放倒跑得最快的那位执法者,手指上的红宝石戒指嵌入对方体内,顷刻间吸收大量血肉,戒指表面开始流淌诡异的红光。

"要么往前冲!要么死!"阎喜才抬起手,对着仓皇逃跑的执法者,凌空一握。

"揉!""咔嚓"!数位执法者的脖颈像是被无形大手捏住,然后用力撕扯,整个人被拧成麻花般,"扑通"一声栽倒在地。这一幕直接吓傻了准备逃跑的执法者,配合上阎喜才身上浓郁的杀气,他们纠结了一瞬,还是选择掉头往篡火者的方向冲……横竖都是死,还是向前活下去的把握更大一些。与此同时,五位"兵神道"一阶已经冲破枪林弹雨,身形如炮弹般砸向六位篡火者!

"找死!"一位篡火者眸中杀意爆闪,他抬手对虚无一抓,冲到眼前的一阶执法者脚下顿时一空，结实的地面便被挖开一个大坑。一阶执法者一脚踏空，失去平衡，就在这瞬间，篡火者反手盗取了他的短刀，锋利的刀尖笔直向对方的咽喉刺去！

073·鹬蚌相争

"当——"刀尖刺到一阶执法者咽喉，宛若扎入钢铁，发出刺耳的金铁交鸣声！篡火者顿时觉得虎口一麻，一股不妙的预感涌上心头，下一刻，失去平衡的执法者骤然拧身，一只黑色的拳头呼啸着砸在他的下颌上，恐怖的力道直接将其掀飞！碎裂的牙齿混杂着鲜血，洒落在荒芜的大地上，这一拳将篡火者打得七荤八素，他下意识地抬手想盗取对方的武器，却偷了个空……他偷不走别人的"拳头"。那位执法者自己也没想到，这群"盗贼"的正面战斗力如此不堪，他心中的自信疯狂生长，一记鞭腿骤然甩出！就在这时，他的眼前突然一片漆黑！失去了目标与方向，他这一脚只能踢到虚无，自己反而因为失去重心差点摔倒在地。"怎么回事？我，我怎么……"在如此混乱的战场中失去光明，让这位刚踏上神道的执法者慌了神，他像是瞎子一样抬起双手在黑暗中摸索，惊恐地呼唤着。随后，他觉得后颈一凉，仿佛有什么东西抵在了那里。"砰——"一声枪响。他的头颅瞬间炸开，鲜血溅洒在地面上。一缕青烟从枪口飘散，8号单手握枪站在瘫倒的尸体后方，脸上没有丝毫表情。"我说了，不要轻敌。"

那位被一拳击碎下颌的篡火者挣扎着站起身，眼眸中满是痛苦。8号看向一旁的战场，四位"兵神道"一阶与四位篡火者正厮杀成一团，在近身战下，"兵神道"一阶具备明显的优势，几乎是压着其他篡火者打，而后者只能靠不断地盗取武器，勉强维持住局势。这次进入"兵道古藏"的七位篡火者中，只有8号一人达到三阶，他冷哼一声，正欲向那处战场走去，一个声音便从远处传来："火。"一张宣纸在风中张开，炽热的火球瞬间自"火"字中射出，笔直地砸向8号的面门！8号眉头一皱，身形即刻向后退去，剧烈的火光在他刚才的位置爆发，险些将他的身形淹没其中……"不过是个'书神道'一阶，真是找死！"8号的眼眸中闪过寒芒，他当即放弃去帮助其他篡火者，转而向山丘上的蒲文冲去，后者脸色凝重无比，毫不犹豫地再度从袖中掏出一张宣纸，正欲张开，纸张却凭空消失。与此同时，8号将手中的宣纸撕成碎片，冷声开口："盗了你的字，我看你还能怎样！"

眼看着8号与自己的距离越发靠近，蒲文下意识地后退一步，对着一旁大喊："阎喜才！你还在等什么？！"

这句话一出，始终躲在一旁看戏的阎喜才终于出手，戴着红宝石戒指的手掌凌空抬起，一个冰冷的字眼从喉中吐出："揉——"无形的扭力从虚无中迸发，8

号的汗毛顿时竖起，他毫不犹豫地向身旁一闪，即便如此，他的右手还是被卷入其中！骨骼断裂的声音响起，8号的手臂肉眼可见地被拧成麻花，软绵绵地垂下。他痛苦地低吼一声，看向阎喜才的眼眸中满是暴怒！阎喜才在与他目光接触的瞬间，毫不犹豫地扭头就跑！

"果然。"蒲文眼眸中寒芒闪烁，"你的'盗物'也是有距离限制的……你现在能偷走我的宣纸，就偷不走他的戒指，这个极限距离……应该不到五十米？"

8号的心头一跳，看向蒲文的目光前所未有地郑重……他还是小瞧这几个年轻人了。这家伙，早就制订了针对他的计划！8号给了一旁的篡火者一个眼神，后者顿时会意，当即盗走几把武器，向着阎喜才逃跑的方向追去！原本在那条路上，还挡着很多没有踏上神道的执法者，但他们看10号杀气腾腾地冲来，都惊呼一声，玩命地往两侧跑，硬是给他让出了一条道路。"你很聪明，但那又怎样？"8号回过头，阴森森开口，"你的队友似乎并没有那么可靠……他跑了，你又怎么活？"

蒲文没有说话，也没有再掏宣纸，而是单手在身前捏诀，轻吟一声："风。"与此同时，他贴身的衣物之下，一张保命用的宣纸迅速淡化，旋风自虚无中吹起，将他的衣袍吹得翻飞……他身形一晃，在风的加持下以惊人的速度向远处逃去！他居然还有宣纸？！8号一咬牙，迅速追了上去。他算是看出来了，这个"书神道"的年轻人是阎喜才的智囊，也是最难缠的一个。10号已经去追杀阎喜才，只要盗走对方的祭器，将其击杀应该也不难……只要杀了蒲文和阎喜才，光凭这群乌合之众执法者，根本成不了气候。

另一边，阎喜才带着两位执法者，向远处狂奔。

"阎少，你不按计划去帮蒲少了吗？"一位执法者茫然问道。

"怎么帮？我再不跑，一会儿他们就要盗走我的戒指，到时候我还怎么防身？"阎喜才将那枚戒指宝贝般地攥在手里，"这东西可珍贵得很……绝对不能落到别人手上。"

三人一路狂奔数百米，才停下身喘口气，阎喜才还欲说些什么，手掌突然一轻。他愣了一下，低头望去。那枚红色的戒指，已经消失不见。"总算让我追上了。"一个声音从不远处传来，阎喜才转头望去，只见代号为10号的篡火者正把玩着那枚红色戒指，对着他们三人冷笑，"跑啊，怎么不跑了？"阎喜才的脸色顿时煞白！他毫不犹豫地在两位执法者背后一推，将两人推向10号，自己扭头继续往山丘下跑去！两位执法者压根就没想到阎喜才这么狠，猝不及防下，直接撞向10号面门，10号冷哼一声，一把短剑滑落掌心，向侧面避开半步后，瞬间划开一位执法者的咽喉。另一人反应过来，大叫一声就想逃窜，结果还是被10号一剑击杀。两具尸体接连倒地，浑身是血的10号看向阎喜才逃跑的方向，目光冰冷无比。

- 177

074·虐杀

"那群执法者干什么吃的！这么多人连几个篡火者都挡不住，还能让他们来追杀我？！"

"蒲文的计划根本行不通！那就是个只会纸上谈兵的废物！！"

"该死……该死！！"

"白起令没了，戒指也没了！这次真的死定了！！"

阎喜才拼尽全身力气在山丘上狂奔，一边跑一边怒骂。他不敢回头，生怕一回头，自己的脑袋就跟其他人一样掉在地上……他不想这样，他的脑袋很金贵。仓促之间，阎喜才一脚踩空，身形如皮球般滚落山丘。大量的泥泞与碎石沾满他的身体，他被转得七荤八素，等好不容易回过神来时，身形已经重重摔在地上。疼痛从身体各处传来，他呻吟着睁开眼睛，那数百年不曾变化的灰蒙天空，如同铅石般压在他的头顶……阎喜才试着坐起身，但失败了。他身上已经有多处骨折，别说起身，就是稍微动一下，都疼得直咧嘴。阎喜才从未经历过这种痛苦，他只能像尸体般躺在地上，胸膛不断起伏着……蒙蒙白气飘散在空中，心中满是绝望。他真的慌了。他怕自己真的死在这"古藏"里，那样他就什么都没了……他的复仇计划，他的商会家产，他好不容易才投了这么一个好胎，谁知道下辈子会变成什么穷鬼？

窸窸窣窣的声音从一旁传来，阎喜才的心瞬间提到嗓子眼，他瞪大了眼睛，死死盯着不远处的天空，他害怕看到10号那恶魔般的面庞，因为那将是他的末日。出乎他意料的，来的不是10号……而是一张他有些熟悉的面孔。"是你？！"阎喜才惊喜地睁大眼睛。那是个脸上带着刀疤、走路一瘸一拐的年轻人……是小简。"快！带着我离开这里！"阎喜才心中狂喜，立刻开口，"背着我走！只要我能活着出去，保证你能继续当执法者！而且下半辈子衣食无忧！"

阎喜才走不动了，但可以让小简背着他走。只要他能离开这里，找个地方躲起来，等到"古藏"再次开启，他就能活！

小简看了眼阎喜才硕大的身躯，片刻后，缓缓摇头："对不起，阎少……我是个瘸子。"这句话一出，阎喜才的声音戛然而止。是的，小简是个瘸子，一个自己走路都费劲的人，怎么可能背着阎喜才逃出篡火者的追杀？想到这一点，阎喜才刚刚升起的一丝希望火焰，瞬间破灭……他看着丑陋瘦削的小简，不甘与愤怒忍不住从心里喷涌，瞪着满是血丝的眼睛，破口大骂："他妈的……他妈的！都到这个地步了？！你还是个废物！废物！老子的命都在你的手里，你的荣华富贵都在你的手里！你自己把握不住啊！！我怎么偏偏带了你这么个拖油瓶？！你能干好一件事情吗？！老子真是倒了血霉！！！"阎喜才彻底"破防"了，他没想到自己这大有可为的一生，最后竟然败在了一个瘸子手里……他现在就是懊悔，为什么要收这个废物进执法者队伍，自己当时就该把这废物连同他爸一起乱棍打死！

小简低着头，任凭阎喜才漫骂，灰暗的天空下，他的眼眸一点点地泛起寒芒。他曾经受过的屈辱，他父亲曾经受过的屈辱，过往的一切闪现在他的脑海，他看着那张丑恶狰狞的面庞，双拳控制不住地紧紧攥起……

"你跟你爸一样！都是废物！要不是我爸赏给他口饭吃，他早就……"

"闭嘴！！"小简怒吼一声，整个人直接骑在阎喜才身上，一拳砸在他的脸颊上！

阎喜才的声音戛然而止，他呆呆地看着目露凶光的小简，半响后，难以置信地开口："你敢打我？你竟然敢打我……"

"我打你了，怎样？"小简猛地又是一拳砸落，一拳接着一拳，"投胎投得好了不起吗？！你凭什么这么嚣张？！我爸是凭自己的本领被你爸看中进的家门，你算老几？也敢骂他？！我这废物的腿就是被你喝醉了打瘸的，要不是你，我能落到这个地步？！"

小简的拳头很硬，那是他这么多年来干粗活练出来的。他不要命地向阎喜才身上砸拳，后者被打得连一句完整的话都说不出来。直到小简打累了，满脸是血的阎喜才才喘过气来，死死地盯着小简，目眦尽裂。"你敢打我！你死定了！"

"我死定了？"小简冷笑一声，猛地从腰间拔出一柄短刀，捅入阎喜才的肺部！"是谁死定了？？"

阎喜才惨叫一声，鲜血从嘴角渗出："你敢杀我……你全家都得死……"

"我杀了你？谁能证明？"小简眼眸中的寒芒越发阴森，"篡火者混入'兵道古藏'，大开杀戒，死一个阎喜才……很奇怪吗？"

听到这句话，阎喜才的脸上浮现出惊恐，他错愕地看着小简那张狰狞的疤脸，就像第一次认识他一样。小简拔出短刀，疯狂地捅入阎喜才的身体，刀身进进出出，越发猩红，鲜血流淌在灰暗大地上，血泊逐渐将两人淹没其中。阎喜才的生命疯狂流逝，他想阻止小简，用资源或者承诺来买命，此刻却连一句完整的话都说不出来。"小……简……"鲜血如泉水般涌入阎喜才的喉咙，他含混开口。

"我不叫小简。"小简双手握住短刀刀柄，高高抬起，那双向来带着卑微与讨好的眼眸，第一次浮现出前所未有的血性。"我叫简长生！"

"噗——"刀锋猛地贯穿阎喜才的咽喉。阎喜才的身体猛地一震，随后彻底瘫软在地……没了呼吸。小简的胸膛剧烈起伏着，嘴角不自觉地上扬，一股前所未有的畅快与通透感涌上他的心头，仿佛某个梦魇被打破，他的一切都在拥抱新生！

与此同时，厚重的云层之上，"兵神道"道基随之亮起！

"这个时候了，还有人获得'兵神道'的认可？"正在追杀蒲文的8号见此，猛地停下脚步。他看着那从道基中延伸而下，正落向不远处的山丘的黑色缎带，眼眸中亮起一抹微光！靠自己积累杀气引来"兵神道"注视的这个计划，明显已经行不通了。那他们想盗取"兵神道"的道基碎片，就只能从别人的神道下手……而这条神道与他们的距离太近了，现在过去，应该还来得及！8号毫不犹豫地放弃追杀蒲文，径直向那条从天穹垂落的黑色缎带冲去……

山丘的边缘，亲眼看见小简虐杀阎喜才的一位红衣身影，眉梢一挑，嘴角勾起一抹淡淡的微笑："有意思……"

075·蜕变？

"……'兵神道'？"看到那笔直向自己飞来的黑色缎带，简长生愣了一下。他踉跄着站起，低头看了眼阎喜才血肉模糊的尸体与自己手中染血的短刀，神情有些复杂……命运，似乎就是这么奇妙。"兵神道"在他的身前汇聚，交织成一条通往天穹的阶梯，简长生犹豫了一下，最终还是迈步踏了上去。"咚——"他脚步落地的瞬间，神道成形！大量的信息与力量涌入简长生的脑海，他在原地怔了许久，低头看向自己的双手……"兵神道"，第一阶。"'修罗'路径？"他脸上浮现出错愕。当了这么久的执法者，简长生自然知道一些"兵神道"的路径，而"修罗"无疑是目前"兵神道"中最强的几条路径之一……据说连卢玄明都求而不得。而他，竟然觉醒了这条路径？"也许……我真的是个'兵神道'的天才？"简长生一边自言自语，一边活动了一下身体，发现自从踏上"修罗"路径之后，那条瘸腿也不瘸了，整个人前所未有地轻盈。他能感受到，前所未有的力量感在全身涌动。这是一种比聚集杀气更让人上瘾的感觉，他闭上双眸，仔细活动着身体的每一寸肌肉与骨骼，发出噼里啪啦的轻响。他深吸一口气，浑浊的气息被缓缓吐出……那双眼眸再度睁开之时，如火炬般明亮。"我，果然是个天才吧？！"

简长生嘴角控制不住地上扬，对着阎喜才的尸体啐了一口，那摊烂泥阻碍了他的人生数十年，而现在……他觉得自己的人生终于回到正轨了。不知是不是被压抑太久的缘故，此刻简长生只觉得自己信心爆棚，那是一种类似暴发户的心态，他迫切地想找个目标，来试试自己的实力。

"咦？"一个诧异的声音从一旁响起，只见10号站在山丘边缘，俯瞰着简长生与一旁的阎喜才的尸体，惊讶开口，"竟然被别人杀了？啧……"简长生看见篡火者的瞬间，眼前一亮，握着那柄染血的短刀，毫不犹豫地向山丘冲去！他的速度很快，步履之间都渗着血色，在10号的眼中，他只看到一道血色残影向自己急速靠近。"还有个踏上'兵神道'的？"10号心一沉，顿时警惕起来，他没见过"修罗"路径的第一阶技能，但肉眼可见与其他人的"铁衣"不太一样。

10号手掌一翻，一支手枪便落在掌间，对准急速逼近的简长生接连扣动扳机！"砰砰砰——"三枚子弹连发，全部命中简长生，而且对方并没有"铁衣"那么坚实的皮肤，子弹轻而易举地嵌入其中。"就这？"10号一怔，但下一刻就意识到不对，只见连中三枪之后，简长生不但没有停下，速度反而更快，宛若魅影般跨过数十米距离。不等10号继续开枪，一抹寒芒便闪至他眼前！10号惊呼一声，"盗物"瞬间发动，简长生的短刀凭空消失，只留下一只空拳砸在10号的耳后。"咚——"恐怖的力道直接震聋了10号，鲜血顿时从耳内流淌出来。这家伙明明中了三枪，怎么速度还这么快？而且这力道甚至比那群"铁衣"还要离谱！

　　10号强忍着剧痛与眩晕，手握短刀，在简长生下腹连捅三刀，刀刀没入其中。可三刀之后，简长生非但没有中刀的疼痛反应，反而越战越勇，一双空拳裹挟着恐怖的力量，在半秒内连击10号胸膛五次，快到空气中都出现道道血色残影！10号的胸口肉眼可见地塌陷，肋骨近乎全断。他猛地喷出一口鲜血，像断了线的风筝般飘出数米，坠倒在地。鲜血止不住地从简长生伤口中渗出，他却像浑然无感一样，一步一个血脚印，缓缓向倒地的10号走去……那双血色的眼眸中，浮现出舒爽与狂傲。"这就是'修罗'路径吗……好强，跟别的路径完全不一样！"简长生忍不住大笑，"我简长生，果然是个天才！"

　　10号看着那血色恶魔般的身影向他走来，眼眸中浮现出惊恐。这个家伙，无论是中枪还是中刀，就像完全不会痛一样，而且伤口越多，厮杀得越猛……完全就是只人形凶兽！10号倒在血泊中，不断地试图后退，简长生却一脚踩在他的胸口，剧痛让他发出惨叫，他叫得越惨，简长生嘴角的笑意就越浓郁。"篡火者？也不过如此。"他一脚踏碎10号的肋骨，断裂的骨节刺入心脏，10号的瞳孔骤然收缩后，便无力地躺倒在地。寒风袭过血色的大地，简长生独自站在那儿，像是这片战场上唯一的赢家……他目光缓缓从脚下的尸体上挪开，看向远处的混战战场。他的眼眸中，杀意再度闪烁。"就让我来结束这一切吧……"他冷笑一声，血色的脚印迈过山丘，逐渐消失在荒野之中。

　　许久之后，一个红衣的身影从阴影中缓步走出。陈伶若有所思地看着简长生离去的背影，喃喃自语："'修罗'路径吗……那个技能，看起来很不错的样子。"

　　简长生的变化，是陈伶没想到的。他早就注意到这个一直跟在阎喜才队伍后面的瘸子，也看到他是如何被阎喜才羞辱打骂的，本以为他会一直就这么憋屈地隐忍下去……没想到，那看似卑微瘦弱的身躯之下，竟然是一个如此有凶性的灵魂，也难怪他会被"兵神道"看上。如果放在往年的"兵道古藏"，简长生无疑是黑马般的人物，苟且大半生，最后在这里豁出一切，反杀了自己头顶上那座大山，获得强大路径，可以想象从今往后人生如何一路坦途……放在小说里，那可是妥妥的男主模板。但可惜……这匹黑马，注定只能夭折在这里。

　　陈伶正欲走向那片即将收尾的战场，一阵窸窣声突然从一旁传来。他轻"咦"

一声，转头望去，只见那已经血肉模糊的阎喜才的尸体，竟然泛起一抹蓝色微光……在他的胸口处，一片花瓣似的祭器，正在散发着生命的气息。

076·衣服

随着那片花瓣逐渐凋零，汹涌的生命气息潮水般涌入阎喜才的身体。"咚——咚——咚——"生命气息聚集在他的胸膛，有节奏地撞击他的胸口，原本已经死寂的心脏，再度跳动起来。脖颈的致命伤以肉眼可见的速度愈合，短短数秒内，就恢复了大半。阎喜才猛地睁开双眼，像是从噩梦中惊醒！"不要杀我！！"他梦呓般喊出一句话，可回应他的，却只有呜呜的风声，以及远处厮杀的怒吼。阎喜才在血泊中呆滞许久，终于回过神，他双手在胸口摸索着，最后只摸出一片枯萎的花瓣。"这东西果然有用！"阎喜才见自己被花瓣救活，脸上浮现出劫后余生的狂喜，"看来老爹果然还是在乎我的！天不亡我！我阎喜才又回来了！！哈哈哈……"

这片花瓣，是阎喜才的父亲，也就是群星商会的会长不知从哪儿弄来的珍宝。他将这片花瓣交给阎喜才时，并未说明有什么用途，只是让他贴身保管，无论何时都不要摘下……现在，阎喜才终于明白这片花瓣的功效了。阎喜才回忆起刚才的一切，眼眸中的喜悦迅速退去，取而代之的是无尽的怨恨与愤怒。"简长生……呵呵呵……一个下贱的废人，竟然敢杀老子？等老子逃出去，不把你全家杀光，就不姓阎！"阎喜才一边骂着，一边踉跄着从血泊中爬起，他看了眼远处厮杀的战场，当即掉头往"古藏"入口的方向走去。毕竟此刻距离"古藏"开启已经没多少时间，只要他能找个地方躲到最后，就能等到执法官们进场……到时候，还有谁能伤到他？阎喜才刚走出一步，像是想起了什么，又跑回那位篡火者的尸体边，认真地摸索起来。"戒指呢……我的戒指呢？"阎喜才摸了半天，也没摸到，疑惑地皱眉。

"你是在找这个吗？"一个声音悠悠地从身后传来。阎喜才身躯一震，回头望去，只见一个穿着大红戏服的身影正站在血泊中，随意把玩着一枚戒指，似笑非笑地看着他。看到那张面孔的瞬间，阎喜才就像是见鬼一样，错愕地瞪大了眼睛。"你……你……"

"我怎么会在这儿？我不是死了吗？我是人是鬼？"不等阎喜才开口，陈伶便不紧不慢地替他说完了台词，然后缓步向阎喜才走来，后者直接傻在原地。陈伶嘴角的笑意逐渐退去，他低头看着阎喜才，片刻后，冷冷地吐出两个字："……跪下。"

匕首的寒芒瞬间闪过，陈伶硬生生划开阎喜才的脚筋，后者惨叫一声，"扑通"一声跪倒在地，整个人在血泊中蜷曲起来。"这不可能……你明明已经死了！"阎喜才抱着双腿，脸色苍白无比。

"连你都要杀两次才能死，我为什么不行？"陈伶淡淡道，"我说了，你们所有人都会死在这里……你以为自己能幸免吗,阎少爷?"

"陈伶……你放过我,你放我一条生路!我保证!这里发生的一切我都不会说出去!

"其实我们并没有什么深仇大恨,不是吗?除了在船上……我可以给你道歉,真的!我给你磕头都行!"

"我可以把你送进极光城,所有执法官的职位你随便挑!我保证让你享受不完的荣华富贵!还有,我家里有不少宝贝,你想要我都能送给你……"阎喜才苦苦哀求着。保命手段已经用完了,这次要是再被陈伶杀死,就是真的死了……死了,就什么都没了。

陈伶不紧不慢地将红宝石戒指套在自己的手指上,对阎喜才的祈求置若罔闻。他仔细打量戒指片刻,突然打断阎喜才:"这东西,该怎么用?"阎喜才愣住了。"你不是说要把所有宝贝送给我吗?"陈伶再度开口,"这东西怎么用?"

听到这儿,阎喜才的眼中燃起一丝希望之火,陈伶对这枚戒指感兴趣,说明他有机会用宝贝买命了!"这是个很有来历的祭器,据说是从一次七阶'灾厄'入侵时产生的灰界中得到的。"阎喜才立刻介绍,"只要让它吞噬精神力,就能小范围地操控空间,如果使用者的精神力在四阶以下,不足以让它吞噬的话,可以用鲜活的血肉代替……"

"只有四阶,才能无代价地使用?"

"对,只有四阶才能掌握领域,没有领域之前,精神力几乎为零……"

"那怎么让它吞噬血肉?"

"这个戒指边上有个机关,只要一摸,然后把弹出的针刺入体内,就可以……"

"噗——"阎喜才话音未落,陈伶便单手扼住对方的咽喉,戒指的针刺入其肌肤之下,开始疯狂地吞噬阎喜才的血肉!在戒指的吞噬下,阎喜才原本浑圆饱满的身体,肉眼可见地萎缩,就和陈伶第一次在宅院中看到钱凡动用指骨祭器一样,只不过这枚戒指的吞噬速度似乎比那个祭器更快!阎喜才被陈伶扼住咽喉,想哀号却根本喊不出来,只能死死地瞪着陈伶,祈求他饶过自己。终于,在阎喜才即将被吸干之际,陈伶松开了手掌。"喀喀喀喀……"阎喜才瘫倒在地,剧烈地咳嗽起来,此刻他就像大病未愈,瘦骨嶙峋,一眼望去跟长了皮的骷髅没什么区别,已经几乎看不出原来的样貌。

"原来如此。"陈伶看着那枚微光闪动的红宝石,若有所思。

"它……它已经是你的了。"阎喜才如破风箱般喘息着,"陈伶……你可以放过我了吧?"

"好啊。"陈伶拍了拍他的肩膀,身形缓慢地从血泊中站起,"对了,你不是说喜欢我那件衣服吗?那件衣服不能送给你……你看我身上这件怎么样?"

阎喜才看了眼陈伶身上的大红戏袍,连忙摇头……都这个时候了,他哪还敢再像在船上一样？再说，船上他也不是真的看上陈伶那件破衣服，只是想寻个由头，找陈伶的麻烦。"不……不用了……"

"好吧，那真是遗憾。"陈伶转身往远处走去。

见陈伶就这么离开，阎喜才提着的心，终于放了下来……他狼狈地在血泊中爬行，一点点向"古藏"入口前进。他终于可以回家了。就在这时，一阵寒风吹起大红戏袍的衣角，陈伶一边往前走，一边随意地抬起右手，轻轻打了个响指。"揉。"

"咔嚓——"阎喜才的身形被拧成麻花，本就微弱的生命气息，瞬间消失。他瘦骨嶙峋地躺在血泊中，双瞳涣散地望着天空，在这灰白色的大地之上，像是披上了一件与陈伶同款的大红戏袍。

077·暗杀篡火者

"他们往哪里去了？"蒲文穿梭在荒野之上，目光不断扫过四周，在寻找8号的身影。按照原本的计划，五位踏上了"兵神道"的执法者对战五位篡火者，而他与阎喜才联手，设套干掉领头的8号，可没想到计划进行到一半，阎喜才便被一位篡火者追杀逃走了。就在他以为自己得一个人与8号拉扯的时候，8号自己又跑了……这架打着打着，队友和敌人都没了，只剩下蒲文自己。"咚——"就在蒲文疑惑之际，一道轻颤从天空传来，他抬头望去，眼眸中满是惊讶，只见云层之下，一条黑色的缎带正在逐渐退回剑柄处的道基，可在那缎带之上，还有一个身影死死攥着一头，像是在奋力挣扎着。这不是那个篡火者吗？8号的身形迅速远离大地，他看着那枚逐渐接近的"兵神道"道基，眼眸中满是兴奋与疯狂。他的手掌探入黑色缎带之中，接连抓了数下，都只抓到一片虚无……可他没有丝毫停下的意思，依然在不断地动用"盗物"。终于，在他接连"盗物"数十次后，一枚暗红色的碎片落入他的掌心。这枚碎片大概半个巴掌大小，跟完整的"兵神道"道基比起来，相当于从山体上滑落的一块石头，但这已经是他所能做到的极限了……这枚道基碎片脱落的瞬间，整个"兵道古藏"突然一震，黑色的缎带当场破碎成虚无，失去支撑的8号从半空掉落，径直向着大地落去！

"他的目标是道基？"看到这一幕，蒲文脸色一凝。对于道基，蒲文并不了解……虽然每一座"古藏"中，都会有一个对应的道基存在，但他们这些人也没机会接触，只知道这东西对"古藏"而言似乎很重要，篡火者敢盗取"兵神道"道基，必然会引动一系列连锁反应。蒲文不觉得"兵道古藏"深处的那些存在，会放任他们离开这片海域。"那个盗取道基碎片的篡火者是三阶，现在阎喜才失踪了，卢玄明那家伙也不知道在哪里……就剩我一个，怎么搞得定他？"蒲文看了眼8号掉落的方向，又看向一旁还在混战的战场，顿时觉得有些头疼。执法者与篡火者的混战已经接近尾声，五位踏上"兵神道"的执法者已经被杀了三个，篡火者那边也死了两人，其余普通执法者更是死伤不计其数，只剩下寥寥三四道身影还在拼杀，尸骸遍布大地。蒲文粗略一算，原本进入"古藏"的那七十多人，现在活着的估计不超过十个……近百年来，"兵道古藏"试炼中从未有过如此惨烈的死伤。极光城那群执法官还想着靠这个机会，多培养些执法官恢复元气，没想到这群幼苗都在"古藏"里死光了！这要是"古藏"打开，那三位执法官不得当场吓死？蒲文摇了摇头，将乱七八糟的想法都抛在脑后，径直向8号掉落的方向冲去……双方厮杀到了这个地步，不解决掉那个最难缠的篡火者，谁都别想活着走出去。

与此同时，从空中坠落的8号，死死攥住那枚道基碎片，手掌对着下方的大地一抓。坚硬的石块被瞬间盗走，只留下下方松软的沙土，他重重摔落其上，大片尘埃飞扬飘散。即便底下是软的，依然把8号摔得不轻，他踉踉跄跄地上爬起，只觉得五脏六腑都在疼……但当他看向手中道基碎片的时候，还是浮现出喜悦。任务完成！盗取了"兵神道"道基碎片，这次回去，他的位次应该能晋升一大截，也许能进入前五也说不定。就在8号心中暗喜之际，呼啸的破空声突然从脑后传来，他只觉得后颈一凉，随即毫不犹豫地一个翻滚向前冲去！"嚓——"一柄长刀擦着8号的头皮掠过，刮下大片血色。还未等8号看清来者是谁，那抹刀芒再度以惊人的速度劈来。他脑海中念头急速闪过，指尖一抬，那抹逼至眉心的寒芒便凭空消失，转而被他握在掌间。但那只手掌似乎早就预料到武器消失的状况，不但攻击没有停下，反而手掌拟刀，钢铁般的黑色瞬间覆盖其上，闪电般劈向8号面门！8号当即挥刀格挡，刀锋与手掌擦出一阵刺目火花，但恐怖的力量依然将其震飞数米远！8号的战斗经验到底丰富，在半空中调整身形，最终稳稳地落在地面……他抬头看向前方，一个黑衣黑裤的年轻人正站在那儿，冷酷地甩了甩被砍红的手掌。

"躲开了吗……"卢玄明的眉宇间满是凝重。

"是你？"8号眸中寒芒闪烁。刚才卢玄明的攻击来得太突然了，简直就像是始终藏在自己身边，等到自己警惕性最弱的时候，骤然出手……刚才若非8号的实战经验丰富，恐怕已经被瞬间砍掉头颅。但现在他躲过一劫，而且双方已经拉开距离……在这种情况下，胜利的天平不可能再向卢玄明倾斜。"一个刚踏上一阶的执法者，竟然敢来暗算我。"8号缓缓直起身，握着长刀的右手用力攥紧，"不愧是那位大名鼎鼎的执法官的儿子，勇气可嘉……可惜，你已经没机会了。"

卢玄明眉头一皱，脚掌猛踏地面，如同猛兽般向8号冲来。

8号淡定地站在原地，右手对着前方虚无一抓："盗取'光明'。"

卢玄明瞬间陷入黑暗。目标消失，环境消失，这突如其来的异变让卢玄明身形一滞，与此同时，一抹呼啸的刀光劈向他的脖颈！那是他自己的刀。卢玄明想也不想，"铁衣"瞬息覆盖肌肤。一股锐利感刺破坚硬的铁衣，他整个人被这一刀砍得偏向一侧，正欲顺势翻滚化解力道，一声清晰的子弹上膛声响起。"咔嚓——"糟了！一个念头闪过卢玄明脑海，下一刻，一朵血色之花便在他的大腿迸发！

078·最后的赢家？

卢玄明可以通过刀锋割开空气的气流走向来判断攻击从何而来，并提前用"铁衣"防御……但他没法判断子弹的射击位置。所以，他中弹了。子弹洞穿大腿，让卢玄明彻底失去重心，一股巨力猛地从胸膛传来，他整个人被一脚端飞！尘土飞扬，失去视力的卢玄明重重摔倒在地，他条件反射地从地上坐起，但这时他已经彻底失去方向，根本不知道敌人会从哪里进攻……鲜血从大腿的弹孔汩汩流出，他的脸色难看无比。这就是第三阶的压迫感吗……即便只是不擅长战斗的"盗神道"，依然不是第一阶能应对的。荒芜的原野上，8号一手提刀，一手握枪，面无表情地向卢玄明走去。他无声地抬起枪口，对准在黑暗中四处戒备的卢玄明眉心，正当他准备扣动扳机之时，一个声音从旁传来。"只剩这最后一个了？"8号一怔，转头望去，只见浑身是血的简长生正在不远处死死盯着他，刻有狰狞刀疤的脸上满是兴奋与渴望。"杀了这个……应该算是立下了大功吧？"他大笑一声，身形好似一支血箭，急速向这里冲来！

还有个踏上"兵神道"的？8号眉头微皱。简长生的速度极快，即便是开了"铁衣"的卢玄明都不可能捕捉到的快，他只是一晃便跨越数十米，来到8号的身前，后者心中一惊，立刻对他连开数枪！子弹接连打中简长生的身体，他的速度反而再度暴涨，一只染血的拳头呼啸着砸向8号！

"盗取'光明'！"8号毫不犹豫地再度发动技能。突然失去视力的简长生顿时和卢玄明一样，像是无头苍蝇般从8号身边掠过，就在8号略微松了口气时，一记重如磐石的直拳结结实实地砸在他的胸膛上！这一拳，直接砸断了8号两根肋骨，他猛地喷出一口鲜血，栽倒在地。

卢玄明闭着双眼，不知何时摸到了他的身边，一只漆黑的拳头攥在半空，冷冷地面对8号的方向。"你的声音，暴露了你的位置。"他平静开口。

8号忍痛从地上爬起，眼眸中浮现出阴狠，就在这时，一张宣纸悄然飘到他的上空。"定。"用鲜血临时勾勒的字体，逐渐淡化消失，双手空空的蒲文站在一旁，单手捏诀。8号的身影顿时雕塑般定格在原地。两个失去视力的执法者，一个被定身的纂火者，在战场上进入了一种诡异的安静状态……

数秒过后，卢玄明率先结束了失明状态，如炮弹般向8号撞来，后者半秒后也挣脱定身，一只手再度盗取卢玄明的视力，另一只手举起枪，连开三枪！"该死！他的盗取是无限制的吗？"卢玄明在心中暗骂！三枚子弹呼啸着射向卢玄明的身体，其中两枚被随机覆盖的"铁衣"弹飞，最后一枚洞穿了他的肩膀，他原本握拳的手臂顿时垂了下来。8号还想开枪，却发现弹匣已经被打空，无奈之下只能将其丢弃，与此同时，一阵剧痛从腰腹传来！简长生的这一拳，直接将8号的肾脏震碎，8号双手顺势抱住他的腰部，狠狠地摔倒在地！"这下，看你还怎么跑？！"他冷笑着开口。简长生的视力被盗取得晚，到现在还没恢复，不过顺着枪声找到8号，一拳打崩了他的内脏，并整个人骑在他的身上。8号到底是双拳难敌四手，虽然重伤了卢玄明，还是被简长生绕后。他死死地瞪着那闭紧双眸的简长生，一咬牙，直接将他的匕首盗取在手中，疯狂地捅向对方的身体！简长生浑然不顾8号的攻击，大笑两声，血色双拳不要命地砸向8号，明显就是要以伤换伤！一开始8号还能捅他几刀，刀刀命中要害，但随着自己被连打几拳之后，意识模糊起来，到最后只能烂泥般躺在地上，任凭雨点般的拳头捶落在自己身上。拳拳到肉，拳拳断骨！

用完所有宣纸的蒲文，怔怔地看着眼前血腥狰狞的一幕，眉头忍不住皱起。他当然认得简长生，但不知道对方究竟经历了什么，竟然从一个懦弱卑微的走狗，变成如此不要命的凶徒。"够了！"蒲文开口。简长生如同没听到一般，又狠狠砸了好几拳，血肉横飞。"够了！！"蒲文走上前，再度喊道。直到这时，简长生才收手，看了眼自己身下不成人样的8号，缓缓站起身。"结束了……"他说，"这个篡火者，是我杀的！功劳也是我的！"他看着蒲文，像是在宣示某种主权。

"没人会抢你的功劳。"蒲文环顾四周，"对了，你看见阎喜才了吗？"

"看见了，被一个篡火者宰了。"

蒲文听到这个消息，眉头紧锁，双眸凝视着简长生的眼睛，似乎想将其看穿……后者也毫不畏惧地盯着他，那张狰狞的刀疤脸上，看不出是什么情绪。一旁的卢玄明长舒一口气，摇摇晃晃地站起身，恢复光明之后，走到一旁的山丘上向远处眺望。

"……死光了。"

"什么？"

"都死光了。"卢玄明看着尸横遍野的"兵道古藏"，"只有我们三个活下来了。"

蒲文与简长生一怔，随后走上那座山丘，入目之处，只有血色与尸体……篡火者也好，执法者也罢，再也没有一个人站着。这场混战，最终还是执法者胜了……虽然胜得极其惨烈。三道染血的身影并肩站在山丘上，微风拂过他们的衣摆，一位"修罗"，一位"天狼"，一位书生……他们是这方世界最后的赢家。蒲文的脸色有些难看，虽然讨厌阎喜才，但他毕竟是被对方雇用的，这次阎喜才死在"兵道古藏"里，消息传回极光城必定会引发大乱，而自己也极有可能被问责；卢玄明倒是没什么表情，不过也许是因为中弹失血过多，脸色苍白如纸。至于简长生……他看着漫山遍野的尸体，沉默数秒后，反而笑了起来："最后的赢家……是我。"

"啪、啪、啪——"万籁俱寂之时，一阵清脆的鼓掌声从后方传来。三人同时一愣，转头望去。一个穿着大红戏袍的身影，不知何时已经端坐在血色的山石顶端，微笑俯瞰着三人……他戴着红宝石戒指的双手轻轻鼓掌，像是一位表示由衷赞扬的观众。"精彩。"他笑道，"我似乎能体会到作为'观众'的乐趣了。"

079·一挑三

那红衣身影的出现，让三人心跳差点骤停。他们呆呆地看着那熟悉的面孔，眼眸中满是惊愕与不解……即便是向来稳重的卢玄明，此刻也有些失色。陈伶？！那个篡火者？他不是早就死了吗？！一个接一个的疑惑跳出他们的脑海，他们顿时觉得大脑有些不够用了……唯有蒲文最先反应过来，他死死盯着陈伶，声音沙哑地开口："我就说怎么感觉怪怪的……是你在背后操控这一切？"

"说实话，我不太愿意跟你们解释。"陈伶停顿片刻，"毕竟，反派往往是死于话多。"

三人："……？"

陈伶缓缓站起身，双眸俯视下方的三人，大红的戏袍在风中狂舞，好似血魔。他的嘴角勾起一个疯狂的弧度："你们三个，一起上吧。"

山丘上的三人对视一眼，脸色都有些难看，但简长生还是最先冲出，疯狗般向陈伶冲来。卢玄明反手从地上拔出自己的长刀，紧随其后。蒲文则站在原地，立刻咬破手指，在地上迅速写画起来……他之前储备的"封"字已经全部耗尽，刚才定住 8 号的那张还是临时写的，现在他不得不再度出手。陈伶站在高耸的山石之上，不紧不慢地将手指伸向脸颊，轻轻一撕，一张脸皮随风飘走。与此同时，站在那儿的陈伶像是凭空消失，简长生与卢玄明同时一愣，一道黑色的残影急速闪过两人身边，那是一只黑色的猎鹰。

"这是什么技能？！"卢玄明从未见过有人能变成动物，就算是以善变出名的"戏神道"，也只能变脸……难道是那群"巫神道"的手段？猎鹰从二人身边穿过，在半空中又变回陈伶的模样，那抹朱红陨石般砸向后方的大地！只差最后一捺便要写完一个"定"字的蒲文，只觉得有什么东西闪过身前，碎石飞溅之下，他的手腕已经被死死钳住！蒲文错愕地看着那张近在咫尺的面庞，后者却已经将枪口抵在蒲文的眉心，淡淡一笑："技能不错，可惜前摇①太长。""砰——"一枪，蒲文毙命！

陈伶在幕后观望这么久，早就将每个人的技能看透，蒲文的"书神道"确实很强，全方位地强，可惜每次动用都要先掏纸，如果没纸的话，还只能当场现写……要是在刚进"古藏"的时候，陈伶必然不敢这么托大地一挑三，可如今蒲

---

① 一种游戏术语，技能大招被放出前会有一些准备期，俗称前摇。

文已经耗尽了所有宣纸，卢玄明又身受重伤，废了一只手和一条腿，战斗力早已大打折扣。开局先杀蒲文，否则后续他一旦释放出"定"字，自己很有可能被瞬间反杀……这是陈伶计划中最重要的一环。

眼看着蒲文被陈伶精准秒杀，卢玄明与简长生瞳孔都是一缩。他们对视一眼，默契地同时掉头，一左一右急速向陈伶逼近……而简长生的速度最快，几乎是一道血色残影，眨眼间便来到陈伶面前。陈伶却将红色戒指刺入蒲文体内，然后缓缓站起身，对着他随手一挥。"揉。""啪——"简长生的反应极快，在空间扭曲的瞬间就向一侧避让，即便如此，一侧的肩膀还是被捏碎成血雾。他闷哼一声，眼眸中的凶光更甚，可失去一条臂膀对他的平衡极为不利，尤其是在高速移动的情况下，他的身形下意识地向一侧倾倒，险些栽倒在地。而就在这短暂的间隙，一袭大红戏袍的陈伶已经与黑衣卢玄明战在一起！匕首与长刀在空气中摩擦出刺目的火花，卢玄明看到陈伶的那枚戒指，冷声开口："你杀了阎喜才？！"

"怎样？"陈伶感受到一股巨力从刀尖传来，顺势后退卸力，身形轻盈得像是只翩跹的蝴蝶，刹那间便闪至卢玄明身后！

卢玄明拥有"铁衣"，力量与防御都极强，陈伶自然不可能跟他硬碰硬，唯有借助"杀戮舞曲"的灵活，与之厮杀！只要他的速度够快，出手的角度够刁钻，卢玄明便来不及调动"铁衣"防御。卢玄明本就被8号废了一只手，此刻单手握刀，根本跟不上陈伶的攻势，只能狼狈地抵挡并后退，等待简长生前来解围。而陈伶，自然不可能给他这个机会。

陈伶如鬼魅般侧闪，避开卢玄明反击的一刀，顺势将戴着戒指的右手刺入卢玄明的伤口之中，疯狂的吞噬之力从中传出，卢玄明的身形肉眼可见地消瘦。卢玄明反应很快，在第一时间便挥刀斩向陈伶的手腕，却被匕首横拦在半空。短暂的角力之后，陈伶被震退数步，不等卢玄明提刀斩来，便率先对着他轻挥手指："揉！"小范围的空间扭曲，精准地落在卢玄明握刀的手掌上，他当即骨骼碎裂，只得松开长刀。电光石火间，一道残影急速闪至他的身前，寒芒刺入胸膛！卢玄明闷哼一声，双瞳瞪着近在咫尺的陈伶，片刻后，直挺挺地摔倒在地。

与此同时，一道破空声从陈伶身后响起！他轻盈地侧身闪避开，短剑擦着他的脸颊划过。简长生眸中凶光闪烁，匕首与短刀以惊人的速度在半空中交手十余次，不分上下！爆炸性的输出交手之后，两人同时选择拉开距离，两抹红衣分别站在战场两侧，注视着彼此。"不管你是人是鬼……今天都得死。"简长生咬紧牙关，他能感受到眼前陈伶的强大，就连蒲文和卢玄明都被先后击杀……他好不容易走到这里，无论如何也不能死在这儿。他的意志力不断攀升，杀戮的气息在周围蔓延，他低吼一声，像是血色闪电般冲向陈伶。陈伶面无表情地举起枪，枪口对准急速逼近的那抹血色，缓缓开口："为人类文明之重启……我审判你死亡。"

080 · 你做得很好……孩子

　　陈伶话音落下的刹那间，一股审判的气息涌入枪管之中！与此同时，陈伶只觉得自己的精神力极速萎靡，似乎已经将一切都注入掌间，冥冥中仿佛有某种力量，通过他手中的枪口锁定前方。向他靠近的简长生瞬间觉得浑身汗毛竖起，前所未有的危机感迸发，那逐渐靠近的黑色枪口，对他来说就像是死神的凝视。本能告诉他，一定要避开这次攻击，但身体已经躲闪不及了。"砰——"陈伶扣动扳机，解构之力化作子弹从枪口射出，没有火花，没有爆响，安静得像是一支无声的箭矢，瞬息洞穿简长生的胸膛。简长生只觉得身体一轻，胸口便留下一个拳头大小的血洞，低头望去，甚至能看到背后的地面……被这枚子弹射到的一切，都像是泯灭在虚无，包括他的心脏。他再也无法掌控自己的身体，摇摇晃晃地走了两步，踉跄着栽倒在陈伶身前。

　　开完这一枪，陈伶也觉得眼前发黑，精神力的强烈透支让他差点当场昏厥，是他咬牙支撑住身体，才没有倒下。果然，在第一阶释放"审判庭"这个四阶技能，还是太勉强了。而且从效果来看，他根本没能像当时的韩蒙一样张开领域，而是只能在枪管附近凝聚成一个微缩无数倍的领域，射出的解构子弹的杀伤力，也只有一只拳头大小……要知道，当时的韩蒙可是三枪崩了红纸怪物的身体，每一枪的杀伤范围都是如今陈伶的数十倍。就算自己可以在第一阶释放出超出自身阶位的技能，技能强度也会大打折扣，被限制在相应的阶位吗……陈伶脑海中闪过这个想法。但事实证明，就算是被削弱的"审判庭"，也足以秒杀同阶位的所有敌人，比如简长生。

　　"你是……怪物……"微弱的声音从倒地的简长生喉中发出，也许是自身技能的缘故，即便被打穿心脏，他依然没有立刻死去，而是死死地瞪着陈伶，"我不该……死在……这里……我才刚刚……开始。我不……甘心啊……"他的声音越发细小，到最后，彻底陷入死寂……但即便如此，那双眼睛依然看着陈伶，似乎要将他的面孔记到来世。他死不瞑目。

　　直到确认简长生死亡，陈伶才终于松了口气……这个家伙，太难杀了，受伤不仅不会痛，反而越战越猛。陈伶怀疑自己若是不动用"审判庭"这个技能将其秒杀，再拖下去未必是简长生的对手。陈伶在原地缓了一会儿，终于从昏厥的边缘恢复些许清明，目光扫过四周，一点点挪动脚步，向血泊中的 8 号走去。此时的 8 号已经被简长生打得没有人形，陈伶在血肉中翻找一会儿，才找到那枚被 8 号攥在手中的"兵神道"道基碎片。他正欲将其拿走，却发现 8 号依然死死握着碎片，不肯放手。"你竟然还活着？"陈伶诧异开口。

　　8 号虽然浑身骨头都被打碎，但确实还存有一丝气息，那只仅剩的眼球在血污中瞪着陈伶,手掌死死抓着碎片,那是他最后的倔强。他们八位篡火者,不远万里从别的界域赶过来,就是为了这枚"兵神道"道基碎片,为了得到它,几乎全军覆没……这是他们用命换来的果实,最后怎么能让陈伶占了便宜?

"松开吧。"陈伶叹了口气,"所有人都死了,你以为自己还能翻盘吗?"

8号仅剩的眼球中,闪过一抹绝望……但依然没有松手。陈伶没有再从8号手里掏碎片,而是将手掌轻轻放在8号血肉模糊的脸上,另一只手掏出枪,抵在8号的太阳穴。陈伶能感觉到,8号在抖,只不过这究竟是恐惧,是愤怒,还是不甘……他就不知道了。"好了,好了。"穿着大红戏袍的陈伶蹲在模糊的血肉边,像是哄孩子般温柔地安慰道,"你做得很好……孩子。""砰——"子弹贯穿8号的头颅,他彻底失去气息。陈伶挪开手掌,8号的眼皮已经被他强行合上,像是安然离世。陈伶用匕首划开8号僵硬的手掌,取出染血的"兵神道"道基碎片,缓慢地站起身……微风拂过血腥戏袍的衣摆,戏袍在死寂的荒野中轻摆,像是来自幽冥的朱火。"演出还没结束吗……"陈伶思索片刻,恍然大悟,"对了……我还没死。"

他是最后的赢家,也是这方舞台上,唯一的幸存者,而演出的最终条件,是"无人生还"。陈伶看了眼地上鲜血勾勒而成的文字——

当前期待值:65%

演出开始之后,观众期待值便一直随着演出的进行缓慢增长,不过真正积累期待值的情节,还是他变身白起令,挑起执法者与篡火者厮杀之后。光是击杀阎喜才夺取戒指祭器,以及在简长生三人自以为胜利后出场,以一敌三这两次战斗中,他便收割了近30点期待值。刚才收割8号的生命,又加了5点。"人都死完了,去哪儿再搞5点期待值?"陈伶顿时觉得有点头疼,早知如此,他应该再多设计一点情节,让这群尸体多贡献一点期待值。陈伶目光扫过满地尸体,最终落在"兵道古藏"深处,那片未知神秘的黑暗之中……也只有这一条路了。

陈伶看了眼时间,距离"兵道古藏"开启,还有一小段时间,当即迈开脚步,向"古藏"深处走去。五人沟、十人沟、十五人沟、二十人沟……五十人沟,随着陈伶的深入,周围出现的士兵刷新点规模越来越庞大,等他经过五十人沟之后,便看到灰白色大地上,一块显眼的石碑巍然耸立——"试炼边界,严禁前行"。

跨过这块碑,便算是离开了极光城给他们划定的试炼区域,进入"古藏"深处……而前面的区域,明显是不会对他们这群新人开放的。陈伶站在这块碑前,短暂地停留片刻,继续向前……当他的脚步跨出试炼区域的瞬间,一股微弱的暖流从他胸膛流淌出来。陈伶一愣,手伸入怀中摸出那发热的物品,正是白起令。

081·坟与"观众"

白起令有反应了？陈伶心中闪过一抹疑惑，将白起令握在手中，继续向前。白起令的出现本就极为蹊跷，就像是有人通过"兵神道"，从"古藏"深处传递给他一样……如今陈伶走入"古藏"深处，白起令又出现反应，也许是在指引他什么？随着陈伶逐渐深入"古藏"，那柄洞穿天地的巨剑也在与他缓缓接近，莫名的寒意萦绕在他的周围，仿佛能冻彻骨髓。这种寒意，并非物理意义上的寒冷，而是一种说不清的感觉，就像是大半夜走上乱葬岗，感觉有人在盯着自己的那种毛骨悚然。陈伶突然想到，从某种意义上来说，自己也是走在一座大墓之中……一座自人类诞生以来，便亘古存在的战争大墓。陈伶的目光扫过四周，一条条大型沟壑坐落在大地各处……不，那已经不能算是沟壑，而是"坑"，坑中容纳着成百上千道身影，宛若雕塑般一动不动，像是陈伶去过的兵马俑。在试炼区域，陈伶见到的最大的沟壑，也不过容纳五十人；但这里随意一瞥，都是百人起步；随着深入之后，千人坑都随处可见。

"越来越冷了。"陈伶眉头紧锁。就在周围的寒气让他难以忍受之时，手中的白起令却越发滚烫，像是一轮微缩的太阳被他攥在手中，热浪将所有寒气驱除在半米之外。陈伶手握令牌，却并未感到被灼伤，反而莫名地有种安全感。它究竟想指引自己去哪里？

陈伶的步伐不自觉地加快，随着他逐渐靠近黑色巨剑，似乎能隐约看到，有什么东西在自己周围闪过……一股被注视的感觉涌上心头。但每当陈伶转头望去，却看不见它们的影子，仿佛只是他的幻觉。"古藏"的深处，有东西！陈伶眉头越皱越紧，就在他忍不住想原路返回的时候，一个庞大无比的巨坑，出现在他的眼前。那是个直径长达数公里的圆形坑洞，昏暗的天穹下，一眼望不到尽头，陈伶站在这坑洞的边缘，就像蝼蚁般渺小。陈伶的眼眸中，浮现出震惊。这么大的一个坑，能容纳多少人？几万？十几万？几十万？？这是自陈伶进入"兵道古藏"以来，见过的最大一处坑洞，前面那些刷新士兵的所有坑加起来，都没有这一个坑大……但奇怪的是，这个巨坑是空的。里面没有定期刷新的杀气投影，空无一物的巨坑中央，只有一座荒冢孤独竖立。刺骨的寒意从坑洞内传出，即便有令牌在手，陈伶都忍不住打了个寒战……他肉眼看不见巨坑中有什么东西，但仿佛能听到，曾有无数杀气凛然的怨魂，在巨坑上空哀号。

陈伶突然想起，自己似乎在历史书上读到过，秦将白起曾在长平一战后，坑杀了四十万赵军。也正因如此，白起"杀神"之名流传千古。陈伶的目光落在巨坑中央那座唯一的荒冢之上，双眸微微眯起。这个巨坑没有像其他坑一样，刷新出杀气投影……取而代之的，却是一座荒冢。这是不是意味着，这座荒冢就足以匹敌数十万杀气投影？"莫非那就是……"陈伶看了眼手中滚烫的令牌，犹豫片刻后，还是进入巨坑，径直向荒冢走去。

随着陈伶靠近，他慢慢看清那座荒冢全貌，与其说是冢，不如说是个半人高的坟头……坟头前什么也没有，跟陈伶之前埋的乱葬岗有一拼。堂堂杀神白起，怎么被埋在这种地方？陈伶心中满是疑惑，他在荒冢前停下脚步，手中令牌的热量缓缓退去，仿佛指引陈伶到这里就是它存在的目的。与此同时，一股寒意在他周围涌现，荒冢前的大地上，一行血字像是从土壤底部渗出，缓缓浮现——"三拜九叩，传汝神通"。

看到这行字的瞬间，陈伶的眉头忍不住皱起。还未等他有所反应，一股更加冰冷的气息从他身后的虚无中爆开，无数猩红的双眸骤然睁开，目光穿过剧院边界，仿佛无形的灭世凶兽怒吼咆哮！狂风自陈伶体内卷起，轰然砸向对面的荒冢，几乎同时，一股凝练到几乎拥有实质的黑色杀气，从土坟中狂涌而出，仿佛这荒冢之主站在无尽岁月之前，同样向这里投来一道杀意凛然的目光！"轰——"两道恐怖至极的气息在巨坑中对撞，像是圆形浪潮向四周迸发，余波掀开周围的沙石土壤，露出底下的血色与累累白骨。荒冢前的土地上，一个用渗出的鲜血组成的大字，狰狞无比——"灾"。

陈伶站在两道气息对撞的边缘，大红戏袍被吹得翻飞，他用手遮挡在眼前，黑色的杀气在他周围翻滚，恐怖的压迫感几乎让他窒息。"观众"跟白起干起来了？这个念头闪过陈伶脑海，他心中突然一喜。如果白起能够与"观众"抗衡，那他是不是有可能彻底灭掉"观众"？如果"观众"死在这里，那他也将彻底回归自由！这个念头一起，就再难挥去。可惜事情并没有像陈伶想的那么顺利，透过指缝，陈伶能看到那座荒冢在震颤，似乎很快便要破碎。陈伶背后的猩红眼眸，逐渐淡化在虚无之中，那"灭世"级的压迫感随之消退。与此同时，自坟中涌出的杀气也随之倒回坑洞底部。偌大的巨坑，再度陷入死寂。双方的交手来得突然，去得也突然，若非周围的地面都被刮去一层表皮，露出底下的猩红血色，陈伶恐怕要以为刚才的一切都只是幻觉。陈伶的目光重新落在荒冢上，那土坟表面，确实多了不少裂纹……看来白起在刚才的交手中，并未占据优势。就在陈伶遗憾之际，又是一行血色文字从地底渗出——"助吾复生，圆汝心愿"。

082·还有一个幸存者！

看到这行字的瞬间，陈伶愣了一下。不等他回过神来，一束血光便突然自地底迸发，掠入他掌心的令牌之中。白起令的表面染上一层层血色，又迅速消退……陈伶明显感觉到，一股凌厉的杀伐之意，从中散发出来。

观众期待值 +7%

陈伶不知道发生了什么，也不知道为什么观众期待值会随着那抹血光的融入而上涨。他也来不及多想，因为就在血光消失在令牌中之后，整个巨坑便剧烈摇晃起来！远处的坑洞边缘极速消失，大地化作无数细小的沙石，像是坍塌的沙盒世界，以惊人的速度泯灭于"古藏"底部的虚无……一片泯灭的浪潮，正在铺天盖地地向陈伶涌来！陈伶瞳孔微缩，毫不犹豫地转头逃跑，身形如剑般冲向来时的方向。在这足以容纳数十万人的巨坑崩塌之际，他像是渺小的挣扎着的蝼蚁，在追逐一线生机。陈伶的速度已经提升到极致，就在崩塌即将把他卷入其中的瞬间，他惊险地逃出巨坑范围，踉跄冲至平整土地之上。"该死……发生了什么？"陈伶擦去额角的冷汗，回头望去，只见原本的巨坑已经彻底消失，取而代之的是一片空洞的虚无……当他低头望去时，像是在俯瞰深渊。下一刻，大地开始复原，那片空洞被不知从何处涌现的土壤填满，短短数秒之内便被彻底填平，仿佛刚才的巨坑从未存在过一样。看到这一幕，陈伶的脑海中，不自觉地回想到杀气投影被击杀后，自动复原的场景……所以，那个巨坑也是被"兵道古藏"的某种机制复原了？

陈伶看了眼手中的令牌，疑惑之色越发浓郁，但已经没时间再逗留了，不出意外的话，那三位执法官就要开启"古藏"大门了。他将令牌贴身藏起，迅速冲回试炼区域，先是跑到"古藏"入口处，将所有一区执法者尸体的脸部刮花，然后全部丢入悬崖，犹豫片刻后，又随机丢了极光城的两位执法者尸体下去。做完这一切，陈伶随机找了个尸骸最多最乱的地方，原地坐下。"咚——"与此同时，一阵低沉的嗡鸣声，从"古藏"入口处传来。"兵道古藏"被打开了。陈伶双眸微眯，他随手捡起身旁的一柄短刀，刀锋缓缓抵到自己的腹部……用力一划！腹腹被划开，大量的鲜血从中涌出，陈伶的脸色肉眼可见地苍白，他忍受着剧痛，仰面躺倒在凌乱的尸骸之间……猩红血泊中，那张苍白到没有一丝血色的面孔，浮现出一抹诡异的微笑。"演出，结束。"他的双眸闭起。

"兵道古藏"外——

庞大的船体随着海浪轻晃，黑色天穹之下，三道披着风衣的身影伫立船头，注视着那个缓缓开启的旋涡。

"时间到了。"一位四纹执法官背着双手，"也不知道，今年能有几个踏上'兵神道'的。"

"按照往年的情况，有七八个就不错了。"

"这次估计会更少一点……别忘了，阎喜才是带着'书神道'那小子进去的，他想抢别人的杀气，其他人晋升的机会自然就小了。"

"阎喜才这么明目张胆地作弊，上面真的不管吗？"

"少管闲事。"五纹执法官冷声开口，"我们只要服从命令就好。"

两位四纹执法官顿时闭嘴。旋涡越来越大，半分钟后，已经恢复成众人进入时的大小。他们站在船头，等待着完成试炼的执法者从中归来——一分钟、两分钟、三分钟……三分钟后，旋涡依然死寂，丝毫没有人要从中出来的迹象。

"怎么回事？他们记错时间了？"四纹执法官十分不解。

"不应该啊……里面不会出事吧？"

"这么外围的试炼，能出什么事，折损一两个人顶天了。"另一位执法官耸肩，"他们应该是还有人不甘心，想再试试……等会儿吧。"

三人又等了十分钟，旋涡依然毫无反应。

"……不太对劲。"五纹执法官眉头微皱，思索片刻，"进去看看。"

"啊？可是我们的阶位已经超过四阶了，会被这里排斥的吧？"

"情况紧急，我们作为护送者，有极光城给的秘宝作为信物，短期内可以在里面活动。"他站在船头，神情郑重地对着那柄贯穿天地的黑色巨剑一拜，随后身形一跃，直接消失在旋涡之中。另外两位执法官对视一眼，紧随其后。一阵天旋地转的感觉传来，下一刻三人便稳稳站在悬崖边上。一股刺鼻的血腥味顿时涌入鼻腔！三位执法官同时皱眉，他们看清悬崖边的情形，脸色骤然大变，只见十余位执法者的尸体，散落在悬崖各处，似乎大部分都是被子弹打死的，正是之前进入"古藏"的那批人！

"发生了什么？！"四纹执法官震惊地开口，"怎么……怎么死了这么多人？"

五纹执法官脸色铁青，迅速在尸体间走了一圈，目光锁定其中一具尸体，缓缓蹲下……"不对劲。"他抓住那尸体的脸，仔细看了一会儿，"这批进入'古藏'的执法者中，没有这个人。"

"你是说，有人混进执法者队伍了？"

"谁？"

五纹执法官没有回答，当即起身，迅速向"古藏"深处走去。越是深入，尸体的数量就越多，偌大的"古藏"死寂一片，这种死寂此刻在三位执法官耳中，震耳欲聋。

"那个……是阎喜才吗？"一位四纹执法官颤抖着抬手，指向某个角落。另外两人猛地转头，看到血泊中一个被拧成麻花的瘦削身影，足足愣了半晌，才回过神来……不是他们不认识阎喜才，实在是被吸干血肉的阎喜才与之前差别太大。若是不仔细辨别他脸上的细节，三人很难将这具死不瞑目的干尸，和船上不可一世的阎少爷联系在一起。

"真的是他……"另一位四纹执法官声音沙哑地开口，眼眸中浮现出惊惧，"连阎喜才都死在了'古藏'里，极光城那边，要出大乱子了。"

"快，看看还有没有活着的！"

三人分头搜寻，其中一人来到厮杀最惨烈的山丘之下，这里几十位执法者与篡火者的尸体堆在一起，宛若经历一场"血肉磨盘"的生死战斗。三人越搜，越是心凉，最近一百年来，从未有过如此大规模的新人死伤……他们想不明白，短短二十四小时内，这里面究竟发生了什么。满地的尸骸中，一个已经没有气息的身影，微微动了一下手指。

"这儿！！"四纹执法者瞳孔一缩，当即大喊，"这里还有一个幸存者！"

083·演出结束

这句话一出，另外两位执法官像是箭一样冲了过来。

"还有活口？！"

"等等……怎么是他？"

两人看到唯一还残余一丝气息的陈伶，眼眸中浮现出错愕。

"他应该是战斗的时候被人切开下腹了，失血过多。"那位执法官犹豫着看向五纹，"再不管他的话，他真的要死了……"

"我们救不救？"

进入"古藏"的所有人都死了，只有原本被他们认为必死的陈伶，竟然捡回一条命，他们此刻在心中感叹命运的无常，又有些拿不定主意。

"救不救？"五纹执法官怒骂，"你们是蠢疯了吗？！整个执法者队伍就这一个独苗，他要是死了，谁来跟极光城解释这里发生了什么？！救！不惜一切代价！给我把他救起来！！"两位执法官当场开始救助陈伶，不过手上并没有救援器材，只能给他简单地做个包扎，然后带着他火速离开"兵道古藏"。随着众人的离开，"兵道古藏"再度陷入一片死寂……

遍布尸骸的荒野之上，一缕缕杀气自黑色巨剑的最深处延伸出来，好似游蛇般盘踞在其中一具尸体身上，疯狂涌入其中。短暂的数秒之后，简长生暗红的双瞳骤然睁开！

昏暗的舞台中央，穿着大红戏袍的陈伶，缓缓睁开眼眸。"呼……"他下意识地用手摸了一下下腹，像是如释重负般舒了口气。为了骗过三位执法官，陈伶只能选择切腹这种最慢也是最煎熬的自杀方式。若是他一枪崩了自己的脑袋，复活速度就会很快，搞不好执法官们没找到他，他的伤口就已经修复了。只有失血而死这个方式，能最大限度地延长死亡过程，而且后续就算复活，也不至于惊世骇俗，但缺点在于……这种死法太痛苦了。还是崩脑袋来得痛快。陈伶缓慢地从舞台上爬起，目光落在观众席上，虽然刚才"观众"与荒家的交手有些出乎意料，但目前看来并没有什么变化……那无数双猩红的眼眸，依然整齐地注视着他。陈伶已经习惯了这种诡异的注视，径直走到屏幕前，低头望去。在他放血自杀之后，观众期待值不出意外地削减了50%，从72%降到22%，处在失控的边缘……好消息是，此刻屏幕的右下角，一只宝箱的标志再度闪烁。陈伶伸手轻点宝箱。"噔噔噔——"伴随着激昂的音乐，舞台中央一张桌子凭空出现，桌面中央的白纸上，几行小字迅速浮现——

  恭喜你完成剧目，《无人生还》。
  本剧目观众最高期待值：72%
  你获得一次指定抽奖权。
  使用后，你可以从本次剧目的所有出场角色中，指定某个角色，随机抽取对方的能力，抽取珍稀技能的概率与本剧目的综合观众期待值有关。

果然，完成了石阶上的演出任务，就能完成一场剧目……陈伶暗自想。他身前的虚无中，一张张纸页凭空显现——

  "你醒了？"随着陈伶双眸睁开，楚牧云的声音从一旁悠悠传来。
  …………
  "他们勾结执法者，逼死一个又一个普通人的时候，你又在哪儿？！"
  "你的调查权呢？！你的执法权呢？！"
  …………
  他的嘴角抑制不住地上扬，仿佛在完成某种仪式，喃喃自语："演出……开始。"
  …………

文字在剧本上接连浮现，刻画着陈伶这段时间所有的经历。再度看到自己的生活被编成剧本，陈伶心中已经没有太大的波动……或者说，他已经麻木了。当他看完剧目的最后一句话，便缓缓将其合上，与此同时，他的眼前突然恍惚。他仿佛又回到了那个梦境，头顶的聚光灯极速暗淡，无尽的黑夜笼罩世间，一颗遥不可及的星辰悬挂在头顶，唯有一条散发着诡异气息的血色道路，歪歪扭扭地延伸向天空。而此时，陈伶便站在这条道路的第一级台阶之上：完成一场至少五十人参与的演出，并确保演出结束后，无人生还。随着陈伶手中的剧本光华一闪，他眼前的第二级台阶微微震颤，表面的这行小字消散无踪，紧接着，一股精纯的精神力在他的脑海中涌现！说实话，陈伶其实并不太知道什么是精神力，也几乎没感知到过，但这一刻，就仿佛有一口涌泉出现在他的脚底，从这条扭曲的神道，疯狂灌入他的身体。他的浑身都像是被洗涤，原本疲惫不堪的精神，迅速恢复。完成上面的演出任务后，才具备迈向下一阶的资格吗……陈伶看着那级恢复原状的台阶，若有所思。

他试探性地抬起脚，向第二级阶梯走去。他的脚掌轻松穿过了原本的无形壁垒，但随着他的迈步，他脑海中的精神力疯狂消耗，等到所有精神力耗尽，脚尖也只是堪堪触碰到台阶。距离他踏上第一阶，也不过几天时间，想一口气迈上第二阶还是太早了。好在，如今第二阶的屏障已经解除，踏上第二阶也只是时间问题……陈伶收回了迈出的脚掌。下一刻，他周围的环境迅速破碎，整个人再度回到舞台中央。陈伶手握剧本，环顾四周，无数的纸牌在半空中飞舞，随后整齐落在桌面上，原本纸张上的小字全部消失，取而代之的，是一行简短的话语——

请在纸上写下你想要抽取技能的角色姓名。

陈伶拿起笔，几乎没怎么犹豫，便在纸上写下一个名字——简长生。陈伶当然有其他的选择，比如篡火者，虽然他们的"盗脸"技能对陈伶来说无比鸡肋，但"盗物"和8号使用的"盗光"还是很不错的。还有"书神道"的封字。关键的问题是，这些技能他偷……不，学来之后，根本没机会用啊！陈伶想以执法官的身份，在明面上伪装好自己，就必须有一个能拿得出手、说得过去的"兵神道"一阶技能，而目前出现的一阶技能只有两种，简长生与其他……陈伶是亲眼见过"修罗"路径的恐怖的，一个一阶技能，能让简长生这个人生输家，摇身一变成为超级天才，甚至还能跟自己打得有来有回。总而言之，简长生的"修罗"第一阶，是他最好的选择。随着陈伶写下简长生的名字，桌上其他纸牌全部消失，只留下一张孤零零的蓝色卡牌，摆在他的面前。

084·"血衣"

陈伶伸手向这张纸牌抓去——

  技能："血衣"
  归属：兵神道，"修罗"路径，第一阶
  人物：简长生

陈伶吸收这张纸牌，在原地闭目片刻后，喃喃自语："'血衣'吗……怪不得。"
"血衣"技能与其他路径的"铁衣"不同，并不具备超凡的防御与力量。它唯一的特性便是，越是受伤，战斗力越高，尤其是在力量与速度方面。同时，"血衣"

的拥有者生命力都会被提高一大截，除非是爆头这种绝对的致命伤，其他伤势很难将其彻底杀死……这也解释了，为什么简长生就像是个打不死的"小强"，而且越战越猛。这个技能也补全了陈伶目前的短板，那就是身体素质过于平庸，即便拥有"杀戮舞曲"，也很难发挥出全部力量。下次打架前，先捅自己三刀！陈伶暗自想。陈伶抽完技能，中场休息时间也彻底结束，他只觉得一阵天旋地转，意识便往身体回落……

"怎么样，他还能活吗？"

"不知道……救了这么久，还是没反应。"四纹执法官摇了摇头，苦涩地开口，"应该是没希望了。"

听到这句话，五纹执法官的脸色阴沉得能滴出水来，咬牙低吼："继续救！！把压箱底的激素拿出来！救不活他，我们都得死！"

两位执法官对视一眼，当即去准备激素注射，就在这时，一个微弱得宛若蚊蚋的声音，沙哑传来。"我……"

三位执法官同时一愣，随后脸上浮现出狂喜！

"还活着！！他还活着！"

"陈伶，你听得见我说话吗？感觉怎么样？"

在三位执法官期待的眼神下，陈伶艰难地睁开双眸，涣散的双瞳缓慢聚焦，他张了张嘴："这是……哪儿？"

"这里是船上，我们已经把你从'古藏'带出来了。"五纹执法官焦急问道，"陈伶，'兵道古藏'里究竟发生了什么？"

听到"兵道古藏"四个字，陈伶的瞳孔明显收缩，像是想起了什么恐怖的事情，许久后，才艰难地吐出三个字："篡……火……者。"

三位执法官心中"咯噔"一下！

"果然。"五纹执法官双拳紧攥，眼眸中光芒闪烁，"也只有他们，能'盗脸'混进执法者队伍……可他们究竟是什么时候动手的？"

"……是列车。"

"什么？"

"篡火者袭击了一区执法者的列车……然后全员伪装成他们的模样……混进了'古藏'。"陈伶双拳忍不住攥起，声音沙哑地开口，"他们进入'古藏'后，就大开杀戒，我们三区和五区、六区的执法者……还有几个极光城的执法者，被他们扫射击杀，全都掉进了悬崖下面……我当时正好被阎喜才胁迫，跟他们分开了，才逃过一劫。"

"他们竟然袭击列车？"

"不对啊，铁路局那边没有传来受袭击的消息……一会儿上岸我再去查一下。"

"一区一共来了多少人？"

"好像是九个。"

五纹执法官眉头微皱，脑海中闪过自己见到的几具篡火者尸体，似乎在计算数量。

陈伶继续说道："然后，那个蒲文就用了张什么纸，把他们全定住了……卢玄明一刀砍死一个，阎喜才也用戒指把另两个推下悬崖，那个蒲文喊了一声，我们就分头逃跑了。"这就对上了……五纹执法官微微点头。"我当时很害怕，一个人逃到没人的地方，但是我看到有好几条'兵神道'降临到其他地方……后来阎喜才说，要去围剿篡火者，然后他们就打起来了。"

"阎喜才说的？"五纹执法官诧异开口。

"对，他说那群篡火者，偷走了他的戒指……当时他身上杀气很重，好像很生气。"

"然后呢？"

"然后他们就打起来了，我本来想一直躲到最后，结果正好有个被追杀的篡火者往我这儿跑，我拼了命地跟他打，把他杀了……再然后，我看到一条'兵神道'砸到我的脸上，就没知觉了。"陈伶结束了他的叙述，那双眼眸中满是诚恳与痛苦。

三位执法官对视一眼，都看到了对方眼中的凝重……到这个地步，事情的前因后果已经基本厘清，但更具体的细节，可能还得极光城那边派人进去核实。

"所以，你也踏上'兵神道'了？"

"……好像是的。"陈伶不确定地回答。

"哪条路径？"

"'修罗'。"

听到这两个字，三位执法官眼中都浮现出震惊，他们错愕地看着陈伶，似乎没想到他的天赋竟然如此恐怖。

"行了，你先好好休息。"五纹执法官深吸一口气，"等上岸之后，我们会进行更细致的调查……这次事故极其严重，你要做好随时应对极光城审问的准备。"

陈伶"嗯"了一声，便疲惫地闭上眼眸。三位执法官推门而出。随着船体逐渐远离"兵道古藏"的领域，陈伶怀中藏着的"兵神道"道基碎片，突然一颤！

三位执法官站在甲板上，回头看了眼"兵道古藏"上方漆黑的夜空。

"你们怎么看？"

"这次的事件太恶劣了……上岸之后，必须立刻通知极光城。"

"话说篡火者不是一向在南边的界域活动吗？怎么突然跑极光界域来了？"

"不知道啊……"

众人话音未落，那柄洞穿天地的黑色巨剑，发出一阵低沉雷鸣，一股凛然杀意瞬间锁定这艘即将离开领域的船只！"'兵神道'的杀意？！"三位执法官脸色大变，"怎么回事？！什么东西惊扰到'古藏'深处那些存在了？"

几乎同时，屋内的陈伶也睁开双眸，能感觉到一股热流，从白起令表面闪过。这股暖流闪过之后，自"兵道古藏"中释放的杀意，便迅速消退……仿佛刚才的一切，只是众人的幻觉。

"是我眼花了吗？"四纹执法官看着平静的冻海海面，眸中满是茫然。

"'兵道古藏'确实有反应了。"五纹执法官当即开口。

"可、可为什么啊？"

"……不对劲！"

"哪里不对劲？"

"那个从'古藏'里出来的陈伶不对劲！"

085·白也

五纹执法官脸色一凝，猛地回头看向船舱，三人正欲有所动作，一道微不可察的白光闪过上空。三人顿时愣在原地。他们宛若雕塑般在原地呆了许久，突然再度开口："是我眼花了吗？"

"'兵道古藏'确实有反应了。"

"可、可为什么啊？"

五纹执法官认真想了一会儿，似乎有个想法即将跃出脑海，但又怎么都想不起来。

"应该是这艘船上，有什么东西引来了'兵道古藏'的杀意……是什么呢……从'古藏'里出来的，好像只有……"话音未落，又是一道白光闪过上空。三人的瞳孔再度涣散，呆呆地凝视着虚无，仿佛失去了什么。这一次，三人足足停顿了十秒，才回过神来："你们怎么看？"

"这次的事件太恶劣了……上岸之后，必须立刻通知极光城。"

"话说篡火者不是一向在南边的界域活动吗？怎么突然跑极光界域来了？"

"……"

甲板上，三人诡异地重复着最开始的对话，似乎浑然忘了刚才"兵道古藏"异变的那一幕，以及他们对陈伶的怀疑，就仿佛有一只无形的大手，悄然从他们脑海中，偷走了那半分钟的记忆。轮船蒸汽升腾，彻底驶出"兵道古藏"的黑色天穹，昏黄的夕阳重新穿透云层，洒落在冻海表面，巨大洁白的浮冰之上，一只手掌缓缓抬起白色鸭舌帽的帽檐，露出半张面孔，银色的蛇形耳环在黄昏下好似黄金。极具压迫感的轮船大山般向浮冰迎面撞来，他的嘴角勾起一抹淡淡的笑意。

- 201

下一刻，他的身形消失在原地。

白起令有反应了？船舱内，陈伶皱眉看着掌中的令牌，眼眸中浮现出不解。他并不知道轮船刚才驶过"兵道古藏"边缘，只知道在那一瞬间，道基碎片与白起令先后有了反应，又在一秒内恢复原样，仿佛什么都没发生过。就在陈伶沉思之际，他的余光突然瞥见一道白影！陈伶心中一惊，迅速将令牌收起，向那个方向看去……不知何时，一个修长的白衣身影，已经静静地倚靠在船舱内壁，如同鬼魅。谁？！他什么时候进来的？？两个疑问瞬间涌上陈伶脑海，要知道，这个船舱有且仅有一个入口，四周都是厚重的钢铁墙壁，根本没有任何能进人的地方……而陈伶敢肯定，在这之前，船舱内只有他一人存在。陈伶的大脑飞速运转，电光石火间，便做出反应。他抬起右手，轻点在眉心，虔诚而衷心地吟诵——

篡天道，夺乾坤。
篡火者13号，恭迎盗圣。

冷汗自陈伶后背疯狂渗出，眼前的这个男人，并没有穿执法官的黑色大衣，说明必然不是极光城的人，而他的潜入并没有引起丝毫骚动，要么就是外面的三位执法官已经被他宰了，要么就说明他的实力已足以在执法官不曾察觉的情况下，大摇大摆地潜入船舱……无论是哪种情况，都意味着这个男人的实力，远在三位执法官之上。实力极强，不是执法官，而且刚离开"兵道古藏"就突然出现……要么他是篡火者的盗圣白也，要么就是来接应自己的黄昏社成员。从最坏的情况考虑，陈伶开口就是篡火者教义，绝对没错。

那身影缓缓抬头，白色鸭舌帽下，一双锐利的眼眸锁定陈伶，好似寒冰。"13号。"他的声音没有丝毫情绪波动，"其他人呢？"

"都暴露了，在'古藏'里跟执法者发生冲突，全部……战死。"陈伶的眼眸中浮现出遗憾，"8号跟三位踏上神道的执法者同归于尽，我才勉强捡回一条命。"

"道基碎片呢？"

"……没拿到。"

"没拿到？"他眉梢一挑，"那，这是什么？"

他把手抽出口袋，掌心不知何时已经多了一枚暗红色的结晶碎片，正是陈伶原本藏在身上的那一枚。陈伶的心当即坠入谷底！该死，这群盗贼的手怎么这么快？！

"道基碎片？"陈伶佯装诧异地回答，"盗圣前辈，你是从哪儿拿的？"

"从哪儿？当然是你……"那人的话刚说到一半，陈伶便如箭般从床上掠出，以惊人的速度直冲舱门！就在他的手掌即将触碰到舱门的瞬间，眼前骤然一花，等再度回过神来时，已经被瞬移到那神秘身影之前。他盗走了陈伶的位置！陈伶反应极快，意识到自己没法逃走，索性顺势一掌向对方的脖颈劈去，与此同时，对方轻笑一声。"伤还没好，就别乱动了……红心6。"听到最后三个字，陈伶的手掌猛地悬停在对方的脖颈之前，眼眸中闪过一抹错愕。那人轻轻抬手，虚无中便凭空出现一张扑克牌，被他两指捏住——红心Q！

"人类文明，永不将熄。"他缓缓开口，"我来接应你了，新人。"

陈伶看着那张画有王后人像的红色牌面，愣了许久，才回过神来。"你是黄昏社的社员？"陈伶茫然问道，"那……盗圣白也呢？"那人看着陈伶，笑而不语。"你是篡火者的盗圣白也……同时也是黄昏社的红心Q？"陈伶终于反应过来，"你也是卧底？"

"我不是卧底，盗圣是我原本的身份，只不过，我选择了背叛。"白也随手将扑克牌收起，似乎并不打算在这个问题上再多解释，"话说回来，作为一个刚入社的新人，你这次的任务完成得很不错。"

"你等等……"陈伶的脑子有些转不过来，"你是篡火者的盗圣，然后派人混进'古藏'盗取道基碎片……那为什么同时又找了我，让我也去盗取碎片？"

"好问题。"白也早就猜到陈伶会问，摊手解释道，"但你忽略了一个问题，我是盗圣没错，但并不是篡火者的老大……派他们去盗取道基碎片，是老大的决定，我只是负责接应的。"

"那你为什么不等他们把碎片偷出来，然后自己盗走？"陈伶刚问出这个问题，自己就想到了答案，若有所思地开口，"我懂了……你的身份在篡火者内爬得太高，一旦在这时候盗走碎片，就必然会暴露……"

"聪明。"白也笑了笑，"所以，我才需要你……来陪我演一场好戏。"

086・我的脸真吗

白也当然可以抢走篡火者盗来的碎片，但这么一来，他的盗圣身份就算是废了，篡火者必然会倾尽全力来追杀他。对他而言，这么做绝对是得不偿失。但如果碎片是在"古藏"里被别人抢走的，那就不一样了。想明白这一切，陈伶终于松了口气，回到床边坐下，心中最后一块大石总算落了下来。他可以掌控"兵道古藏"内的"演出"，可一旦离开"古藏"，控制事情的发展就在他能力范围之外了……无论是三位执法官，还是盗圣白也，都不是他能抗衡的存在，唯一的希望就是寄托于那位神秘的接应者。可他没想到，接应者与盗圣白也竟然是同一个人。

"刚才你演得还挺真。"白也忍不住感慨，"我差点就以为，你真的已经被13号调包了……"陈伶干笑两声，没有说话。白也将道基碎片收好，继续说道："那三个执法官关于'兵道古藏'异变的记忆，我已经盗走了，他们不会再怀疑你……接下来，你能自己脱身吧？"

-203-

"能。"陈伶点头。随后,他像是想起了什么:"对了,能再帮我一个忙吗?"

"你说。"

"帮我把这两个东西藏到三区寒霜街128号的横梁上边。"

陈伶将白起令与红色戒指递给白也,后者拿着仔细看了几眼,诧异开口:"这东西有'兵神道'的气息,好东西啊……从'古藏'里带出来的?"

"对。"

"行,还有别的吗?"

陈伶摇了摇头。白也正欲离开,突然停下脚步,表情古怪地从怀里掏出一张纸:"还有件事情想问你……你给我送的这个信息,是什么意思?"陈伶疑惑地接过字条,看到上面的两个血字,突然愣在原地——"去死!"

陈伶分明记得,他当时在杂货亭里写的不是这个……又是"观众"干的好事?"这个……呃……是个意外。"陈伶含混地解释道。白也怪异地看了他一眼,还是收回目光,随意地摆了摆手:"走了,极光城见。"下一刻,他的身形凭空消失在原地。极光城见?陈伶的心中闪过一抹疑惑……怎么这群黄昏社的成员,一个个都往极光城跑?楚牧云是这样,白也也是这样。

没了道基碎片和白起令,陈伶一身轻松,直接躺在床上,闭目休息。过了几个小时,轮船缓慢停靠在凛冬港,一位执法官搀扶着"虚弱"的陈伶,回到陆地之上。陈伶刚下船,便看到数十位穿着黑红制服的执法者已经封锁整个凛冬港。原本热闹非凡的港口,此刻只剩肃杀与寒冷。看到这个阵仗,陈伶就知道极光城那边已经收到消息了……原本被极光城抱以期望的七十多位执法者,进入"兵道古藏"经历试炼,结果只活下来一个,这对极光城而言,无疑是地震级的噩耗!

"你就是陈伶?"一位六纹执法官走上前,皱眉看着陈伶。

"是。"

那位六纹执法官给了周围的执法者一个眼神:"搜身。"

三位执法者二话不说,直接冲到陈伶身边,把他从上到下全部搜了一遍,就差让他当场脱光。在这种级别的搜索下,陈伶根本无法藏匿任何东西。当然,他们注定一无所获。

"没有别的东西。"一位执法者小声回答。

"抱歉,陈伶。"六纹执法官不容置疑地再度开口,"接下来,我们需要对你的脸进行核验,以防篡火者顶替你的身份。"这句话一出,陈伶的双眸顿时眯了起来。说实话,验脸这一关,他早就猜到了……既然极光城知道有篡火者混入"兵道古藏",那自然不得不防,更何况他还是从中走出的唯一活口。从走出"古藏"的那一刻起,陈伶就注定要接受整个极光界域最为严密的调查。一位执法者从怀中抽出短刀,缓步走到陈伶身前,不等他有所动作,陈伶便挣脱两侧的执法者,反手从怀中掏出自己的匕首……这一幕,直接吓到了周围的众多执法者,他们瞬间戒备，那位六纹执法官的目光也凌厉起来。"我自己来。"陈伶面无表情地将匕首刺入脸颊，然后一点点划开……猩红的鲜血顺着刀锋滴落，露出肌肤下的血肉。呜咽的寒风吹过死寂的港口，在所有人紧张的目光中，这个正亲手割开自己脸的年轻人，笑了，割裂的脸颊血腥恐怖。他嘴角微微勾起，轻声问道："你们看我的脸……真吗？"

三区，执法者总部。
"蒙哥！！蒙哥！！！"一个身影用力推开门，匆忙跑入办公室。
"出什么事了？"正坐在办公桌后的韩蒙微微皱眉，"怎么慌成这样？"
"是极光城！极光城那边来消息了！"
"极光城？"韩蒙似乎想到了什么，"江勤、陈伶他们从'古藏'出来了？"
"……死了。"
"什么？"韩蒙一愣。
"全死了！！"执法者重复了一遍，"篡火者突袭'兵道古藏'，所有进入'古藏'的执法者，全都被杀了！除了……"
韩蒙的脸色瞬间煞白，他整个人猛地从座位上站起，一股恐怖的威压顷刻充满屋中！"除了什么？"
"除了陈伶。"他说，"极光城那边说，陈伶是唯一的幸存者……"韩蒙怔在原地。"他们是在一堆尸体里发现陈伶的，找到他的时候，据说已经失血过多，差一点就死了……"
"现在呢？抢救回来了吗？"
"救回来了，不过据说在凛冬港那边被扣下了，说是要接受极光城的调查与审讯，这次进入'古藏'的那批执法者中，有一个是群星商会的少爷，还有一个七纹执法官的儿子……他们两家已经派人去凛冬港了，不知道是想……"听到最后一句话，韩蒙像是想到了什么，脸色一变。不等执法者再说什么，他便推门而出，黑色风衣以惊人的速度消失在雪地的尽头！

087 · 审问

随着陈伶亲手割开自己的脸，凛冬港安静得只剩下风声。不知为何，众人看着陈伶那张被划开的面孔，与那淡淡的微笑，有种毛骨悚然之感……
"可以了……"六纹执法官终于开口，"先把他带到屋里疗伤，同时让他准备接受问讯。"
两位执法者松了口气，搀扶着陈伶，径直走向不远处的一间小屋。这间小屋明显是被临时征用的，大概是某户人家的私宅，狭小昏暗。陈伶被搀扶进入其中，

-205

在床边坐下，两位执法者给他拿完纱布与药之后就让他在这里等候……陈伶听到他们推门而出，却并没有离开，而是守在门外。陈伶只是简单地给自己的脸上了个药，包扎两圈，就没有再管。毕竟对于拥有"无相"的他而言，脸只是消耗品，只要撕下这张面皮，依然是一张完美无瑕的脸。接下来的半个小时，陆续来了四五拨人。他们有的是执法者，有的是极光城内的政客，其他的就连陈伶都不知道是什么来头，但应该是极光城内的大人物……他们一遍又一遍询问事情的经过与细节，尤其是阎喜才与卢玄明二人的死亡。陈伶直接把阎喜才的死，推给简长生；至于卢玄明的死，则推给 8 号。严格来说，陈伶其实并没有撒谎，只是隐去一部分细节，并让一部分人物的行为错位。就算这些人再进入"古藏"，仔细搜遍案发现场，也几乎找不出破绽，除非他们进入悬崖底部的深渊，找到被他丢下的一区执法者尸体。但就算找到了，他们的脸也都被陈伶刮花，在身体被摔成肉酱的情况下，几乎不可能确认身份。

很快，执法者那边又收到消息：他们在凛冬港附近的一间仓库，找到了一列空置的 K18 列车，疑似融合了某种祭器。这个发现更加佐证了陈伶的证词，篡火者确实是通过袭击列车，完成换脸……K18 列车连接七大区，一辆根本不存在于档案的列车在起始站载走一区执法者，基本不会引起怀疑。而且篡火者把列车清扫得太干净了，根本没有留下丝毫线索。至于被掉包的有没有可能是其他区……众人压根就没怀疑过，因为陈伶没必要在这件事上撒谎，而且他自己乘坐过列车，且没有被顶替，就是最好的证据。

"……所以，审问结束了吗？"陈伶疲惫地揉着眼角，"我什么时候可以回去？"

"应该快了吧。"守在门口的一位执法者犹豫着回答。

"应该？"

"毕竟是第一次发生这么严重的试炼事故，牵扯太大了……而且群星商会和那位七纹执法官，可都不是好惹的，他们本来是希望自己的衣钵传承人能去历练踏上神道，结果都死里面了……你说，他们能善罢甘休吗？"

听到这儿，陈伶的眉头越皱越紧："这跟我有什么关系？杀他们的是篡火者。"

"可篡火者也死光了啊。"执法者意味深长地说道，"所有人都死了，却只有你活了下来……他们想对篡火者复仇，也只能从你这儿入手，找到更多线索。"

"但我知道的所有事情都说了。"

"万一，你隐瞒了呢？他们这些大家族，总有些手段能让人把所有知道的事情都吐出来，甚至能复原你所见到的一切……只有这样，他们才安心。当然，这么做完之后，一般人不是死了就是疯了……"

陈伶的心顿时沉了下去。要是极光城里的那群人真对他用这种手段，那一切不都暴露了吗？"他们这不算是动用私刑？执法者不管吗？"

"算啊，这是极光城明令禁止的……但你说这些执法者、执法官，谁愿意跟他们作对？他们要带你走，谁敢拦？"陈伶陷入沉默。此刻，这位执法者似乎也意识到自己多嘴了，连忙解释："兄弟，我就是随口一说啊……这还不一定呢。"

陈伶没有再接话，他突然想起，刚才反复询问自己阎喜才与卢玄明死亡细节的那拨人，问完之后，脸色都有些阴沉……

观众期待值 +5%

一股不妙的预感涌上他的心头，他关上房门，开始在屋内思索起来，如果真的有人要带他走，该如何破局？跑？外面围了这么多执法官，他往哪儿跑？就在这时，门外传来一阵低声交谈声，紧接着，房门便被推开。门外，是一个穿着黑衣的男人，他穿的风衣并非执法官制式的，而是一种昂贵而保暖的面料。他身后跟着两位执法者，其中一人便是刚才与陈伶说话的那位，看向陈伶的目光满是同情。"执法者陈伶。"为首的男人缓缓开口，"跟我走一趟吧。"

"去哪儿？"

"极光城。"

陈伶眉头紧锁："你是谁？我为什么要去极光城？"

"我是谁并不重要，重要的是……今天你必须跟我走。"男人的目光一凝，一股恐怖的威压自体内释放，如海啸般将陈伶淹没其中！一条神道的虚影浮现，那是一条陈伶不久前才见过的神道——"书神道"。以陈伶如今的精神力，与对方相比简直天差地别，毫无疑问，对方的阶位一定在四阶之上，但又没到五阶的地步，因为与那位五纹执法官的气息相比，还是有些差距。不出意外的话，这位便是群星商会或者那位七纹执法官派出的人手。因为携走陈伶，明面上是违反极光城规定的，所以他们不可能直接派执法官出手，只能动用一些在体制外的强者，而眼前的这位"书神道"拥有者，显然是他们的人。"如果，我拒绝呢？"陈伶一字一顿地开口。

088・关你啥事？

"拒绝？"那人轻笑一声，"我倒要看看，你怎么拒绝。"话音落下，他从怀中随手取出一张纸符，对着陈伶随手一挥，纸面的四个大字顿时光芒璀璨——"敕令跟随"。一道光芒从纸符中掠入陈伶体内，陈伶浑身一震，任凭他如何努力，都没法再挪动身体分毫。这又是"书神道"的什么技能？陈伶脸色阴沉无比，他虽然没法挪动身体，但似乎说话并不受限制。他冷声开口："非法拘禁极光界域的执法者，你这是犯罪。"

"非法拘禁？谁看见了？"听到这句话，他身后的两位执法者顿时转身，目光

- 207

看向凛冬港的天空，仿佛对屋内发生的一切都无所知。"小子，别太天真了……这个世界，不是那么讲道理的。"男人瞥了他一眼，转身走出屋外。

观众期待值 +5%

陈伶只觉得身体像是被人牵上丝线，不由自主地跟随，彻骨寒风自冻海灌入凛冬港，只穿了一件单薄衣服的陈伶，缓缓向雪地走去。陈伶皱着眉用余光扫过四周，原本将整个凛冬港围得水泄不通的执法者，不知何时已经离开，只剩下几个还在忙碌的执法者，但在看到他时，也下意识地扭过头去，绕道而行。陈伶的心坠入谷底……虽然他猜到了群星商会的势力极为庞大，但没想到竟然能如此光明正大地违背极光城的规则，从凛冬港直接将自己带走。极光界域的秩序与规则，远比他想的更加混乱。陈伶如同傀儡般跟在男人身后，大脑飞速运转，试图找到摆脱困境的方法，可惜如今的他连动一根手指都做不到。他就这么跟着男人，穿过熙熙攘攘的凛冬港街道，来到一座简陋的列车站台附近。

"两张 K15，去极光城的车票，谢谢。"男人走到售票亭前，礼貌开口。

售票员看了他与身后的陈伶一眼："买票可以，但进城是需要资格的，否则会被强制送回……你们应该知道吧？"

"知道。"

见男人淡定点头，售票员也不再多说，将两张车票递到男人手中。他带着陈伶走上站台候车，站台上还有其他乘客，但他们都只是随意扫了一眼二人，便没再关注。陈伶与男人都是便服，在他们看来，这只是两个普普通通的乘客，与其他人并没有什么不同。陈伶看着周围的乘客，正欲开口喊些什么，身前的男人便缓缓说道："劝你不要试图求救……否则，我不介意杀光这里的所有人。"

陈伶目光一凛。刚才他确实有求救的想法，毕竟他身体不能移动，只能靠说话寻找出路，虽然执法官与执法者不愿与男人为敌，但只要有更多的目击者在，男人想带他走也不会那么容易……可惜，眼前这个男人的底线，低到令人发指。"极光城里的人，都是像你一样的屠夫吗？"陈伶冷声开口。

"当然不是。"男人平静回答，"不过，既然要给人当狗……自然要做好惹一身腥的准备。"

"哐——哐——哐——"就在两人说话之际，一辆蒸汽列车轰鸣着向这里驶来，伴随着刺耳的减速声，钢铁巨兽缓慢匍匐在两人身前。"K15，去极光城，上车！"乘务员的呼唤声响起。男人拍了拍大衣的灰尘，径直走上车厢，陈伶僵硬地抬脚，紧随而上。这辆前往极光城的列车，一天只有一辆，因为极少会有人乘坐……偌大的车厢空空荡荡，除了他们二人，再也没有别的乘客。男人随便挑了个靠窗的位子坐下，从金属架上取下一份最新的报纸，低头阅读起来。"坐吧。"男人头也不抬地开口，"从这里去极光城，大概要四个小时，珍惜你最后的时间吧。"

这一刻，陈伶只觉得有两座大山压在自己肩头，按着他坐在男人对面的椅子上。

"……我想上厕所。"陈伶想了很久，也只能憋出这个在无数影视作品中烂大街的套路。

"不，你不想。"

"想。"

"你以为，我不能操控你的身体去上厕所吗？只要让你走到厕所，解开裤子，然后……"

"算了，我不想……"陈伶放弃了这个蹩脚的逃生计划。

汽笛声响彻云霄，这只匍匐在铁轨上的钢铁巨兽缓缓挪动，低沉的"哐哐"声再度传来……陈伶的内心烦躁无比。靠他自己的力量，几乎不可能在这个四阶手里逃走，只能等到进入极光城，想办法让黄昏社的人来救他……可具体该如何实施？就在陈伶苦苦思索之际，一道宛若雷霆的枪声从车厢外响起！"砰——"紧接着，列车底部的动轮轰然爆碎，陈伶只觉得车身猛地一震，随后向一侧倾斜。男人身旁的报纸架当场翻倒，滚烫的茶杯摔碎在地，乘务员的惊呼声从车厢外响起，整辆列车都在剧烈的摇晃中急速刹停！男人脸色一变，握住固定在列车中的桌子稳住身形，转头看向窗外……刺目的火花在白雪上迸发，一个身影从中缓缓走出来。

"先生！"站台上的乘务员匆匆赶来，"您这是……"

"闭嘴！"

"砰——"车厢的门被人一脚踹开！寒风混杂着雪花碎片卷入车厢内，一个穿着黑色风衣的身影，踏上车厢的地面……他右手握着一支枪，漆黑枪管还在冒着青烟。看到那张熟悉的面孔，陈伶先是一怔，随后瞳孔剧烈收缩！"三区执法者陈伶。"那人站在破碎的玻璃碴间，不紧不慢地开口，"从'兵道古藏'中出来，不第一时间回三区报到……你这是要去哪儿？"

"韩……蒙？"陈伶的眼眸中满是错愕。他万万没想到，会在这里遇见韩蒙……要知道，这里可不是韩蒙的管辖区域，而是凛冬港，距离三区有数个小时的路程！

男人的眉头紧紧皱起，他缓慢地站起身，与韩蒙分别站在车厢两边，遥遥对峙。"他去哪儿，你恐怕管不着了。"男人微微侧头，"你是哪个区的执法官？阎会长要的人，也敢来抢吗？"

韩蒙没有说话，只是平静地将那还飘散着青烟的枪管抬起，枪口对准男人的眉心："我带我的属下回去……关你啥事？"

089·活着就好

　　杀气在车厢内狂卷，气温骤然下降！陈伶被困在座位上，呆呆地看着杀意凛然的韩蒙，一时之间大脑有些空白……韩蒙离开三区，突然出现在这里，还一枪打爆了列车动轮，这绝不是巧合……唯一的解释就是，他是冲自己来的。可他是怎么知道群星商会要对自己动手的？

　　男人被韩蒙的枪口锁定，一股杀意已经将其笼罩，他皱眉凝视韩蒙许久，像是想起了什么。"韩蒙……我好像听过这个名字。"他眸中闪过一抹惊讶，"听说几年前，有个三区新人执法者，在'兵道古藏'里杀了群星商会会长的侄子，被拘走后硬是挺过了三轮碎魂搜证，而且还维持着理智……这件事当时甚至惊动了总部的高层。那个执法者……好像就叫韩蒙？"

　　"是吗？"韩蒙淡淡开口，"那可真是巧了。"他的指尖搭在扳机上，黑色风衣下，一道领域迅速向周围张开！

　　感受到这领域蕴藏的恐怖气息，男人脸色越发难看，他毫不犹豫地抬手，正欲在虚无中勾勒什么，一束粗壮的光束瞬间闪过他的鬓角！无形的解构之力仿佛子弹，直接擦掉了他的鬓发，眨眼间贯穿列车所有车厢，只留下一个巨大的圆形空洞！"你凭什么觉得，你的字能比我的枪更快？"韩蒙依旧是那个姿势，单手握枪，淡淡青烟自枪口飘出，面无表情。此时，几滴冷汗已经顺着男人的额角滑落……那张煞白的面孔上，闪过一抹后怕与惊恐。刚才韩蒙的枪如果再偏一点点，他的脑袋都要被解构成虚无……他能活下来，并非对方打偏了，而是因为对方根本没想杀他。"这是一个警告……永远不要试图正面攻击一位'审判'，蠢货。"韩蒙用枪口指着男人，向陈伶那儿摆了摆，"把他身上的字解开，否则下一枪，打的就是你的脑袋。"

　　男人此刻又惊又怒，同为四阶的强者，他却只能被韩蒙的"审判庭"死死压制，这让他心中憋屈无比……他有一身的"书神道"本领，可在那枪口的面前，他的一切都太慢了。但他又没有办法，绝大部分神道的正面战斗力，都不可能胜过"兵神道"，而"审判"路径，又是所有"兵神道"中杀伤力最强的路径！他一个"书神道"，在被对方提前锁定的情况下，拿什么跟"审判"打？字再快，能有子弹快吗？男人的脸色接连变换，他盯着韩蒙许久，咬牙开口："你知道得罪群星商会会有什么下场……"

　　"没有人比我更清楚。"韩蒙双眸微眯，一缕杀气再度在车厢内蔓延，"不要让我重复第三次……放开他。"

　　眼看着第二枚子弹又要射出，男人一咬牙，手掌在虚无中轻抹，隔空解开了操控陈伶的字符。陈伶顿时觉得身体一轻，掌控权再度回到身体！"别以为一直躲在极光城外,他们就拿你没办法……"男人缓步向后退去,随着他的脚步,列车的车厢地面接连浮现出神秘字符。"下次见面,你不会再有拿枪指着我的机会。"他的眼眸中闪过一抹寒芒,下一刻,那几道神秘字符骤然亮起!他的身形就在陈伶的眼前化作黑色,像是墨水被拆分成一个又一个笔画,横、竖、撇、捺、钩,迅速消失在虚无中。

他能把自己的身体变成字?陈伶目睹这一幕,心中惊讶万分,"书神道"的所有技能,似乎都超出了他的认知……韩蒙见那人离开,平静地将枪收回,看了眼陈伶:"还不走?真想跟着他去极光城?"说完,他转身就向列车外走去。一枪打爆列车动轮,站台上的乘务员与其他行人都很震惊,他们眼睁睁地看着穿黑色风衣的韩蒙走出站台,那表情像是在看怪物。

陈伶穿过人群,走到他的身边:"你怎么知道我在这儿?"

"进极光城的列车,一天只有一辆,又是从凛冬港出发的,就只有这里。"

陈伶还想问他是怎么确定群星商会会暗中把自己带走……但回想到刚才男人说的话,他还是没问出这个问题。据那个男人所说,韩蒙几年前就在"兵道古藏"得罪过群星商会,还经历了三次碎魂搜证……陈伶已经经历过的,甚至还没来得及经历的,韩蒙几年前就经历过了。没有人比他这位受害者,更了解群星商会的手段。

两人就这么并肩在雪地里走着。韩蒙没有问陈伶"古藏"里发生了什么,陈伶也没问韩蒙当年的经历,他们彼此都保持沉默,像是两个闷头回家的同路人。终于,韩蒙的声音再度响起:"我还是低估你了。"

"什么?"

"我以为,你最多就杀几个人……没想到,最终只有你一个人出来。"韩蒙的声音听不出是夸赞还是埋怨,"这次的事情,闹得太大了。"

陈伶突然想起,在自己来"兵道古藏"前,韩蒙特地给他留的那句话——"如果在'兵道古藏'里遇到一些……事情,不用太畏首畏尾,你是我们三区的执法者,就算捅出了什么娄子,也有我给你顶着。"

陈伶没有畏首畏尾;韩蒙,也确实帮陈伶顶住了……陈伶走出那间小屋的时候,所有执法者与执法官,都选择闭上眼睛。只有韩蒙,奔袭数百公里,一枪打爆了列车,对着极光城内的强权举起枪……如果没有他,恐怕陈伶已经被强制绑入极光城,下场究竟如何,尚未可知。陈伶沉默许久,认真而严肃地说出两个字:"……谢谢。"

韩蒙转头看了他一眼,继续向雪的尽头前行。

"活着就好。"

第一卷 · 戏中人

第四篇章

灰界交汇

090 · "修罗"与"审判"

"兵道古藏"——

一个浑身是血的身影，跌跌撞撞地从旋涡中爬出，一头栽入冻海。刺骨的冰寒侵蚀全身，简长生强忍着疼痛与寒冷带来的僵硬，挣扎着游过百米，最终爬上一块两米长的浮冰。"喀喀喀……"他虚弱地躺在冰面上，体力透支。一股海风吹过，身上的湿润凝固成冰，带走了他最后的几丝热量。简长生呆呆地看着黑色的天空与那逐渐远去的巨剑，狰狞的刀疤脸上只有麻木。他活下来了。他不知道自己是怎么活下来的……记忆的最后一刻，就是陈伶握枪站在他身前的画面，他记得自己的心脏都被打穿了。想到这儿，简长生下意识地伸手摸向胸膛，血肉依然完整，没有被人开出一个大洞，里面似乎也有什么东西在跳……他能感觉到，随着那颗心脏的跳动，杀气在他的血脉中流淌，整个人都像是被洗涤一般。还有，他的身体中，好像又多了什么东西……与远处的黑色巨剑，不断产生共鸣。"那家伙……究竟是个什么怪物？"简长生回想起那个一个人杀穿"兵道古藏"的红衣身影，心中还有些余悸。自从自己反杀阎喜才，一路厮杀之后，心气已经积累到了顶峰，可没想到，最后又跳出一个陈伶，几下就把他的骄傲碾成渣滓。最关键的是，直到现在，他还不知道那人是什么身份……篝火者？执法者？还是别的什么阴谋组织？

简长生休息片刻，从冰面上坐起身，他的目光扫过一望无际的冻海，一个可怕的念头突然涌上心头……他该怎么回去？他们来的时候，可是足足坐了几个小时的轮船，现在他什么也没有，难道用手扒拉浮冰漂回去吗？简长生的脸色越发难看，因为发现似乎除了这个选项……他真的没别的办法了。他一咬牙，整个人匍匐在冰面之上，双手探入海水，凭借惊人的速度与力量，一点点地向凛冬港的

- 213

方向挪动。简长生打死也不会想到，不久前还意气风发的"修罗"，现在只能沦为人形发动机。

他得加快速度了……在自己被饿死或者冻死之前。

返回三区的路上，陈伶将"兵道古藏"内发生的一切，跟韩蒙说了一遍……当然，是经过他加工的版本。韩蒙沉默地听完，直到陈伶已经说完许久，才声音沙哑地问出了第一个问题："江勤……是怎么死的？"

"被那个8号篡火者击杀的。"陈伶停顿片刻，"我替他复仇了。"

韩蒙看着陈伶身上那件原本属于8号的大衣，眼眸中闪过难掩的痛苦，陈伶此前从未在他的脸上见到过这种落寞与疲惫。"……谢谢。"这次，是韩蒙向陈伶道谢。

陈伶没有应下，因为觉得自己并不配这声感谢……江勤已经死了，替他复仇改变不了什么，如果他真的有本事，就该把江勤也救下。至于"兵道古藏"的其他人，虽然他们的死都与自己有关，但就算他不挑动执法者与篡火者的仇恨，等到篡火者夺取完道基碎片，双方回到"古藏"入口依然会打起来，更别说外面还有个盗圣白也。从一开始，这群执法者进入"兵道古藏"，就没有活着离开的可能。

"对了。"韩蒙看向陈伶，"这次，踏上'兵神道'了吗？"

"嗯。"

"哪条路径？"

"'修罗'。"

韩蒙眸中闪过一抹诧异，微微点头："'修罗'不错……整个极光城，都没几个人踏上这条路径。"

"你是哪条路径？"陈伶装傻地问道。

"'审判'。"

"和'修罗'有什么不同吗？"

"当然，'审判'追求的是极致的杀伤力，但阶位高了之后，本体就相对比较脆弱……而'修罗'是近身战的王者，虽然杀伤力不如'审判'，但生存能力极强。尤其是第一阶的技能'血衣'，你应该能感受到，它给你带来的力量……除非一击毙命，否则受伤越重，伤害越强，等这个效果增强到极致，伤害甚至不逊于'审判'。"

陈伶若有所思地点点头。如今他已经拥有了"审判"的第三、第四阶技能，与"血衣"的第一阶技能……两者结合，也不知道算不算是取长补短了。"那踏上神道之后，该如何进阶？"陈伶试探性地问道，"需要事先完成什么条件吗？"

"条件？没有这种东西。"韩蒙解释道，"世间十四神道，虽然道道不同，但本质是一样的……都是用精神力来驱动登阶，每一次登阶，除了会得到不同的技能，还会引发精神力的大幅提升。归根结底，这东西就是看个人天赋，有天赋契合神道的人,精神力的增长就会更快,进阶速度也会更快……如果天赋不足,进阶就会十分困难,最终只能在其中某一阶停下脚步,终身受困于那个位阶。当然,从第四阶之后,进阶就会越来越困难,有些时候除了精神力的积累,还需要一些突破的契机。"

果然,其他人的进阶,不需要像自己这么麻烦……陈伶在心中长叹一口气。除了精神力的增长,他还需要额外完成石阶上的演出任务,如果完不成,即便精神力再高也没办法进入下一阶,这意味着他的每一步,都将比其他人艰难数倍。

"那一般从第一阶晋升到第二阶,需要多久?"

"普通人的话,大概两年。如果天赋不错,一年多也勉强能进阶……"

"这么久?"陈伶震惊了,"那你当时用了多久?"

"六个月。"

陈伶:"……"

怪不得三区的人都说韩蒙是"兵神道"的天才……这么看来,对比就太明显了。可陈伶又觉得有些不对,因为他踏上"戏神道"第一阶,也就过了一个多星期的时间,而现在,他的脚掌已经几乎碰到第二块台阶了……陈伶甚至觉得,自己用不了几天,应该就能真正踏上第二阶。是自己本就天赋异禀,还是……完成演出后的奖励,让他直接省去了大量的时间?

091・给谁送葬?

陈伶觉得后者的可能性更大一些,毕竟他不觉得自己在"戏神道"上有什么天赋。两人乘坐K18列车,终于在天黑之前赶回了三区,韩蒙站在荒凉的站台上,看了眼时间。

"不早了,回去休息吧……用不了多久,你的任命文件应该就下来了。"

"任命文件?"

"执法官。"韩蒙平静地回答,"所有踏上神道的执法者,都会被极光城任命为执法官,这次就你一个踏上神道的……他们不可能不任命你。"

"我得罪了群星商会,任命没问题吗?"

"这是极光城最高层的任命,群星商会插手不了,我都能成为三区执法官总长,你当然没问题。"韩蒙停顿片刻,"更何况,现在极光界域情况特殊……他们需要人手。"

陈伶点点头:"好。"

陈伶原本的目标就是成为执法官,这次群星商会出手之后,他以为自己很难再顺利成为执法官……现在看来,在某些方面,执法者总部那边还是很硬气的。

陈伶与韩蒙道别,自站台分道扬镳。陈伶走在极光涌动的夜空之下,看着不

- 215 -

断靠近的街道轮廓，若有所思。这次去"兵道古藏"，一走就是这么久，也不知道寒霜街那边怎么样了……至少，自己的桃子应该到位了吧？

寒霜街。

"欸！你们听说了吗？"

"什么？"

"这次不是有一群执法者到'古藏'那儿经历试炼嘛，我有个凛冬港的朋友今天下午来进货……他跟我说，那批执法者全死啦！"

"啊？！"

寒霜街的街头，几位居民耳朵一竖，当即拎着小板凳聚到一起。

"真的假的？"

"不可能吧，'古藏'里哪能那么危险……我听说往年死一两个最多了。"

"听说这次有篡火者混进去了，盗走了什么东西，然后把人全杀了！今天下午极光城来了一大帮人，把整个港口都围起来了。"

"封锁港口这事我知道，我也听说了……原来是为了这事？"

"陈伶是不是也去了？"

"好像是，说起来这两天都没见到他……"

"那他岂不是也……？！"

众人说着说着，顿时瞪大了眼睛，他们彼此对视一眼，眸中满是惊异！

"陈伶死了？！"裁缝铺的徐老板第一个站起来，震惊得大嗓门几乎半条街道都能听到。

越来越多的人走出家门，七嘴八舌地议论着，脸上有疑惑，有震惊，有放松……几位老板凑到一起，匆匆确认了什么，脸上的阴霾顿时散去，心中的大石终于落地。

"他死了？那个吃人心的妖魔执法者死了？！"

"……这两天我连觉都睡不安稳啊，一闭眼就看到他给我递人心的样子，真是太吓人了。"

"看来他是不会回来了……还好，还好，大家今后不用再提心吊胆了！"

"……"

众人的脸上浮现出庆幸，开始拍着彼此的肩膀，互相安慰起来。

唯有匆匆赶来的不明所以的赵叔，听说这件事，脸色一白。

"死了？"赵叔喃喃自语，"好好的孩子，怎么就死了呢……"

"虽然陈伶吃人心，但毕竟是咱们寒霜街长大的孩子，要不……咱给他送个葬吧？"

"也是，这样他安息之后，也不会变成鬼来找我们麻烦。"

"人死后真的能变成鬼吗？"

"一般人不知道，但他可是吃人心的妖魔，谁知道死后会不会回来……"

"可我们连尸体都没有，怎么送葬啊？"

"随便弄个棺材，扎个纸人就行……许老板，你不就是做这个生意的吗？这个对你来说不难吧？"

"嘿，只要不让我去弄人心，这都不是事。"许老板大手一挥，当即带着众人往自己店铺走去，挑了个没什么人选的大红棺材，又从货架上拿了纸人，三两下便将其描得与陈伶有五六分相似。"没有尸身，也没有衣物，就这么凑合一下吧。"许老板又拿了几把纸钱，还有纸扎的屋子、家具什么的，一股脑放进袋子里，然后喊了两个有力的年轻男人，扛着棺材便向陈伶的屋子走去。其他围观的居民，见一群人扛着棺材出门，都有些好奇，纷纷跟在队伍后面。许老板在陈伶的屋子前站定，一只手拿着纸人，另一只手对着陈伶的屋子挥动，嘴里喃喃念叨着什么……大概是归魂、入土、安息的字眼。看到这一幕，身后众人甚至觉得许老板是在作法，不过对于这种没有尸体，又没有衣物的情况，他们确实不知道该怎么做。许老板神神道道地念了一会儿，便将那个纸人放入棺中，合上棺椁。

就在这时，他像是想起了什么，对着身旁的猪肉店老板说了几句，后者很快便拎着几个装着鸡心、猪心的大袋子，匆匆赶到众人身边。"这些都是原本准备给陈伶的……祭品。以后用不上了，留着也晦气，不如当作陪葬品一起埋了吧。"许老板大手一挥，便让两个小伙扛着棺材，径直向黑夜下的后山走去，众人紧随其后。说实话，许老板做了这么多年死人生意，从未像今天这样过，纸人替尸，屋前唤魂，只是他随便想出来的送葬流程，毕竟像陈伶这样的情况，实在是少数。但那又怎么样呢？说到底，众人只是怕陈伶死后回来找他们麻烦，做这一切也只是为了心安，所以许老板只要随便做做样子就行，要是真按照正常的送葬流程走，估计得折腾到明早。因为天色昏暗，众人便拎着煤油灯，借着火光一点点向后山走去……大红棺材后面，跟着的人群像是无数挪动的影子。

等众人逐渐走远，一个身影疑惑地从街道拐角处走出，看着远去的众人，眉宇间闪过疑惑。"大半夜的这么多人，是要去给谁送葬？"陈伶看到那口远去的棺材，喃喃自语。

092·人设

陈伶思索片刻，还是跟了上去。作为负责寒霜街的执法者，陈伶需要统计街道的人数，就算是自然死亡也需要记录，更别说万一是发生了什么恶性事件……再者，他也想知道，究竟是寒霜街上的哪个人死了，竟然引得这么大阵仗。昏暗的天色下，陈伶跟在最后，跟着他们走到后山的一处荒野，一路上都有人在窃窃私语，说着什么"送远点好""别再回来"之类的话，听得陈伶越发迷茫。在许老板的指挥下，几个体力不错的居民开始铲土，不一会儿便清出一片足以容纳棺材的空间，他们缓缓将棺材放入其中。"行了，把土盖上，再烧点纸钱……就算完事了。"许老板将两袋心脏一起丢入其中，其余几人立刻开始埋土。

众人眼看那口大红棺材消失在土壤下，心中微微松了口气，他们窃窃私语的声音更大了一些。

"这下，应该是彻底结束了……"

"据说这地方风水不错，希望他能一直安息吧。"

"回去之后，再去隔壁街弄个碑给他立上，就这么一个土堆，看着怪瘆人的……总感觉他还能再出来。"

"不能吧，他还真能变成鬼不成？"

"……"

李老板等人也蹲下身，不知从哪儿拿出一个盆子，将纸钱点燃丢入其中。一阵冷风吹过荒野，将他手边的另一袋纸钱吹散至周围。昏暗中，一个身影主动走上前，弯腰替他一张张捡起来。"多谢了。"李老板看不清他的脸，只是谢了一句。

"不用谢。"李老板一愣，突然觉得这声音有点耳熟。那人攥着纸钱，走到刚被点燃的火盆边，一张张往里面送，随着火光逐渐旺盛，那人的面庞逐渐在阴影中被勾勒出来。"对了李老板，你们这是在埋谁啊？"火光照亮陈伶小半张面孔，他缓缓抬头。李老板瞬间愣住了。他用力眨了眨眼睛，像是见了鬼一般！

"老李，你这纸钱烧得也太慢了，我们这儿都完事了。"许老板走到背对他蹲在地上的陈伶身后，忍不住开口，"赶紧烧完，大伙该回去休息了。"

"你……你你……他……他！！"李老板脸色煞白，一只手指着陈伶，半天说不出一句完整的话来。

"他什么他？"许老板疑惑低头，正好陈伶抬头看向他，火光从脸下方照亮他半边面孔，苍白而诡异。

"许老板。"陈伶突然想起了什么，"我要的桃子呢？"

　　观众期待值 +3%
　　观众期待值 +3%
　　…………

许老板的双眸骤然瞪大，他死死盯着陈伶的脸，半响后，两眼一翻当场昏了过去。

"许老板？"

"欸，许老板怎么了？"

其他人不知发生了什么，见状，立刻围了上来。就在这时，一个身影上前将他扶了起来。

"他怎么了？"陈伶眉头微皱。午夜的风吹过荒野，将李老板面前的纸钱吹起，飘散在陈伶周围……下一刻，所有人的呼吸都停滞了……他们宛若雕塑般站在原地，数秒之后，都惊恐地掉头就往山下狂奔！！眼看着众人跟见鬼一样逃离自己，陈伶的眼眸中满是不解。

"阿伶？"一个声音从旁传来。

"赵叔。"陈伶看着唯一没跑的赵叔，忍不住问道，"这是怎么回事？"

赵叔目光复杂地看着他，许久之后，长叹一口气……

半小时后，夜色之下，赵氏早餐店的铺子被推开。赵叔点亮煤油灯，从后厨热上一碗豆浆，给陈伶递到桌上。

"爱吃人心的妖魔？"陈伶听完赵叔的描述，脸上闪过一抹错愕，"我没有啊……"

"他们说都看到了，你那天在街上，从袋子里掏出心脏一个个送给他们……他们全都吓坏了。"赵叔目光复杂地看着他，"阿伶啊……你爸妈还有阿宴的事情，其实我也听说了，我能理解你现在的心情……可有些邪魔外道，你可不能走啊。"

陈伶脑海中顿时浮现出那天自己在街上被各位老板包围的情形，可他送出去的分明是桃子啊……等等。陈伶突然想到，当时自己每送出一个桃子，观众期待值就上涨的画面，脸色有些难看。他好像明白这一切是怎么回事了……怪不得当天那人在自家门口摔了一跤，反手就给自己磕了三个响头，原来是把自己当成了变态杀人魔。"你送完'桃子'之后，就去了'兵道古藏'……这段时间，关于你的传闻越来越邪乎，有人说你是妖魔转世，有人说你心理有问题，甚至连寒霜街之外，都有人听说了你的事情。"

"……都是误会。"陈伶憋了半天，才说出这么一句话。

"我也觉得大概是误会。"赵叔又给他拿了几个茶叶蛋，絮絮叨叨地开口，"不过你要注意啊，这些传闻会影响你的形象……再这样下去，大家都不敢靠近你了。"

陈伶一路奔波，压根就没吃上几顿饱饭，此刻剥了几个茶叶蛋就往嘴里塞，大口吞咽着桌上的豆浆。"我找个时间……跟他们解释一下吧。"陈伶吃完之后，无奈回答。事情发展到这个地步，根本不是他想要的……但观众席上的那群"乐子人"实在太过恶趣味，他根本不知道在自己毫无意识的情况下，形象已经被篡改到了这种地步。

就在两人说话之际，一个疲惫的身影走过街道，推门而入。"陈伶？"赵乙看到家里的陈伶，先是一愣，随后没好气地开口，"你怎么大半夜的，还跑到我家里来吃饭？"赵乙到底是个莽人，哪怕现在陈伶当上了执法者，他也没有丝毫谦卑的意思，依旧与小时候一样盛气凌人，怎么看陈伶怎么不顺眼。最关键的是，之前他老子误会他喜欢男人那回事，赵乙琢磨了很久，还是觉得有些不对，他猜测，可能就是陈伶这小子在暗中使坏……可惜他没证据。此刻看到陈伶，自然不会给好脸色。

093·淡了

陈伶正欲开口，一旁的赵叔便沉声道："小乙，你不能好好说话吗？你跟阿伶毕竟是从小玩到大的邻居，哪有你这么没礼貌的。"虽然赵叔莽，但赵叔很聪明，这句话骂的是赵乙，但其实也是说给陈伶听的。他知道自己这个儿子干不了什么大事，人缘又不好，之前跟陈伶又不对付……现在陈伶当了执法者，他希望陈伶能念在两人从小一起长大的分儿上，别跟他一般见识。陈伶在原世界虽然混的不是官场，但这么简单的意思，还是能听出来的。陈伶默默地低头喝豆浆，一言不发。赵乙张口还想说些什么，却被赵叔一眼瞪了回去，只好不悦地将背包丢在旁边的餐桌上，拿起包子啃了起来。

"你今天不是夜班吗？怎么这么早就回来了？"赵叔问道。

"工厂那边不做了，我有什么办法？"提到这个，赵乙更来气了，他恶狠狠地开口，"前几天的工资还没给我结！明天我就去讨！"

陈伶耳朵一动，突然问道："赵叔，小乙现在做什么工作？"

"他啊，在钢铁厂锻钢。"赵叔瞥了眼赵乙，继续说道，"这小子学没上好，又没什么本事，我就托关系让他去钢铁厂上班了……一天天的在外面融雪，能挣几个钱？"

赵乙嘴一撇，似乎想反驳，却又只能闷闷地低头不语。赵叔说的确实是实话，在钢铁厂干一天的钱，够他出去给路管局融好几天的雪了……打零工，终究没有正式的工作有用。

陈伶点点头。七大区最不缺的就是工厂，除却他们居住的这几条街道之外，再往外走，就是众多工厂，这些工厂解决了七大区七成的就业，如果不是陈伶考上执法者，他最终的归宿大概率也是其中的某一座工厂。"钢铁厂，也会停工的吗？"陈伶不解。

"我怎么知道？工厂里现在所有的原料都被运走了，啥也没有，我们一过去他们就让我们滚蛋，钱也不给结……那群工厂的负责人究竟是怎么想的？"赵乙越想越气，好不容易找到一份稳定的工作，现在又泡汤了……难道又得回去融雪？

"原料被运走了？运去哪儿？"

"还能是哪儿，极光城呗。"

"极光城里又没什么工厂，他们要原料干吗？"赵叔也满脸的不解。

"不知道啊！"

陈伶想了一会儿，也想不明白这是个什么原理，难道是极光城那边也要发展重工业了？陈伶不懂这些乱七八糟的，喝完豆浆之后，缓缓站起身，对着赵叔笑了笑。"谢谢赵叔，我先回去了……"

　　"好，慢走啊。"

　　陈伶留下几枚铜币，推门而出，只有赵乙的抱怨还在屋内回荡。他穿过街道，没几步就走到家门口，余光瞥了眼门前，并没有人进出过的痕迹，掏出钥匙打开房门。陈伶点燃桌上的煤油灯，反手将门锁起来，整个人站上桌子，手掌开始摸索上方的横梁……片刻后，一张令牌与一枚戒指出现在他的掌间。"门口没有进出过的痕迹，东西却被放进来了……这就是盗圣的水准吗？"陈伶喃喃自语。陈伶将这两件东西贴身收好，抬手熄灭桌面上的煤油灯。

　　房屋陷入黑暗。

　　与此同时，极光城。床榻之上，楚牧云睫毛轻颤，缓慢地睁开双眸……封闭的卧室中，帘幔般的窗纱轻轻拂动，仿佛有一股无形的风曾在此停留，窗纱之外，是无声涌动的漫天极光。楚牧云注视窗外的极光许久，从床上坐起身，披上一件挂在墙上的白大褂，推门而出。凛冬的寒风吹起他的衣摆，楚牧云推了推眼镜，镜片中反射着极光与屋檐上一个懒散男人的倒影。

　　"观察能力不错，不愧是'血屠'路径。"那人轻轻压低鸭舌帽的帽檐，轻笑着开口，一双银色的蛇形耳环，在月下无声晃动。

　　"红心Q。"楚牧云双手插在白大褂的衣兜中，平静开口，"前辈突然驾临，是有什么事吗？"

　　"别叫我前辈，这样显得我很老。"

　　"……"

　　"刚好完成上面的任务，闲着无聊，顺便来找你聊聊天。"白也打了个哈欠，"毕竟，你可是最早潜伏进极光城的社员。"

　　"白也前辈，你不睡觉，不代表别人也不用睡觉。"楚牧云认真地回答，"睡眠不足容易引发抑郁与肥胖，还有可能导致心脏病、糖尿病，以及……"

　　"人类生病的前提是，他得是个人。"

　　"……你是在暗讽我吗？"

　　"是啊。"

　　"……"

　　白也看到楚牧云吃瘪的表情，哈哈一笑，心情似乎愉悦了不少："对了，你引荐的那个新人很有趣。"

　　"红心6？"楚牧云眉梢一挑，"他可不只是有趣……你把他惹急了，那整个世界都有趣了……"

"我听说了，披着人皮的'灭世'级'灾厄'。"白也若有所思，饶有兴致地突然开口，"你说，如果我突然把他的'理智'偷走，会怎么样？"听到这儿，楚牧云的脸色变了，他皱眉盯着白也，似乎想看看他究竟是开玩笑，还是真的有这个疯狂的念头……"别这么看着我，我就随口一说。"似乎被他盯得心里有些发毛，白也耸了耸肩，"你知道，我是能管住自己的手的……至少现在还可以。"

"你最好能一直管住，否则你就离他远一点。"

"知道了知道了。"白也悠闲地倚靠在屋檐上，抬头望着那片永不停息的极光之海，两人陷入沉默……不知过了多久，他缓缓开口，"黑桃7，你发现了吗？"

"什么？"

白也抬起手，指了指头顶的一直延伸到天边的极光："极光，比之前淡了。"

094·敬死亡

楚牧云双眸微眯："……要开始了吗？"

"极光城，开始做准备了。"白也轻轻拉下鸭舌帽的帽檐，将半张面孔隐藏在阴影中，"虽然绝大多数人还没意识到，但暗流已经开始涌动。"

楚牧云看了眼这座仿佛睡着的城市，沉默片刻："来得比想象中更快……要先把红心6接进来吗？"

"不用。"

"外面会很危险，他的实力还太弱了。"

"阶位代表不了一切，那小子有趣得很，没那么容易死……"白也嘴角微微上扬，"我倒是很好奇，在没有我们帮助的情况下，他会以怎样的方式……进入极光城。"

楚牧云瞥了眼明显想看好戏的白也："你这样，显得我们内部很冷血，很不团结。"

白也认真想了一会儿："我们什么时候团结过吗？"

"……"

"放心吧，那小子聪明得很，搞不好还能给极光城带来一点小小的'黄昏震撼'……我很看好他。"

"那就随你吧。"楚牧云平静地转身走回屋内。"反正到时候红王怪罪下来，你背锅。"

白也："……"

见楚牧云冷漠地回屋，把他孤零零地留在屋檐上，白也无奈地叹了口气。他随手对着虚无一抓，一瓶不知从何处偷来的红酒与一只高脚杯便出现在他的掌间。玫红色的酒酿滚入杯中，在月下散发着淡淡幽香，白也单手捏着高脚杯，对着漫天极光遥遥一碰："敬死亡。"他仰头，将杯中玫红色的酒一饮而尽。

第二天一早，陈伶换上自己的执法者黑红制服，简单整理一下着装，推门而出。执法官的任命一天没下来，他就还是三区的执法者，每天巡查是必不可少的。至于其他寒霜街居民对他的恐惧……陈伶想了一晚上，觉得其实这样也不错。说实话，陈伶不在乎别人怎么看自己，毕竟他来当执法者，也只是想隐藏好身份，没必要再去费太大的劲向这些居民展示友善。现在寒霜街人人都怕自己，也省了不少麻烦，正如韩蒙所说，执法者需要有威严。陈伶刚走上街道，那寥寥几个从菜市场走回来的寒霜街居民，看到黑红身影出现，脸色顿时一白，拎着菜掉头就跑！一眨眼，偌大的寒霜街上，只剩下陈伶一人。

陈伶："……"

好吧，这似乎已经不仅仅是"威严"了。

陈伶就假装没看见，继续沿着寒霜街巡查，所到之处，不仅行人全部绕行，那些眼巴巴看着这个方向的老板，一见黑红身影，就都惊恐地关起店门，速度奇快无比！甚至还有几个老板，颤颤巍巍地从卷帘门下的缝隙中伸出手，从里面掏出一只红色塑料袋，小心翼翼地摆在门口……一阵寒风袭过无人的街道，陈伶看着两侧紧闭的店门，以及门口凌乱的红色塑料袋，陷入沉思……他走到其中一家店铺前，弯腰将红色塑料袋打开，一股腥味扑面而来，里面全都是血淋淋的鸡心、猪心、牛心。这是寒霜街的老板们给陈伶的"贡品"。

陈伶的嘴角微微抽搐，犹豫片刻后，还是将这些塑料袋一个个捡起，继续前行……陈伶觉得若是自己不捡，这些老板只会更慌，吓得逃离寒霜街是小事，要是有人真的逼不得已去给自己挖人心，那事情就麻烦了。随着陈伶拎着满满两手塑料袋离开，数十秒后，店铺的卷帘门终于打开一点。

"他走了？"

"走了……把那些心也拿走了。"

"呼……收了就好，收了应该不会再为难我们了。"

"昨晚究竟是谁说他死了的？我人都快吓没了！"

"我今天又去确认了，说是进'兵道古藏'的所有人都死了，就他一个活着出来的……"

"啊？他把其他人都杀了？！"

"不知道啊……"

"我说什么来着，他就是个妖魔！！"

"……你们说，他不会晋升为执法官吧？"

"他现在是执法者，已经把整条寒霜街搞得鸡犬不宁了，要是成了执法官，到时候三区得乱成啥样？"

"就怕到时候，他已经不满足于兽心了……随便使点手段，就能杀人取心吧？"

"他可千万不能当执法官啊……"

众老板重新开张,看着那身影离去的方向,同时在心中祈祷……

与此同时,街道的拐角,三位执法者缓缓走出,他们看着不远处脸上尚有恐惧之色的众人,眉头越皱越紧。

"那个就是你们说的妖魔执法者?"

"对,听说用人心恐吓寒霜街的居民,名声已经传到我们那儿了。"

"人心?是真的吗?"

"肯定是假的啊,据说他当时发了十几个,他上哪儿杀那么多人去……而且又是个新人,估计是在耍手段捞钱。"

"那些袋子里装的是什么?"

"应该是收的保护费?啧啧啧,那么大一袋,里面该有多少钱啊?"

"啧啧啧,一个新人,捞得可比我们狠多了啊……"

"哼,装神弄鬼。"

三人直勾勾地看着陈伶离去的方向,想到刚才他手中拎着的满满几袋东西,心中只觉得有什么东西在挠……

"郭哥,接下来怎么做?"一位执法者眼中闪过狠色,"要不找地方教训他一顿?"

被称为郭哥的男人双眸微眯,片刻后,冷笑着开口:"光是教训一顿,太便宜他了……小左,你去总部一趟,跟他们说……"

郭哥接连嘱咐几句,小左的眼睛顿时亮了起来,忍不住拍手叫好:"这个法子妙啊!"

"郭哥,这么做能行吗?三区执法者谁没捞点油水,这么光明正大地弄他,不太好吧?"另一位执法者犹豫着开口。

"他这叫捞点油水吗?你看看那几个袋子,咱们几个捞的加起来也比不上。"

郭哥像是想到了什么,冷笑道:"执法总长韩蒙,为人最是正直,让他看到这小子捞的油水……我就不信,这小子的执法者还能当得下去!"

095·我爱吃

陈伶巡查完整条寒霜街,手里的塑料袋已经有几十个,他双手拎着走在路上,像是带着两个巨型秤砣。陈伶长叹一口气。这么多鸡心、猪心,就算顿顿炒,吃上几个月都吃不完……而且天天这么吃,谁不上火?吃又吃不完,丢了又可惜,陈伶无奈之下,只能全都拎回去。"这天气……保存的时间应该能长一点。"

他正准备转头回家,前方的街道边上,传来一阵嘈杂声。那是寒霜街跟隔壁街交会处一个不大不小的菜市场,平日里陈伶也经常来这里,算是熟客。犹豫片刻后,他还是径直向菜市场走去。从严格意义上来说,这个菜市场也在他的辖区,里面发生点什么,也得去看看……而且他光有一堆心脏,总得买点配菜炒着吃才行，来都来了，顺便多买点回去。陈伶走进菜市场，便看到两个穿着执法者服装的身影，正站在一处摊位面前，原本早晨该热闹非凡的菜市场，此刻却鸦雀无声。

摊位旁，一个中年妇女正倒在一片土豆、白菜之间，胸口还有一个脚印，像是被人硬生生踢翻在地。"两位长官……这个月的钱，不是、不是已经交过了吗？"她惶恐地看着二人，脸上满是不解。

"你交给谁了？"郭哥淡淡开口。

"……交给那位左长官。"

"你交给他，关我什么事？"郭哥一脚将旁边的菜篮踢开，缓缓在她面前蹲下，不紧不慢地说道，"现在这个菜市场，是我的管辖范围……你明白吗？"

看着郭哥那双阴狠的眼眸，女人顿时哆嗦起来："我……我店里实在没钱了，长官您要不，再宽限我几天……"

听到这句话，郭哥直接站起身，懒得再看她一眼，而是对着身旁的另一位执法者挥了挥手。"我怀疑这家店藏匿毒品，给我搜。"

"是。"那位执法者立刻向店内走去，迅速翻找起来，柜子、箱子，乃至菜篓子都被掀得满地都是，在他粗暴的搜寻之下，整个店铺彻底乱成一团。

"长官，长官……我店里真的什么都没有啊……"见到这一幕，女人跌跌撞撞地从地上爬起，有些心疼地开口。

"这位长官，我们这里算是陈长官的辖地……您这样做，不太好吧？"

其他来菜市场的行人，以及这里本来的商贩，此刻都畏畏缩缩地躲在一旁，只有一个上了年纪的老头走上前，试图劝二人停手。

"陈长官？哪个陈长官？"郭哥悠悠开口，"我没听说过。"

"就是陈伶长……"

"是我。"一个声音突然从旁传来，陈伶拎着两手的塑料袋，平静地走过来。

看到陈伶来了，众人立刻让开一条道路，那个身影穿过人群，径直走向郭哥，后者的双眸微眯，冷笑着说道："什么陈伶长官，一个刚晋升执法……"

"砰！"郭哥话音未落，一道残影便瞬息来到眼前，紧接着，一股巨力撞在胸膛，他整个人如同断线风筝般倒飞而出！围观的众人同时愣住了，他们压根没看清楚发生了什么，陈伶就出现在郭哥原本的位置上。

"郭哥？！"另一位执法者惊呼。郭哥接连撞倒两个摊位，力道这才卸下，整个人如一摊烂泥躺在原地，痛苦的呻吟声从喉中传出。陈伶二话没说，放下塑料袋，随手从肉铺里拔出一把锋利的剔骨刀，走到郭哥身前。"你……你你……你想干什么？"郭哥瞪大了眼睛，他觉得陈伶疯了！他之所以来闹这么一出，就是想逼陈伶与他们发生冲突，他甚至担心陈伶不上钩，还设计了好几种激怒陈伶的方法……可他万万没想到，陈伶一出场连句话都不说，一脚就将他踢飞十几米！"干什么？"陈伶淡淡开口，"你不是找死吗？我成全你。"他手中的剔骨刀骤然下刺！

- 225

锋利的刀尖洞穿郭哥的肩胛骨，一阵痛苦的哀号瞬间响彻菜市场，其惨烈程度，让围观的众人都听得心里发毛！

一旁的执法者都看傻了，从陈伶出现到现在，一共就干了两件事……踢飞，捅刀。连一个多余的字都没说，动作干脆利落，众人甚至都没反应过来，他就已经一刀捅进郭哥的肩膀了。"寒霜街，什么时候变成你的地盘了？"陈伶面无表情地拔出剔骨刀，猩红的鲜血从窟窿中迅速漫延。

"陈伶！！你找死！！你就等着被……啊啊啊！！"郭哥话刚说了一半，陈伶又是一刀下腹，痛得他当场再度哀号。

"你继续说。"陈伶的声音没有丝毫情绪波动，"剔骨刀的截面很小，就算捅了，也没那么容易造成大量失血……在避开要害的前提下，你猜我最多能捅你几刀？"

"疯子……你就是个疯……啊啊啊！！"

"住手。"一个声音从后方传来。菜市场的入口，一袭风衣的韩蒙沉着脸走来，他身后还跟着几位执法者，其中一位便是刚才离开的小左。小左看到地上倒在血泊中的郭哥，眸中浮现出深深的震惊！

"韩蒙总长来了！"听到人群中有人喊出这句话，陈伶双眸微眯，低头看了眼痛得脸色苍白的郭哥，郭哥缓缓从他身前站了起来。

"谁能给我解释一下，发生了什么？"韩蒙低沉的声音响起。

"韩蒙总长！"一旁的执法者当即开口，"这陈伶恐吓辖区内的居民，大肆敛财，郭哥只是跟他说了一句话，就被当场捅刀……"

韩蒙眉梢一挑，看向陈伶的目光有些奇怪。"恐吓居民……大肆敛财？"

"是真的！"小左立刻迎合，"我也看到了，地上那些袋子里，装的都是证据！"

陈伶的表情顿时微妙起来。

围观的寒霜街居民一怔，忍不住窃窃私语……

韩蒙与陈伶对视一眼，前者停顿片刻，缓缓开口："陈伶，把袋子打开。"

陈伶总算是知道这几个执法者打的是什么主意，忍不住反问一句："确定吗？"

"打开。"

"……行。"在众目睽睽之下，陈伶弯下腰，缓缓将满地鼓鼓囊囊的塑料袋拆开……下一刻，密密麻麻的鸡心、牛心、猪心暴露在空气中——

　　观众期待值 +7%

气氛突然陷入诡异的死寂。

一旁的小左，与咬牙站起来的郭哥看到这一幕，顿时呆住了。

韩蒙嘴角微微抽搐，看着一脸无辜的陈伶，忍不住问道："这么多心脏是……"

陈伶沉思片刻，硬着头皮回答："我爱吃。"

- 226 -

096・执法官

"这、这怎么可能呢?"郭哥瞪大了眼睛,这一刻,身上的伤口仿佛都不痛了。那么多商铺被吓到关门,然后小心翼翼送出来的"保护费"……居然是这些?无尽的迷茫涌上他的心头,郭哥突然有种自己被戏耍了的感觉,其他两位执法者同样如此,他们站在那儿,像是两座风干的雕塑。

"左同,郭南。"韩蒙冰冷的目光扫过二人,"这就是你们说的……大肆敛财?"

"这……不应该啊??"

"韩蒙总长,这里面应该有误会……"郭哥咬着牙,硬是憋出这么一句话。郭哥的思绪已经彻底乱成糨糊……他想不明白,那条街上的商铺弄这么大阵仗,就是为了给陈伶送这些玩意儿?谁家好人拿这么多兽心当保护费啊,吃着不会上火吗?!"但是,他确实出手伤人在先!"郭哥转移话题,忍痛再度开口,"我跟他说了不到一句话,他就用刀捅我……他就是个疯子!"

韩蒙转而看向陈伶:"你呢,有什么想说的吗?"

"他欺辱我辖区内的居民,我只是秉公执法,正当防卫。"

"你管这叫正当防卫?我这都已经……"

"我可以证明,陈伶长官确实是正当防卫。"之前站出来的老人当即开口。

"我也能证明。"

"我也可以……"

越来越多的人为陈伶做证。韩蒙冷冷瞥了郭哥一眼,后者本想辩解什么,最后还是没开口……只是怨毒地盯着陈伶。陈伶不在乎郭哥的目光,这对他来说,跟街边路过的屎壳郎瞪他一眼没区别。就在这时,韩蒙从怀中取出一张文件,递给陈伶。"这是什么?"陈伶问。

"你的任命书。"韩蒙的声音平静响起,"本来我是准备直接去你那儿送给你的……结果听说你在这儿,就顺路过来了。极光城已经任命你为三区执法官,从今天开始,直接受我管辖……同时,具备管理所有三区执法者的权限。"

所有人都是一愣。郭哥眼眸中的怨毒,先是变成错愕,然后是难以置信……等他看到陈伶面无表情地接过那张任命书后,脸上只剩下呆滞。他脑海中,顿时回想起刚才陈伶踢飞他时恐怖的速度与力量,脸色难看无比。他刚得罪完陈伶,对方就晋升成执法官了?除了韩蒙之外,没有人知道陈伶已经踏上"兵神道",他自己也没有丝毫宣扬的意思,要是换成往届踏上"兵神道"的执法者,刚一回来就会忍不住大肆宣扬、招收党羽了。

陈伶扫了眼任命书,转头问韩蒙:"我衣服呢?"

"就是你身上这种风衣……执法者的制服太丑了。"

- 227

韩蒙古怪地看了他一眼，转头向外走去："跟我来拿。"

随着陈伶与韩蒙并肩离去，菜市场内再度陷入一片死寂，郭哥呆呆地看着陈伶离去的背影，一颗心坠入谷底……

"老套的剧情。"陈伶叹了口气。

"什么？"

"……没什么，我随口一说。"

陈伶扫了眼一旁雪地上的观众期待值，自从进入菜市场后，一共也就上涨了9%……其中7%，是在打开袋子的一瞬间得到的；其余2%，则是后面给任命书的时候。如果陈伶能提前知道这个插曲，他有信心操作一番，让观众期待值再涨一倍，可惜一切来得太突然了……不过走在大马路上，期待值自己送上门这种事情，倒是挺不错的。要是能多来几个郭南这种人就好了。

"你明知道存在执法者收取保护费的现象，为什么不管？"陈伶问出了心中很久的疑惑。

"管？怎么管？"韩蒙摇了摇头，"当年我晋升执法官之后，也尝试过解决这个问题，但根本不可行……"

"就算命令条款定死了都不行？"

"你不明白，这一切的源头不在于执法者，而在于居民本身。"韩蒙缓缓说道，"这里的人们被奴役太久了，过去的一百多年里，他们都是靠上供钱财，获得执法者庇护，安安稳稳地营生……他们的父辈、祖辈，都是这么过来的。如果你告诉他们从今往后不用再上供，他们心中反而会不安稳，想改变一代人被禁锢的思想，去除他们内心的软弱与自卑，没那么容易……"

陈伶沉默许久，回想到自己刚成为执法者那天的情形，微微点头。陈伶跟着韩蒙，走到三区的执法者总部，后者从箱柜中取出一件带有一道银色纹路的风衣，工整地摆在桌上。"这件是你的。"

陈伶将黑色风衣穿上，尺寸倒是合身，镜中的自己，气质都变得沉稳不少……

"执法官的分级，是按风衣衣摆的纹路分的，你拥有几阶的实力，就是几纹执法官，每次晋升后都必须向极光城报备，那边会第一时间寄来相应纹路的衣服。"

"现在极光界域里，最高的是几纹执法官？"陈伶问道。

"八纹，而且只有两位。"

"这么少？"

"你以为晋升八纹很简单吗？"韩蒙瞥了他一眼，"整个人类世界，都没多少八纹的强者，每一个随手一挥就能覆灭整个三区……那两位八纹执法官，已经是极光界域的百年强者了。"

"极光界域里，一位九纹执法官都没有吗？"

"没有九纹执法官。"

韩蒙停顿片刻："但是，有一位九阶……"

陈伶怔了一下，随后便明白了韩蒙的意思……极光城有一位九阶，但那位并不在执法官的体系之中。

"他不是'兵神道'的？"陈伶试探性地问道。

"不是，那位不属于任何一条神道……"

"不属于任何一条神道？"陈伶不解地开口，"没有神道，也能进阶到九阶吗？他是怎么做到的？"

"那位的情况，非常复杂……你只需要知道，他不属于任何一条道路，却拥有极其强大的权柄，甚至我们所在的极光界域，都是因他而存在。"

听到最后一句话，陈伶的眼眸中浮现出震惊。一个界域，因一个人而存在？

"他是谁？"

韩蒙停顿片刻，缓缓说出一个名字："极光君。"

097·极光君

极光君……陈伶在心中记下这个名字。"可是，一个界域因一个人而存在，这是怎么做到的？"陈伶还是觉得不可思议。

韩蒙反问："你觉得极光界域之外，是什么？"

陈伶思索片刻："是灰界？"

"严格来说，界域之外，也是我们的现实世界……只不过，已经被灰界污染了。"韩蒙平静地回答，"而人类唯一能抵挡这种交汇的'武器'，只有我们的'领域'。"

"领域？"陈伶一怔，"是通神道路的那个'领域'吗？"

"嗯。对于任何一条通神道路而言，一到三阶都是起点，真正产生质变的，是在踏上四阶掌握领域之后……比如我的'审判庭'，在张开之后，可以将周围百米左右的空间笼罩，在这片领域，我拥有破坏或重构任何物质基本结构的权柄。不过对于四阶而言，做到小范围的结构破坏已经是极限。随着之后的阶位越来越高，这种领域的能力会越发完善，覆盖的范围也会越来越大。"

陈伶听完，若有所思地点点头："所以极光界域，其实就是在极光君的领域庇护下，才一直没被灰界浸染的……"陈伶想到了极光界域上空，那永不停止涌动的极光之海，无论白天黑夜，它始终在那里，安静，神秘。他最开始以为，这是这个世界的特殊天象，现在想来，这极光之海应该正是极光君领域的象征。

"不是说，极光界域已经有数百年的历史了吗？"陈伶眼眸中满是不解，"如果整个极光界域，都是因极光君而存在，那他岂不是也活了这么多年？"

"没错，极光君已经三百多岁了。"

陈伶震惊无比。三百多岁？那还算是人类吗？"可是，最近已经连续出现两次灰界交汇了。"陈伶再度开口，"这是正常的吗？"

韩蒙停顿许久，摇了摇头："不，不正常。"他缓缓抬头，目光望向总部的琉璃穹顶，在琉璃色的玻璃之外，那片极光之海依然在无声无息地流淌。"正常来说，这片极光之下不会发生任何灰界交汇，就算有例外，也极为罕见……半个月内接连发生两起，这绝不是正常的。唯一的解释只能是……极光君，出问题了。"韩蒙的语气前所未有地郑重。

"出问题了……会怎样？"

"不知道。"韩蒙摇头，"我们归根到底，不过是依附着大树生存的蝼蚁，就算知道这棵庇护我们数百年的古树出了问题，也无能为力。"陈伶陷入沉默。"这些事情，离你太遥远了……还是先做好分内的事吧。"韩蒙话锋一转。

"所以，我的工作是什么？"

"没有特定的任务，大概就是日常的巡查、管理执法者，还有与极光城执法官间的协调。"韩蒙像是想起了什么，"不过，有个地方确实要你走一趟。"

"哪儿？"

"厂区。"

听到这两个字，陈伶若有所思："是为了停工那事？"

"对，厂区的停工太突然了，你去调查一下。"韩蒙说完，犹豫片刻后，从抽屉里掏出一个塑料小包，递给陈伶。

"这是什么？"

"茉莉花茶。"

"花茶？给我干吗？"

韩蒙瞥了眼那几大袋子的心脏，看向陈伶的目光有些古怪。

"经常喝一喝……能下火。"

陈伶："？"

极光城，执法者总部——

一个身影推开总部的大门，如凛冬的寒风径直走向内部，那是个两鬓斑白的男人，灰白色的皮裘好似狼毛，随着步伐的气流微微摆动，略显苍老的面容阴沉似水。守在两侧的执法者都是一愣，一位年轻的执法者正欲上前阻拦，却被一旁的同伴拉住，无声摇头。

"檀心！"男人低吼着某个名字，像是正在压抑愤怒的雄狮。他的声音宛若雷鸣在总部内回荡，所有执法者都停下手中的工作，看向这里，寂静中只留下无尽的回音。"檀心，给我出来！"

第二声响起，一位坐在附近的六纹执法官下意识皱眉，起身正欲上前，一只手掌便将其按在原地。他错愕地抬头，只见一个穿着黑色风衣的背影向男人靠近，他的风衣衣摆上，八道银色纹路微微闪烁。"阎晌会长。"他平静开口，"有什么事吗？"

看到眼前这人，两鬓斑白男人的双眸眯起，一股危险的气息从中流露。

"檀心，喜才的死，我需要一个交代。"

听到这句话，八纹执法官长叹一口气，向周围的众多执法者挥了挥手，后者顿时会意，安静地离开这里。

空荡的大厅中，只剩下两人相对而立。

"我们已经在追踪篡火者的动向了，但还需要时间。"檀心耐心地开口。

"我说的不是这个。"阎晌的声音冰冷无比，"我派人去把陈伶带进极光城，你为什么给我拦住？"

"我没有拦。"

"那个韩蒙去了。"

檀心眉头微皱，沉声道："韩蒙又不是我的部下，他去救陈伶，跟我有什么关系？"

"他是七大区的执法官，本来就归你管辖。"阎晌死死盯着他，"而且当年把他从碎魂台带走的，也是你……"

"碎魂搜证，一次就够了，你连续对他进行三次，就是想直接磨灭他的意识，让他彻底脑死亡。"檀心停顿片刻，"你在极光城光明正大地谋杀一位执法官，我怎么能不管？"

他们凝视着彼此，周围的温度极速降低！

就在这时，总部的大门被突然推开，一个身影匆匆跑进来。

"檀心长官！"

檀心脸色阴沉地看了他一眼："什么事？"

"凛冬港那边，有人打捞到了一个疑似'兵道古藏'幸存者！"

"什么？"

檀心和阎晌同时一怔。

"人呢？"

随着那位执法者挥手，两人抬着一具浑身冰碴的身体，迅速从外面走了进来，将其平稳地放在地上。那是个浑身是血的身影，他的脸色惨白，双眸紧闭，像是溺水昏迷，身上残余的水渍被冻结成冰，像是刚从冰堆里挖出来的尸体。"是他？"阎晌的怒意疯狂攀上眼眶！阎晌见过这人，他之前始终跟在阎喜才身边，是个瘸子……根据陈伶所说，这个简长生，就是杀害阎喜才的白眼狼。"好啊，他居然还活着……"阎晌咬牙开口，语气阴森无比。

檀心也皱眉看着他，若有所思。

"先别急。"檀心突然开口,"'兵道古藏'发生的事情,还是个谜……不如就先用你们商会的碎魂搜证,查清到底发生了什么,再做处置。"

阎晌听到这儿,看着他冷笑。檀心知道阎晌在想什么,檀心沉默片刻,补充了一句:"在执法者档案里,他的资料已经死亡删档了……这次你想怎么处置他,我不干涉。"

098·停工

"哟,执法官大人!"黄包车边,那个精瘦黢黑的汉子咧嘴一笑,"您这是要去哪儿啊?"

陈伶随手从兜中掏出几枚铜币,塞进汉子的手里:"去厂街。"

"好嘞!"汉子收了钱,眼前一亮,二话不说就拉起黄包车,向三区的边缘跑去。"几天不见,我就该喊您执法官大人了。"汉子忍不住感慨,"像您这样晋升这么快的执法者,我连听都没听过啊……"这汉子正是之前陈伶刚当上执法者,载着他去二区冰泉街的那个拉车汉子,当时靠着陈伶的"指挥",他事后从韩蒙那儿挣到了双倍的钱,此刻见了陈伶,就跟见到亲人一样热情。

"运气吧。"陈伶笑了笑。

"这次咱还绕弯吗?"

"……不了。"

这次陈伶花的是自己的钱,当然不可能像当时一样……听到这个回答,汉子也有些遗憾地叹了口气。

淡淡的雾气蒙住街道,汉子载着陈伶快速前行。周围的房屋越来越少,取而代之的是远处若隐若现的工厂轮廓,在极光的边缘,像是一头头匍匐的黑色巨兽。工厂是每个大区最核心的存在,不仅解决了大部分大区居民的就业问题,还能源源不断地向极光城输送大量的物资。不过由于会产生污染,厂区的位置都在区域的最外侧,靠近界域边界。陈伶走下黄包车,临走前又给这个汉子加了点儿小费。如今他已经是执法官,自然不会缺钱。汉子立刻恭恭敬敬地道谢。"果然……"陈伶看着那一大片密集排列的工厂,若有所思,"有一大半都停工了。"陈伶以前来过厂区,别的不说,光是烟囱排出的废气,就足以将整片天空染成灰色,但这次大部分似乎都没有运作,空气竟然罕见地清新。陈伶径直深入厂区,刚一靠近,便看到大量的身影挤在厂区前,拉着横幅,整齐呼喊——

"我们要复工!!"

"我们要讨薪!!"

"我们要复工!!"

"我们要……"

挤在厂区前的，至少有百人，他们大都是中青年，穿着破旧的棉衣，挥舞着拳头，每个人都带着愤怒咆哮着。人群中，陈伶看到一个熟悉的身影，他双手扛着一杆写有"复工"二字的大旗，咬牙拼命挥舞，同时在人群中谩骂——

"凭什么不让我们工作？！"

"钢铁厂关停了，我们拿什么吃饭？！"

"复工！！我们要复工！！"

那人不是别人，正是昨晚见过的赵乙。

众人将工厂的入口堵得水泄不通，若非那扇铁门足够结实，恐怕已经被他们硬生生撞碎，此刻门后几个身影小声议论着，脸色有些难看。"我们要复工！！我们要复工！！我们要……"在众人此起彼伏的怒吼下，一个身影从后方走来，后面的人群看到这个穿黑色风衣的人，都是一愣，然后自觉地闭上嘴巴，往两侧避开。呼喊的声音越来越小，前面的人似乎觉得有些不对，赵乙瞪着眼睛回头望去，正欲骂他们废物，就看到那张熟悉的面庞。"……陈伶？"原本还愤怒拥挤的人群，此刻已经自动让开一条数米宽的道路，他们看向那穿黑色风衣之人的目光中，满是敬畏与恐惧。对三区的普通人而言，执法者已经是天……更何况是执法官？"你当上执法官了？！"赵乙这才反应过来，眼眸中浮现出震惊。昨晚不还是个执法者吗，他真在"兵道古藏"里踏上神道了？

"嗯。"陈伶平静点头，"让一让，这件事，我来处理。"

这句话一出，赵乙的脸色接连变换，他看着陈伶，从震惊变到质疑，最后又变成无奈……他深吸一口气，还是硬气地开口："陈伶，你最好能替我们讨回公道！"说完，他也暂且放下旗帜，向一旁退去。

陈伶站在门口，看向里面的几人："开门。"

几人见此，立刻上前开门，他们不敢对执法官有丝毫怠慢，为首的那人对着陈伶恭敬开口："我是钢铁厂的副厂长孟实……您怎么称呼？"

"陈伶。"陈伶走进工厂，开门见山，"这是怎么回事？"

孟实苦着脸，无奈开口："工厂停工了，他们非要来复工……跟他们说做不了做不了，他们就是不听啊，已经在外面围了半天。"

"我不是问他们，是问你们。"

"我们……"

"为什么会停工？"

孟实与身后几位跟班对视一眼，长叹一口气："您跟我来吧。"

孟实等人带着陈伶，径直向工厂内走去，刚一进门，便看到镌刻在钢铁厂两侧的镏金大字。左边一句，"千锤百炼锻钢骨"；右边一句，"吃苦耐劳最光荣"；在工厂顶上，几个横着的大字最为显眼，"一切为了人类"。这些字体明显有年头了，在风雪的侵蚀下有些模糊不清，有几个字甚至少了笔画，工厂的外墙也斑驳

-233-

破损,有股淡淡的铁锈味。这是陈伶第一次进钢铁厂,也许是起雾的缘故,到处都是湿漉漉的。他走进车间,几台庞大的机器陈设其中,都没有启动,而是被盖上了塑料布,像是几座黑色的小山。

"陈长官,您看那儿。"孟实伸手指向车间后方一块空荡的地方。

陈伶的目光仔细望去:"那里有什么?"

"原来那里都是用来存放矿石、焦炭等锻钢原料的地方。"孟实摊手,"现在极光城把所有原料都拉走了,我知道外面那些人想复工,但拿什么复工啊?还能凭空让他们变钢铁出来吗?"

陈伶微微皱眉:"为什么极光城要拉走原料?"

"不知道啊,那边直接给厂长下的命令。"孟实苦涩开口,"陈长官,您也知道……七大区的工厂都是受极光城直接管理的,甚至厂长也是他们指派的,他们要拉走原料,我们也拦不了啊。"

"那厂长呢?把他喊过来。"

"昨天跟着原料,一起进极光城了。"孟实停顿片刻,又补充了一句,"不光是我们钢铁厂……其他所有工厂都是这个情况,原料与成品全被调走,就给我们剩了一堆废料。我们也不想停工……但我们真的什么都没有了。"

099·找人

陈伶眉头越皱越紧。一家钢铁厂的原料被拖走还好,但如果厂区所有工厂的原料都是如此,那问题可就大了……工厂是七大区的心脏,极光城把它们的血液抽干,是什么意思?陈伶的心逐渐沉了下去,他虽然不知道具体发生了什么,但很明显……这是极光城在针对七大区。"我知道了。"陈伶当即开口,"我会与极光城联络,看看是什么情况。"孟实点点头。陈伶再度问道:"那这些工人的薪资,你们不管吗?"

孟实张了张嘴,最终还是无奈笑道:"陈长官啊……我们工厂里已经什么都没有了,最后账面上的那点现金,也不够还完他们的薪资啊。"

"不够?"陈伶看着他的脸,"够还多少?"

"最多够还十分之一吧……而且这还是用来维护机器的钱,要是这钱没了,机器太久不维护坏了,那损失就惨重了。"陈伶没有接话,依然平静地注视着孟实的眼睛,好似要将他彻底看穿。孟实见此,心中有些发毛,就在这时,陈伶缓缓开口:"你在撒谎。"

"……什么?"

"我再给你一次机会。"陈伶一只手伸入怀中,下一刻,黑色的枪口便抵住孟实的脑门,他的声音冰冷无比,"我再问你一次,账面上的资金,够还多少?"这一幕直接吓傻了其他人，他们不明白陈伶为什么聊得好好的，突然拔枪，但对方又是三区的执法官，他们是又怕又怂，即便自己的领导被枪口顶着，也根本不敢上前半步。而孟实，更是魂都要被吓掉了，他脸色煞白，腿都开始发抖。陈伶自然不会突然为难孟实，他之所以这么做，是"秘瞳"极致的细节观察能力，让他一眼就看出孟实是在撒谎。

"够……够一半。"孟实急忙开口，"厂长走的时候，账面上真的没多少现金了，最多只能付他们五六天的薪资。"

陈伶凝视孟实片刻，从微表情上看不出撒谎的痕迹后，才缓缓道："那就先把钱还了。"不能解决工作，也发不出薪资，外面这些围堵的工人，怎么可能善罢甘休？

事实证明，执法官的身份在三区极为好用，毕竟陈伶是拥有绝对的执法权的，只要他想，就算刚才一枪崩了孟实，也不会受到太大的惩罚。死里逃生的孟实不敢怠慢，慌慌张张地就从保险柜里拿出最后的现金，带着手下拿去发给门口聚集的工人。陈伶走到其中一台大型机器前，将盖在上面的塑料布揭开一角，露出下面笨重的充满钢铁气息的机身，用手在其表面轻抹，机身潮湿而冰冷。陈伶看着指尖那层淡淡的水渍，眼眸中闪过疑惑。就在这时，一阵喧闹声从门口传来。陈伶见此，径直向门口走去，只见原本围堵在铁门外的众人此刻已经团团围住走出去发钱的孟实等人，群情激愤。

"我们要这点钱有什么用？"

"是啊，没了工作，这些钱也就够生活几天的……我们要复工！"

"……"

一小部分人拿了钱，脸色明显比刚开始好了些；但另一部分人依然不甘心，一个是只能用几天的薪水，一个是能源源不断养活家庭的工作，怎么想都是后者更重要。孟实满头大汗，他想直接回去把门关上，但看到工厂里陈伶冷漠的目光，还是硬着头皮劝道："厂里现在真的没原料了，你们就算在这儿闹，也没法复工啊……极光城那边我会联系，一旦原料到位，我一定第一时间让你们回来复工……"

"什么时候能复工？"

"这……应该就这两天？"

听到这儿，众人的神情终于缓和些许，他们清点了一下手中的钱币，彼此对视一眼，还是转头向街区的方向走去。赵乙扛着旗帜，正欲离开，又回头恶狠狠补了一句："明天我们还会来的。"

见这群人终于走了，孟实长叹一口气，苦涩地看着从工厂中走出的陈伶，欲言又止。

"极光城那边，我会去交涉。"陈伶主动开口，"你们守好工厂，随时准备复工。"说完这句之后，他便走出钢铁厂，向周围的几座大型工厂走去……

蒙蒙雾气中，孟实站在钢铁厂的大门口，周围陷入一片死寂。

"唉……"

"孟哥，现在怎么办？"

孟实眉头紧皱，看着众人远去的背影，咬牙开口："能怎么办，这地方不能再待了，快走吧。"

"那工厂呢？"

"管他呢，厂长都丢下我们跑了，这工厂还开得起来吗？"孟实匆匆走进工厂，"幸好还有点值钱的东西，换张车票应该不成问题……"他一边说着，一边在厂长办公室内翻找起来。就在这时，一道沉闷的敲击声从车间传出。

"咚咚咚——"

"谁啊，敲什么敲？"

"咚咚咚——"

正埋头搜刮的孟实脸上浮现出怒意，抬头看向窗户，透过玻璃，能看到昏暗的车间中空无一人，那几个原本跟在他身后的跟班，此刻也不知所终。

孟实眼中闪过疑惑，他缓缓站起身，正欲去开门，一个宛若钢铁摩擦的冰冷声音，沙哑诡异地从门外传来："我来……找人……"

"我都说了，厂长已经进极光城了，你们在这儿死缠烂打有意思吗？"孟实听到这句话，立刻想到是刚才那群要复工的，顿时有些头大。

"我来……找人……"那声音再度响起，而且似乎离他越来越近。

"我去！"孟实压抑在心中的怒火终于忍不住了，他走到门口，一把将门拉开，"有完没完？你要找谁……"孟实的声音戛然而止，只见办公室的门外，一个黑色的、没有脸的影子正站在那儿，像是个直挺挺站立起来的蜈蚣，无数细长的爪子向两侧张开，在它嘴巴的位置，一个暗红色的血洞正在缓慢蠕动……而沙哑的声音，便是从那血洞中传出——"鬼嘲深渊的猩红主宰，戏谑命运的无相之王。"

100·雾

陈伶又去其他工厂转了一圈。其他工厂的情况跟钢铁厂差不多，基本都处于无法运转的停工状态。陈伶没有再浪费时间，而是直接回到厂区的入口，准备回去跟韩蒙报告这件事。"你还没走？"陈伶见那拉黄包车的汉子还在原地等他，诧异开口。

"您既然大老远跑过来了，肯定还得回去嘛……"汉子咧嘴笑了笑，"我与其空车跑回去，不如在这儿等您，还能顺便赚上一点。"

不得不说，这个汉子还是很有头脑的。陈伶见此也不客气，直接上了黄包车，付了钱之后，汉子便拉着他迅速回去。

"长官，我听说厂区这边有不少人失业了啊。"

"只是暂时停工。"

"这好好的，为啥要停工呢？"

"不知道。"

"那么多人没了工作，不会都来拉黄包车吧？"汉子开了个玩笑，"我挣几个钱本来就不容易，大伙都来抢可不行啊……"

陈伶没有回答，因为这归根结底还是极光城的举措导致的，城里的那群人究竟在想什么，他不知道。

见陈伶不愿多说，汉子也没多问，自然地换了个话题。"我老婆就在纺织厂上班，干了二十多年，每天就盯着那针和线看，眼睛都快瞎了……停工也好，到时候安安稳稳地待在家里带孩子，我这体格，一天多跑几趟养活他们娘儿俩没问题。"汉子咧嘴一笑，黝黑的肌肤上渗出汗水，与雾气交杂在一起，将薄薄的衣衫紧贴在身。

陈伶看了他一眼，像是想到了什么，低头看向自己的指尖，双眸微微眯起。"这雾，是不是越来越重了？"陈伶突然开口。

"是啊，早上还是薄雾，现在已经快看不清路了……到处都湿漉漉的，难受。"汉子用毛巾擦了把脸，抱怨道。

陈伶的眉头逐渐皱紧。"再快一点。"陈伶催促。

"长官啊，我拖着车跑也是很累的，这已经是最快……"

"再给你二十铜币。"

"好嘞长官！"汉子精神一振，深吸一口气，拖着黄包车的双腿开始飞奔，几乎把浑身的劲都使了出来！黄包车穿过浓雾，在街道中穿行，没过多久，那座熟悉的琉璃穹顶就在陈伶的视野中逐渐放大……那是三区的执法者总部，也是陈伶要去的终点。黄包车尚未停稳，陈伶便闪身从上面跳了下来，在汉子粗重的喘息声中，推开总部的大门。

空旷的大厅中，两个穿着黑色风衣的身影正站在琉璃穹顶之下，抬头望着雾蒙蒙的外界，脸色有些凝重。他们听见陈伶推门而入，同时转头。

"有收获吗？"韩蒙问。

"是极光城。"陈伶如实将几座工厂负责人的说辞重复一遍，"极光城调走了所有的原料与成品，整个厂区全部停工，甚至连厂长都被调回去不少……"

韩蒙对于这个回答，似乎并没有太过惊讶，若有所思片刻后，点点头："整个厂区的控制权都在极光城手里，若是没有他们点头，工厂不敢停工……我已经向极光城发出询问，但是还没收到回复。"

"是不是出什么事了？"陈伶郑重问道，"这场雾……似乎有点不对劲。"

"你也察觉到了吗？"

"暴雨，大雪，两次天象都导致了灰界交汇……今天的雾来得又太突然，很难不造成联想。"

"这正是我担心的。"韩蒙抬头看向被雾气笼罩的琉璃穹顶，只能看到灰白一片，像是坠入了一片水雾翻涌的大海，"不过到目前为止，还没出现什么异样……其他区的情况，也不清楚。"

"无论如何，在这种特殊天象下，我们还是时刻保持警惕为好。"一旁的席仁杰补充道。这位席仁杰是在韩蒙血洗三区后，唯一一位幸存的二纹执法官……陈伶执法者转正的时候，还见他在台上发过言。

"之前的暴雨和大雪，都持续了好几天的时间，这次恐怕也不会短。"韩蒙缓缓开口，"我已经下令让所有执法者每天增加一轮巡查，你们这两天最好也多巡查几轮，时刻保持警备状态。"

"明白。"陈伶点头。

韩蒙从口袋中取出一部巴掌大小的机器，递到陈伶手中："临时通信系统已经启动了，这东西你时刻带身上，一旦发现哪里不对，立刻向我汇报。"

陈伶打量着这部机器，眸中闪过诧异之色……这东西他之前就见过，那两个执法者闯入家中跟红纸怪物搏斗的时候，就是用它求援的。当时陈伶没多想，可现在想来，这东西似乎也不该出现在这个时代？"这东西作用范围有多远？"

"它的通信依附于极光君的领域，所以极光之下，都能同频联系。"

原来不是科技，而是领域……陈伶将对讲机收起，点点头。

陈伶与席仁杰离开总部，约定一番之后，分别前往东街区与西街区两个方向巡查，至于韩蒙，则独自镇守执法者总部。他作为三区的执法者总长，也是三区的最高战斗力，必须时刻保证处于三区的中心。黑色的风衣在浓雾中穿行，能见度降低到了十米，陈伶在街上巡查，隔远点都看不清别人的脸……也许是工厂停工的缘故，路上的行人并不多，毕竟在没有要事的情况下，也没什么人会选择在浓雾天气出门，湿漉漉的街道罕见地安静，陈伶走在其中，像是穿行在另一个世界。他不知道这次的浓雾，是否又意味着一次灰界降临，也不知道哪个大区将会这么倒霉，被笼罩其中……但他希望，那个倒霉蛋别是自己。

突然间，陈伶停下脚步，来到街角的一处水坑旁，不知何时，水坑的水渍已经连成两行字——

   观众期待值 +5%
   当前期待值：39%

陈伶的心中"咯噔"一下——中招了！

101·卵

寒霜街——

浑身被雾气浸湿的赵乙推开家门，将写有"复工"二字的大旗放在墙边，疲惫地坐下。

"回来了？"赵叔围着围裙站在桌边，一边和面一边看向他，有些担忧地问道，"怎么样，工厂那边怎么说？"

"复不了工……就随便发了点钱。"赵乙猛灌一口水，随手将兜中的钱币拍在桌上，骂骂咧咧开口，"复不了工，光拿这些钱有屁用啊，能用几天？不行，明天我还得再去，他们一天不给复工，我就去闹一天！"

赵叔看着他许久，长叹一口气："小乙啊……工厂要是真铁了心停工，你再闹又有什么用，把人家惹急了，小心没好果子吃。"

"惹急了他敢动我？"赵乙瞪大眼睛，"他敢动我，我就跟他拼了！"

"拼拼拼，你拿什么跟人家拼？"赵叔冷哼一声，将手中的一大块面团拍在木板上，"砰"的一声，"一天天的，正经事不做，就知道梗着脖子跟别人瞪眼，有什么用？等你哪天知道主动低头，你老爹我也就不用这么操心了！你以为这世道这么好混吗？"

赵乙明显感受到赵叔怒了，本来还想争辩什么，最终还是抿着嘴一声不吭。

屋中突然安静下来。

两人僵持许久，赵叔还是摇了摇头，继续揉面。"钢铁厂去不了就算了，咱家至少还有这个早餐摊子，你老爹我虽然挣不到什么大钱，养活你小子还是没问题的。"

听到这句话，赵乙的脸色一变，他放在桌下的双拳紧攥……

许久后，他一言不发地站起身，向屋内走去。

"你干吗去？"赵叔问。

"睡觉！"

"你跟你老爹喊什么喊！"

"砰——"随着房门被关上，赵叔没好气地骂了句"小兔崽子"，闷着头继续揉面，劲儿都大了几分。雾气翻涌，门外的天色逐渐昏暗。赵叔擦了擦额角的汗水，走到桌子前将煤油灯点亮，橘色的灯火晕染了早餐铺的一角，将那略显佝偻的影子照在斑驳的墙面上。门外，一个穿着黑色风衣的身影，在雾中停下脚步。

"赵叔，还忙呢？"陈伶见早餐铺的灯还亮着，将门打开一角问道。

"阿伶啊，快，进来坐坐。"赵叔看到陈伶，脸上浮现出笑容，"街尾那家小学里的厨子跑了，没人给做早餐，就在我这儿下了个大单……有得忙活呢。"

"不了，我还得巡逻呢。"

"这么晚还巡逻？"赵叔一怔，"是出什么事了吗？"

陈伶犹豫片刻："没有……反正，最近最好别出门，外面可能不太安全。"

"好，好好。"赵叔接连点头。

"早点休息赵叔，别熬太晚了。"

"好嘞。"赵叔脸上的笑容越发灿烂，他像是想到了什么，无奈叹息，"我们家那个要是能有你一半懂事，我也就知足了……"

陈伶笑了笑，替他关上店门，提着一盏煤油灯，逐渐消失在黑夜的迷雾中。

一夜无事。

第二天一早，房门被缓缓推开，赵乙眼眸发红地从屋中走出，像是没怎么睡好。他张口正欲说些什么，余光看到铺子里那道身影，默默地闭上了嘴巴……不知何时，赵叔已经趴在桌上睡着，轻微的鼾声在屋内回荡，玻璃门外雾蒙蒙的。他身前的桌上，整整齐齐地摆着上百个打包完的包子，满满六大袋，那是他一整夜的劳动成果。赵乙皱眉看着这些包子，又看向那趴在桌上睡着的身影，黑发已经无法再掩盖那些苍老的银丝，像是沾上一头碎雪，眉宇间满是疲惫。"一把年纪了，非要逞这个能……"赵乙嘀咕了一声，眼眸中满是复杂。他目光扫过这间略显狭窄陈旧的早餐铺，最终落在那面倒在墙角的旗帜上，眼眸中的复杂逐渐变为坚定。他深吸一口气，放轻脚步从屋中取出一件棉衣盖在赵叔的身上，然后走到门口，将那杆大旗扛在肩头，一把推开店门，迈着大步走入浓雾之中。

"复工"的旗帜在雾中摇摆，少年张狂的面孔坚不可摧。他独自走过沉寂的街道，一路向北，直到街区与人气在他的身后隐去。长途跋涉之后，那片匍匐在雾中的庞然大物，逐渐出现在他的眼前。他在钢铁厂的大门前停下脚步。也许是大雾的缘故，也许是太早的缘故，也许是昨天那寥寥一点薪水打发了其他人的缘故，现在钢铁厂的门口仅有他一人……他用力将旗杆插入脚下的泥土，铆足全部力气，对着那片笼罩在迷雾中的厂房大喊——

"人呢？！都给我出来！"

"我们要复工！"

"昨天我就说了！你们一天不给复工！我就来闹一天！"

"不给复工！谁都别想有好日子过！都给我出来！"

"我要复工！"

赵乙的喊声在雾中回荡，无人应答……但他依然孜孜不倦地喊着，仿佛嗓子是铁打的一样。赵乙自然不傻，他知道问题根本不出在这家工厂，而在极光城内，但那又能怎样？他一个三区寒霜街的小子，根本没法接触到极光城，对他而言，在这里大喊大叫，就是他反抗命运的唯一一途径。赵乙的呼喊连绵不绝，就在这时，无人的铁门突然发出一道刺耳响声，缓缓向外打开……"嘎吱——"赵乙愣住了。

也许是风的缘故，也许是这扇门根本就没锁……赵乙没有多想，他一咬牙，将旗帜拔起扛在肩头，一个箭步就穿过大门，径直向车间走去。

"孟实！！给我出来！！"赵乙一脚踹开车间大门，正欲对着孟实贴脸输出，下一刻便愣在原地。数层楼高的车间内，一个庞大的阴影盘踞在几台小山般的机器上方，像是一只万足蜈蚣……而此刻这蜈蚣的正下方，在它的影子之中，能看到一个个好像虫卵的东西，在微微颤动……

102·它们来了

"寒月街无异常。"

"寒风街无异常。"

"寒雪街无异常……"

接连的声音从对讲机中传来，陈伶独自站在一座五层小楼的楼顶，环顾四周。这栋小楼已经是附近街区的最高楼，若是平日站在这里，陈伶能将五六条街道都尽收眼底……可如今在大雾之中，他甚至连这层的楼边都看不到，仿佛整个世界都被水汽包裹一般。他无奈地叹了口气，按下对讲机："寒霜街无异常。"这已经是浓雾降临的第二天黄昏，没有"灾厄"入侵的迹象，极光城那边也没有回信……一切都是那么安静，安静得令人心中不安。尤其是陈伶，自从他看到那条观众期待值上升的提示之后，敢笃定三区一定发生了什么，但他昨晚找遍所有街道，并没有发现异样。

"第三岗执法者接替，其余人可以休息了。"韩蒙的声音从对讲机中传出，紧接着便是一连串的"收到"。

天色渐暗，陈伶收起对讲机，顺着楼梯回到一楼，径直向家走去。昨晚被观众期待值刺激，一夜没睡，今天他需要休息一下……他走到家门口，看了眼对面的赵氏早餐铺，铺子依然灯火通明，犹豫片刻后，还是没去打扰，转身回屋。陈伶洗漱完毕，早早地躺回床上，意识逐渐沉入梦中……当然，做梦是不可能的。

陈伶再度睁开双眼，一双双戏谑的红色眼眸，正在观众席上注视着他，刺目的聚光灯打在他的身上，将其变成破旧舞台上唯一的焦点。陈伶对此见怪不怪，但不知是不是他的错觉，他隐约觉得，今天"观众"看他的目光似乎更加奇怪……就像是，在期待着什么一样。陈伶眉头微皱，低头看向舞台上的屏幕。经过了一天的无聊站岗，观众期待值竟然没有下滑，依然维持在昨晚39%的进度，这对"观众"来说几乎是不可能的事情。"不对劲……"陈伶敏锐地嗅到一丝异样，"一定有哪里出了问题。"陈伶在脑海中仔细地将一切都回忆了一遍，并没有发现问题，这也不奇怪，因为陈伶知道，"观众"能看到一些自己看不到的"情节"……想靠这种方式推断出问题所在，是需要运气的。

陈伶思索许久，只能放弃。他闭上双眸，恍惚中，周身再度出现那条通往天穹的扭曲神道。自从陈伶解锁踏上第二阶的资格，基本每晚都会尝试一下登阶，毕竟他能感受到自己的精神力每天都在增长……虽然只是些许的增长，但好歹是涨了。陈伶深吸一口气，将精神力源源不断地注入脚下，就在他的脚掌逐渐靠近台阶表面之时，清脆的铃声突然从舞台上方响起！"丁零零——"陈伶愣住了。他当然熟悉这个铃声，这意味着中场休息结束……对他而言，就是梦要醒了。可他才刚进入睡梦没多久啊？陈伶疑惑地看向舞台前的屏幕，一行字已经跳出——

中场休息结束，请继续表演。

紧接着，就是一连串的文字——

观众期待值 +3%
观众期待值 +3%
观众期待值……

陈伶的意识骤然下坠！"咚咚咚——"睡梦中，陈伶猛地睁开眼眸！有人在敲门？蒙蒙雾气在漆黑的窗外翻滚，他迅速坐起身，看向大门的方向。"咚咚咚——"那敲门声再度响起，不轻不重，每一声的节奏都极为均匀，给人一种优雅而不失礼貌的感觉。陈伶看了眼时间，距离他睡下，也就过了不到一个小时……怪不得舞台如此催促他继续演出，原来是有人来敲门。不，不对……陈伶清楚地记得，自己在舞台上失去意识前，看到屏幕上疯狂刷出的观众期待值增加提醒，能够让"观众"如此兴奋的，肯定不是普通的敲门这么简单！陈伶毫不犹豫地走下床，将床头的枪握在手中，缓步向大门靠近。"咚咚咚——"

"谁？"陈伶沉声开口。

片刻后，一个刺耳而诡异的声音从门口响起。"我来……找人……"

听到这个声音，陈伶就知道事情不对，这完全不是人类声带能够发出的声音，就像是指甲在黑板上划过一样刺耳，只不过这种刺耳声正在模仿人类的说话方式。找人？陈伶下意识地问："找谁？"

"鬼嘲深渊的猩红主宰，戏谑命运的无相之王。"

这两句话，没有丝毫的停顿与晦涩，听起来十分流畅自然，像是已经练习过很多次。

陈伶的大脑飞速运转，在思考接下来是该开门看看后面究竟是什么东西，还是直接开枪……他沉默片刻后，开口回答："你找的人不在这里。"

门后的声音陷入沉默，下一刻，陈伶的家门轰然爆碎，灰蒙的雾气之中，一道身影扑向陈伶面门！陈伶早有准备，瞬间抬膝撞在那身影的胸膛，反手用枪柄呼啸着砸在对方的头部，那身影发出一声闷哼，重重摔倒在地。直到此时，陈伶才勉强看清他的全貌。"赵乙？"看到那人的面庞，陈伶愣住了。

"小心！我的影子！！"赵乙脸色煞白，硬是顶着头部的眩晕，大喊一声。陈伶瞳孔微微收缩，几乎同时，一道巨大的残影从阴影中掠至他的身前！它的速度太快了，陈伶根本来不及做任何思考，出手就是最强杀招，"审判庭"的领域骤然张开，那支黑色枪口瞬间对准身前，毫不犹豫地扣动扳机！"砰——"解构的子弹洞穿黑影，将其直接撕裂成虚无，变成一团破碎的烂泥摔在地面。使用"审判庭"造成的精神力透支，让陈伶有些眩晕，但相比在"兵道古藏"那一次已经好了太多。他皱眉看了眼地上的那具不成形的尸体，又看向倒地剧烈咳嗽的赵乙。"赵乙，这是怎么回事？"

赵乙仰面躺倒在地，如破风箱般喘息着，声音虚弱无比："陈伶……它们来了！"

103・肉鸡

"它们是谁？"

"工厂里，有好多这种怪物！"赵乙像是想起了什么，眼眸中浮现出惊恐，"我……我本来想去厂里闹事，看铁门没关，就走了进去……结果我看到有一只大蜈蚣趴在机器上面，有几十米长！浑身都是黑的，像是影子。"

听到这儿，陈伶心一沉。怪不得他巡查了整个街区，都没找到异样，原来那东西藏在厂区……他昨天才从那里回来，所以下意识地没去找那里，这么看来，那东西应该是在自己离开后出现的。"然后呢？"

"我被吓到了。"赵乙咽了口唾沫，"我当时脑子一片空白，掉头就跑，然后就有一堆从卵一样的东西里孵出来的小蜈蚣出来追我，我不敢回头看，就只能拼命地跑。当时我第一个想到的人就是你，就往你这儿跑，但快到街区的时候就感觉身体越来越重，脑子也越来越不清醒……我回头看了一眼，发现我的影子变成了一只蜈蚣。再然后，我就记不清了。"

陈伶看了眼地上那具破碎的黑色尸体，脸色有些凝重。能够通过影子操控人体的蜈蚣吗……而且据赵乙描述，这种东西的数量似乎不少，工厂里的那只大型蜈蚣，应该至少在车间里孵化一天了。陈伶毫不犹豫地拿起对讲机，按下按钮："这里是陈伶，钢铁厂发现大型'灾厄'，且孕育大量子体，疑似已经开始袭击街区。"

这句话一出，对讲频道陷入一片死寂，短暂的一秒之后，韩蒙的声音平静响起："收到。"

没有质疑，没有追问，没有惊讶或是恐慌，韩蒙的话音落下之后，洪亮的钟

-243-

声便响彻三区上空！"当——当——当——"灾钟，响了。

这钟声让无数人从睡梦中惊醒。

"三声灾钟？！"一个中年妇人从床上惊坐起，吓得脸色煞白，"咱们三区又有'灾厄'了？"

"你小点声！"许老板一把捂住她的嘴，警惕地看着窗外，天色昏暗加上雾气翻涌，根本看不到什么东西，就像是有一只无形的手，将所有房屋都隔绝了一样。妇人瞪大眼睛，看向窗外的目光满是恐惧……黑暗的天色，深沉的浓雾，残余的钟鸣，这些未知勾起了躲在屋中众人的恐惧，他们明知道有什么东西在那片雾里，却不知道对方会不会出现，也不知道什么时候会出现。感受到妇人在发抖，许老板压低声音，开口安慰道："没事……怕什么，上次灾钟响了，咱家不也好好的吗？老老实实在家待着，就不会有事……"见妇人依旧害怕，许老板犹豫片刻，又补充了一句，"再说了，那个妖魔……欸，陈伶执法官，不就住在寒霜街嘛，真要打起来，哪个'灾厄'能比他更凶？"妇人眨了眨眼，似乎觉得许老板说得有道理，在这种情况下，知道有一位执法官就离自己不远，无疑给人一种极大的安全感……虽然有时候，这位执法官就是他们恐惧的来源。

"咚咚咚——"一阵突兀的敲门声响起。这敲门声瞬间让两人的神经绷紧，他们猛地看向大门的方向，同时屏住呼吸……如此深夜，大雾弥漫，再加上刚才又敲响了灾钟……谁会跑来他们家敲门？在这种情况下，他们当然不会贸然地开口询问，就像是明知父母出门自己独守家中的孩子，更不可能蠢到起床开门看看是谁在敲门，他们就这么直勾勾地盯着那扇门，屋内一片死寂。

"咚咚咚——"敲门声再度响起，与前一次的节奏完全一致，不紧不慢，优雅耐心。妇人咽了口唾沫，心脏都快跳出来了，她当然意识到事情不对劲，惊恐地看向身旁的许老板……许老板咬着牙，等到敲门声第三次响起时，小心翼翼地走下床，从厨房拿出一把菜刀，死死盯着门后。如果门外的那东西敢破门而入，他至少还有把武器能搏一下……

"砰——"一道破碎声从门外响起，吓得许老板手里的菜刀差点掉在地上。那并不是他家的门，听声音，像是从隔壁传来的，仿佛大门被什么东西轰然撞开，紧接着，就是一连串惊恐的惨叫声！许老板听出来了，那是邻居老李一家的惨叫，隔着墙壁，他甚至能清楚地听到人体被拍落在地，以及血肉被撕扯的声音，孩子在哭号，女人在尖叫。片刻后，对面的人家，以及再远处的街道，都传来惊恐的呼声，在这片伸手不见五指的浓雾中，一场混乱的血腥暴动，已经开始。

许老板握着菜刀的手控制不住地发抖，就在这时，一个平静的声音从街道中响起。"所有人，保持静默。"听到这个声音，许老板一愣，随后透过窗户猛地看向一个方向，蒙蒙灰雾中，一个穿着黑色风衣的身影，缓步走来。他抬起枪，对着天空扣动扳机，一道嗡鸣响彻寒霜街！下一刻，许老板听到隔壁的撕扯声骤然停止，仿佛怪物被吸引了注意力，只剩下女人压抑的抽泣声，从墙角隐约传来。
"你们不是要找人吗？"陈伶站在雾中，缓缓开口，"不如，来问问我？"

这句话一出，许老板的窗外顿时走过一道黑影，像是刚从隔壁走出……也是这时，许老板终于看清了那东西的全貌。那是一只直立行走的蜈蚣，通体漆黑，像是影子一般，站起来大约有两米高，无数细足在身子两侧转动，一个暗红的孔洞在嘴部的位置不断收缩。虽然只路过了一瞬，但也直接吓傻了许老板，他一屁股坐倒在地，嘴唇都止不住地哆嗦……那究竟是什么怪物？同样的疑惑，也出现在寒霜街其他居民的脑海中，他们躲在黑暗的窗户后，屏住呼吸，紧张地看着那几只向街道中央靠近的蜈蚣怪物，在它们的包围中，穿黑色风衣的陈伶笔挺伫立。

陈伶一手拿枪，一手握着匕首，缓慢扫过四周……随着那些怪物在浓雾中逐渐靠近，陈伶也终于看清了它们的样貌。陈伶愣住了。他揉了揉眼睛，定睛看向这些黑影……表情有些古怪。

"这些东西……闻着好像还挺香的？"陈伶喃喃自语。在他的视野中，一只只拔了毛，质感柔嫩的肉鸡，正在缓步向他走来……像是即将下锅的完美食材，只是看一眼，就让人食指大动。

104·雾中战斗

陈伶忍不住咽了口唾沫。刚才从赵乙影子里蹿出来的残影，实在太快，陈伶根本没看清是什么东西，就一枪把它干成了碎渣……此刻仔细打量这些怪物，反而有种莫名的喜庆，就好像感恩节的喷香火鸡，自己走下餐桌，蹦蹦跳跳地向他靠近，只不过这些火鸡个个都有两米多高。灰界中爬出来的"灾厄"……都这么香吗？

观众期待值 +8%

陈伶转念一想，又觉得有些不对劲，刚才赵乙描述的工厂里那只是个蜈蚣，怎么从卵里孵化出来之后，就变成肉鸡了？但此刻已经不是仔细思考这件事的时候，那些壮硕的肉鸡正在向他靠近，从它们身上，陈伶能感受到一股淡淡的压迫感……这些肉鸡，至少也是一阶的水准。"一、二、三……六、七、八……八个啊？"不出意外的话，目前整条寒霜街的"灾厄"，都被他吸引过来了。陈伶双眸微微眯起……

"这……这怪物怎么这么恶心？"中年妇人悄然趴到窗台边，看到街中央的景象，脸色越发苍白，"陈伶能赢吗？"

许老板脸色也有些难看，毕竟陈伶只是刚晋升执法官，一下子面对这么多怪物，怎么看都是弱势的一方……但他也不知道为什么，就是觉得陈伶比这些怪物

-245-

更不好惹。同样的担忧，也出现在其他寒霜街居民的心中，他们透过窗户，紧张地看着那雾中的战场，心脏都快跳出胸膛。在所有人的注视之下，穿着黑色风衣的陈伶动了，他缓慢抬起匕首……反手捅进自己的腹部！

众人："？"

观众期待值 +5%

捅完一刀，陈伶还觉得不够，反手又在自己的下腹和肋骨间各捅一刀，匕首的刀锋彻底变成红色。这场战斗尚未打响，他就已经进入受伤状态。猩红鲜血自刀口涌出，将风衣下面的衣衫浸染成血色，陈伶的嘴角微微勾起……这三刀，并未给他带来任何的痛觉，反而有种莫名的酥麻感……他能感受到源源不断的力量正从体内迸发，五感也比寻常敏锐数倍，这一刻，那急速冲来的八道身影，仿佛都慢了下来。这就是"血衣"吗……陈伶的自残举动与诡异微笑，落在寒霜街众人的眼中，让他们大脑一片空白。他们从来没见过谁在打架之前，先捅自己的……那三刀，扎得一下比一下深，若是换成普通人，恐怕已经疼得脸色发白，可陈伶不仅没有丝毫的痛楚，反而露出一种愉悦的表情。这一幕乍一看匪夷所思，但它发生在陈伶的身上，似乎又很合情合理，毕竟那可是生吃人心的存在。这是开战前的某种邪恶仪式，或是在向某种邪恶存在献祭？众人突然觉得，跟此时的陈伶相比，那几只长得吓人的影子蜈蚣，好像也没那么恐怖了……

八只影子蜈蚣骤然搅动浓雾，以惊人的速度冲至浑身是血的陈伶身前，众人只觉得眼前一花，那道血影便骤然撞出，将为首的一只蜈蚣踢入浓雾之中！陈伶的速度太快，就像是一辆高速行驶的列车，当他一脚踢在影子蜈蚣身上的刹那间，恐怖的力量几乎将后者碾轧变形，呼啸间倒飞出数十米！匕首的寒芒在陈伶掌间飞旋，反手挡住一只撕咬过来的蜈蚣，它密密麻麻的长足抓向陈伶的身躯，却被他闪身避开，他抬起枪，枪口锁定黑色头颅上蠕动的暗红孔洞，接连扣动扳机！"砰砰砰——"三枚子弹射出，洞穿了蜈蚣的头颅，它原地扭曲蜷缩，一动不动。陈伶知道有很多人在看着自己，也不好再动用"审判庭"与"无相"，好在"杀戮舞曲"没那么高的辨识度，即便他用出来，这些普通人也未必看得懂，便仅依靠它与"血衣"疯狂近身作战。陈伶回头看向那三只同时冲来的肉鸡，身形毫无防御地向前冲去，它们锋利的爪牙与尖喙刺入他的身体，瞬间留下密密麻麻的血洞……将他整个人锁在原地。围观的寒霜街居民心跳都漏了一拍。只见被三只影子蜈蚣的长足洞穿的陈伶，冷笑一声，硬扛着伤势用匕首洞穿一只蜈蚣的头颅，反手将枪管塞入另一只蜈蚣的嘴中扣动扳机，两具蜈蚣尸体当场倒地。

"几只肉鸡……也想杀我？"陈伶徒手抓住那只刺穿自己的肉鸡，一手掐住头，一手掐住腿，"血衣"带来的恐怖力量硬生生将其举到半空，然后一点点撕扯拉长……肉鸡疯狂蠕动着，随着陈伶一声怒吼，还是被手撕成两半！腥臭的血液与内脏溅洒大地，浑身是血的陈伶低头看向手中还剩半截的大鸡腿，突然有种忍不住啃一口的冲动……他咽了口唾沫，忍住了。他不爱吃生的。陈伶随手将半截尸体丢在一边，冷冷地看向仅剩的三只肉鸡，身形一晃便化作血影再度冲出！

浓雾笼罩的街道中，死寂得只剩下血肉的撕扯声，所有躲在窗后窥探的居民，此刻胃部都剧烈翻滚，脸色说不出地难看……

"哕！"许老板的老婆终于忍不住起身冲到厕所，当场吐了出来。陈伶的战斗实在太过血腥，尤其是刚才手撕蜈蚣的一幕，众人就这么看着那只凶恶蜈蚣被撕成两截，内脏掉了一地……最关键的是，陈伶最后还抱着那颗蜈蚣头在怀中，像是十分陶醉。

观众期待值 +7%

陈伶也许是觉得用匕首和枪不得劲，便彻底放弃武器，开始徒手屠戮，那染血的黑色风衣在浓雾中翻飞，与此同时，影子蜈蚣尖锐的嘶鸣声接连响起。

105·巢穴

几分钟后，最后一只蜈蚣也被陈伶拔下头颅，彻底没了生机。"呼……"陈伶缓缓从血泊中站起身，死寂的浓雾中，只剩下他独自站立。陈伶目光扫过四周，周围窗后的居民大惊失色，立刻趴在地上，生怕与这位活阎王对视……陈伶已经解决了这条街上所有的麻烦，那他就变成了这条街上最大的麻烦。陈伶沿着街道向前走去，隐约的抽泣声从其中一座楼房废墟中传出，破碎的大门残片中，只见一个妇女正抱着孩子，跪在一具被咬得看不清容貌的尸体前，已经哭得梨花带雨。陈伶认得这家人，往年过春节的时候，他还带着陈宴来他们家蹭过糖和橘子。看到这一幕，陈伶心中其实并没有太大的反应，也许是心神被神道影响的缘故，他的共情能力几乎被完全抹去，即便眼前的这家人曾与自己交好，此刻也像是在看电影或者演出一样，心中毫无波澜。"刚才，那怪物来敲门了？"陈伶问。妇女愣了一下，拼命点头。"你们回应了吗？"

"……回……回应了。"妇女的身体控制不住地颤抖，她看向身前那具尸体，"我本来想让他别出声……他非要问一句是谁敲门，然后门外那怪物就说找什么……王？"

"然后呢？"

"然后我们就意识到不对了，就没再说话，可它最后还是冲进来了，然后就……"妇女的声音越发哽咽。

"……陈伶长官，我们也被敲门了，不过我们没应……"就在这时，隔壁的许老板小心翼翼地推开房门，"我听说'灾厄'都有自己的领域和杀人方式，那怪物……不会就是根据敲门来杀人的吧？"

陈伶诧异地看了眼许老板，这人虽然胆子小，脑筋转得倒是不慢。"目前来看，很有可能。"陈伶点点头。陈伶之前就听说过"灾厄领域"的存在，不过到目前为止，他还没完全推断出这种"灾厄"的领域能力，只是疑似能通过影子操控人体……还有敲门杀人。

陈伶没怎么停留，便迈步继续向前。寒霜街上被"灾厄"袭击的一共有八家，几乎每一家都没能幸免，像刚才那家只死了一个人还算好的，其中有两户人家，已经被啃得一个人都不剩，只留下满地破碎。这还是在赵乙提前逃回来，向陈伶报信的情况下……若是再晚一些，伤亡人数恐怕还得翻倍。

"寒月街发生'灾厄'入侵！目前出现五只！"

"寒风街有四只入侵！"

"寒雪街这里也有好几只……该死，它们冲过来了！"

对讲机中，执法者们惊恐的呼叫声从中传出，紧接着就是一连串的沙沙声……

"不止寒霜街一个地方吗……"陈伶脸色有些凝重。

"这里是席仁杰，我已经肃清完寒风街，现在在去寒雪街的路上。"对讲机里的声音再度响起，这次总算是个好消息，席仁杰身为一位二纹执法官，自身的战斗力还是不弱的。

"陈伶那里怎么样了？"韩蒙的声音响起。

陈伶举起对讲机，平静回答：

"寒霜街肃清完成。"

"你已经杀完了？"席仁杰的声音难掩惊讶。他是与这些"灾厄"搏杀过的，知道它们的实力，陈伶一个刚踏上"兵神道"的新人，能在如此短的时间内肃清完这一条街道，实在令人惊讶。陈伶淡淡地"嗯"了一声。"对了，你去哪儿了？"陈伶像是想起了什么。

"我在去钢铁厂的路上。"

浓雾之中，一道黑色残影急速闪过三区上空！狂风将刻有四道纹路的风衣吹得猎猎作响，韩蒙平静的眼眸凝视远处靠近的工厂区，缓缓开口："这是一只繁殖类的'灾厄'，不灭掉母体，子体就是无穷无尽的……你们先肃清街区，我来处理母体。"韩蒙将对讲机收起，身形如黑色流星划过夜空，稳稳地落在厂区之前。衣摆掀起的风将地面的沙石吹起，浓雾被卷出一片真空区域，韩蒙看着眼前这个漆黑蠕动的工厂，眼睛眯成一个危险的弧度。"……麻烦了。"韩蒙的出现，似乎惊扰到了浓雾中的影子们，那个通体漆黑的工厂剧烈翻涌起来，若是定睛看去，便能看到无数只细长的蜈蚣在其表面爬行，如同浪潮般向铁门外的韩蒙卷去！这一片厂区，不知何时已经被"灾厄"占领成巢穴，而此刻，这个巢穴出现了一位危险的入侵者。"一天的时间，就繁殖如此恐怖数量的子体，说明母体本身的阶位至少是五阶……"韩蒙单手握着枪，另一只手从怀中取出一根卷烟叼在嘴角，用打火机将其点燃。他深吸一口，橘色的火光在浓雾中烫出一角，与此同时，一道无形领域在其脚下张开。他抬起枪口，对准那蜂拥而来的影子浪潮，喃喃自语。"'审判'……开始。"

"砰——"无形的子弹从枪管出膛，瞬息便在黑色浪潮中破开一条数米宽的真空区域，那条路径上的所有影子蜈蚣被同时解构成分子级，彻底弥散在虚无中……密密麻麻的影子冲出铁门，先是向四面八方扩张，然后再向中央收缩，将韩蒙团团包围，粗略估计，就有上百只！韩蒙接连扣动扳机，"审判"之力在浪潮中撕开一道又一道缺口，但在四面八方的围堵之下，韩蒙的活动区域依然急速缩小，仅靠这种单口径的杀伤很难在海量敌人下保全自身。若是从天空俯瞰，韩蒙便像是即将被影子淹没的孤岛，随着水位的逐渐上升，似乎很快就要被其卷走。韩蒙眉头微皱，眼看着就要被淹没，手掌突然一抬，一根被影子蜈蚣们撞断的铁棒一震，自动飞入他的掌间！韩蒙一手持枪，一手握着铁棒，在掌间高速旋转数圈，随后骤然将其插入地面！"咚——"肉眼可见的涟漪向四面八方扫荡，大地寸寸崩裂！解构之力交杂在这股涟漪之间横扫，距离韩蒙最近的数十只影子蜈蚣当场爆碎，领域所覆盖的区域再度化作真空，仿佛有一只无形巨手，强行抹去了这里所有的物质。"审判"途径的恐怖破坏力在这一刻展现得淋漓尽致！

韩蒙的目光锁定工厂，他用力将那根铁棒拔出大地，像是标枪般甩出，一道黑色的雷霆瞬息划过天穹！"轰——"高大的钢铁厂被正面砸出一个数十米宽的空洞，厚重的墙体像是凭空蒸发，透过空洞，能看到一只巨大的蜈蚣正盘踞其中，只有一张暗红大嘴的面庞缓缓转到韩蒙的方向。韩蒙站在破碎的大地之上，目光穿过翻涌的黑色浪潮，锁定那只工厂内的庞然大物。"找到你了。"

106·恐惧暴乱

"老爹！"赵乙推开早餐铺的大门，焦急地喊了一声。

一个身影匆匆从屋里跑出，看到门口的赵乙，终于松了一口气……"你小子！跑哪里去了？！"赵叔咬着牙，拎起他的耳朵恶狠狠地开口，"我刚想跟你说这两天别出门，老子一睁眼，你就连影子都没了……你要是再晚回来一点，我就该求陈伶去找你了！"

"轻点轻点轻点……老爹，我好像立功了！"

"？"

赵乙看到赵叔疑惑的目光，连忙将刚才的经历说了一遍，后者听完之后，默默地放下他的耳朵，低头开始在屋内转悠，像是在寻找什么。"老爹，你干吗呢？"

赵叔拎起扫把，狠狠地向赵乙的屁股上抽去，扇出阵阵呼啸风声。在赵乙的惨叫声中，赵叔的谩骂声接连响起："老子就该早点打断你的腿！跑到人'灾厄'老巢就算是立功了？！我看你有几个脑袋能掉！我让你乱跑！我让你乱跑！！"赵叔这次是真怒了，抽得一下比一下狠，就在赵乙满屋逃窜的时候，他像是听到了什么，反手死死抓住了扫把柄。赵叔眼睛一瞪，正欲说些什么，赵乙郑重地做了个"嘘声"的手势，目光看向门外。沉寂的浓雾中，一道道身影提着煤油灯，接连匆忙跑过。

"'灾厄'！'灾厄'来了！！！"

"救命啊……救命！谁能救救我？！"

"我还不想死啊！！"

"……"

也许是这家早餐店还亮着灯的缘故，一道身影猛地停了下来，疯狂拍打店门！

"开门！！快给我开门！！！"那是个男人的声音，焦急中夹杂着一丝恐吓，"我让你们赶紧开门！！听不见吗？！"

赵叔与赵乙对视一眼，眼眸中都是警惕，就在这时，那人又说了一句："老子是执法者！快开门！！"

听到这句话，赵叔的脸色有些变了，犹豫片刻后，还是上前打开了店门的锁。"哗啦——"店门被一下拉开，一个穿着黑红制服的身影猛地从外面冲了进来，他的速度太快，以至于将门后的赵叔直接撞翻，重重摔倒在地。

"老爹！"赵乙冲上前，护住在地上呻吟的赵叔，愤怒地看向那人："你谁啊？！"

"我是执法者郭南！不想死就给老子闭嘴！！"那人瞬间从腰间拔出刀，指着赵乙，恶狠狠地开口。若是陈伶在这里，一眼就能认出眼前这人，正是在菜市场时被他连捅数刀的那位，叫"郭哥"的执法者，也是寒霜街隔壁那条寒雪街的负责人……此刻的郭南脸上满是血污与尘土，看起来狼狈至极。郭南握着刀的手，甚至还在发抖。刚才他经历的一切，实在太过惊悚……他亲眼看到一只影子蜈蚣砸开寒雪街一户人家的大门，将里面所有人撕成碎片。他真的怕了，他当了这么多年执法者，还是第一次真正看到"灾厄"。那血腥的场面与蜈蚣挥舞的万足，直接击垮了他心中的勇气，他没有选择正面作战，而是掉头就跑……那几只影子蜈蚣接连屠户，周围的居民全被吓到崩溃，他们听到厮杀声与哀号声离自己越来越近，有人也选择了逃亡。而随着第一个人开始跑，其他人看到之后，也被恐惧驱使着一起跑。就这样，寒雪街彻底乱成一团……在浓雾里逃亡的过程中，郭南只知道有很多身影在雾中追着自己，他不敢停留，头也不回地向前疯狂逃窜，直到看到这里……寒霜街，依然安静，就像是从未被"灾厄"入侵一样。郭南的胸膛剧烈起伏,他一边握刀威慑着赵乙,一边回头通过窗户观察外界,眼眸中满是警惕与后怕。他躲在这里,应该能躲开那些东西?郭南暗自想。但可惜……他选错地址,也选错了威胁的对象。

"你敢伤我老爹?!"赵乙双眸通红,一把抄起地上的扫把,毫不犹豫地向那把刀冲去!

郭南也没想到,一个普通人竟然敢对拿着刀的自己出手,猝不及防之下只捅了赵乙一刀,然后就被扫把呼啸着抡到太阳穴,眼前直冒金星。下一刻,赵乙抱着他直接撞倒大门,翻滚到寒霜街上。

"救命……救命!!它们来了!!!"

越来越多的寒雪街居民尖叫着冲入寒霜街,无数双脚踩踏在二人的身上,郭南吃痛闷哼几声,艰难地爬起身……与此同时,在他对面的赵乙也浑身是血地爬起来,一双眼睛死死地盯着他。尖叫声、哀号声、浓雾深处的撕咬与爬行声,将寒霜街的沉寂彻底打破,一切都被卷入混乱无序之中!这是一场求生的暴动,而同样的场景,已经在三区的绝大部分街区上演。

"砰——"就在这时,一声枪响在众人前方响起!浓雾之中,一个穿着黑色风衣的身影沉着脸走出,他手握枪,看向这些彻底慌乱之人的眼眸中满是严肃。"所有人站在原地!谁动,我就杀谁!"陈伶用枪口指着这群人,用不容置疑的语气说道。

众人下意识地停下脚步,看到陈伶执法官的打扮,惊恐的脸上终于浮现出希望!

"是执法官!"

"救救我们……怪物就要追过来了!!"

声音接连从人群中响起,他们有人想躲到陈伶的身后,却被一声枪响又吓回原地……

"我说了,谁动,我就杀谁。"陈伶冰冷的声音再度响起。

"沙沙……沙沙沙……"席仁杰的声音从对讲机中传出,"陈伶,你那里情况怎么样?"

陈伶目光落在地上,寒雪街众多居民交错在一起的阴影间,几只诡异庞大的蜈蚣轮廓,已然混入其中……

陈伶沉默片刻,声音沙哑地开口:"不太妙。"

107・处以枪决

陈伶最担心的情况还是发生了。这"灾厄"虽然看着恐怖,不过只要躲在门后不出声,还是有很大概率幸存的,就怕所有人都吓得一股脑跑出屋子,和当时的赵乙一样,在无意识的情况下被附身到影子里。这么一来,人越多越难以控制,到时候一旦这些藏在影子里的"灾厄"同时出手,将会是一场血腥屠杀。

"接下来,我指到谁,谁就往我身后走。"陈伶抬手,接连指了人群最前面的一些人,他们微微松了口气,匆忙跑到陈伶身后,似乎只有那件黑色的风衣能够让他们安心。走到陈伶身后的人越来越多,随着身后浓雾中不断有惨叫与爬行声传来,站在原地的人有些忍不住了。

"陈伶!你身为执法官,不去解决那些'灾厄',跟我们在这里浪费什么时间?!"郭南咬牙问道。

也许是人太多的缘故,郭南开口之前,陈伶还没注意到他,此刻顺着声音看去,陈伶眼眸微微眯起:"你一个执法者,不去维护秩序保护居民,怎么反倒跟着他们一起跑?"

"我……"郭南哑口无言。

"他不光跑,还把我爹撞了!"赵乙一只手捂着肚子,潺潺鲜血从指缝渗出,那是刚才搏斗中郭南给他留下的刀伤。陈伶看到赵乙的模样,与郭南手中染血的短刀,目光越发冰冷。他面无表情地又指了几个居民躲到他身后,此刻前方就只剩下五人,而郭南正在其中。陈伶换上弹匣,在众人惊诧的目光中,突然抬起枪口,对着几人的影子骤然扣动扳机!"砰砰砰——"刺耳的枪声让那些居民捂起耳朵惊呼,四只黑色的蜈蚣巨影突然蹿出,朝开枪的陈伶冲去!这一幕直接吓傻了周围的居民,他们还未回过神,陈伶便一刀精准地刺在最近的那只蜈蚣头颅之上,用力一划,将其整个从中央剖开!刺鼻的血腥味钻入众人鼻腔,一只蜈蚣就此瘫软在地。与此同时,另外三只一拥而上,与那道浑身是血的黑衣身影搏杀在一起。

"陈伶刚才受了那么重的伤……还能打吗?"围观的寒霜街居民见此,忍不住担忧他的状态。

"是啊,我看他身体都快被刺烂了……浑身都是血。"

"他已经连续杀了快十只,我感觉已经到极限了。"

"……是吗?可我怎么看着,他好像越来越兴奋呢……"

陈伶握着匕首,只攻不守,任凭那三只肉鸡的攻击落在自己身上,他疯狂地以更强的力量与更快的速度反击,短短半分钟内,就将三只肉鸡当场格杀,甚至比之前还要流畅!如此近的距离下目睹战斗,寒雪街的居民都吓得脸色煞白,哪怕是郭南都双腿打战……他看着浑身是窟窿,似乎马上就要当场暴毙的陈伶,眼眸中是前所未有的恐惧。

他见陈伶杀完影子蜈蚣,缓步向自己走来,像是想到了什么,紧张地开口:"我……我的影子里也有怪物吗?!"

刚才被陈伶指到,躲在他身后的寒雪街居民的影子里都没出现"灾厄",而只有他们这五个人还站在陈伶面前，其余四个人影子里都有东西，郭南顿时觉得后颈发凉。

"不。"陈伶平静摇头，"你站在这儿，只是因为你该死。"在郭南错愕茫然的目光中，陈伶抬枪抵住郭南的眉心，还未等后者有所反应，便扣动扳机！"砰——"子弹洞穿郭南的头颅，他瞪着难以置信的眼眸，直挺挺地向后倒去！周围陷入一片死寂。无论是寒霜街还是寒雪街的居民，都没想到，陈伶竟然在众目睽睽之下杀了一位执法者……这一刻，有人震惊，有人不解，却没有一个人觉得郭南死得可惜，反而都有种莫名的舒爽。"执法者郭南，欺压平民，勒索钱财，背弃义务，蓄意伤人……"陈伶看都没看郭南的尸体一眼，便将枪收入腰间，"处以枪决。"

陈伶转身向浓雾中走去。身为执法官，陈伶拥有管辖所有执法者的权力，也有绝对的执法权，只要有理由，当场杀了郭南并不会有任何影响。郭南之前确实得罪过他，陈伶也没想着要报复，但今天郭南干的那些事，让陈伶起了杀心。

两条街道的幸存者，看着陈伶逐渐离去的背影，怔怔出神。他们的脑海中，还在回忆着刚才陈伶挑出藏匿的影子，单杀四只"灾厄"，然后一枪崩了郭南的场景。片刻后，不知是谁突然嘀咕了一句："我怎么突然感觉……他好像也没那么吓人？"

"好几条街道已经彻底失控了。"对讲机中，席仁杰的声音满是疲惫，"居民吓得慌不择路，让'灾厄'混入其中，我刚才看到寒风街几乎被屠尽了……到处都是尸体。"

"你的声音听起来不太好。"

"还顶得住，就是连续肃清了三四条街道，一直在战斗，有点累了……"席仁杰苦笑一声，"我算是知道，五区、六区的伤亡数量是怎么来的……照这个情况，我们三区也不会好多少。"

陈伶走上一座小楼的楼顶，望向四周，漆黑的浓雾中看不清太多，只能隐约看到几束火光在远处的街道跳动，以及那连绵不绝的呼喊与惨叫声。

"韩蒙那边还没消息吗？"

"……没有，联系不上他。"

陈伶无奈摇头，现在韩蒙不在，整个三区就只剩他和席仁杰两个执法官，想肃清所有街道实在太难……五区、六区的伤亡，还是建立在他们执法官数量足够的情况下，现在三区的形势远比他们更加严峻。"我接下来往北边去。"陈伶看了眼火光最混乱的方位，"要是能找到这些'灾厄'的弱点……也许事情会简单一些。"

"陈伶，你还是一阶，如果累的话不要太勉强。"席仁杰提醒道，"我听蒙哥说了，你的天赋很不错，是有机会进入极光城的……死在这里可就太亏了。"

陈伶眉梢微微上扬，"嗯"了一声。虽然他跟这位席仁杰没怎么接触过，但目前来看，对方人倒是不坏……仔细想想也是，能够被韩蒙器重的人，估计也不会有什么坏心眼子。当然，除了自己。

108·香

陈伶目光扫过四周，避开席仁杰已经肃清的那几条街道，径直向最混乱的方位走去。到目前为止，寒霜街与寒雪街已经被陈伶彻底肃清，离开前，陈伶也告诉那些居民锁好门窗，无论发生什么都不要发出声音，更不要随意开门，毕竟按照那些"灾厄"的杀人逻辑，这么做是最安全的。这时候，陈伶的威慑力就发生了作用，两条街道没有一个人敢质疑他的命令，居民都是小鸡啄米般点头，然后反手把自己关在家里。陈伶甚至觉得，就算这时候来场大地震，把房子震塌，这群人也不会有一个往外跑的。

这一路上，时不时就有一批慌乱的居民在街上狂奔，也没有目标，若是遇到有人被影子控制的，陈伶就当场击杀；若是没有被控制，陈伶便就近把他们塞到无人的房屋中，让他们别乱跑。陈伶走过一条又一条的街道，满地都是破碎的尸体，越是往边缘走，尸体便越多，大部分都是被强行破开房门击杀，或是在一群人一起逃跑的过程中，被藏匿在影子里的"灾厄"一口气屠尽的。与这些街道相比，寒霜街的那点损失，已经可以算是"无伤"通关。

"呼……"满是废墟的街道中，陈伶将匕首从一只肉鸡的体内拔出，长舒一口气。距离"灾厄"入侵开始，已经过了两个多小时，陈伶不记得自己杀了多少只肉鸡，他握刀的手有些乏力，手枪的弹匣也打空好几个，甚至之前捅自己的那几刀都愈合得差不多了。即便是"血衣"，也有点抵不住如此强度的战斗，深深的疲倦感涌上他的心头。

就在陈伶麻木地握刀走向下一条街道时，他的鼻子轻轻一动，突然停下脚步。"好香……"陈伶喃喃自语。他灰暗的眼眸中浮现出一抹久违的神采，他转头环顾四周，找到传来那抹勾人香气的方向，下意识地迈步走去。在这个到处都是血腥味的街区，这抹香气就像是极寒世界的篝火，那么显眼、温暖，让人下意识地想要靠近……陈伶加快脚步，接连走过半个街道，终于在一栋破碎的房屋前停下脚步。这是一家酿酒的铺子，大门已经被撞碎，门口是血与残缺的肢体，熊熊火光在屋子的深处燃烧，像是点燃了什么东西。陈伶眉头微皱，他握紧手中的匕首，迈步走入。铺子的店面已经彻底凌乱，那身材健硕的店主手握着一根黑棒，棒子顶端燃烧着火焰，他一边大喊大叫，一边疯狂地砸向对面一只被墙壁残骸压住的肉鸡。随着火棍的敲砸，那只肉鸡半边的身体都被点燃，那浓郁的香气，正是从它的身上传来的。

"去死！去死！去死！！

"老子可不是那么好惹的！

"不是想吃老子吗？！老子给你把嘴烫一烫！"

店主拎起一旁的酒坛，猛地往自己嘴里灌了一口，然后喷在黑棒的顶端，燃烧的火焰骤然膨胀数倍，店主鼓起勇气大吼一声，将燃烧的黑棒一下塞了入了肉鸡的嘴中！一口吞入火焰，那肉鸡的身躯剧烈挣扎起来，尖锐的嘶鸣声响彻店铺，让店主耳膜生疼。"轰——"肉鸡在剧痛之下，硬是挣脱了压在身上的墙壁，半边燃烧的身体跌跌撞撞地撞倒一大片家具，朝着店主急速冲来！店主也没想到这东西还能动，当即脸色大变，他想将那根燃烧的棍子拔出来，却根本没机会，身形像是被一列滚烫的火车撞击，重重地砸在身后的墙壁之上。

就在这时，一道黑色身影呼啸着冲到他身前！一记沉重的鞭腿甩在沉重的肉鸡下侧，将其直接踹飞。店主只觉得一阵狂风袭过面门，那只蜈蚣就被踢到了墙角。他一边忍着胸口的剧痛，一边抬头看向身前，只见一个穿着黑色风衣的年轻人正平静地站在那儿，看着那只燃烧的影子蜈蚣，若有所思。陈伶看了他一眼："还能动吗？"

"……还，还行。"

"去找个地方躲起来。"说完这句话后，陈伶就不再看他，而是径直向那只肉鸡走去。房间的角落，那只焦黑了大半的肉鸡正疯狂地蠕动着，再也没有原本的凶悍与诡异，陈伶随手将它嘴中的棍子拔出，肉鸡痛苦的嘶鸣声再度响起。陈伶直勾勾地盯着它，宛若雕塑般一动不动。店主被蜈蚣的声音吵到，下意识地捂住耳朵，他正欲说些什么，便看到那穿着黑色风衣的身影，喉结滚动了一下……"您……"

"你不觉得很香吗？"陈伶突然开口。

店主愣住了。他呆呆地看向那只蠕动的焦黑蜈蚣，也许是火焰灼烧的缘故，空气中，都弥漫着一股塑料燃烧后的酸臭味。"您说什么？"他觉得自己听错了。

"没什么。"陈伶摆了摆手，"你走吧。"

"您不需要我帮忙吗？我虽然不是执法者，但是我其实很能打的。"店主终于说出了心里话。他确实很能打，也很有头脑，成为执法者是他年轻时候的愿望……可惜，他们家的财力不足以支撑他成为执法者。而眼前这位执法官，也许是他成为执法者的唯一捷径。

陈伶现在没工夫跟他多说，低沉着嗓音再度开口："走。"

见陈伶的态度如此冷漠，店主的眼中闪过一抹沮丧，他低着头，最终还是走出了铺子。

等到屋中只剩下陈伶一人，他终于松了口气，看着眼前香气四溢的烤鸡，忍不住又咽了一口唾沫。之前离得远，陈伶还没太大的感觉，此刻站在这只被火烤焦的肉鸡面前，一些生理反应已经止不住了……酒香与鸡肉在火焰的炙烤下完美交融，散发着迷人的醇香，甜而不腻，像极了陈伶以前经常吃的花雕鸡。此刻的陈伶早已疲惫不堪，饥肠辘辘，一闻到这个酒香烤鸡的味道，口水就止不住地分泌。他的理智告诉自己，这是一只"灾厄"，绝对不能吃，谁知道它的体内有些什么东西？细菌？寄生虫？还是其他？但即便如此，他还是控制不住地迈开脚步，缓缓向那只烤鸡靠近……

109·偷吃

只吃一口，应该不会有事？这个想法跳出陈伶脑海的瞬间，就再难遏制。他往屋外看了一眼，确认外面没人，便鬼使神差地从烤鸡的身上撕下一角……不管怎么说，这毕竟是只"灾厄"，要是让别的居民看到自己吃这玩意儿，估计又要生出误会。烤肉的香气夹杂着酒香，钻入陈伶的鼻腔，让他的大脑几乎一片空白，他下意识地将其塞入嘴中，咀嚼起来。

观众期待值 +1%

香。太香了！这是陈伶从未品尝过的肉感，鲜嫩又富有弹性，只是吃了一口，一股满足感便从口腔涌上天灵盖，整个人舒爽得就像要飞升一般，浑身的疲惫都一扫而空。陈伶的眼眸逐渐泛起诡异的红光，他似乎已经彻底忘记了"只吃一口"的想法，双手疯狂地撕扯烤鸡的身躯，将一块块肥美的鸡肉塞入嘴中！他不明白，为什么面对这么香的东西，刚才的店主却毫无反应？

观众期待值 +1%

观众期待值 +1%

观众期待值……

陈伶像是彻底陷入了某种诡异的状态，一双双猩红的眼眸从他身后的虚无中睁开，"观众"们眯着眼睛看着这一幕，眸中满是戏谑与玩味。与此同时，那只尚未彻底死亡的影子蜈蚣，凄厉的嘶吼声响彻街道。它能清晰地感觉到自己的身体被人一点点撕烂，痛苦得蠕动扭曲着。就在这时，陈伶似乎觉得它闹得太烦，随手拎起桌边的一缸酒酿，"砰"的一声砸在它的身上。浓郁的酒香遍布蜈蚣的全身，下一刻，陈伶将手中燃烧的棍子，捅入它的身体！熊熊烈火瞬间燃起，将影子蜈蚣彻底包裹其中。它的生机在烈焰中急速消退，身躯蜷缩成一团……这一刻，它像是感知到了什么，那被炙烤得焦黑的头部孔洞，"看"向陈伶身后的一双双猩红眼眸……刺耳难听的摩擦声再度响起，它艰难而惊恐地吐出一个字："……王。"

"灾厄"的嘶吼逐渐消失，熊熊烈火从酒铺中蔓延而出。跑到一半的店主停下脚步，回头看向不远处的店铺……他的眼眸中满是纠结。酒铺里起了那么大的火，也不知道那位执法官有没有事？过了这么久，他怎么还没出来？会不会是晕倒了？那只怪物死透了吗……乱七八糟的念头涌入他的脑海，他在原地站了很久，还是一咬牙，往回走去。那些念头，不过是他为自己回去找的借口，他好不容易才有一次在执法官面前展现自己的机会，就这么走了，这辈子估计也没机会当上执法者了。要是陈伶真的出事了，他救了陈伶，以后自然是一路坦途。要是陈伶没事，那他最多就是挨顿骂。店主一边这么安慰自己，一边走到火光闪烁的店铺门口，正欲开口喊些什么……下一刻，他整个人愣在原地。火焰燃烧的最深处，一只被火焰灼烧得痛苦嘶鸣的蜈蚣缓缓蜷缩，在它的身前，一个黑影蹲在那儿，双手疯狂地扯下它身上的血肉与细足，塞入嘴中，脸颊鼓鼓囊囊。幽绿色的血液顺着他的嘴角滴落在地，他撕扯血肉的双手都被火焰烤焦，却仿佛浑然察觉不到疼痛，像是一个贪婪的偷吃者。这诡异的一幕落在店主眼中，他的瞳孔难以置信地收缩，恐惧地向后退了半步，发出沙沙声响。

那掠食蜈蚣的身影突然停了下来，晃动的火光中，他缓缓转头看向店主，半条蜈蚣腿被叼在嘴角，那双瞳孔散发着诡异的红光……他歪头想了一会儿，掰下那颗硕大的蜈蚣头，递向店主，脸颊被塞得鼓鼓囊囊的，含混不清地开口：" ……来一口吗？"店主两眼一翻，当场吓晕在原地。

见店主不吃，陈伶也不再与他分享，三两口将肉鸡的腿吞入腹中，发出嘎嘣嘎嘣的咀嚼声……不知过了多久，他身前的肉鸡已经彻底消失，只剩下些许油渍残余在地面。陈伶打了个饱嗝。他晃晃悠悠地站起身，眼眸中的红光逐渐褪去，理智如潮水般涌回脑海……他看着眼前那片空荡的墙角，怔怔地站在原地。"……吃完了？"陈伶眉头紧皱，双手抱着头，眼眸中是深深的茫然。刚才，发生了什么？陈伶大脑一片空白，他的意识还停留在吃下第一口鸡肉的时候，然后等他回过神来，整只肉鸡都不见了……要知道，那肉鸡可是有两米！陈伶低头看向自己的肚子，没有丝毫鼓起的迹象，也没有饱腹感，只有一股令人回味无穷的香气，在唇齿间回荡。但陈伶一路厮杀来的疲惫感，也被一扫而空，而且不知是不是错觉，他觉得自己的精神力……好像又增长了几丝？

陈伶看了眼只剩油渍的墙角，觉得有些心虚，正欲转身离开，犹豫片刻后，又折返回来。他把刀与枪全都收起，转而拿了一缸酒，还有那根燃烧的火棍，心满意足地走出店铺。"他怎么在这儿？"刚走到门口，陈伶便看到晕倒在地的店主。他喊了两声，对方并没有醒来的迹象，陈伶环顾四周，只能暂且放下酒缸将其丢入附近的房间中，锁上房门。

他刚走出屋子，便听到一阵沙沙声从对讲机中传出。

"这里是席仁杰……寒川街也肃清结束，现在整个西面应该都解决得差不多了。"对讲机中，席仁杰沙哑的声音响起，像是嗓子都快干裂，言语中透露着浓浓的虚弱，"但我的身体好像也快到极限了……陈伶，你还好吗？"

陈伶拿起对讲机，神采奕奕地回答："我很好……非常好。"

"……"

110・扑火

对讲机的另一头陷入沉默。

"陈伶，我觉得你还是不要太逞能。"席仁杰语重心长地说道，"虽然'修罗'路径的肉身恢复能力极强，但体力是恢复不了的……如果你累了就休息一会儿，没有人会责怪你的。"陈伶正欲开口，浓雾中，一只肉鸡嘶吼着急速向他冲来，速度奇快无比。陈伶眼前一亮，反手往嘴里灌了一口酒，像是要把戏般对着火棍向前一喷，一团火焰迎面撞上肉鸡，一阵尖锐的嘶鸣声骤然响起。"什么声音？"席仁杰一愣。

陈伶没有回答，将酒坛放在地上，从腰间拔出匕首，迅速向燃烧的肉鸡冲去！体力恢复之后，陈伶的速度又回到巅峰水准，火棍与匕首接连挥舞，喷香的肉片不断被割下，陈伶用牙咬住匕首上插的肉片用力一扯，便将其叼入嘴中，一边咀嚼一边继续攻击！黑色的风衣在雾中飞舞，陈伶像是个刽子手，又像是位美食家，他疯狂的攻势逼得肉鸡接连后退，没多久就彻底葬身在火焰之下。

"陈伶，陈伶？"席仁杰在对讲机中呼唤着他的名字，"你还好吗？"

陈伶强忍住当场吃光这只烤鸡的冲动，回去捡起对讲机，一边咀嚼一边回答："没事……已经解决了。"

"你在吃东西？"

陈伶立刻咽下鸡肉："没有。"

席仁杰虽然有些疑惑，但还是叹了口气，继续说道："现在'灾厄'都混入人群，时刻处于流动状态，很难追杀。我还能再坚持一段时间，现在就往东边去，你先找个地方……"席仁杰话音未落，又是一只肉鸡撞开浓雾，嘶吼着朝陈伶冲来！陈伶愣住了。陈伶之前遇到的肉鸡，都是敲门杀人，或是混在影子中偷袭，像这种发了疯般朝他冲过来的，几乎没有……若是一只这样就算了，短短几分钟内连续两只发生这种情况，陈伶敏锐地嗅到了一丝异样。电光石火间，陈伶来不及多想，拔刀就与对方贴身肉搏起来。半分钟后，陈伶满嘴油光地收起了匕首。他看着地上两只残破不堪的烤鸡，陷入沉思……烤鸡……不，肉鸡的行为逻辑与之前相悖必然是有原因的，陈伶仔细翻找了身上所有地方，最终目光锁定了两个东西，一个是地上的酒坛，一个是自己手中的火把。思索片刻后，陈伶又把酒坛排除了，因为第二只肉鸡冲过来的时候，酒坛在他身后几米之外，而对方的目标明显在自己身上。那唯一的可能，就是手上燃烧的火把了……这些肉鸡对火焰有敌意？为什么？

陈伶为了验证自己的想法，接连走进几户人家，找了几块可燃的木头堆在一起，将其点燃，一束篝火出现在浓雾街道的中央，无声燃烧。陈伶自己则一手握着火棍，一手握着匕首，站在篝火旁，目光警惕地环顾四周，十秒、二十秒、三十秒……短暂的沉寂后，接连三道嘶鸣从街道尽头传来，三只影子蜈蚣以惊人的速度冲过浓雾，笔直地向这里靠近！陈伶见此，眼前一亮！他知道自己猜对了。陈伶毫不犹豫地一脚踩熄篝火，然后闪电般朝那三只肉鸡冲去。火焰能够吸引来这些肉鸡，要是持续燃烧的时间太久，指不定会一口气来多少只……以目前陈伶的战斗力，应对八九只就已经是极限了，要是再多，恐怕自己就会变成这些肉鸡的盘中餐。陈伶燃起这个篝火，只是为了做个试验，既然证明了火焰的作用，他的脑海中已经同时浮现出多个方案。这次陈伶没有用火灼烧，而是用匕首干脆利落地杀死这三只肉鸡，反身就往刚才自己来时的方向走去。

昏暗的小屋中，店主迷迷糊糊地睁开双眼。他看着头顶陌生的天花板，茫然地躺了一会儿，恍惚中仿佛又看到那个咀嚼蜈蚣的身影，捧着一颗头颅，问自己要不要来一口……他惊呼一声，猛地坐起身来，额头渗出一层密集的汗珠。"……是噩梦吗？"店主惊魂未定地拍了拍胸口，试图把那惊悚的画面遗忘，就在这时，屋门被从外面用力打开！浓郁的雾气从门外涌来，那个刚才还出现在他噩梦中的身影，一只手拎着火棍，另一只手拎着一坛酒，在门口平静地看着他。看到那张恶魔般面庞的瞬间，店主心跳都漏了一拍，脸色煞白。

"我问你。"陈伶晃了晃自己手中的酒，"这种酒，你还有吗？"

店主惊魂未定地点点头：".……有，我在街区北边有一座仓库，酿的酒都存在那里。"

"把具体的地址给我。"

陈伶从店主那里要来地址和钥匙，便转身离开，只留下店主茫然地呆在原地，不知发生了什么。

几分钟后，陈伶走进一个无人的菜市场。"仁杰兄，我有些累了。"他按下对讲机的开关，如是说道。他一边说着，一边拿起塑料袋，开始往里面装葱、姜、蒜。

很快，对讲机中席仁杰的声音随之传来："累了很正常……你找个地方休息一会儿，恢复了体力再说。"席仁杰的声音也十分疲惫，但他听到陈伶说累了，语气中有种莫名的松了口气的感觉……他不怕陈伶累，就怕陈伶强撑着，然后倒在战场上。

陈伶突然停下脚步，随手将一旁架子上的料酒拿起，看了眼生产日期，将其一起放进袋子里。"好。"陈伶说完这个字，便将对讲机收起。陈伶在菜市场里逛了一圈，挑了根更加粗壮的棍子，用破布、毛巾将其头部包裹，放在汽油里浸润许久，随后点燃。熊熊烈火从棍子顶部燃起，在浓雾中像是一轮移动的太阳，陈伶一手拿着火把，一手拎着调味品，走向无人的巷道角落……他的指尖在脸颊上轻轻一撕。等到再次走出的时候，他已经变成了一个面容冷峻的年轻人，黑色的风衣也变回那件大红戏袍，在浓雾中格外显眼与妖异。陈伶舔了舔嘴唇，喉结滚动之下，身形化作一道残影，迅速消失在迷雾之中。

111・执法官，也不过如此

寒雨街——

"妈，妈……？"一个浑身血污的女孩，扶着墙边缓步向前，她的左腿有些不自然地扭曲，眼眸中扫过死寂的浓雾，脸上满是恐惧与绝望。诡异的嘶鸣声从街道前方响起，女孩脸色顿时煞白，整个人在墙边缩成一团，身体止不住地颤抖着。就在这时，一只手掌轻轻拍了拍她的肩膀。女孩惊呼一声，整个人下意识地往前缩。她惊恐地抬起头，发现身后的不是怪物，而是一个穿着黑色风衣的年轻人。"小朋友，你怎么了？"席仁杰苍白的脸上挤出一抹温柔的笑容。

也许是那抹笑容的缘故，女孩脸上的惊恐消散些许，小声说道："我……我跟妈妈跑散了。"

席仁杰环顾四周，雾气朦胧的街道上，根本看不到任何一个人影。"是什么时候跑散的？"

"就在刚才……"

"她往哪个方向去了？"

女孩伸出手，指向前面空无一人的街道。

席仁杰叹了口气，弯下腰："我带你去找吧，好吗？"

女孩点点头。席仁杰将其背起，一只手握着满是血污的钢剑，步履蹒跚地向浓雾中走去。经过几个小时的搜寻与战斗，席仁杰的身体已经快到极限了，但他现在还不能休息，韩蒙一走，他就是三区的顶梁柱，在肃清完所有街道之前，他绝不能倒下。席仁杰背着女孩缓步前行，街道两边的门面到处都是血迹……"你叫什么名字？"席仁杰突然开口。

"小琪。"

"小琪，你先把眼睛闭上，等我找到你妈妈，再睁眼好吗？"

"嗯。"女孩乖乖把眼睛闭上。

席仁杰穿行在死寂的街道，走了十几分钟，一连串的嘈杂声从远处传来。还有人！席仁杰当即加快脚步。随着距离那嘈杂声越来越近，他看到街角的一处房屋中，一群人围在一具血肉模糊的身体前，焦急地讨论着什么。

"我都说了他救不了了……快走吧！"

"是啊，再不走那些东西又要追过来了！"

"可是他还活着啊,我们不能就这么把他放在这儿不管,他刚才可是救了我们的命!"

"我觉得越往外跑越危险,也许躲在屋里才是最安全的。"

"……"

这栋房屋中有六七个人,个个脸上都沾满了尘土与血污,像是从别的街道一路逃过来的,此刻两三人正围在一个重伤的男人身边,紧急替他包扎。听到他们说话的声音,坐在席仁杰背上的小琪突然睁开眼睛,惊喜地喊了一声:"妈妈!"屋内的众人同时转头。他们看到门外穿着黑色风衣的席仁杰,愣在原地,随后其中一位中年妇女猛地站起身,焦急地往门口跑来。"小琪!!你刚才跑哪儿去了,妈妈找了你那么……"

"站住!"席仁杰的低吼突然响起。

这一声直接吓住了屋内众人,跑到一半的中年妇女也停在原地,看向他的目光满是不解。席仁杰一把抓住即将从背上跳下的小琪手臂,护着她一步步向外退去……他紧攥着钢剑,目光死死盯着屋内众人,浓雾的包裹中,他们的影子在阴暗处蠕动。这群人,全都被"灾厄"盯上了。

"妈妈……"小琪伸手向母亲的方向抓去,却只能距离母亲越来越远,她的眼眸中满是不解。

"执法官大人,您这是什么意思?"中年妇女皱着眉头,焦急地想将自己的孩子抱回来,可席仁杰却反手将对面屋子的房门打开,将小女孩一把推了进去,反锁房门。

"妈妈!"

"嗖——"中年妇女刚迈出房门半步,一道道漆黑的影子便从屋中骤然暴起,在狭窄的地形下瞬间扑倒这些近在咫尺的身影,刹那间,惨叫声与撕扯声疯狂交织!席仁杰见此,双眸通红,他的身躯被一抹黑色浸染,好似钢铁的甲胄,提着钢剑毫不犹豫地冲入屋中!他试图救下离他最近的中年妇女,但等他将剑身劈落在影子蜈蚣身上的时候,女人的头颅已经被咬下大半,即便席仁杰一剑砍残了影子蜈蚣,也再难救回她的性命。血腥的屠杀转瞬完成,所有蜈蚣都沿着墙壁急速爬行,将门口彻底封死,那个穿着黑色风衣的身影被困在狭窄的房间内,四面八方都是爬动的蜈蚣细足。席仁杰紧攥着钢剑的剑柄,深吸一口气,剑身便染上一抹与身上同样的黑色,冰冷的气息朝周围逸散。经过这么长时间的战斗,他的体能早已濒临极限,但事已至此,是绝不可能后退的……近在咫尺的八只影子蜈蚣同时暴起,在这一刹那,席仁杰手中的钢剑在周身划过一道圆弧,一道细密至极的黑线自剑尖横扫而出,将距离最近的三只蜈蚣一剑砍断!席仁杰正欲闪身,两只蜈蚣已经咬上了他的肩膀,在如此近的距离下,他根本没有丝毫的闪避空间。与此同时,其余几只蜈蚣也一拥而上,像是一团蠕动的黑色大球将其包裹,它们撕咬着席仁杰的身体，即便大部分肌肤都被黑色包裹，坚硬如钢铁，但总有少部分地方被啃食，猩红的鲜血在风衣上浸染……席仁杰双眸瞪得浑圆，就在他准备拼死一搏的时候，一道身影如翩跹的红蝶，轻盈地落在门外。这一刻，所有影子蜈蚣都停下了动作，它们同时转头看向外面，翻涌的浓雾中，一个身影左手拎着调味料，右手拎着一个熊熊燃烧的火把，正双眸微眯地看着屋内。"谁？！"席仁杰下意识地开口。

陈伶随意地将手中的火把挽出一朵剑花，轻笑一声："执法官，也不过如此。"

话音落下，他便闪身消失在门外，与此同时，那些趴在席仁杰身上的影子蜈蚣都像是疯了般，争先恐后地从门窗爬出房间，朝那急速离开的火焰轨迹追去！

112·烤鸡盛宴

满是血迹与尸体的房间内，只剩下席仁杰独自站立。他在原地怔了半响，忍痛快速跑出门外，只见蒙蒙迷雾之中，那道红衣身影已经远去到几乎看不清了，几只影子蜈蚣急速爬行在他身后，也变成几个小黑点消失无踪。他是谁？此刻的席仁杰，心中已经被这个疑惑填满。那是张他从未见过的脸，漠然，冷峻，年纪似乎比他还小一些……从服饰和那句"执法官也不过如此"来看，必然不是极光城那边派来的人。莫非，他是来自极光界域之外？可他为什么要救自己，又是怎么把那些蜈蚣引走的？

就在席仁杰疑惑之际，又是几道黑色残影从周围的屋檐上急速掠出，一只、两只、三只……十一、十二……足足十三只影子蜈蚣无视了地面的席仁杰，从四面八方朝着那红衣身影追去。

陈伶环顾四下无人，往自己腹部连捅三刀。伤势与痛楚转化为力量，让陈伶的速度再度暴增，这让他堪堪与周围疯狂涌来的影子蜈蚣拉开距离，好在伤口的血迹与大红戏袍几乎一色，若是不仔细分辨，根本看不出来。为了在吸引走附近所有影子蜈蚣的基础上，保证自己不被追上，陈伶已经将自己的速度催动到极致。随着那抹猩红身影掠过屋顶，呼啸的狂风袭过街道边缘，几个仓皇逃跑的身影同时停下脚步。

"你们刚才看到什么东西过去了吗？"

"好像有，是红色的？"

"我怎么没看见啊……你们是不是眼花了？"

"管他呢，先逃命要紧！！"

众人一边说着，一边正欲继续前行，前方的浓雾突然涌动，密密麻麻的黑影从中急速爬出！看到那些迎面冲来的影子蜈蚣，几人吓得几乎昏厥，双腿一软便齐刷刷跪倒在地，就在他们紧闭上眼睛惊呼着准备迎接死亡时，那些黑影却直接掠过他们，向后方跑去。几人惊魂未定地睁开眼，还没反应过来发生了什么，身旁的影子就剧烈扭曲！接连几只蜈蚣几乎是贴着他们的脸从影子中爬出，嘶鸣着同样朝着远处追去，仓皇逃命中的他们压根没意识到，这些东西什么时候已经藏在了他们身边。而同样的场景，也在周围的几条街道上演，熊熊燃烧的火把光芒几乎能让陈伶被路经附近三条街道的影子蜈蚣同时看见，这一路冲来，他保守估计吸引到的"灾厄"已经超过三十只。至于其他街道上还有没有"灾厄"幸存，陈伶管不了，他不是神，也不是救世主，能救下这么多人已经是他力所能及的极限。

红色的残影向着街区边缘飞奔，陈伶按照记忆搜寻自己刚才已经预演过一遍的路径，很快目光便锁定了荒野中一座三四层楼高的仓库。陈伶冲到那座仓库门口，用钥匙将其打开，身形一晃便进入其中。短暂的沉寂后，密密麻麻的影子蜈蚣紧随其后来到荒野，它们在仓库外围环绕片刻，一窝蜂地从大门拥入。仓库内部没有开灯，昏暗无光，这些影子钻入其中的各个角落搜寻陈伶的痕迹，却并无收获，就在它们即将离开之际，笨重的大门缓缓关闭……黑暗中，一束微弱的火光点亮，照亮陈伶半张微笑的面孔。仓库内爬行的所有影子蜈蚣同时转头望去！火光照亮陈伶的脸庞，也在脚下流淌的汽油与酒液中映出一束米粒般的倒影，密密麻麻的肉鸡嘶吼着向他冲来，而陈伶却不急不慢地从塑料袋里拿出料酒，拧开瓶盖，然后咕咚咚咚倒在地上……

"这里没人看见，也没人会来打扰……"摇晃的火焰微光中，陈伶的笑容越发灿烂，他舔了舔嘴唇，"看看是你们先被烤熟……还是我先被烧死？"他手中的打火机轻旋着落在地上。

观众期待值 +5%

"轰——"熊熊燃烧的烈焰瞬间好似红毯铺满仓库，火光照亮这里的每一个角落，数十只肉鸡在火焰的炙烤下尖锐嘶鸣，仿佛要将屋顶掀翻！陈伶的身体也被火焰舔舐，肌肤肉眼可见地焦黑，他却像是浑然察觉不到痛苦般，一只手拎着姜与蒜，另一只手提着大葱，撞入无头苍蝇般的肉鸡群内！整个仓库就像是一个油锅，浓郁的肉香开始在仓库内蔓延，在这人间炼狱之中，众多"灾厄"痛苦嘶鸣，唯有一道红衣身影越发兴奋！香……好香！陈伶冲到一只烤得最均匀的肉鸡之前，一把将其腿撕下，先是咬了口被烧得焦黑的大葱，然后猛地啃了口鸡肉，令人心醉的香气洗涤着他的身体！

观众期待值 +1%
当前期待值：68%

陈伶的双手被烧得没有人形，却丝毫不影响他进食，在"血衣"带来的旺盛生命力下，他硬是顶着高温在烤鸡群中穿梭，像是位参加火热盛宴的优雅食客。

观众期待值 +1%
观众期待值 +1%
观众期待值……

一双双猩红的眼眸再度自陈伶身后浮现，那是一个个坐在虚无上的影子，与满仓库疯狂逃窜的影子蜈蚣十分相似……唯一的区别在于，陈伶身后的影子是人形，而它们是虫。当"观众"们的目光出现的瞬间，疯狂蠕动的影子蜈蚣们骤然一颤，它们惊恐地望向这个方向，烈火舔舐下的身体再也不能移动丝毫。它们放弃抵抗，放弃挣扎，安静地蜷缩在熊熊烈火之间，任凭自己的身躯被灼烧成喷香四溢的熟肉……"好香……好香！！"穿梭在烤鸡群中的陈伶，眼眸中再度涌现出那诡异的红光，他大笑着撕咬这些安静的烤鸡，身体表面被火焰彻底烤成焦炭……黑色的身体，猩红的眼睛，远远望去，他仿佛也成了"观众"的一员。

烈火燃烧的仓库中，无数诡异的摩擦声从这些烤鸡面上的孔洞中传出，它们交叠在一起，仿佛在念诵着某个存在的尊名。

"鬼嘲深渊的猩红主宰，戏谑命运的无相之王。"

"鬼嘲深渊的猩红主宰……戏谑命运的无相之王……鬼嘲深渊的……"

113・进阶

厂区——

一束黑色的残影好似雷霆破开工厂顶棚，呼啸着淹没在翻涌的浓雾之中。紧接着，一个爬行的影子从厂顶的破洞钻出，弯曲缠绕着虚无，螺旋状升天紧随其后。一个暗红的孔洞在蜈蚣头颅处蠕动，下一刻，无数的影子好像生长的枝丫从孔洞中钻出，自四面八方抓向韩蒙的身体！韩蒙的黑色风衣上满是鲜血，他皱眉看向那极速追来的巨影，右手握枪接连扣动扳机，解构的子弹铺天盖地地向下撒落，接连破坏着那些涌来的影子。韩蒙能感受到自己的精神力在疯狂消耗，与此同时，"审判庭"也张开到极致。这不是韩蒙第一次越阶挑战，与上次对战红纸怪物相比，对付这只影子蜈蚣明显没那么吃力，这倒不是说影子蜈蚣的战斗力弱，而是韩蒙觉得，红纸怪物更阴险……审判的力量不断撕碎半空中的影子，韩蒙的身形惊险地在其中穿梭，并不断拉高。

然而，当他的高度超过某个阈值时，那只黑色的巨影便放弃追踪，转头又缩回了满目疮痍的钢铁厂中。"死活不愿意离开钢铁厂吗……"韩蒙在半空中停下身形,若有所思。接连厮杀,他们几乎把整个钢铁厂都推平了,韩蒙作为三区执法官,自然不愿看到这样的损失发生,所以从一开始,就在试图将这个母体引离厂区。但任凭他从哪个方向引诱,只要超出钢铁厂某个范围,母体就会自动放弃追踪,回到钢铁厂内……仿佛已经彻底将这里认作巢穴。越是这样,韩蒙就越难办,想解决现在三区的麻烦,他就必须杀了这个母体……可那工厂内那么多蜈蚣聚在一起,地形又狭窄,想以四阶杀五阶,几乎是不可能的事情,这也是两者厮杀纠缠这么久的原因。

就在韩蒙思索破局方法之时,异变突生!厂区内蠕动的数百影子蜈蚣,身躯同时一震,头颅转向浓雾中的某个方向,暗红的孔洞剧烈收缩着,不知是在恐惧,抑或是兴奋?韩蒙朝着它们看的方向望去,除了一片浓雾,什么也看不到。韩蒙的眉头微皱,他正感到不解之际,那个盘踞在工厂内部的母体就像是疯了般,一头钻向工厂的最深处,身形逐渐消失在地底下。其他影子蜈蚣急速聚集,紧随着它向那个巨坑靠拢,像是一片卷入漩涡的黑色浪潮。韩蒙见此,当即化作一道残影追了过去。他闯入工厂,那些原本对他饱含杀意的蜈蚣,此刻都像是看不见他一般,一个劲地向地底钻去。韩蒙跟随着它们的轨迹,在车间角落停下脚步,他的身前有一个半径数米的巨坑,坑洞的边缘是如同灰烬般的地面,像是被什么东西浸染。"灰界交汇的缺口?"韩蒙眉头越皱越紧。据他所知,极光界域就算遇到灰界交汇,其交汇点最多不过维持半个小时,便会自动愈合……但这次已经过了几个小时,这个交汇点竟然还在?

随着众多蜈蚣的消失,韩蒙的心并未放松,反而更加警惕。这个交汇点只要依然存在,那些"灾厄"就还有可能出现,哪怕不是蜈蚣,恐怕也会有其他灰界中的"灾厄"。而且韩蒙明显感觉到,这次的灰界交汇不对劲。他站在洞口犹豫片刻,眼眸中还是闪过一抹决然。他身形轻轻一跃,便随着那黑色浪潮消失在巨坑底部的灰色之中。

"好香……好……香……"

烈火下的仓库,好似一座滚烫的丹炉,无数蜷曲的影子在其中静静地焚烧,一个浑身焦黑,四肢好似烧成火柴的身影,正趴在一个影子身上,疯狂撕扯着它的血肉。

观众期待值+1%
观众期待值+1%
…………

随着陈伶吃掉一个又一个影子,那虚无中的眼眸里,猩红越发鲜艳。数十只影子蜈蚣被烧死在烈火中，它们的血肉成为陈伶的餐食，它们的精神被吞入虚无，只留下一具具傀儡般的尸骸，恭恭敬敬地蜷缩在地。不知过了多久，陈伶的眼睛已经被烧瞎了，他双手在焦黑的烤鸡上抓了片刻，也没能抓住一块肉，只能摸着黑暗，跌跌撞撞地向一旁走去。然而，他刚走出一步，左腿就粉碎成炭，整个人跌倒在地面。这一摔，更是将他的右手、胸口，以及肩膀摔碎，他僵硬地倒在火焰中，像是一尊即将迎来死亡的干尸。"要……死了……吗……"即便是"血衣"，也没法让陈伶长时间在烈火中生存，他的生命力随着大多数影子蜈蚣一起，即将走到尽头。仓库内的氧气被急速消耗，前所未有的窒息感涌上陈伶心头，他还试图爬起来去抓周围的烤鸡，但挣扎许久，也只能在原地轻微摇晃。最终，他便一动不动地躺在那儿，像是彻底认命。那一双双猩红的眼眸在烈火中，无声窥探着这一切。火焰彻底燃尽最后的空气，在仓库中逐渐熄灭，只留下靠近门缝的四周，还有一缕缕火光无声跳动。

检测到失去演员连接，演出中断。
观众期待值 −50%
当前期待值：28%

几行焦黑的字符闪过满地尸骸，片刻之后，一道诡异的红光从陈伶身下延伸而出，像是交织成台阶，一路延伸到虚无的尽头。仓库外的天穹之上，一颗朱红色的星辰微微闪烁，澎湃的精神力从陈伶尸体中狂涌而出！他像是打破了某层隔阂，气息节节攀升，最终定格在那条扭曲神道的第二阶，随后神道缓慢消失在虚无中。黑暗中，那具人形焦炭般的尸体，突然迅速恢复生机，血肉在漆黑的炭块上重生，烧干的眼球重新孕育出光泽，仿佛有什么东西，将从这具枯死的尸骸中破茧而出！他的手指微微弯曲，随着眼皮睁开，一双空洞诡异的眼瞳，暴露在空气之中！他缓慢地爬起身，大红戏袍一尘不染，下一刻，诡异而阴森的笑声，在死寂的仓库内回响。

114·技能失控

浓雾无声翻滚，死寂的街道中，几个穿着黑红制服的身影匆匆跑来。

"席长官！"他们看到独自站在街道中央的席仁杰，当即开口。

席仁杰转头望去，这些人的身上大都是灰尘与血污，看起来十分狼狈。其中也有几个尤为干净，他们躲在众人的身后，低着头不敢与席仁杰对视。只一眼，席仁杰就能分辨出，哪些执法者是出力的，哪些执法者是在浑水摸鱼，或者再难听一点，叫苟且偷生。但现在这个时候，席仁杰已经没空跟他们算账，直接问道：

"你们那儿什么情况？"

"席长官，周围几条街上的'灾厄'都跑了！"

"有个红色的影子飞过去，然后那些'灾厄'都像是疯了一样，全都追过去了……"

"我们那儿也是。"

"……"

站在前面浑身血污的执法者们纷纷诉说着刚才发生的一切，席仁杰看向浓雾中那红影离去的方向，眼眸中的疑惑越发浓郁。就在这时，他像是发现了什么，弯腰蹲下。只见在那群"灾厄"爬行而过的路径上，血污在地面留下淡淡长痕，像是有影子蜈蚣啃完人后留在身上的痕迹，这些痕迹交织在一起，向着浓雾深处的某个方向延伸。

其他人也看到了这些血迹，为首的几位执法者犹豫片刻，试探性地问道："席长官……要追吗？"

这些血迹都是影子蜈蚣留下的，而影子蜈蚣，都是追着那红影去的，跟着这些痕迹，也许就能找到他们……但找到之后会发生什么，谁又能猜到？数十只"灾厄"暂且不说，那个神秘的红影是敌是友都没法分辨。所以在目前绝大多数的执法者心中，都在祈祷不用去追，毕竟没人愿意将自己置身于危险之中。

可惜的是，席仁杰几乎没有犹豫地点了点头："追！"席仁杰目光扫过众人，随手点了几个身上血污最重、看起来最勇敢的执法者："你们跟我走，其他人留下打扫战场。"

听到后半句，那些躲在众人身后的执法者终于松了口气。

"妈妈……妈妈！！"与此同时，小琪的哭声从一旁的房屋中传出，席仁杰回过神来，眼眸中满是复杂……刚才屠杀发生之前，他就将小琪反锁在房屋中，没有看到那血腥的画面，此刻这孩子还不知道，自己的母亲刚才就在她面前，被一只影子蜈蚣啃成碎块。

"席长官，这是……"几位执法者眼眸中浮现出不解。

席仁杰深深看了眼被"灾厄"屠杀的房间，转身径直向浓雾中走去。"把屋里的那些尸体烧了吧……至少，别让孩子看见她母亲的样子。"

剩余的众多执法者对视一眼，不敢再有丝毫的怠慢，按照席仁杰的指示，几分钟后，火焰便从尸横遍野的屋中燃起。席仁杰的身形在浓雾中穿行，七八位执法者紧随其后，他们追踪着那些影子蜈蚣爬行留下的痕迹，一路向街区的边缘靠近。

"席长官，你身上的伤没事吗？"

"……没事。"席仁杰摇了摇头，此刻他的注意力，已经全部都在那神秘红影之上。他在脑海中反复回忆着刚才的一幕，虽然那人出现的时间不过几秒，但给他留下的印象实在太深了，无论是那鲜艳的红衣，还是引走"灾厄"的方式，抑或是对执法官的不屑……但最让席仁杰不解的，是刚才对方手中拎着的葱、姜、蒜。他拿那些东西，有什么用意？要说他只是个下班回家路上买完菜，碰巧遇到灰界交汇出手相助的无名英雄，席仁杰是不信的，他已经过了那个天真的年纪，对方的举动必然有自己的用意，也许与这次的灰界交汇有关？"如果是其他界域来的强者……是'绛天教'？还是黄昏社？至少从目前来看，不太像是篡火者。"席仁杰一边思索着，身形已经追踪到了一片荒野，他鼻子轻嗅，表情奇怪地停下身形。

身后的几位执法者也跟着停了下来。

"你们有没有闻到臭味？"席仁杰突然开口。

"臭味？"几位执法者对视一眼，点点头，"好像确实有。"

"像是那种塑料被烧焦的味道……刚才还只有一点，越往里走，味道好像就越重了。"

"喀喀喀喀喀，好臭。"

"是我的错觉吗？我怎么感觉这臭味中，还混着一丝菜香？"

众人心中疑惑无比，但这依然阻挡不住他们前进的步伐，他们沿着地上的血迹缓步向前，蒙蒙迷雾之中，一座黑烟滚滚的仓库出现在他们的视野里。而那浓郁的臭味，便是从这座仓库中传来的。

"'灾厄'的痕迹到这儿就消失了。"席仁杰凝视着那座仓库，神情有些严肃，"它们大概率就在里面。"

"我知道这里，这是一座酒窖，他们家的酒我尝过，味道不错。"一位执法者当即开口。

"把门打开。"

席仁杰一声令下，几位执法者顿时上前，可双手刚握住仓库门的把手，便猛地缩了回去，不停地在空中甩动："这门好烫！"

席仁杰眉头微皱，他将钢剑从背后摘下，平静地开口："都退后。"

众人见此，毫不犹豫地躲到了席仁杰的身后，后者深吸一口气，黑色的气息再度攀上剑身，他向着眼前巨大的仓库门骤然挥剑！"轰——"黑色的丝线随着剑尖划过大门，后者顿时裂成数块，轰然倒塌。还没等众人看清里面的情景，外界的空气涌入仓库，那残余在角落中无声跳动的火苗再度爆燃，猛烈的火光疯狂地喷吐而出，像是一双火焰手掌探出焦黑仓库的大门！幸好席仁杰等人站得远，并未被火焰卷入其中，即便如此他们也被这热浪逼得接连后退。他们惊恐地看着这座被火焰笼罩的仓库，根本不知道里面发生了什么。

"沙、沙——"轻微的脚步声从仓库的深处传出，狂舞的火焰之中，一个穿着大红戏袍的身影，从中走出，焦黑的面容逐渐修复，变成那张冷峻而陌生的脸……那双空洞的眼眸中诡异阴森，和陈伶首次掌握"无相"时一模一样。随着他踏上第二阶，这条扭曲神道的技能，再度失控！

115·猩红戏法

不知为何，看到那双空洞眼眸的瞬间，席仁杰心中一沉。

"仓……仓库里！"不知是哪位执法者喊了一声，众人的目光同时落向那红衣身影身后的仓库深处。极其浓郁的酸臭从仓库中涌出，那片燃烧的火海中，无数焦黑的蜈蚣蜷缩在地面，它们的身躯残破不堪，到处都是血肉撕扯的牙印与肢体残块，放眼望去，像是一座被人精心摆盘的修罗炼狱。不知是视觉冲击，还是酸臭冲击的缘故，几位执法者只觉得胃部剧烈抽搐，当场干呕起来，死光了？席仁杰看着仓库中满地的"灾厄"尸体，心神狂震。自从那人将这些"灾厄"引走到现在，也不过十几分钟的时间，这些"灾厄"竟然就被全灭了？而且看那些尸体上，似乎还有被撕咬的痕迹……席仁杰的目光重新落在那穿着大红戏袍的身影上，眸中满是警惕。"你……是谁？"他盯着身穿大红戏袍的人，沉声问道。

那身影没有说话，只是沉默地向前走着，像是一具没有灵魂的躯壳。突然间，一阵微风拂过荒野，那件大红的戏袍随风轻摆，一只猩红的蝴蝶从他的袖袍中飞出，轻盈地从众人眼前飘过……众人愣在原地。这只蝴蝶的身上没有纹路，甚至没有一切蝴蝶该有的身体结构，就像是用红纸扎成的仿品，翅膀轻扇，猩红似血。紧接着，是第二只、第三只、第四只……随着他袖摆轻挥，密密麻麻的蝴蝶从他的戏袍下涌出，像是一片蝶舞的浪潮，铺天盖地地涌向席仁杰等人的面门！席仁杰等人一惊，下意识地将双手挡在身前，透过指缝，他能看到那袭大红戏袍几乎都被分解成漫天红蝶，彻底遮蔽了他们的视野，周围都是一片猩红。

"哪来这么多蝴蝶？"一位执法者被蝴蝶扇得眼睛都睁不开，在一阵惊慌中，他掏出了腰间的枪。"砰砰砰——"接连的枪声响起，却没能驱散这些蝴蝶分毫，同时席仁杰的骂声突然响起："蠢货！谁让你开枪的？！"那红衣身影虽然神秘，但毕竟救了他一命，而且还引走了三区所有的"灾厄"，即便席仁杰对他的身份存疑，但这并不代表他们就一定是敌对关系，这也是为什么直到现在，席仁杰都没有在陈伶面前拔枪或者握剑的原因。可如今这位执法者率先开枪，万一那人把这个当作开战的信号，那可就糟了！那位开枪的执法者一愣，还未等他回过神来，身前的漫天红蝶中，一个穿着大红戏袍的身影迅速交织而出，那双空洞的眼眸注视着他，阴森诡异。他被这一幕吓到了，大叫一声，下意识地又想抬枪，可随着那红衣身影袖袍一挥，他手中的枪支突然变轻……当他彻底抬起手时，一根鲜嫩的香蕉被他死死攥在掌间，对准陈伶的眉心。香蕉？执法者傻了，他呆呆地看着自己手里的东西，大脑当场宕机。还未等他回过神来，那大红袖袍再度拂起，他周围的红蝶顿时扭曲，变成一条条修长的细蛇，宛若绳索般攀上他的身体，黑色的芯子轻吐在他的脸颊，冰冷刺骨！这诡异的变化直接击穿执法者的心理防线，

-269

他惊恐地尖叫起来，试图挣脱这些细蛇逃走，可无论他如何努力，这些细蛇都像是长在他身上一般，无法摆脱。"啊啊啊啊！！救我！救我！！！"

在他的求救声中，席仁杰一咬牙，从背后拔出钢剑急速冲去，一剑劈开了他身上的那些细蛇。细蛇应声断裂，离开执法者肌肤表面，露出他赤裸的上身……这一刻，执法者和席仁杰都愣住了，他们揉了揉眼睛，不知道是衣服变成了细蛇，还是细蛇变成了衣服……是幻术？一道鬼魅般的红衣身影，出现在席仁杰身后。席仁杰只觉得浑身汗毛倒竖，一股寒意直冲颅顶，他毫不犹豫地反身一剑劈出！剑身撕破空气，发出尖锐爆鸣，可随着他眼前一晃，那柄钢剑就当场变成一根烧得黢黑的木棍，挥向陈伶的头部！这一瞬间，席仁杰心中一惊，但有了刚才一剑劈开细蛇的经历，他在心中告诉自己这不过是一场幻术，自己手中的依然是坚不可摧的钢剑……他抓稳木棍底端，呼啸砸出！"啪——"木棍应声断裂。席仁杰愣住了。他握着半截焦黑的棍子，眼眸中闪过一抹错愕，因为他看到，陈伶用来挡住自己这一棍的，正是原本握在自己手上的钢剑……他与那位执法者一样，大脑瞬间宕机。不对啊？！刚才的那些红蝶，还有细蛇，不应该都是幻术吗？

就在席仁杰以为这一切都是真实之时，真实变为虚假；而当他认定这些是虚假之时，虚假再度变真……一时之间，他也分不清究竟什么是真，什么是假。唯一不变的，就是他身前那穿着大红戏袍的身影脸上诡异而阴森的笑容。钢剑呼啸斩落，被席仁杰险之又险地避开，他一咬牙，从怀中掏出枪对准陈伶，闭上眼睛扣动扳机！枪声并未响起。他的指尖传来一阵光滑触感。席仁杰茫然地睁开眼，不知何时，他手中的枪已经变成一根香蕉。"这不可能。"席仁杰大脑一片空白，"这分明是真的……不对……难道是假的？"

与此同时，他看到对面的陈伶，对着自己缓缓举起一根香蕉……"砰砰砰——"接连三枚子弹打入席仁杰的身体，虽然都被黑色"铁衣"卸力化解，但这一刻，席仁杰觉得自己就要死了……这根本赢不了。他不明白眼前这场荒诞的战斗究竟是什么原理，他的脑海中，除了无尽的猩红，就只剩下陈伶那张诡异的面庞。假作真时真亦假，真为假时假亦真。仿佛这一切的一切，都是在那戏袍挥舞间诞生的……猩红戏法。

116·灰

席仁杰的身体重重摔倒在地面。对面的身影手握钢剑，缓步向他走来，与此同时，他手中的钢剑接连变换，扫把、火炬、触手、马桶撅子……那是一个个匪夷所思的东西，它们就像是接触不良的电视屏幕，疯狂地交替切换，看得人眼花缭乱。还未等席仁杰站起身，那红色鬼魅便突然闪至他的身前，高高举起变幻的剑身，猛地刺下！"当——"拐杖摩擦在"铁衣"之上，发出刺目的火花。恐怖的力量自陈伶的双手传至鱼竿，一点点刺破席仁杰表面的肌肤，后者被死死抵在地面，浑身的力量都用来汇聚"铁衣"抵挡网球拍，即便如此，他的脸色也肉眼可见地苍白。

就在这时，众人脚下的大地突然一震。陈伶微微歪头，那双空洞的眼眸转头看向焦黑的仓库，最深处的墙壁表面，一抹灰色逐渐从虚无中蔓延……他松开了手中的钢剑，转身离开，漫天的红色纸蝶逐渐收敛，倒卷回那宽大袖袍之中。

"席长官！"

"席长官！！你没事吧？"

一旁还站着的几位执法者，当即丢下手中的香蕉，匆匆跑来。死里逃生的席仁杰，倒吸一口凉气，他将已经嵌入胸口几厘米的剑锋拔出，鲜血顺着衣料漫延。若是再深入些许，恐怕心脏就已经被刺破了。"……我没事。"席仁杰在众人的搀扶下站起身，看向那离去的红衣身影的眼眸中满是惊惧。刚才的战斗虽然短暂，但给他们带来的冲击实在太大……他们从未听说过，有哪条神道拥有这样诡异的技能，而且对方自始至终，都只用了这一个技能。席仁杰能看出来，对方其实并没有太重的杀意，否则三十秒之内，他就能杀死这里的所有人。

"他就这么走了？"

"等等，他怎么又回仓库了？那不是死路吗？"

"……灰界交汇！是灰界交汇！"

有人眼尖地看到仓库深处的那一抹灰意，当即惊呼，席仁杰心中"咯噔"一下。不是说灰界交汇点在钢铁厂那边吗？怎么这里又出现一处交汇点？！同一时间，在两个地方出现灰界交汇……这种情况在极光界域内，应该不可能发生才对。那抹红衣穿过焦黑的蜈蚣尸群，在那面被灰色浸染的墙体前停下脚步，随后缓缓抬起手，按向墙面……随着一道涟漪在墙面荡开，他迈步走入其中，身形彻底消失。"他进入灰界了。"席仁杰缓缓开口。

"人类进入灰界？他不怕死吗？"一位执法者的脸上满是错愕，"灰界可是那些'灾厄'的地盘，人类进去，第一时间就会被发觉并引起围攻……而且灰界交汇的出入口也不稳定，万一中途出入口消失了怎么办？"

"这不是我们该担心的。"席仁杰摇了摇头，那红衣身影既然不是执法官，他想去哪儿，他们自然管不着……再说，他们也管不了，对方的实力深不可测，与其担心别人，不如担心三区自己。席仁杰的目光落在一旁，只见散落在地的众多香蕉，在他的注视之下，又变成了一支支枪，这次席仁杰依然没能看清是怎么变的。"这家伙……究竟是什么来头？"席仁杰喃喃自语。

"这就是灰界吗……"一阵轻微的眩晕感后，韩蒙双脚稳稳地落在黑色的大地之上。他环顾四周，灰黑色的天空如同重铅一样压在头顶，远方是一座座堕入

- 271 -

黑暗的崎岖山峰，还有一些看不出是什么东西的怪异建筑，错乱着嵌在大地各处。而他刚才落下的地方，正是头顶虚无中的一道灰色旋涡。

韩蒙低头望去，他的身体就像是加上了一层滤镜，黑色的风衣依旧不变，但其他颜色都被抹去，衬衫边缘的红线、深棕色的鞋面，甚至风衣尾端的银色纹路，都被降格成千篇一律的灰。这个世界仿佛只容得下黑、灰与白三种颜色，再也没有其他色彩存在。这是韩蒙第一次进入灰界，虽然他早就听闻有关灰界的一些传说，但直到亲自站在这个世界之中，才真正能体会到那种缥缈遥远的"异界感"，这里与人类界域所在的世界，完全不同。

韩蒙看了眼黑色大地之上，那群急速向某个方向爬行的影子蜈蚣，身形再度飞起，紧随其后向那里追去！随着韩蒙的身形逐渐上升，他的视野也越发广阔，能看到远处连绵不绝的山脉，与山脉上隐隐晃动的巨影……但更令韩蒙在意的，是周围的一个个旋涡雏形。这些旋涡的大小与韩蒙落下的那坑洞比，还相当小，但它们正稳步扩大，只要再给一些时间，应该就能彻底成形。这里的每一个旋涡雏形，都是一个即将成形的两界交汇点。"这怎么可能……"韩蒙望着那密密麻麻的交汇点雏形，心顿时沉了下去。要知道，韩蒙是从三区的厂区进入灰界的，而与这里空间对应的，正是三区乃至周围几个大区的范围，要是真的出现如此大规模的灰界交汇，那根本不是他们这几个执法官能应对的……这可是七大区的灭顶之灾！

就在韩蒙追踪影子蜈蚣时，一道巨大的黑影突然将他的身形笼罩其中，韩蒙眼眸微缩，下一刻，一只山峰大小的白骨利爪，从天而降！"咚——"一只骸骨巨鹰轰然坠落，将韩蒙的身躯连带着砸入黑色大地，漫天沙尘飞扬而起。破碎的大地之上，韩蒙的身体被死死卡在白骨利爪的间隙中，一只硕大的骸骨头颅低垂凝视着他，一股丝毫不弱于影子蜈蚣母体的凶悍气息翻涌而出！被盯上了。韩蒙的心顿时沉了下去。

117·追杀

对于灰界的传说，韩蒙自然有所耳闻。人类的气息不属于这个世界，一旦长时间在灰界行走，必然会引来大量的"灾厄"。但韩蒙没想到，这些"灾厄"竟然来得这么快，他从进入灰界到现在，不过几分钟而已。白骨利爪深深刺入大地，抓着韩蒙连带着下面的地皮与岩层，急速向着天空攀升！黑色风衣被撕开道道裂痕，韩蒙强行一枪崩碎利爪，从骨鹰手中逃脱，后者空洞的眼瞳中浮现出怒火，庞大的骨翼扇动，以惊人的速度朝韩蒙追去！即便韩蒙的速度已经不慢，但这只骨鹰速度几乎是他的两倍，呼吸间便被追上，一股飓风自虚无中卷起，将韩蒙整个人重重从天空中拍落！"咚——"韩蒙的身形从百米高空坠落，将黑色大地砸出密集裂纹。他猛地喷出一口鲜血，脸色苍白如纸。

与此同时，一旁的众多影子蜈蚣突然停下身形，它们环顾着周围的荒野，像是失去了目标，开始漫无目的地原地盘旋……最终，那个五阶的母体自黑色浪潮中转过身，头颅的孔洞望向韩蒙。"糟了。"韩蒙用余光看到这一幕，摇摇晃晃地从地面爬起。虽然不知道发生了什么，但从刚才开始吸引这些影子蜈蚣的东西，应该是消失了……这些影子蜈蚣从盲目追随的状态中恢复，重新将注意力转移到自己身上。随着母体嘶鸣一声，数百只影子蜈蚣海啸般朝韩蒙扑过来，母体宛若一座蜿蜒的小型山峰，也在向这里急速靠近。上有骨鹰，下有影潮，韩蒙所有的退路都被封死。而他要面临的，是两只五阶"灾厄"的围攻。黑色风衣轻摆，韩蒙长叹一口气，默默地点起一根卷烟叼在嘴角，脸色凝重地握紧枪柄……

黑色大地之上，一抹鲜艳的猩红缓步前行。这抹红色，仿佛是这片灰色世界中唯一存在的色彩，它是如此刺目扎眼，似乎在向周围的一切生物表露它的危险。他就这么安静行走数分钟，也没有任何"灾厄"向他靠近。突然间，那双空洞的眼眸微微颤抖，仿佛有什么东西即将苏醒，他下意识地停下脚步。"我……在哪儿？"陈伶觉得自己的脑子很乱，就像是刚从噩梦中醒来一样，空洞的瞳孔中重新恢复神采，他茫然地环顾四周。刚才……发生了什么？陈伶最后的记忆，还停留在点燃仓库，他隐约记得自己在火海中饱餐了一顿，具体的流程已经记不清了，唯一印象深刻的是，最后被火焰烧死的痛苦与窒息感。至于刚才仓库门被打开后，与席仁杰等人战斗的过程，还有走入灰界……他压根没有丝毫印象。

"我进阶了？"陈伶第一时间就察觉到了自己身体的变化，眼前一亮。之前他距离踏上第二阶，就只剩下最后半步，看来最后的那场饱餐又替他缩减了一部分时间，现在彻底捅破那层窗户纸，踏上神道第二阶。与此同时，他也能感知到，自己多了一个技能。陈伶消化着脑海中关于这个技能的信息，表情逐渐古怪起来……跟"无相"相比，这个技能似乎更加诡异。这个技能的作用，一共有两个——一个是类似于障眼法，能够从虚无中凭空变出不存在的东西，或者将某个东西变成一件与之外形相似的物品，就像是戏法，但是这种戏法只改变外形，不具备任何的附加功效。哪怕他将衣服变成蛇，这些蛇也不会真的去咬人，最多只能起到恐吓的作用。单看这个作用，这个技能就是简单的幻术。但真正让陈伶感到意外的，是它的另一个作用……他能用自己身上的东西，隔空替换近距离下的任何一件外形相似的物品。比如他可以用一个香蕉，换走敌人手中的枪，这么一来陈伶手上的香蕉就变成了枪，而敌人手中的枪会变成香蕉……当然，这里的香蕉不用是真的香蕉，可以是被幻术修改了外形的一块石头、一根木炭，或者别的什么东西。这个作用最简单的一项应用，就是延伸出一条"定律"：当陈伶和敌人同时用枪和香蕉指着对方时，无论这两把武器分别在谁的手里，最终中弹的，一定是敌人。这两个作用，前者是纯粹的"虚"，而后者则可以在"虚"中藏入"实"，虚实交替，真假难辨。"听起来，像是某种杀人用的把戏……"陈伶若有所思，"那就叫……'猩红戏法'吧。"

消化完了新的技能，陈伶的目光开始仔细打量起周围，这里看起来与传说中的灰界很像，但他也不知道自己为什么会在这儿……不过当时楚牧云跟他说过，在扭曲神道的影响下，他每次晋升都会进入短暂的精神错乱状态。也许自己出现在这里，也和那精神错乱的状态有关？陈伶一边思索，一边漫无目的地向前走着，就在这时，一声轰然巨响从远处传来。陈伶转头望去，大片的尘埃自地平线飞扬而起，几道模糊的影子在其中闪烁，仿佛有一场大战正在进行。"是'灾厄'，还是人？"陈伶的双眸微微眯起，犹豫片刻后，还是迈步向那里走去。

"轰——"大地震颤，一只骸骨巨鹰从飞扬的尘埃中冲天而起，与此同时，一道浑身是血的身影在低空狂掠，向着地平线的尽头急速逃亡。大地之上，密集的黑色浪潮奔涌，一只硕大的影子蜈蚣好似小型的山峰，蜿蜒着紧跟在那血色身影之后。在陆地与天空的"灾厄"双重追杀下，那道血影没有放过任何一丝逃脱的可能，不断在骨鹰与影潮交叠中寻找突破口，但他的速度与骨鹰相比还是慢了，接连闪避数次之后，又被一爪狠狠拍入大地！"韩蒙？！"陈伶看清那一闪而过的身影，心神一震。

118·唯一的猩红

随着那道血色身影被砸入大地，无尽的影潮接踵而来，密密麻麻的影子蜈蚣冲到韩蒙身上，撕咬他的身体，远远望去几乎堆成小山一样高。下一刻，影子山峰轰然爆开，大量蜈蚣在接连的枪击下被解构成虚无，一道身影如同炮弹般从中撞出，以不可阻挡之势冲向远处的峡谷！就在这时，那庞大的影子蜈蚣母体，横拦在韩蒙的身前。韩蒙满是血污的脸上，看不出太大的情绪波动，更没有绝望，他手掌在腰后一抹，一柄短刀凌空飞出，化作一道寒芒急速冲向母体的头颅！细长的影子从母体头颅的孔洞中蹿出，瞬息捕捉到那柄短刀的影子，后者顿时僵持在半空，韩蒙的身形急速冲向母体身前，手掌在被束缚的短刀表面轻轻一抹。"审判。"他冷冷开口。

"轰——"短刀一震，审判之力顿时将周围的影子解构成虚无，化作一道闪电将母体的躯干开出一道血口，尖锐的嘶鸣顿时响彻云霄。韩蒙抬手一招，那柄短刀自动飞回掌间，他趁机越过母体的阻挡，用尽最后的力气冲向峡谷。就在这时，狂风再度从他上空席卷而至！十余根骨刺瞬间洞穿韩蒙的身体，他闷哼一声，身形顿时慢了下来。他强忍着剧痛转身，对着那急速靠近的骨鹰连开数枪，将其强行逼退在半空，自己则跌跌撞撞地向后退去。在两只五阶"灾厄"的联手围攻之下,韩蒙的身体早就到了极限,哪怕是极光城内那几个颇有潜力的五纹执法官,都没有一个能坚持这么久的……可惜,他的坚持与毅力,并无观众。"明明就差一点了……"韩蒙感受着自己体内翻涌的气息,眼眸中浮现出一抹苦涩。

几块沙石从他的脚边滚落,坠入一线天的峡谷之中。被击穿的影子蜈蚣愤怒嘶吼,庞大的身躯急速奔袭而来;苍白的骸骨巨鹰在半空中盘旋片刻,同样俯冲而下,尖锐的喙撕开空气,发出声声爆鸣。两道五阶"灾厄"的气息宛若无法抗拒之怒浪,排山倒海而来!韩蒙深吸一口气,拖动浑身是伤的躯体向后一跃,身形便好似顽石坠下山崖。这座峡谷极窄,只有一米多宽,从谷底向上望去,连天空都只有一线……影子蜈蚣庞大的身躯在山崖边撞击许久,也只能将半个脑袋塞入其中,至于体形更大的骨鹰,更是只能将喙啄进来。它们愤怒地撞击着两侧的山崖,整座峡谷都在微微震颤,密集的碎石从崖顶滚落,却并没有彻底坍塌。韩蒙的身体急速下坠,二百多米的高度让两只"灾厄"都迅速离他远去。就在他即将一头砸到峡谷底部时,最后的精神力疯狂消耗,身体再度向上飞起数米,这才摔落在地。

"喀喀喀喀喀……"浑身的骨刺越发深地嵌入体内,韩蒙虚弱地躺在地上,剧烈咳嗽起来,猩红的鲜血顺着嘴角不断流淌……他看了眼头顶的一线天,那两只"灾厄"还在不断地撞击,却再也没法伤到他分毫。韩蒙的体力与精神力,都已经彻底干涸,若不是他提前观察到了这个有利地形,拼尽全力向这里冲来,恐怕这时候已经死在两只"灾厄"的围攻之下。然而,还未等他松口气,便看见影子蜈蚣的母体主动挪开,片刻后,那浪潮般的影子蜈蚣一个个从崖顶爬下来,硬是挤进两侧的山崖,向他靠近。母体的大小不足以穿过这里,但这些子体勉强可以,韩蒙见此,硬是咬牙从地上爬起,拖着千疮百孔的身体,向一线天深处挪动……难不成,今天真要死在这里?若是平时,就算几百只子体聚在一起,韩蒙都能面不改色地将它们屠尽,但现在他的精神力和体力都已经耗尽,几乎一个技能都用不了了。若是最后没死在两只五阶"灾厄"手里,反而被这些垃圾子体撕成碎片,那未免也太窝囊了。韩蒙满是鲜血的双手,扶着两侧的岩壁,艰难地向前挪动……而那些影子蜈蚣的速度依然很快,两者的距离迅速缩短!

就在这时,一道大红身影自狭长道路的前方,缓缓走来。看到那抹红色的瞬间,韩蒙愣了一下,这是他首次在这个世界,看到除了黑白灰之外的色彩……在这单调压抑的世界里,那抹猩红如此鲜艳、妖邪、诡异。因此即便是隔着数百米,韩蒙也能一眼注意到他。这一刻,韩蒙身上的汗毛一根根竖起,他猛地停下脚步……看向前方,如临大敌。人?这里可是灰界!人类在这里,根本不可能长时间生存,而且能够在灰界中保有如此鲜艳的颜色,本身就是极为诡异的事情……无论那个东西是不是人形,韩蒙都不觉得他是人类。他眯起眼睛,试图看清那"人"的脸,可随着那人袖袍一摆,一张漆黑的面具像是变戏法般,凭空覆盖在他

-275

的脸上。那是一张夸张的笑脸，眼睛的位置是两团猩红，红色月牙般的嘴巴勾起夸张的弧度，嘴角几乎咧到耳根。第一眼望去，这像是一张小丑的笑脸，荒诞不经，可随着他凝视那张面具越来越久，那笑容好似越发诡异，戏谑之中带着一丝嘲弄，令人不自觉地心生惧意。这张面具，是陈伶临时起意，照着"观众"的样子做的。

韩蒙救过他一命，陈伶自然不能放任对方死在眼前，可这里是灰界，他绝不能以执法官陈伶的身份出现，否则很多东西无法解释……所以，他必须伪装自己。虽然他的"无相"已经换掉原本的面孔，但韩蒙那恐怖的微表情观察能力，还是让他有些忌惮，为了保险起见，他还是选择变出一副面具遮住面容。双层伪装之下，他不信韩蒙还能发现端倪。大红戏袍随着他的步履轻摆，那张漆黑的笑脸与韩蒙越来越近，韩蒙浑身肌肉绷紧，在这片压抑的灰色世界中，气氛仿佛都凝滞了……就在这时，那漆黑面具之下，一个低沉的声音缓缓响起："让开。"

119·你要抓捕我吗

这两个字一出，韩蒙顿时愣在原地。毕竟一开始，韩蒙是假定对方为"灾厄"的，可对方一开口，他就犹豫了……不，据说"灾厄"中也有一些罕见的高智慧生物，不过这种"灾厄"的阶位都极高，至少七阶。不过对方既然能交流，就说明对自己没有太大的敌意，而在灰界中，几乎不存在对人类抱有善意的"灾厄"。所以韩蒙还是更倾向于，对方是个人类。韩蒙犹豫片刻，正打算给对方让开一条路，毕竟这里实在太窄，根本无法让两个人并肩而行。就在这时，一阵窸窸窣窣的声音从后方传出。韩蒙回头望去，只见那些攀附在岩壁上的影子蜈蚣，已经同时向后退去……就像是在刻意回避着那一抹猩红，一眨眼的工夫，那黑色浪潮就退回到岩壁之上。死寂的峡谷中，只剩下他与那穿着大红戏袍的身影，相对而立。那句"让开"，原来不是对自己说的？韩蒙重新看向那身影，眼眸中浮现出深深的疑惑与忌惮……他对自己刚才的想法，又产生了动摇。一个人类，怎么可能一句话逼退那么多"灾厄"？人类，抑或是"灾厄"，韩蒙已经分不清了，那红衣身影无疑是韩蒙此生见过的最神秘诡异的存在，他仅是站在那儿，就代表着无尽的谜团。此刻，陈伶也蒙了。他本意是想让韩蒙让开，自己出手杀了那些追来的肉鸡，可他没想到话音刚落，那些肉鸡就直接退走了……在三区的时候，怎么没见它们这么有"礼貌"？

两人同时陷入沉思。

在这死寂的氛围中，韩蒙只觉得那沉默注视自己的漆黑面具，越发诡异，他开口正欲说些什么，眼前的画面却逐渐模糊，身形一晃，便一头栽倒在地。陈伶一怔，他这才注意到，潺潺鲜血正从韩蒙的伤口中渗出，不知何时，已经在脚下汇聚成一汪灰色的血泊。他失血太多了。"……幸好遇上我。"漆黑面具下，陈伶喃喃自语，"你救我一次，我也救你一次……这下，算是两清了。"

"滋——滋——"砂石的摩擦声从身下传来，像是有什么东西在地上拖行。韩蒙的意识逐渐恢复清醒，短暂的数秒之后，他看到自己像是一具尸体，被人拖行在黑色的大地之上。他的手掌下意识抠住地面，想借力反身拔枪，可一股剧痛从全身各处传来，他闷哼一声，被迫停止了动作……与此同时，那拖行他身体的人影，也停下脚步。铅灰色的云在天空流淌，那穿着大红戏袍的身影，平静地转头望向他。"你醒了。"低沉的声音不带有丝毫的情绪，与那张漆黑的笑脸面具一对比，有种说不出的诡异感。他松开韩蒙后颈处的衣领，后者整个人躺倒在地，眉头紧锁，挣扎着双手撑着地面想要站起，那低沉声音再度传来："我不建议你现在站起来，伤口如果再裂开，你会死。"

韩蒙的脸色苍白如纸，他这才注意到，原本嵌入自己体内的十几根骨刺，不知何时已经被全部取出，风衣被撕成缎带简单地包扎在伤口上，替他止住鲜血。以自己原本的伤势，若是放任不管，估计最终只有失血而亡的下场。韩蒙抬头看向他，声音沙哑无比："你是谁？"

那张漆黑面具凝视着他，没有回答。

沉默许久，韩蒙又提出了第二个问题："你为什么要救我？"

半晌，那红衣身影轻笑一声，以一种随意的语气淡然说道："难得遇到一个'审判'路径的好苗子……就这么死在这里，未免有些可惜。"

观众期待值 +3%

陈伶自然不可能实话实说，当韩蒙问出那个问题的时候，他承认自己心中生出了一些恶趣味……不，应该说，他是在努力让"情节"变得更加精彩。

《陈氏编导法则》第八条——信息差是情节爽点的来源之一，当观众站在全知视角观看非全知视角的一段冲突情节时，会自然地带入其中，并期待后续发展，如果情节中处于信息差的两个人物本就具备戏剧冲突，期待感会更强烈。韩蒙的双眸微微眯起，他看向红衣身影的目光中，闪烁着质疑与猜测的微光……"你是融合者。"他说。

陈伶面具下的眼眸微微眯起："哦？"

"你拥有人类的外形与交流能力，并且对我没有敌意，应该不是生存在灰界中的'灾厄'。但你可以一句话吓退那些'灾厄'，说明你的身上一定有能够让它们忌惮的东西……唯一的解释就是，你是个融合者，而且融合的'灾厄'阶位很高。"韩蒙到底是三区的执法官总长，此刻根本不像是刚死里逃生的状态，也没有被陈伶的话语吓到，而是抽丝剥茧地分析刚才发生的一切，理智地给出自己的判断。

韩蒙的推理，超出了陈伶的意料，但仔细想来，也不觉得奇怪……毕竟，他可是韩蒙。陈伶刚到这个时代，尽力隐藏"观众"存在的时候，韩蒙是整个执法者系统里唯一差点抓住他的人……陈伶至今依然清晰记得，当时韩蒙恐怖的细节观察与推理能力给他带来的压迫感。"所以呢？"陈伶也懒得反驳，他像是变戏法般凭空握住一支手枪，枪口抵住韩蒙的眉心。漆黑笑脸面具下，他的声音冷漠到没有一丝情绪波动："你要抓捕我吗……执法官？"

韩蒙平静地与他对视。片刻后，韩蒙再度开口："我不喜欢自己的命运掌握在别人的手里。"

"所以呢？"

"虽然你救了我，但现在，我希望你能先把枪放下。"话音未落，韩蒙昏睡中恢复的几缕精神力急速消耗，他的眼眸中闪过一抹精芒，在如此近的距离下，骤然出手！

120·博弈

"械主。"随着两个字从韩蒙嘴中吐出，陈伶手中的枪突然飞出，闪电般被韩蒙反握手中！这一切发生得太过突然，以至于陈伶都愣了一下，他看着自己空空的手掌，面具下的眼眸中闪过一抹茫然……这是什么技能？

"看来你对'审判'路径也不是很了解。"韩蒙单手握枪，枪口指着眼前的红衣身影，双眸微眯，"'审判'路径的第二阶技能'械主'，能驾驭周身一切兵器，用枪来震慑我……是个错误的决定。"韩蒙单手撑着地面，摇摇晃晃地站起身，他的脸色依旧苍白，但比起之前已经好了不少，他的枪口始终对准陈伶，继续说道，"无论你属于哪方势力，既然救了我，我也不会为难你……把面具摘下来，我放你离开。"枪口所指，那漆黑面具之上，猩红的笑脸直勾勾地看着韩蒙，丝毫没有老实照做的意思。

"放我离开？"红衣身影嗤笑一声，"你们执法官，都这么狂吗？你要不要仔细看看，你手里拿着的，是什么？"

韩蒙眉头微皱，目光略微下移，整个人怔在原地。不知何时，他手中指着陈伶的"枪"，已经变成一根光滑的香蕉……与此同时，那红衣身影不紧不慢地抬起另一只手，用韩蒙的枪，重新抵住他的眉心。"'械主'？很厉害吗？"

观众期待值 +5%

漆黑面具几乎贴到韩蒙的脸上，夸张的猩红嘴角像是在肆意嘲笑，他收起了语气中的戏谑，饱含杀意且冰冷的声音传出："这将是你最后一次对我挑衅，不要试图挑战我的耐心……执法官。"话音落下，他将手中的枪，重新塞回了韩蒙的腰间……是的，他把枪还给了韩蒙。韩蒙眼眸中首次浮现出凝重，陈伶的行为在他看来，无疑是一种示威……就算我把枪还给你，你又能怎样？这个举动彻底打消了韩蒙出手的想法。其实韩蒙之所以用"械主"夺枪，一方面是想重新掌握主动权，另一方面则是想借此试探一下红衣人的实力，可对方展现出的能力，完全超出了韩蒙的认知。在韩蒙所知的那几条神道中，应该没有任何一条神道有如此诡异的技能，这也坐实了刚才他"融合者"的猜测……红衣人已经被自己的试探激怒了，如果自己真的再次出手，结果很难预料……在这种情况下，维持现有的短暂和平，并在暗中寻找蛛丝马迹，才是最佳的解决方案。"这是你那只'灾厄'的能力？"韩蒙依旧没有被陈伶吓住，仿佛无事发生般，平静问道，"能够在融合如此强大'灾厄'的同时，精神意志不被影响，身体也没有明显的异化痕迹……你是怎么做到的？"

"你的话有点多了，执法官。"陈伶淡淡道。韩蒙见此，识趣地闭上嘴巴。陈伶自然不可能放任韩蒙打探自己，一句话把他堵死，然后拂了拂宽大的戏袍袖摆，转身向黑色的大地尽头走去，只给他留下一个神秘的背影。韩蒙眯眼注视他片刻，也迈步跟了上来。"你跟着我做什么？"陈伶侧头，漆黑面具下冰冷的声音传出。

"人类在灰界中行走会引来'灾厄'围攻，而你是这里唯一的色彩，只有跟着你，它们才不会靠近。"韩蒙面无表情地回答，"我既然活下来了，没必要急着离开送死。"

人类在灰界会被围攻？还有这事？陈伶暗自记下。说起来，自从他进入灰界之后，确实没有一只"灾厄"靠近过他……当然，陈伶是不会信韩蒙的这个理由的，以韩蒙的性格，根本不可能做出为了活命依附他人的事情，他跟着自己，必然还是想弄清自己的身份。又是一场演技与心眼子的博弈啊……陈伶在心中暗自叹气，他只是想顺手救下韩蒙，没想到后续这么麻烦。"随你。"陈伶不冷不热地回答。

不知是不是刚才那句话的缘故，这次的韩蒙一句话也不说，就这么安静地走在他侧后方，气氛突然有些僵。几分钟后，陈伶终于忍不住，缓缓开口道："你觉得，这里怎么样？"

"哪里？"

陈伶抬手，指了指脚下。

"灰界？"韩蒙目光扫过四周，沉思片刻，"很枯燥，很压抑……也很危险。"

"是有些压抑……不过待久了，也还好。"陈伶微微点头，那张漆黑的面具轻抬，两团猩红的眼睛凝视着天空铅灰色的云层，"与你们极光界域比呢？"

韩蒙心中一动，听起来，这红衣人似乎常年都待在灰界里……不过也是，融合者的生存处境很难，根本不为人类界域所容，常处于灰界也正常。

"极光界域……"韩蒙眼眸中闪过一抹复杂，"那灰界确实更好。"

"哦？"

"'灾厄'虽然危险，但比起人心，还是差了一些。"

"这可不像是一位执法官该说的话。"

"执法官对我而言，是责任，而非职位。"韩蒙摇了摇头，"我想说什么便说什么，他们束缚不了我。"

漆黑面具转过身，深深看了他一眼："听起来，你对执法者体系并不满意。"

"或许吧。"

"为什么不选择离开？"

"离开？去哪儿？"韩蒙看向他，双眸微眯，"其他界域太远，而且未必比极光界域更好……难道，要我去加入'绛天教'、黄昏社这种恶性组织？"

"善与恶，谁能定夺？"陈伶平静回答，"难道你觉得，执法官代表的，就是善吗？"

韩蒙静静地看着陈伶的背影，半晌，缓慢开口："看来，你是黄昏社的人。"

漆黑面具下，陈伶的瞳孔微微收缩，他瞬间掌控好身体，没有让步伐出现丝毫的停顿，继续不急不慢地向前走着。"何以见得？"

121·分道扬镳

"这世间能容得下融合者的，无非就是'融合派'与黄昏社两个组织。'融合派'全员由融合者组成，但成员一般都对'融合'与'进化'有着狂热的推崇，认为神道是不属于人类进化方向的捷径……如果你是'融合派'的人，刚才你绝不会与我争辩善与恶，而是会劝我放弃神道，拥抱真正的'进化'。"韩蒙的声音十分平静，仿佛要直击陈伶内心最深处的秘密，"所以，你来自黄昏社。"

听到这儿，陈伶面具下的眉头微微皱起，他没想到韩蒙看似闭嘴，其实是在等自己先开口，放松警惕……他刚才之所以只提到了"绛天教"与"黄昏社"，而没有提到"融合派"，估计就是给自己埋下的钩子，用来分辨自己身处的势力。"我就不能不属于任何一方势力吗？"陈伶反问。

"当然可以。"韩蒙停顿片刻，"我承认我有赌的成分，但现在看来……我应该是赌对了。"

陈伶："……"

又诈人是吧？

陈伶回想起第一次被韩蒙诈唬的情景，自己躲过了第一次，没想到第二次还是中招了……韩蒙这么"奸诈"，刚才自己就该直接走的，跟他待的时间越久，破绽就越多。不过即便黄昏社的身份被点破，陈伶也没有太慌张，毕竟就算韩蒙不试探他，他也会找机会暴露自己黄昏社成员的身份。那副漆黑的面具注视韩蒙许久，轻笑一声，似乎发现了什么有意思的事情。"你很聪明，不考虑加入黄昏社吗？"

"不考虑。"韩蒙干脆利落地拒绝了。

"为什么？"

"因为我是执法官，而你们，是灭世的罪犯。"

"我们只是想重启世界。"漆黑面具上，那双猩红的眼睛注视着韩蒙，"你自己也说了，执法官不代表善……你又凭什么觉得，我们是罪犯？"

"重启世界，不就是灭世吗？世界不灭，如何重启？"陈伶怔住了。"极光界域就算烂到骨子里，它依然庇护着数百万人……而执法官，便是为守护界域而存在的。"韩蒙与那张面具对视，平静回答，"其他执法官怎么样，我不管，但我韩蒙，会将职责履行到底。"一阵寒风卷过灰色天穹，荒芜的大地上，黑色的风衣与猩红的戏袍，相对而立，猎猎作响。

"既然如此……你可以走了。"冷漠的声音从面具后传来。陈伶之所以要暴露黄昏社成员的身份，就是想看看，有没有可能把韩蒙也拉入黄昏社，因为他觉得对于整个极光界域的执法体系，韩蒙都格格不入……一个被欺压、被冷落、被贬到极光城外的超级天才，应该正是挖墙脚的合适目标。可韩蒙的回答，令他有些遗憾……但又在意料之中。

韩蒙也知道，对方救下自己，应该也是想看有没有可能将自己拉入黄昏社，可随着自己的明确拒绝，对方已经彻底对自己丧失兴趣。他没有当场出手格杀自己，而是让自己离开，已经出乎韩蒙的意料了。该打探的信息已经打探完毕，韩蒙也没有再多说，他最后看了眼那在风中飘舞的大红戏袍，转身向自己来时的灰界交汇点走去。在这灰色的世界中，一黑一红两道身影，分道扬镳。

随着黑色身影逐渐消失在视野尽头，地平线的尽头，一阵阵晃动的巨影再度向韩蒙离去的方向靠近，大地微微震颤，似乎在预示着某种灾难的到来。孤寂大地之上，那袭大红的戏袍无声摆动，漆黑面具凝视着那个方向，许久后，无奈地摇了摇头……

听到远处传来的嘶鸣声，韩蒙心中一沉。果然，他能在灰界中安然行走这么久，就是因为待在那神秘红衣人身边，此刻一离开对方的周围，便有"灾厄"盯上了自己……休息这么久，韩蒙的身体也恢复得差不多了，他深吸一口气，身形仿佛一道黑色箭矢腾空而起！这里距离他来时的灰界交汇点已经不远，全力之下，应该能趁着那些"灾厄"赶过来之前回去。随着韩蒙的身形逐渐升高，他已经能看到那悬在空中的灰色旋涡，但此刻那旋涡的周围，众多影子浪潮正疯狂地拥入其中，正是之前与韩蒙交手的影子蜈蚣。看到这一幕，韩蒙心中一沉！它们又回去了？这些影子蜈蚣突然发疯，从三区跑回了灰界，跑到一半又跟失去目标一样，游荡许久之后，选择了原路返回……而且从它们的数量来看，已经有上百只钻回去了。韩蒙眼眸中闪过一抹急迫，他全速向着灰界交汇点冲去，可他的距离还是太远了，刚飞掠了一半的路程，影子蜈蚣们已经全部转移离开。"糟了……"韩蒙忍着伤口剧痛，再度提速，一头扎入灰色旋涡之中。

熟悉的眩晕感传来，韩蒙只觉得脚下一个踉跄，身形已然回到那个钢铁厂中。而此刻满目疮痍的钢铁厂，已经死寂一片，透过密密麻麻的孔洞，再也看不见任何一条影子蜈蚣的踪迹，它们似乎已经全部离开。韩蒙冲出厂房外，勉强看到几缕黑色的影子消失在浓雾中……那个方向，正是街区所在。这些影子蜈蚣想必是知道韩蒙被困在峡谷中，三区再无人可以阻挡它们，所以直接杀了个回马枪，而事实也确实如此……韩蒙不在，三区绝不可能有人能拦住一只五阶"灾厄"。

韩蒙的心已经沉入谷底，他知道自己就算现在冲到三区，也已经来不及了，那些子体已经分散到街区内的各条街道，韩蒙就算再强，也分身乏术，等他逐个消灭所有子体之时，它们也已经把三区屠杀得差不多了。韩蒙双拳紧攥，他努力平复住情绪。正当他准备冲出去强行逐个击破的时候，轻盈的脚步声从身后传来。韩蒙猛地回头望去，只见那个熟悉的戏袍身影，不知何时已经站在厂房的顶端，轻轻拂动。

"你怎么来了？"韩蒙眉头紧皱，沉声问道。

"灰界太无聊，我出来透口气。"漆黑面具上，那张夸张的笑脸被浓雾遮掩些许，他俯瞰着脚下的韩蒙，淡淡开口，"顺便，给你提个醒。"

"提醒？"

"点燃火炬吧，它们将因此而来。"陈伶缓缓张开双臂，大红的袖袍在风中好似蝶翅张开，拥抱天空般向下坠去……下一刻，他的身形便化作无数飞舞的纸蝶，铺天盖地地飞向远方。漫天纸蝶中，一张扑克牌轻轻飘落在韩蒙身前的地面上，那是一张"红心6"。

122・点燃火炬

韩蒙愣住了。他看着陈伶飞舞消失在浓雾中，片刻后，才猛地回过神来。"点燃火炬……"他反复念叨着这句话，像是想到了什么，眯眼看向眼前的厂区。韩蒙犹豫了一下，他在思考要不要信任这个黄昏社成员，但很快就得出了答案……他虽然不知道这个人有什么帮助他的理由，可至少，他也没有必要骗自己。事已至此，韩蒙决定赌一把。

"伤亡情况怎么样？"席仁杰迈着疲惫的步伐，缓缓回到街道。

"我们还在统计……伤亡人数太多了，一时半会儿根本计算不过来。"一位执法者苦涩地开口，"但保守估计，这次三区的伤亡人数，至少占总人数的三分之一。"

"三分之一吗……"

席仁杰微微点头。"韩蒙总长那边有消息了吗？"

"……还没有，一直在呼叫，一直没有回应。"

席仁杰的心微微一沉，他下意识地看向钢铁厂的方向，浓雾依旧安静地翻滚，谁也不知道，这片雾气后究竟是什么。他正欲开口说些什么，一阵窸窸窣窣声突然从远处传来。

"……你们有没有听到什么声音？"

"好像有……离我们越来越近了。"

"我怎么感觉，地都在颤？"

"……不好，快散开！！"

席仁杰的视野中，一道巨影从浓雾深处勾勒而出，他当即大吼一声，几人迅速向周围退去！"轰——"一只庞大的影子蜈蚣撞破浓雾，直接将周围的民房压成废墟，藏在其中的居民甚至来不及呼喊，就变成一摊摊肉泥……在众人惊恐的目光中，一只巨大的万足蜈蚣抬起头部，上面暗红的孔洞张开，无数影子好似枝丫般从中延展开，向街道上的众人抓去。这攻击来得太过突然，谁也没想到，原本已经被肃清得差不多的街区，会出现这么一只庞大的影子蜈蚣，大部分人都来不及逃窜，就被那影子抓个正着。他们的双手僵硬地抬起，猛地扼住自己的脖颈，拼了命地用力，将皮肉与血管都掐得扭曲变形。猩红的血丝蔓延在眼球之上，他们的呼吸逐渐停止……最终，变成一具具僵硬的尸体，倒在蜂拥而来的影子浪潮之中，顷刻间被淹没无踪。

看到这一幕，那些幸运逃过一劫的人都吓傻在原地，席仁杰死死盯着那庞大的巨影，一颗心沉入谷底。"蒙哥……"这只影子蜈蚣，大概率便是韩蒙口中的"母体"，而母体既然冲出厂区出现在这里，就说明韩蒙已经战死了……席仁杰的眼眸中浮现出难掩的绝望。韩蒙一死，除非极光城来人，否则三区还有谁能挡住这个母体？他拼尽全力肃清街道，想不到最终还是落得如此下场……席仁杰面如土色地站在那儿，像是一个失去灵魂支撑的傀儡。

"轰——"就在这时，冲天的火炬从浓雾深处燃起，像是一轮微缩的太阳，熊熊燃烧。这火焰是如此庞大炽热，以至于隔着如此远的距离，都能看到那抹光芒的存在，蜂拥着冲入街区的影子蜈蚣同时停下身形，猛地回头看向火焰的方向。那个碾碎房屋的母体，同样转身，暗红的孔洞望着火炬的方向，毫不犹豫地嘶鸣一声，抛下眼前的众人与街区，径直朝火炬所在地冲去，密密麻麻的影子浪潮紧随其后。惊魂未定的众人此刻满脸茫然，他们呆呆地看向那些"灾厄"退走的方向，一时之间还未缓过神来。"过去看看！"席仁杰最先恢复清醒，迅速向浓雾中追去。

其余执法者对视一眼，只有一小半人选择跟上，而随着他们的不断前进，那束火炬在浓雾中也越发清晰起来。

"席长官。"一个黑衣身影从人群中跑出，跟在席仁杰身边。

"陈伶？"席仁杰看到那人，诧异地开口，"你怎么也在这儿？"

"我本来在休息，看到这里突然有火光，就立刻赶过来了。"陈伶擦了擦额角的汗水说道。

席仁杰仔细打量了陈伶几眼，确认他没什么大碍后，点点头："前面说不定有危险，小心些。"

厂区的轮廓逐渐出现在众人的视野中，那束冲天的火炬，正是从满目疮痍的钢铁厂车间内燃起的。只见满车间的高温熔炉都被打碎在地，熊熊烈火点燃了整个厂房，钢铁的支架在极高温的烈火中熔化，远远望去，像是一轮在地面燃烧的太阳。熊熊烈火中，原本镌刻在门口的"千锤百炼锻钢骨""吃苦耐劳最光荣"两行镏金大字，也逐渐消失无踪……只剩下最高处的金色字体依然留存。而在那"一切为了人类"的标语之下，一个黑衣身影站在火海前，嘴角叼着一根燃烧的烟卷，双眸凛然地看着蜂拥而来的影子浪潮。"竟然真的引来了？"韩蒙喃喃自语。他看向一旁的地面，那张"红心6"扑克牌，正被一缕掉落的火焰点燃，缓慢烧成灰烬……"又欠一个人情吗……"韩蒙长叹一口气，他抬起枪口，对准那急速靠近的蜈蚣母体，在对方雄浑气息的压迫下，韩蒙的气息也开始节节攀升！不知是破而后立的缘故，又或者是背后的烈火，点燃韩蒙再次厮杀的战意，他觉得身体深处的某层禁锢开始松动，像是不断冲击着堤坝的巨浪，即将崩决而出！

"砰——"一声轻响自韩蒙体内传出，恐怖的精神力翻涌而出！在那条黑色的通天神道上，韩蒙那悬起的脚步，终于重重地落在第五级台阶之上，他的气息刹那间比燃烧的厂区更加耀眼，就连疯狂靠近的影子蜈蚣母体，都本能地停下身形……但此刻，它们再想退，也已经晚了。因为那火海前的黑衣身影，已经缓缓抬起枪口，对准黑压压的影子浪潮。"这次……轮到我了。"

123·宗罪判决

"蒙哥进阶了？"感受到韩蒙身上强烈的气息波动，席仁杰眼中满是惊喜。之前见影子蜈蚣攻入街区，席仁杰还以为韩蒙已经战死，没想到如今他不仅活着，而且已经进阶"审判"路径的第五阶……应该不光是三区，甚至是在整个七大区中，他也是第一位晋升五阶的执法官。

陈伶站在人群中，饶有兴致地看着这一幕。他也很好奇，"审判"路径第五阶的技能，究竟是什么？随着韩蒙将枪口抬起，雾中的火光都暗淡些许……熊熊烈火前，那飞舞的黑色风衣，突然升起一股无法抗拒的威严，像是射程范围内的绝对主宰，像是凝视深渊的裁决之枪。"宗罪判决，开庭。"韩蒙话音落下的瞬间，繁杂的纹路在他的脚下疯狂蔓延，顷刻间铺满"审判庭"覆盖范围内的大地，奔涌的影子浪潮骤然停滞，下一刻，它们下方的岩石与土壤被解构重组，化作锁链将它们同时禁锢在原地！即便是那同为五阶的母体，也没能幸免，十余根粗壮至极的锁链游蛇般攀上它的身体，即使它已经全力向前冲刺，也被一点点地拖慢速度，最终禁锢在距离韩蒙身前百米的地面上。在众目睽睽之下，整个影子蜈蚣族群都匍匐在烈火前的大地上，就像是无数等待审判的"被告"，被锁在囚椅之上。

而此刻，炽热的火焰映照着韩蒙半边的面孔，留下刀刃般的阴影，他是这座"审判庭"的审判者，亦是这片领域唯一能自由行动的存在。不知何时，他的眼瞳已经浮现出一抹暗红，那双仿佛能洞悉一切的眸子，凝视着整个匍匐于大地的族群，许久之后，低沉的声音宛若不可置疑的神谕，回荡在匍匐着的族群的上空。"庭上，鬼嘲深渊，蜈蚣族群第八虫主子嗣……侵犯界域，屠杀民众，戮食人体；宗罪判决……有罪。罪当火刑。"话音落下，韩蒙平静地扣动扳机。"咔——"一道轻响从枪管内传出，却没有子弹飞射。与此同时，韩蒙身后熊熊燃烧的火焰像是活过来一般，一束粗达数十米的炽热火柱喷吐而出，好似火神暴怒地挥向人间的烈焰裁决之剑，轰然砸落在匍匐的影子浪潮上！"轰——"翻涌的火浪顷刻间淹没上百只影子蜈蚣，凄厉的嘶吼声交叠在一起，几乎撕裂耳膜。

那些黑色的影子在跳动的火浪中疯狂挣扎，像是戴着镣铐的囚徒在起舞，火海外所有人呆呆地看着这一幕，心神狂震！上百只影子蜈蚣，就几乎屠掉半个三区，而韩蒙只是扣动一次扳机，便将它们尽数抹杀在火海之中……这是他们第一次亲眼看到五阶强者出手，也是第一次如此直观地感受到"审判"路径的恐怖。

"陈伶，你怎么了？"听到一旁屡次传来吞咽口水声，席仁杰不解地转头。

"……没，没什么。"陈伶闭上眼睛，以此来掩饰瞳孔中的渴望，他扶着头，声音沙哑地开口，"我有点不舒服……先离开一下。"话音落下，不等席仁杰再说些什么，他便飞速远离战场……陈伶找到无人之地，疯狂用泥土塞入鼻子，让自己闻不到那肉鸡的香味，这才微微松口气。回想起刚才那一幕，陈伶突然觉得，自己选择复刻一条"审判"路径，是一个无比正确的决定。

火海在燃烧，大量的影子蜈蚣被烧死其中，那匍匐在地的母体暴怒嘶吼起来，庞大的身躯骤然扭动，硬生生撞碎了束缚在身的锁链，狂暴地向韩蒙冲去！韩蒙的这一枪，判决的是在场的所有子体，而母体身为一只五阶"灾厄"，自然不可能如此轻易地就被烧死。它的身躯卷起狂风，在火海中短暂撕开一条无火之路，从它的暗红孔洞中喷吐出的密密麻麻的影子像是无数的触手，同时向那黑衣身影抓去。韩蒙身形微弓，下一刻便化作一道残影冲上天空，无数影子触手在地面扑空，便转而紧随着冲上云霄。半空中的韩蒙双眸微眯，暗红的眼瞳低头俯瞰，再度锁定那庞大的蜈蚣母体，狂风猎猎之下，他的枪口再度抬起："鬼啸深渊，蜈蚣族群第八虫主……重罪当诛，处以泯灭。"随着韩蒙扣动扳机，解构之力仿佛无形之剑从天穹砸落，瞬息间就将险些抓住他脚踝的影子触手泯灭成虚无。母体似乎也察觉到极度危险，身形飞快地向一侧爬行闪避，却还是被这一枪崩碎小半的身体。踏上五阶的韩蒙，实力已经进入一个新的层次，打碎物质结构的范围已经被放大数倍，随着他接连扣动扳机，一个个半径数十米的巨坑，无声无息地出现在大地之上，像是在下一场肉眼不可见的陨石雨。

"这就是五阶吗……"席仁杰看着那与母体搏杀的黑衣身影，眼眸中满是憧憬。其他执法者也呆呆地看着这一幕，宛若仰视神明。而此刻的陈伶，想的却是另一件事情……一个五阶执法官，就已经有如此恐怖的战斗力，那极光城里的那些高阶执法官，该有多强？

在韩蒙的判决之下，母体的身形已经破碎不堪，它一边闪避着解构之力，一边急速向钢铁厂深处的灰界交汇点爬行……它怕了。事到如今，它根本不是韩蒙的对手，此刻唯一的出路就是逃回灰界……可韩蒙并不会给它这个机会。随着母体跌跌撞撞地冲破火海，眼看那个深坑与它越来越近，一道黑衣身影从天而降，稳稳落在巨坑前，漆黑的枪口对准母体头颅上的暗红孔洞。"我秉持人类文明之正义……审判你死亡。""砰——"母体硕大的头颅当场泯灭成虚无，像是一块橡皮擦过，只留下无比整齐的断口……猩红的血迹从破碎躯体中渗出，它重重摔倒在地。火焰舔舐着它的身体，它一点点化作焦炭。在众人紧张的目光下，那黑衣身影踽踽走出。

众人见此，顿时如释重负，发出阵阵欢呼，他们簇拥着那缓步走来的黑衣身影，眼眸中满是崇拜与敬意。韩蒙沉默不语地从人群中走出，经过陈伶与席仁杰身边时，压低声音说道："你们两个……跟我来。"

124·陈伶，你的脸色怎么这么难看

韩蒙穿过满是血腥味的废墟街道，径直向执法者总部走去，众多身影在其中忙碌奔波，统计着这次袭击中的遇难人数。他们看到这三位联袂走来的执法官，恭恭敬敬地弯腰示意，一位执法者匆匆走上前。

"蒙哥，这次的伤亡人数大致统计出来了。"

韩蒙停下脚步："怎么样？"

那位执法者翻阅着文件，说道："粗略统计，这次袭击中遇难人数是七千，除此之外，还有至少八千人重伤正在抢救，一万多人轻伤……"

"其中，寒霜街的伤亡人数最少，几乎全员幸存，其次是寒风街与寒雪街。"

听到这个数字，席仁杰微微松了口气，这比他预想的要好很多。韩蒙微微一

征，诧异地看了眼身侧的陈伶……他当然知道寒霜街是谁的辖区，甚至寒雪街，也是与寒霜街相邻的街道，这两条街道的伤亡率如此低，多半也是因为陈伶。一个刚晋升的执法官，就能做到这个地步，确实让他吃惊。陈伶也察觉到了韩蒙的目光，与他对视一眼，后者错开目光，对着那位执法者微微点头，将文件拿在手中。"我知道了，你们继续忙。"说完，他便带着陈伶与席仁杰走入最深处的办公室，关上房门，将窗帘也顺手拉上。

安静的办公室中，韩蒙的脸色肉眼可见地凝重起来。

"蒙哥，这是怎么了？"

席仁杰见此，不解地问道："'灾厄'你不都杀完了吗？为什么还……"

"这次的灰界交汇，很不对劲。"韩蒙在椅子上缓缓坐下，不知是不是刚才战斗消耗太多精神力的缘故，他的脸上满是疲惫，"我从钢铁厂的那个交汇点，进入灰界了。"

"你去灰界了？"席仁杰震惊得瞪大眼睛。

"嗯。"韩蒙平静地点头，"灰界中对应的三区空间位置，有不止一个灰界交汇点……钢铁厂的那个，应该是最先形成的，所以范围最大。其他那些交汇点虽然还小，目前不足以通过'灾厄'，但估计也是早晚的事。"

说到这儿，陈伶也想起来，自己在灰界中确实也见过那些小的交汇点。

"不止一个灰界交汇点……这怎么可能。"席仁杰眉头紧锁。

"我也觉得不可能，毕竟这种事情自极光界域建立以来，就从没发生过……但我知道自己看见了什么。"

"照这么说，这次的'灾厄'袭击并没有结束，之后可能还有第二只、第三只？"陈伶反问。

"没错。"

陈伶顿时有些头疼……一只五阶的"灾厄"就把三区折腾得差点全灭，要是再来更多，就凭他们三个如何顶得住？

"所以这件事情，我没有外传，只跟你们两个说。"韩蒙缓缓道，"经过这一次的'灾厄'袭击，三区的死伤极其严重，民众的情绪也不太稳定……要是让他们知道，恐怕会引起骚乱。"

片刻后，陈伶突然开口："极光城那边，还没回信吗？"

"没有。"韩蒙的脸上满是严肃，"这正是接下来我要说的……我要亲自去一趟极光城。"

听到这儿，席仁杰的脸上闪过诧异，随即说道："去极光城？你一个人？"

"确实……现在只剩下这个办法。"陈伶若有所思，"既然通信无法建立，就只能采用最直接的办法，当面跟他们交流……好在极光城离三区也不是特别远。"

"陈伶说得没错。"韩蒙点点头，"不知道是不是这场雾破坏通信的原因，极光城那边一直不回信……但这次的事情太严重，如果放任不管，三区恐怕会面临灭顶之灾，必须尽快上报极光城，通知他们派遣人手来支援。我的速度最快，一天之内就能往返极光城。你们两个在三区维持好秩序，等我回来。"

"明白。"席仁杰郑重回答。

韩蒙正欲起身离开，像是想到了什么，又停下脚步。"还有一件事。"

"什么？"

"有一位黄昏社成员穿过灰界，进入三区了。"

这句话一出，席仁杰脸色顿时一变，又惊又惧地重复一遍："黄昏社成员？"

"对，是一位融合者，自身的能力很诡异，甚至能在灰界中保有自身颜色……"

席仁杰眉头紧锁，听完韩蒙的描述，表情有些古怪："他……是穿着红色衣服吗？"

"你们也见到了？"韩蒙目光一凝。席仁杰连忙将遇见红衣人的情况复述一遍，韩蒙认真聆听……陈伶则安静地站在一旁，眼观鼻，鼻观心，沉默不语。"能力对得上，看来是同一个人。"韩蒙一只手摩挲着下巴，这位向来聪明而富有经验的执法官，脸上罕见地露出深深的困惑……"明明是融合者，却以'灾厄'为食……这个'红心6'，究竟是什么人？"

"据说黄昏社的人都是疯子，吃'灾厄'好像也不奇怪？"席仁杰的脸上浮现出后怕之色，想不到他竟然跟一位黄昏社的成员正面打过交道，"不过话说回来，那些蜈蚣那么恶心，他是怎么下得去口的？"

"蜈蚣？"陈伶一愣。

"就是刚才那些'灾厄'啊，虽然浑身都是黑的，看不清，但从外观上来看，应该是蜈蚣吧？"席仁杰不确定地开口。

"是蜈蚣，只不过是来自鬼嘲深渊，而且只是虫类的一小个旁支。"韩蒙补充。

"鬼嘲深渊？那是哪儿？"

"应该是灰界的某个地方，具体的我也不清楚。"

"好吧……陈伶，你的脸色怎么这么难看？"

席仁杰见陈伶脸色有些发白，疑惑地问道。

"……没什么，我就是有点累了。"陈伶声音沙哑地开口。

韩蒙看了眼时间，没有再多待，而是直接离开执法者总部，化作一道黑色流光消失在浓雾中……席仁杰拍了拍陈伶的肩膀，安慰道："好好休息一下吧。"说完，他也转身走出屋子。等到屋中只剩下陈伶一人，那股被他死死压下的恶心感忍不住涌上心头，他瞬间抱住桌边的垃圾桶，剧烈干呕起来！

125·不回应

陈伶知道,自己多半又被"观众"戏耍了。在他的视野中,那只五阶的大蜈蚣,依旧是一只大蜈蚣,那些满地跑的小蜈蚣,却是一只只肉鸡……一开始陈伶还觉得奇怪,蜈蚣是怎么生出肉鸡的?可随着刚才席仁杰一语点破,他终于意识到不对。"观众"没有改变自己认知中大蜈蚣的形象,却唯独改变了小蜈蚣的形象?为什么?他们知道自己打不过大蜈蚣,所以只改变了小蜈蚣,就是想骗自己去吃它们?说起来,自己在吃那些"肉鸡"的时候,确实有种无法言喻的浑浑噩噩感……一想到自己曾吃下过跟大蜈蚣相似的东西,陈伶就一阵反胃,抱住垃圾桶缓了好几分钟,才勉强平静下来。他看了眼身旁的地面,两行小字浮现而出——

观众期待值 +3%
当前期待值:39%

"这群疯子……"陈伶暗骂一声,起身推门而出。

韩蒙的身形穿过浓雾,像是一支黑色箭矢,疾驰在天空之上。三区的街道与他越来越远,渐渐消失在雾气之中,这片灰蒙的世界里,仿佛只剩下他一人存在。极光城的位置,在整个极光界域的中心,七大区像是卫星一样簇拥在其周围,组成一个庞大的圆环,如此一来,极光城到每一个大区的距离都不会太远,但七大区彼此间的流通就会麻烦许多。可即便是距离不远,对于人力而言,也不是随随便便就能走到的。以往也不是没有人试着从七大区徒步走去极光城,但最困难的两个点,一个是极度的低温,一个是崎岖无比的地形……大量的冻土与冰川横贯这段路程,若是在不带足量补给的情况下,仅靠双腿,累到冻死在路上几乎是必然的下场。更何况就算是走到了极光城下,没有进城的身份与资格,还是会被拒之门外,这时候再想原路返回,又是一段地狱般的旅程。连接极光城与各个大区的唯一途径,就是蒸汽火车,而且一天只有一个班次……若是要往返,必然要两天时间。韩蒙没有这么多时间,或者说,三区没有时间,好在他具备飞行的能力,单论速度,他比蒸汽列车还要快上数十倍。当然,这是在不考虑精神力损耗的前提下。韩蒙晋升五阶后,精神力的总量再度提升,足以支撑他一口气飞完这段路程。

不知过了多久,朦胧的雾气之中,一条匍匐在冻土之上的黑色线条,出现在地平线的尽头……那不是线,而是长到一眼望不到尽头的城墙。随着韩蒙的不断靠近,那面城墙越发宏大,当他走到城门时,那仿佛就是一面支撑起天穹的高墙。普通人即便是仰着头,目光也无法穿过薄雾看到这堵墙的最高点……而这样高大的墙，几乎有数千里长。"谁？"韩蒙刚走到城门口，一个低沉的声音便随之响起。一个同样穿着黑色风衣的男人，正倚靠着墙体，站在城门边缘，像是这扇门的守卫，他的衣摆上四道银色纹路，闪闪发光。

"我是三区执法官总长，韩蒙。"韩蒙掏出证件，严肃开口，"我要见檀心。"

"韩蒙？"听到这个名字，城门前的执法官双眸微眯，冷冷回答，"你有进城的文件吗？"

"我们的通信频道根本联系不上极光城，自然没有文件。"

"没有文件，不能入城……你身为执法官总长，这个道理都不明白吗？"

"三区发生大规模灰界交汇，事态紧急，我要走特殊流程。"

"特殊流程，是你一个三区执法官说走就走的？"执法官不紧不慢地回答，"回去吧，你今天进不了极光城。"听到这句话，韩蒙的目光顿时冰冷起来，他懒得跟这人废话，"审判庭"瞬间张开！五阶的精神力狂涌而出，将那名执法官死死镇压在原地，他瞳孔骤然收缩，惊呼道："韩蒙！你想干什么？"

"我说了。"韩蒙举起枪口，对准这位执法官，"我要走特殊流程。"韩蒙身上穿的，还是那件四纹的执法官风衣，但此刻他所释放的气息，却是毫无疑问的五阶……七大区这种地方，竟然能出现五阶的执法官？

被韩蒙枪口锁定，那位执法官的额角疯狂渗出冷汗。与此同时，数位在周围巡查的执法官急速赶来，见到这一幕都大惊失色，同时包围了门口的韩蒙，一场大战一触即发。而韩蒙就这么安然地站在众人包围之中，枪口稳稳地指着门口的执法官，他的眼眸好似凛冬的湖面，没有丝毫的情绪波动。以至于那位执法官真的怀疑，若是其他人对韩蒙动手，对方真的会第一时间打崩自己的脑袋……执法官咬牙凝视韩蒙许久，还是开口道："……我去请示檀心长官。"

极光城——

冬日的阳光洒落在院落中，茶室的门口，披着黑色风衣的檀心，不紧不慢地用茶盖刮去茶渍。就在这时，一个身影无声走过地板，在他身旁恭敬地蹲伏下身："老师，距离雾起，已经八个小时了……"

檀心将手中的茶盏放在小桌上，闭上眼眸，平静开口："七大区，如今还剩几个？"

"三个小时前，还在向我们传递通信的，有一、二、三、六、七一共五个大区……可直到半个小时前，二区、六区和七区的信号也中断了。"

"还剩一区和三区吗……一区的执法官总长是崇峰，三区是韩蒙。这两个人，还是有点本事的。"

"老师，我们还不回应他们吗？"那身影停顿片刻，补充了一句，"再不回应，过了不多久，估计最后这两个大区也要沦陷了。"

檀心睁开双眸，透过明亮的屋檐，看了眼那轮高悬于天空的晴朗太阳，淡淡回答："不回应。"

126·始作俑者

听到这个回答，那身影怔了一下，犹豫着开口："……真的不救七大区了吗？"

"救？怎么救？"檀心摇了摇头，"极光君已经快到极限了，现在整个界域都在收缩……七大区位于界域最边缘，极光退去是迟早的，就算我们现在派人去清扫那些'灾厄'，能永远阻挡灰界交汇吗？过不了几天，那里就会和界域外一样，彻底成为灰界的一部分。"

"但七大区，还生活着近三十万人……"

"三十万人，与极光城内的三百万人比，哪个更重要？"他轻轻喝了一口杯中的热茶，缓缓开口，"如今的极光城已经很难了，没有多余的力量去死守外面那些人，既然如此，何必白费力气。"那身影还想说些什么，檀心看了他一眼，缓缓开口，"士铎，你要知道，如今的人类，就像是漂泊在冰原上的狼群……我们没法保证，所有狼都能活着走到冰原的另一端，在必要的时候，我们必须做出取舍。哪怕最后只有一匹狼活着走到终点，胜利，也属于全体'狼群'。"

储士铎低着头，陷入沉默。就在这时，一位执法官匆匆走入屋中，他看到屋内的二人，当即开口："长官，韩蒙来极光城了。"

"什么？"储士铎诧异地抬头。

一旁的檀心双眸微眯，不紧不慢地喝了口茶，反问道："他现在人在哪儿？"

"在城门口，跟守城的执法官僵持住了……他似乎晋升到五阶了。"

"已经五阶了？"檀心的脸上终于闪过一抹惊讶，随后他忍不住感慨，"这才几年时间，竟然就到五阶了……这种天赋放在极光城，也是相当罕见了。"

"他这时候过来，想必是因为通信没有回应，直接讨人帮忙来了。"储士铎头脑很清醒，一下就分析出韩蒙的目的，"老师，现在怎么办？"

檀心嘴角微微上扬："之前我还在想，要不要提前把他接入极光城，毕竟这种天才死在城外太可惜……可他的性格太执拗，就算我下令让他进城，他估计也不会进，没想到，他竟然自己送上门来了。"

"您的意思是……"

"让他进城。"檀心淡淡回答，"只不过，进来……就别让他回去了。"

"明白。"那位执法官当即点头，准备退出门外。

"等等。"檀心思索片刻，"给我拿一份一区和三区所有执法者与执法官的名单来。"

随着那位执法官领命离开，储士铎疑惑问道："老师，您这是要做什么？"

"一区和三区既然能坚持到现在，说明执法系统中还有不少人才……如果我没记错的话，从两个大区通往极光城的列车，还可以坐三十个人。"檀心平静地回答，"三十万人，极光城承担不起，但三十个人，还是可以的。"

"您是想最后再从这两座大区里，吸纳一批人，替极光城分担压力？"

"不错，'兵道古藏'里我们折损的人太多了，总得补回来。"

两人说着，一份名单便递到檀心手中。檀心目光扫过名单，先将上面所有的执法官圈起，然后将名单递到储士铎手里。"所有执法官，都占据一个席位，至于其他的执法者……你去让下面那些人先挑一遍，挑完之后，剩下的名额就随机抽取吧。"

"下面那些人……？"储士铎想了想，"您的意思是，这些人里面，会有极光城执法官的人？"

"那是自然，每年新人进入'兵道古藏'的时候，总会有大区的执法者与极光城内的势力产生联系……若是这些执法者天赋较好，就会被吸纳进极光城，就算天赋不足，也会成为各大势力留在七大区中的眼线。"

"老师，不过是几个执法者而已，他们真的会在乎吗？"

"在不在乎不重要，重要的是，这是我主动表露的善意。"檀心缓缓说道，"今时不同往日，要是极光城内再这么混乱割据下去，大家都得死……"

储士铎像是明白了什么，微微点头。"老师，群星商会那边来消息了。"储士铎从怀中取出一封信，递到檀心手中，"是碎魂搜证的结果，据说那个简长生已经硬扛三轮碎魂搜证了，而且现在还没有丧失理智。"

"又是个硬扛三轮碎魂搜证的妖孽？"檀心眉梢微微上扬。

"是啊老师，他的天赋似乎不比那个韩蒙差……您真的不去保他一下吗？"

"这次群星商会的怒火难以平息，这个简长生，我是保不住了，一切就看他自己的造化吧。"檀心接过信，将其展开，目光扫过之后，眼眸中浮现出诧异之色……

"是有收获吗？"储士铎好奇问道。

"……有。"檀心合起信件，眼眸中微光闪烁，不知在想些什么，"有意思……看来三区里，倒是混进了一个不得了的家伙，要不是有碎魂搜证，差点真要被他蒙混过去了。"

"有意思的家伙？谁？"檀心没有回答，而是直接将信件交到他手中，后者看了几眼，震惊地瞪大眼睛。"假死脱身，暗中布局，黄雀在后，血洗全场……这个唯一从'古藏'里活着走出来的陈伶，竟然才是始作俑者？"储士铎转头看向檀心，"老师，这人是什么来头？"

"目标也是'兵道古藏'的道基，无非就是那几个组织的人，但具体是哪个，已经不重要了。"

"那我立刻去下通缉令？"这句话一出，储士铎也意识到不对，如今七大区都要沦陷了,哪里能发布什么通缉令?

"算了,不用管了。"檀心摆了摆手,随意开口,"这陈伶不过是个小喽啰,在这个节骨眼上,没必要在他身上浪费精力。"

"小喽啰?"

"四阶以上是没法进入'兵道古藏'的,更何况,你觉得就凭他一个人,能安稳地带着道基碎片离开'兵道古藏'的领域,三位执法官还毫无察觉?他不过是一只进'古藏'拿道基的'手',真正棘手的家伙,应该是接应他的人。"

"……原来如此。"

"那份名单上,把陈伶的名字去掉吧,这样下面的人也能多一个名额。"檀心停顿片刻,"如果我没记错的话,除了韩蒙和这个陈伶,三区应该还有一位执法官?"

"是,有一位二纹执法官,叫席仁杰。"

"送名单的时候,顺带给他个命令。"檀心将茶盏放下,不紧不慢地起身向屋外走去,"无论他用什么方法,抹杀这个陈伶。"

127·放弃

三区——

陈伶推开总部的大门,迈步走出。浓雾依旧没有散去,像是笼罩在所有人心头的阴霾,一道道身影扛着担架从街道匆匆而过,上面要么是冰冷苍白的尸体,要么是染血身体残缺的伤员,原本热闹的街区,如今到处都是痛苦的呻吟与担忧的窃窃私语。陈伶穿着黑色风衣,在总部门口的台阶上站了一会儿,跟在那些担架之后,向街道的另一边走去。执法者总部的旁边,就是整个三区最大的诊所,但说是最大,规模也就跟陈伶前世在镇子里见过的卫生院差不多。诊所一共上、下两层,此刻已经塞满了呻吟的病患,无数红的、白的的担架铺满地面,能够让人行走的过道也就半条胳膊宽,为数不多的几个医生忙得满头是汗,在这些病患间穿梭。

"医生……医生!我求求您,您先看看我孩子吧,他好像已经要没气了!"

"医生!纱布和消毒水都不够了!血库里的血也快用完了!"

"好痛……我真的好痛……"

"这里有个伤口感染的……已经留不住了,准备截肢。"

"医生!这个病人已经没有生命体征了……"

…………

此起彼伏的呻吟声与哭泣声在诊所内回响,外面的担架已经铺到路边,一个接着一个从街头一直排到街尾,还有源源不断的人被送过来。等待救治的病人有多少?两千?三千?陈伶已经数不清了。他站在诊所门口,是这片白色担架中唯一的漆黑,他的目光扫过这宛若炼狱的场景,脸上看不出有什么表情,安静得像是一尊无人问津的雕塑。一位双手是血的医生从手术室内走出,几位家属立刻冲入其中,见到手术台上那具冰冷的尸体,痛哭声顿时响起。那位医生站在手术室前,看着诊所内的地狱般的场景,眸中是无尽的悲哀与怜悯。"不能再这样下去了……"他喃喃自语,"所有病重的,失血过多的病人,全部放弃吧。"这句话一出,其他所有还在忙碌的医生一怔,同时看向他,开口似乎想说些什么,最终还是陷入沉默。

"我们……要看着他们死吗?"一位护士声音沙哑地开口。

"我们已经没有时间,也没有资源去救他们了。"那位医生闭上双眸,"还有那些伤势不算太重的,把他们聚起来,跟他们说一下正确的消毒与包扎方法,让他们自己去想办法吧。"

"……明白了。"

在现场维持秩序的执法者,立刻行动起来,将大量还没咽气的重伤患者,一个个全部抬到诊所外,空出地方让伤势较轻的患者进入。重伤患者大部分已经神志不清,剩下的那一部分清醒者,也知道自己被放弃了。担架接连从陈伶身旁经过,他甚至能清晰地看清他们脸上的痛苦与挣扎,还有他们空洞眼眸中,对生命的绝望。一片混乱中,生与死的界限被清晰划分,人类这头身受重伤的野兽,开始主动撕下身上腐烂的肉块,以求生存。诊所的人在街道不远处找了一片空地,将被放弃的重伤患者聚集在一起,这些染血的担架铺成一片,神志不清的呢喃声与痛苦的呻吟,好似死神的梦呓接连响起。他们在静待死亡。

"你们在干什么?!为什么不救他们?!"

"我爸是最早被送来的,你们凭什么不救他?!凭什么啊?!"

"那些'灾厄'都没能杀死我老婆,你们就让她自己等死?你们这哪里是医生!你们跟那些'灾厄'有什么区别?!"

"你们这是在杀人!!"

…………

那些一直焦急等候在外的家属,看到自己的亲人、爱人被放弃,眼睛顿时就红了,他们疯了般向诊所里冲,将还在救治其他人的医生与护士按倒在地,场面陷入一片混乱。正好巡视到这里的席仁杰,迅速冲上前来,带着几位执法者将他们拦下:"你们这是在做什么?!"

"你们凭什么决定别人的生死?"一位家属怒吼。

"这里有太多人等着救治了,我们没有足够的资源和时间,再这样下去,死的人只会更多。"

"那凭什么死的就得是他们?大家都是人,凭什么他们该被放弃?!"

"因为他们伤得太重了。"

"可这又不是他们的错!"

席仁杰怔了一下,看着眼前这群眼睛通红的家属,知道自己再说什么都没用了……他摆了摆手,示意周围的执法者拔枪,抵住他们的脑门,惊恐之余,他们才终于安静下来。执法者们用枪,将这些人全部驱散到诊所之外,诊所这才恢复秩序。席仁杰长叹一口气,见陈伶也站在门口,径直走了过去。"你也受伤了?"

"……没有。"陈伶摇头,"我只是顺路过来看看。"

"刚才闹成那样,你为什么不出手维持秩序?"

"我在想一件事情。"

"什么?"

陈伶没有回答,他的目光落在街角那些被放弃的血色担架上,这几天发生的所有事在他脑海中串联——突然撤走的原料、停工的厂区、消失的通信、迷雾的降临……许久之后,他突然说出了一句令席仁杰毛骨悚然的话:"有没有可能,我们也是被放弃的那个?"

席仁杰怔了许久:"你的意思是……"

"这一切,未免有些太巧了。"陈伶看向极光城的方向,"希望是我多心了。"

席仁杰被陈伶这么一说,皱眉陷入沉思,两人站在诊所前的台阶上,空气突然安静。许久后,席仁杰轻声低语:"不,这不可能……七大区可是有数十万人口,工厂的数量更是占了全界域的七成,没有七大区的物资生产供应,极光城就像是断了臂膀的残疾人……极光城怎么可能放弃?等蒙哥回来就清楚了。"

陈伶看了他一眼:"你觉得,如果极光城铁了心要放弃三区,那韩蒙……还回得来吗?"

128·"审判"魁首

"已经过了半个小时。"极光城外,韩蒙看了眼时间,眉头紧紧皱起,"极光城为什么还没动静?你真的把信息传回总部了吗?"

"传了,你不是亲眼看到了吗?"守在门口的执法官不耐烦地回答。

韩蒙目光冰冷无比,刚才他确实是亲眼看着对方传信的,可按照这件事的严重程度,极光城应该早就有所反应才对,没道理过了这么久,依然如此安静。就在韩蒙思索着要不要直接强闯城门时,一阵低沉雷鸣般的声音响起,伴随着飞扬的尘埃,厚重的城门缓缓打开。门后,只有一道身影。那是个同样穿着黑色风衣的执法官,苍老的白发凌乱得像一头狮子,他的风衣衣摆,七道银色纹路在日光下熠熠生辉。看到这人的瞬间,在场的几位执法官同时瞪大眼睛,就连韩蒙都心中一震,看向这人的目光中满是不解……七纹执法官,整个极光城只有五位,每一位都位高权重,是常人难以接触到的存在,即便是这几位自小在极光城中长大的执法官,都不曾见过任何一位的尊容。而如今,一位七纹执法官,就这么出现在城门口。

"你就是韩蒙?"那位七纹执法官扫了眼韩蒙,淡淡开口。

"……是。"

"老朽孤渊,接你入城。"

孤渊?韩蒙眼眸微微收缩,这个名字他太熟悉了,他是极光城中唯一一位"审判"路径的七阶,也是当今世上的"审判"魁首。早在几年前他刚踏上"审判"路径的时候,就听说过孤渊的大名。据说他执掌着极光城的审判庭,拥有对一切纠纷与罪行的最高审判权,是站在极光城司法系统最高点的存在。此刻这位传奇般的人物,竟然亲自来到城门前,接自己入城?其余几位执法官看向韩蒙的目光无比羡慕,他们不理解,为什么一位来自三区的执法官,能让孤渊这位老人家如此郑重?

"……入城?"韩蒙心中虽然震惊,但此刻更多的是不解。自己只是来为三区传信的,竟然引动了孤渊这样的存在,一时之间,他都搞不清楚极光城对三区的态度究竟如何。孤渊淡淡看了他一眼,转身走入极光城中。韩蒙犹豫片刻,还是跟了上去。守城的几位执法官对视一眼,默默地将城门关起,随着一阵低沉巨响,这座位于极光界域腹地的城池,再度陷入闭锁状态。

"孤渊前辈,我们这是去哪儿?"

"总部。"孤渊的回答十分简洁。

听到这儿,韩蒙迟疑片刻,还是开口:"三区的情况虽然严峻,但应该还不至于惊动您老人家?"孤渊没有回答,只是沉默地向总部走着,韩蒙跟在他的身后,眉头越皱越紧。"我们向极光城申请那么多次通信,都没有回应,我本以为是浓雾扰乱信号的缘故,但极光城似乎并没有被雾气笼罩。"韩蒙抬头看了眼极光城晴朗的天空,美轮美奂的极光在其上流淌,"前辈,你们其实收到三区的求援了,对吗?"

孤渊依旧安静。终于,韩蒙停下了脚步,他深吸一口气,神情无比地严肃:"极光城……是要放弃七大区了吗?"孤渊的身形微微一顿。

"你是说,极光城会对蒙哥不利?"席仁杰当即摇头,"不,这根本没有意义,先不说他们会不会放弃七大区,蒙哥可是一位五阶的执法官,就算是放在极光城内也是翘楚,他们为什么要对蒙哥出手?蒙哥已经证明了自己的潜力,早就不是当年那个任人宰割的新人了。"陈伶张了张嘴,还想说些什么。"陈伶,你想得太多了。"席仁杰凝重地看向他,"蒙哥离开前交给我们的任务,就是维护好三区的秩序,现在三区已经够乱了,没必要散播无意义的恐慌。"

陈伶与他对视片刻,无奈地摇摇头:"希望是我想多了吧……"这些确实只是陈伶的猜测,没有任何证据,但自从刚才他看到诊所里发生的那一幕,这个猜测就在他脑海中挥之不去……他甚至已经开始思考,如果极光城真的放弃七大区,他该怎么办?他该怎么才能活下去?陈伶望着脚下的台阶怔怔出神,席仁杰见此,拍了拍他的肩膀。

"陈伶，你不用把自己逼得太紧，你的天赋不比蒙哥差，迟早都是要进极光城的……也许等你到了城里就会发现，三区不过是一块破烂的跳板，你们不属于这里。"

陈伶听到席仁杰话语中难掩的羡慕，不由得反问："极光城，真有这么好吗？"

"好，当然好。"席仁杰看向浓雾的某个方向，坚定地点头，"虽然我没去过，但那里绝对和三区不一样……那是个天堂般的世界，也许只有到那里，才算真正的生活。"

"那你为什么不去？"

"我？"席仁杰苦笑一声，"我又不是你和蒙哥，我的路径很普通，天赋更差，从一阶到二阶都用了三年……我凭什么进极光城？"席仁杰似乎不愿在这个话题上继续，摆了摆手说道，"行了，我该去继续巡查了……西边的街道交给你。"说完，他便径直向东边的街道走去，黑色的风衣行走在遍地狼藉的街道上，逐渐消失在昏暗的雾气之中。

陈伶见此也不再多留，转身向寒霜街的方向走去。这一路上，到处都是破碎的房屋大门、洗不净的血污，以及拖着断腿或者残肢在街边痛哭的居民，他们的伤都不算致命，所以都被诊所赶了出来，只得蹩脚而外行地开始给自己治疗。陈伶目光扫过他们，继续前行，直到靠近寒霜街附近，他仿佛从战争年代走到和平年代。没有缺胳膊少腿的居民，没有太多房屋残骸，甚至空气中都没多少血腥味，陈伶深深吸了一口还算清新的空气，缓缓吐出……果然，寒霜街的损失跟其他街区相比，算是很小了。随着陈伶走上寒霜街，窸窸窣窣的声音从街道旁传来，一个个居民小心翼翼地打开房门，他们躲在门口，看向陈伶的目光中满是感激。

129 · 赵叔的请求

三区如今的情况，寒霜街的居民自然一清二楚。他们走过其他街道，也去过诊所，知道其他街道的伤亡有多惨重，跟人间炼狱没有区别，而他们是幸运的，没有缺胳膊少腿，没有生命垂危，甚至大部分的家庭都毫发无损……这一切，都要归功于陈伶。他们想去跟陈伶道谢，却又有些不敢，毕竟之前陈伶给他们留下的印象太深了，哪怕这位多看他们一眼，他们心头都是一颤。这一幕也被陈伶看在眼里，他看着这些满脸纠结、眼神躲闪的邻居，不由得觉得有些好笑。当然他也没兴趣上去邀功，而是就这么板着脸，继续自己的巡查，对周围的人都像是没看到一般，黑色的风衣在无人的街道上独自轻摆。但最终，还是有人胆大地率先走出，径直向陈伶走去……看清那人的面容，陈伶心中有些诧异。最先鼓起勇气走来的，不是别人，正是之前被他吓晕在后山的殡葬店许老板。只见许老板拎着一个塑料袋，神情复杂地走到陈伶身前，后者眉梢一挑，自然地停下脚步。

"许老板,有什么事吗?"陈伶平静开口。

"陈长官,这次我替我们全家老小,感谢您的救命之恩。"许老板郑重地开口,"这是我们的一点心意,请您收下。"说着,许老板将手中的塑料袋递给陈伶,后者嘴角微不可察地一抽,就算不打开,他也能猜到这里面装的是什么东西。

"知道了。"陈伶在心中叹了口气,还是硬着头皮将这袋鸡心收下。现在他家里的食材储备,估计已经够吃到后年了。有了许老板带头,越来越多的居民鼓起勇气走上前,手里要么拿着一袋鸡心、鸭心,要么拿着一些血淋淋的兽肉,更离谱的是有几张欠条,上面写着"欠陈伶长官三斤兽心,五日内奉还"……路还没走出几米,陈伶的双手已经拎满东西,不得已先回家放了一趟,再继续巡查,可到了隔壁的寒雪街,又有一批人上来送礼。不出意外的话,应该是寒霜街这群人乱嚼舌根子,暴露了自己的"喜好"。陈伶心中有些无奈。将所有东西收完之后,再巡查完所有街区,夜色也深了,他拖着疲惫的身躯走到家门口,发现沉寂的街对面,只有一家早餐店依然亮着灯火。他犹豫片刻,还是向店面走去,刚走到门口,便听到一阵惨叫从里面传来:"臭小子!我让你忍着点!"

"啊啊啊啊啊……痛啊老爹,真的痛!你确定没拿错药吗?"

"你老爹我年轻时候可是自学过医术的,碘伏还能拿错?忍着点,消毒本来就是会痛的。"

"轻点轻点轻点……啊啊啊啊!!"

陈伶推开门,便看到赵乙正赤着上身躺在桌上,身上一个狰狞的刀口令人触目惊心。此刻赵乙脸色煞白,不停地哀号着,满头大汗的赵叔正拿着碘伏给他消毒,同时脸上浮现出难掩的心疼,但即便如此,还是硬咬着牙骂道:"现在知道痛了?!你这是生了几个胆子,敢跟人执法者拼命?痛吧!痛死你才好!!"

听到家门被推开,赵乙看清来人,哭号声戛然而止。他瞪着眼睛看向陈伶,强忍着疼痛,也硬是不吭一声,像是只梗着头的倔强鸭子。

"阿伶啊!你怎么样?"赵叔看到陈伶,当即关切地问道,"跟那些怪物厮杀,受伤了吗?严重吗?"

"我没事。"陈伶目光再度落在赵乙身上,后者明显有些绷不住了,发出一声声痛苦的闷哼。"没去诊所吗?"

"唉……诊所人都满了,我看那些人伤得更重,就没去。"赵叔擦了擦额角的汗,他终于完成了消毒,开始仔细地给赵乙包扎,"正好我学过一点医术,处理简单的伤口还是可以的。"

看得出来赵叔确实有医术的底子,包扎的过程很顺利,被包成半个粽子的赵乙躺在桌上,像是个失去梦想的干尸。赵叔长舒一口气,他看了眼自己的儿子,眼眸中浮现出复杂……他走到陈伶跟前:"阿伶,赵叔出去跟你说两句话。"陈伶虽然诧异，但也没拒绝，而是跟着赵叔走到街上。赵叔回头瞥了眼屋中，反手将门关起，死寂昏暗的街道上，唯有几缕煤油灯的微光从磨砂门后透出，无声地摇曳。"怎么了？"陈伶问。

"阿伶啊……叔就只有小乙这一个孩子。"赵叔苦涩地开口，"小乙从小性子就倔，做事又莽撞，我本想着给他找个安稳的差事，别惹什么大事就好……可这次，他真的把我吓坏了。我现在就是后怕，我老是想着，那执法者的刀子要是没捅偏，插到小乙的心脏……那这孩子，可就跟路上那些尸体一样，再也回不来了……"陈伶微微低头看着赵叔，赵叔的眼睛明显红了，深吸几口气之后，才勉强平复下心情继续说道，"阿伶，叔这辈子也活够了，没什么别的想法，就希望小乙能平平安安的……你自小就聪明稳健，现在是咱三区的执法官了，那是跺跺脚就能震动整个三区的人物，我想……我想你能不能动点关系，把小乙安排到你身边？平日里你想怎么使唤他就怎么使唤他，也不用给他什么官位，甚至没有执法者的名分也行，哪怕把他送到你们部门里面当个看门的，或者什么文职都行……我就是想让他待在你的树荫下，也算是有个庇护。"赵叔的腰越弯越低，他看着陈伶的眼睛，满是皱纹的脸上充满诚恳与祈求，这是一位长者在放下所有的尊严之后，在向后辈请求。"……如果这让你为难的话，你就当叔没提过。"赵叔见陈伶迟迟没有回应，嘴角强挤出一抹笑容，"叔就是……就是随口一说。"

陈伶微微侧过头，看到磨砂门后，一个影子正蹲在角落，似乎在小心翼翼地偷听。他假装没有看见，收回目光，平静地点了点头。"……好。"

130·恐慌蔓延

赵叔的请求，陈伶并不意外。之前在早餐铺里的时候，赵叔就暗示过陈伶，希望他能念在儿时情谊的分儿上，稍微庇护一下赵乙……但这次赵乙受伤，实在是把他吓到了。这位老人家宁可放下脸面与尊严，把暗示变成明示，想求陈伶庇护赵乙，这也在情理之中。陈伶答应了，对现在的他而言，给赵乙在执法者系统中安排个职位不是什么难事，不过是一句话的工夫。听到陈伶应下，赵叔身上就像卸下数百斤的重担，整个人都轻松不少，他不断地对陈伶道谢，甚至想把整个早餐铺子送给他，不过都被陈伶拒绝了。"举手之劳而已。"陈伶摆了摆手。陈伶说完之后，便跟赵叔告别，径直向自家走去。

磨砂门后，煤油灯的光晕在屋内摇晃，浑身绷带倚靠在墙边的赵乙，眼眸湿润通红。

昏暗的街道上，一个拖着黄包车的汉子，快步向雾霭弥漫的后山跑去。"还有多久才能到？"黄包车上，一个三十多岁的中年妇女怀抱着一个尚在襁褓中的婴儿，轻声问道。汉子用脖子上的毛巾擦了擦汗水，回头应道："快了，大概还有一个小时……"

"……好。"

"我说老妹，这大半夜的，你去二区干吗？"

"我孩子病了……应该是被那些怪物吓到了。"妇女苦涩地摸着怀中孩子滚烫的头颅，"三区的诊所都挤满了，医生根本不给看，所以……"

"所以，就跨区去给孩子看病？"汉子点点头，"你坐好，我速度再加快一些，孩子的健康要紧。"说完，汉子咬牙再度提速，汗水如雨点般从身上滴落，拖着黄包车迅速向二区赶去。全速疾驰了数十分钟，汉子的体力逐渐消耗殆尽，他拉着黄包车在荒芜的道路上前行，周围都是弥漫的浓雾，视野范围内全是白茫茫一片。

"师傅，你确定我们走的路对吗？"妇女有些担忧地问道。

"你放心，这条路走了上百次，闭着眼睛也不会错。"

"可这里怎么这么安静？"

"大半夜的，人家都睡了吧？"汉子说着，突然觉得脚下一滑，整个人踉跄地跌倒在地，忍不住"哎哟"一声。

"你没事吧？"

"没事……这地上是什么东西，怎么感觉黏黏的？"汉子嘀咕一声，双手撑着地站起身。悬挂在黄包车上的煤油灯微微摇晃。他双手抓住车把手，正欲继续前进，整个人突然愣在原地。不知何时，他的双手已经猩红一片。

"血？"妇女忍不住惊呼一声，指着他的身下说道。汉子低下头，发现不知何时，身下的街道已经被鲜血浸满，他错愕地抬起头，拎起黄包车上的煤油灯走上前去，昏黄的煤油灯火驱散浓雾中的黑暗，一座山丘的轮廓逐渐出现在他的眼前。"这……这这这……"汉子的瞳孔不自觉地放大，昏暗中，一根根断手错落着插在山丘之中，像是荆棘丛生……这一刻，汉子的心跳都停滞了，他张大嘴巴，整个人下意识地后仰，摔倒在地，然后惊呼着爬起身。不知何时，整个二区已然陷入黑暗死寂……唯有一座数百米高的尸山，耸立在血海之中。

"外面是什么声音？"

正在办公室内整理遇难人员资料的席仁杰突然抬起头，看向突然喧闹起来的窗外，眼眸中闪过一抹疑惑。

"席长官，出事了！"一位执法者匆匆从外面走进来。

"有个拉黄包车的车夫，带人去了二区，发现全区的人都被屠尽了，还被堆成了一座尸山……"

"什么？！"席仁杰猛地从座位上站起，"二区被全灭了？"

"不光是二区，我们还派人去了趟四区，也是基本上没有活口……"

席仁杰的脸色顿时变了，他在办公室内来回走着，一颗心已经沉入谷底……这次灰界交汇的范围，竟然笼罩了三个大区？不，这还只是已经被发现的，其他几个更远的大区说不定也都中招了。如果是这样，那这次的灾难规模真的远超想象，绝不仅是一个三区这么简单。突然间，席仁杰想起了今天陈伶的推论，脸色开始发白。"民众那边怎么样？"

"……恐慌。"执法者咽了口唾沫，"这消息传播得太快了，虽然大部分人还不信，但已经有很多人自发地去二区和四区验证……用不了多久，就会被彻底证实。"

"糟了……"席仁杰很清楚，一旦民众知道事实，必然会陷入恐慌，好不容易维持住的秩序将彻底崩溃。他披上自己的黑色风衣，匆匆向外走去。刚一踏出总部大门，便听到有人在外面奔跑，呼喊，原本都已经进入睡梦的三区街道，此刻一点点亮起灯火……这座街区，已经在恐惧中被逐渐唤醒。

"李老汉？他怕不是在做梦呢？"

"就是，一整个大区的人都被杀光，堆成尸山？别太离谱。"

"是真的！我二舅刚才就跑过去看了，人差点没被吓死，据说他跑回来的时候，还听到二区街道里头有怪物的吼声！"

"四区好像也没人了？这次'灾厄'袭击的范围这么大吗？"

"这么说，那些怪物还在二区和四区待着，随时有可能冲到我们三区来？"

"…………"

越来越多的居民在深夜被唤醒，本就刚从生死中挣扎出来的他们听到这个消息，脸色顿时煞白，他们聚在一起你一言我一语地说着，前所未有的恐慌开始飞速蔓延。

"不能再这么下去了。"席仁杰脸色凝重无比，"必须先安抚民心……把人尽可能地聚起来，我来负责……"

席仁杰话音未落，一位执法者便急忙从总部内跑来："极光城那边传来简讯了！"

"什么？！"席仁杰眼前一亮，"说什么？"

"不知道……那条简讯，只有您有阅读权限。"

131·极光城的命令

席仁杰迅速穿过总部大厅，进入电报间。此刻的电报间，有两位执法者正在值班，见席仁杰来了，纷纷从座位上站起。

"席长官……"

"极光城那边来简讯了？"

"是的。"

"有其他人知道吗？"

"没有，我们第一时间通知的您……而且这封简讯的内容，需要您的身份编码才能接收。"

席仁杰眉头微皱，挥了挥手，让电报间的所有人离开，然后自己反锁房门，向房间中央的那台特制电报机走去。韩蒙没有回来，极光城也没有派来援兵，而在这个关头，极光城却突然向三区传讯，还是一条针对自己的加密讯息……这说明，其实浓雾没有阻碍讯息的传递，而极光城那边也知道现在三区的代理总长是自己，只要稍加琢磨，就能体会到一丝不对劲的味道。席仁杰在电报机前坐下，敲击按键输入自己的编码，短暂停顿后，一条简讯被自动打印而出。"咔嗒……咔嗒咔嗒……"白纸一点点从机器上端升起，一行行文字出现在席仁杰眼前。"断尾计划……"见到开头的四个大字，席仁杰的心头猛地一震，他紧盯着上面逐渐出现的文字，眼眸中浮现出难掩的震惊！这封简讯上，说明了极光城即将放弃七大区的情况，却没有解释，而是直接命令席仁杰带领名单上的执法者，乘坐列车火速前往极光城。陈伶的猜测是对的，极光城……真的要放弃七大区了？！

席仁杰顿时觉得大脑一片空白，看着那一个个被打印出来的名字，许久不曾回过神来。如今三区的覆灭已经成为必然，最多只是坚持的时间长短问题，极光城给出这份名单，应该也是想最后从七大区中选一些人填补城内的空缺，可令席仁杰不解的是……这份名单里，没有陈伶。陈伶是"修罗"路径的执法官，虽然只是一阶，但潜力不会差到哪里去，就连那几个整日好吃懒做的执法者都在名单里，陈伶为什么不行？似乎为了解答席仁杰心中的疑惑，随着名单上最后一个名字出现，又是一行孤零零的文字，"咔嗒"一声弹出——"命令二：在全员撤退前，无论用什么手段，抹杀异端陈伶！"

看到这行字的瞬间，席仁杰的瞳孔骤然收缩！没有缘由，没有解释，这一行命令便是加密简讯中的最后文字，像是一行不容置疑的极光城指令。"异端……陈伶？"席仁杰脸上满是不解，不明白陈伶为什么会是异端，又为什么会被极光城追杀？席仁杰立刻用电报机，向极光城再度发送一条简讯，询问击杀陈伶的缘由，但他在屋中等了近半个小时，那边都没有给出回应，仿佛再度失联一般。窗外的喧哗与骚动声越发吵闹，席仁杰有些坐不住了，最后看了眼电报机，起身推门而出。

"席长官，您怎么进去这么久？"一直守在门口的执法者问道，"极光城那边怎么说？援军要来了吗？"这位执法者是席仁杰的心腹，为人也算不错，但此刻在他焦急的接连追问下，席仁杰却只能陷入沉默……

"席长官，外面的情况不太妙，已经有不少居民围到总部门口了。"又是几位执法者匆匆跑来，"他们想问问二区和四区究竟是怎么回事，三区会不会有危险……他们好像都被吓到了。"

"席长官，有南边的居民说，四区好像有怪叫声在不断靠近，会不会是屠了四区的那只'灾厄'要过来了？"

"长官……接下来该怎么办？"

越来越多的执法者围到席仁杰身边，脸色有些发白，他们虽然当了多年的执法者，但这种阵仗也是第一次遇见，他们和外面的民众一样，都有些恐慌。执法者总部大门外，嘈杂声与敲门声连绵不绝；大门内，众多执法者的面孔在煤油灯的火光下，焦虑而恐惧。席仁杰目光接连扫过这些执法者，握着名单的手不自觉攥紧……"谭明，你跟我来。"他心中挣扎许久，还是声音沙哑地开口，随后拨开人群径直向总部后门走去。名为谭明的执法者一愣，立刻跟了上去，两道身影就这么在夜色下打开狭窄的后门，身形消失在浓雾之中……只留下其他执法者站在原地，眼眸中满是茫然。

"杰哥，出什么事了？"谭明是跟了席仁杰多年的执法者，为人不错，算是他的心腹，而这次的调离名单中，就有他的名字。席仁杰沉默地走在昏暗街道上，穿过一条条小巷，透过巷道间隙，能看到总部的大门确实已经被一群人围住……他们没有停下脚步，无声地向更远处走去。"极光城，要放弃七大区了。"席仁杰声音沙哑地开口。

"什么？！"谭明瞪大眼睛。席仁杰直接将手中的简讯递过去，谭明仔细看了一遍，脸上浮现出浓浓的震惊！"那……那这些人怎么办？三区现在活着的，可有四万人！"谭明忍不住反问，"我们走了，就这么留他们自生自灭吗？"

席仁杰的脚步一顿。他看向那逐渐亮起的众多街道，眼眸中浮现出愧疚与挣扎。"我不知道……蒙哥临走前，让我们守好三区……可我们根本不可能守住，如果留下来，只能跟着他们一起死……"

"那这份名单算怎么回事？上面的这些人，大都是那群混吃混喝、胡作非为的蛀虫！真正有本事的执法者，根本就没在上面啊……极光城究竟是怎么想的？"谭明义愤填膺地开口，"难道真要带走这些蛀虫，把我们的兄弟留在这儿等死吗？"

"……我不知道，我真的不知道！"席仁杰双手抓着头发，眼眸中满是血丝，理智与感性在他的脑海中疯狂厮杀。

132·新的演出

他跟了韩蒙那么久，那种执法官的责任感早已镌刻在心中，他知道如果韩蒙在这里，一定不会选择逃离，可……可他就算留下来，也什么都做不了，而且……那可是极光城！他太想进极光城了，那是他毕生求而不得的梦想，现在就有一条进入极光城的路摆在他的面前，他该如何拒绝？他怎么能拒绝？！但如果自己真的逃进了极光城，该如何面对韩蒙？

"杰哥？"谭明看出了席仁杰此刻的挣扎，在原地犹豫许久，还是开口道，"杰哥，你也别有太大的压力，保护民众是执法官的职责没错，但服从命令也是。无论你做什么选择，我都会跟随你。"听到这句话，席仁杰陷入沉默。他站在昏暗的浓雾中，那件黑色的风衣，仿佛与影子融为一体。

"……救……我……"死寂中，一个轻微至极的声音，从一旁响起。席仁杰回过神，转头看向声音传来的方向，他立刻迈动脚步，向那处昏暗走去，谭明紧随其后。声音是从一处空地传来的，等靠近之后，席仁杰才发现这正是白天诊所抛弃病人的地方，上百个被遗弃的重症患者被铺列在这里，静默等待死亡。这些重症患者中，有一部分人当场被家人抬了回去，剩下的要么是孤家寡人，要么就是全家都死绝了，无人认领。数个小时之后，这里大部分的重伤者都已经无声地死亡，但还有几个人依然有呼吸……他们或因为剧痛，或因为绝望，苦苦呼唤着，虚弱的声音细小如蚊蚋。席仁杰找到发声的那个人，快步走到他的身前。那是个浑身血污的身影，身上到处都是被撕咬的伤口，整个人扭曲着倒在地上，骨头应该也没剩几根完好的，乍一望去，跟尸体没什么区别。

"你怎么样？"谭明见此，于心不忍地问道。

"……救……救……"似乎听到了有人回应自己，那尸骸般的身影动了动手指与双腿，满是血污的脸上浮现出对生的渴望。谭明正欲将他扶起，一只手抓住了他的肩膀，他回过头，便看到席仁杰眼眸复杂地看着那人，摇了摇头。"你不该回应他的。"

"……为什么？"

"他已经快死了……没有人能救得回来，你回应他，只会让他带着希望死去……这只会更痛苦。"

谭明怔住了："那我该怎么做？"席仁杰没有回答，满是血丝的眼眸中，浮现出一抹坚定……他走到那人的面前，缓缓掏出枪，对准他的眉心。"……救……救我……求求你……救……"失去双眼的身影依旧在苦苦哀求着，整个人就像是回光返照般，想要从地上坐起，就在这时，他的额头碰到了席仁杰的枪口，突然愣在原地。"谢谢你。"席仁杰的声音，前所未有地平静，"……我明白该怎么做了。"

"砰——"一声枪响骤然响起。随着那身影扑通倒地，席仁杰缓缓站起，他握着尚且飘着青烟的枪口，行走在这被世人遗弃的绝望炼狱之中。"砰砰砰——"接连的枪声响起，黑色风衣在一个又一个尚且残余生机的人面前扣动扳机，像是死神用镰刀收割绝望的生灵。在死亡的那一刻，他们的脸上似乎并没有痛苦，反而有着一丝解脱。每杀死一位重伤者，席仁杰的眼眸中便多出一份坚定，他就像是一位清道夫，将这些被人类所遗弃的烂肉全部剔除。当整个弹匣都被打空，空地再度陷入一片死寂……至此，除了他与谭明外，这里再无一个活人。

"杰哥……"谭明神情复杂地开口。

"无能的仁慈，对濒死绝望者而言是诛心的毒药。"席仁杰缓缓转头，目光仿佛洞穿浓雾，看到了那座矗立在极光中央的庞大城市，"也许，极光城是对的。"

"那您的意思是……"

"去召集名单上的执法者，让他们去车站等我。"

"……好。"谭明深吸一口气，重重点头，随后像是想起了什么，"那陈伶呢？"

席仁杰再度陷入沉默，不知过了多久，他的双眸轻轻闭起："……让他来见我。"

睡梦中，陈伶缓缓睁开眼眸。不知何时，他又来到了那条通往天穹的扭曲道路之上，道路的尽头是天空中一颗遥不可及的星辰，亦是他的家。"又来了。"陈伶低头望去，只见自己已经站在这条道路的第二级台阶上，虽然与之前只差了一级台阶，但他整个人已经从漆黑深渊中上升了一大截。若是仔细观察，便会发现那颗星辰与自己的距离，似乎更近了些……"接下来，就是第三阶了。"陈伶看向前方，一级高大的台阶正在数米之外，这级台阶无论是高度还是距离，都比第二阶高远得多。按照之前韩蒙所说，一般人从一阶到二阶，需要一两年，二阶到三阶的时间更久，都是三年起步，有些天赋不足的，甚至可能始终卡死在二阶这个档次。这也足以证明，从二阶到三阶的难度，要比从一阶到二阶大得多。陈伶试着向前迈步，可身体就像是灌了铅般沉重，任凭他如何努力，也只能挪动不到半厘米的距离……如今他的精神力强度，还是太弱了。与此同时，陈伶的目光落在第二到第三级台阶中间的这段路程，能看到距离自己最近的区域，有模糊的小字浮现其上……而在更远处，似乎还有一行。"二阶晋升三阶，需要完成不止一场演出？"陈伶心中有些诧异。

远处的那一行，以如今陈伶的站位根本看不清，所以他只能眯起眼睛，尽可能地去辨认离自己最近的那行小字……许久后，他有些不确定地喃喃自语："在至少一百人的见证下，完成一次震撼人心的退场。"

133·所有人都会死

震撼人心的退场？看着这行字，陈伶的眼眸中满是不解……前面半句话清晰明了，但后半句话就有些微妙，什么样的演出叫"震撼人心"？怎样算是"退场"？就在陈伶思索之际，一阵骚乱声传入耳中，下一刻他周围的景象迅速破碎——

观众期待值 +10%

睡梦中的陈伶骤然惊醒，他从床上坐起身，便看到一个个拎着煤油灯的身影从窗外的浓雾中晃过，远处响起连绵不绝的呼喊声，似乎发生了什么事情。陈伶看了眼时间，凌晨三点四十分。他毫不犹豫地起身下床，披上风衣后推门而出。

"出什么事了？"

陈伶刚一出门，便看到赵家父子匆匆从屋里出来，神情慌张。"哎哟！阿伶啊！我正准备去敲门喊你呢！"赵叔连忙开口，"二区和四区的人都死光了……这事你知道吗？"

陈伶眉头微皱："……不知道。"

"二区的人都被堆成尸山了！听说有百米多高！四区跟咱的交界那块，还有人听到有怪叫声在靠近……阿伶，你实话跟我说，这次咱三区是不是……危险了？"陈伶没有回答，他听说二区和四区的事情之后，脑海中第一时间就浮现出自己之前的猜测……现在韩蒙还没回来，看来那个猜测很可能成真了。

见陈伶不说话，赵家父子对视一眼，脸色都有些发白。

"爹！你别怕！有我在这儿，不管什么'灾厄'冲过来，我都给它干翻！"赵乙挺起缠满绷带的胸膛，信誓旦旦地说道。

赵叔勃然大怒："干个屁！你小子不要命了是吧？！你今晚是怎么跟我保证的？"
赵乙瘪了瘪嘴，默默地低头不语。

陈伶正欲说些什么，马蹄声便从街道尽头传来，只见一位穿着黑红制服的执法者驾着快马，急速向这里靠近，等快到陈伶身前，一把拉住缰绳，稳稳地停了下来。"陈长官！！"执法者翻身下马，将缰绳递到陈伶手里，严肃地开口，"陈长官！！席长官让你去总部，他在那儿等你！"

一般只有出现紧急事务，执法者才被批准骑马上路，现在看来，情况确实严峻……陈伶点了点头，身形轻盈地翻上马背，犹豫片刻后，还是对着赵乙二人提醒道："三区的情况不容乐观，如果发现事情不对，不要守着这间早餐铺不放……必要的时候，提前离开三区。"

"离开三区？"赵叔一愣，"离开三区……我们能去哪儿？"

陈伶沉默片刻，缓缓吐出三个字："极光城。"话音落下，他便骑马迅速离开，身形消失在浓雾之中。陈伶也不知道，接下来等待三区的究竟是什么，如果真如他所想，极光城放弃了七大区，那无论往哪儿跑都是死路一条……唯一的一线生机，就是极光城。陈伶策马在街道上狂奔，一路上遇到不少惊慌的人群，他们提着煤油灯聚在一起，正在焦急地说些什么，似乎只有抱团才能给予他们一些心理上的安慰。

骑马的速度比步行快得多，没一会儿他就到了总部的门口，此刻已经有一大批人围在门外，激烈地交流着。

"二区和四区都沦陷了……我觉得三区也是迟早的！"

"是啊，这浓雾到现在还没散，我总感觉怪怪的。"

"你们听说了吗？南边已经有怪物杀过来了！"

"啊？那我们怎么办？"

"相信执法者吧？我感觉他们应该能解决掉……韩蒙总长不是才杀了一只'灾厄'吗？"

"不是每个大区都有韩蒙总长这样的强者，我感觉其实没必要太惊慌，大家先冷静一下……"

"可是我刚才看到，已经有不少人带着家当跑了。"

"跑？去哪儿了？"

"好像是沿着铁轨，往极光城去了？"

"极光城？！他们疯了吗？没有进城的手续，他们就算走到了又能怎样？还不是得被赶回来？"

"七大区已经不安全了，但极光城无论什么时候都会是安全的……他们往极光城逃，也很合理。"

…………

他们看到骑马而来的陈伶，顿时一窝蜂地包围上来，叽叽喳喳地问着如今三区的情况，陈伶翻身下马，还没来得及推门就被堵住了。他眉头微皱，冷冷地说了一句："让开！"陈伶在三区的名声向来是不太好的，有关他的惊悚传闻几乎尽人皆知，当众人看到陈伶开始掏枪的时候，顿时吓了一跳，乖乖让开了一条道路。陈伶推门走入总部，反手将门反锁，将一切的喧闹与嘈杂隔绝在外。淡淡的月光透过浓雾与琉璃穹顶，倾洒在空旷的大厅，昏暗的阴影中，一个身影平静地站在办公桌后。他背对着陈伶，面向墙壁，在那高墙中央，一面数十米长的旗帜被高高悬挂，漆黑的底色之上，两只彼此重叠的青色六角星，好似北极夜空上的闪耀星辰——

观众期待值 +3%

一行字突兀地出现在地面的倒影之上，陈伶眉头顿时皱起。"你来了。"席仁杰转过身，他左手握着一只酒杯，脸颊有些不自然的红晕。陈伶站在门口，看向席仁杰的目光中浮现出不解，看到观众期待值增长的他敏锐地嗅到一丝不对劲，但还是迈步向办公桌走去。"外面很乱。"陈伶说道，"你为什么不去维持秩序，而是在这儿喝酒？"

席仁杰摇了摇头："已经没有意义了。"

"为什么？"

"极光城放弃我们了。"

听到这句话，陈伶眉头皱得更紧了："你怎么知道？极光城回消息了？"

"没有，不过二区和四区都已经沦陷，他们还是没有动静……就连蒙哥都没有回来，这不是放弃我们，还能是什么？"席仁杰苦涩地笑了笑，他弯腰拎起地上

-307

的一瓶白酒，再度往杯中倾倒起来。醇香的酒液滚入玻璃杯，席仁杰的目光都有些迷离，他重重将酒瓶拍在桌上，另一只手拿起酒杯，仰头一饮而尽。陈伶没有接话，他只是沉默地注视着席仁杰，不知在想些什么。席仁杰喉结滚动，辛辣让他的脸变得通红且狰狞，他深吸一口气，缓缓说道："所有人都会死，包括我们。"

134·如果能活

"所以呢？"

"所以？能有什么所以？"席仁杰皱起眉头，低沉开口，"蒙哥不在，二区和四区的任意一只'灾厄'过来，我们都必死无疑，更别说还有那些尚未完全开启的灰界交汇点……三区完了，这四万人完了……我们也完了。维持秩序？巡查街道？安抚民众？做这些有什么意义？""啪——"席仁杰重重将酒杯拍在桌上，粗重地呼吸着，那双通红的眼眸与陈伶对视，像是一头即将醉倒的狮子。"陈伶，你怕死吗？"

陈伶停顿片刻："其实，没那么怕。"

"好。"席仁杰从抽屉中取出第二只酒杯，倾倒白酒，直接将它与自己的酒杯尽数倒满，并推到陈伶的面前。"喝完这杯酒，我们一起去南边拦那只四区的'灾厄'……就算是死，我们也要死在战场上。"

陈伶低头看向自己面前的白酒，双眸微微眯起。"你叫我来，就是喊我陪你喝酒……然后一起去送死的？"

"没错。"席仁杰缓缓将自己身前的酒杯举起，悬在半空，等待着陈伶的回应，"你……愿意跟我走这一趟吗？"

陈伶看了他一眼，然后单手握起那只酒杯，轻轻一晃，与席仁杰手中的酒杯碰在一起。"好，我跟你去。"说完，他将杯中的酒一饮而尽。

席仁杰见此，眼眸中闪过一抹复杂，然后同样将自己杯中的酒饮尽。滚烫的烈酒入腹，几乎要烧穿席仁杰的胸膛，他狰狞地放下酒杯，而后发现办公桌前的陈伶身形已经开始不自觉地摇晃，眼眸中浮现出迷离。"陈伶老弟，你的酒量似乎不行？"席仁杰缓缓开口。"扑通——"陈伶双眸彻底闭起，整个人软绵绵地躺倒在身后的椅子上，陷入昏迷。看到这一幕，席仁杰的脸上没有丝毫的惊讶，他将手中的酒杯放回桌上，神情复杂无比……"陈伶……你知道吗，其实我真的很嫉妒你和蒙哥。"席仁杰自顾自地开口，"你们拥有与生俱来的天赋，在你们面前，极光城似乎也没有那么高高在上……可以为了所谓的心气，随意地将它践踏在脚下。而我，却是个无论如何努力，都无法触碰到那堵城墙的平庸者……我可以接受自己的平庸，好好地当好这个执法官，处理好与民众间的关系，不贪，不傲……但我再怎么扮演蒙哥，也没法变成他。身为执法官，极光城的命令，我没法拒绝,也不该拒绝。我站在路口,左边是死亡与平庸,右边是未来与我梦寐以求的极光城……我没道理在这里毫无意义地死去。"席仁杰深吸一口气,从怀中掏出一支手枪,用漆黑的枪口对准昏睡在椅子上的陈伶……扣动扳机!"咔——"枪膛发出一声轻响,但枪中,并没有子弹。席仁杰缓缓放下枪,看向昏睡陈伶的目光中,浮现出一抹复杂。"我不知道为什么极光城说你是异端,也不知道他们为什么一定要杀你,但你毕竟与我并肩作战过,为三区拼过命……这一枪过后,你已经死了,战死在了与'灾厄'厮杀的战场上。我要走了,祝你好运……如果你能从'灾厄'手中活下来的话。"话音落下,他迈步走过陈伶的身边,径直推开总部的后门,消失在浓雾之中。

死寂的大厅内,陈伶冰冷的双眸缓缓睁开。他看了眼地上那一摊被倒掉的酒水,目光转向席仁杰离开的方向,陷入沉思。自从进入总部后,陈伶便一直用"秘瞳"观察着席仁杰的微表情与一举一动,他发现席仁杰的手一直在微微颤抖,结合突然增长的观众期待值,陈伶自然察觉到不对劲,用戏法伪装了自己倾倒的酒水后,顺势装成昏迷倒在椅子上。他不知道席仁杰在自己酒杯中下了什么,但倒掉肯定没错,就算真是自己误会了,也可以说自己实在不胜酒力,一口就倒。只有这样,他才能试探出席仁杰的目的。出乎他意料的是,席仁杰并没有杀他,席仁杰做这一切与其说是针对他,不如说是在给自己一个"结果"。当然,其实对席仁杰而言,是不是亲手杀了陈伶并不重要,就算他不动手,陈伶也没法在这次"灾厄"袭击中活下来,最终的结果都是一样的。

"极光城认为我是异端……想杀我?"陈伶眼眸中是深深的不解,"怎么会这样?究竟是哪里出了问题?"陈伶想破脑袋,也不知道自己是怎么暴露的,他只能叹了口气,起身向外走去。听刚才席仁杰的意思,极光城已经联系上了他,并且允诺让他进入极光城……"事情,似乎越来越有意思了。"陈伶喃喃自语。

"杰哥!"席仁杰刚走出后门没多久,谭明就迅速赶了过来。谭明闻到席仁杰身上的酒气,微微一怔,再抬起头就看到满脸醉意的面庞,当即问道:"杰哥……你真把陈伶杀了?"

"嗯。"席仁杰点点头,没有继续在这个问题上纠缠下去,"名单上的那些人怎么样了?"

"我已经通知他们了,他们要各自回去收拾行李,在车站集合。"

席仁杰脚步一顿,醉酒的眼眸中浮现出怒意:"收拾行李?都什么时候了,还要行李?他们知不知道现在是什么形势?!"

"我跟他们说了,可他们也是好不容易攒出一些家当,觉得就这么跟三区埋在灰界实在可惜,毕竟进了极光城,他们也是要生活的……不过我下了死命令,十五分钟内,所有人必须到车站,现在应该就剩五六分钟,等咱们到那儿,他们应该已经到了,时间上其实没多少影响……"谭明连忙解释道。

"这是时间的事吗?!"席仁杰瞪着谭明,憋了许久,才狠狠骂出四个字,"一群蠢货!!"

135·三区动乱

"钱!

"银票!

"枪,枪也带着……

"黄金……我的黄金呢??"

左同冲进自己的家中,疯了般将所有抽屉与柜子翻开,将大把的银币、金币往口袋里装。发现很快就塞满之后,他急急忙忙又从床底翻出裹布,将所有值钱的东西一股脑塞进去。他一边塞一边看向桌上的时间,呼吸越发粗重。急切、兴奋、恐惧、期待……种种情绪交织在一起,让他整个人就像嗑了药一样,双手都在微微颤抖。他原本只是一个普通的执法者,两年前获得过进入"兵道古藏"的资格,不过并无所获,只是"舔"好了几位来自极光城的小少爷。回到三区之后就一直跟着郭南横行霸道,利用职权大肆敛财。他也没觉得有什么过分,因为大部分执法者都是这样做的。几天前,他和郭南得罪了刚上任的陈伶执法官,没过多久,陈伶就找由头把郭南毙了,这让左同整日生活在焦虑与恐惧之中……他不知道陈伶会不会也杀了自己,但他可以笃定,自己的执法者生涯算是走到头了。就在他以为一切都将跌落深渊的时候,谭明突然告诉他,三区要没了,而他获得了一个进入极光城的名额……左同是又惊又喜,他知道,这是他改变自身命运的机会。

"黄金!"左同在衣柜最深处翻出几根金条,没有一股脑地塞进包裹里,而是极为珍重地贴身放好。他三下五除二将包裹扎起,扛在肩头,目光扫过这间凌乱的屋子,确认没有其他有价值的东西之后,径直推门而出!这间屋子,他再也不会回来了……离开这里,他将拥抱更光明的未来!左同的眼眸中满是狂喜与希冀。他扛着包裹在街上跑了一段,但身上的金条与包裹实在太重,很快便气喘吁吁起来。他环顾四周,很快便锁定某户人家门前停靠的一辆黄包车。左同冲到车前,发现附近没人,便直接一脚踹开大门!"外面那辆车是谁的?!"

屋内,昏黄的煤油灯无声燃烧,一个满脸雀斑的妇女正坐在灯前,手里拿着针和线在做衣服,眯着的眼睛都快贴到针头上了,此刻见左同踹门而入,吓得脸色煞白。"左长官?"一个黢黑的汉子匆匆从屋里跑出来,看到来人,当即惊慌开口,"您这是做什么?"

"外面那辆车,是你的吗?"

"……是啊。"

- 310 -

"快，载我一程！"汉子有些犹豫，之前他刚跑了一趟二区，吓得魂差点丢了，这还没休息多久，可以说是身心俱疲……就在他纠结着该怎么拒绝时，左同已经拔出枪，枪口对准他的妻子，冷冷开口："我没工夫跟你浪费时间！快去！！"

汉子吓得脸色大变，当即举起双手，匆匆忙忙地往门口走去："我去，我去……我这就去！"汉子连毛巾都来不及拿，穿着一件单薄的衣服就冲到门外，将锁着的黄包车解开。

左同扛着包裹迅速坐上去，冷冷开口："去车站，你只有五分钟的时间……五分钟还没到，我就毙了你。"

汉子当场吓出一身冷汗，拉车开始飞奔，他们的身形在浓雾中迅速穿梭。这里距离车站并不近，五分钟跑到几乎是不可能的事情，更别说他还拖着一个左同……但从左同刚才的焦急举动来看，要是到不了，恐怕真的会动手开枪，所以他只能铆足全部的力气，玩命狂奔。这个时候去车站……难道三区真的要出事了？汉子并不蠢，他深知这群执法者是什么德行，在这种关键时候敢掏枪逼自己去车站，绝对是有危及生命的理由，而且对方还扛着那么大一个包裹，明眼人一看就知道是要跑路了。越是细想，汉子就越急，他家里还有个眼神不好的老婆，如果车站真有能逃离三区的列车，那他必须尽快回去带老婆一起跑才行。

随着黄包车疾驰，路上慌张的行人也纷纷注意到了这里，他们看到车上拎着行李的左同，都是一愣。

"我刚才好像看到执法者带着行李，往车站的方向去了？"

"真的假的？！"

"真的，是那个左同，我们街道就是他管辖的。"

"说起来我刚看到另一个执法者也匆匆忙忙拎着东西跑了……"

"坏了，那个席仁杰也不见身影，难道这些执法者是打算抛下我们，自己逃去极光城了？！"

"他们去车站，说明那里肯定有能离开这里的列车，快！！我们也过去看看！！"

"……"

见到这一幕的人脸色一变，匆匆往车站的方向跑去，起初只是四五人，可随着他们的奔跑，这消息也传得越来越广，大量的居民开始跟风向车站靠近！

"老爹！！"赵乙一把推开门，气喘吁吁地开口，"快！！别收拾东西了！跟我去车站！"

"什么？"

正收拾东西，准备徒步去往极光城的赵叔一愣："车站？"

"有人看到执法者带着家当往车站去了！他们肯定有消息！知道会有列车从三区去极光城！再不去就来不及了！"

赵叔还没反应过来，赵乙便拉着他的手，火速冲出门外，向车站的方向跑去。

"可，可我们也没钱买票啊……"

"都这时候了，还要什么票？"赵乙的脸色严肃无比，"老爹你年纪大了，徒步去极光城的路太险，肯定是扛不住的……你放心，到时候我无论如何都会把你塞上去！"赵叔还想说些什么，看着那毅然决然带着自己冲向车站的年轻背影，心中升起一股暖意。但随着他们逐渐靠近车站，才知道自己的想法还是天真了。此刻的车站已经被无数身影挤得水泄不通，大量的三区居民拥挤在站台附近，嘈杂喧闹着，二十多个穿着执法者制服的身影站在站台上，脚边是大包小包的家当，此刻正手里握枪对准人群，脸色要多难看有多难看。

"怎么会这样？！"左同走下黄包车，看到眼前的景象彻底傻眼了。

第一卷・戏中人

第五篇章

风雪列车

136·沉默中

"列车！！开往极光城的列车！！"

"他们早就知道二区和四区的情况！他们知道三区已经没救了，所以想自己偷偷逃去极光城！！"

"怎么会这样……怎么会这样？！极光城放弃我们了？！"

"为什么这里只有一辆车？！"

"你还不明白吗？从一开始这群执法者就没想带上我们！我们是被抛弃的牺牲品！"

"我不想死啊，我真的不想死……我要上车！我要上车！"

"别挤了，我已经快喘不过气了……"

"……"

人群拥挤在车站周围，惊呼、谩骂、求救声此起彼伏，场面彻底乱成一团。

"砰——"一声枪响划破夜空。"谁敢再往前一步，老子就杀谁！！"一位执法者扛着硕大的包裹，用枪口指着天空，恶狠狠地开口。此刻站台上的执法者们已经傻了，他们根本没想到事情会发展成这样……只能靠着手中的枪不断威胁前方的民众，但在后面人群的拥挤之下，民众还是不断地在向前挪动。

"靖哥，现在怎么办？"一位执法者不断后退，握枪的手都开始发抖，"再这样下去，他们真要冲上车了。"

被称为靖哥的执法者双眸中满是血丝，他看着这些拥挤而来的民众，眼眸中浮现出疯狂！

"……开枪！"

"我们是执法者，真要开枪射杀平民吗？？"

"就算我们不开枪，你以为他们能活下去吗？！"靖哥怒吼，"灰界交汇，'灾厄'降临，他们早晚都是死！但他们要是挡我们的生路，那就让他们死得更早一些！"

"吼——"一道宛若雷鸣的怒吼从不远处的街道传出，紧接着就是一阵惊恐的惨叫声，翻滚的雾气中，隐约能看见一道模糊的巨影，在街区中穿梭。

"四区的那只'灾厄'闯到三区了！"

"它就在这附近！！快！快上车！！"

"我不想死……我要去极光城！我要去极光城！！"

…………

"灾厄"降临的恐惧彻底点燃了民众的疯狂，他们一窝蜂地向站台上冲去，与此同时，站台上的靖哥等人瞳孔骤然收缩！"砰——"又是一道枪声响起，但这一次，不再是向天空放枪。冲在最前面的一位老妇人眉心炸开，一头栽倒在地，很快就有更多的人踏过她的尸体向前冲，紧接着，密集的枪声同时响起。火药迸溅，子弹呼啸，在二十多支枪的枪口下，大量的民众如秸秆般扑倒在地，猩红鲜血好似流动的红毯，铺就在绝望冰冷的台阶之上。子弹击碎人们手中照明的煤油灯，火焰散落在地，随着煤油的漫延急速扩张，凄厉的嘶号声从火海中传出，一个又一个身影被点燃。这是一场单方面的屠杀，在暗夜之下，正义的不再正义，血与火取代职责与拥护，成为绝望下唯一的旋律。

"老爹！你抓紧我！"赵乙和赵叔被挤在人群中，他们疯狂地拨开人群，想要离开这片是非之地。自从看到这里已经被人群包围，赵乙和赵叔就放弃了上车的打算，可还没等他们转身，后面乌泱泱冲上来的人群就直接把他们向前挤压。在这片拥挤的浪潮中，赵乙拼了命地想游出去，但无论他如何努力，还是有越来越多的人出现在他的身后，推着他继续向前。他们的疯狂，他们的恐惧，他们的绝望，以及那一双双高举的挣扎的手，就像在地狱油锅中惶惶争渡的众生鬼相……而赵乙唯一能做的，就是抓住自己老爹的手，宁死不松。赵乙的倔强与不屈在这一刻展现到极致，在这无尽的浪潮中他并未绝望，而是用力地将人群向周围推开，面目狰狞。

而与此同时，还有一个身影，正在迎着人群，疯狂地向站台上挤去。

"让开……都给老子让开！！！"左同一手护着包裹，一手握着枪，在人群中愤怒嘶吼，"我有名额！我能进极光城！！谁拦我！我就杀谁！！"话音落下，他直接对准自己前面那人的后脑勺，扣动扳机，随着一声枪响，那人的脑袋爆出一团血雾，直接栽倒在人群中。人群中的枪声吓到周围的民众，但他们想让也让不开了，依然有源源不断的人向这里拥挤，左同被困在中间，看着那几个执法者接连冲上车，眼睛顿时就红了！不……他不该被抛下！他不能被抛下！！

"死！！都给我死！！"

"砰砰砰——"左同向着前方人群无差别开枪,越来越多的身影倒地,可直到他打光弹匣,身形也没能前进多少,他一咬牙,从腰间拔出短刀,开始向前一路厮杀!他在人群中逐渐杀出一条血路,艰难地向前拥挤着,他的正前方,是一个不断拨开人群逆流而出的年轻人。左同将刀子从前面人的体内抽出,刀身已然猩红一片,迎面而来的赵乙见到这一幕,瞳孔骤然收缩!他想避开这个疯子,却已经来不及了,杀红了眼的左同一步向前,刀锋径直捅向赵乙的身体!

就在这时,一个身影从侧面挤出,毫不犹豫地主动朝左同的刀子撞去!"噗——""老爹!!!"赵乙看到那两鬓斑白的身影,双眸瞪得浑圆!只见赵叔张开双臂,他做了几十年的早餐,那曾支撑起赵乙整个人生的臂弯,依然强劲有力,他宛若钢铁般死死地抱住人群中的左同,任凭那闪烁着寒芒的刀身没入体内。左同手中的刀子,已经深深插入赵叔的腰间,猩红鲜血顷刻间染红他的衣衫,可赵叔依旧没有松手的意思,他在涌动的人群中像是一根钉子,岿然不动。因为他的背后,就是赵乙。左同捅完一刀,试着挣脱赵叔的身形继续向前,却发现自己依然无法挪动分毫,他不知道眼前这个老头为什么抱住他,他只知道自己快赶不上去极光城的列车了……"老头!!你找死吗!!!"左同咬牙愤怒低吼,他猛地把短刀拔出,又是一刀捅进赵叔的身体!涌动喧闹的人群中,赵叔死死地抱住他,像是一尊沉默的雕塑,唯有每次刀身刺入抽出时,才会发出一声微不可察的闷哼。赵乙双眸瞬间红了,他咆哮怒吼着想冲上前,却被赵叔反手推向人群,拥挤的人潮将他与赵叔拉扯得越来越远,高举的手掌想抓回那高大沉默的身形,却只能抓到一片虚无……

"让我们上车!!我不想死!!我不想死啊!!"

"我要去极光城!!我不该死在这里!!"

"车上的位子是我的!你们谁也别抢!"

…………

一刀,一刀,一刀!!疯狂嘶吼求生的人群中,似乎根本没有人注意到这里的异样,也没有人注意到,在他们为了活命而疯狂之际,有一个两鬓斑白的身影,在沉默中硬生生扛了十三刀。"为什么?!为什么你还不死啊?!"左同面目狰狞地怒吼。当猩红鲜血浸透绝望大地,熊熊烈火烧穿人性底线,在这众生争渡的嘈杂炼狱中……那个老人的沉默,震耳欲聋。

137·不配

"该死!!"左同余光看到站台上逐渐退去的众人,几乎抓狂。与此同时,赵叔的脸色肉眼可见地苍白,他的余光看到一个年轻的身影被人群挤向远方,疲惫的脸上终于浮现出一抹淡淡的笑意……他双手无力地松开左同,仰面摔倒在地。

十三道猩红的伤口遍布全身,潺潺鲜血几乎将他化作血人,这个年迈的身体中最后一丝力气都用尽了。左同气喘吁吁地握着刀,往地上啐了一口后,继续向前挤去。赵叔尸体般躺在地上,被来往的人群践踏,他看着一只只脚掌在他的头顶掠过,在那无人关注的天空之上,漫天的星辰无声闪烁,恍惚中,仿佛又变成了赵乙的面庞。"臭小子……"赵叔双眸控制不住地闭起,最终停止呼吸。一个身影弯着腰,像狗一样趴在地上,从无数腿脚之间穿过,最终撞开人群,来到赵叔的身边,死死地将他抱在怀中!

"爹……老爹!!!"赵乙看到那些脚掌落在赵叔的身上,眼眸通红,目眦尽裂。他抱着赵叔的身体,像是头愤怒到极点的狮子,沙哑的咆哮声仿佛是要杀人!"别踩我爹!你们别踩我爹!!滚!!!"人群并没有因他的怒吼而停止,赵乙只能用自己的后背护住怀中的身影,任凭腿脚在他缠满绷带的身躯上绊过,血色再度渗出……枪弹扫射下,大量的尸体堆积在车站前,熊熊烈火疯狂向周围扩散,阻挡了那些前赴后继的民众的步伐。一道穿着黑红制服的身影跟跄地从火中冲出,连滚带爬地将衣服上的火灭掉,同时匆忙开口:"别开枪!是我!!"看到来的是左同,下意识想扣动扳机的众执法者停下动作,皱眉道:"你怎么才来?"

"我……唉。"左同脸色有些难看,他连忙将身上的包裹丢入车厢,握着刀看向火焰后的民众,"还有人没来吗?"

"就剩谭明和席长官,他们应该快到了。"

"那只'灾厄'好像往这里来了……快拉阀!"

"可是前面的铁轨上也有人挡着!"

"别管他们!直接开过去!"

一位执法者迅速冲入驾驶室,拉动各个阀门与摇杆,仪表盘上的指针迅速转动,蒸汽火车的汽笛声自车头响起。"嗡——"随着传动杆开始运转,列车在"哐当"声中缓缓启动。那些冲到铁轨上的民众见此,一个个都想趁机往车身上爬,却被车门口半个身子露在外面的执法者挨个枪杀。也有人试图用身体阻挡火车的,但随着车头碾过,都毫无例外地被轧成肉泥。这辆列车就这么暴虐地驶出站台,从血与火中挣脱,坚定地沿着轨道向极光城驶去!看到这一幕,车上的众多执法者终于松了口气……他们逃出来了。

"看到了!是席长官他们!"一直站在车尾的执法者,看到远处飞奔来的两道身影,当即开口。

一袭黑色的风衣穿过火海,看到满地的尸体与弹壳,前所未有的怒意攀上眼眸。

"怎……怎么会这样?!"谭明呆呆地看着混乱不堪的站台,脸色煞白。

"是席长官……"

"席长官！！你也要丢下我们吗？！"

"求求你了席长官……我还不想死啊！列车上还有位子……能不能带我一个？"

"如果我走不了的话，把我女儿带上好吗？她才两岁半……她不会占地方的！"

"叛徒！！你们执法者和执法官都是叛徒！！韩蒙在哪里？！他为什么不来救我们？！"

…………

群众的呼喊声在身后响起，席仁杰的双拳越攥越紧，他没有给出任何回应，也没有再回头，而是独自沿着铁轨追去。谭明现在半个字都不敢多说，他能听到一旁席仁杰粗重的喘息声……他知道，杰哥真的生气了。他一咬牙，还是硬着头皮跟在席仁杰身后，向列车追去。

随着列车的远去，大量的民众跳下站台，沿着铁轨同样紧随其后……他们虽然没能上得了列车，但只要沿着铁轨，依然能走到极光城，那是他们最后的希望。乌泱泱的身影在昏暗中奔跑，原本喧闹无比的车站顿时空荡下来，只留下满地的尸体与无声燃烧的火焰。鲜血浸染的大地之上，一个浑身绷带的身影抱着一位血色的老人，宛若雕塑般一动不动。

不知过了多久，一道同样穿着黑色风衣的身影缓步走来，他穿过满地的尸骸与弹壳，来到赵乙的面前。赵乙眼神空洞地抬起头，他看到一张熟悉的面孔，正眼神复杂地看着他们。"看来，我来晚了。"

听到这句话，赵乙的身体微不可察地一颤，他抱紧怀中的尸体，声音沙哑地开口："是你……你也是执法官，为什么没跟他们一起走？"

"很不巧，我也是被抛弃的那个。"陈伶如实回答。

"你跟他们不是一伙的？"

"不是。"陈伶没有过多解释，只是简单回答了两个字。赵乙就这么看着他，那双满是血丝的眼眸，不知在想些什么。"信或不信，都随你。"陈伶平静开口，"但如果你还算孝顺，现在就该跟我走了。"

"走……去哪儿？"

"极光城。"

赵乙一怔，他看着怀中那具冰冷的尸体，眼眸中只剩下浓浓的悲哀："我……"

"我答应赵叔会照顾你，虽然现在三区没了，但至少我要保你性命。"陈伶缓缓开口，"你也可以拒绝，守着你爹一起死在这里……但你应该知道，你爹真正希望的是什么。"赵乙的瞳孔微微收缩。赵乙的脑海中，赵叔仿佛又活过来一般，赵乙恍惚中看到他拎着棍子守在早餐铺的门口等自己回家，看到他为了给自己安排一个稳定的工作差点下跪，看到他拿着扫把打骂去工厂讨薪的自己，看到他给自己缠绷带时那双通红的眼眸……赵乙当然知道自己老爹希望什么……那就是自己活着。"我……"赵乙声音沙哑地开口，"执法者们走了……我进不去极光城。"

"执法者？"陈伶冷冷地笑了一声，他的目光落在那逐渐远去的蒸汽列车之上，平静的语气仿佛来自幽冥，"有些渣滓……不配活着进入极光城。"

138·愤怒的席仁杰

"你要做什么？"赵乙抬头问道。

"自然是要履行我作为执法官的职责。"

"职责？"

"以谭明、左同为首的执法者草菅人命，大肆屠杀，掠夺公共财产为己用，我作为执法官，拥有肃清三区执法体系的权限。"陈伶不紧不慢地回答，"当然，在那之后，我也将暂时缴下列车……不能让公共财产，落入不法分子手里。"

赵乙愣了半响，才从陈伶的话里听出来："你是要杀人夺车？"

陈伶扫了赵乙一眼，没有回答。

赵乙像是想到了什么，双拳忍不住攥起："陈伶……我能求你件事吗？"

"什么事？"

"有一个执法者……我想自己杀。"赵乙的脑海中，浮现出那在人群中连捅自己父亲十三刀的人的脸，那是他到死都不会忘记的脸，他的眼眸中杀意闪烁，"我想给我爹报仇！"

陈伶看了他一眼："蓄意谋杀执法者，可是重罪，你敢吗？"

"去他的重罪！"赵乙低声怒骂，"要是连给我爹报仇都做不到，我活着进极光城又有什么意义？反正我逆着我爹来也不是一天两天了，大不了下去之后，再挨他一顿毒打！"

看到赵乙眼中燃烧的怒火，陈伶脸上闪过一抹赞许，他微微点头："蓄意谋杀执法者是重罪没错……但只要没留下活口……谁能证明你杀人了？"

听到后半句话，赵乙一愣，错愕地看向陈伶那双眯起的微笑眼眸，好似看到一条狠辣的毒蛇。

熊熊烈火在两人的身旁燃烧，陈伶平静地转过头，看向那逐渐消失的列车："想给你爹复仇，我不拦着……前提是，你得能追上那辆列车。"话音落下，陈伶身形化作一道残影，沿着铁轨急速掠出！陈伶有"血衣"与"杀戮舞曲"加持，追上刚刚出站的蒸汽列车不是难事，但这对赵乙而言就未必了，后者脸色一变，最后低头看了眼赵叔的尸体，喃喃自语："爹……我一定会给你报仇的，我会好好活下去……别担心我。"赵乙本想带着这具尸体一起走，但这么一来，他是注定追不上列车的，更何况老爹最怕看他跟人拼命，这要是看到他替自己复仇，估计在下面也不会安心……与其如此，不如将老爹留在故乡。烈火在地面蔓延，逐渐将那具血色尸体也吞没其中，赵乙没有再停留，拼尽全身的力气朝着列车狂奔而去！

观众期待值 +10%

刺骨的寒风在列车旁呼啸,一个黑衣身影冲入车厢之中。

"席长官!您终于来了!"左同见此,脸上浮现出喜色,"这么一来,咱们人就齐……"左同话音未落,那黑影便蹿到他的身前,一只手掌死死掐住他的脖颈,用巨力拎起他的整个身体,重重地砸在车厢的内壁之上,发出沉闷巨响!"是谁?!"席仁杰眼眸中满是暴怒,他掐着左同,目光扫过整节车厢,"是谁让你们射杀平民的?!"这声怒吼直接将车厢内所有人都吓住了,二十多位执法者拥挤在一起,不敢去看席仁杰的眼睛,纷纷低头沉默不语。"哐当——哐当——"车厢内死寂得只剩下呜呜风声。"你们是执法者!!你们的职责是保护民众!你们竟然敢对平民开枪?!"席仁杰的手将左同的脖颈都掐紫了,后者已经喘不上气,眼眸中满是惊恐。

"……席长官,我们也不想的!"靖哥忍不住开口,"但是他们就跟疯了一样,不要命地往前冲,要是让他们都挤上车,我们还怎么去极光城?"

"你们想去极光城!他们也想去极光城!他们都只是想活命!你告诉我……他们有什么错?!"席仁杰一只手松开左同,另一只手瞬间拔出腰间的枪,枪口对准靖哥,低声怒吼。靖哥哑口无言。

一旁的执法者急忙开口:"其实三区的覆灭是必然的,那些人早晚都得死的……不能因为他们想活,就剥夺我们活下去的机会吧……"

"是啊,我们也是正当防卫,我们警告过他们了,他们不听啊……"

"你们……"席仁杰双眸怒睁,他死死地瞪着这些人,恨不得当场一枪一个全部击毙。

"杰哥,您消消气……"谭明满头大汗地凑到他耳边,小声地说道,"极光城那边的命令,就是要把他们送进城去……您要是在这儿杀了他们,极光城那边怎么解释?"

听到这句话,席仁杰的眼瞳微微收缩,挣扎许久,还是缓缓放下枪。他深吸一口气,说道:"等进了极光城,我再跟你们算账。"

见到这一幕,车厢内的其他执法者终于松了口气……不知何时,他们的后背已经被冷汗浸湿。

随着列车的速度逐渐提高,原本还能勉强跟在铁轨两边的人群彻底被抛弃在后面,这头钢铁猛兽在蒸汽嘶鸣声中疾驰,前方只剩下无限延伸的黑色轨道,消失在雾气之中。对于这节车厢而言,三十人并不算拥挤,执法者们纷纷坐下,位子宽窄合适,他们看着窗外掠过的大地,神情中难掩兴奋。这种兴奋来自死里逃生的庆幸,来自对进入极光城后的期盼,半晌之后,刚才那个插曲的压抑氛围已经过去,他们开始窃窃私语起来。

-319

"我听说极光城里人们都住大房子，五六层楼高的那种，是真的吗？"

"当然是真的，极光城里可是有三百多万人，楼房比我们三区的高得多，据说还有十几层高的建筑，特别壮观。"

"十几层高？人每天要爬那么多楼梯，不会累吗？"

"累什么啊，人家都是有电梯的。"

"电梯？那是什么？"

"就是能自动载人上下楼的箱子，门一开一关，就已经上了十几楼了。"

"这么神奇？"

"这算什么？我听说极光城里还有电灯，夜晚的时候路上都是亮的，比煤油灯亮得多，一盏一盏，像是星星。"

"因为没有太多的工厂，据说极光城里的空气都是甜的……"

"……"

众人你一言我一语地说着，眼眸中满是憧憬。席仁杰独自坐在最后排的椅子上听着这些，要说心里没有一丝期待那是假的，但他的目光看着窗外笼罩在火焰中的街区，心情却说不出地复杂……

139·你拦得住吗

窸窸窣窣，就在这时，一个轻微至极的声响，从车厢最后方传来。席仁杰眉头一皱，转头向后望去，在车厢的最后方，有几个储物格交叠在一起，有的格门开着，露出其中没来得及被乘务员拿走的清洁用品，但大部分的格子还关着，声音正是从最下面的一处储物格传出的。这声音太小，也只有坐在最后排的席仁杰才听得见，他起身走到那储物格前，将底层的柜门用力打开！昏暗狭小的柜门后，一个五六岁的女孩儿缩成一团躲在里面，正惊恐地看着他。席仁杰愣住了。他不知道这女孩从何而来，大概率是在列车还没启动时，趁乱偷偷躲进来的，因为体形小，藏得好，并没有被别人发现……但也许是身体蜷缩久了，刚才忍不住动了一下，这声响还是让他给听见了。女孩的脸色煞白，她像是只受伤的鸽子，拼命地往格子里缩，看向席仁杰的目光中满是恐惧与绝望。

"席长官？您在做什么？"一位执法者余光看到席仁杰站在车厢后面，疑惑问道。

"没什么，就随便看看。"席仁杰看着柜中的女孩，反手将柜门关起，平静回答。那位执法者还想说些什么，列车突然猛地一震，刺目的火花从轨道上溅起，速度急剧减缓之下，所有人都在尖锐的刹车声中失去重心向前倒去！"出什么事了？！"席仁杰稳住身形，当即开口，"为什么突然刹车？"

"我……我没刹车！"

驾驶室中，一个茫然无措的声音响起："不知道怎么回事，车自己出故障了！"

"好端端的，怎么会出故障？！"

席仁杰等人当即将头探出窗外，想看清究竟发生了什么。"刺啦——"在疯狂迸溅的火星中，列车的速度急速滞缓，车灯光束撕破黑暗，勾勒出一个站在夜色下的风衣轮廓。那身影就这么站在铁轨上，平静地望着失控的巨兽般的列车咆哮而来，狂风吹起他的衣摆，在飘零的碎雪与雾霭中，他的身形宛若山岳般岿然不动——

观众期待值 +3%

当前期待值：63%

车速骤降，缓缓停滞，最终庞然大物般的车头稳稳地停在他的身前。

"人？"一位执法者眯起眼睛，试图看清那人的容貌，"是来拦车的民众吗？"

"不，不对……那件风衣……"

"是执法官？等等……是陈伶！！"

"怎么可能？他不是死了吗？！"

死寂的夜色下，那身影缓缓抬起面孔。看到那张熟悉脸庞的瞬间，席仁杰心情复杂无比。

"晚上好，各位。"陈伶把玩着那根从车头置换来的操作杆，淡淡开口，"这么晚了，是急着去哪儿？"

众执法者同时看向席仁杰，陈伶毕竟是执法官，而能够与之抗衡的，也只有同为执法官的席仁杰……后者沉默片刻，还是走下车厢，他踏着荒原上的积雪缓步向前："我给你准备的剂量，应该足够你睡到第二天早上……你是怎么做到的？"

"多谢款待，席长官。"陈伶平静地与他对视，"你的酒味道不错，如果里面没有加东西的话，我还是很乐意多喝两口的。"

席仁杰微微一愣，惊异地看着陈伶："你根本就没喝？不可能……我是看着你喝下去的。"陈伶静静地站在那儿，没有回答，事已至此，解释这些已经毫无意义。"所以……我说的话你都听到了。"

"听到了。"

席仁杰在火车头前停下脚步，灯光撕破车前的一角夜色，两个穿黑色风衣的人站在铁轨上，沉默注视着彼此。不知过了多久，席仁杰神情复杂地开口："陈伶……你不该来的。"在总部的时候，只有他与陈伶两人，他可以偷偷违背极光城的命令，放陈伶一条生路……可现在陈伶主动出现在所有人的面前，逼得席仁杰不得不执行命令，现在陈伶若是不死，他进入极光城后也没法交代。

"你真的打算带这些渣滓进入极光城？"陈伶看了眼席仁杰身后的列车上那群

带着大包小包的执法者,"这不像你。"

席仁杰眼眸微微一颤,还是开口道:"这是极光城的命令。"

"极光城?"陈伶冷笑一声,"极光城让你做什么就做什么?极光城里的人,是上帝吗?"

"陈伶,你和韩蒙都是天才,你们有傲气可以看不起极光城。"席仁杰眉头紧锁,"但对我而言,极光城的命令高于一切。"

陈伶没有在这个问题上多纠缠,而是直截了当地开口:"你违背极光城的命令放了我一次,这次,我也不会杀你……你走吧,我只要你身后那些人的命,和这辆列车。"

听到这句话,列车上的众人脸色顿时就变了,他们畏惧地看着陈伶,匆忙开口:"席长官!!你不能杀我们啊!他才是极光城要杀的异端!"

"席长官!不能再拖了……快杀了他!"

"是啊,再拖下去,后面的民众就要追上来了……"

"极光城要陈伶死,他要是不死,我们进了极光城怎么交代?"

喧闹的声音自身后传来,席仁杰没怎么犹豫便摇了摇头:"他们是极光城要的人,你要杀他们,我不能坐视不管。"

众人顿时放下心来,陈伶虽然是执法官,但也只是一阶,只要席仁杰铁了心想保他们,陈伶根本拿他们毫无办法。

"是吗?"陈伶双眸微微眯起,"那我偏要杀他们……你拦得住吗?"话音落下,陈伶的身形化作一道残影消失在原地!陈伶的速度太快了,即便是席仁杰也没第一时间反应过来,等他捕捉到陈伶的轨迹时,那件黑色的风衣已经撞入他身后车厢之中!

140 · 锋丝

正在车厢中紧张观察战场的众人,只觉得眼前一花,一道黑影已经宛若死神般出现在车厢内部,最前方的一位执法者瞳孔骤缩,还未来得及有所动作,便被一根金属操作杆迎面砸在额头,恐怖的力道之下,他的头颅当场炸开,猩红与白浆溅洒半个车厢!这一幕直接吓傻了周围的执法者,他们惊恐地尖叫着,一批人在恐惧的驱使下当场跳窗逃至车厢外,另一批人则咬牙摸向腰间的枪。然而还未等他们掏出枪,一根操作杆已经呼啸着掠过半空,直接将一位执法者当场钉死在车厢内壁!

"住手!!"几乎同时,一道残影从车厢外冲进来,席仁杰的身体表面染上一层坚硬的黑色,一拳砸向陈伶的胸膛!陈伶丝毫没有闪避的意思,任凭席仁杰这一拳砸在胸口，他整个人像是炮弹般被撞在车厢内壁，恐怖的力量直接穿透他的身体，将一侧的车厢打出变形凹痕。鲜血从陈伶的嘴角滑落，他的肋骨明显断了几根，他眯眼看着近在咫尺的席仁杰，猩红的嘴角微微上扬："力量太弱了，席长官。"

席仁杰一怔，还未等他反应过来，一股巨力便从陈伶的胸膛顶出，刹那间将其身形震开，下一刻，一只呼啸的拳头砸在他的面门！"轰——"席仁杰被这一拳直接打出残影，像是断了线的风筝呼啸着撞到车厢外，残余的拳风将周围几人的发梢吹起，这一拳中蕴藏的力道，足足是刚才席仁杰那拳的三倍不止！陈伶活动了一下肩膀，胸前塌陷的肋骨以肉眼可见的速度愈合，他宛若死神的双眸缓缓扫视车厢内……其余执法者都看傻了，他们本以为处在二阶的执法官席仁杰，能压倒性地战胜陈伶，毕竟陈伶只是个刚从"兵道古藏"回来没多久的新人……可陈伶的随手一拳，就打破了他们的幻想。车厢内，执法者们吓得汗毛倒立，他们同时举起枪口对准陈伶，但还未来得及扣动扳机，手中的枪便当场变成香蕉。所有人呆在原地。

没等他们反应过来发生了什么，那黑影便闪至众人之间，匕首的寒芒轻飘飘地划过一道圆弧，六颗头颅同时高高抛起……他们瞪大了眼睛，瞳孔中满是惊恐与错愕，天旋地转之间，他们看到自己的鲜血逐渐染红了那件黑色风衣，仿佛他们的生命都贡献出了猩红的色彩，在晕染那人的衣衫。陈伶单手握刀，瞬杀距离自己最近的六人之后，车厢内只剩下三个吓得缩在角落握着枪颤抖不已的执法者。看到陈伶的目光投来，那三位执法者恐惧得几乎窒息，他们大喊一声，闭上眼睛疯狂扣动扳机！"砰砰砰砰——"这次，他们手中的枪没有变成香蕉，随着嗡鸣的枪响，他们缓缓睁开眼眸……

那黑色身影，不知何时已经绕到了他们身侧，被鲜血染红的大衣触目惊心，他随手捡起地上的一支枪，缓缓开口："你们的枪法，比射杀平民的时候差很多啊……怎么，是不知道该打哪里吗？"在三人惊惧的目光下，陈伶不紧不慢地抬起枪口，对准自己的脾脏。"看好了，我只演示一次。""砰砰砰——"接连三枪响起，子弹打穿了陈伶的身体，温热的血液溅洒在三人的脸上，像是苍白纸页上多出的红色墨渍。他们呆呆地看着举枪自残的陈伶，整个人都傻了，那似笑非笑的猩红嘴角仿佛恶魔般烙印在他们的脑海，其中一人两眼一翻，吓得当场昏厥！"现在，轮到你们了。"陈伶掉转枪口，正欲有所动作，一条黑色丝线瞬息从远处飞掠而来，他眼瞳一转，身形毫不犹豫地向后退去！

"轰——"黑色丝线好似锋锐无双的剑锋，直接将车厢从中央切开，只差分毫就要斩下陈伶的首级。随着车厢在光滑的切口下分离，陈伶只觉得重心一偏，所有东西都在沿着倾斜的地面滑落，他转头看向另一侧的窗外，一道黑衣身影持剑如流星冲来！在那钢剑的尖端，一根微不可察的黑色丝线随风飘摇，冰冷肃杀的气息肆虐而出。陈伶见此，并未慌张，先是反手三枪击毙那三个执法者，随后身形向后一倒，轻飘飘地跃出车厢向积雪荒原落去。

"陈伶，你的'血衣'确实难缠，但只要一击斩首，就必死无疑。"席仁杰沙哑开口，"而'天狼'路径第二阶的'锋丝'，能将所有兵器的锋利属性浓缩于极细的一线，具备超乎寻常的斩杀能力，是你的天敌！"席仁杰的脸上满是鲜血，若非刚才用"铁衣"覆盖头部，只怕已经被陈伶一拳击毙，但即便如此，他现在耳中还在嗡嗡作响。

"是吗？"陈伶淡淡开口，"可首先，你得能斩到我。"黑色的丝线随着席仁杰挥动剑锋，长鞭般在空中狂舞，大地之上被斩出一道道狰狞裂痕，那穿着猩红大衣的身影灵活无比地在其中穿梭，任凭黑线如何斩出，都无法伤到他分毫。陈伶余光扫过四周，瞬间锁定几个沿着铁轨向前逃亡的执法者，身形化作一道血影掠出。

席仁杰心中一沉，咬牙急速追去！可他的速度与重伤状态的"血衣"相比，还是差了不少，短短几秒就被陈伶拉开距离，这就导致他只能亲眼看着陈伶冲入人群，顷刻间屠杀五人，并转向朝另一批执法者追去。席仁杰见此，心中焦急无比，他迅速掉转方向试图在中间拦截陈伶，萦绕在剑锋的黑色丝线随着他的斩击，横扫大地，招招刺向要害！可还未等那根黑色丝线触碰到陈伶，席仁杰就觉得手头一轻，他低头望去，大脑瞬间一片空白。不知何时，他手中的钢剑已经消失，取而代之的是一根染血的列车操作杆。下一刻，一道血衣身影手握钢剑，闪至他的身前！

"席长官。"陈伶的声音宛若来自幽冥，"我是不是……太给你脸了？"

141·碾轧

"噗——"锋利的钢剑瞬间洞穿席仁杰的肩膀，鲜血浸染他的衣衫，但此刻他却顾不上疼痛，而是震惊地看着陈伶。"是你？！那个红衣人是你？！"这一手诡异戏法，席仁杰再熟悉不过了，当初在那座仓库门前，红衣人就是靠这一个技能将他们所有人玩弄在股掌之中的。"你是黄昏社的人？！"电光石火间，席仁杰将一切都联系了起来，红衣人出现的时候，陈伶正好说累了去休息，然后就是引走所有影子蜈蚣，吞噬"灾厄"，进入灰界顺带着把韩蒙救了下来……虽然如今的陈伶与那红衣人的容貌不一致，但结合那些细节，基本可以确定陈伶的身份。

"看来，极光城果然没告诉你细节。"陈伶淡淡说了一句，一记鞭腿重重砸在席仁杰胸膛，将其整个人踢得倒飞而出，腾空数十米后撞在了断裂的车厢表面，留下一个深深的坑洞。席仁杰用"铁衣"覆盖了半边身体，但内脏还是受了创伤，他剧烈咳出几口鲜血，视野都有些发黑。一边的肩膀受伤，让他直接废了一只手，另一只手握着那根操作杆，这东西基本上没有锋刃可言，"锋丝"也无法发动，只能被他丢弃在雪地中。

席仁杰看着那手握钢剑急速逼近的身影，指尖在腰间的夹层一摸，四五枚刀片便夹在指缝间。"丝弦乱舞。"席仁杰单手捏着几枚刀片，灵活的手指令其迅速在指尖飞舞，一根根漆黑的丝线从指尖掠出，像是微不可察的细蛇在雪地中向陈伶追去！这些黑色丝线实在太细，混入夜色的雪地根本难以分辨，凌厉的杀机掩藏在目不可视的死角，已然包围陈伶。陈伶双眸微眯，眼眸深处亮起一抹微光，"秘瞳"带来的恐怖观察能力让他清晰地辨别出这些黑色丝线，身形宛若翩跹蝶影在其中闪烁，一根根丝线擦着他的脸颊扫过，却没有一根能伤到他分毫。"……这怎么可能？"席仁杰一边操控着这些黑色丝线，一边难以置信地看着那急速逼近的身影。

"'天狼'路径的技能，确实凶得很。"陈伶从口袋里掏出几枚铜币，平静开口，"可惜，你遇上了错误的对手。""叮——"他屈指一弹，手中的铜币尽数飞向天空，下一刻，那些铜币就变成了一枚枚寒芒闪烁的刀片。席仁杰眼瞳微缩，他立刻低头望去，发现自己指尖的刀片已经被替换成圆润光滑的铜币……没有锋刃，他的技能便无处施展，能斩断一切的黑色丝线骤然消失。他刚一抬头，那柄散发着寒芒的钢剑便流星般划过空气，恐怖的力量带着他的身体向后退去，他被硬生生钉在车厢之上！一股狂风席卷席仁杰面门，陈伶平静的面庞再度出现。席仁杰瞪大眼睛看着陈伶，却再也没有出手的能力，他的脸上难掩颓废，没有想到，自己与陈伶的实力差距如此之大……对方只是用了两次戏法，就破解了他的最强杀招。短短的几十秒内，两位三区执法官之间的交手，胜负已定。

陈伶在他的身前站定，缓缓开口："席长官，你收到的讯息上，极光城……是怎么跟你说的？"

席仁杰迷晕他之后，便说出了"异端"这个词，陈伶知道自己已经暴露，但具体是怎么暴露的，一直是他的心结，他觉得自己迄今为止做的一切几乎天衣无缝。"喀喀喀喀……"席仁杰的肩胛骨被钢剑钉死在列车铁皮上，他的五官因剧痛而扭曲，深吸几口气之后，他声音沙哑地开口，"我不知道……他们什么也没说……只告诉我你是异端，要我无论动用什么手段，都要抹杀你……"陈伶的眉头微微皱起，他本能地觉得这事有些不对，但又说不上来具体是哪里不对。就在他沉思之际，席仁杰的声音再度响起。"陈伶，我不明白……"席仁杰抬起苍白的面孔，看着他的眼睛，"你是黄昏社的人，为什么要潜入三区？又为什么要救我和蒙哥？你的目的究竟是什么？"

陈伶没有回答，只是将钢剑更深地刺入铁皮，然后缓缓松开钢剑的剑柄。"你不需要知道……现在的你，只要在这里好好看着，我是怎么杀人的。"

下一刻，他的身形就消失在黑夜之中。就在陈伶碾轧席仁杰的这段时间内，已经有十几位执法者向四面八方逃窜，身形都消失在昏暗与浓雾之中，但对陈伶而言，这几百米的距离根本算不了什么。一道血影以惊人的速度掠过大地，像是黑夜中的捕食者，他所到之处，那些仓皇逃跑的身影便如同烂泥瘫倒在地。

与此同时，三道身影沿着铁轨疯狂逃窜着。左同回头看了眼身后，浓雾中已经基本看不见陈伶去了哪里，也许是去了相反的方向追杀其他执法者，他终于微微松了口气。"应该……应该已经安全了？"他在铁轨上缓缓停下身形，双手撑着膝盖，大口大口地喘着粗气。

"不想死就继续跑！"靖哥低声骂道，"陈伶可是'修罗'路径的执法官！以他的速度，追上我们就跟玩一样，你没看到席仁杰都被钉死在火车上了吗？"

"这不可能啊……陈伶只是个刚踏上神道的新人，怎么可能击败席长官？"另一位执法者不解地问道。

"鬼知道？！就算'修罗'路径很强，也不应该强到这个地步？"

"是啊，我看席长官都没什么还手之力……"

"席仁杰这个废物，亏他还是个二阶执法官！除了吓吓我们，一点用处都没有！"

"现在列车都断成两截了……我们还怎么去极光城？"

"先保住性命再说！"

三人一路狂奔。浓雾翻涌中，铁轨的正前方，一个同样狂奔的身影正逆向而来……

142·赵乙的血性

"谁？！"看到铁轨上出现人影，靖哥心中一颤，等看到那人穿的不是风衣之后，才松了口气。

"是三区的民众。"另一位执法者说道，"应该是想蹭上列车，一路跟着跑过来的……不用管他。"

左同"嗯"了一声，继续向前奔跑，可当他的目光落在那张迅速靠近的面庞上时，微微一愣。这人，他好像在哪儿见过……左同有些想不起来了，刚才人群中的脸实在太多，他根本没法清楚地记得每一个人，索性直接无视对方，与另两位执法者并肩继续奔跑。可不知是不是他的错觉，那民众似乎加快了速度，笔直朝他跑来！就在他察觉到不对的时候，已经迟了，对方看都不看其他二人，没有丝毫的减速，猛地撞在他的身上，那双因愤怒而通红的眼睛好似野兽。"咚——"左同避无可避，被那身影直接扑倒在地！"让我逮到你了……"赵乙双眸瞪得浑圆，一句废话都不多说，反手将左同腰间的短刀抽出，骤然往下捅！左同大惊失色，双手急忙挡在身前，死死撑住那半空中的刀身。两人的力量都已经施展到极致，身体都在控制不住地颤抖，就这么僵持在原地。"哪来的疯子？！"左同惊呼，"快救我！"

靖哥与另一位执法者见此，眼眸中同时浮现出茫然，但还是立刻掏出自己的刀赶了过去。赵乙对身后逼近的危机浑然不顾，只是恶狠狠地瞪着身下的左同。他低吼一声，那柄被僵持在半空的刀刃一点点向下挪动……也许是因为他年轻，也许是仇恨的缘故，他的力量战胜了左同。就在他的刀锋即将刺中左同眼球时，一道呼啸的寒风从身后传来，赵乙瞳孔微微收缩，即便如此，他依然没有停手，下一刻，一股剧痛便从背后传来！靖哥的刀深深没入赵乙的后背，后者身体猛地一震，宛若暴怒雄狮般低吼一声，不要命地继续将手中短刀捅下去！"啊啊啊啊啊！！！"刀锋刺穿了左同的一只眼球，凄厉的哀号声瞬间响彻云霄，猩红鲜血顺着他的脸颊滚落，他整个人控制不住地蜷缩。又是一刀没入赵乙的身体，剧痛让他忍不住向一旁倒去，另一位执法者一脚踹在他的左肩，将其直接踢翻在地……赵乙的脸色苍白无比，但他到底是从小跟人打架打到大的地痞，打架的基本要领还是懂的，他整个人像狗一样在地上翻了一圈卸下力道，然后跟跟跄跄地站起身。两道触目惊心的刀伤让他的后背猩红一片，原本包扎好的绷带尽数裂开，染血的绷带一根根掉落在地。赵乙的胸腔剧烈起伏着，在这寒风萧瑟的荒野，他赤着上身，像是一头被逼到绝境的野兽，那双眼睛依旧死死地盯着左同，恨不得将其千刀万剐。

"你是谁？"靖哥眉头不自觉地皱起，"竟然敢袭击执法者？"他不认识这个人，但对方刚才的举动确实吓了他一跳，这个年轻人竟然不管自己的死活，硬扛两刀都要杀左同，摆明了一副以命换命的模样……这种疯子最是棘手，而偏偏他们的子弹又在车站打完了，要跟这种人贴身肉搏，靖哥还是得犹豫一下的。

"老子就袭击了，怎样？"赵乙抬起染血的短刀，刀锋直指在一旁捂着眼睛打滚的左同，冷冷开口，"不光袭击，老子今天还要他狗命！"

"你一个毛都没长齐的小崽子，也敢杀执法者？"另一位执法者嗤笑一声，"你只有一个人，而我们有三个，你拿什么跟我们打？"

赵乙双拳紧紧攥起，他抓住一根身上滑落的血色绷带，将染血短刀的刀柄与自己的手腕一圈圈缠在一起……他的眼眸中，闪烁着亡命之徒的疯狂与决然。"我爹在他的手下扛了十三刀……你们可以试试，杀我要多少刀。"

听到这句话，正在地上打滚的左同像是想到了什么，仅剩的一只眼睛瞪大了看着赵乙，错愕地开口："是你？你是那个老头的儿子！"

"猜对了。"赵乙凛然开口，"你也该受死了！"绷带彻底将短刀与他的手缠在一起，赵乙赤着上身，毫不犹豫地冲向左同，而在左同的正前方，两位执法者如临大敌！

靖哥看了眼身旁的另一位执法者，悄悄地向后退了半步，杀红眼的赵乙率先与那位执法者厮杀在一起。在赵乙不要命的打法下，那位执法者有些乱了方寸，即便他的刀已经在赵乙身上撕开数道伤口，赵乙也浑然不顾，一刀捅在对方的肋骨下方，然后拼命地扭转刀锋，搅动对方的血肉！惨叫声自执法者的喉中响起，剧痛下他直接松开了手中的武器，跟跄向后倒去，而赵乙虽然也受了伤，却没有后退半步，一个箭步冲上前还要继续厮杀。赵乙的血性吓傻了那位执法者，他突然觉得自己好蠢，明明是左同惹下的麻烦，自己何必来跟他遭这罪？失去武器的他接连后退，开始一味地闪避，一旁的靖哥也根本没有跟赵乙这个疯子拼命的意思，被对方挥舞的短刀逼得连连后撤。赵乙见此，也没再与两人纠缠，而是猛地转头直接朝想要逃跑的左同冲去。被刺瞎一只眼睛的左同，踉跄地在雪地上逃亡，可还没等跑出几步，就被身后冲来的赵乙撞翻在地！"靖哥！老郑！！救我啊！！！"他一边拼尽全力与赵乙纠缠，一边惊恐地向两人求救。靖哥二人对视一眼，正在犹豫要不要继续上去解围，就在这时，远处的浓雾中，一个穿着血色大衣的身影沿着铁轨，缓缓走来。

看到那人的瞬间，两人心头猛地一震，毫不犹豫地掉头就跑！面对赵乙，他们自然不会太怕，但面对陈伶就不一样了……陈伶是他们根本无法抵抗的存在，一旦被对方盯上，必死无疑。在这种情况下，他们果断地选择抛弃左同，自己逃命！陈伶看了眼浑身是血的赵乙，缓缓开口："答应你的，我做到了。"陈伶没有停下脚步，而是如同红衣死神，继续向雾中那两个逃走的身影走去。

143 · 十三刀

见两人彻底抛弃自己，而陈伶又同时出现，左同的眼眸中浮现出绝望之色。但当他看到陈伶无视自己，直接追向靖哥二人的时候，心中又升起一缕求生之火……只要陈伶不杀他，他还是有活下去的机会的！赵乙的目光从陈伶的背影上收回，随后重新看向自己的身下，只见左同依然在咬牙与自己角力，脸上满是求生的欲望。"放过我……我求你放过我吧！"左同脸上苍白得没有一丝血色，"我不是故意杀你爹的……我，我只是……我知道错了……你放过我，我把我进极光城的名额让给你！真的！"进入极光城的名额，是左同最重要的东西，也是他唯一能拿来谈判的筹码。进入极光城固然重要，但如果现在就死在这儿，那要这个名额还有什么意义？进入极光城的名额，意味着一条生路与光明的未来，他不信赵乙这个平民百姓，能抵挡住这种诱惑。

赵乙双眸微眯："你想活命？"

"想！！"

"好啊。"赵乙冷冷开口，"你要是能扛住我十三刀，我就放你走。"

话音落下，赵乙直接挣脱左同的双手，刀锋猛地下刺，捅在左同的下腹！"这是第二刀。"剧痛让左同的身体像虾一样蜷起，他无力地松开赵乙的双手，凄厉哀号。赵乙将刀身拔出，猩红的鲜血顺着刀锋滴在左同的身上，还未等左同反应过来，便再度刺入他的肋骨之下！"第三刀！"温热的鲜血溅洒在赵乙的脸上，那双眼眸中攀满血丝，此刻的他再不是寒霜街上的混混、地痞，而宛若是来自地狱的复仇者。赵乙连捅数刀之后，左同已经彻底丧失了反抗能力，而赵乙的这几刀都不是冲着要害去的，即便硬扛这么多刀，左同依旧没有死，只是脸色苍白无比——八刀、九刀、十刀、十一刀……赵乙怒吼着，将手中那柄曾夺走自己父亲性命的刀，一下下捅入仇人的体内，即使左同在痛苦哀号，他的动作也没有丝毫停滞。当刀身第十二次从左同身上拔出时，他已经气若游丝。

"还剩……一刀。"左同仅剩的眼睛哀求地看着赵乙，"放过……我……"

"放过你？"赵乙粗重地喘息着，他高高抬起手中的短刀，一字一顿地开口，"狗东西，你当时……放过我爹了吗？"

血色的短刀无情落下，刀锋直接插入了左同的脖颈，潺潺鲜血从中涌出，左同猛地瞪大眼睛，片刻后便没了呼吸。最后一刀捅完，赵乙就像是丧失了全部的力气，躺在了一旁的雪地上，鲜血同样从他的伤口流出，一点点晕染着下方的白雪……这是赵乙第一次杀人，除了有些反胃，更多的是大仇得报后的快感。就在这时，他像是想起了什么，硬是咬着牙从地上爬起，对着左同的尸体啐了一大口！"下地狱去吧！"赵乙刚转过身，便看到一袭红衣的陈伶已经平静地站在他身旁。"陈伶……我做到了！"赵乙虚弱地说道，"我给我爹报仇了……整整十三刀，我全还回去了！"

陈伶没有回答，他看了眼头顶的天空，蒙蒙夜色下，没有任何星辰亮起的痕迹……"……嗯。"许久之后，陈伶收回目光，"你做得很好。"

赵乙觉得这时候自己该笑一笑，却怎么也笑不出来。他看着地上那具被捅了十三刀的尸体，双唇微抿，陷入沉默。

那辆列车上的所有执法者，都已经被陈伶逐个捕杀，他沿着铁轨一路走回车旁，一个身影正提着钢剑，跌跌撞撞地向这里走来。

"陈伶……"席仁杰竟然挣脱了那柄钉死在车厢上的钢剑，这让陈伶有些出乎意料。

"我说过，你放了我一次，我也会放你一次。"陈伶看着那面色苍白的身影，平静开口，"其他人都被我杀光了，你现在再找我，也没有任何意义。"

席仁杰看到一旁横七竖八的尸体，眼眸中浮现出一抹苦涩，在陈伶将他钉死在列车上时，他就已经预料到这个结果。"陈伶……我还有最后一个问题。"席仁杰声音沙哑地开口。

"说。"

"在你的眼里，我所做的一切……是不是大错特错？"

席仁杰就这么看着他，眼眸中是无尽的挣扎与迷茫，他的眼瞳中倒映着三区绝望的火焰，倒映着满地的执法者尸体，与那条一直延伸向极光城的黑色铁道。

陈伶沉默许久，缓缓开口："无关对错，不过是立场不同罢了。"

听到这个回答，席仁杰下意识地反问："那你的立场是什么？是极光城，还是三区的那些民众？"

"极光城也好，民众也罢，你们谁对谁错，会死多少人，该不该死，这些对我而言毫无意义……"陈伶停顿片刻，"就像是一场与我无关的戏剧，任凭你们如何争执厮杀，属于我的剧本结局都只有一个……逆转时代，重启世界。"

席仁杰微微一怔，无奈地笑了笑："差点忘了……你是黄昏社的人。"

席仁杰得到了自己想要的答案，整个人似乎都轻松了不少，他深吸一口气，没有再停留，独自提着那柄染血的钢剑，走向浓雾之中。这一次，他没有列车，也没有随行的执法者……只能靠自己的双脚，走去极光城。就在这时，陈伶的声音突然响起："替我给极光城传个话。"

席仁杰停下脚步，疑惑地回头望去。陈伶一袭红衣，站在薄雾中，他的嘴角微微扬起："他们想将我拒之门外，我偏不会遂他们的意……告诉极光城，我陈伶，必将亲自登门拜访。"

144·放我……回去

陈伶的身份已经暴露，想再走常规途径进入极光城，已经不可能了。当然，即便如此，就凭"无相"这个技能，陈伶想进入极光城并不是什么难事，比如杀了席仁杰顶替他的身份进城，或者随便找个名单上的执法者调包，都能神不知鬼不觉地进去。但这并不是陈伶想要的——在至少一百人的见证下，完成一次震撼人心的退场。陈伶想晋升第三阶，就必须完成这场演出，而眼下完成这场演出的最好舞台，就是极光城。在陈伶话音落下的瞬间，一行字在雪地中飘出——

观众期待值 +5%

席仁杰错愕地看着他，怀疑陈伶是不是疯了，明知极光城要杀了他，还要往极光城凑？不过他也没有劝阻，毕竟双方立场不同，而且黄昏社的人本来就都是疯子，干点正常人脑回路之外的事情，似乎也很合理。席仁杰深深看了陈伶一眼，步履蹒跚地沿着铁轨离开，不一会儿便彻底消失在雾气之中。

"……走吧。"陈伶缓缓开口。

"去哪儿？"

"上车。"

赵乙站在陈伶身边，看了眼那辆车厢都被砍了半截的列车，不解地开口："这车都变成这样了……还能开吗？"

"只是中间的车厢被斩断，车头的功能还是完好的，开一段距离不成问题。"陈伶走上车头，目光扫过整间操控室，开始研究起这东西该如何启动。赵乙正欲跟上，便听到车头后方的断裂车厢中，传来一阵窸窸窣窣声。赵乙眉头一皱，看向断裂车列，透过窗户并没有看到任何身影。所有执法者都已经死了才对……难道是老鼠？赵乙心中闪过一抹疑惑，犹豫片刻后，还是向车厢走去。他沿着向中央断裂坍塌的车厢，小心翼翼地前行，一只手握着那把短刀，警惕地观察车厢每一个角落……就在他来到车厢最后方的时候，一个蜷缩在角落的娇小身影映入他的眼帘。"谁？！"赵乙下意识地后退半步，用短刀对准那身影，等看清是个五六岁的女孩之后，愣在原地。那女孩也许是受了惊吓，脸色煞白地缩成一团，她双手抱着头根本不敢抬头看赵乙，恨不得把自己整个人都藏到列车缝隙中去。"女孩？"赵乙不解地开口，"为什么会在这里……"

"应该是开车前躲上来的。"

一个声音从赵乙身后传来，吓了他一跳，这才发现陈伶不知何时已经站在他的身后，双眸微眯地看着角落的女孩。

"你不是去车头了吗？"

"你都听到这里有声音，我自然也听到了。"赵乙听出了陈伶语气中的阴阳怪气，气得直咬牙，想反驳又反驳不了，只能闷闷地"哼"了一声。"把她带上吧，我需要更多的观众。"

"需要更多的什么？"赵乙有些没听清。

陈伶摇了摇头，没有再多说，而是转身向车头走去。赵乙见此，只能先收起短刀，向女孩伸出手，尽量放轻声音说道："跟我走吧，我们不是那群坏人，会带你进极光城的。"女孩畏畏缩缩地睁开眼睛，看到赵乙是个年龄不大的少年，眼眸中的惧色消散些许……她邻居家的那位大哥哥，也是差不多的年纪。"我……我腿软了。"女孩低着头，声音宛若蚊蚋般细小。赵乙见此，索性直接将其背起，穿过破碎的车厢向车头走去。女孩的身体很轻，即便是受伤的赵乙也能很轻松地背着。进入车头操控室的时候，陈伶随手一挥，操作杆瞬间取代那根木棍回到原位，然后用力一拉。"嗡——"锅炉熊熊燃烧，蒸汽火车的嗡鸣再度响起。陈伶已经提前断开了车头与后方车厢的连接，随着传动杆转动，车头沿着铁轨径直向前驶去。赵乙将女孩放在操控室的椅子上，自己走到门口向外望去，铁轨一直延伸到浓雾的尽头，在风雪中，不知通向何方。

"陈伶，这么走真的能到极光城吗？"赵乙心中惴惴不安。

"谁说我们要去极光城？"

"啊？"赵乙一愣。

"这辆列车的终点站是极光城外的临停车站……没有进城的文件，我们依然进不去城门。"陈伶缓缓开口，"我要的，是一辆能直接进入极光城的交通工具。"

"直接进入极光城的交通工具？"赵乙挠了挠头，"什么意思？我们现在究竟要去哪儿？"

陈伶停顿片刻，缓缓吐出三个字："凛冬港。"

极光城，白鸽广场——

温和的暖阳洒落在草坪之上，像是镀上一层淡金，洁白的砖石水池中央，一座恢宏壮丽的喷泉周围水汽氤氲，晕染出道道彩虹。而在这喷泉的正前方，一个穿着黑色风衣的身影，正沉默地坐在木椅上，宛若雕塑。一群五六岁的孩童嬉笑打闹着在草坪上滚过，他们看到木椅上的这个身影，眉宇间闪过一抹疑惑，在窃窃私语片刻后，迈着小短腿往这里跑来。

"执法官哥哥，你不累吗？"

"是啊，你都在这里坐了一上午了……来跟我们一起玩吧！"

"你看到那边飞得最高的那个彩鸢风筝了吗？那是我爸爸给我买的，漂亮吧？"

"你们看，他好像一座雕塑啊，真的动都不动欸！"

孩子们凑到那个身影旁边，嬉笑推搡几下后，发现这人好像真是尊雕塑，顿时来了兴致，从口袋里掏出各种颜色的彩笔，准备在他的脸上涂画。就在这时，一位同样穿着黑色风衣的老者拿着两杯咖啡，从远处走来，他摸了摸这些孩子的头，满是皱纹的脸上浮现出一抹笑容："孩子们，这个哥哥累了，让他休息一会儿吧。"

孩子们看到老者，虽然有些疑惑，但还是嬉笑着一哄而散。

老人在木椅上坐下，缓缓开口："怎么样，想明白了吗？"

一旁，那宛若雕塑的身影依旧头颅低垂，他的双手搭在膝盖上，无数影子将其锁在原地，像是个被囚禁在审判庭上的刑犯……而此刻，他的双眸已然遍布血丝。韩蒙艰难地张开干裂的双唇，声音低沉而沙哑地怒吼："放我……回去！"

145·彩鸢

对韩蒙的回答，孤渊似乎并不觉得意外。他将一杯咖啡放在韩蒙身前，双眸望着漫天飞舞的彩鸢风筝，缓缓开口："极光城的风筝，一向是九大界域中卖得最好的，你知道是为什么吗？"不等韩蒙开口，他便自言自语地继续说道，"极光界域太冷了，这里一年有大半的时间都是寒冬，孩子们的童年基本都是在家里度过的……只有等夏天来临的那一个月，他们才有机会走出屋子放肆玩耍，那是他们一年中最开心的时光。因为这快乐来之不易，所以父母们都会尽可能地满足孩子们的需求。这一个月，极光城每天都会有上万只风筝飞上天空，它们承载着孩子们一整年的期待与希望。当夏天过去，父母会将风筝挂在孩子房间最显眼的地方，这样孩子们就会知道……即便寒冬再难熬，夏天也终究会来。"

"……你想说什么？"

"没有人愿意舍弃七大区,但我们别无选择。"孤渊平静地看着他,"看看这座城吧,它是极光界域的未来与希望,只要它还在,寒冬终究会过去……也许有一天,我们还能重建七大区。"

韩蒙声音沙哑地回答:"但七大区的孩子们,甚至都没见过风筝……这不公平。"

孤渊微微一怔。他沉默许久,才再度开口:"最大限度地整合与利用资源,是极光城为了快速推进自身发展做出的决策……这个决策是否正确,我没资格评判,但站在整个人类群体的立场上,我们现在所做的,无疑是正确的。"

"你们的正确,与我有什么关系?"韩蒙看着他,"我的民众和我的属下都在等我回去……我没时间在这里听你讲大道理!"

"都已经过了这么久,三区早就覆灭了,就算你现在回去,面对的也只是无穷无尽的'灾厄'。"韩蒙的身体微微一震。"除了极光城,界域内其他地方的极光早就消失了,只是浓雾遮掩,一时间看不出来罢了……极光消失的一小时内,将会有至少一千个交汇点诞生;三小时内,交汇点将足以通过三阶以上的'灾厄';十个小时,七大区理论上将彻底覆灭;二十个小时内,灰界将会彻底笼罩城外的每一寸土地,无人生还。"孤渊看了眼腕表,银色的指针正在星月表盘上无声转动,"而现在距离极光消失,已经过了十五个小时。你现在离开极光城,又能救得了谁?你不仅无法挽回三区,而且会毫无意义地将自己的性命留在那里……韩蒙,你是个聪明人,应该知道自己该怎么做。"韩蒙膝盖上的双手不自觉地攥紧,一根根青筋暴起,他坐在飞翔的风筝群下,挣扎于"静默"的刑罚,宛若石雕。

冰寒的冻土之上,几道身影沿着铁轨,缓慢地向前走着。

"爸……我饿。"男孩抬起头,风雪将他的睫毛染成白色,那双眼眸中满是委屈与祈求。

许老板看到这一幕,心都在绞痛,他转头问自己的老婆:"咱还有东西吃吗?"

"哪还有啊,你匆匆忙忙地拉着我们跑出来,我连东西都没来得及收。"妇女叹了口气,"要不是出门的时候随手拿了两件衣服,现在恐怕已经冻死了……"

几个小时前,许老板也是听说二区和四区的事情,觉得事情不妙,立刻就带着家里人跑了出来,准备连夜去极光城寻求庇护。他知道极光城未必肯接收他们,但万一呢?现在他们除了极光城,已经没有别的去处了。他们走得早,路上也没听到执法者们去车站的消息,只能选择徒步。而那段时间选择逃去极光城的人并不少,光是寒霜街上就有许多家,他们的速度都差不多,三三两两地沿着铁轨前行,到现在也就走了不到五分之一的路程。许老板见此,沉默许久后,还是咬牙加快步伐,向走在他们前面的那几个身影跑去。

"李老板,李老板!你那儿还有东西吃吗?能……能分我一点吗?"李老板毕竟是开蛋糕店的,家里最不缺的就是吃的,现在这个情况,也许就只有他还有存货了。而李老板同样拖家带口，他本来是想拒绝的，但看到身后孩子连路都走不稳的样子，还是从包里掏出一只杯装蛋糕递给他："拿去吧，离极光城还远……让孩子省着点吃。"

许老板大喜过望，连忙点头道谢。孩子接过蛋糕，一口就咬掉一大半，还没等吃第二口，就被许老板夺走收起："乖，剩下的咱一会儿再吃。"

孩子也是听话，没有吵着继续吃，而是小声问道："爸爸……我们什么时候能走到极光城啊？"

"……还有很久。"许老板叹了口气，"要是有列车的话，倒是几个小时就能到了……"

"就算有列车，肯定也有很多人去挤，我们未必能挤得上。"前面的李老板突然开口。

"也是……"

"等等，是我的错觉吗？我怎么感觉铁轨在震？"

就在几人说话之际，一阵宛若低沉雷鸣的声音，自后方传来。

许老板愣了半晌，像是想到了什么："列车？是列车？！"

沿着铁轨前行的众多身影同时停下脚步，他们震惊地看向身后，只见两道刺目的光束驱散薄雾，一片朦胧中，一头巨大的钢铁猛兽呼啸而来！

"真的是列车！！"妇人眼前一亮，站在铁轨前疯狂挥手，"救救我们！！"

"是去极光城的列车！"

"不对啊……这列车，怎么只有一个车头？？"

"嗖——"还未等众人反应过来，那节孤零零的火车头便呼啸着掠过他们的身旁，卷起的狂风吹起衣摆，他们茫然地呆在原地。

146・凛冬港灭绝

等那节车头一头扎进浓雾，消失不见，众人才逐渐回过神。

"怎么会这样？后面的车厢呢？"

"我好像……在车里看到陈长官了？"

"我也看到了，那红衣服太显眼了，一眼就能看到！"

"陈长官为什么不停车救我们？"

"这列车连车厢都没有，怎么可能带上我们？他肯定一个人先跑了啊！"

"刚才陈长官旁边好像还有一个人……没怎么看清。"

"是赵乙吧？如果我没看错的话。"

…………

众人你一言我一语地说着，看向驶去车头的目光中满是羡慕……

- 334 -

"别看了……走吧。"许老板摇了摇头,"陈长官救不了我们,我们只能靠我们自己了……"呼啸而过的车头,并没能改变众人的命运,他们羡慕并叹息着,迈开脚步继续前行。

与此同时,列车操作室内——

"陈伶,我刚才好像看到许老板他们了。"赵乙揉了揉眼睛,不确定地开口。

"哦。"

"咱不捎他们一程吗?"

"就这么大点地方,站三五个人已经是极限了,怎么捎?"

赵乙张了张嘴,最终只能陷入沉默。

"我……我可以缩一缩。"一个细微的声音从旁边传来。

赵乙闻声望去,只见操作室的角落,那女孩正抱着双腿坐在地上,默默地把自己的身体缩在一起,只占了非常小的一块地方,甚至不如一个西瓜。赵乙不由觉得好笑:"现在又没人上车,你缩那么努力干吗?"

女孩将头埋入膝盖,一声不吭。赵乙不用开车,站着也没事干,索性蹲在女孩面前,放轻了声音问道:"话说回来,我还不知道你叫什么名字。"

"我……我奶奶叫我玲儿。"

"玲儿。"赵乙点点头,"你是怎么上的车?"

"是奶奶带我来的……奶奶说,让我从车底偷偷爬过去,钻进车里别被人发现,等列车到站她就会来接我。"玲儿抿着嘴,小声回答。

赵乙陷入沉默。按照玲儿所说,她与她奶奶一个老一个小,想徒步走到极光城是没可能的,所以唯一的办法就是坐上这辆列车……而后面也许是奶奶自知没法上车,所以给玲儿出了这么个主意,至于她本人,大概率也被执法者们射杀了。在车站,赵乙失去了自己的父亲,而玲儿失去了奶奶,他们两人的命运十分相似,这令赵乙更是心生怜悯。"我叫赵乙,以后你有什么事,找我就行!"赵乙拍了拍胸膛说道。随后,他像是想到了什么,犹豫着再度开口,"嗯……他叫陈伶,有时候,可能找他比找我有用……"

陈伶没有参与他们的交流,只是认真地操控列车,这种古董级别的东西,他上一次见到还是在原世界的博物馆里,要不是操控室里有一本《操控手册》,他想让这东西动起来都不容易。即便如此,这列火车还是时不时地停下,直到许久之后,一座熟悉的站台才缓缓靠近。"到了。"陈伶从车头跳下,赵乙带着玲儿紧随其后。他们看着眼前这座死寂的城镇,没有丝毫人气,淡淡的薄雾中,只有来自冻海的刺骨寒风在房屋中穿梭,发出低沉的呜呜声响。

"这里就是凛冬港?"赵乙冷得直哆嗦,"感觉比三区冷多了……"

玲儿似乎被风声吓到,小脸一片惨白,死死地拽着赵乙的衣角。

"一个人都没有……看来,这里也沦陷了。"

335

陈伶的眉头微微皱起："都小心些，这里说不定还有'灾厄'在活动。"

听到这句话，赵乙脸色顿时就有些难看，忍不住问道："陈伶，我们来这鬼地方，究竟是要干吗？"

"跟我走。"

陈伶没回答他，而是简单辨别了一下方向，便迅速向前走去。赵乙见此，也没别的选择，牵着玲儿的手就快步跟了上去，淡淡的薄雾在昏暗的城镇中飘散，随着众人逐渐走入城镇，一股浓郁的血腥味钻入了他们的鼻腔。陈伶的目光扫过两侧的房屋，它们都没有被暴力破坏的痕迹，路上也没有尸体，整个城镇静悄悄的，像是睡着了一般……陈伶双眸微眯，径直走到一户人家前，轻轻推开房门。"嘎吱——"随着房门开启，屋内也是昏暗一片，最深处的卧室床榻上，一个身影静静地躺着，脖子粗肿，双眸瞪得浑圆，已然没了呼吸。

"什么味道这么臭？"赵乙站在门口，忍不住捂上鼻子。

与此同时，他还不忘伸出另一只手，遮住玲儿的眼睛，虽然那尸体离得很远，但让孩子看见总是不好。

"是海水。"陈伶弯下腰，指尖在地面轻轻摩擦，一滴水渍沾在他的指尖，散发着难以言喻的恶臭。陈伶又接连推开其他几户的房门，情况都和刚才那个差不多，就连死法都一模一样，城镇的街道上，也到处都是这种海水。陈伶的眉头越皱越紧，他按照脑海中的记忆，沿着街道走到一处杂货亭前，将封闭的小窗推开。一具女人的尸体就这么趴在杂货亭的桌上，她的手前正是电报设备，但一条信息似乎还没完全发完，就被杀死在这里。陈伶当然认得她，自己之前来凛冬港的时候，就是在这座杂货亭与黄昏社接头的，这个女人也是黄昏社的外围成员，临死前应该还在试图向黄昏社传递消息。

"你认识她？"赵乙见陈伶的目光有些复杂，疑惑问道。

"……不认识。"

陈伶深吸一口气，缓缓开口："有东西从冻海里上岸了……凛冬港所有居民，应该都毫无防备地死在了睡梦中。"

赵乙一怔，目光沿着城镇的主干道，一直延伸到薄雾深处的大海中，安静无比的环境中，海浪的声音清晰得好似有人在摩擦砂纸："那……那东西还在吗？"

"不好说。"陈伶摇了摇头，"总之，我们该加快速度了。"

147·海草

陈伶带着二人，一路穿过城镇的腹地，来到沿海的荒芜郊区，周围的建筑越来越少，连带着海风也越发凛冽。一座座仓库的轮廓出现在陈伶的视野中，他目光接连扫过，若有所思。"应该就在这附近……"

"陈伶,你就别卖关子了。"赵乙实在忍不住心中的好奇,"咱要找的能直接进入极光城的交通工具,究竟是什么?我看这里也没别的东西啊……"

陈伶加快脚步:"找一辆列车。"

"列车?那跟我们刚才放弃的那辆有什么区别?"

"我们要找的那辆列车,不需要铁轨就能运行,而且拥有足够多的车厢。"

听到这句话,赵乙震惊得瞪大眼睛:"不要铁轨就能运行的列车?这种东西真的存在吗?"

"存在。"陈伶笃定地回答。

存在自然是存在的,陈伶去"兵道古藏"的时候,可是亲自坐过那辆列车。如果他没记错的话,当时篡火者的人就是把列车藏在这里的仓库中……后来虽然被执法者们发现,但并没有挪走,大概率还是被封藏在原地。赵乙还欲说些什么,脚下突然踩到一个水坑,四溅的水珠溅满他的裤管,风一吹便冻成了零碎的冰碴。"妈的。"赵乙忍不住骂道,"这地方是被淹了吗?怎么到处都这么多水……"

"这里的水位线不太对劲,比我上次来的时候,高了很多。"

陈伶看了眼不远处翻涌的海浪,大量的冰块随着浪花翻上黑色的礁石滩,海水一阵又一阵地漫过主干道,寒风袭过,在路上结成厚重的冰霜。陈伶走到那片仓库群落中,开始按照记忆逐个打开搜寻,也许是凛冬港灭绝给他带来的危机感,他的速度极快,即便是在结满冰霜的地面上都敏捷无比。赵乙根本跟不上他的速度,只能带着玲儿躲在一座仓库的背面,这里的海风相对较弱,即便如此两人还是冻得瑟瑟发抖。"赵乙哥哥……我们还要在这里待多久?"玲儿整个人都缩成一团,哆嗦着问道。

"……不知道,看陈伶了。"赵乙看着那在仓库中迅速穿行的红衣身影,喃喃自语,"不过这小子挺靠谱的,应该快了……玲儿,你冷吗?"

"冷……"

"把手给我,我给你暖暖。"赵乙将那双冻得发红的小手接过来,弯腰不停地哈气,热气在半空中凝聚成细薄的冰碴,飘散在半空。赵乙又用力搓了搓,等把小手的温度搓暖一些后,揣回了她的兜里。"好点了吗?"

玲儿眨了眨眼睛:"嗯。"

赵乙看着眼前瓷娃娃般的女孩,只觉得心都化了,忍不住吐槽:"小时候我就跟我爹说,让他给我生个妹妹,非不听……后来我娘死了,他就只能一个人带着我开店,熬得头发都白了……你说他当时要是听我的,再给自己生个小棉袄,不比天天跟我干仗强?"赵乙长叹一口气,想到那张两鬓斑白的面孔,他的眼眸中浮现出落寞。

玲儿听不懂赵乙在说什么,只知道赵乙的脸色似乎不太好,犹豫片刻后,她又将小手从口袋中掏出,捂住赵乙那满是血污的手掌,张开嘴巴努力地开始哈气。

赵乙一怔，无奈地笑了笑。他正欲说些什么，余光看到一旁被冻成冰面的水洼中闪过一抹蛇般的残影，急速向他们二人冲来！"嗖——"那残影的速度太快了，赵乙瞳孔骤然收缩，想也不想便将玲儿抱入怀中！赵乙只觉得一股巨力鞭打在自己的后背之上，整个人被这一击抽飞，足足在空中滞空数秒，才猛地摔在结满冰霜的大地上！前所未有的剧痛灼烧着他所有的神经，赵乙觉得自己的背似乎被人扒开了，这一下的痛感，比他之前挨的那几刀加起来都要强烈。

"赵乙哥哥！"玲儿被赵乙死死护在怀里，没有受伤，但她看到满头大汗的赵乙，吓得脸都白了。赵乙已经没空回答玲儿，他一边痛苦地低吼着，一边努力回头看向身后。只见一根破烂的海草，如游蛇般从水洼倒影中钻出，在淡淡冰雾中蠕动扭曲着，它的表面生长着无数细密的咒文，仅是看一眼就令人头皮发麻。这是什么鬼东西？！赵乙来不及感受疼痛，因为此时那根海草又瞬间抽开空气，以惊人的速度向他冲来，好在这次赵乙早有准备，抱着玲儿一个狗打滚挪开半米，堪堪避开那海草的抽击范围。"啪——"海草鞭打在大地上，顷刻间将表面所有的冰霜震成碎片，一道狰狞的沟壑出现在地表，碎石飞溅。这一幕看得赵乙头皮发麻，刚才自己的后背就是硬生生吃了这样一击，那现在该成啥样了？赵乙毫不犹豫地扛起玲儿就跑，他深吸一口气，用这辈子最大的嗓门大喊："陈伶！！！"这时候，赵乙已经顾不上什么面子不面子了，眼前的那根海草明显不是自然存在的物种，既然是"灾厄"，就要交给专业的人解决。

但陈伶毕竟不是神，没法一听到他的呼唤就闪现到他身旁，而与此同时，一旁的水洼中又是两道残影闪出！赵乙瞳孔微微收缩，他在心中怒骂一声，然后直接使出绝技狗打滚，在地上连翻两个跟头，呼啸的破空声从赵乙耳旁掠过，接连抽碎冰层，他在冰面上险之又险地滑出数米，天旋地转之下他已经失去了方向，一头撞进了隔壁的仓库中。叮叮当当的工具倒地声响起，剧痛让赵乙差点昏厥，他看着不远处那一根根凭空出现的咒文海草，它们已经将所有出路都堵死……他的身后便是封闭的墙体。"赵乙哥哥……"玲儿的声音开始颤抖。

赵乙一只手将玲儿护在身后，苍白的脸上双眸怒睁，直接从地上捡起一根钢管，指着仓库外众多蠕动的海草骂道："来啊！！你们这群狗东西……那群仄蛋执法者怕你们！老子可不怕！"

148·列车启动

"啪——"赵乙话音未落，一根海草瞬间将空气抽得爆鸣，将他手中的钢管震飞！赵乙只觉得虎口一麻，那根钢管便从中间断成两截，"叮当"一声滚落在地，诡异的咒文盘踞在钢管的断口，像是活物般蠕动着。赵乙顿时傻眼了，他呆呆地站在原地，从那些扭曲的海草上他感受到了蔑视与不屑……他的勇气在这些强大的"灾厄"面前，不过是可笑的玩物。愤怒与深深的无力感涌上他的心头，赵乙眼眸中满是血丝，但他没有被这一幕打倒，而是反手又从地上捡起一根撬棍，怒吼着狂奔出仓库，似乎准备与这些海草彻底拼命。

就在海草们即将抽动之时，一道轰鸣的枪声骤然响起！"砰——"解构之力瞬间将两根海草泯灭成虚无，围绕在仓库前的包围被破开一道缺口，披着血色大衣的陈伶站在那缺口之前，飘散着青烟的枪口对准两侧扭动的海草。"快走。"陈伶平静开口。赵乙见此，立刻掉头回仓库将玲儿扛起，毫不犹豫地朝陈伶的方向飞奔。两侧的其他海草被激怒，疯狂地向赵乙二人鞭打而去，但赵乙的脚步没有丝毫停滞，而是一咬牙一闭眼，闷着头往前冲……他已经将自己的性命交给陈伶。"砰砰——"又是两道枪声响起，赵乙明显感觉到那朝自己卷来的劲风消失了，等他再睁开眼时，已经冲出了海草的包围，来到陈伶身边。他正欲说些什么，便看到陈伶的脸色有些发白。"陈伶，你没事吧？"

"没事。"陈伶扫了眼那些海草底部的水洼，当即开口，"避开那些水或者冰，或者一切能反光的东西……凛冬港，大概率就是灭绝在这东西手里了。"

"可……可这里到处都是冰啊！"赵乙看着眼前布满冰霜的地面，苦涩开口。

陈伶双眸微眯，反手用枪口对准自己的肺部，扣动扳机！等到身体被子弹洞穿，他的眼眸迅速攀上一抹猩红，随后右脚猛地抬起，重重踏落在地！"咚！"密密麻麻的裂纹在冰面扩散，冰面轰然崩碎，陈伶这一脚，直接将周围数十米内的冰霜震成冰碴。"现在没有了。"这一幕直接看傻了赵乙和玲儿，赵乙看着陈伶身上自己给自己留下的弹孔，大脑都宕机了……这是他第一次亲眼看到陈伶的作战风格，他好像明白，为什么当时寒霜街那群人对陈伶的态度如此微妙了……

陈伶向身后瞥了一眼，那些远处的海草正在疯狂地向这里靠近。"跟我来。"

赵乙二人跟在陈伶身后，接连穿过数座仓库与建筑，最终在一道警戒线前停下脚步，而警戒线的后方，是一座高大宽阔的大型仓库。陈伶一刀将警戒线砍断，染血的双手直接按在厚重的钢铁大门上，随着他手臂上的青筋一根根暴起，这扇数百公斤重的大门竟然被他硬生生向后推开！低沉的"嘎吱"声响起，尘土遮蔽了赵乙的眼，等他再度睁开眼时，便看到一头高大的钢铁巨兽正安静地匍匐在仓库中。那是一辆列车，一辆与他们来时开的那辆K18一模一样的列车。

"这……"赵乙瞪大了眼睛，"怎么这儿也有辆K18？"

"快上车。"

陈伶没时间和他解释，直接将两人赶上操控室，这辆列车的操控室与刚才的那辆基本一致，唯一的区别在于，无论是操作杆还是其他仪器按钮，都被某种诡异的血管连接起来。这些血管生长在各个仪器的表面，最终汇聚在仪表盘的中央，一只干枯的手掌从仪表盘内部伸出，像是虚握着什么。玲儿被这一幕吓了一跳，一旁的赵乙也是惊呼开口："这是什么鬼东西？"

陈伶站在车头旁,看到外面密密麻麻的海草在飞舞,眉头不自觉地皱紧……照这么下去,就算列车驶出仓库,速度不够的情况下也会被这些东西缠住,要是这辆列车也毁了,一切就都结束了。"赵乙,你来驾驶。"陈伶余光扫过四周,从仓库内拎起几桶汽油,轻盈地翻到车顶。

"我?我不会开这东西啊!"

"这东西应该有某种特殊的驾驶方法,你试一试。"

听到这句话,赵乙的目光自然落在仪表盘中央的那只枯手之上,所有的仪器都与这只手连接,怎么看它都像是中枢般的存在。可这手越看越瘆人,就连赵乙心中都有些发怵。但赵乙到底是天不怕地不怕的人,他一咬牙,直接将自己的手与那只枯手握在一起。当双手触碰的瞬间,那只枯手闪电般收拢,死死地扣住赵乙的手掌,下一刻,锅炉中一团烈火熊熊燃烧,蒸汽火车的嗡鸣声随即响彻仓库,差点将几人震聋。蒸汽从烟囱内喷吐出来,很快便弥漫整个仓库,随着传动杆被拉动,这辆在凛冬港停滞了许久的神秘列车,终于再度发动,缓慢地向仓库外驶去。

陈伶见此,直接将手中的一只汽油桶掷出,它划过一道弧线落向飞舞的海草。还未等那些海草开始攻击汽油桶,陈伶便先一步抬起枪口,毫不犹豫地扣动扳机!"砰——"汽油桶在半空中炸开,燃烧的烈火从天而降铺满大地,满是咒文的海草在其中蜷缩蠕动,随着地表的冰面与水洼被火焰蒸干,这些海草也随之消失无踪。

赵乙似乎掌握了驾驶这辆列车的方法,拉着枯手往前一推,列车直接一头撞入火焰!

车头之上,陈伶向着前进的方向接连掷出汽油桶并点燃,一条烈焰轨道在寒风中铺就在凛冬港的荒野之上,诡异的嘶鸣在火海中响起,仿佛有什么东西在愤怒咆哮。火光在钢铁巨兽周围跳动,却没法对其造成任何影响,列车势不可当地从火海中撞出,笔直地向远离海岸线的方向冲去,狂风与火焰在其周围倒卷。一袭血色大衣的陈伶伫立在漆黑的车顶,他回头看向那片波涛狂涌的冻海,脸色有些凝重。"速度再快些……有东西要从海里出来了。"

149·"观众"的警告

"咚——咚——咚——"沉闷的鼓声夹杂在呜咽的风雪中,像是要将大地与海洋震碎。这一刻,凛冬港所有的咒文海草都收缩回倒影之中,像是一条诡异的章鱼在收拢自己的触手,翻涌的巨浪在海面迸溅数十米高,一个庞大无比的黑色轮廓,开始从浪花中逐渐升起。由于距离太远且风浪太大,陈伶根本看不清那东西的样貌,而且那东西露出海面的部分,似乎只是冰山一角,远远望去像是一座从海底升起的巨峰的山巅。密密麻麻的黑色触手从海底延伸开来,在大海与天空之间狂舞,像是扭曲的雷霆在搅动浪花。若是仔细辨认,便会发现那些"触手"其实就是刚才从倒影中探出的咒文海草。陈伶站在呼啸着远离凛冬港的车头上,死死盯着那距离极远的庞然大物,心神震颤。他不知道海里的那个是什么东西,但光从体形来看,足以秒杀他目前见过的一切"灾厄",哪怕是那只灰界中振翅飞翔的庞大五阶骨鹰,都没有对方露出海面的那一截的十分之一大……如果体形能代表"灾厄"的阶位,那海里的这只,至少得是七阶?怪不得凛冬港灭绝得如此轻易,有这样一只"灾厄"藏在冻海沿岸,哪怕只随手动用几根海草,就能悄无声息地杀死数万人。更可怕的是……海里的那只"灾厄",似乎已经被他们激怒了。随着海浪被漫天海草洞穿爆碎,那些黑影铺天盖地地掠过凛冬港沿岸,朝这辆急速驶离凛冬港范围的列车冲来,它们的速度快到在空中抽出音爆,顷刻间便追过三分之二的距离。随着这些海草的出手,一股灰意开始在周围急速蔓延,天空肉眼可见地变成厚重的铅灰色,世间的所有颜色都被剥夺,这一刻,现实世界与灰界那不稳定的平衡都被打破,开始加速交汇!

"赵乙哥哥……我的眼睛坏掉了。"玲儿缩在操作室的角落,亲眼看到自己眼中的色彩消失,用力地揉了揉眼角,带着一丝哭腔开口。

"玲儿,不是你的眼睛坏了。"赵乙的眼中,同样只剩下单调的黑白灰,他一边咬牙驾驶着列车,一边安慰道,"……是这个世界坏了。"

列车顶部,那袭血色的大衣也在灰界交汇下失去色泽,陈伶见此,心中闪过一抹疑惑。之前他在灰界的时候,那抹红色分明是被保留住的……为什么现在没有了?陈伶突然想到,自己上一次在灰界的时候,穿的是死而复生后自带的大红戏袍,而这一次,他穿的仅是一件被鲜血染红的大衣……所以,被灰界保留的并不是他的颜色,而是那件大红戏袍的颜色?

陈伶来不及细想,因为那几根破空而来的海草已经来到眼前,随着那些海草表面的咒文亮起,一股恐怖的威压席卷而来!与此同时,一股刺痛从陈伶体内传出,他的肌肤之下也开始有一枚枚咒文闪烁,似乎很快便要钻出!就在陈伶觉得身体即将超脱自己掌控之际,背后的虚无骤然扭曲,一双双猩红的眼眸凭空睁开!那是无数愤怒的目光,就像是自己最爱的玩物即将被人抢走,威胁与警告跨越时空,裹挟着无比庞大的威压降临这个世界,那飞舞到半空的海草瞬间停滞!还未等陈伶回过神来,他肌肤之下的咒文迅速淡化,仿佛从未存在过一般,那些海草骤然倒卷回翻涌的海浪之中,像是被烫到的触手,缩回的速度甚至比来时更快。等陈伶回头望去时,身后已经空无一物。他不知道刚才发生了什么,但大概能猜到,是"观众"们忍不住出手了……不过,按理说它们不会插手自己的死活才对,是有别的原因?

陈伶虽然想不通,但还是松了口气,无论如何,他们算是从那恐怖"灾厄"的袭击中活下来了。随着这辆列车逐渐消失在地平线的尽头,翻涌的海浪之中,那个庞大的巨影依然死死盯着他们离去的方向，一段段沙哑而语调诡异的低语，从中传出——

"是鬼嘲深渊的那位……"

"它不待在……鬼嘲深渊……来我们禁忌之海……做什么？"

"它是在……挑衅我们……吗？"

"够了……就凭我们……不是那位的对手……放他离去……"

"将最后那座……人类城邦攻破……整个北方将属于禁忌之海……不要节外生枝。"

诡异的低语声逐渐消失，浪花翻涌之下，这个庞然大物逐渐沉入海底，破碎的冰层浮动在海水表面，倒映出无数海草的影子。

列车呼啸着掠过冻土，狂风卷着碎雪飘散在空中。陈伶从车顶翻入操控室，便看到赵乙正跟仪表盘上的枯手"亲密互动"，时而紧握，时而微松，时而轻柔扭转，似乎已经得心应手。

"陈伶，咱安全了吗？"赵乙擦了擦额角的汗水，问道。

"暂时安全。"陈伶的目光落在赵乙的后背，眼眸微微收缩。"赵乙……"

"嗯？"

"你的背不痛吗？"

赵乙愣了一下，这才想起来后背还在痛，顿时咧嘴说道："痛啊，怎么不痛？我现在痛得要死……你快帮我看看，我的背怎么样了？"

陈伶站在赵乙的身后，没有说话……只见赵乙的背，被一道深可见骨的鞭痕几乎劈成两半，却没有鲜血从中渗出。在绽开的血肉边缘，一道道漆黑细密的咒文缓缓蠕动，似乎在蚕食他的身体。"这是刚才那根海草给你留下的？"

"对啊，一下就抽我背上了，我差点没疼死……"赵乙扭了扭背部，"陈伶，你快给我处理一下伤口，一会儿别感染了。"

陈伶摇了摇头："这个伤口不对劲，我处理不了……"

"啊？什么意思？"

陈伶思索片刻："极光城里有位神医，叫楚牧云，你进城之后就去找他，让他给你看看。"

"我这伤这么邪乎吗？"赵乙扭头想看看自己的背成了什么样，但根本看不到，尝试片刻后放弃了这个想法，转而问道，"好吧……那我们现在去哪儿？"

陈伶目光落在车厢外，双眸微微眯起："接上我们的'观众'……然后，进城。"

150·弃子

凛冽的寒风吹过冰雪大地，一个穿着黑色风衣的身影一步一步踉跄前行，远处的薄雾之中，一堵高大的城墙若隐若现。"极光城……那就是极光城。"席仁杰的睫毛已经冻满冰碴，在那堵城墙映入眼帘的瞬间，那双涣散的瞳孔终于恢复一丝理智。他干裂的嘴唇微张，吐出一口白雾，此刻他只觉得浑身的骨头都快被冻僵，之前被钢剑洞穿的两处伤口也早已没有知觉。他不知道自己这一路是怎么走过来的，在这茫茫冰雪中，他的存在似乎都被磨灭了，若非脑海中还残留着极光城给他带来的动力，恐怕早就力竭倒在半路……而现在，他梦寐以求的城池就在眼前。随着他的靠近，周围的雾气越来越稀薄，他能看到氤氲的极光在城墙后的天穹流淌，像是一块悬浮在空中的绚烂宝石。在那宝石之下，隐约间有无数彩鸢飞翔。席仁杰怔怔地看着这一幕，似乎有些痴了，他伸出手想要抓住那些飞翔的彩鸢，最终却只握到一片冰寒的风雪。"极光城……我来了。"席仁杰深吸一口气，寒冷的空气让他肺部感到一阵刺痛，他彻底清醒过来，加快脚步向那堵城墙走去。他步履蹒跚地走到极光城下，一束刺目的灯光从墙顶投射过来，晃过雪白的大地，锁定席仁杰。席仁杰眉头一皱，下意识地用手遮住那光。

"这里是极光城。"一个低沉的声音从城墙边缘的喇叭中传出，"请出示你的进城文件。"

席仁杰深吸一口气，对着被风雪掩盖的城墙大喊："我是三区执法官席仁杰，前来极光城报到！"喇叭中的声音停顿片刻，似乎在核对着什么。短暂的等待后，庞大的城门在席仁杰的注视下缓缓打开，一阵风拂过他的脸颊，随之而来的，是几个从城门后走出的平静身影。这些身影清一色地穿着黑色风衣，与席仁杰不同的是，对方的风衣衣摆，最少都有四道闪烁的纹路，为首的那人甚至有五道。看到如此大的阵仗，席仁杰眼眸中浮现出错愕，他只是想进个城，怎么出动这么多高阶执法官？

"你就是席仁杰？"为首的男人问。

"是。"

"你怎么是一个人来的？让你带来的那些执法者呢？"

席仁杰张了张嘴，最终还是沙哑地开口："都死了……在三区的'灾厄'暴动中，都死了。"

"三十个人，全都死了？"男人的双眸微眯。

"是。"

"那陈伶呢？你杀了吗？"

"……杀了。"

男人微微点头，不再说话。

"这位长官，我能进极光城了吗？"席仁杰试探性地问道。

"当然可以。"

男人拔枪对准席仁杰的膝盖，毫不犹豫地扣动扳机。"砰砰——"两声枪响，随之而来的是两朵绽放的血花，席仁杰根本没想到对方会对自己开枪，连"铁衣"都未能开启，便惨叫一声双腿跪倒在地。紧接着，站在男人身后的其他执法官迅速上前，用漆黑的手铐锁住席仁杰的双手，闪烁着寒芒的刀刃抵住他的脖颈，只要稍微用力，便能让席仁杰人头落地。席仁杰跪倒在雪地之中，膝盖渗出的鲜血染红脚下的大地，他的眼眸中满是痛苦与错愕："为什么？是不是有什么误会……我是收到极光城的讯息来的！我有备案！"

男人冷笑一声，缓步走上前，冰冷的枪口抵住席仁杰的眉心，淡淡开口："我该叫你席仁杰……还是陈伶？"

席仁杰呆在原地。"……什么意思？我是席仁杰啊，你只要稍微调一下我的档案就能知道，我的脸又作不了假！"席仁杰愤怒地回答。

"你的脸作不了假吗？"男人不紧不慢地开口，"未必……"

"未必？"

"异端陈伶，具备换脸的特殊技能，即便是割脸也无法确认……你说，你该如何证明你是席仁杰？"席仁杰眼中浮现出深深的茫然，他看着男人，对方的脸上满是胜券在握的云淡风轻，"陈伶能在'兵道古藏'，以一人之力屠尽其他所有参与者，实力必定在二阶之上……你告诉我，你一个没有天赋的二纹执法官，是怎么杀死他的？"

"我……"席仁杰脸上没有丝毫血色，"不，不对……你们明知道我赢不了他，为什么还给我下那个命令？"席仁杰愣住了，一个想法突然闪过他的脑海。"你们是故意的？你们把我当作诱饵？！"

"不用继续演了，陈伶。"男人缓缓说道，"让我来提醒你发生了什么……执法官席仁杰接到命令，便设局想要杀你，但以他的实力，怎么可能是你的对手……你轻松击败席仁杰，并从他口中得知极光城已经发现了你的身份，所以将计就计，杀死席仁杰顶替他，想以此混入极光城……这么一来，你不仅能够进城，还能以席仁杰这个执法官的身份，继续潜伏在执法者体系内……对你来说，这是最简单，也是最高效的方法。檀心长官将席仁杰送到你的面前，就是想让你咬饵……本来我们还担心，你会在杀了席仁杰后就再也不出现，现在看来，你还是上钩了。"

男人的话语落在席仁杰耳中，宛若雷鸣滚滚。席仁杰这才明白，为什么极光城给自己的讯息中没有提及陈伶的任何背景，也没有解释他为什么是异端……因为极光城一旦解释了"兵道古藏"里的那些全是陈伶做的，自己必然会认识到与陈伶间的实力差距，选择放弃任务。极光城给出那个讯息，从一开始就没打算让自己杀死陈伶，而是以自己的性命为代价，给陈伶布了一个自投罗网的死局。"……不，我没有杀他！"席仁杰立刻解释，"我念在他救了三区的分儿上，只是把他迷晕了，我真的没有杀他……我，我只是想……"

席仁杰说到一半，便没有再说下去……因为他知道，自己此刻再怎么解释，也是徒劳。自从极光城给他的简讯发出去的那一刻，他就已经是一枚弃子了。

151·天空

"是吗？你又从没杀他，变成放过他了。"男人淡淡开口，"是真是假，你究竟是谁……只要送到群星商会进行碎魂搜证，一切就都清楚了。"男人给了其他执法官一个眼神，他们顿时将席仁杰押进极光城，向群星商会的方向走去。

听到"碎魂搜证"四个字，席仁杰的瞳孔微微收缩。"不……我不要碎魂搜证！！"席仁杰猛地抬起头，"我不要碎魂搜证！！你让我去和檀心长官当面对峙！他布的这个局并不是一定能奏效的，其中的变数太多了！"

"檀心长官当然知道会有变数，不过只要成功率有五成就够了……如果你是陈伶，那我们就能得到你背后势力的消息与你们的目的；如果你是席仁杰，那我们也会给你足够的补偿……当然，前提是你挺得过一轮碎魂搜证。"男人看了他一眼，"你应该知道，如果没有檀心长官布的这个局，你唯一的归宿就是死在三区……现在你的未来又多了一丝可能，还有什么可抱怨的呢？"

席仁杰张着嘴，却一个字都说不出来……他知道，今天自己无论如何都逃不了了。就在几分钟前，他还憧憬着进入极光城后的生活，也正是极光城给予了他从那冰寒地狱里挣扎着走出来的动力。他分明已经来到了这座城里，却万万没想到会是这种结果。他如同死尸般被拖着行走在道路之上，头颅低垂，眼眸空洞而绝望……路上的行人疑惑地对他指指点点，却不知道发生了什么。

"妈妈，天上好多风筝啊……"路边，一个孩童的声音传来。

席仁杰怔了一下，他艰难地抬头望向天空，蔚蓝色的天空下，成百上千只彩色纸鸢在极光中沉浮，它们形态各异，色彩斑斓，承载着梦与期待，自由地飞翔在温暖祥和之中……这是席仁杰第一次近距离地看到风筝，他也是第一次知道，原来天空中不只可以有冰雪与极光，还可以有如此美丽的事物。它们似乎离自己那么近，又那么遥不可及。不等席仁杰多看两眼，他的天空便被厚重的屋檐遮蔽，这是一座昏暗的房屋，屋子的中央是一张满是鲜血的石桌。此刻在那石桌之上，一个脸上残留着刀疤的年轻人宛若尸体，一动不动。

"人来了。"押送席仁杰的男人说道。

"啧……这小子还没折腾完，又来一个？"石桌旁的身影不耐烦地开口。

"怎么，这个简长生的魂魄还没破碎？"

"没有，这都已经第三次了……这么硬的茬，我还是第一次见。"

男人斟酌着开口："我们这个比较急，要不先插个队？"

那身影看了眼简长生，厌烦地摆了摆手："算了，这小子可以留着慢慢折腾。来人，给我把他押到地牢先关着……换个新鲜的折腾一下。"

席仁杰看着那逐渐靠近的石桌，桌面上溅洒的猩红血滴，好像与漫天飞舞的彩鸳重叠到一起……这是属于他的天空。他缓缓闭上眼睛。

"好冷……"许老板双手抱着肩膀，整个人都在哆嗦，喃喃说出两个字，热气瞬间凝成冰碴。

"该死，怎么越往前走越冷？"

"不行了……我真的走不动了，我们还有多久才能到？"

"我们大概才走了一半？"

"我休息一下……你们先走吧。"

"不行！这种温度下绝对不能休息，一休息就再也站不起来了。"

"我真的走不动了……你们先走吧，我过一会儿再来……我就休息一会儿，就一会儿……"

…………

越来越多的身影在铁轨旁艰难地坐倒，他们浑身都是冰碴，远远望去一片雪白。这些大都是上了年纪的老人，即便前面有人停下来去拉他们，他们也都摆摆手，怎么说都不起来。

"爸爸……我好累……"

"来，爸爸背你一会儿。"许老板心疼地将男孩背起，脚下一个踉跄险些摔倒在地，妇女连忙扶住他，关切问道："没事吧？"

"没事……我还可以。"许老板舔了舔干裂的嘴唇，却舔了一嘴冰碴，"不过这天好像有点太冷了……我没听说极光城附近有这么冷啊？"

"是啊，感觉整个人都要被冻僵了。"

"而且我怎么感觉……前面的人越走越少了？"

许老板揉了揉眼睛，发现原本走在他们前面的李老板一家已经消失，铁轨在光滑如镜的冰面上不断延伸，消失在雾气尽头，而轨道两侧却没有任何身影。这一发现直接让许老板头皮发麻，他以为是自己走慢了，背着孩子往前快步跑了两下。突然一阵天旋地转，眼前的一切都变了。铅灰色的天空下，再也看不到丝毫轨道的影子，他的脚下是一片光滑无比的冰层，随着他的脚步落下，冰面竟然荡起一道道涟漪，像是他们正行走在海面之上。最诡异的是，他竟然能通过冰层上的倒影，看到走在自己身后的妻子，随着妻子一脚踏入冰面，她如同一脚踩空在两界的间隙，瞬间出现在他身后，茫然地环顾四周。

"这……这里是……"妇女不解地开口。

许老板抱着孩子,看到远处那些重新出现的三区居民,像是想到了什么,脸色瞬间难看起来:"灰界?怎么可能?"他话音未落,接连的惊呼便从前方传来,那些原本走在最前面的居民,疯了般掉头往这里狂奔!在他们的身后,冰层般的海面剧烈波动,数十道涟漪扫荡四周,只见一只只满身咒文的生物蜿蜒着爬出海底,正在以惊人的速度向他们靠近。其中一只在冰面一跳,宛若鱼跃龙门飞跃而起,精准地撞在跑在最后的一位妇人身上,下一刻,一团炽热的火焰骤然迸发,两米多高的火球顷刻间将那妇人吞没,凄厉而绝望的嘶吼声像是某种信号,瞬间传遍人群。

152·列车跨界

所有人都吓坏了,他们不知道自己为什么会出现在这里,也不知那些东西究竟是什么,只是拼了命地向后狂奔。即便如此,那些咒文生物还是接连向前飞扑,炽热的火球不断点燃人体。

"……我们怎么会进入灰界的?!明明只是正常地沿着铁轨走啊……"

"铁轨呢?为什么铁轨不见了?我们该怎么回去?"

"好烫……好烫!"

"我们好不容易才从三区逃出来……还没到极光城,就得死在这里?"

"…………"

求生的欲望占据每个人的心神,但他们的速度根本没法与那些细小的咒文生物相比,那些生物随时可能从脚下的冰层跃出,基本上避无可避。一个接一个的身影化作火球倒下,却没有立刻死亡,而是在火焰中不断挣扎嘶号,最终化为灰烬。极度的恐惧在人群中疯狂蔓延。许老板抱着哭喊的孩子,跌跌撞撞地向后奔跑,火光不断照亮他的脸庞,他的瞳孔中也浮现出难掩的绝望。

"爸爸,我们要死了吗?"

"不会的……爸爸不会让你死的!"许老板紧咬牙关,不断地压榨最后的力气,一个黑色的咒文生物突然从一旁的冰层倒影中跃出,几乎是擦着他的身体飞过。许老板惊呼一声抱住孩子,炽热的火球瞬间在他身后炸开,将他整个人弹飞出去。许老板身上的衣物被烧成灰烬,后背的肌肤也被烫成焦黑,他惨叫一声,硬是咬牙从地上挣扎站起,继续向前狂奔。他的眼前是无穷无尽的灰暗天空,荒芜的冰原之上,根本找不到任何掩体或者离开的路线,一道道涟漪在冰层倒影上荡起,仿佛已将他们的退路彻底封死。许老板眼中浮现出浓浓的绝望。

就在这时,一束刺目的灯光突然从脚下的冰层亮起,像是一轮逐渐接近的太阳。一辆急速行驶的列车猛地撞破现实与灰界的交汇点,凭空出现在这片冰原之上!"轰——"蒸汽机的嘶鸣打破冰原上的寂静,庞大车身撞破空气发出呼啸,坚硬的车轮辗碎三只即将破出的咒文生物,熊熊烈火自车厢底部烧起,在冰原上留下一长串火焰轨迹。这突然出现的列车,恰好横拦在逃亡的民众与咒文生物之间,像是一道生与死的黑色分界线。刹车的尖鸣在冰原上响起,刺目的火光自冰原表面迸发。所有居民都愣住了,他们呆呆地看着那辆行驶的列车,只见在列车车头之上,一个披着大衣的身影伫立在喷涌的蒸汽前,对着不断跃起的咒文生物扣动扳机。陈伶?!看到那张熟悉的面庞,众人都茫然地愣在原地,他们像是在做梦一样,明明不久前才看见陈伶开着一节车头呼啸远去,怎么一转眼就开着一辆完整的列车回来了?"砰——"这一枪直接将数只聚在一起的咒文生物解构成虚无。随着列车缓缓减速,那身影平静开口:"还愣着干吗,上车。"

车厢门口,一个五六岁的女孩探出头,对着众人连连招手,众人这才反应过来,争先恐后地往车厢里钻。陈伶站在车头,目光落在那些在冰原倒影上不断跳动的生物,双眸微微眯起……下一刻,他的身形轻飘飘地从车头跳下,径直冲向距离最近的一只生物。察觉到陈伶的靠近,周围的咒文生物同时向这里包围,它们不断地在冰原与倒影中跳跃,像是海面上翻涌的鱼群。陈伶这次没有动用"审判庭",而是凭借自身的速度,闪电般抓住一只向他飞来的咒文生物,等将那东西攥在手里,陈伶才彻底看清它的模样。这像是一条缩小版的鳝鱼,大概只有巴掌大小,一根手指粗,表面覆盖着神秘的黑色咒文,与陈伶之前在冻海边看到的海草身上的基本一致……

"又是咒文?"陈伶眉头不自觉地皱起,"这些鳝鱼和冻海里的那只'灾厄'……是同源?"陈伶一只手攥着这条鳝鱼,另一只手如闪电般掏枪,对飞来的几条鳝鱼点射,在"秘瞳"的加持下陈伶的枪法精准得恐怖,几枪便将这些鳝鱼尽数打崩,刺目的火球同时在半空中爆燃,随后像是烟花般泯灭在虚无。"只要被攻击,就会自爆……连一阶都没到吗?"陈伶迅速摸清了这种鳝鱼的特性,他握着手中仅剩的一条"试验品",正欲回头上车,余光突然瞥到脚下的冰原,停下脚步。他站在这片冰原上,缓缓蹲下身,一道道涟漪自冰层表面荡起,像是波光粼粼的海面……而冰层之下的倒影深处,大量密集的黑影正在向一个方向涌去,像是深海中迁徙的鱼群。这些黑影,正由无数这种咒文鳝鱼组成,陈伶顺着它们前进的方向看去,眉头越皱越紧。

"极光城……它们的行动,都是有目标的?"陈伶一直以为,"灾厄"就像是灰界中生长的异界"野兽",彼此特性不同,行为也没什么规律可言,但眼前的这一幕,让他不由得改变这个想法……这些鱼群的目标直指极光城,是群居的本能,还是有什么东西在指引它们?陈伶来不及细想,因为似乎有一大批鳝鱼察觉到了这里的异样,开始从大部队中掉转方向袭来。陈伶反身回到车厢中,对着操控室里的赵乙开口:"快走。"

"往哪个方向？"

"看到那片冰原底下的铁轨倒影了吗？那就是交汇点，往那儿开。"

列车一刻都不曾停下，而是慢速地在冰原上行驶，方便居民们上车。随着陈伶一声令下蒸汽机再度发出嗡鸣，速度迅速提高，朝着陈伶所指的那片倒影冲去。随着冰原表面出现车头的影子，两个世界的交汇点再度融会，这辆列车硬生生从灰界又行驶到现实世界。众人只觉得一阵天旋地转，铅灰色的天空便被昏暗的日光取代，荒芜的大地上熟悉的铁轨再度出现。"除了极光城，其他地方的灰界交汇也都越来越严重……照这个情况下去，用不了多久两个世界就再无界限了。"陈伶看着列车后方那一片平平无奇的冰层，喃喃自语。

153·散播绝望

"什么意思啊？"赵乙没听明白，反问道。

"十几个小时前，灰界交汇点都只有几米宽，而且相当明显……现在，交汇点几乎无处不在。"陈伶指了指刚才的那片冰原，"还记得我们在凛冬港遇到的海草吗？"

"记得。"

"它们是从哪儿出现的？"

"……水洼倒影？"

"没错。"陈伶缓缓开口，"虽然不知道为什么，但这附近所有能投射出倒影的东西，似乎都可以连接灰界……换句话说，两个世界已经开始通过倒影连接了。刚才那些居民也是因为走上了冰层，通过倒影进入了灰界，我们也在不知不觉中中招了……照这个形势下去，我们进入灰界的频率只会越来越高，直到……"

"直到两个世界彻底融合？"赵乙听明白了陈伶的意思。

陈伶点点头："我们必须尽快进入极光城，只有那里才是安全的。"

"快了，有这辆列车在，最多还有半个小时，就能抵达极光城！"赵乙熟练地操控着列车，自信满满地说道。

陈伶转身回到车厢，原本空荡的车厢此刻已经有四十多人，其中有好几人都躺在地上，肌肤大面积烧伤，呻吟与哀号声连绵不绝。其他人虽然没被那些鳝鱼伤到，但情况也好不到哪儿去，长时间在冰雪中行走已经让他们冻伤，再加上力气耗尽，又死里逃生，一个个脸都苍白得像纸，他们蜷缩着坐在车厢的地上，看起来很快就要昏厥。他们见陈伶来了，灰暗的眼眸中都浮现出一抹微光。

许老板松开怀中睡着的孩子，颤颤巍巍地从地面站起，然后"扑通"一声跪倒在陈伶身前。"多谢陈长官救命之恩……您的大恩大德，我许崇国永远铭记在心！"算起来，这已经是陈伶第二次救下他们一家，许崇国实在不知道该说些什么，只是"砰砰砰"地磕头。

其他人见此，也纷纷跪倒在地，没有陈伶，他们要么死在灰界之中，要么死在去极光城的路上，陈伶的出现不仅替他们解了围，还让他们在这极寒的路途上拥有了栖身之地。更何况，从他们的视角看来，陈伶驾驶那节车头本来已经离开，却又换了辆全新的列车回来，就是怜悯众人，宁可放弃自己尽快进入极光城的可能，也要带着他们一起走……这种大义与慈悲，跟那些在车站大肆屠杀的执法者相比，简直如同天使一般。

　　风雪在车厢外呼啸，陈伶目光扫过车厢内跪倒的众人，若有所思地摸了摸下巴："人数不够啊……"

　　"您说什么？"跪在最前面的许崇国愣了一下。

　　"没什么。"陈伶摇了摇头，不紧不慢地开口，"你们这么走……是想去哪儿？"

　　众人对视一眼，都有些茫然，心想这难道不是很明显吗？你自己不也是要去极光城？

　　"陈长官，我们要去极光城。"许崇国当即回答。

　　"去做什么？"

　　"去寻求庇护，现在七大区已经全部陷落了，只有极光城能保我们活命……"

　　陈伶轻笑一声："那你们可知道，放弃七大区的是谁？"

　　众人愣了一下，片刻后，小心翼翼地回答："是……极光城？"

　　"你们明知道极光城放弃了七大区，也放弃了生活在七大区中的几十万平民，却还想去极光城，让它庇护你们？"陈伶的声音平静得没有丝毫情感波动，"你们自己觉得，这可能吗？"

　　这个问题一出，众人都陷入沉默，这是一个所有人都意识到了的问题，但没有人愿意去面对……可除了极光城，他们还能去哪儿？这是他们最后的希望了。

　　"万一……万一呢？"许崇国声音沙哑地开口，"陈长官，现在整个界域只有极光城是安全的……我们只有往极光城去，才有一丝活下去的希望。"

　　"没用的。"陈伶淡淡说道，"极光城，不会容纳你们。"

　　陈伶平淡的语气，直接击碎了车厢内这些人最后的希望，他们呆呆地看着陈伶，眼眸中满是绝望与不解。"为什么？"

　　"你们进入极光城，能给它带来什么？一无所有的难民？来自城墙外的恐慌？还是潜在的动乱根源？它已经放弃了几十万生命，你们告诉我，它为什么要在乎你们这几十个人？"

　　"呜呜呜——"寒风在车厢外呜咽作响，陈伶亲眼看见这群民众的眼眸失去了光彩与希望……他们宛若雕塑般跪在那儿，绝望的气息充满整个车厢。陈伶说得没错，他们这些人没法给极光城带来任何东西，反而会让那些始终安稳生活在极光城里的居民感受到恐慌。而且下令放弃七大区的就是极光城，万一这些人里有人对极光城怀恨在心，以后制造动乱怎么办？

短暂的死寂之后，陈伶漠然的声音再度响起："列车会载着你们到极光城下，但这只能将你们的生命延长一会儿……之后你们的死活，与我无关。"说完这句话，陈伶转身走进操控室，死寂的车厢内，只剩下一张张绝望茫然的面孔……

"陈伶，你为什么要吓他们？"陈伶刚走进操控室，便听到赵乙疑惑地开口。

"我只是说出了一个事实。"

"但你明明可以不说……他们已经很惨了，你为什么还要剥夺他们最后的希望？"

陈伶走到敞开的门旁，看着外面急速后退的风雪与大地，平静回答："他们越是绝望，当看到那一丝生机的时候，就越是会不顾一切。"

"……什么意思？"

"我自然有我的打算。"陈伶回头看了眼沉默的车厢，缓缓开口，"他们既然被我救上了车，总得在关键时刻，给我发挥点作用才行……"

154·冲刺

跟三区居民说完那些话之后，陈伶就再也没回过车厢，他需要让那些人的绝望继续发酵。

"陈伶，前面好像还有零散的难民……"赵乙不确定地开口。

"有就停车，路上凡是看到有人，都别放过。"陈伶毫不犹豫地说道。

在赵乙的操控下，这辆列车在那些濒临极限的难民旁停靠。这辆能够脱轨疾驰的列车将他们全都吓了一跳，但当他们看到车厢上已经有了很多三区居民之后，还是狂喜地被接引上车。这些人三三两两结伴，都是没有沿着铁轨前行，或者是在风雪中迷路之人，可惜的是就算他们全部加起来，也不过寥寥十几人，算上车厢内已经接上来的那批，一共也就六十位"观众"。这六十人，大概就是三区最后的幸存者了。

"陈伶，前面的路都是在倒影中的……我们无论往哪个方向开，好像都会进入灰界。"赵乙看到前方白茫茫的一片冰原，皱眉开口。

"两界快彻底融合了，现在再想找到一条完全正常的道路，已经不可能。"陈伶看了眼前方的道路，心中长叹一口气……前面已经不可能再有三区幸存者，这意味着他能在极光城外自备的"观众"就只有六十个，距离演出目标的"至少百人"还差了不少……现在他只能想办法，调动极光城里面的"观众"。

"那怎么办？"

"距离极光城，还有多远？"

赵乙看了看仪表盘旁边的地图，回答："全速前进的话……还有十分钟。"

"没别的办法了，全速突围吧。"陈伶缓缓开口，"极光城附近有极光庇护，灰界交汇必然会在那儿停下，只要我们能穿过前面这片灰界，就能重返现世，抵达极光城下。"

"硬闯吗……"赵乙舔了舔干裂的嘴唇,眼眸中浮现出一抹决然,"那你们可得抓好了。"他十指瞬间紧扣仪表盘上的那只枯手,用全力向前扳动,锅炉中的火焰明亮到极致,一声雷鸣般的巨响从烟囱中传出,蒙蒙白汽火炬般朝天空喷涌!列车上的众人只觉得一股推力传来,传动杆与车轮的碰撞声越发密集,周围的风雪开始以惊人的速度飞掠!"哐——哐——哐——"在所有人惊恐的目光下,这辆列车的速度已经提高到极致,它毫不犹豫地撞入那片冰原的倒影,消失在茫茫风雪之中。

极光城——

储士铎推开茶室的门,无声走到那坐在庭院前的身影边,恭敬坐下。檀心依旧穿着那件黑色风衣,平静地看着庭院中随风摇曳的枝丫,缓缓开口:"多久了?"

"距离极光消失,已经过了二十小时零十三分钟,极光城外已彻底变成灰界的领地,按照我们的预计,七大区已经彻底覆灭,无人生还。"

"……结束了吗?"檀心提起茶盏,轻轻抿了一口,神情中闪过一抹复杂。

就在这时,一阵喧闹声从远处逐渐靠近,像是有许多人聚在一起呐喊着什么,即便隔着庭院围墙,也听得十分清楚。

"外面是什么情况?"檀心突然开口。

储士铎无奈回答:"老师,是民间自发组织的抗议游行……"

"抗议游行?抗议什么?"

"抗议……您。"檀心眉梢一挑,诧异地看向储士铎。"咱们放弃七大区的事情,还是泄露了……那些本就对执法者系统抱有敌意的人趁机煽动民众情绪,控诉极光城冷血无情,控诉执法官们明明有能力却不作为,七大区三十万人口说放弃就放弃,他们还说……"储士铎说到一半,欲言又止。

"说什么?"檀心随意地问道,似乎被控诉的人根本不是他自己。

"他们说……您是个懦夫。"

檀心笑了,他的笑在阳光下温和而无害,像是想到了什么有意思的事情,随后摆了摆手:"随他们去说吧。

"七大区的事情,是瞒不住的,这一天早晚会来……《极光日报》和《篝火广播》的人来了吗?是时候发布关于七大区居民遇难的官方报道了。"

"来了,不过都被游行的民众堵在门外,现在他们已经开始采访游行的居民了。"储士铎顿了顿,"老师,我担心他们被游行的居民影响之后,会发出对我们不利的报道……"

"让他们去采访吧,等游行结束后,你再代表我去进行官方发言。"

"我?"储士铎疑惑开口,"老师,这么大的事情,您不亲自露面吗?"

"已经发生的事情，我不想再浪费时间去解释，他们怎么评价我都无所谓……我有更重要的事情要做。"

储士铎见此，微微点头："对了，还有一件事。"

"什么？"

"席仁杰进城了。"

"哦？结果怎么样？"

"陈伶没有咬钩……不，应该说是席仁杰心软了，根本就没有对陈伶出手。"

"看来又是个坏消息。"檀心平静开口，"席仁杰怎么样了？"

"没挺过碎魂搜证……疯了。"

"……知道了。"

"席仁杰的记忆里，还有一件比较有意思的事……陈伶让他给极光城带话。"

"带话？"

"他说，极光城想将他拒之门外，他偏不会遂我们的意，他会登门拜访极光城的。"

檀心的双眸微微眯起，似乎来了兴致："有意思……我倒想看看，他要如何登门拜访？"

储士铎汇报完情况，便起身退出茶室。他穿过总部的多条连廊，刚从侧门走出总部，便看到总部门口的那条大道已经被挤得水泄不通。大量民众拿着旗帜与横幅，在街上缓慢挪动着，他们在几个领头者的带领下，有节奏地呼喊着口号，雷鸣般的声响震动街道。

155 · 汽笛在轰鸣

"还我同胞！！"

"——还我同胞！！"

"收回七大区！！"

"——收回七大区！！"

"还我同胞！！"

"——还我同胞……"

…………

"七大区三十万平民！全部因极光城的不作为丧命灰界！！今天他们放弃七大区，明天就有可能放弃我们！！"

"执法官副总长檀心！刻意隐瞒七大区遇难消息！坐视三十万同胞命丧黄泉！是彻彻底底的懦夫行径！是冷血无情的人类叛徒！"

"今天！我希望他能给我们、给七大区三十万同胞一个交代！！！"

"还我同胞！！"

"收回七大区！！！"

"——还我同胞……"

冲在人群最前面的，是一群青年，他们拿着旗帜，旗帜表面是用鲜血一笔笔勾勒而出的"三十万"字样，他们仰头怒吼，一根根青筋暴起。在他们的带动下，后面的民众也群情激奋，挥舞着拳头随之大喊，他们的声音响彻云霄。众人的愤怒与呐喊被纳入取景框内，随着记者按下快门，一道光芒从相机上方闪过，画面便被定格在胶卷之上。

"我还是没法相信，他们对人命竟然漠视到了这个地步。"一位极光城居民站在记者旁边，认真倾诉自己的观点，"七大区是极光界域的工厂群，那里生活着几十万忙碌勤劳的人，他们用他们的血与汗，推动了整个极光城的前进……但现在，极光城就这么不声不响地把他们全部抛弃了，我虽然不懂什么灰界，但这未免也太冷血了。人类是一个整体不是吗？我们应该互相帮助，而不是在关键时刻，把同胞推出去送死。"周围的街道已经乱成一团，此刻，在最近的一座棕色小楼上，两个身影正俯瞰着这一切。

"真是讽刺啊……"白也一只手撑着头，整个人懒洋洋地倚靠在扶手上，一对银色的蛇形耳环在阳光下微微摇晃，"极光城牺牲七大区来庇护的民众，反过来开始指责极光城的冷血与懦弱……他们难道不知道，自己才是这一切的最终受益者吗？"

"不是所有人都有机会看清形势的，他们因对同胞的怜悯而感到愤怒，我不认为有什么错。"楚牧云穿着白大褂，双手插兜，淡淡开口，"人类本来就是情绪化的生物……只要有人刻意引导，就会被带跑偏。这背后一定有人在推波助澜。"

"你说这些界域里的人真是无趣，争来争去，也分不出是非对错……既然如此，不如全都投身黄昏社，拥抱世界的重启。"白也打了个哈欠，"只要一切归零，所有的难题就迎刃而解了。"

"……就是因为黄昏社大部分人都跟你一样想，所以人家才会把我们当成疯子。"楚牧云推了推眼镜。

"怎么，我们的楚医生开始装正常人了？"白也轻笑了一声。

楚牧云："……"

"话说回来，已经二十个小时了，那小子还没进城……"白也转过头，目光看向不远处的高大城墙与那扇紧闭的城门，双眸微微眯起。

"不是你说，他一定能来的吗？"楚牧云不紧不慢地开口，"现在，你又开始慌了？怕被红王怪罪？"

"慌？我慌什么？大不了我往城外跑一趟，顺手把他接回来。"

"都过这么久了，你怎么确定他还活着？"

"他要是死了，你觉得极光城还能安然无恙吗？"

"……也对。"

白也看着下方喧闹的人群，却怎么也定不下心来，长叹一口气，还是起身向城门的方向走去。"好吧，我承认我有点慌了……我要亲自走一趟。"

"也许不用了。"

白也停下脚步。一阵寒风从极光城外涌来，将两人的衣摆吹起。楚牧云推了推眼镜，蔚蓝色的眼眸散发着神秘的光芒，他缓缓开口："你没听到吗，那来自灰界的轰鸣汽笛。"

"哐——哐——哐——"铅灰色的天空下，一辆轰鸣的蒸汽列车正在急速奔袭！也许是钢铁的车轮惊扰了冰原下的海面，无数的黑影开始上浮，密密麻麻的涟漪自冰原表面荡起，好似万千朵无形之花争相盛开！遍布咒文的鳝鱼疯狂从倒影中跃起，追逐着那辆列车而去，远远望去，像是黑色的浪潮随着车厢疾速奔涌向前。一条条咒文鳝鱼被卷入高速行驶的车底，化作滚滚火焰包裹在车轮周围，炽热的高温舔舐车厢底端，将车厢内蜷缩的民众吓得连忙站起，惊恐的呼叫声连绵不绝。他们看着车窗外那陌生无比的异世界与疯狂追杀的咒文鳝鱼，眼眸中的绝望越发深刻。

"完了……这次死定了。"

"好热，真的好热，我感觉整节车厢都快熔化了！"

"照这么下去列车肯定会被追上的……呵呵，我们根本到不了极光城。"

"爸爸，我怕……"

"…………"

在无数惊恐的声音中，列车的速度没有丝毫停滞，依然像一支黑色的钢铁之箭，划开波光粼粼的倒影海面，朝着前方疾驰。后面几节车厢被持续高温炙烤，已经开始变形，原本笔直向前的列车也难以控制地开始左右摇晃，车头的操控间内，赵乙已然满头大汗。

"不行了……列车快撑不住了！"

陈伶身形一晃，已然闪至车头顶部，他举枪对着身后奔涌的咒文鳝鱼群接连射击，解构之力不断地在其中打开缺口，但在恐怖的数量下依然作用不大。他回头看向列车的前进方向，冰原尽头的倒影中，似乎已经勾勒出极光城的轮廓……"继续前进。"陈伶毫不犹豫地开口，"冲过前面，就是极光城！"

赵乙一咬牙，与枯手十指相握的手掌疯狂前推，列车在一阵刺耳的嗡鸣中再度提速，带着身后翻滚的咒文浪潮，拼命地向那处倒影靠近！"嗡嗡嗡——"蒸汽机的轰鸣响彻天际，就在鳝鱼们彻底熔化最后一节车厢之时，列车撞破灰界的界限，瞬间消失在原地，等再度出现之时，已经来到风雪呼啸的冻土之上！身后狂涌的鳝鱼浪潮并未就此停留，而是紧随着冲出灰界，像是盯死了列车，依然紧随其后！随着那堵恢宏庞大的城墙出现在地平线的尽头，一袭血色大衣的陈伶站在最前方的狂风中，嘴角微微上扬……他弯下腰，指尖轻吻冰冷的车头，喃喃自语："演出……开始。"

156·来自风雪中的列车

"嗡嗡嗡——"轰鸣的汽笛声自城外传来，好似一声雷鸣在风雪中炸响！极光城的城门前，正倚靠在墙边休息的守卫执法官，猛地回过神来，看向地平线的尽头。碎雪被狂风席卷着涌上天空，茫茫风雪之间，一个黑点凭空出现，在那黑点之后，宛若无穷无尽的"灾厄"浪潮澎湃翻涌！

"那是……"执法官匆忙地从怀中掏出望远镜，看向那个方向，整个人呆在原地，"……这……这怎么可能？！！"他猛地按下通信器的按钮，在呜咽的风雪与汽笛声中大喊："总部总部！这里是西南4号门！！这里是西南4号门！！

"我……我看见了一辆列车！！"

与此同时，距离这面城墙不远处的街道上，正在游行呼喊的众人同时一愣，转头看向声音传来的方向，眼眸中满是茫然与错愕。

"火车的声音？是我听错了吗？"

"是从墙外面传来的……"

"不可能，墙外面不是已经被灰界占据了吗？哪儿来的汽笛声？"

"我记得这个方向的城门外，没有铁轨啊……又怎么可能有火车？"

…………

众人疑惑地窃窃私语，就在这时，一道道穿着黑色风衣的身影宛若闪电般向那一侧的城墙冲去，原本在街道上维持秩序的执法者们，也像是收到某种命令，迅速往那里靠近！这些民众对视一眼，都知道城墙外多半是出事了，纷纷跟着这些执法者往城墙走去，可刚跟着穿过白鸽广场，便被执法者们拦了下来。一道道黄色的警戒线迅速拉起，将所有人挡在广场前方，警戒线后是密密麻麻的执法者，与一位穿着三纹风衣的执法官。

"前方区域已被封锁，无关人等禁止靠近。"执法官板着脸，沉声说道。

"凭什么不让我们过去？！"

"是啊，这都是公共区域，你们怎么能说封就封？"

"城墙外面肯定出事了……我们有权知道真相！"

…………

两位扛着相机的身影挤过人群，直接无视了警戒线，弯腰进入其中，还没来得及走出两步，就被几位执法者拦下。

"我是《极光日报》的记者文仕林，按照极光城律法，我拥有媒体自主行动权，即便是执法者也无权干涉我的行动……让开。"文仕林从怀中掏出记者证，认真地说道。

几位执法者对视一眼，都有些不知所措，但在命令之下还是没有让开，依然拦在他的身前。

文仕林见此，眉头不自觉地皱紧，他低沉地开口："三百年前极光城创立执法者体系，目的是更好地维护极光城秩序，而为了防止执法者滥用职权，同样赋予民间媒体监察与自由报道的权利，与你们的绝对执法权是同等级别……别说是你们，就算是檀心来了，也无权在这里拦我！你们，是要跟极光城的法律对着干吗？"

听到这句话，执法者们的脸色有些变了。那位三纹执法官径直走到这里，看到文仕林那张严肃坚决的面庞，无奈地摇了摇头："……算了，放他进去。"

随着拦在眼前的执法者们退开，文仕林瞪了他们一眼，扛着相机，急匆匆地向城墙赶去。白鸽广场的位置正好在西南4号门后，两者之间只有一条五六百米长的笔直道路，文仕林带着助手径直穿过道路，走上城墙，一路上众多执法官看到他们都想拦下，但瞥到对方胸前的记者证后，还是放任他们行动。

"开始记录。"文仕林从怀中掏出一个棕色笔记本，还有一支金色钢笔。随着他话音落下，那支钢笔自动立起，迅速地书写起来："下午三点四十二分，极光城西南城墙外，传来疑似汽笛的嗡鸣，执法官与执法者迅速封锁城门附近，笔者穿过封锁登上城墙，探寻城外异变的真相……"

文仕林踏上城墙，借着城墙的高度向外俯瞰，目光落在地平线的尽头时，瞳孔微微收缩！他的声音戛然而止，只见在那漫天风雪中，密密麻麻的黑色生物从灰界边缘爬出，像是翻涌的黑色巨浪铺天盖地地向这里涌来，而在这奔腾的浪潮之间，一辆列车惊险而呼啸着冲在最前方！那是一辆通体被烧得焦黑的列车，它庞大的身躯将无数的黑色生物碾成碎片，熊熊烈火在它的车轮上翻涌，远远望去，像是头从灰界中踏火而来的钢铁巨兽！烈焰铺就的铁轨在冰原上疯狂燃烧，在那漆黑的车头之上，一件血色大衣猎猎作响。文仕林呆住了，他一时间无法用语言来描绘这个场面，他不知道那辆列车是如何行驶在没有轨道的冰原之上的，也不知道为什么它能从灰界中一头撞出，它的出现在这死寂而绝望的冰原上仿佛是个奇迹！"砰！"摄像机上方的镁光灯光芒闪耀，一旁的助手已经将这一幕永远定格在胶卷上，文仕林这才回过神来，茫然问身旁的执法官。"这辆车……是怎么回事？"

五纹执法官懒得回答文仕林，他们没有配合记者调查的义务，他转身向城墙的另一边走去，与此同时，一位执法者匆匆向他跑来。

"查清楚了！那辆就是当时篡火者使用的列车，疑似跟某件祭器融合，暂时被

-357-

滞留在了凛冬港。"

"车上那个人呢？核对了吗？"

"核对了。"执法者抽出一张档案，照片的位置正是陈伶的面庞，"'兵道古藏'全灭事件的幕后黑手，混入执法体系的异端，原三区执法官陈伶。"

"陈伶……"五纹执法官喃喃念叨着这个名字。

"太惊人了。"另一位执法者呆呆地看着那急速靠近的钢铁列车，"距离极光消失已经过了整整二十个小时，按理说现在城外已经到处都是'灾厄'……他是怎么从灰界中杀出来的？"

"他还在靠近极光城？他究竟想做什么？"

157・如何能活？

高大的城墙上，一群人看着那辆从"灾厄"中冲出的火焰列车，陷入沉默。他们生活在极光城中，做梦都没想到会看到这样的景象，列车裹挟着火焰，仿佛来自幽冥地狱的复仇者……而他们看着那列车迎面朝自己驶来，不知为何竟然感到一丝畏惧。灰界对他们而言，便是神秘与未知的象征，这辆从灰界冲出的列车，与车上那道血影，则更加神秘莫测。

"长官，接下来怎么办？"执法者试探性地问道。

"总部那边已经下命令了，为了避免造成恐慌，绝不能让那辆列车进入极光城。"五纹执法官收起通信器，缓缓开口，"先远程警告，最好让他自己下车放弃抵抗……如果拒绝配合，就直接击毁。"

"那后面的那些'灾厄'怎么办？"

"有极光在，它们不敢靠近城墙，不用管它们。"

"是。"

就在这时，文仕林的声音从执法官身后响起。

"原三区执法官？异端陈伶？能再仔细说说车上的那个人吗？"

五纹执法官眉头一皱，转身不紧不慢地开口："文先生，既然您这么厉害，为什么不自己去查呢？我们执法体系内的机密资料，可不会随随便便透露给外人。"

文仕林见此，也没有再纠缠，而是静静地站在原地，望着那辆逐渐靠近的列车，不知在想些什么。

两人说话之际，一旁的执法者已经将扩音设备准备好，五纹执法官将其接过，望着那辆逐渐靠近的列车，缓慢而低沉地开口："陈伶，你的身份早已暴露，现在停车投降，也许还有活下去的机会。"这个声音通过城门前的扩音器，向风雪中扩散，而距离城墙极近的游行民众也听得一清二楚，他们疑惑地窃窃私语，似乎都在讨论这个陈伶是何方神圣。

与此同时，白鸽广场的某张木椅上，一个穿着黑色风衣的身影微微一震！"陈……伶？"他艰难地抬起头，干裂的双唇喃喃念着这两个字，似乎在判断这是不是他所熟知的那两个字……不，应该不是，他认识的那个陈伶，可从来不是什么异端。

棕色小楼之上——

"来了。"楚牧云眉梢一挑。

"我就知道，这小子闹出来的动静不会小。"白也轻轻压低鸭舌帽的帽檐，嘴角微微上扬。

"……刚刚是谁慌了？"

"慌？你记错了。"

"我怎么会……嗯？"楚牧云疑惑地挠了挠头，"我刚才在说什么来着……红心Q，你偷走了我的想法？"

"我只是在你的记忆里捉了只虫子，不过这已经不重要了。"白也似笑非笑地看着城墙外的方向，"我很好奇，这小子要如何在极光城的注视下，进入城中？"

"陈伶，你的身份早已暴露，现在停车投降，也许还有活下去的机会。"警告声穿过城墙前的风雪，落入陈伶的耳中。他眯起眼睛，能勉强看到城墙上站着大量的身影，似乎自己的到来已经引发了城内的一些骚动……不过这正是陈伶想要的。他翻身回到操控室，便看到赵乙一脸紧张地看着他。"陈伶，接下来该怎么办？"陈伶没回答，而是从操控台上摘下一只对讲机似的通信器，走入身后的车厢中。车厢内的众人，也听到了刚才极光城的喊话，回想到陈伶之前所说的种种，此刻整个车厢都充满了压抑与绝望的氛围……也许正如陈伶所说，他们不可能进入极光城了。"你们想活吗？"陈伶直截了当地开口。听到这句话，车厢内有一部分人抬起头，空洞的双眸望着陈伶，其中满是不解。

"你不是说……极光城不可能容纳我们吗？"有人声音沙哑地开口。

"没错，极光城不会容纳你们，因为身处高位的那些执法官站在最理性与客观的立场上。"陈伶缓缓开口，"但你们要知道，极光城……不完全属于这些执法官。"众人眼中浮现出茫然，他们发现自己听不懂陈伶在说什么。"在戏剧中，最需要避免的，就是角色的脸谱化与同质化……因为人与人是不一样的，这种不一样体现在他们的思想、情绪，与面对不同事件的不同选择上。极光城里的执法官，不可能都处于绝对理性的状态，他们中一定有人不支持极光城冷血无情的行事方法。更何况除执法官外，城内还有三百万民众，他们才是组成这座城的基础，而民众的情绪，是最容易被调动的。我们只有六十三个人，相比于极光城内的那些强大存在与三百万民众，我们跟从废墟中爬出的蝼蚁毫无区别。所以我们唯一能做的，就是让极光城来对抗极光城，我们要让这座城中，出现第二种声音……"

"陈长官，您的意思是……让他们自己先乱起来？"许崇国到底是商人，率先听懂陈伶的意思，"可……可就凭我们这几个人，值得他们这么做吗？真的会有人为我们发声吗？"

"会有的。"陈伶脑海中，闪过一个穿着黑色风衣的身影，"一定会有的。"

"陈长官，您教教我们……我们到底该怎么做？"

其他人虽然未必听懂了陈伶的话语，但从两人的对话中，也能感受到，自己似乎并非全无生路。他们灰暗的眼眸中一点点恢复光彩，他们看着陈伶，期待着他给出一个答案。陈伶目光平静地扫过车厢，缓缓迈开脚步，走到人群前。他的身前，是一个脸颊被冻伤的中年妇女，怀中抱着一个五六岁的孩子，这孩子的身上已经被大规模烧伤，肌肤焦黑，气息微弱至极……估计活不了太久。似乎察觉到陈伶的目光，妇女那双空洞的眼瞳缓缓抬起，与他对视。"你的孩子快死了。"陈伶平静开口。妇女听到这句话，浑身一颤，空洞的眼眸中再度浮现出痛苦与绝望。"但是极光城内有很好的医生，只要进城接受治疗，他就一定能活。"陈伶停顿片刻，说出了第二句话。

158·让极光城……听见你们的呐喊

这句话说完之后，陈伶便走向下一个人。抱着孩子的妇女呆呆地坐在那儿，空洞的眼眸中似乎被唤醒了一丝希望，她整个人都开始控制不住地颤抖。是啊……只要能进极光城，她的孩子就一定能活！陈伶的话语像是一针强心剂，打入了妇女的体内，她的眼睛逐渐恢复神采……或者说，对极光城的渴望。

"你的丈夫死在了火焰中，但你还活着。"陈伶走到下一个人的身前。那是个二十八九岁的女人，半边脸都被火焰烧伤，她整个人蜷缩成一团，宛若石塑般一动不动。"他知道你怀孕了吗？"

听到这句话，她猛地抬起头，那双眼睛错愕地看着陈伶。"我？不……不对，我没有……"

"我的眼睛不会看错。"陈伶淡淡回答，"你的身上有他的亲骨肉，他已经死了，但你还带着属于你们的希望……"说完这句话，陈伶继续向前，只留下女人呆呆地坐在原地，两行泪水涌出眼眶，她双手捂着被烧伤的脸，不知是在笑还是在哭。

陈伶就这么穿行在人群之中，他的声音平静，却三两句就能唤醒一个绝望的遇难者，他们就像是力竭的溺水者，原本已经放弃自己的一切，却再度看到希望……他们开始在绝望的泥潭中挣扎！这种挣扎，要比刚上车时强烈百倍，只有曾身陷绝望的泥潭之人，才能真正感受到这一瞬间的希望的可贵……车厢内压抑绝望的氛围逐渐消散，取而代之的是一股从未有过的对生的渴望！

陈伶穿着血色大衣，站在众人之中，再度问起了之前的那个问题："告诉我……你们想活吗？"

"想！"

"你们想活吗？！"陈伶怒吼。

"想活！我们想活！！！"

陈伶的怒吼彻底点燃车厢内众人的情绪，曾经的压抑绝望在这一刻化为燃料，让众人对生的渴求熊熊燃烧，他们的目光犹如火炬！陈伶嘴角微微上扬，他将手中的扩音器丢到众人之中。他转身向操控室走去。"让极光城……听见你们的呐喊。"

极光城，城墙——

"长官，那辆列车还是没有减速。"执法者放下望远镜，转头看向身旁的五纹执法官。

五纹执法官的眉头越皱越紧，他抬起扩音设备，再度开口："这是最后一次警告……停车，或者毁灭。"

"哐哐哐——"列车行驶在旷野的冰原上，没有丝毫减速的迹象，漆黑的车头像是一支钢铁之箭，直指极光城！五纹执法官双眸微眯，他转身向身后看去，只见另外两位五纹执法官已经抵达，三件闪烁着五纹的风衣在城墙上飞舞，像是驻守在这一侧城门的黑衣神明。他们三人对视一眼，微微点头，正欲有所动作，一个突兀的声音就从远处的风雪中响起。

"不要……不要杀我们……"这女声响起的瞬间，所有人都是一愣。

执法者们错愕地对视一眼，都看到了对方眼中的茫然。

"不对啊，陈伶是个男人，这不是他……那说话的是谁？"

"列车上，还有别人？"

就在众人疑惑之际，那声音继续响起——

"为什么……为什么你们一定要放弃我们？"那女声有些颤抖，"我们好不容易才从三区的地狱里逃出来……我的父亲被'灾厄'吃了，丈夫被你们执法者击毙……我只剩下我的孩子了……你们不放我进城可以，但我求求你们，放我的孩子进去吧……他还小，他什么都不懂，我只想要他活命！"

那声音说完，便传来一阵窸窣声，像是扩音器被另一个人攥在手中，嗓音沙哑："极光城，你们在听，对吗？我是一个来自三区的木工，我的父亲、祖父，我们家祖祖辈辈都是木工……我们用心血与汗水打造木制品，送入极光城，我们世代为极光城奉献了所有的青春……现在我想用这一切换一个机会……我想进极光城。"

"求求你们……我求求你们！我肚子里还有我丈夫的孩子，我不想让他跟我一起死在'灾厄'嘴里！怎么样都好……我求求你们放我进城……"

"我们这里有一位浑身烧伤的孩子，看在我们都曾为极光城奉献一切的分儿上，你们开开门吧……我不知道你们对七大区有什么不满或者怨恨，但孩子是无辜的。"

"好痛……我真的好痛……杀了我吧！你们杀了我吧！！"

"爸爸……我们会死吗？"

…………

各种各样的声音接连从那列疾驰的列车中传出，有的是老人，有的是孩子，他们或愤怒，或绝望，或恳求，或理智……他们的声音交织在一起，越来越清晰，越来越响亮，那是生命在燃尽前叩动的绝响！所有人都呆住了，他们没想到那辆列车内，竟然还有这么多人……他们没想到，即便极光城外都已经沦为灰界的死地，还有如此多的幸存者能来到极光城前。他们经历过什么？他们见过怎样的绝望？极光城内没有人知道，也没有人敢想象……他们始终待在那堵城墙之后，不曾见过那足以杀人的风雪。

在列车内的无尽呐喊中，城墙上的执法者与执法官们沉默了，他们茫然地看着彼此，一时之间不知该如何是好……紧接着，他们听到人群的喧闹声从身后的极光城内传出，似乎有人开始在愤怒地呼喊着什么，那声音同样愈演愈烈，一场混乱开始在城内迅速蔓延！

与此同时，白鸽广场，无人注意的一张木椅之上。满头霜白的孤渊，皱眉看了眼城墙的方向，随后像是察觉到了什么，又望向自己的身侧……在那里，一个穿着黑色风衣的男人，正微微颤抖着，像是不顾一切想要挣脱山岳镇压的暴怒者，缓慢而倔强地一点点抬起那颗头颅……他的双眸中满是猩红血丝！"孤渊！！"韩蒙的声音宛若野兽在嘶吼，"我警告你们……极光城要是敢动他们，我必反了极光城！"

159・职责

孤渊感受到那疯狂奔涌的气息，神情有些动容。自从听到城墙外传来的声音之后，韩蒙就像是变了一个人，原本已经几乎放弃挣扎的他，迸发出前所未有的怒意与倔强，不知为何，看到韩蒙眼中那猩红的血丝，孤渊心头微微一颤。"何必呢……韩蒙。"孤渊的声音响起，夹杂着一丝无奈，"刚才总部的通信，你应该也听到了，那辆列车是进不了极光城的。"

"刚才是刚才！现在那辆列车上，有三区的幸存者！"孤渊还欲说些什么，韩蒙再度低吼着开口，"极光城对七大区见死不救，可以说是他们人数太多，想救也有心无力……现在那辆列车上最多也就几十人！他们好不容易从三区逃出来，他们是七大区最后的种子！现在他们已经拼死来到城前，难道你们还要见死不救？极光城，连拯救这几十人的力量都没有吗！！"

听到这儿，孤渊陷入沉默。来自列车的呐喊依然在继续，与此同时，白鸽广场周围的人群，也躁动骚乱起来。

"是七大区的幸存者？！"

"还有人活着！城墙外还有人活着！！"

"有好多老人和孩子……天，他们究竟经历了什么？"

"为什么不放他们进城？！"

"是啊，他们好不容易才逃到极光城，为什么不放他们进城？！"

…………

那些拿着旗帜与横幅的身影，一个个脸上都浮现出怒意，除此之外那些原本不曾加入游行，但听到城墙外呐喊的极光城居民，也纷纷疑惑地走上街道，看到这个场景，都怔在原地。他们有的已经听说了七大区覆灭的消息，不过并未表态，毕竟不是所有人都拥有怜悯之心的；有的则是刚刚听到这个消息，大为震惊……但当他们听到来自城墙外的呐喊，多少都有些动容。三十万人的生命，对他们而言太重，不敢妄言，但门外这几十位流亡而来的孩子、老人、伤员则牵动了他们的恻隐之心……身为极光城居民，他们向来是骄傲的，他们不理解为什么极光城不接纳这些幸存者，再加上周围民众高涨的情绪，于是又有大量的人被影响，自主加入队列之中。

"你们这群冷血的执法官！你们对七大区见死不救，现在这些伤员和孩子你们也见死不救？！"

"副总长檀心就是个懦夫！他究竟在想些什么？连接纳伤员的勇气都没有吗？！"

"我是医生！放他们进来！他们需要治疗！！"

"你们要是连这些可怜人都杀！还当什么执法官？！你们这样冷血的人，怎么能管理好极光城！！"

…………

民众的情绪在呐喊声中高涨，他们紧攥着拳头与旗帜，开始试图跨过警戒线，甚至已经有人与守在警戒线后的执法者扭打在一起，一时间场面混乱至极！一道道身影跑过广场，加入这场混乱的闹剧，将周围原本安详休息的白鸽尽数惊起，它们扑棱着翅膀飞上云霄。无人注意的木椅上，孤渊沉默地望着远处混乱的人群，神情有些复杂。"放开我！！"韩蒙还在疯狂地挣扎着，一道道裂纹在身下的木椅上扩散，似乎很快整张椅子就要被震碎。

"韩蒙，你是个好苗子。"孤渊缓缓开口，"但别忘了你也是位执法官，你的职责是效忠极光城……你应该知道，公然违背极光城的命令，会有怎样的结果。"

韩蒙看着他，一字一顿地回答："我的职责是守护……而不是向谁效忠。"

看到韩蒙眼中闪烁的决然，孤渊长叹一口气。这位满头霜白的执法官没有再说话，而是将掌间的咖啡缓缓放在身旁的木椅上……"咔嚓——"当纸杯落在木椅表面的瞬间，像是山岳砸落冰层，狰狞裂纹瞬间布满整张椅子，随着一道尖锐爆鸣，这张椅子在韩蒙的挣扎下硬生生崩碎飞溅！在木椅爆碎的同时，韩蒙趁机挣脱了套在他身上的枷锁，整个人化作一道黑色闪电，在烟尘弥漫中毫不犹豫地向城墙的方向疾驰。孤渊平静地站在一片狼藉的木椅残骸中，瞳孔倒映着那逐渐远去的黑衣身影，仿佛看到了年轻时的自己："如此心性，怪不得被'审判'路径看中……可惜……"他摇了摇头，转身独自向远处离去。

　　城墙——

　　城外列车上的呐喊与城内民众的怒吼混杂在一起，此刻站在城墙上的众多执法者都有些不知所措。

　　"这个陈伶……是在拿三区的幸存者当人质吗？"一位五纹执法官皱眉开口。

　　"他知道就凭自己，不可能进入极光城，所以就用这些幸存者来调动城内居民的情绪，以此来要挟我们……真是好手段。"

　　"可我不明白，就算他入城了又能怎样？我们已经知道了他的身份，这不是自己送死吗？"

　　"不知道……"

　　"那现在，列车我们是毁还是不毁？"

　　这个问题一出，三位执法官都陷入沉默。片刻后，中间那位执法官还是深吸一口气，缓缓说道：

　　"总部那边没有更改命令，就要按原计划进行……不管那辆列车上有什么人，都不能让它进入极光城！"

　　也许是"总部的命令"五个字起到了作用，其余两位执法官也微微点头，他们并肩站在城墙之上，三道领域同时向周围扩散！

　　"你们真要毁掉那辆列车？！"文仕林眉头紧锁，"不……车上那些幸存者是无辜的！你们不仅不接纳他们入城，还要亲手杀死他们？你们知道这么做会造成多恶劣的影响吗？"

　　"涉及极光城安全的事情，什么时候也轮到记者来指手画脚了？"一位执法官冷冷地看了他一眼。

　　"我只是在陈述一个客观事实！"文仕林掌间的钢笔正在笔记本上迅速书写着，他盯着三人，严肃而郑重地开口，"除非你们现在杀了我，否则等我回去，一定会将这一切如实登刊报道……到时候引起的民愤，可不是简简单单就能平息的，你们……乃至整个执法者系统，都会受到无法预估的影响。"

160·是的，我质疑极光城

文仕林的话确实有些作用，三位执法官的脸色肉眼可见地难看起来，但这依旧无法改变什么……服从命令，才是他们的职责。

"随你。"中间的执法官咬牙回答。

他们聚精会神地注视着那辆急速靠近的列车，随着领域扩张，气息节节攀升，三道五阶级别的精神力波动骤然降临！他们的三道领域各不相同，彼此重叠在一起，就连天空洒落的阳光都被扭曲，远远望去，像是有一片厚重的乌云笼罩在极光城的城墙上空！他们三位五阶强者，任何一位在极光城外，都是能碾轧七大区执法系统的存在，此刻三人联手，就连远处那奔涌而来的黑色浪潮都感知到了危险，密密麻麻的咒文鳝鱼停下身形，不敢再继续向前。唯有一辆被烈焰裹挟着的黑色列车，从"灾厄"的浪潮中彻底摆脱出，没有丝毫减速地驶向极光城！

陈伶攥着几条从浪潮中捞起的咒文鳝鱼，站在车头顶端，他望着城墙上空压抑而恐怖的领域气息，神情平静如水……不愧是极光城，七大区这么多年也就出了一个五阶的韩蒙，而极光城却可以直接派出三位五阶，联手来对付他们一辆列车……这三位五阶若是真的出手，这辆列车铁定是顶不住的。这个计划本身就是一场豪赌，他就赌那面城墙后的人性，就赌极光城不敢顶着舆论的压力将他们抹杀在城外，这也是他要操控车厢内众人情绪的原因。

"陈伶！我们真的会被击毁吗？"赵乙紧张的声音从操控室内传出。

"开好你的车，其他的不用管。"陈伶平静回答。

此刻，即便那三位执法官已经蓄势待发，陈伶依然不觉得自己会输……他在试探极光城的底线，而极光城，自然也会试探他的。"轰——"就在那三道领域的气息凝聚到巅峰之时，异变突生！一道更大的领域骤然从墙内张开，瞬间将三位五纹执法官的领域笼罩在内，蛮横而暴怒的气息肆虐在城墙之上，仿佛有一只凶残的猛兽，缓缓睁开嗜血双眸……"那是——"陈伶的双眸微微眯起。

"什么情况？！"这道领域出现的瞬间，城墙上的三位执法官同时一愣，他们感受到自己的领域被强行压制了，而压制他们的那道领域，似乎更加凝实强大！他们错愕地转头望去，只见一道穿着黑色大衣的身影，正一步步脚踏虚无向这面城墙走来。他的脚下，便是被封锁的白鸽广场与大道，无数激愤的民众看到这黑衣身影踏空而行，都是一愣，疑惑地窃窃私语起来，似乎在猜测这人的身份。

"韩蒙？"城墙上的那位五纹执法官，一眼就认出了韩蒙，他的眉头紧紧皱起，大喝道，"韩蒙，你想做什么？！"

韩蒙还是穿着那件没来得及换下的四纹大衣，衣服上是与"灾厄"作战时沾上的暗红血污，与风雪留下的冰霜交织在一起，让这件破旧的大衣显得狰狞而肃杀。韩蒙那双满是血丝的眼睛，凝视着城墙上的三人，他缓缓开口："……放他们进城。"

"我们没有收到总部的命令。"

"这不是总部的命令……"韩蒙抬起脚掌，在虚无中重重一踏！"咚——"那道自他身上延展出的领域，再度砸落在城墙上重叠的三重领域之上，发出一声宛若洪钟般的巨响，那三重领域开始不断地摇晃，三位执法官脸色骤变！同为五阶执法官，韩蒙一人的领域，竟然硬生生镇压了他们三人！"这是我的命令。"

这句话一出，城墙周围的执法者与执法官都是一惊，这个声音实在太刺耳了……这简直就像是在和总部的意志对抗，或者说……挑战。

那三位五纹执法官见此，当即大怒着开口："韩蒙，你不过是三区的一个小小执法官总长，也配对我们下命令？"

"韩蒙，你是在说自己的命令凌驾于极光城命令之上吗？是谁给你的权力？！"

"别忘了是谁赋予你执法官的身份！你的一切都来自极光城！韩蒙！你这是在公然质疑极光城的决断吗？"

接连的质问声回荡在城墙上空，三位执法官都被激怒了，他们本来就是极光城内的五纹执法官，论身份，论威严，论资历，他们都是执法系统中高位的存在，一个从乡下来的地方执法官，也敢跟他们叫板？他们一开口，便搬出了极光城，将韩蒙置于整个执法系统的对立面，以此来威胁韩蒙。那穿着破旧大衣的身影，却并未停下不断扩张的领域，而是在众目睽睽之下，缓慢而坚定地把枪口对准三位执法官。

"是的。"韩蒙平静开口，"我质疑极光城。"

这一刻，在场的无论是民众，还是执法者，都安静了下来。执法官们怔在原地，过了数秒，才回过神来，用难以置信的目光看着半空中的韩蒙……他们的目光像是在看一个疯子。他究竟知不知道，说出这句话，意味着什么？！

"韩蒙，你会为你这句话付出代价的。"一位五纹执法官开口。

"我愿意承受代价。"韩蒙缓缓扣动扳机，"但今天，那辆列车必须入城！"

在韩蒙话音落下的瞬间，繁杂的纹路开始从他的脚下疯狂蔓延，顷刻间铺满领域所至的每一片空间，无尽的黑色锁链从虚无中延伸而出，将城墙上的三位执法官与其他所有执法者死死地禁锢在原地，像是被押送上审判庭的"被告"，被锁在冰冷囚椅之上！这一刻，极光城内的执法官沦为"审判"的阶下囚，而那穿着破旧大衣的外来身影，却手握着"执法"的权柄——宗罪判决，开庭。

图书在版编目（CIP）数据

我不是戏神 . 1，戏中人 / 三九音域著. -- 贵阳：贵州人民出版社，2025.1（2025.5重印）.
ISBN 978-7-221-18773-4

Ⅰ．I247.5

中国国家版本馆CIP数据核字第2024DP1558号

WO BU SHI XI SHEN. YI: XI ZHONG REN

我不是戏神 .1：戏中人
三九音域　著

出 版 人	朱文迅
策划编辑	卷月亮
责任编辑	徐楚韵
装帧设计	Laberay 淮
责任印制	蔡继磊

出版发行	贵州出版集团　贵州人民出版社
地　　址	贵阳市观山湖区中天会展城会展东路 SOHO 公寓 A 座
印　　刷	河北鹏润印刷有限公司
版　　次	2025 年 1 月第 1 版
印　　次	2025 年 5 月第 8 次印刷
开　　本	700 毫米 ×980 毫米　1/16
印　　张	23　4 面彩插
字　　数	469 千字
书　　号	ISBN 978-7-221-18773-4
定　　价	52.80 元

如发现图书印装质量问题，请与印刷厂联系调换；版权所有，翻版必究；未经许可，不得转载。

让 好 故 事 影 响 更 多 人

总顾问：戴一波
总监制：孙　毅
营销发行支持：侯庆恩